春华秋实四十年

1978~2018

梁鸿鹰　纳杨　主编

時代文藝出版社

图书在版编目（CIP）数据
春华秋实四十年 / 梁鸿鹰，纳杨主编．—长春：时代文艺出版社，2018.10

ISBN 978-7-5387-5817-7

Ⅰ. ①春… Ⅱ. ①梁… ②纳… Ⅲ. ①散文集－中国－当代 Ⅳ. ①I267

中国版本图书馆CIP数据核字（2018）第108159号

出 品 人　陈　琛
产品总监　郭力家
责任编辑　陈秋旭
装帧设计　李　斌
排版制作　隋淑凤

春华秋实四十年
梁鸿鹰　纳　杨　主编

出版发行 / 时代文艺出版社
地址 / 长春市泰来街1825号　时代文艺出版社　邮编 / 130011
总编办 / 0431-86012927　发行部 / 0431-86012957　北京开发部 / 010-63108163
官方微博 / weibo.com / tlapress　天猫旗舰店 / sdwycbsgf.tmall.com
印刷 / 三河市万龙印装有限公司
开本 / 660mm × 960mm　1 / 16　字数 / 453千字　印张 / 26.25
版次 / 2018年10月第1版　印次 / 2018年10月第1次印刷　定价 / 56.00元

图书如有印装错误　请寄回印厂调换

序

为改革开放四十周年这个特殊的年份编一部散文选，站在我们今天的角度，透过散文这种文体在过去四十年留下的足迹，看看作家们怎么书写那些岁月，从而去纪念，去怀想，去展望，是很有意义的一件事情。但选取几十篇作品，试图概括我们的作家对这四十年的万千感慨，如同拿着蜡烛去照太阳一样，注定难以奏效。在这过去的四十年里，我们的国家实现富起来，迈向强起来，古老大地上翻天覆地的变化，中国人精神面貌的点点滴滴，都不断地向世界昭示着奇迹。

有奇迹处必有散文，散文是世间这非凡惊奇的忠实见证者，无论直抒胸臆，还是曲尽衷肠，均能最自然、最无拘无束。中国文学几千年的长河里，四十年只能算是瞬间，但对近四十年我们国家发生的巨变而言，散文确实充当了其间所有悲欢和激越最名副其实的朋友。

现实是历史的延续，善于反思历史，甩掉历史的包袱，同过去的沉重毅然诀别，才能获得面向未来的勇气。收在我们这个集子里的两篇泣血文字——巴金的《怀念萧珊》、陶斯亮的《一封终于发出的信》，如新时期之初的旱天之雷，在反映重要历史转折点上中国人情感变化的脉动时，恰好是面向未来的。巴金对妻子萧珊，陶斯亮对父亲陶铸的爱与思念，就是呼唤光明、向往未来的强烈心声。巴金老人于文后告诉世人："我绝不悲观。我要争取多活。我要为我们社会主义祖国工作到生命的最后一息。"他这种由个人命运思及国家未来的情怀、风格与境界，给我们以可贵的力量。而《一封终于发出的信》所充溢着的对祖国和未来的不懈信念，读来至今感人至深。

在春华秋实的四十年中，科技和教育腾飞作为时代大变革中的绚丽交响，产生的是广泛深远影响。在高考潮代替下乡潮等日子里，人们对知识的渴望，对攀登科学高峰的热情期盼，对学子畅游知识之海的礼赞，已经形成了巨大的社会集体无意识，成为作家书写的最佳题材。徐迟《哥德巴赫猜想》出现若干年之后，周明《徐迟与〈哥德巴赫猜想〉》对这件作品创作历程的回顾之所以显得格外珍贵，就在于作家与时代之心心相印，写出了尊重知识尊重人才在全社会蔚然成风，知识分子报效祖国的强大动力。而南帆的《七七级》，曹俊杰的《罗中立难忘的1977》更由新时期校园生活的别样风景，记录下改革开放之初人们对知识的饥渴，追求美好明天的巨大热情。

改变世界，造福人类，是过去四十年中回荡在大地上的鲜明旋律，收在我们这个集子里的马万里的《袁隆平，用一粒种子改变世界》，朱增泉的《一飞惊世界》等，将水稻专家、航天英杰这些时代英雄做出的重要贡献呈现出来，讴歌他们身上的艰苦奋斗、无私奉献精神，挖掘时代精神的丰富内涵。从新中国成立以来那些难忘岁月里一路走来的英雄们，也得到了新时期作家的书写。李玲修《荣获奥林匹克勋章的中华第一人》，李克勤《新中国科学家让〈东方红〉响彻寰宇》等，记录下那些曾经为国争光的人们的非凡奉献，从中不难看到，那些激动人心的中国故事，那令人赞叹的中国力量，始终激励着人们走向未来。这些篇什如一滴水折射太阳，反射的是中国人取得的骄人成就，礼赞的是中国对世界的贡献，映现着中国人以自己的勤劳与智慧改变中国，影响并惠及整个世界的步履。

法国作家蒙田说过："如果我希求世界的赞赏，我就会用心修饰自己，仔细打扮了才和世界相见。我要人们在这里看到我的平凡、纯朴和天然的生活，无拘束亦无造作，因为我所描画的就是我自己。"改革开放带来了思想的大解放，使散文这种便于抒发内心的文体去除了束缚，发挥出张扬生活本色的力量。铁凝的《风筝仙女》出自亲身的经历，写的是普通人的一次次生活场景的吉光片羽及内心感悟。一只断了线的"仙女风筝"，一次难忘的人生启示："有了风筝的断线，有了仙女的失踪，有了我追逐那仙女的奔跑，有了我的失而复得，我方才明白，欢乐本是靠我自己的双脚，靠我自己货真价实的奔跑到达我心中的；连接地上人类和天上仙女之间那和平心境的，其实也不是市场上出售的风筝线。"雷达的《新阳镇》对自己家乡变化的感叹，对自己成长足迹的反复探寻，袒露了作者丰富饱满的内心世界。

散文是平凡者的密友，是如恒河泥沙般无数的人们日常生活与梦想的同行者，与日常生活息息相通，必有锦绣文章。贾平凹有秦岭之南的棣花老家，也有秦岭之北的西安这第二个家，《从棣花到西安》从两个“家”距离缩短，人们的幸福感日益增强，写出了在时光流逝中的社会进步。刘心武的《冬日看海人》里写了一位在淡季由西北到北戴河从不同角度感悟大海的教师，作者感叹道，虽然对方的长相已经记不清楚了，但“唯有他闪亮的眸子，还有一身大海的气息，长久地萦绕在我心头，使我憬悟：每一个最平凡的小人物，只要以敬业精神点燃执着追求的火把，都能使自己的人生闪烁出童话般的美丽灵光！”所有这些从个人感悟出发而写就的篇章，如莎士比亚诗所言：“于树中见喉舌，于溪流见书／于石头见训诫，触处得良教。” 如同色彩斑斓的画卷，折射了中国人精神追求和思想观念的嬗变，给人留下难忘印象。而韩少功的《世界》、张抗抗的《“公民”从地震中走来》等篇章，在更加宏阔的视野下，认识中国，认识中国与世界的关系，更给人以多方面的启发。请大家翻开书页，静静地品味吧。

呈现给大家的这本集子，当然是想尽可能多层次地展现当代中国作家对时代巨大变革，对现代化建设成就，对中国人争取美好生活进取风貌的多侧面反映，试图留下中国社会变化的文学轨迹，记下当代中国人精神演变的一些足迹，录下作家们随时代前行过程中的思考与感悟，也尽可能呈现不同年龄、流派和风格的散文创作成果，保留下他们对这个大时代吟哦的真实风貌。

全书约计四十万字，注重选取那些思想性与艺术性有机结合，在选材、写法和风格诸方面能给人一定影响，或给人以阅读享受的作品。全书选篇从1978年至2018年，大体按作品发表时间排序，不能确定月份的只标注年份。想以此书呈现四十年来中国社会生活的巨大变革，反映作家的散文成就，肯定会挂一漏万，不周之处还望批评指正。

是为序。

梁鸿鹰

2018年5月6日

目录

一封终于发出的信

陶斯亮

一

爸，我在给您写信。

人们一定会奇怪："你的爸爸不是早就离开人间了吗？"是的，早在九年前，您就化成灰烬了，可是对我来说，您却从来没有死。我绝不相信像您这样的人会死！您只是躯体离开了我们，您的精神却一直紧紧地结合在我的生命中。您过去常说我们是相依为命的父女，现在我们依然如此。爸爸呀！你我虽然隔着两个世界，永无再见面的那一天，但我却铭心刻骨，昼夜思念，与您从未有过片刻分离……

爸，九年前，您含冤死去；九年来，我饮恨活着。是万恶的林彪、"四人帮"害得我们家破人亡，妻离子散。我简直无法想象您这么一条硬铮铮的汉子，是如何咽下最后的一口气；同样，您也想象不到在您印象中如此脆弱的女儿，又是怎样度过了那些艰难的岁月……

爸，我永远不会忘记这一天。1967年1月4日，半夜里有几个同学猛然把我从睡梦中叫醒，递给我一张《打倒陶铸》的传单，上面印着江青、陈伯达等人一月四日对一些群众组织的讲话，说您"背着中央文革小组独断专行"，是"中国最大的保皇派"，他们要"发动群众"把您"揪出来"。记得1966年11月我离开北京回上海时，妈妈曾对我说，爸爸还是有一定的危险性，弄不好就会粉身碎骨，要我事事谨慎……当时，我以为妈妈只是一般的叮咛，没有在意。可是，现在竟然真的大祸临头。同学们劝我赶快给家里打电话。电话是妈妈接的。她讲："情况就是这样，可究竟是怎么回事，你爸爸也不知道，他当时还在接见群众组织的代表呢！"听了妈妈的话，我惊奇极了，也伤心极了。您知道女儿是单纯的，我不敢想，可无情的现实却逼得我不能不想：为什么江青、陈伯达他们要这样从背后捅您一刀？这难道光明磊落吗？可怜的爸爸，在您被抛出来的最后一瞬间还被蒙在鼓里，成了一个可耻的政治骗局的无辜牺牲者。党中央政治局的一个常委，政府的一个副总理，没有经过党的任何会议，党也没有做过任何决议，以后也没有追发过任何补充文件，就这样任凭几个人的信口雌黄，莫名其妙地被赶下政治舞台，横遭囚禁迫害，我想不通，这究竟是为什么？为什么？

许多朦胧的往事一下子涌到眼前。我想起不久前，有些叔叔、阿姨悄悄告诉我："亮亮，你知道你爸爸为什么搬出钓鱼台吗？那是因为你爸爸到中央工作后，江青他们想拉他在一次中央会议上带头向小平同志发难，被你爸爸拒绝了。""亮亮，因为保一些干部，你爸爸跟江青、陈伯达他们顶得很厉害，听说江青对他发了好几次脾气，这样下去可要吃亏的。""亮亮，你该提醒爸爸，江青不好惹，能退让就退让点吧！"这些叔叔、阿姨的劝告当然都是一片好心，可我知道违心的事爸爸是不会干的。当时，我虽然摸不清政治斗争的深浅，可心里一直为您不安，我万万没有想到大难临头得如此迅速，如此猛烈。我被这突如其来的惊涛骇浪打得头晕目眩……

8月，我们想尽了办法才得到允许去北京看您，那时，您和病中的妈妈被软禁在字廊的住所里。一路上，我不停地设想即将相逢的情景，当我兴冲冲而又心神不安地走进家门时，一眼就看到出来接我的您，您像孩子一样高兴，但我却愣住了：一个声音嘶哑，头发花白，驼背的老人出现在我面前。这哪像我那生龙活虎的爸爸呀！爸，仅仅几个月的工夫，您怎么就被折磨成这个样子了呢？我心酸地仔细看着您：深感负疚的痛苦，茫然不解的思索，强捺在心里的愤怒，都汇集在您那皱起的眉峰和额头上，但您的目光依然炯炯有神，就像两团燃烧的火。看着您，我心酸，我心痛。我怕您看出我的悲痛，就假装着去洗脸，可是任凭怎样擦，也擦不尽唰唰下落的泪水；怎么忍，也忍不住喉头的哽噎。过了一会儿，妈妈进来找我，轻轻地对我说："亮亮，你要坚强些，父亲和我都不喜欢你这样子。"爸爸，从那时起到现在十一年过去了，可当时的情景仍然历历在目，仿佛就发生在眼前……

在字廊的一个月，是我与您相处的最后一段日子，如果当时能知道这点，我一定会千倍、万倍地珍惜它。当时，您已完全丧失了自由，饮食起居都有专人监视，您除了被带去看大字报外，只有晚饭过后的那段时间能到屋外的廊上放放风。您是个从不停息的人，可现在却硬是被关在笼子里，外面阶级斗争的疾风暴雨正在冲击着整个中国，您怎么能不为党和国家的命运、前途担忧呢？江青一伙虽然使您身陷囹圄，但他们何曾有一时能囚禁住您那颗为国为民的心！您有在思索时踱步的习惯，我记得，那时您每天都用急促的步子在不大的房间里走来走去，您经常是几个小时、几个小时地这样急促地走着，走着……虽然您从来没向我流露过一句内心的愤懑和焦灼，可我从那急促沉重的脚步声中却听到了您热血的沸腾。您当时的情景真像是一只被关在笼子里的猛虎。爸爸，您可知道，从此我就不爱去动物园了，因为每当我看到孩子们兴高采烈地逗弄铁笼里的老虎时，我立刻就想到您，一种触动隐伤的痛苦常常催我泪下……

我还记得，您多么珍惜那短短的放风。您经常目不转睛地凝视着四周池水里的荷花，对我说："亮亮，你要好好记住它。你看它出淤泥而不染，光明磊落，象征了一种崇高的品德。"直到今日，我眼前还时时清晰地浮现您当日目视荷花的那种专心致志的样子。爸爸，从此我也爱上了荷花，因为我知道，您是在用荷花来寄托自己的情操和志向呵！

由于监管的人监视很严，我们不能谈任何现实情况，您就给我讲历史上的直节忠臣的故事。您是那样满怀激情地给我讲汉朝的范滂如何刚直不阿，挺身就险，跟擅权祸国的宦官阉党做斗争；您又是那样情真意切地给我讲为官清正廉洁、关心人民疾苦的宋代贤臣范仲淹，如何不畏权贵，抨击时弊，在被贬外逐时，还念念不忘"先天下之忧而忧，后天下之乐而乐"。有一次，您意味深长地给我讲李贺的诗："我有迷魂招不得，雄鸡一声天下白。少年心事当拏云，谁念幽寒坐呜呃。"您说："亮亮，你领会到了吗？李贺在这里寄喻了自己在困厄时的苦闷心情和他不甘在伤感中消沉的决心。"爸爸，您在这里借李贺的诗向女儿表达了自己的处境和心情，您是多么渴望鸡鸣天亮啊！尽管在监禁中您也不悲戚伤感，仍然壮怀激烈地向往着"拏云"的心事。我看着，听着，我的整个身心都融汇在您的思想感情中。爸爸，您可知道，您的气质使软弱的女儿也因此坚强起来，而且随着岁月的流逝，我对您当日的这些囚训，也就领悟得越来越深，到后来简直是刻骨铭心了。

妈妈经常为您担心。记得，有次她劝您："人家已经批判你搞封资修，现在，你何苦还说这些？！”您听后，气愤地说：“嘿，我就是因为不会给他们叩头下跪才落得今天这个下场！以后，我也还要凭着这点骨气活下去。”十一年过去了，您的这段话一直在激励着我，鼓舞着我，每当我在困苦挫折中稍存气馁和懈怠时，我的耳边就会立刻回响起您的这段话。我是陶铸的女儿，我也要有爸爸的骨气。

二

为了把您搞臭，江青和陈伯达等人无中生有地在社会上散布您是叛徒的流言，然后又伪造民意，加害于您。那时，我单纯得像一泓清水，当我初次听到您是“叛徒”的流言时，我的心僵硬了。半年多来，出自江青、陈伯达之口对您的所谓反党、反社会主义的种种诬陷，我都嗤之以鼻。我从小在您的教育下长大，您是怎样一心一意为党和人民拼命地工作，我十分清楚。他们诬陷您反毛主席，可我看到的却是您每当谈到毛主席时的那种肃然起敬的敬仰和深情。我从小就听您的教诲，我身上所有的对党和毛主席的感情，大都是从您那儿得来的，我怎么能怀疑您？我又怎么能怀疑自己？可说您是叛徒，我的心就乱了，虽然我脑海里装的都是过去那些叔叔、阿姨讲给我听的关于您在南京国民党狱中英勇斗争的故事，可这终归是听说呀，难道连叛徒这样重大的问题也能编造吗？有一次，趁监管的人不注意，我心怀疑虑地质问您：“你出卖过同志吗？”听了我突如其来的质问，您一下子愣住了，十分恼火，愤怒地直视着我的眼睛，难过地说：“难道你也不相信爸爸？我是宁愿把自己的热血全洒在地上，也不会做对不起党的事的！”这件事我记得太清楚了，您当时的表情，是只有受了最大伤害和委屈的人才会有的。今天，写到这里，您写的那首诗又字字真切地出现在我的眼前：

狱中（一九三五年）

秋来风雨费吟哦，铁屋如灰黑犬多。
国未灭亡人半死，家无消息梦常过。
攘外空谈称绝学，残民工计导先河。
我欲问天何聩聩，漫凭热泪哭施罗。[1]

---

① 施罗：指邓中夏、罗登贤两位同志。

您这首诗其实我很小就读过，可那时不甚懂得它的价值，因此，日子一长也就慢慢忘记了。就在那次谈话过后不久，您再次把这首1935年在狱中写的咏志诗抄录给我。您当时的神态是那样严肃，坦然，眉宇间的凛然正气使我仅有的一丝疑问烟消云散了，我为有您这样一个经过铁窗考验的爸爸自豪。但同时，心里又罩上了一层阴影，我奇怪为什么在我们党内会有这么大的冤案？当时，您也和我一样困惑不解，我们多么渴望有一天能解开这个谜！现在，谜底揭晓了，真正的叛徒、特务就是诬害您的江青、陈伯达之流，可是爸爸，您却长眠地下，抱恨千古了……

爸爸，您还记得江青他们策划的那次批判会吗？那是一个炎热的八月天，突然有一群彪形大汉闯进来，说是要开批斗会，二话没讲就把您押走了。妈妈正患病，可是这伙人仍然硬拖妈妈去陪斗。你们走了，屋里是死样的沉寂，空荡荡的，只有屋外看守的沉闷脚步声陪着我在屋里发愣。我实在放心不下，想去看您和妈妈，又怕惹出麻烦被赶出去。正当我踌躇不决时，有个看守偷偷地走进来同情地对我说："你想去看就去看看吧，没关系的。"爸，至今我还常常以感激的心情想起这位同志，因为从他身上我看到了沉默的人民和民心。

我站在围斗的人群后面，悲愤地看着。当时，他们故意制造一种气氛，在那里拍摄电影，准备在全国放映。您和妈妈站在台前，那些人吼着，叫着，让你们低头认罪、背诵语录，而你们是那样不卑不亢，神态自若地对待不明真相的人的辱骂和围攻……对于这种人格的侮辱和摧残，我实在看不下去，不等结束就先回去了。我给您和妈妈准备热水，等你们回来好烫烫站肿了的脚……批斗会结束后，十几个人押着您回来。您气呼呼地坐在椅子上，我端着盆走过去，忽然看到您的额头上有个大包，我扑上去想帮您揉揉，可您一把将我推开，愤怒地说："别管它，让它留着。要不是相信共产主义，相信党和毛主席，老子今天就和他们拼了！"面对您的盛怒，那些人不知所措，而我也受到了极大的震动。写到这里，啊，爸爸！好像您又怒容满面地站在我的眼前……爸，我记得在这段时间里，您也有过两次极大的喜悦。一次是您被带出去看大字报回来，高兴地对妈妈和我说，刚才见到了陈毅同志，尽管周围监视的人很多，但陈伯伯还是意味深长地向您点头致意，从陈伯伯的亲切目光中，您看到了党和同志的信任。在这个时候，还有什么比得到同志的信任更使您感到幸福的？当时，有许多老同志都很同情您的遭遇，他们常常冒着被牵连的危险，通过各种途径表示对您的关切。有一次，我碰到了康（克清）妈妈，她悄悄地把我叫到身边，询问您和妈妈的情况，分手时再三叮咛我，一定要劝爸爸、妈妈相信党、相信群众，要坚强地活下去。当我偷偷把这些话告诉您时，您微笑了。此后，每当我看到您在沉思时脸上露出幸福的微笑，我就知道，您又在重温同志的信任和爱，用它给自己的信仰淬火加钢……

我知道，您一直到死，心里都带着同志们的信任，它给予您斗争的勇气和力量。

三

爸，那是一段多么痛苦、难堪的日子啊！但生活仍然沿着自己的轨道前进。我至今能告慰自己的就是我也曾在苦难中给您带来过一点欢欣。那是一个夏日的黄昏，我轻轻地走近您，告诉您我有男朋友了。您高兴极了，激动地拉着我的手仔细地问：他是谁？是个什么样的人？当我把照片拿给您看时，您眯缝着眼认真地端详了好久，然后满意地说："看样子人很聪明，有头脑，可你是否把咱家的情况都告诉了他？千万不要因为我连累了人家。"我知道您当时忧喜交加的复杂心情，赶忙说："他什么都考虑过了，无论将来如何，都不后悔。"您含笑地点了点头，我以为这下子已经解除了您的疑虑，哪知道，第二天您交给我一封给他的信，里面详细地谈到了我的优点、缺点，您受审查的情况，劝他务必再做慎重考虑。爸，今天当我也有了子女时，我才越来越懂得，为什么当时您是那样痛苦和不安：您既怕说的分量不够将来我受委屈，又怕自己受审查的严重情况吓住了这位您还不了解的年轻人。您长时间对自己的受屈从未呻吟过一声，可是，那天，您却怕因自己的处境而妨碍一对年轻人的幸福，感到那样愤怒和痛苦。信送走后，整天您焦躁不安，这天对您好像格外地长，直到我带来了回信。信写得很短，斩钉截铁地表示他不改变主意，他要和我结婚。这一来您再也无法按捺自己的高兴。您笑着在屋里走来走去："我的亮亮有爱人了！""我的亮亮有爱人了！"突然您猛地拉住我的手兴冲冲地对妈妈说："咱们给亮亮的爱人送点礼物吧。"可已被抄了几次的家哪还有什么东西？您翻了半天才找到了一架旧半导体收音机和一个亚非作家会议发的手提包。您想了想，觉得太少，又从自己身上脱下了那件穿了多年的毛衣，对我说："亮亮，再加上这件毛衣吧，虽说旧了些，但总是爸爸的心意。爸爸实在是再没什么可送你们的了！"说着，您就哈哈大笑起来，您笑得那样爽朗，那样开心，没有一点压抑和阴暗。听着您的笑声，我的忧患和伤感也都消融了……可是，他们哪里允许您有一丝一毫的欢乐呢！很快，他们就强迫我们分开，再不允许我和您在一起。

那是1967年9月8日，我和妈妈在广播里听到反动文痞姚文元的文章《评陶铸的两本书》，每一句都如钢刀扎心。他们在搞文字狱！他们在用笔杀人！我愤怒，我神志恍惚，我悲恸欲绝！可妈妈仍是镇静地面对着这突如其来的狂风，好像一切都已在她预料之中。我和妈妈相对无言，彼此心里都明白，您这次是被彻底抛出来了……过了一会儿，您走过来，两眼发直，悲愤地自言自语说："姚文元这是置我于死地啊！"您一夜没睡，在屋里徘徊着，直到天亮。等我惴惴不安地再见您时，您已恢复了平静，好像是一夜之间您已经为自己在政治上做了最后的选择：斗争到底，绝不屈服！

一两天后，有人找我谈话，让我立即离开北京去东北白城子。当时我正发高烧，妈妈也患重病，体重只剩六十来斤。我要求暂缓几天再走，被拒绝了。为了不使您再伤心，妈妈和我没有把赶我走的事告诉您。我要走了。走前的那天晚上，我一直找各种借口待在您的屋里，我想哭，又怕您发觉，只好强忍着。您看出我有些反常，以为是我身体不舒服，再三催我早睡，我只好走了，走了……这一夜，我辗转反侧，怎么也不能入睡，而您则通宵在看列宁的《国家与革命》。我几次披上衣服要过去，都被妈妈拦住了。我躺在床上悲愤地想：我们究竟犯了什么罪？第二天破晓，我就起来了，见您的屋里还亮着灯，我知道您没睡，我在您的房前转了很久、很久，不能决定是否该进去同您告别。那时，我对这场斗争的残酷性怎么能估计得充分，幻想迟早有一天会见到您，眼下您正处在极度的痛苦中，我怎么能再让您伤心？再说我也想避开使人心碎的送别场面，咬着牙没和您告别就走了。我在青海、甘肃一待就是五年，我万万没想到从此一别，就再也没能见到您——我最亲爱的父亲，甚至连一封信他们也不允许我给您写啊！爸，我的好爸爸，您可知道，这不告而别的憾事整整折磨我十一年，十一年呵！

十一年来，我日日追悔莫及，每当想起这件事，就心如刀绞，泪不能忍……爸爸，在您最困难的时候，我被迫离开了您，我内心负疚，我抱憾终生……从此，您不但在政治上被迫害蒙冤，在生活上又妻病女离，在这几重痛苦的折磨下，妈妈后来告诉我，您一直保持着乐观，不向权势折腰，几次申请要去农村落户。您认认真真地对妈妈说："我们老两口好好劳动，只要每月有三十元钱，就能过得很好了。"您在一首诗中写道："我欲卜宅潇湘，贫雇永结邻芳。沐浴东风浩荡，劳动学习昂扬。”以后，在整理您的遗物时，我们从散佚的文稿中发现了您在1967年10月1日，也就是在姚文元的文章发表二十二天后，您在纸上写的自勉：

“自杀，就是有见不得人的事，不想把自己的问题弄清楚。当然也有这样的可能，就是你去见了马克思，问题还是弄不清楚。那也不要紧，事实终归是事实，最后还是可以弄清楚的，我相信我自己的四句话：性质纵已定，还将心肝掏，苌弘血化碧，哀痛总能消。”

这是血和泪的控诉，这是火和钢的自白。这里面的每一句话，每一个字，都是深思熟虑的产物，都是不屈不挠的结晶。我想，任何一个有革命正义感的人，看到它，都会情绪激昂，热血沸腾。他们会看到在自己面前矗立的是一个真正共产党员的形象：他既热情而又坚定，既有生的愿望而又不惧牺牲；他是一个有血肉身躯的平凡的人，他有着一般人的喜怒哀乐，也有着自己的缺点错误，但他更有一个坚定的共产主义信念和一颗全心全意为人民服务的心。爸爸，您的女儿说得对吗？

四

在大西北高原，我有了儿子，您知道后可高兴了。爸爸，见到小亮的人都惊叹地说：简直太像外公了。听到这话，我是多么高兴呵！人们常说，当胎儿的心脏在母亲的身体里和着母亲的心脏一起跳动的时候，母亲热爱和思念着谁，孩子长得就会像谁。爸，小亮是带着我对您多么深沉的眷恋之情出生、成长的呵，在他身上融进了我对您的全部的热爱和思念，他怎么能不像您呢？

可是，这个与您酷似，您最疼爱的外孙却从来没让您见过。爱人来信讲：“我们多次请求把孩子抱进去让他外公看上一眼，都被拒绝了，我只有抱着不满周岁的小亮，伫立在萧瑟的秋风中，默默地等待在外公住处的门口，盼着外婆出来，看一眼小亮，然后回去把他牙牙学语的可爱乖相讲给外公听，引外公高兴……”每当接到这样的家信，我真恨不得插上双翅飞回北京。我想您，想得心都要碎了。我曾多次申请回家探亲，都被粗暴拒绝。突然，1969年10月下旬的一天，单位领导同志通知我马上回北京，这种意外的“开恩”，使我不知是喜是悲。在这之前，我，这个“叛徒”“中国最大保皇派”的女儿是严禁离开西北的，可这次究竟是为什么呢？爸，在家时您常叫我傻亮亮，可是苦难使人变得头脑复杂起来，我觉得这件事来得蹊跷。提心吊胆到北京，爱人来车站接我。他脸色阴沉忧郁，强装笑脸对我说：“亮亮，你只能见到妈妈了……”听到这话，我就像遭到了雷击，赶忙问他：“爸爸呢？”他避开我的眼睛，低声告诉我，根据林彪一号通令，爸被疏散去外地了。接着他说：“亮亮，别慌，听说安排得还好……”我知道他这是在安慰我，各种可怕的念头在脑际萦回，可我多愿他的话是真的呵……

妈妈在一个临时住的招待所里等我们。她愈发瘦得可怜了，可是，妈妈的自持使我心静下来。爸，您可知道，您不在，妈妈就成了我唯一的精神支柱了。妈妈让我单独跟她待一会儿，当屋里只剩我俩的时候，妈妈的脸变得煞白，劈头就说：“亮亮，你爸爸活不长了，他得了癌症……”她抽泣，再也说不下去。爸，我长那么大，从没见妈掉过泪，可现在，妈却泪飞如雨。那时，只有那时，我才真正懂得了什么叫心如刀绞，我多想抱住她说：“妈妈，您就痛痛快快地哭吧，您就把胸中积郁已久的愤怒和悲痛全都哭出来吧……现在只有女儿一个人，您哭吧……妈妈，我的坚强的好妈妈……”可是，妈妈很快就控制住自己，给我讲起您的病和不久前被迫生离死别的情景。

爸爸，原来您在1968年10月就感到身体不适了，由于被监禁，就医有种种限制，一直拖到第二年4月胆囊受压，全身变黄，病显危态后，才被允许去医院治疗。妈妈告诉我，是敬爱的周总理亲自批示给您做剖腹探查，指名让全国最好的肿瘤和外科专家共同负责您的手术，并且让通知家属，征求意见。当妈妈把总理的批示内容告诉您时，对总理的感激之情，使您这个铁骨铮铮的硬汉子竟热泪满眶，您欣然同意开刀。听到这里，我哭了。爸爸，总理想救您，可是晚了，就医太晚了呵！探查结果证明您得的是胰腺癌，虽然做了根治手术，可是到9月，病情再度恶化，此后您就再没有出过门。

爸，女儿是医生，我知道胰脏靠近腹腔的一个大神经节，癌块侵犯神经会引起极大的疼痛。妈妈在您的病情记录中写道：“经常痛得在床上东倒西歪，前趴后仰，每次痛过后都是一身大汗，要用几条毛巾才能擦干，像这样，一天要发作三四次……虚弱得连大便的气力都没有，每隔几天，就得用手给他抠大便……昏昏迷迷地睡着就讲谵语，有时听到在叫亮亮。”可妈妈却从没听过您哼一声。有时她看您太痛苦了，就劝您：“实在忍不住就哼几声吧，哼几声吧！”您说：“哼有什么用，你已经够苦了，听到我哼，会更难受的，为什么还要给你增加痛苦？我咬咬牙就过去了。”有一次，您夜里痛得实在熬不住了，就请求身边的监管人员给您几片止痛片，遭到的竟是厉声呵斥，极度衰竭的您，只好从床上挣扎着起来，踉踉跄跄，一跌一撞地去取药……即使到了这样的地步，您明知已患了不治之症，仍然倔强地对妈妈说："我不能死，特别是这个时候，不应该死！"爸爸，可以说，一直到心脏停止跳动的最后一刻，您都还抱着强烈的生的愿望。您死的时候才六十一岁……六十一岁！……

10月中旬，您差不多已是濒于死亡的人了，可就在这时，上面却来了命令，让您到外地去。专案人员对妈妈说："根据一号通令的精神，陶铸要马上离开北京去安徽合肥。我们给你考虑过了，最好去广东插队，如果你要同陶铸一起去，到合肥后要断绝和女儿的一切来往，因为陶铸的住处不能让人知道，如果你不去合肥，那么就要和陶铸断绝联系。"直截了当地说，他们就是让妈妈在您和我之间做一个选择。妈妈同您商量，您经过反复考虑后对妈妈说："我活不久了，你跟我去也帮不上忙，何苦再牺牲你？还是争取和亮亮在一起吧，现在不行，将来总还可能。有你和亮亮在一起，我也放心了，我们只有她这一个女儿……"妈妈还能说什么呢？爸，我的爸呵！

生离死别的三天，您和妈妈是在怎样一种难熬的悲哀依恋中度过的，我无法想象，可听妈妈讲，你们彼此谁也没有说过一次伤心的话。妈妈强捺着悲痛，为您准备了该带的东西，什么都为您想到了，什么都为您拼命做到了。您能给妈妈的仅是一首诗：

赠 曾 志

重上战场我亦难，感君情厚逼云端。
无情白发催寒暑，蒙垢余身抑苦酸。
病马也知嘶枥晚，枯葵更觉怯霜寒。
如烟往事俱忘却，心底无私天地宽。

今天，我读着它，依然像九年来每次读到它一样感到震动。爸，这哪是一首诗，这是一个痛苦而坚强的心灵的跳动。它熔铸了您作为一个革命同志加丈夫的全部情感和信念呵！

分别的日子终于到了，再有一个多小时您就要被押送合肥。您知道此去离泉台只有一步，您再也见不到妈妈和我，妈妈也知道这是你们的诀别，可你们这对为共产主义共同战斗了四十多年，共度忧患，感情笃深的老夫妻竟然没有掉一滴泪。您由于不完全性肠梗阻已经几天没吃东西了，妈妈强颜欢笑地为您切了一片薄薄的面包。为了安慰她，您忍着剧痛一口口把面包强咽下去。每咽一口，您都要流一头汗呵……

专案人员问您还有什么话要讲，您沉思了一下，一字一句地说："我已经是油尽灯残的人，他们尽可随意给我做结论。但我是一个共产党员，我有权利保留自己的意见。我相信历史会对一切做出说明。"爸爸，您就是这样威武不屈，一直到死，也没向江青和陈伯达他们低头。就要分手了，您无限深情地对妈妈说："我怕是难见到亮亮了，等你看到她，要告诉她，爸爸对不起她，让她跟我受委屈了。但爸爸在政治历史上是清白的，是对得起她的。希望她无论在什么情况下都要跟着党，跟着毛主席干革命。我相信亮亮也会这样做的。"说完，您和妈妈握了握手，妈妈要送您也不让，就这样由人架着上路了。您和妈妈分别得那样从容，那样镇定，你们把个人的生死置之度外，想到的仍然是革命，是对党的忠诚，是共产党员的气节和对下一代的教育。爸，你们把自己的一切都献给了人民，而唯一属于你们的女儿，却在临死前都没能见她一面，您死能瞑目吗?

爸爸，妈妈把您的遗言告诉了我，从那时起已经过去九年了，我一时一刻也没有忘记您的话。"四人帮"被粉碎前，一个"黑帮"的女儿，生活的道路是多么艰难，她要不断地受到各种歧视和冷遇。有时，在受到一而再，再而三的打击后，我真想破罐破摔，自暴自弃，可是一想到您，我就又觉得不应该那样做。我随时想到我不单纯是一个陶斯亮，我是陶铸的女儿，有些人认为这是一个耻辱的称号，那是因为江青他们在您的名字上泼洒了污垢，可我则知道陶铸是一个坚强的老共产党员。我不能让自己的言行玷污了您的名字，给那些人留下攻击您的口实和笑柄。

五

您走后，妈妈很快就被强迫去广东了。爸爸，广东是您和妈妈战斗了多年的地方，你们在这块土地上流血流汗。您知道吗，至今广东人民没有忘记您。这种人民的怀念对一个共产党员来说是最珍贵的，女儿把这点告诉您，您在九泉下也会感到欣慰的。

我们去广东农村帮妈妈安排了新家。那是一间破旧的小屋，阴暗潮湿，四面漏风，有很多虫子。这间房深深地铭刻在我的记忆中，这不仅仅是因为体弱多病的妈妈在这间房子里孤苦伶仃地生活了三年，而且更重要的是我和妈妈在这间小屋子里度过了您逝世后最初的一段时日……

1969年12月的一天，被林彪一伙控制的广州军区突然有人来找妈妈，通知我们：您到合肥后四十三天就死去了，时间是11月30日上午十一时。闻讯后，妈妈虽然脸色铁青，但在来人面前仍然是那样沉稳持重，一直到人走才簌然泪下……我们坚决要求去合肥料理您的后事，但是遭到了拒绝，一直到今天，我们都不知道您的遗骨遗落在何处……

一个为党，为人民的革命事业战斗了四十多年的老共产党员，就这样被林彪、“四人帮”残酷迫害，夺去了生命。那时，像您这样的老革命，被他们害得家破人亡的不知有多少呵！这些用血和泪写成的事实，就是林彪、“四人帮”所谓的“对资产阶级全面专政”的政治内容。爸，今天可以告慰您的是：这些淋漓的鲜血已经提醒人们，永远记住这些奇耻大恨，认真总结历史的经验教训了。

爸爸，您的女儿是个医生，曾给许多病人看过病，曾在许多病人弥留之际进行抢救，也曾守护过许多病人与生命告别。可是，在您病中，我却没能给您喂过一次药，打过一次针，甚至在您临终之际，我都不能让您看上一眼……爸爸，女儿对不起您……女儿实在对不起您……我知道，您一定会原谅女儿的，可是，我又怎么能宽恕自己呢？怎么能不含着刻骨的仇恨诅咒万恶的林彪和“四人帮”呢？

爸，我听人说，在夜深人静时，九泉之下的人会听到亲人的絮语和思念，这时，他们就会来到梦中与家人相会。这当然是不可能的事情，但我却常常希望它是真的，那样，我就可以和您在梦中见面了。爸爸，您现在在哪儿？您可曾听到女儿的呼唤？您是否知道女儿在您逝世一周年的时候，一个人在大西北高原的月夜给您荒祭的事呢？

1970年11月28日，离您去世一周年还差两天。当时，我仍身不由己，来自四面八方的监视使我不能对您的死表示任何哀悼。于是，我只好提前两天避开那些人的注意来暗中悼念您。那天晚上，我找了个借口，一个人先回了宿舍，偷偷地在罩衣里面戴上早就准备好的黑纱。我来到单位外的一个事先选好的荒僻场地，对着您逝世的东南方向恭敬地默哀了三分钟，然后借着月光念了写给您的悼词。我对着苍天大地发誓，等到红旗盖上您的身体那一天，我一定要书寄黄泉告诉爸爸：林、陈、江之流垮台了，人民又得到解放了！好让您展开紧锁的眉头，再听您开怀的大笑……

冬去春来，第一年过去了，埋在我心底的愿望的种子没能冲破冰封的土层……

第二年又过去了，催苏唤生的春天还迟迟没有到来……

等啊，等啊，我们一直等了七年，才盼来了以华主席为首的党中央揪出了祸国殃民的“四人帮”……现在，党中央终于为您平反昭雪了。爸爸，我真恨不得砸开死亡的铁门，找遍整个九泉，将这个好消息告诉您，您听到了一定会高兴得拉着我的手重返人间。

亲爱的爸爸，十一年了，我不知在默默中给您写了多少封信，我既不能让人知道，又没有可投之处，可我却不停地写，不停地写……写在纸上的我不得不一封封毁掉，可写在心上的却铭刻得越来越深。现在，我终于给您发出了十一年来在纸上和心上反反复复写的这封信。它仅仅是我作为一个女儿在短短的时间里看到的，听到的，想到的。它怎么能装得下我积郁多年的感情，又怎么能表现您四十多年来的战斗生涯呢？它仅仅是一朵小小的白花，是女儿向您致哀和报春的一朵小小的白花。关于您一生的功过，党、人民和与您共同战斗过的同志是会给予正确评价的。

您虽然去世了，但您作为一个真正共产党员的革命形象，却永远不会在人民的心中泯灭……

安息吧，爸爸！

1978年12月

怀念萧珊

巴　金

一

今天是萧珊逝世的六周年纪念日。六年前的光景还非常鲜明地出现在我的眼前。那一天我从火葬场回到家中，一切都是乱糟糟的，过了两三天我渐渐地安静下来了，一个人坐在书桌前，想写一篇纪念她的文章。在五十年前我就有了这样一种习惯：有感情无处倾吐时我经常求助于纸笔。可是1972年8月里那几天，我每天坐三四个小时望着面前摊开的稿纸，却写不出一句话。我痛苦地想，难道给关了几年的“牛棚”，真的就变成“牛”了？头上仿佛压了一块大石头，思想好像冻结了一样。我索性放下笔，什么也不写了。

六年过去了，林彪、“四人帮”及其爪牙们的确把我搞得很“狼狈”，但我还是活下来了，而且偏偏活得比较健康，脑子也并不糊涂，有时还可以写一两篇文章。最近我经常去火葬场，参加老朋友们的骨灰安放仪式。在大厅里，我想起许多事情。同样地奏着哀乐，我的思想却从挤满了人的大厅转到只有二三十个人的中厅里去了，我们正在用哭声向萧珊的遗体告别。我记起了《家》里面觉新说过的一句话：“好像珏死了，也是一个不祥的鬼。”四十七年前我写这句话的时候，怎么想得到我是在写自己！我没有流眼泪，可是我觉得有无数锋利的指甲在挠我的心。我站在死者遗体旁边，望着那张惨白色的脸，那两片咽下千言万语的嘴唇，我咬紧牙齿，在心里唤着死者的名字。我想，我比她大十三岁，为什么不让我先死？我想，这是多么不公平！她究竟犯了什么罪？她也给关进“牛棚”，挂上“牛鬼蛇神”的小纸牌，还扫过马路。究竟为什么？理由很简单，她是我的妻子。她患了病，得不到治疗，也因为她是我的妻子。想尽办法一直到逝世前三个星期，靠开后门她才住进医院。但是癌细胞已经扩散，肠癌变成了肝癌。

她不想死，她要活，她愿意改造思想，她愿意看到社会主义建成。这个愿望总不能说是痴心妄想吧。她本来可以活下去，倘使她不是“黑老K”的“臭婆娘”。一句话，是我连累了她，是我害了她。

在我靠边的几年中间，我所受到的精神折磨她也同样受到。但是我并未挨过打，她却挨了“北京来的红卫兵”的铜头皮带，留在她左眼上的黑圈好几天以后才褪尽。她挨打只是为了保护我，她看见那些年轻人深夜闯进来，害怕他们把我揪走，便溜出大门，到对面派出所去，请民警同志出来干预。那里只有一个人值班，不敢管。当着民警的面，她被他们用铜头皮带狠狠抽了一下，给押了回来，同我一起关在马桶间里。

她不仅分担了我的痛苦，还给了我不少的安慰和鼓励。在“四害”横行的时候，我在原单位（中国作家协会上海分会）给人当作“罪人”和“贱民”看待，日子十分难过，有时到晚上九十点钟才能回家。我进了门看到她的面容，满脑子的乌云都消散了。我有什么委屈、牢骚，都可以向她尽情倾吐。有一个时期我和她每晚临睡前要服两粒眠尔通才能够闭眼，可是天刚刚发白就都醒了。我唤她，她也唤我。我诉苦般地说：“日子难过啊！”她也用同样的声音回答：“日子难过啊！”但是她马上加一句：“要坚持下去。”或者再加一句：“坚持就是胜利。”我说“日子难过”，因为在那一段时间里，我每天在“牛棚”里面劳动、学习、写交代、写检查、写思想汇报。任何人都可以责骂我、教训我、指挥我。从外地到“作协分会”来串联的人可以随意点名叫我出去“示众”，还要自报罪行。上下班不限时间，由管理“牛棚”的“监督组”随意决定。任何人都可以闯进我家里来，高兴拿什么就拿走什么。这个时候大规模的群众性批斗和电视批斗大会还没有开始，但已经越来越逼近了。

她说“日子难过”，因为她给两次揪到机关，靠边劳动，后来也常常参加陪斗。在淮海中路“大批判专栏”上张贴着批判我的罪行的大字报，我一家人的名字都给写出来“示众”，不用说，“臭婆娘”的大名占着显著的地位。这些文字像虫子一样咬痛她的心。她让上海戏剧学院“狂妄派”学生突然袭击、揪到“作协分会”去的时候，在我家大门上还贴了一张揭露她的所谓罪行的大字报。幸好当天夜里我儿子把它撕毁。否则这一张大字报就会要了她的命！

人们的白眼，人们的冷嘲热骂蚕食着她的身心，我看出来她的健康逐渐遭到损害。表面上的平静是虚假的。内心的痛苦像一锅煮沸的水，她怎么能遮盖住！怎么能使它平静！她不断地给我安慰，对我表示信任，替我感到不平。然而她看到我的问题一天天地变得严重，上面对我的压力一天天地增加，她又非常担心。有时同我一起上班或者下班，走近巨鹿路口，快到“作协分会”，或者走近湖南路口，快到我们家，她总是抬不起头。我理解她，同情她，也非常担心她经受不起沉重的打击。我记得有一天到了平常下班的时间，我们没有受到留难，回到家里她比较高兴，到厨房去烧菜。我翻看当天的报纸，在第三版上看到当时做了“作协分会”的“头头”的两个工人作家写的文章《彻底揭露巴金的反革命真面目》。真是当头一棒！我看了两三行，连忙把报纸藏起来，我害怕让她看见。她端着烧好的菜出来，脸上还带笑容，吃饭时她有说有笑。饭后她要看报，我企图把她的注意力引到别处。但是没有用，她找到了报纸。她的笑容一下子完全消失。这一夜她再没有讲话，早早地进了房间。我后来发现她躺在床上小声哭着。一个安静的夜晚给破坏了。今天回想当时的情景，她那张满是泪痕的脸还在我的眼前。我多么愿意让她的泪痕消失，笑容在她那憔悴的脸上重现，即使减少我几年的生命来换取我们家庭生活中一个宁静的夜晚，我也心甘情愿！

二

我听周信芳同志的媳妇说，周的夫人在逝世前经常被打手们拉出去当作皮球推来推去，打得遍体鳞伤。有人劝她躲开，她说：“我躲开，他们就要这样对付周先生了。”萧珊并未受到这种新式体罚。可是她在精神上给别人当皮球打来打去。她也有这样的想法：她多受一点儿精神折磨，可以减轻对我的压力。其实这是她一片痴心，结果只苦了她自己。我看见她一天天地憔悴下去，我看见她的生命之火逐渐熄灭，我多么痛心。我劝她，安慰她，我想拉住她，一点儿也没有用。

她常常问我：“你的问题什么时候才解决呢？”我苦笑地说：“总有一天会解

决的。”她叹口气说：“我恐怕等不到那个时候了。”后来她病倒了，有人劝她打电话找我回家，她不知从哪里得来的消息，她说：“他在写检查，不要打岔他。他的问题大概可以解决了。”等到我从五七干校回家休假，她已经不能起床。她还问我检查写得怎样，问题是否可以解决。我当时的确在写检查，而且已经写了好几次了。他们要我写，只是为了消耗我的生命。但她怎么能理解呢？

这时离她逝世不过两个多月，癌细胞已经扩散。可是我们不知道，想找医生给她认真检查一次，也毫无办法。平日去医院挂号看门诊，等了许久才见到医生或者实习医生，随便给开个药方就算解决问题。只有在发烧到摄氏三十九度才有资格挂急诊号，或者还可以在病人拥挤的观察室里待上一天半天。当时去医院看病找交通工具也很困难，常常是我女婿借了自行车来，让她坐在车上，他慢慢地推着走。有一次她雇到小三轮车去看病，看好门诊回家雇不到车了，只好同陪她看病的朋友一起慢慢地走回来，走走停停，走到街口，她快要倒下了，只得请求行人到我们家通知。她一个表侄正好来探病，就由他去把她背了回家。她希望拍一张X光片子查一查肠子有什么病，但是办不到。后来靠了她一位亲戚帮忙开后门两次拍片，才查出她患肠癌。以后又靠朋友设法开后门住进了医院。她自己还很高兴，以为得救了。只有她一个人不知真实的病情，她在医院里只活了三个星期。

我休假回家，假期满了，我又请过两次假，留在家里照料病人。最多也不到一个月。我看见她病情日趋严重，实在不愿意把她丢开不管，我要求延长假期的时候，我们那个单位的一个“工宣队”头头逼着我第二天就回干校去。我回到家里，她问起来，我无法隐瞒。她叹了一口气，说：“你放心去吧。”她把脸掉过去，不让我看她。我女儿、女婿看到这种情景，自告奋勇跑到巨鹿路向那位“工宣队”头头解释，希望同意我在市区多留些日子照料病人。可是那个头头“执法如山”，还说：他不是医生，留在家里，有什么用！“留在家里对他改造不利！”他们气愤地回到家中，只说机关不同意，后来才对我传达了这句“名言”。我还能讲什么呢？明天回干校去！

整个晚上她睡不好，我更睡不好。出乎意外，第二天一早我那个插队落户的儿子在我们房间里出现了。他是昨天半夜里到的。他得到了家信，请假回家看母亲，却没有想到母亲病成这样。我见了他一面，把他母亲交给他，就回干校去了。

在车上我的情绪很不好。我实在想不通为什么会有这样的事情。我在干校待了五天，无法同家里通消息。我已经猜到她的病不轻了。可是人们不让我过问她的事情。这五天是多么难熬的日子！到第五天晚上在干校的造反派头头通知我们全体第二天一早回市区开会。这样我才又回到了家，见到我的爱人。靠了朋友帮忙，她可以住进中山医院肝癌病房，一切都准备好，她第二天就要住院了。她多么希望住院前见我一面，我终于回来了。连我也没有想到她的病情发展得这么快。我们见了面，我一句话也讲不出来。她说了一句："我到底住院了。"我答说："你安心治疗吧。"她父亲也来看她，老人家双目失明，去医院探病有困难，可能是来同他的女儿告别了。

我吃过午饭，就去参加给别人戴上反革命帽子的大会，受批判、戴帽子的人不止一个，其中有一个我的熟人王若望同志，他过去也是作家，不过比我年轻。我们一起在"牛棚"里关过一个时期，他的罪名是"摘帽右派"。他不服，不听话，他贴出大字报，声明"自己解放自己"，因此罪名越搞越大，给捉去关了一个时期不算，还戴上了反革命的帽子监督劳动。在会场里我一直像在做怪梦。开完会回家，见到萧珊我感到格外亲切，仿佛重回人间。可是她不舒服，不想讲话，偶尔讲一句半句。我还记得她讲了两次："我看不到了。"我连声问她看不到什么？她后来才说："看不到你解放了。"我还能再讲什么呢？

我儿子在旁边，垂头丧气，精神不好，晚饭只吃了半碗，像是患感冒。她忽然指着他小声说："他怎么办呢？"他当时在安徽山区农村已经待了三年半，政治上没有人管，生活上不能养活自己，而且因为是我的儿子，给剥夺了好些公民权利。他先学会沉默，后来又学会抽烟。我怀着内疚的心情看看他。我后悔当初不该写小说，更不该生儿育女。我还记得前两年在痛苦难熬的时候她对我说："孩子们说爸爸做了坏事，害了我们大家。"这好像用刀子在割我身上的肉。我没有出声，我把泪水全吞在肚里。她睡了一觉醒过来忽然问我："你明天不去了？"我说："不去了。"就是那个"工宣队"头头今天通知我不用再去干校就留在市区。他还问我："你知道萧珊是什么病？"我答说："知道。"其实家里瞒住我，不给我知道真相，我还是从他这句问话里猜到的。

三

第二天早晨她动身去医院，一个朋友和我女儿、女婿陪她去。她穿好衣服等候车来。她显得急躁，又有些留恋，东张张西望望，她也许在想是不是能再看到这里的一切。我送走她，心上反而加了一块大石头。

将近二十天里，我每天去医院陪她大半天。我照料她，我坐在病床前守着她，同她短短地谈几句话。她的病情恶化，一天天衰弱下去，肚子却一天天大起来，行动越来越不方便。当时病房里没有人照料，生活方面除饮食外一切都必须自理。后来听同病房的人称赞她“坚强”，说她每天早晚都默默地挣扎着下了床，走到厕所。医生对我们谈起，病人的身体经不住手术，最怕的是她的肠子堵塞，要是不堵塞，还可以拖延一个时期。她住院后的半个月是1966年8月以来我既感痛苦又感到幸福的一段时间，是我和她在一起度过的最后的平静时刻，我今天还不能将它忘记。但是半个月以后，她的病情又有了发展，一天吃中饭的时候，医生通知我儿子找我去谈话。他告诉我：病人的肠子给堵住了，必须开刀。开刀不一定有把握，也许中途出毛病。但是不开刀，后果更不堪设想。他要我决定，并且要我劝她同意。我做了决定，就去病房对她解释。我讲完话，她只说了一句：“看来，我们要分别了。”她望着我，眼睛里全是泪水。我说：“不会的……”我的声音哑了。接着护士长来安慰她，对她说：“我陪你，不要紧的。”她回答：“你陪我就好。”时间很紧迫，医生、护士们很快做好了准备，她给送进手术室去了，是她的表侄把她推到手术室门口的。我们就在外面廊上等了好几个小时，等到她平安地给送出来，由儿子把她推回到病房去。儿子还在她的身边守过一个夜晚。过两天他也病倒了，查出来他患肝炎，是从安徽农村带回来的。本来我们想瞒住他的母亲，可是无意间让他母亲知道了。她不断地问：“儿子怎么样？”我自己也不知道儿子怎么样，我怎么能使她放心呢？晚上回到家，走进空空的、静静的房间，我几乎要叫出声来：“一切都朝我的头打下来吧，让所有的灾祸都来吧。我受得住！”

我应当感谢那位热心而又善良的护士长，她同情我的处境，要我把儿子的事情完全交给她办。她做好安排，陪他看病、检查，让他很快住进别处的隔离病房，得到及时的治疗和护理。他在隔离病房里苦苦地等候母亲病情的好转。母亲躺在病床上，只能有气无力地说几句短短的话，她经常问：“棠棠怎么样？”从她那双含泪的眼睛里我明白她多么想看见她最爱的儿子。但是她已经没有精力多想了。

她每天给输血、打盐水针。她看见我去就断断续续地问我：“输多少西西（CC）的血？该怎么办？”我安慰她：“你只管放心。没有问题，治病要紧。”她不止一次地说：“你辛苦了。”我有什么苦呢？我能够为我最亲爱的人做事情，哪怕做一件小事，我也高兴！后来她的身体更不行了。医生给她输氧气，鼻子里整天插着管子。她几次要求拿开，这说明她感到难受，但是听了我们的劝告，她终于忍受下去了。开刀以后她只活了五天。谁也想不到她会去得这么快！五天中间我整天守在病床前，默默地望着她在受苦（我是设身处地感觉到这样的），可是她除了两三次要求搬开床前巨大的氧气筒，三四次表示担心输血较多付不出医药费之外，并没有抱怨过什么。见到熟人她常有这样一种表情：请原谅我麻烦了你们。她非常安静，但并未昏睡，始终睁大两只眼睛。眼睛很大，很美，很亮。我望着，望着，好像在望着快要燃尽的烛火。我多么想让这对眼睛永远亮下去！我多么害怕她离开我！我甚至愿意为我那十四卷“邪书”受到千刀万剐，只求她能安静地活下去。

不久前我重读梅林写的《马克思传》，书中引用了马克思给女儿的信里的一段话，讲到马克思夫人的死。信上说：“她很快就咽了气……这个病具有一种逐渐虚脱的性质，就像由于衰老所致一样。甚至在最后几小时也没有临终的挣扎，而是慢慢地沉入睡乡。她的眼睛比任何时候都更大、更美、更亮！”这段话我记得很清楚。马克思夫人也死于癌症。我默默地望着萧珊那对很大、很美、很亮的眼睛，我想起这段话，稍微得到一点安慰。听说她的确也“没有临终的挣扎”，也是“慢慢地沉入睡乡”。我这样说，因为她离开这个世界的时候，我不在她的身边。那天是星期天，卫生防疫站因为我们家发现了肝炎病人，派人上午来做消毒工作。她的表妹有空愿意到医院去照料她，讲好我们吃过中饭就去接替。没有想到我们刚刚端起饭碗，就得到传呼电话，通知我女儿去医院，说是她妈妈“不行”了。真是晴天霹雳！我和我女儿、女婿赶到医院。她那张病床上连床垫也给拿走了。别人告诉我她在太平间。我们又下了楼赶到那里，在门口遇见表妹。还是她找人帮忙把“咽了气”的病人抬进来的。死者还不曾给放进铁匣子里送进冷库，她躺在担架上，但已经给白布床单包得紧紧的，看不到面容了。我只看到她的名字。我弯下身子，把地上那个还有点人形的白布包拍了好几下，一面哭着唤她的名字。不过几分钟的时间。这算是什么告别呢？

据表妹说，她逝世的时刻，表妹也不知道。她曾经对表妹说：“找医生来。”医生来过，并没有什么。后来她就渐渐地“沉入睡乡”。表妹还以为她在睡眠。一个护士来打针，才发觉她的心脏已经停止跳动了。我没有能同她诀别，我有许多话没有能向她倾吐，她不能没有留下一句遗言就离开我！我后来常常想，她对表妹说“找医生来”，很可能不是“找医生”，是“找李先生”（她平日这样称呼我）。

为什么那天上午偏偏我不在病房呢？家里人都不在她身边，她死得这样凄凉！

我女婿马上打电话给我们仅有的几个亲戚。她的弟媳赶到医院，马上晕了过去。三天以后在龙华火葬场举行告别仪式。她的朋友一个也没有来，因为一则我们没有通知，二则我是一个审查了将近七年的对象。没有悼词，没有悼客，只有一片伤心的哭声。我衷心感谢前来参加仪式的少数亲友和特地来帮忙的我女儿的两三个同学，最后，我跟她的遗体告别，女儿望着遗容哀哭，儿子在隔离病房还不知道把他当作命根子的妈妈已经死亡。值得说的是她当作自己儿子照顾了好些年的一位亡友的男孩儿从北京赶来，只为了见她的最后一面。这个整天同钢铁打交道的技术员，他的心倒不像钢铁那样。他得到电报以后，他爱人对他说："你去吧，你不去一趟，你的心永远安定不了。"我在变了形的她的遗体旁边站了一会儿。别人给我和她照了相。我痛苦地想：这是最后一次了，即使给我们留下来很难看的形象，我也要珍视这个镜头。

一切都结束了。过了几天我和女儿、女婿到火葬场，领到了她的骨灰盒。在存放室寄存了三年之后，我按期把骨灰盒接回家里。有人劝我把她的骨灰安葬，我宁愿让骨灰盒放在我的寝室里，我感到她仍然和我在一起。

四

梦魇一般的日子终于过去了。六年仿佛一瞬间似的远远地落在后面了。其实哪里是一瞬间！这段时间里有多少流着血和泪的日子啊。不仅是六年，从我开始写这篇短文到现在又过去了半年，半年中我经常在火葬场的大厅里默哀，行礼，为了纪念给"四人帮"迫害致死的朋友。想到他们不能把个人的智慧和才华献给社会主义祖国，我万分惋惜。每次戴上黑纱、插上纸花的同时，我也想起我自己最亲爱的朋友，一个普通的文艺爱好者，一个成绩不大的翻译工作者，一个心地善良的人。她是我生命的一部分，她的骨灰里有我的泪和血。

她是我的一个读者。1936年我在上海第一次同她见面。1938年和1941年我们两次在桂林像朋友似的住在一起。1944年我们在贵阳结婚。我认识她的时候，她还不到二十，对她的成长我应当负很大的责任。她读了我的小说，给我写信，后来见到了我，对我发生了感情。她在中学念书，看见我以前，因为参加学生运动被学校开除，回到家乡住了一个短时期，又出来进另一所学校。倘使不是为了我，她三七、三八年一定去了延安。她同我谈了八年的恋爱，后来到贵阳旅行结婚，只印发了一个通知，没有摆过一桌酒席。从贵阳我和她先后到了重庆，住在民国路文化生活出版社门市部楼梯下七八个平方米的小屋里。她托人买了四只玻璃杯开始组织我们的小家庭。她陪着我经历了各种艰苦生活。在抗日战争紧张的时期，我们一起在日军进城以前十多个小时逃离广州，我们从广东到广西，从昆明到桂林，从金华到温州，我们分散了，又重见，相见后又别离。在我那两册《旅途通讯》中就有一部分这种生活的记录。四十年前有一位朋友批评我："这算什么文章！"我的《文集》出版后，另一位朋友认为我不应当把它们也收进去。他们都有道理，两年来我对朋友、对读者讲过不止一次，我决定不让《文集》重版。但是为我自己，我要经常翻看那两小册《通讯》。在那些年代，每当我落在困苦的境地里、朋友们各奔前程的时候，她总是亲切地在我的耳边说："不要难过，我不会离开你，我在你的身边。"的确，只有在她最后一次进手术室之前她才说过这样一句："我们要分别了。"

我同她一起生活了三十多年。但是我并没有好好地帮助过她。她比我有才华，却缺乏刻苦钻研的精神。我很喜欢她翻译的普希金和屠格涅夫的小说。虽然译文并不恰当，也不是普希金和屠格涅夫的风格，它们却是有创造性的文学作品，阅读它们对我是一种享受。她想改变自己的生活，不愿做家庭妇女，却又缺少吃苦耐劳的勇气。她听一个朋友的劝告，得到后来也是给"四人帮"迫害致死的叶以群同志的同意，到《上海文学》"义务劳动"，也做了一点点工作，然而在运动中却受到批判，说她专门向老作家组稿，又说她是我派去的"坐探"。她为了改造思想，想走捷径，要求参加"四清"运动，找人推荐到某铜厂的工作组工作，工作相当忙碌，紧张，她却精神愉快。但是到我快要靠边的时候，她也被叫回"作协分会"参加运动。她第一次参加这种急风暴雨般的斗争，而且是以反动权威家属的身份参加，她不知道该怎么办才好。她张皇失措、坐立不安，替我担心，又为儿女的前途忧虑。她盼望什么人向她伸出援助的手，可是朋友们离开了她，"同事们"拿她当作箭靶，还有人想通过整她来整我。她不是"作协分会"或者刊物的正式工作人员，可是仍然被"勒令"靠边劳动、站队挂牌，放回家以后，又给揪到机关。过一个时期，她写了认罪的检查，第二次给放回家的时候，我们机关的造反派头头却通知里弄委员会罚她扫街。她怕人看见，每天大清早起来，拿着扫帚出门，扫得筋疲力尽，才回到家里，关上大门，吐了一口气。但有时她还碰到上学去的小孩儿，对她叫骂“巴金的臭婆娘”。我偶尔看见她拿着扫帚回来，不敢正眼看她，我感到负罪的心情，这是对她的一个致命的打击。不到两个月，她病倒了，以后就没有再出去扫街（我妹妹继续扫了一个时期），但是也没有完全恢复健康。尽管她还继续拖了四年，但一直到死她并不曾看到我恢复自由。这就是她的最后，然而绝不是她的结局。她的结局将和我的结局连在一起。

我绝不悲观。我要争取多活。我要为我们社会主义祖国工作到生命的最后一息。在我丧失工作能力的时候，我希望病榻上有萧珊翻译的那几本小说。等到我永远闭上眼睛，就让我的骨灰同她的掺和在一起。

1979年1月

拣 麦 穗

张 洁

在农村长大的姑娘，谁不熟悉拣麦穗的事呢？

我要说的，却是几十年前拣麦穗的那段往事。

月残星疏的清晨，挎着一个空荡荡的篮子，顺着田埂上的小路走去拣麦穗的时候，她想的是什么呢？

在那夜雾腾起的黄昏，蹬着沾着露水的青草，挎着装满麦穗的篮子，走回破旧的窑洞的时候，她想的是什么呢？

唉，她能想什么呢？！

假如你没在那种日子里生活过，你永远不能想象，从这一粒粒丢在地里的麦穗上，会生出什么样的幻想。

她拼命地拣哪，拣哪，一个收麦子的季节，能拣上一斗？她把这麦子换来的钱积攒起来，等到赶集的时候，扯上花布，买上花线，然后她剪呀，缝呀，绣呀……也不见她穿，也不见她戴。谁也没和谁合计过，谁也没找谁商量过，可是等到出嫁的那一天，她们全会把这些东西，装进新嫁娘的包裹里去。

不过当她们把拣麦穗时所伴的幻想，一同包进包裹里去的时候，她们会突然感到那些幻想全都变了味儿，觉得多少年来她们拣呀、缝呀、绣呀实在是太傻啊！她们要嫁的那个男人，和她们在拣麦穗、扯花布、绣花鞋的时候所幻想的那个男人，有着多么大的不同啊！但是，她们还是依顺地嫁了出去，只不过在穿戴那些衣服的时候，再也达不到做它、缝它时的那种心情了。

这算得了什么呢？谁也不会为她们叹一口气，表示同情。谁也不会关心她们还曾经有过幻想。连她们自己也甚至不会感到过分的悲伤。顶多不过像是丢失哪一个美丽的梦。有谁见过哪一个人会死乞白赖地寻找一个梦呢？

当我刚刚能够歪歪咧咧地提着一个篮子跑路的时候，我就跟在大姐姐身后拣麦穗了。

那篮子显得太大，总是磕碰着我的腿子和地面，闹得我老是跌跤。我也很少有拣满一个篮子的时候，我看不见田野的麦穗，却总是看见蝴蝶和蚂蚱，当我追赶它们的时候，拣到的麦穗还会从我的篮子里再掉到地里去。

有一天，二姨看着我那盛着稀稀拉拉几个麦穗的篮子说：“看看，我家大雁也会拣麦穗了。”然后，她又戏谑地说：“大雁，告诉姨，你拣麦穗做啥？”

我大言不惭地说：“我要备嫁妆哩！”

二姨贼眉贼眼地笑了，还向围在我们周围的姑娘、婆婆们眏了眏她那双不大的眼睛：“你要嫁谁吗？”

是呀，我要嫁谁呢？我忽然想起那个卖灶糖的老汉。我说：“我要嫁那个卖灶糖的老汉！”

她们全都放声大笑，像一群鸭一样嘎嘎地叫着。笑啥嘛！我生气了。难道做我的男人，他有什么不体面的地方吗？

卖灶糖的老汉有多大年纪了？我不知道。他脸上皱纹一道挨着一道，顺着眉毛弯向两个太阳穴，又顺着腮帮弯向嘴角。那些皱纹给他的脸上增添了许多慈祥的笑意。当他挑着担子赶路的时候，他那剃得像半个葫芦样的后脑勺上的长长的白发，便随着颤悠悠的扁担一同忽闪着。我的话，很快就传进了他的耳朵。

那天，他挑着担子来到我们村，见到我就乐了。说：“娃娃你要给我做媳妇吗？”

“对呀！”

他张着大嘴笑了，露出一嘴的黄牙。他那长在半个葫芦似的头上的白发，也随着笑声抖动着。

“你为啥要嫁我呢？”

“我要天天吃灶糖咧！”

他把旱烟锅子朝鞋底上磕着：“娃呀，你太小哩。”

“你等我长大嘛。”

他摸着我的头顶说：“不等你长大，我可该进土啦。”

听了他的话，我急了。他要是死了，可咋办呢？我急得要哭了。

他赶紧拿块灶糖塞进了我的手里。看着那块灶糖，我又带着眼泪笑了：“你别死啊，等着我长大了。”

他又乐了。答应着我：“我等你长大。”

“你家住哪哒呢？”

“这担子就是我的家，走到哪哒，就歇在哪哒！”

我犯愁了：“等我长大，去哪哒寻你呀！”

“你莫愁，等你长大，我来接你！”

这以后，每逢经过我们这村子，他总是带些小礼物给我。一块灶糖，一个甜瓜，一把红枣……还乐呵呵地对我说：“看看我的小媳妇儿来呀！”

我呢，也学着大姑娘的样子——我偷偷地瞧见过——要我娘找块碎布，给我剪了个烟荷包，还让我娘在布上描了花。我缝呀，绣呀……烟荷包缝好了，我娘笑得个前仰后合，说那不是烟荷包，皱皱巴巴，倒像个猪肚子。我让我娘收了起来，我说了，等我出嫁的时候，我要送给我男人。

我渐渐地长大了，到了知道认真拣麦穗的年龄了，懂得了我说的都是让人害臊的话了。卖灶糖的老汉也不再开那玩笑——叫我是他的小媳妇。不过他还是常常带些小礼物给我。我知道，他真的疼我呢。

我不明白为什么，我倒真是越来越依恋他，每逢他经过我们村子，我都会送他好远。我站在土坎儿上，看着他的背影渐渐地消失在山坳坳里。

年复一年，我看得出来，他的背更弯了，步履也更加蹒跚了。这时，我真的担心了，担心他早晚有一天会死去。

有一年，过腊八的前一天，我约莫着卖灶糖的老汉那一天该会经过我们村。我站在村口上一棵已经落尽叶子的柿子树下，朝沟底下的那条大路上望着，等着。

路上来了一个挑担子的人。走近一看，担子上挑的也是灶糖，人可不是那个卖灶糖的老汉。我向他打听卖灶糖的老汉，他告诉我，卖灶糖的老汉老去了。

我哭了，哭得很伤心，哭那陌生的、但却疼爱我的卖灶糖老汉。

我常想，他为什么疼爱我呢？无非因为我是一个贪吃的，因为极其丑陋而又没人疼爱的小女孩吧？我常常想念他，也常常想要找到我那个皱皱巴巴的像猪肚子一样的烟荷包。可是它早已不知被我丢到哪里去了。

1979年12月

煎饼花儿

马瑞芳

一

每当读到蒲松龄的《煎饼赋》："圆如望月，大似铜钲，薄似剡溪之纸，色似黄鹤之翎。"我总有一种特殊的亲切感。

煎饼，是鲁中人民的日常食物；煎饼，引起我对童年——五十年代的遐想。

鸟儿啁啾，天光方曙，哥哥姐姐就围在厨房门口，像檐间叽叽喳喳的小雀，嗷嗷待哺：

"娘摊新煎饼啰！"

"我要个黄斓的！"

"我要个软和的！"

我不伸手。煎饼，摊得再好吧，能比得上对门油饼铺的酥油饼好？假如我坚持"绝食"，没准儿娘掏两百块钱（旧人民币）给我买一片很窄很窄的油饼。上小学的几员"大将"中，我最小，常受点儿特殊照顾。如果我的"绝食"换来的却是"死科子！"的训斥，那说明娘连买青菜的钱也没有了，我只好去吃高粱煎饼。菜呢？自腌青萝卜。刚断奶的小妹一见煎饼，就咧嘴号啕，被特许吃细粮。大家常向她翻以白眼，统购统销之初，细粮比例是相当小的。

使我十分恼火的是，三哥创作了一幅漫画打趣我。他画了个极丑的小妞儿，张着豁牙的嘴啃油饼，还图文并茂，旁白曰：“这饼真香！”

家门口小商贩的奚落，更令我尴尬。

“咸渍渍，又酥又香的油饼哩，买块儿带着上学吧，小姑姑？”卖油饼的汉子说。

“买俩热包子上学吧，小姑姑？羊肉煎包，一咬一包油！”那花白胡子又招呼道。

这些比我大几十岁的人一本正经地叫我“姑姑”，颇令我悻悻然。“拄拐棍的孙子，穿开裆裤的爷爷”，转弯抹角净亲戚，本是回族人的特点，不足为奇。只是那花白胡子尤使我反感，从我记事，他就蹲在我家门口卖油煎包了，可直至我到省城上中学，我仍无从知晓，他那煎包究竟是不是“一咬一包油”！

对煎饼，我倒是也有好的回忆。当母亲的煎饼囤露了底时，她就把那些七大八小、零零碎碎的煎饼花儿，用油盐葱花炒得松软可口，大家吃起来，风卷残云，流星赶月，“脱一瞬兮他顾，旋回首兮净光”，那副形象，实在登不得大雅之堂。

哥哥姐姐却对煎饼深恶而痛绝。煎饼之制，“溲含米豆，磨如胶饧”，推磨的角色是他们。头晕目眩倒也罢了，还常因此上学迟到。那位严厉得全县闻名的中学校长，在大会上怒斥不守纪律者，就把他们三人“金榜题名”：

“某某，他的妹妹某某，他的弟弟某某，要特、特、特别地注意！”因为学了语法，哥哥姐姐知道这“特、特、特别”表达的是十分严重的语气，自不能等闲视之。更何况校长又每晨亲自把守校门盘查呢！从此，他们鸡鸣即起，天亮时已推完磨，背上书包走了。

油饼铺的汉子来劝母亲了：“过得这么艰窘，还上什么学？叫姑姑们下学吧！”

“我砸锅卖铁，也要供他们上学！”

母亲的“声明”颇有点儿“万般皆下品，唯有读书高”的意味儿。至于上学是为学本领，为建设社会主义，那是老师们教的，少先队学的，是中学校长“特、特、特别”指出的。

经济拮据，大家精神却十分饱满。东方未晓就上学；夜晚，争抢罩子灯下的“有利地形”，读书写字。逢年过节，就揣上两个煎饼，一齐去扭大秧歌。二哥在队首开路，手持大钹，威风凛凛。余者身穿列宁服，腰系红彩绸，载歌载舞：

解放区的天是明朗的天，
解放区的人民好喜欢，
民主政府爱人民哪，
共产党的恩情说不完哪……

是啊，明朗的天！解放前，回民多是肩挑贸易，朝谋夕食，读书人如凤毛麟角。我家世传中医，算识文断字了。可父亲初中毕业即辍学。我出生那年（1942年），天灾肆虐，因为连煎饼也吃不上，父亲只好将祖房抵了高利贷。上无片瓦，下无立锥之地。摆在争食煎饼花儿的诸兄妹面前的前程，或许是推车卖浆，或许是肩挑青菜，或许是烙油饼、卖煎包，如那花白胡子……

沧桑之变，解放了！土改中房子回来了，读书的权利也获得了。破屋足蔽风雨，兄妹你追我赶，大的读，小的也读；男的读，女的也读。“砸锅卖铁也供他们上学。”其实母亲有多少锅可砸？我们上学，靠的是人民助学金！

春苗逢喜雨，一日长三寸。解放区的天是明朗的天，瓦蓝瓦蓝的天。

二

生活稍稍好起来，来了母亲之谓“大乱钢铁”。曾点过哥哥姐姐名的中学校长向同学们宣布：“两年进入共产主义！”

我是高中生了。已懂得两道加法：马克思的——共产主义=物质极大丰富+觉悟空前提高；列宁的——共产主义=苏维埃政权+电气化。

现实生活与导师的“加法”却分道扬镳了。

“电气化”了：家中电灯的光亮令罩子灯退避三舍。只是我们都失去了争光抢亮的兴趣，在为“小高炉”夜以继日搞运输。什么XYZ，什么氧化还原反应、卷舌音，全丢在九霄云外！我曾一宿搬三趟砖，一次两块，行程四十里。食堂也实行“共产主义”了，地瓜蛋随便吃！于是，我有了一道新加法：共产主义=一宿搬六块砖+敞开供应大地瓜。只是我的胃不作美，吃地瓜吃得直冒酸水。于是我不无向往：什么时候吃上碗有油有盐的煎饼花儿，这“共产主义”竟不要也罢了。

母亲的锅终于砸了。并非为了卖铁供子女上学，而是装进老太太们自制的坩埚中炼“优质钢”，结果变成了一堆青不青、红不红的海绵铁。

等到中学校长预言共产主义到来的岁月，地瓜已变成了“高档商品”。我们堂堂高等学府竟供应起狗都不予问津的“代食品”来。好在有中华民族的脊梁骨替我们承受“×分天灾，×分人祸”的重压，周恩来总理亲自下令提高了大学生的助学金、伙食费，大学里竟没出现饿殍。在浮肿病刚刚退却时，戎马终生的陈毅元帅又在广州会议上号召大学生向科学进军。振臂一呼，应者云集。我和哥哥姐姐都在家门口上大学，周末回家，又争抢台灯下的有利地形，有的读原子物理，有的钻高等数学，有的看《文心雕龙》……

那年考过了头一门课，母亲炒了些煎饼花儿，给三个吃够了“瓜菜代”的大学生过“开斋节”。大家边吃边议论考试。我因为把托尔斯泰的生卒年月答错了，俄苏文学史能否得“优”颇犯嘀咕。三哥又来讪笑我：“这叫旗开失败，马到垮台。你就是吃饭数第一，瞧，‘这饼真香’！”

我的脸蓦地红到耳根，仿佛又看到那幅捉弄人的漫画，那啃油饼的大豁牙。在我们这些读书人看来，学业上不能争光，是比懒与馋，更为见不得人的。

物换星移，逝者如斯。1970年，我那个见了煎饼就咧嘴哭的妹妹从医学院毕业了。她是七兄妹中第七个大学生。我们则是回族医生家第一代大学生。我们七人都曾抱着玫瑰色的理想去日夜攻读考大学。有的向往亲手发射中国第一颗人造卫星；有的企望成为当代的扁鹊、华佗，妙手回春，起死回生；有的憧憬下笔绣辞，扬手文飞，为民族文化平添春色。进了大学，更是人人矢志握灵蛇之珠，个个力图抱荆山之玉，五年寒窗，胼手胝足，朝咏外语于晨熹中，暮诵文献于华灯下……

然而，十年浩劫，国难民忧；造反有理，读书无用；“生儿不用识文字，斗鸡走马胜读书”；“案后一腔冻猪肉，所以名为姜侍郎”。我的大妹妹是学自动控制的，毕业时因为是“刘少奇的党员”，被贬到县城，分配当售货员。据说，卖无线电元件对于工业大学五年制毕业生，仍算“专业对口”！我们另外的人呢，或靠边站，或当“老牛”，或干“火头军”。一言以蔽之曰：臭老九。怏然独坐，百忧俱至；沦茗对谈，哀愤两集：你的计划成了水中月，她的打算变为镜中花，我的劳动付诸东流水……我百思不得其解：母亲用煎饼花儿，人民用助学金，供我们读十七年书，难道是为了让我们跟在地富反坏之后，忝列第九？我是何等懊恼烦闷啊！

三

前天，小妹对镜纠正日语发音，忽然说：“我的下巴就是比我女儿的宽，归根到底，我也是吃煎饼长大的，咀嚼肌格外发达。”

“你闺女不至于见了煎饼咧嘴就哭了？”我揭她的短。

“她最爱吃煎饼了。”小妹笑嘻嘻地说，“可你看，人家吃的什么煎饼？”

说着，她从桌上拿起一包塑料纸包装的糖酥煎饼。那是用小米加香蕉、菠萝、橘子、白糖制成的，比一般糕点还要昂贵的山东名产。“文革”之前，只能从高级宾馆买到；现在，泉城处处可见，并成为小妹母女的日常早点了。

母亲不以为然，说：“如今，煎饼成了甜的，咱可没摊过……”

变甜者岂止是煎饼？还有我们的生活！闭门独坐，读书攻关；醇酒对酌，笑语绵绵：你提了讲师，我升了工程师，她入了党；你的论文得发表，我的设计已过关，他开始学第三门外国语。一言以蔽之：学以致用，争做贡献……

我丢一块糖酥煎饼在口中嚼着，赞叹道：“香甜如饴，酥脆可口，这股甜蜜劲儿，真适合除四害后咱们老九的心境。”

三哥又挖苦我一句：“这饼真香！”

大家哄堂大笑。又一致断定：“这糖酥煎饼花儿不及母亲那有油有盐的煎饼花儿可口。”

“为什么呢？”我很感兴趣地问。

有的说，这煎饼甜得发腻，失去了做鲁中劳动人民主食的资格，因为山东人不嗜甜。

更多的却说，因为母亲的煎饼花儿引起大家对“早晨”的联想。

不是吗？那阵子，我们吃煎饼花儿，我们抢罩子灯亮儿，我们穿补丁衣服，弟弟拣哥哥的，妹妹拾姐姐的，清贫朴素，甚至不免寒碜。可我们这帮黄毛丫头、毛头小子，恰如初生的新中国，奋发向上，朝气蓬勃！我们多想再揣上煎饼，哼着“解放区的天是明朗的天”去扭大秧歌！那或许会使我们对失而复得的教书——读书权力加倍地珍视；那或许能令我们将十年创伤留下的瘢痕尽快消除；那或许使我们在大学讲堂，实验室中，手术台上，更多地想到民族殷切的期望，国家复兴的重责……

不要忘了吃煎饼花儿的年代；更不要忘了连煎饼花儿也吃不上的年代吧。

1980年10月

又临黄河岸

高　缨

不知为什么，每当我看到黄河，眼中常渗出热泪。

大约是少年时候的记忆老盘旋在我心里吧！警报，俯冲的敌机，裂耳的炸弹声，惨叫，挂满树枝的血肉，饥饿，火烧似的干渴，爬满火车顶的难民，我被大人从窗口塞进闷死人的车厢，暗夜中逃过黄河……在渭水之滨的山村里，我捏紧小拳头，闪着泪星儿，跟流亡的大学生们学唱那悲愤的歌："风在吼，马在叫，黄河在咆哮……"

是在开国之后，我才第二次看见黄河。火车北上，欢腾地驰过新生的中原。当列车员告诉乘客们，就要跨过伟大黄河的时候，我急忙把前额贴在车窗上，看浩荡的浊流沉着而有力地漫过大地；一瞬间我的眼睛润湿了，我胸中涌上了那崇高的歌："啊，黄河，我们中华民族的摇篮！"

长期在四川工作，只有到北京出差的机会，我才能重渡黄河，但几乎每一次，每一次，我都凝望着它。有一次是在深夜，我竟强迫着摇醒与我一道北上的小女儿，硬要她贴着车窗看看。

大前年的秋天，我从北京去访问呼和浩特。好友玛拉沁夫邀我一道去登大青山。旅行车盘旋而上，窗外掠过如花的红叶和挺秀的白桦林。老玛给我说了好些抗日战争时期蒙、汉人民并肩战斗的故事，那昔日的厮杀和马蹄声，犹在耳边。车停山巅，他遥指苍莽的土默特平川，深情地说："看，黄河！"可不，远处不就是我久违的黄河吗？像一根无头无尾的丝带，云中而来，雾中而去，千回万转，把我的无尽思绪缠入过去，引向未来。

去年夏天，我又临黄河岸。

不是在北方，却在四川的若尔盖大草原。

谁都知道，四川省属于长江流域。可有多少粗心的人不曾留意，这巴山蜀水，却也是黄河的版图。黄河，这万水之父，来自巴颜喀拉山，奔过青海高地，急转直下，轻轻地、轻轻地擦过川西北的边缘。

我来到若尔盖的辖曼牧场，下车伊始，就央告牧场的同志，快带我去看看黄河。

于是备马置鞍，牧场的副场长求吉同志，热心地伴我踏过草原。这是个绿的世界，又是花的王国，红的、白的、紫的、蓝的，以及杂色的草花，由近及远，铺向天边。远处，有帐篷和羊群。那钻天的百灵子，飞着，叫着，笑着，像我的心。

求吉身穿藏装，戴一顶遮檐小帽，还背着杆猎枪，加上那爽朗的笑，雪白的牙，显得挺俊。他斜坐在马背上，轻松地摆动身子，用较为生涩的汉语，对我叙述着过去：藏民迎接解放，军民深情，黄河岸上的篝火，草原上的民主改革，新兽医，引进牲畜良种，修公路，唱藏戏，牧场上飘扬的红旗……我听着，微笑着，心里很舒坦。渐渐地，他说到了灾难的十年……

好在我们路过一个放牧点，可以在这里歇个脚，缓口气，要不然我那沉重的心，总掉在回忆的深渊。坐在帐篷里的灶火边，我附近又是温暖与光明。藏族牧民老嘎卓，咧开缺齿的嘴笑着，叽里咕噜说了一串串话，我只听明白一句：天晴了，党的民族政策又回来了！他请我喝了奶茶，吃了酥油糌粑，又蹒跚着引我去看他所牧放的又肥又壮的进口良种羊，说这些澳大利亚和新西兰的“客人”，在若尔盖安了家。

重上马鞍，去访黄河。

马蹄溅溅，踩过一条小溪。

前面是一大片数千亩的人工草场，种植着披碱草、燕麦和紫花苜蓿。求吉告诉我，近年来他们大抓草原建设，人工种草就是主要的环节。有了这，牲畜就摆脱了靠天吃草，夏足冬欠的困窘，更快地繁衍起来。眼下这寂静的草原，也曾有一番沸腾的景象：为四化理想所激奋的牧民们，用拖拉机的队列翻起了亘古沉睡的处女地，播下优良草种，造成这草原上的草原。看四处，牧草高及马胸，繁花美似彩毡。马儿走到这里，只恋着埋头吃草，却把我们搁在马鞍上，任成团的蠓蚊袭击着我们倒霉的皮肤。

“甩它几鞭子啊！”求吉喊叫着。

我扬起了马鞭。马儿摇晃着鬃毛，打着喷鼻，发怒般地奔驰起来，踏碎草花，跃过沟渠，直奔一带浅山。

求吉先登山头，他跃身下马，欢叫着对我招手：“快，快来看！”

啊，黄河，我又一次，又一次看到了你！

只见千里草原上，从天与地相接的远方，迂回曲折，漫漫游游地走来了黄河。没有奔腾的激浪，没有啸叫的怒涛，安详，舒展又从容不迫。这里河面不甚宽，不过百十来米，两岸像刀削一般整齐；那深沉的水，呈淡绿色，清晰地映出白云的影子。黄河，似乎在沉思，在暂时地歇息，在缓缓积蓄着足够的力量，以待于明天的奔驰……

是这样的吗？黄河！此时此地，你多么像我们的现实。我们黄河的子孙们，经历过多少苦难，又多少欢欣！黑暗和光明，失败和胜利，祸与福，泪与笑……空前浩劫的十年，把我们民族的元气几乎消耗殆尽，留下了贫穷、迷惑，斑驳的创伤、无数的困难和艰辛。巨大的人民的河流，在缓缓地，却是坚忍不拔地前进。哀叹吗，那是弱者的声音，埋怨更近似愚蠢，动摇是无耻，急躁也无济于事。我们需要的，是智慧的目光，是沉着的力量，是航机起飞前的滑行，是运动健将跳高前的一顿，正如这黄河的沉思、歇息、积蓄和期待。

见到了黄河，我应该心甘了，可是热情的求吉，还要带我沿岸漫游。他说，前面不远，是黄河与白河汇合的地方，那里别有一番风趣。

十里开外，伫马于索克藏村寨前，我果然看到了白河。这是一条草原河流，是若尔盖藏族人民赖以活命的水。水极清亮，似无纤尘，河间有几处小岛，长满低矮的红柳，看来好秀丽。河边有人饮马，两岸茂草繁花间，牛群在慢慢地游动，远远传来哞哞的叫声。三两只白鸥在半空飞旋，像是在盘问我来自何方？

如此景色，已够令人畅怀的了，而偏偏在此时，求吉对我说了一个故事——

相传，黄河与白河是大地母亲的两个儿子，黄河是哥，白河是弟。黄河生在青海，白河生在若尔盖。哥哥长大了，要到东方去寻找大海；弟弟还小，困在草原上走不出去。弟弟向着巴颜喀拉山呼喊：“哥哥，你带我到大海去吧！”黄河听见了白河的喊声，于是改变了北去的路径，向南一转，绕了千里途程，走过无数险滩，来到四川的边沿，接走了他的亲兄弟……

这诗一般美好的传说，不正是我们伟大中华民族团结友爱的象征！我深深地激动了，恨不得马上把这个故事，告诉我的亲人、同志和朋友们。

沿着黄河岸，我和求吉并辔而回。

黄河在草原上流，也在我的心上流着。这沉着有力的巨澜，冲去我胸中一切的痛苦和郁闷。我不禁昂奋而自豪了。啊，我们伟大的、多难而不败的中华民族呀，又一次从深重的灾难中站起来了！纵然是身负贫穷落后的重荷，纵然是一步一个艰辛，但却更加紧密地团结着、凝聚着无尽的力量，坚韧顽强地向着光明、富足，向着最美好的未来走去！

不知怎的，我眼中又渗出了热泪。

我喉头颤动着昔日和今日的颂歌——

啊，黄河，我们祖国的英雄儿女，

像你一样的，一样的伟大坚强！

1981年4月

梦中的天地

——《小巷人物志》代序

陆文夫

我也曾到过许多地方，可是梦中的天地却往往是苏州的小巷。我在这些小巷中走过千百遍，度过了漫长的时光；青春似乎是从这些小巷中流走的，它在脑子里冲刷出一条深深的沟，留下了极其难忘的印象。

三十八年前，我穿着蓝布长衫，乘着一条木帆船闯进了苏州城外的一条小巷。这小巷铺着长长的石板，石板下还有流水淙淙作响。它的名称也叫街，但是两部黄包车相遇便无法交会过来：它的两边都是低矮的平房，晾衣裳的竹竿从这边的屋檐上搁到对面的屋檐上。那屋檐上都砌着方形带洞的砖墩，看上去就像古城上的箭垛一样。

转了一个弯，巷子便变了样，两边都是楼房，黑瓦、朱栏、白墙。临巷处是一条通长的木板走廊，廊檐上镶着花板，雕刻都不一样，有的是松鼠葡萄，有的是八仙过海，大都是些“富贵不断头”，马虎而平常。也许是红颜易老吧，那些朱栏和花板都已经变黑、发黄。那些晾衣裳的竹竿都在雕花的檐板中躲藏，竹帘低垂，掩蔽着长窗。我好像在什么画卷和小说里见到过此种式样，好像潘金莲在这种楼上晒过衣裳。那楼下挑着糖粥担子的人，也像是那卖炊饼的武大郎。

这种巷子里也有店铺，楼上是住宅，楼下是店堂。最多的是烟纸店、酱菜店和那带卖开水的茶馆店。茶馆店里最闹猛，许多人左手搁在方桌上，右脚跷在长凳上，端起那乌油油的紫砂茶杯，一个劲儿地把那些深褐色的水灌进肚皮里。这种现象苏州人叫作皮包水，晚上进澡堂便叫水包皮。喝茶的人当然要高谈阔论，一片嗡嗡声，弄不清都是谈的些什么事情。只有那叫卖的声音最清脆，那是提篮的女子在兜售瓜子、糖果、香烟。还有那戴着墨镜的瞎子在拉二胡，哑沙着嗓子唱什么，说是唱，但也和哭差不了许多。这小巷在我面前展开了一幅市井生活的画图。

就在这图卷的末尾，我爬上了一座小楼。这小楼实际上是两座，分前楼与后楼，两侧用厢房联在一起，形成了一个口字。天井小得像一口深井，只放了两只接天水的坛子。伏在前楼的窗口往下看，只见人来人往，市井繁忙；伏在后楼的窗口往下看，却是一条大河从窗下流过。河上橹声咿呀，天光水波，风日悠悠。河两岸都是人家，每家都有临河的长窗和石码头。那码头建造得十分奇妙，简单而又灵巧，是用许多长长的条石排列而成的。那条石一头腾空，一头嵌在石驳岸上，一级一级地插进河床，像一条条石制的云梯挂在家家户户的后门口。洗菜淘米的女人便在云梯上凌空上下，在波光与云影中时隐时现。那些单桨的小船，慢悠悠地放舟中流，让流水随便地把它们带走，那船上装着鱼虾、蔬菜、瓜果。只要临河的窗内有人叫买，那小船便箭也似的射到窗下，交易谈成，楼上便垂下一只篮筐，钱放在篮筐中吊下来，货放在篮筐中吊上去。然后楼窗便吱呀关上，小船又慢慢地随波漂去。

在我后楼的对面，有一条岔河，河上有一顶高高的石拱桥，那桥栏是一道弧形的石壁，人从桥上走过，只有一个头露在外面。可那桥洞却十分宽大，洞内的岸边有一座古庙，我站在石码头上向里看，还可以看见黄墙上的“南无”二字。有月亮的晚上可以看见桥洞里流水湍急，银片闪烁，月影揉碎，古庙里的磬声随着波光向外流溢。那些悬挂在波光和月色中的石码头上，捣衣声空空地响成一片，“长安一片月，万户捣衣声”，小巷的后面也颇有点儿诗意。翻身再上前楼，又见巷子里一片灯光，黄包车辚辚而过，卖馄饨的敲着竹梆子，卖五香茶叶蛋的提着带小炉子的大篮子。茶馆店夜间成了书场，琵琶叮咚，吴语软侬，苏州评弹尖脆悠扬，卖茶叶蛋的叫喊怆然悲凉。我没有想到，一条曲折的小巷竟然变化无穷，表里不同，栉比鳞次的房屋分隔着陆与水，静与动。一面是人间的苦乐喧嚷，一面是波影与月光，还有那低沉回荡的夜磬声，似乎要把人间的一切都遗忘。

我也曾住过另一种小巷，两边都是高高的围墙，这围墙高得要仰面张望，任何红杏都无法出墙，只有那常春藤可以爬出墙来，像流苏似的挂在墙头上。这是一种张生无法越过的粉墙，而且那沉重的大门终日紧闭，透不出一点儿个中的消息，还有两块下马石像怪兽似的伏在门边，虎视眈眈，阴冷威严地注视着大门对面的一道影壁。那影壁有砖雕镶边，当中却是空白一片。这种巷子里行人稀少，偶尔有卖花人拖着长声叫喊：“阿要白兰花？”其余的便是麻雀在门楼上叽叽喳喳，喜鹊在风火墙上跳上跳下。你仿佛还可以看见王孙公子骑着高头大马走进了小巷，吊着铜环的黑漆大门咯咯作响，四个当差的从大门堂内的长凳上慌忙站起来，扶着主子踏着门边的下马石翻身落马，那马便有人牵着系到影壁的旁边。你仿佛可以听到喇叭声响，爆竹连天，大门上张灯结彩，一顶花轿抬进巷来。若干年后，在那花轿走过的地方却竖起了一座贞节坊或节孝坊。在那发了黄的志书里，也许还能查出那烈女、节妇的姓氏，可那牌坊已经倾圮，只剩下两根方形的大石柱立在那里。

我擦着那方形的石柱走进了小巷，停在一座石库门前。这里的大门上钉着竹片，终日不闭，有一个老裁缝兼做守门人，在大门堂里营业，守门工便抵作了房租费。也有的不是裁缝，是一个老眼昏花的妇人，她戴着眼镜伏在绷架上，在绣着龙凤彩蝶。这是那种失去了青春的绣女，一生都在为他人作嫁衣裳，老眼虽然昏花，戴上眼镜仍然能把如丝的彩线劈成八股。这种大门堂里通常都有六扇屏门，有的是乳白色，有的在深蓝色上飞起金片，金片都发了黑，成了许多不规则的斑点。六扇屏门只开靠边的一扇，使你对内中的情景无法一目了然。我侧着身子走进去，不是豁然开朗，而是进入了一个黑黝黝的天地，一条窄长的陪弄深不见底。陪弄的两边虽然有许多洞门和小门，但门门紧闭，那微弱的光线是从间隔得很远的漏窗中透出来的。踮起脚来从漏窗中窥视，左面是一道道的厅堂，阴森森地；右面是一个个院落，湖石修竹，朱栏小楼，绿荫遍地。这是那种钟鸣鼎食之家，妻妾儿女各有天地，还有个花园自成体系。

我曾经在某个东花园中借住过半年，这园子仅占两亩多地，可以说是一个庭院，也可以说是个花园；因为在这小小的地方却具备了园林的一切特点。这里有湖石堆成的假山，山上有鹅卵石铺成的小路，小路盘旋曲折，忽高忽低，一会儿钻进洞中，一会儿又从小桥上越过山涧；山涧像个缺口，那桥也小得像模型似的。如果你循着小路上下，居然也得走好大一气；如果你行不由径，三五步便能爬上山顶。山顶笼罩在参天的古木之中，阳光洒下的都是金线，处处摇曳着黑白相间的斑点。荷花池便在山脚边，有一顶石板曲桥横过水面。曲桥通向游廊，游廊通向水榭、亭台，然后又回转着进入居住的小楼。下雨天你可以沿着游廊信步，看着那雨珠在层层的枝叶上跌得粉碎，雨色空蒙，楼台都沉浸在烟雾之中。你坐在亭子里小憩，可以看那池塘里慢慢地涨水，涨得把石板曲桥都没在水里。

这园子里荒草丛生，地上都是白色的鸟粪，山洞里还出没着狐狸。除掉鸟鸣之外，就算那荷塘最有生气，那里水草茂盛，把睡莲都挤到了石驳岸，初夏时石缝里的清水中游动着惹人喜爱的蝌蚪。尖尖的荷叶好像犀利无比，它可以从厚实的水草中戳出来，一夜间就能钻出水面。也有些钻不出来，因为鲤鱼很喜欢鲜嫩的荷叶。一到夜间更加热闹，蛙声真像打鼓似的，一阵喧闹，一阵沉寂，沉寂时可以听见鱼儿唧喋。哗喇喇一声巨响，一条大鱼跃出水面，那响声可以惊醒树上的宿鸟，叽叽不安，直到蛙声再起时才会平息。住在这种深院高墙中是很寂寞的，唯有书籍可以作为伴侣，我常常坐在假山上看书，看得入神时身上便爬来许多蚂蚁。这种蚂蚁捏不得，它身上有股怪味，似乎是一种冲脑门儿的松节油的气味，我怀疑它是吃那白皮松的树脂长大了的。

比较起来我还是欢喜另一种小巷，它有浓厚的生活气息，在形式上也是把各种小巷的特点都汇集在一起。既有深院高墙，也有低矮的平房：有烟纸店、大饼店，还有老虎灶。那石库门里住着几十户人家，那小门堂里只有几十个平方，巷子头上有公用的水井，巷子里面也有只剩下石柱的牌坊。这种巷子也是一面临河，却和城外的巷子大不一样，两岸的房子拼命地挤，把个河道挤成一条狭窄的水巷。“古宫闲地少，水巷小桥多”，唐代的诗人就已经见到过此种景象。

夏日的清晨，你走进这种小巷，小巷里升腾着烟雾，巷子头上的水井边有几个妇女在那里汲水，慢条斯理地拉着吊桶绳，似乎还带着夜来的睡意，还穿着那肥大的、直条纹的睡衣。其实整个巷子早就苏醒了。退休的老头已经进了园林里的茶座，或者是什么茶馆店，在那里打拳、喝茶、聊天。也有的老头足不出户，在庭院里侍弄盆景，或者是呆呆地坐在藤椅子上，把一杯杯浓茶灌下去。家庭主妇已经收拾了好大一气，提篮走进那个喧嚷嘈杂的小菜场里。她们熙熙攘攘地进入小巷，一路上议论着菜肴的有无、好丑和贵贱。直等到垃圾车的铃声响过，垃圾车渐渐地远去，上菜场的人才纷纷回来，结束清晨买菜这一场战斗。

买菜的队伍消散了，隔不多久，巷子里的活动就进入了高潮。上班的人几乎是在同一个时间内涌出来的，有的出巷往东走，有的入巷往西去，背书包的蹦蹦跳跳，抱孩子的叫孩子和婆婆说声再见，只看见那自行车银光闪闪，只听见那铃铛儿响成一片。小巷子成了自行车的竞技场、展览会，技术不佳的女同志只好把车子推出巷口再骑。不过这种高潮像一阵海浪，半个小时后便会平息。

上班、上学的都走了，那些喝茶、打拳的便陆陆续续地回来。这些人走进巷子里来时，大都不慌不忙，神色泰然，眼帘半垂，好像是这条巷子里再也没有任何东西可以使他们感到新奇。欢乐莫如结婚，悲伤莫如死人，张皇莫如失火，可怕莫如炮声，他们都经历过的，无啥稀奇。如果你对他们不感兴趣的东西感到兴趣的话，每个人的经历倒很值得收集。他们有的是一代名伶；有的身怀绝技；有的是八级技工，曾经在汉阳兵工厂造过枪炮的；有的人历史并不光彩，可那情节却也十分曲折离奇。研究这些人的生平，你可以追溯一个世纪。但是需要使用一种电影手法——化出，否则的话，你怎么也想不到那个白发如银、佝偻干瘪的老太太是演过《天女散花》的。

夏天是个敞开的季节。入夜以后，小巷的上空星光低垂，风从巷子口上灌进来，扫过家家户户的门口。这风具有很大的吸引力，把深藏在小庭深院中的生活都吸到了外面。巷子的两边摆着许多小凳和藤椅，人们坐着、躺着来接受那凉风的恩惠。特别是那房子缩进去的地方，那里有几十个平方的砖头地，是一个纳凉、休息小憩的场所。砖头地上洒上了凉水，附近的几家便来聚会。连那些终年卧床不起的老人也被儿孙搀到藤椅子上，接受邻居的问候。于是，这巷子里的春花秋月，油盐柴米，婚丧嫁娶统统成了人们的话题，生活底层的秘密情报可以在这里猎取。只是青年人的流动性比较大，一会儿来了个小友，几个人便结伴而去；一会儿来了个穿连衫裙的，远远地站在电灯柱下招手，藤椅上咯喳一响，小伙子便被吸引而去，他们不愿意对生活作太多的回顾，而是喜欢向未来做更多的索取；索取得最多的人却又不在外面，他们面对着课本、提纲、图纸，在房间里挥汗不止，在蚊烟的缭绕中奋斗。

奇怪的是今年夏天在巷子里乘凉的人不多，夏夜敞开的生活又有隐蔽起来的趋势。这都是那些倒霉的电视机引起的，那玩意以一种飞跃的速度日益普及。在那些灯光暗淡的房间里老少咸集，一个个寂然无声，两眼直瞪，摇头风扇吹得呼呼地响。又风凉，又看戏，谁也不愿再到外面去，有趣的是那些电视机的业余爱好者，那些头发蓬乱、衣冠不整的小青年，他们把刚刚装好还没有配上外壳的电视机捧出来，放在那砖头地上做技术表演，免费招待那些暂时买不起或者暂时不愿买电视机的人。静坐围观的人也不少，好像农村里看露天电影。

小巷子里一天的生活也是由青年人来收尾，更深人静，情侣归来，空巷沉寂，男女二人的脚步都很合拍、和谐、整齐。这时节，路灯灼亮，粉墙反光，使得那挂在巷子头上的月亮也变得红殷殷的。脚步停住，钥匙声响，女的推门而入，男的迟疑而去，步步回头；那门关了又开，女的探出上半身来，频频挥手。这一对厚情深意，那一对不知道出了什么问题。男的手足无措，站在一边，女的依在那牌坊的方形石柱上，赌气、别扭、双方僵持着，好像要等待月儿西沉。归去吧姑娘，夜露浸凉，不宜久留，何况那方形的石柱也依不得，那是块死硬而沉重的东西……

面对着大路你想驰骋，面对着高山你想攀登，面对着大海你想远航。面对着这些深邃的小巷呢？你慢慢地向前走啊，沿着高高的围墙往前走，踏着细碎的石子往前走，扶着牌坊的石柱往前走，去寻找艺术的世界，去踏勘生活的矿藏，去倾听历史的回响……

1983年10月

荣获奥林匹克勋章的中华第一人

李玲修　周铭共

这是一个庄严的时刻，也是中国人等待了许久的光荣时刻。

在上海锦江饭店礼堂里，正在举行一个隆重的授勋仪式。

国际奥委会的第七任主席萨马兰奇在他就任主席的第四个年头，也就是1983年9月16日，将一枚奥林匹克银质勋章授给了一位中国人。他的名字是荣高棠。

近半个世纪，他伴随着祖国，逐步认识了奥林匹克运动。

奥林匹克也逐步认识了他和他的祖国。

他们之间并不是一拍即合，而是经历了种种障碍、曲折、误会甚至断交……但历史潮流不可逆转，五环旗在召唤，人类共同理想与精神在召唤，在中国——这个有着十亿人口的国家在1979年重新回到奥林匹克大家庭后，荣高棠和世界各国的著名体育人物一样，不能不引起国际奥委会的关注。

种种事实使国际奥委会认识到，在中国，提到体育，人们就会想到荣高棠这个名字，提到荣高棠这个名字，人们就会想到体育。荣高棠和体育已经相融为不可分割体。

不论是贫穷还是战火，不论是快乐还是痛苦，不论是牢门还是豪门，不论是年轻还是年老，都不能使荣高棠和体育割离。

他的一生过去没有，将来也不可能离开体育。

他生命的每个细胞都应该命名为体育、体育、体育……

萨马兰奇心中非常清楚这位第九十七枚银质勋章得主的价值。他说，中国不仅恢复了在国际奥林匹克委员会中应有的地位，而且在国际上是一个重要的体育大国。正因为如此，国际奥林匹克委员会决定向荣高棠授勋。他相信，这将有助于在中国发展奥林匹克运动。

七十一岁的荣高棠容光焕发，站在微笑的萨马兰奇面前，神色虔诚，微微低下头，萨马兰奇将一枚由麦穗和五环图案组成的银质勋章给他佩戴在胸前。

掌声中，他双手紧紧握住萨马兰奇的大手——这是国际奥委会与中国奥委会在握手。

穿着深蓝色笔挺合体的西服，白衬衣上系着深蓝色的白细道领带，荣高棠在麦克风前深情地向大家鞠了一躬，用他那洪亮圆润的嗓音倾吐着他的心声：

> 尊敬的萨马兰奇主席，
>
> 女士们，先生们，
>
> 朋友们，同志们：
>
> 今天我怀着兴奋和激动的心情接受国际奥委会颁发的奥林匹克银质勋章，请允许我对国际奥委会和萨马兰奇主席给予我的荣誉表示最衷心的感谢。

掌声响起，一百多名中外来宾用尊敬和喜悦的目光注视着这位在不同时期不同地点为中国体育的发展，呕心沥血，殚精竭虑地奉献着自己的才华与精力的奇人。

小礼堂继续回响着荣高棠那洪亮的声音：

> 在这个庄严的授勋仪式上，我首先想讲的是荣誉不是属于我个人，而是属于中国整个体育界。中国有句古话：‘喝水不忘掘井人’，当我们庆贺这些成就的时候，我们不会忘记那些运动员、教练员、体育工作者、科研人员以及所有关心、支持体育的人们，我要借此机会，向他们表达最深切的敬意。

从荣高棠的神色中人们可以看出，荣高棠的谦虚是发自肺腑的。在他讲到“不会忘记”时，他的脑海里闪现出无数他熟悉的运动员的矫健身影，闪现出无数部下同人的殷殷往事，闪现出毛泽东、刘少奇、周恩来、陈毅、贺龙元帅这些伟人的声容笑貌。

> 国际奥委会通过我给予中国体育界的荣誉，标志着国际奥委会和中国体育界之间的合作关系有了新的发展。我愿利用这个机会以中国体育界的名义，向萨马兰奇主席和国际奥委会的其他朋友表示，国际奥委会在她为发展世界体育运动，促进各国人民的友谊，维护世界和平的工作中，将得到中国奥委会和整个中国体育界的全力支持。

会场上又响起了掌声。这表明，荣高棠所表达的承诺与感谢真正代表了中国体育界的心声。

在回顾了中国与国际奥委会关系发展史后，荣高棠坚信：“这枚奥林匹克银质勋章是中国获得的第一枚，但我想不会是最后一枚。”这表明，他对中国体育的未来充满信心……

当荣高棠佩戴着银光闪闪的勋章走下讲台时，中外来宾纷纷举杯迎上来向他表示祝贺。看，国家体委副主任徐寅生和孙梅英、邱钟惠、梁丽珍这些乒乓国手迎上来了，他们向曾在乒乓球队长期蹲点并率领他们在第26—28届世乒赛创造了乒乓强国的老领导表示衷心的敬意；哦，又有几位头戴军帽，身穿笔挺军装的高个子姑娘举杯向他走过来了，她们是女排老将孙晋芳、曹慧英、杨希和陈招娣。她们深知女排的崛起也融入了这位老主任的心血……哦，他的老部下，现任国家体委主任李梦华走来了，国际奥委会委员何振梁更是从内心感到喜悦，他刚才在授勋仪式上说，“国际奥委会决定给荣高棠颁发奥林匹克银质奖章，是为了表彰荣高棠在中国传播奥林匹克理想和推动奥林匹克运动所做的不懈努力。”现在他心里却在回忆当年国际奥委会让中国推荐一位委员时，是荣高棠力排众议拉下自己的名字力荐何振梁进国际奥委会，他在关键时刻所显露出来的公心会对何振梁产生终生的鞭策……

还有中国奥委会主席钟师统，国家体委副主任路金栋、陈先、徐才等人，他们每个人都有话要对这位老领导、老朋友说……

国际奥委会副主席西贝尔科、库马尔以及前来参加第五届全运会的其他委员也都纷纷向荣高棠举杯祝贺，合影留念。一位挪威的国际奥委会委员握着他的手说：“虽然你说是代表你的同行们授勋，但是你本人还是有很大功绩的。你确确实实是一个代表——中国体育界的代表！”

大家听完了这位委员的话都不约而同地点头、鼓掌、举杯，因为他说出了众人的心声……

回到北京的家里，荣高棠将这枚勋章递给他相濡以沫半个世纪的夫人管平看，并以他惯有的幽默说：“这枚勋章也有你的功劳……”

管平幸福地笑了，苍白的脸上，绽露出红润。也许只有她最清楚，这枚勋章对丈夫的意义。她不习惯口头上赞扬丈夫，但她心里默默地说：“他，当之无愧……”

1984年5月

留级生的心愿

黄宗英

我是一名留级生。唉……急煞人！

中国。广东深圳特区蛇口工业区培训中心。第三届企业管理班教室。最后一排，角落。有一副课桌椅，是我的座位。

我的课本还相当新，只前边若干页有读过的痕迹。笔记没记多少。好多跟不上、听不懂的课文，用微型录音机录了，放出来，还是听不懂。国际贸易、国际金融、工商法律、多币制下的财会……作业：市场调查、可行性研究、意向书、协议、合同……呀，比让我交个文学论文难多了，可我又多么希望掌握它。光是坐在课桌后面，就够让我开心的了。从十六岁辍学卖艺之后，我绝少坐在课桌后边了。近年，更常常不得已被逼迫站在讲桌后边，去耽误莘莘学子的宝贵时光。在课桌后边，好多！我感到踏实、充实。仿佛自己又是初中一年级女生，未来是那么宽广。油然而生的青春感在心中升腾。和年轻的同学们坐在一间课室里，仿佛我们伸手可以摘下天边的智慧星……

可是，我即将远行西藏，去拍摄电视报告文学片《小木屋》，在继续我攻读企业管理的“学龄前”就开始了的活动。

南奔北走，今天这儿，明天那儿，本是艺术家的生活规律。“文革”时，“造反派”要我家老保姆与我们划清界限。这位在我家里操劳了大半辈子的普通妇女，憨倔倔地说：“伊拉犯啥罪，伲不晓得。只晓得来到这份人家，伊拉没来屋里吃过一顿年夜饭。”在赵丹入狱、我去干校后，老保姆与我的儿女相依为命地度过了艰难岁月。我很少哭泣，她却流干了眼泪，全白了乌发。

还记得，六十年代初，一次，我从北京乘火车返上海。抵无锡站时，下车给家里娃儿们去买肉骨头。站台上，拥挤着去看热闹的乘客也带动了我的脚步：“看电影明星。电影明星！”我想：“是谁呢？到了上海站，正好可以搭伴乘上影厂来接他的车回去。”我踮起脚来一看：原来是赵丹——孩子爹。“你怎么也在这趟车里？！”我俩同时叫了起来，高兴得不得了。乘客们说：“真会做戏！”这哪里是戏？这就是我们的生活。可此番进藏，为什么如此牵肠挂肚、挂肚牵肠？

是不放心才周岁多的外孙女儿？不要紧，我已央告小儿媳妇的母亲来照料她。是惦记海角天涯的儿儿女女？没关系，他们都已自立成人。我的儿女是我的作品的最严格的评论家：“妈妈不懂哲学、不通逻辑学！她的宏观世界混沌一团。她所以还有读者，是因为她和她的读者一样的普普通通。嗯，小聪明嘛，有一眼眼。”孩子们觉得自己比妈妈更懂得世道人生，我无须唠唠叨叨。又难道是因为山高路险、风寒露冷、氧气稀薄？我承认，有那么一点儿。前年，我随中国作家赴藏访问团在拉萨、日喀则、江孜、当雄等地转了一个月。之后，又跟着生态学者钻进浓密的大森林，住进小帐篷。又两个月后走冰覆雪盖的1838公里川藏路返回内地。山重重、雾重重、险重重。头回冒险不知险。再去，知险则更险。所以，我更加佩服长期转战海拔六千米无人区的地质勘探队员们，佩服几十年如一日在海拔四千米左右进行研究工作的牦牛专家、草原专家们，佩服我的报告文学《小木屋》的女主人公徐凤翔。徐凤翔已经六进西藏，志坚不移。再说，川藏路毕竟是一条通途。虽然地质学家说，那里的山很年轻；老百姓说，雨季塌方滚石、泥石流没道是常事。但是，每天车辆不少，虽然人烟稀少，也是藏族同胞久居长住的地方。何惧之有？惧又奈何？奇险方富奇趣！又何况人生的道路上，更多的是不显险之险！那么，那么，我可惦记什么？难割难舍什么？呀……我的功课……我的功课要赶不上了；非留级不可了。我……不愿意，不能！告别蛇口培训中心那一天，我向老师、班长、同学告了假；并请企管班一定为我保留一个座位、一个名额。第三届培训班，我得不到毕业证书；争取第四届毕业、第五届……

培训中心的学员们都是招考应聘来的，除了我这个特殊学员外。

三月里。招商局驻北京办事处再一次招考时，我也去了考场，但不敢参加考试。监考老师也发给我一份试题，我在心里默默地答题，答不出一半儿来。英语口语考试，我也旁听了一下午。五份英语读物：有政治新闻、有文学知识、有音乐家的故事……考生抽签，从五份中抽到一份，只给十分钟阅读时间，就要用英语回答老师的提问。老师提问完毕时，我拿在手里的一份读物，还没看明白哩！我还是初中时代的英语水平，现在只会“胡说八道”，胆儿倒不小。只是，有关工商企业方面，我连中国话也听不懂，哪辈子能懂这科英语呢？我们的培训班，在蛇口一座小山上，很简单的校舍、双层床、粗木桌椅。可是，我们骄傲地自命我们的培训中心，是中国经济起飞时代的“黄埔军校”。这里将培养出一支又一支企业管理的“铁军”。蛇口的第一把手袁庚同志的女儿，那天也在北京应考。考试揭晓，笔试、口试都是第一名。没话说！靠“关系学”，在蛇口，吃不开，也难混下去。在蛇口，懒蛋、蠢材、尖头滑脑……会像被虫蛀过的秫粟浮上水面，终将被新的经济体制撂在一边！

袁庚同志曾到培训中心来上课。这位当今“办洋务”的老共产党员，写得一手好板书：

王子去求仙，
丹成落九天。
山中方七日，
世上已千年。

袁庚深沉论述了禁锢封锁政策，迫使我国消耗了漫长的岁月在“山中”。如今，我们打开了沿海的窗口，并开放一些峻岭高原。邀贤进门、求学异域，以充实自己，试我身手。

袁庚讲道，为什么要提出开放？为什么要提出搞活经济？事实上，从“四五”运动天安门事件以来，人民的不满情绪早已体现出来。富国强民的渴望已沸腾起来。执政的中国共产党，必须想出更好的决策。中国共产党人，要在时间的法庭面前接受审判，争取生存权，而我们没有权利败诉。

淋漓铿锵的板书：

扶天地正气，
法今古完人。

以之自励，并与蛇口的年轻人共勉。

啊，我在蛇口培训中心学得的岂仅是企业管理和贸易？！

我曾接待过两位外国大财团的代理人。他们在参观蛇口工业区、赤湾码头之后，惊奇地夸赞："Oh！ It's quiet different from Beijing. Just like two country！"我回答："But it's acturly a part of my motherland."（"这里与北京大不一样，像两个国家。"答："但这确是我祖国的一部分。"）

蛇口建设了四年半，粗具工业城的规模，以其效率蜚声海内外。而我来到这里，当了一名现成的副经理。没干什么事，却传得纷纷扬扬的，出足了风头，真难为情。好在来日方长，尽心尽力吧。蛇口器重我这么一名文艺工作者，并不是对我个人的问题；而是经济起飞的需要，已把文化的发展，提到了议事日程上。

是的，我还将为蛇口文化娱乐公司干点活儿。说到文化娱乐——（啊！我国人民好不容易能把娱乐作为生活必需之一！）我倒不应仅只"名誉"一番，确实还该办点儿实事吧。

离开蛇口赴西藏前夕，蛇口文化娱乐公司的协议书草成。（本来让我起草。我参考了许多份协议书，苦苦憋了三天，脑子涨得像洗净泡好的墨鱼肚子，没一道沟沟儿。划拉了一张纸又一张纸，不及格。还是找内行写的。）蛇口文化娱乐公司已经去注册了，筹建工作已经在积极进行。一座可容五千人的现代化剧场已进入内部装修。剧场可以演节目、可以举行多种语言的交流会议。我们还想小小地搞点儿录像、录音、电脑软件——这应该就像每个脑力劳动者都有一个书架……我们想用录音机当笔，记录祖国的开放城市和地区的景象。从我已渐渐熟悉的深圳特区、蛇口工业区开始，录下《窗口内外》……

袁庚同志参加过抗日战争、解放战争、抗美援朝；越南战争中，他是胡志明的顾问。可他说，当前这场战争——立志改革、振兴中华，才是真正的战争。

我们的培训班，在静悄悄的小山上，在"快哉此风"的窗口，在经济竞赛的火线。时代，向我们提出了新的课题、新的作业。我们面临一场又一场新的考试。我决不能做时代的留级生。走到哪里，我都得带上课本……准备随时应考。

1984年5月

巩乃斯的马

周　涛

没话找话就招人讨厌，话说得没意思就让人觉得无聊，还不如听吵架提神。吵架骂仗是需要激情的。

我发现，写文章的时候就像一匹套在轭具和辕木中的马，想到哪片水草茂盛的地方去，却不能摆脱道路，更摆脱不了车夫的驾驭，所以走来走去，永远在这条枯燥的路面上。

我向往草地，但每次走到的，却总是马厩。

我一直对不爱马的人怀有一点偏见，认为那是由于生气不足和对美的感觉迟钝所造成的，而且这种缺陷很难弥补。有时候读传记，看到有些了不起的人物以牛或骆驼自喻，就有点儿替他们惋惜，他们一定是没见过真正的马。

在我眼里，牛总是有点儿落后的象征的意思，一副安贫知命的样子，这大概是由于过分提倡“老黄牛”精神引起的生理反感。骆驼却是沙漠的怪胎，为了适应严酷的环境，把自己改造得那么丑陋畸形。至于毛驴，顶多是个黑色幽默派的小丑，难当大用。它们的特性和模样，都清清楚楚地写着人类对动物的征服，生命对强者的屈服，所以我不喜欢。它们不是作为人类朋友的形象出现的，而是俘虏，是仆役。有时候，看到小孩子鞭打牛，高大的骆驼在妇人面前下跪，发情的毛驴被缚在车套里龇牙大鸣，我心里便产生一种悲哀和怜悯。

那卧在盐车之下哀哀嘶鸣的骏马和诗人臧克家笔下的“老马”，不也是可悲的吗？但是不同。那可悲里含有一种不公，这一层含义在别的畜生中是没有的。在南方，我也见到过矮小的马，样子有些滑稽，但那不是它的过错。既然橘树有自己的土壤，马当然有它的故乡了。自古好马生塞北。在伊犁，在巩乃斯大草原，马作为茫茫天地之间的一种尤物，便呈现了它的全部魅力。

那是1970年，我在一个农场接受“再教育”，第一次触摸到了冷酷、丑恶、冰凉的生活实体。不正常的政治气息像潮闷险恶的黑云一样压在头顶上，使人压抑到不能忍受的地步。强度的体力劳动并不能打击我对生活的热爱，精神上的压抑却有可能摧毁我的信念。

终于有一天夜晚，我和一个外号叫“蓝毛”的长着古希腊人脸形的上士一起爬起来，偷偷摸进马棚，解下两匹喉咙里滚动着咴咴低鸣的骏马，在冬夜旷野的雪地上奔驰开了。

天低云暗，雪地一片模糊，但是马不会跑进巩乃斯河里去。雪原右侧是巩乃斯河，形成了沿河的一道陡直的不规则的土壁。光背的马儿驮着我们在土壁顶上的雪原轻快地小跑，喷着鼻息，四蹄发出嚓嚓的有节奏的声音，最后大颠着狂奔起来。随着马的奔驰、起伏、跳跃和喘息，我们的心情变得开朗、舒展。压抑消失，豪兴顿起，在空旷的雪野上打着呼哨乱喊，在颠簸的马背上感受自由的亲切和驾驭自己命运的能力，是何等的痛快舒畅啊！我们高兴得大笑，笑得从马背上栽下来，躺在深雪里还是止不住地狂笑，直到笑得眼睛里流出了泪水……

那两匹可爱的光背马，这时已在近处缓缓停住，低垂着脖颈，一副歉疚的想说“对不起”的神态。它们温柔的眼睛里仿佛充满了怜悯和抱怨，还有一点儿诧异，弄不懂我们这两个人究竟是怎么了。我拍拍马的脖颈，抚摸一会儿它的鼻梁和嘴唇，它会意了，抖抖鬃毛像抖掉疑虑，跟着我们慢慢走回去。一路上，我们谈着马，闻着身后热烘烘的马汗味和四围里新鲜刺鼻的气息，觉得好像不是走在冬夜的雪原上。

马能给人以勇气，给人以幻想，这也不是笨拙的动物所能有的。在巩乃斯后来的那些日子里，观察马渐渐成了我的一种艺术享受。

我喜欢看一群马，那是一个马的家族在夏牧场上游移，散乱而有秩序，首领就是那里面一眼就看得出的种公马。它是马群的灵魂，作为这群马的首领当之无愧，因为它的确是无与伦比的强壮和美丽。匀称高大，毛色闪闪发光，最明显的特征是颈上披散着垂地的长鬃，有的浓黑，流泻着力与威严；有的金红，燃烧着火焰般的光彩。它管理着保护着这群牝马和顽皮的长腿短身子马驹儿，眼光里保持着父爱的尊严。

在马的这种社会结构中，首领的地位是由强者在竞争中确立的。任何一匹马都可以争夺，通过追逐、撕咬、拼斗，使最强的马成为公认的首领。为了保证这群马的品种不至于退化，就不能搞“指定”，不能看谁和种公马的关系好，也不能凭血缘关系接班。

生存竞争的规律使一切生物把生存下去作为第一意识，而人却有时候会忘记，造成许多误会。

唉，天似穹庐，笼盖四野。在巩乃斯草原度过的那些日子里，我与世界隔绝，生活单调；人与人互相警惕，唯恐失一言而遭来灭顶之祸，心灵寂寞。只有一个乐趣，看马。好在巩乃斯草原马多，不像书可以被焚，画可以被禁，知识可以被践踏，马总不至于被驱逐出境吧？这样，我就从马的世界里找到了奔的诗韵。油画般的辽阔草原、夕阳落照中兀立于荒原的群雕、大规模转场时铺散在山坡上的好文章、熊熊篝火边的通宵马经、毡房里悠长喑哑的长歌在烈马苍凉的嘶鸣中展开、醉酒的青年哈萨克在群犬的追逐中纵马狂奔，东倒西歪的俯身鞭打猛犬，这一切，使我蓦然感受到生活不朽的壮美和那时潜藏在我们心里的共同忧郁……

哦，巩乃斯的马，给了我一个多么完整的世界！凡是那时被取消的，你都重新又给予了我！弄得我直到今天听到马蹄踏过大地的有力声响时，还会在屋子里坐卧不宁，总想出去看看，是一匹什么样儿的马走过去了。而且我还听不得马嘶，一听到那铜号般高亢、鹰啼般苍凉的声音，我就热血陡涌、热泪盈眶，大有战士出征走上古战场，“风萧萧兮易水寒”的悲壮之慨。

有一次我碰上巩乃斯草原夏日迅疾猛烈的暴雨，那雨来势之快，可以使悠然在晴空盘旋的孤鹰来不及躲避而被击落，雨脚之猛，竟能把牧草覆盖的原野瞬间打得烟尘滚滚。就在那场暴雨的豪打下，我见到了最壮阔的马群奔跑的场面。仿佛分散在所有山谷里的马都被赶到这儿来了，好家伙，被暴雨的长鞭抽打着，被低沉的怒雷恐吓着，被刺进大地倏忽消逝的闪电激奋着，马，这不肯安分的牲灵从无数谷口、山坡涌出来，山洪奔泻似的在这原野上汇集了，小群汇成大群，大群在运动中扩展，成为一片喧叫、纷乱、快速移动的集团冲锋！争先恐后，前呼后应，披头散发，淋漓尽致！有的疯狂地向前奔驰，像一队尖兵，要去踏住那闪电；有的来回奔跑，俨然像临危不惧、收拾残局的大将；小马跟着母马认真而紧张地跑，不再顽皮、撒欢，一下子变得老练了许多；牧人在不可收拾的潮水中被携裹，大喊大叫，却毫无声响，喊声像一块小石片跌进奔腾喧嚣的大河。

雄浑的马蹄声在大地奏出鼓点，悲怆苍劲的嘶鸣、叫喊在拥挤的空间碰撞、飞溅，划出一条条不规则的曲线，扭住、缠住漫天雨网，和雪声雨声交织成惊心动魄的大舞台。而这一切，得在飞速移动中展现，几分钟后，马群消失，暴雨停歇，你再看不见了。

我久久地站在那里，发愣、发痴、发呆。我见到了，见过了，这世间罕见的奇景，这无可替代的伟大的马群，这古战场的再现，这交响乐伴奏下的复活的雕塑群和油画长卷！我把这几分钟见到的记在脑子里，相信，它所给予我的将使我终身受用不尽……

马就是这样，它奔放有力却不让人畏惧，毫无凶暴之相；它优美温驯却不任人随意欺凌，并不懦弱，我说它是进取精神的象征，是崇高感情的化身，是力与美的巧妙结合恐怕也并不过分。屠格涅夫有一次在他的庄园里说托尔斯泰“大概您在什么时候当过马”，因为托尔斯泰不仅爱马、写马、并且坚信“这匹马能思考并且是有感情的”。它们常和历史上的那些伟大的人物、民族的英雄一起被铸成铜像屹立在最醒目的地方。

过去我认为，只有《静静的顿河》才是马的史诗；离开巩乃斯之后，我不这么看了。巩乃斯的马，这些古人称之为骐骥、称之为汗血马的英气勃勃的后裔们，日出而撒欢，日入而哀鸣，它们好像永远是这样散漫而又有所期待，这样原始而又有感知，这样不假雕饰而又优美，这样我行我素而又不会被世界所淘汰。成吉思汗的铁骑作为一个兵种已经消失，六根棍马车作为一种代步工具已被淘汰，但是马却不会被什么新玩意儿取代，它有它的价值。

牛从鞔车变为食用，仍然是实用物；毛驴和骆驼将会成为动物园里的展览品，因为它们只会越来越稀少；而马，当车辆只是在实用意义上取代了它，解放了它们时，它从实用物进化为一种艺术品的时候恰恰开始了。

值得自豪的是我们中国有好马。从秦始皇的兵马俑、铜车马到唐太宗的六骏，从马踏飞燕的奇妙构想到大宛汗血马的美妙传说，从关云长的赤兔马到朱德总司令的长征坐骑……纵览马的历史，还会发现它和我们民族的历史紧密相连着。这也难怪，骏马与武士、与英雄本有着难以割舍的亲缘关系呢，彼此作用的相互发挥、彼此气质的相互补益，曾创造出多少叱咤风云的壮美形象？纵使有一天马终于脱离了征战这一辉煌事业，人们也随时会从军人的身上发现马的神韵和遗风。我们有多少关于马的故事呵，我们是十分爱马的民族呢。至今，如同我们的一切美好的传统都像黄河之水似的遗传下来那样，我们的历代名马的筋骨、血脉、气韵、精神也都遗传下来了。那种“龙马精神”，就在巩乃斯的马身上——

此马非凡马，
房星是本星。
向前敲瘦骨，
犹自带铜声。

我想，即便我一直固执地对不爱马的人怀一点儿偏见，恐怕也是可以得到谅解的吧。

1984年5月

离合悲欢的三天

田　野

最近，我去香港探亲：去会晤我的至今还留在台湾的妻子和孩子——我们分别已快三十年了。

我是在1955年从台湾只身回归大陆的。

分别的时候，我三十一岁，妻二十七岁。我们的大儿子刚满五岁，而小儿子只有一岁半。

现在，那个小儿子，已经长得和我一般高，并且今年也是三十一岁了。

这次，就是由他陪着他的母亲，从台湾到香港来和我见面的。

不过，他们不得不取道一条曲折的路：参加一个由台北去泰国的七天旅游团，按照日程安排，从曼谷返台途中，将在香港停留三天。

于是，在这之前，我赶到了香港。

分别三十年，朝思暮想，好不容易得见一面，而会晤的时间却又是如此之短——只有三天！

这离合悲欢的三天啊！

三天！千言万语，真不知从何说起。

在还未见面之前，我曾经把一定要讲的事、一定要谈的话，一件一件地记在一张纸上。结果是越写越多、越写越长。

我一定要告诉我的亲人：多年来我的忧虑，我的思念，我的负疚的心情和我的执着的心愿……

当然，我也知道，他们一定要告诉我的，要告诉我，甚至是更多更多……正如妻在信上所说："三天三夜也摆不完。"

三天！为了这三天，在海峡两岸，我们曾等待了三十年！

当然，当彼此真的见面了：我紧紧地而又久久地握住妻的手，默默地注视着那温柔的泪水，顺着伊的脸颊，缓缓流下——这是辛酸的泪，也是幸福的泪。此时此刻，又觉得，什么言语，都似乎是多余的了。

是的，三十年的分别，妻和我都老了。由于人生的坎坷，我们的外貌，也许甚至比我们的年龄更老。

但是，人还活着，孩子也长大了；在任何情况下，彼此都一直没有忘记。

而且，在分别三十年之后，我们一家的三口：两个来自台湾，一个来自大陆，今天，又在祖国的另一块领土上会晤了！——这在几年以前，甚至是连做梦都不敢去幻想的事，此时此刻却已成为现实。

我久久地而又紧紧地握住妻的手；默默地注视着那温柔的泪水，顺着伊的脸颊，缓缓流下——这是辛酸的泪，也是幸福的泪啊！

我真想，时间和思维，都在这儿停止。

但是，当我们提着旅行袋，从铜锣湾的酒店，搭乘通过海底隧道的巴士，在九龙红磡下车，沿着那繁华的夜市街一同向我借住的朋友家里走去的时候，我仍然不能不想起一些难忘的往事。

在1955年离开台湾之前，我曾在台北一家洋行里工作。每天早出晚归。有时，当我从写字间回来迟了，妻总是带着两个孩子，常常到我们居住的仁爱路二段的巷子口来等我。一当远远望见，在下班的人流中，我正骑着单车，沿着林荫大道奔驰而前时，两个孩子就像两只小鸟一样，争先恐后地从他们母亲身边飞出，不顾一切地向我迎面跑来，并且，一个比一个叫得更响更欢地在喊着我。于是，我连忙跳下车子，把单车交给妻推着，然后，我一手抱着一个孩子，就这样，说说笑笑地一同走回家去……

现在，我是多么希望再像往日那样，和我的妻、我的孩子，说说笑笑地，一同走回我们的家去啊！

然而，现在，却还不能。

虽然，今天，我们又在香港会面了；但我们的“家”，仍然是分离的——被分离在海峡的两岸。

在那边，还有我的大儿子、大儿媳和两个小孙女，而且，由于众所周知的原因，我的妻和我的小儿子，在三天之后，也还不得不随着旅游团回到台湾去。

这一次短暂的重逢，又将是另一次长久的别离。

想到这里，我的确止不住自己的泪水了。

虽然，在这次见面之前，我也曾一再叮嘱过自己：要坚强一些，要冷静一些，不要想得太多了。而且，我早已是个饱经忧患的老人，并不是任何不幸都可以触动我的感情的。

然而，现在，我还是哭了！——悄悄地。

为了不至于被妻发现，以免又引起她的伤心，我借此走进路边的士多店里，去买了一包香烟。

但当我掏出打火机，正要点燃一支烟卷，妻忽然把手伸出：

“也给我一支吧……”

我发现，她的眼眶也是湿润的。

在香港，我和留在台湾、而这次又未能相见的大儿子，通了一次电话。

妻先告诉他，已经安抵香港，见到了我。接着就说：

“现在你爸爸和你讲话。”

我接过话筒，突然感到它是多么沉重。

分别三十年，作为“爸爸”，我是对不起孩子的。

早在信上，妻就不止一次地以悔恨的心情说起：“没有让他们把书读好，这是我终生的遗憾。”

这个责任，完全在我。

当我弃家出走的时候，大儿子才五岁，还不到上国民小学的年龄。以后，由于生活的艰难，他也只读完商专。而小儿子，甚至中学还未毕业，就不得不出来谋生了。

在那样一个竞争的社会，又由于我的离台所带来的麻烦，他们的遭遇，是可想而知的。但他们仍然挣扎着站了起来。一直到现在，大儿子每礼拜一、三、五的晚上，还去补习英语。小儿子则通过自学，成了一名装潢设计师。

“孩子是争气的。”妻第一次带着欣慰的笑容，“他们是正派人，这你可以放心。”

我还有什么说的呢？作为“爸爸”，在欣慰之余，我只有惭愧——但我相信，孩子是会理解的。

“很对不起你们……”这是我一定要说的心里话。

“爸爸！我们不会怪你……你好好保重身体吧，下次还会见面的……”

电话非常清晰。我甚至可以听见隔海传来的他同样沉重的呼吸。

放下话筒，我感到有股暖流，仍然在我的心头奔涌。

“下次还会见面的！”他讲得那样自然，而又那样自信。这个在台湾出生的年轻人，好像突然给了我一个启示：是的，为了这一次的重逢，我们曾经等待了三十年。但形势是在发展的，有时甚至比我们所能预料的还要更快更早。不是吗？从1981年第一次收到远方来信，到这一次彼此见面中间也不过只有三年！

我不否认，当我为思念所苦的时候，也曾产生过悲观的念头。

就是在从广州来香港的途中，当我走过横跨深圳河上的那座木桥时，我也不禁想起：在1955年的春天，作为一个向往新中国的台湾青年，我正是从这座木桥，闯过港英当局的封锁，而踏上被解放了的国土的。

三十年过去了。这座桥还在：但我当年那种壮志豪情，那种敢于冒险犯难的勇气，似乎也随着时间的流逝，而渐渐地消失了……

这次，我重到香港，去和久别的亲人会晤。在我想来，这不过是有幸了却一个今生今世的心愿而已。我没有敢奢望“下次还会见面的！”

现在，我的孩子，却比他的父亲想得更远：“你好好保重身体吧，下次还会见面的！”他讲得如此自信，而又如此自然。这次他没能同来，是个遗憾，但他并不认为，这就是一个难以弥补的遗憾。

我怀着感激的心情，回过头来对妻说：

“孩子是争气的……下次，你就带老大来吧！通了电话，我更想见见他。”

妻的回答，非常干脆：

“都来。还有大媳妇和两个小孙女……”

三天！三天毕竟是很短暂的。

妻和我，都尽量避免提到时间。

因此，许多次谈兴正浓的话题，就像一条条缠绵的小溪，由于渗入沙地，而突然中断了。

我沉默着，妻也沉默着。

但我们并不感到寂寞——我们各自沉浸在共同的回忆之中。语言，有时也许真会是多余的。

三天！三天毕竟是短暂的。

妻又像当年我离开台湾的前夕那样，在忙着替我收拾东西：她把旅行袋留给我了。里面装着从台湾带来的她一针一线编织成的两件毛衣，还有小儿子从身上脱下的一套灰色的西服——他长得和我一般高，大小也还合适。

她发现我上装的一颗纽扣脱落了，立刻替我钉好，然后又一件一件地检查一遍：

“记住，要学会自己照料自己……”

三天！三天毕竟是很短暂的。

从早到晚，小儿子一直在翻读着香港出版的报纸。他还是第一次出外旅行，但是在香港却什么地方也没有去。因为，从报纸上，他似乎看到了另一个更为新鲜的世界。

我把我写的那本散文集《海行记》带来了。妻是流着泪读完的。虽然，其中的许多简化字，她并不完全认识。小儿子也读了。我问他懂不懂？他说：“懂。”在想了一会儿之后，他又说：“你走的时候，我还太小。别人说你‘投匪’了。现在我懂得了，你是去寻‘根’的……”——他的确已经长大成人了。妻说的对：“他们都是正派人。你可以放心。”

可惜，我现在还无法让他们把这本书带回去。

说来惭愧，我没有什么珍贵的礼品送给我久别的亲人。

但我还是在香港给两个儿子各买了一双皮鞋——这还是三十年前当我离开台湾时曾经给他们许下的一个诺言。两个儿子，一个五岁，一个一岁半，一直都是穿着木屐的。他们多希望能有一双走起路来“当当”作响的皮鞋啊！但是从台湾到了香港以后，我接着就回到大陆去了。一别三十年，这个诺言，始终未能兑现。它在我的心上，也始终是个负担。现在，他们也许早已忘记此事；并且，皮鞋对于他们，也早已不是什么稀奇的东西了。但我一直没有忘记。现在，我终于可以兑现这个诺言了。虽然，他们也许并不十分需要。

但是，还有一个诺言，至今仍然是我思想上的负担。

我的那个未见过面的小孙女，曾经听她奶奶说起，而她奶奶又是听我讲的：在祖国大陆，新春佳节，常常下雪。一片一片白色的雪花，从天空飘落到地面，一夜之间，就成了一个银色世界。孩子们穿着新衣，在雪地上打滚，还玩打雪仗、堆雪人的游戏……而在台湾，是见不到真正的雪景的。小孙女听得入迷了。她要我带她去看那银色的世界，她也要在雪地上打滚……

可惜，我现在还无法给她兑现这个我已经答应了的诺言。但我会记住的，永远。

旅游团即将离开香港了。

我不便到机场去送别我的妻和孩子。于是，只好在他们下榻的酒店分手了。

天气很好，晴空万里，维多利亚海湾像一面闪光的镜子。

但是，在我的眼前，美丽的香港，那些高楼大厦，那些车流人流，突然变得朦胧了。

两三个小时之后，我和我的妻、我的孩子，又将分离在海峡的两岸，只能相思，不能相见。

此时此刻，千言万语，真不知从何说起。

我再一次把手伸出，紧紧地而又久久地握住妻的手。

她没有流泪，只轻轻地说：

“也许，我们还要算是幸福的……在分别三十年之后，我们总算又见到了……三天……现在又要分别了……你也不要太难过……”

说着，她把头转了过去。

这时，小儿子穿上我给他新买的皮鞋，走到我的面前。他没有同我握手，却突然跪了下来：

“爸爸！你好好保重身体……我们还会……还会见面的！”

我，是怎么也忍不住自己的泪水了……

1984年7月

故乡的红头船

秦　牧

一个人，有时认识一桩事情，需要十分悠长的时间。

半个世纪以前，当我还是一个少年的时候，随父母侨居于新加坡。那时，每隔若干年，我们就要搬家一次。有一次搬家，新居恰好面对新加坡河。

新加城河，那时密密麻麻靠满了驳船。轮船到达海面，驳船就把货物转载到新加坡河，由苦力把大米、咸杂、瓷器、土产之类的东西搁在肩膀上，搬运上岸，放进岸畔星罗棋布的货栈之中。

我常常坐在骑楼，观赏新加坡河的一幅幅生动图景。中国苦力（那时新加坡还未独立，仍是英国殖民地，没有所谓新加坡籍华人）的劳动本领是非常敬人的。他们大抵裸露着上体，在肩上披一块搭布，手里持着一把短柄铁钩，用这来钩取货物，搁到肩上，一百公斤一包的暹罗（泰国）大米，用竹篦笼罩着的中国咸菜、冬菜缸、盐水、荔枝之类，他们都能够把它搁在肩上，在一条狭窄的跳板上疾走，上岸的时候，还能够腾出一只手来，接过工头发给他们的竹签（这是在搬运完毕的时候，赖以结算工资的筹码）。他们一列列走在摇晃的跳板上的时候，构成了一幅异常生动的中国劳动者海外谋生、勤奋辛劳的图景。

熙熙攘攘的新加坡河上，除了这些热闹的劳动场面以外，还有一个奇特的景观，吸引了我这个异邦少年的注意。那就是有一种船，船头漆成红色，并且书上两颗圆圆的大眼睛。木船本来就有点儿像浮出水面的鱼，书上这么一对眼睛，鱼的形象，就更加突出了。听长辈们说，这叫作“红头船”。当昔年海上没有输船或者输船是很少的时候，粤东的居民，就是乘坐这种红头船出洋，来到新加坡和东南亚各国的。三十年代的红头船，倒不一定仍然经常来往于祖国和新加坡之间，那大抵是当地居民“仿古法制”，借以纪念先人，也用来驳运东西的一种产物。

“九一八事变”之后不久，父亲破产了，我们一群兄弟姐妹随他回国。澄海的樟林镇，就是我们的故乡。初抵国门，觉得什么事都新鲜，都想接触，不久，我就把“红头船”的事情置之脑后了。

故乡有许多特别的事物，吸引了我。首先，是当时已经显得有点儿破败的一个内地小镇，为什么竟有那么多夸耀门第家声的人家呢？这些宅第，个个大门上挂着“大夫第”“陕西世家”“种玉世家”“颍川世家”之类的牌匾。河边有一座“天后宫”，香炎鼎盛。照一般状况，凡是船民、渔民众多的地方，才有许多人到天后宫去卜回旅程吉凶，祷求风调雨顺。为什么这儿也有一座天后宫呢？故乡并没有多少船民和渔民呀！还有，这个小镇里，市街上竟有不少可口的食品在出售，什么肉粽、饼食之类，其制作精美的程度，并不逊于后来我在国内好些大城市里所见到的。小贩多极了，各种小食竞奇斗巧程度，也是我在许多内陆小镇里很少见到的。当时我只认为大概是由于这里华侨众多的缘故，并没有想到，它是蕴藏着更加深远的根源的。

我们家附近有一条小河，河面并不很宽。我们常在河中游泳和捕鱼。小河里面，不但可以捕到鳗鲡、甲鱼、鲫鱼、泥虾，有时还可以捕到一种扁蟹，它的甲壳里蟹黄极多，腌制起来，风味极美。这种小蟹，各地都很少见到。据渔民们说：它只出产在咸水淡水交界的区域，我们有时喝到的河水也有咸味，这就可见，我们家乡离海很近，有时海水涨潮，是会倒灌进来的。

我们有时会见到一些老头子，站在河岸上，慨叹道：“这条河现在比以前窄多了。你们年轻人不知道，从前，听老辈人说，这河是可以停靠很大很大的船舶的，从这里真达‘外洋州府’呢！”

少年时期对这样的言语，听过也就算了，并没有怎么引起注意，更谈不上寻根究底了！我从青年时代起就离开家乡，高飞远走，此后数十年间，再也没有在家乡长住过，阔别之后，偶尔回去，也是行色匆匆，从没久留，对于家乡的印象，终于像久历沧桑的照片一样，斑驳迷离了。

解放后，不断听到一些消息，现在潮汕一带，不断发掘出一些古代航海的遗物，有一次还发掘出一条大体完整的几百年前的红头船的遗骸，不禁为之神往。想起几百年前，人们带着一点儿寒碜的行李，乘着简陋的红头船，以咸鱼、虾酱、酸菜、腌萝卜送饭，在风浪中漂泊，分别到达当时的安南、暹罗、东印度群岛、新加坡、马来西亚的情景，是需要多么大的勇气和毅力啊！这些人，也就是东南亚各国地生华人的祖先了。马六甲那儿的古老的华人坟墓，石碑上的纪年，不但有清初的，也还有明代的呢！

年前，读了一些史料，又有了新的收获，知道我的家乡樟林，原来在汕头未开埠以前，已经是一个著名的港口了。清初，由于海外贸易的需要，它渐渐崛起，那时它河道宽阔，离海又近，在康熙、雍正、乾隆、嘉庆之世，变成了一个热闹的城镇，粤东以至福建许多地方，人们都到这儿集中乘红头船出洋。以后，汕头开埠了，它才逐渐没落。这些史料使我豁然开朗。那儿为什么有香火鼎盛的天后宫呢！为什么集中了那么多的大户人家呢？这是历史的流风余韵！我们少年时代为什么能够在河裹捉到咸水、淡水交界处才有的小蟹？老年人为什么在河滨停产时发出那样的感慨？这一来，各种零碎的事项都可以贯串起来了。

1985年我访问新加坡的时候，看到了童年时代熟悉的新加坡河，河面上已连一条木船的影子也没有了！因为海上轮船直接卸货，已经无须经过驳船。这种景象，也使我想起了故乡的沧桑，世间的事物是多么变动不定啊！澄海，我们那个县准备在樟林建设一座碑亭，竖立一块碑记，让人们知道这个小镇在华侨史上，航运史上的地位，也让远方的游子回来时凭吊先人的足印。他们约我给写了。碑记是这样的：

樟林古港碑记

这里矗立着一座古色古香的碑亭，记录着人间的风云和历史的沧桑。

樟林现在是一个内陆乡镇，然而在历史上，它曾经是粤东第一大港。早在汕头开埠之前，清代康熙年间，由于对外贸易的发展和群众海外移民的需要，澄海的这一滨海村寨，渐渐发展为一个海运港口。那时它帆樯云集，货栈成行。红头船，即一种船头漆成朱红色，单桅或双桅，木材结构的大型帆船，从这里装载旅客和货物，乘风破浪，扬帆远行征，北上直达上海、天津、青岛等地，南下出航暹罗、交趾、新加坡诸邦。樟林作为一个繁盛的港口，历时长达一个世纪以上，那时，它曾被喻为“通洋总汇之地”“河海交会之墟”。水手和旅人，本着他们的宗教观念，向之祈福禳祸的风伯府、天后宫等庙宇，就是那个时期在这里陆续建成的。红头船的古老遗骸和沉重铁链，解放后瘰被陆续发现，也是这段历史的一个佐记。

岁月递嬗，时移势易，直到十九世纪六十年代，汕头开埠，蒸汽输船来往频繁之后，樟林古港才结束了它作为海运枢纽的地位。潮汕地区最早出现的华侨之乡，就在这片土地之上。

建立这座碑亭，可以让人们重温自己的乡史；让南洋各国的华裔旅客，凭吊遗迹，缅念自己当年漂洋过海、艰苦奋斗的先人。

世事尽管沧桑多变，但是因果关系，历历可辨。建立这座碑亭，也让人们有所领会，进而虚心尊重客观法则，勇于面对现实，开拓未来。

1986年6月

吴大和尚和七拳半

汪曾祺

我的家乡有“吃晚茶”的习惯。下午四五点钟，要吃一点儿点心，一碗面，或两个烧饼或“油墩子”1981年，我回到阔别四十余年的家乡，家乡人还保持着这个习惯。一天下午，“晚茶”是烧饼。我问：“这烧饼就是巷口那家的？”我的外甥女说：“是七拳半做的。”“七拳半”当然是个外号，形容这人很矮，只有七拳半那样高，这个外号很形象，不知道是哪个尖嘴薄舌而又极其聪明的人给他起的。

我吃着烧饼，烧饼很香，味道跟四十多年前的一样，就像吴大和尚做的一样。于是我想起吴大和尚。

我家除了大门、旁门，还有一个后门。这后门即开在吴大和尚家住的后墙上。打开后门，要穿过吴家，才能到巷子里。我们有时抄近，从后门出入，吴大和尚家的情况看得很清楚。

吴大和尚（这是小名，我们那里很多人有大名，但一辈子只以小名“行”）开烧饼饺面店。

我们那里的烧饼分两种。一种叫作“草炉烧饼”，是在砌得高高的炉里用稻草烘熟的。面粗，层少，价廉，是乡下人进城时买了充饥当饭的。一种叫作“桶炉烧饼”。用一只大木桶，里面糊了一层泥，炉底燃煤炭，烧饼贴在炉壁上烤熟。“桶炉烧饼”有碗口大，较薄而多层，饼面芝麻多，带椒盐味。如加钱，还可“插酥”，即在擀烧饼时加较多的“油面”，烤出，极酥软。如果自己家里拿了猪油渣和梅干菜去，做成梅干菜油渣烧饼，风味独绝。吴大和尚家做的是“柏炉”。

原来，我们那里饺面店卖的面是“跳面”。在墙上挖个洞，将木杠插在洞内，下置面案，木杠压在和得极硬的一大块面上，人坐在木杠上，反复压这一块面。因为压面时要一步一跳，所以叫作“跳面”。“跳面”可以切得极细极薄，下锅不浑汤，吃起来有韧劲而又甚柔软。汤料只有虾子、熟猪油、酱油、葱花，但是很鲜。如不加汤，只将面下在作料里，谓之“干拌”，尤美。我们把馄饨叫作饺子。吴家也卖饺子。但更多的人去，都是吃“饺面”，即一半儿馄饨，一半儿面。我记得四十年前吴大和尚家的饺面是一百二十文一碗，即十二个当十铜圆。

吴家的格局有点儿特别。住家在巷东，即我家后门之外，店堂却在对面。店堂里除了烤烧饼的桶炉，有锅台，安了大锅，卖面及饺子用；另有一张（只一张）供顾客吃面的方桌。都收拾得很干净。

吴家人口简单。吴大和尚有一个年轻的老婆，管包饺子、下面。他这个年轻的老婆个子不高，但是身材很苗条。肤色微黑。眼睛狭长，睫毛很重，是所谓“桃花眼”。左眼上眼皮有一小疤，想是小时生疮落下来。这块小疤使她显得很俏。但她从不和顾客眉来眼去，卖弄风骚，只是低头做事，不声不响。穿着也很朴素，只是青布的衣裤。她和吴大和尚生了一个孩子，还在喂奶。吴大和尚有一个妈，整天也不闲着，翻一家的棉袄棉裤，纳鞋底，摇晃睡在摇篮里的孙子。另外，还有个小伙计，“跳面”、烧火。表面上看起来，这家过得很平静，不争不吵。其实不然。吴大和尚经常在夜里打他的老婆，因为老婆“偷人”。我们那里把和人发生私情叫作“偷人”。打得很重，用劈柴打，我们隔着墙都能听见。这个小个子女人很倔强，不哭，不喊，一声不出。

第二天早起，一切如常，该干什么还干什么。吴大和尚擀烧饼，烙烧饼；他老婆包饺子下面。

终于有一天吴大和尚的年轻的老婆不见了，跑了，丢下她奶头上的孩子，不知去向。我们始终不知道她的“孤佬”（我们那里把不正当的情人、野汉子，叫作“孤佬”）是谁。

我从小就对这个女人充满了尊敬，并且一直记得她的模样，记得她的桃花眼，记得她左眼上眼皮上的那一小块儿疤。

吴大和尚和这个桃花眼、小身材的小媳妇大概都已经死了。现在，这条巷口出现了七拳半的烧饼店。我总觉得七拳半和吴大和尚之间有某种关联，引起我一些说不清楚的感慨。

七拳半并不真是矮得出奇，我估量他大概有一米五六，是一个很有精神的小伙子。他是一个名副其实的“个体户”，全店只有他一个人。他不难成为万元户，说不定已经是万元户，他的烧饼做得那样好吃，生意那样好。我无端地觉得，他会把本街的一个最漂亮的姑娘娶到手，并且这位姑娘会真心爱他，对他很体贴。我看看七拳半把烧饼贴在炉膛里的样子，觉得他对这点充满信心。

两个做烧饼的人所处的时代不同。我相信七拳半的生活将比吴大和尚的生活更合理一些，更好一些。

也许这只是我的希望。

1988年12月

藏北启示：超越苦难

马丽华

我所乘坐的“北京”吉普的驾驶员，因故未能赶上格拉丹冬之行。无奈只好由老友雨初操起方向盘。同车人还有摄影师大吴、安多县蒋医生和年轻人王郁。向格拉丹冬进发之初，王郁就开始提劲：“吴老师你别紧张，我们这满车人都是亡命徒！”大家随声附和。还好，多难走的路都没出大问题，包括有一次夜间赶路，与前面引路的丰田车失去联系，独自闯进一座咸水湖中，在冰面上左冲右突转不出来。后面大车上的大胡子师傅发现了，打开车灯，拼命摁喇叭，方才冲上湖岸。大家捏了一把汗。咸水湖冰点很低，此刻又在三月，万一有地方冰不牢，后果可就严重了。这也算惊险动作之一吧。现在已经凯旋，行驶在平坦的青藏线柏油路面上了。翻过唐古拉山口，安多县在望。

唐古拉山，去年四月里我曾试图翻山而过，到多玛区采访那场救灾斗争。由于雪封车阻，只得原路回返。然而我却不是空手而归。我注意到山口玛尼堆上，火红的橘黄的深蓝的经幡招摇，我理解到这是环境世界的超人力量和神秘的原始意识的结合，是高寒地带人们顽强生存的命运之群舞，是与日月星光同存于世的生命意兴。由此我强化了对于苦难含义的理解，对于自己，也如此地渴望和召唤着苦难——

“……渴望暴风雪来得更猛烈一些，渴望风雪之路上的九死一生，渴望不幸联袂而至，病痛蜂拥而来，渴望历尽磨难的天涯孤旅，渴望艰苦卓绝的爱情经历，饥寒交迫，生离死别……最后，是渴望轰轰烈烈或是默默无闻的献身。”

这一回，真是不幸联袂而至，病痛蜂拥而来了。行至距唐古拉山口石碑约百多米处，小车在结冰的路面飘摇起来。雨初只来得及说一声：“糟糕！打不过来了！”小车已疾速地向左前方冲去。随即——

随即若不是车毁人亡，可真是福大命大造化大了。

西藏的翻车事故够多的。多次听当事人讲起，有着长期的思想准备。

这一回在劫难逃，第一反应就是右手紧抓扶手，左臂夹住相机，在翻车的刹那本能地闭上眼睛，准备听天由命。突然间好奇心又战胜了一切，忙瞪起眼睛目睹翻车景象。伴随着稀里哗啦地声响，车内碎玻璃和着扑进的雪粉布满空间，未及落下复又颠起，飘飘荡荡，电影里的慢镜头一样。一个一百八十度，再一个一百八十度……想数一下到底要翻几圈儿，忽然再也不动了。五个人好端端地各就各位。王郁以前所未有的庄重发问：“都没事吧？”

我迫不及待地响应：“我没事。”

大吴惊魂未定的声音传来：“没，没事。”

斜眼看一下雨初，此人目光呆滞注视前方；忽想起还有一人没表态。掉过头一看，坐在后排正中间的蒋医生，因曾惨遭类似祸端，至今伤痕犹在，此刻旧景重现，不免面色如土。就在我掉过头去的工夫，雨初发现了问题，一声惊呼，方才发现我的前襟已被血打湿了一片，不知哪里伤了，摸摸索索在左侧太阳穴地方找到伤口。大家在破烂不堪的车里七手八脚翻找药棉和云南白药。血从指缝里流出，啪嗒啪嗒滴下来，殷红殷红的。是让玻璃给剜了一下，要是再往下一寸，可就挨到大睁着的眼睛。万幸！

这才发现翻车时犯了个错误，光把手抓紧还不够，脚要蹬住。我就给忘了，屁股下的坐垫不知怎么侧起竖在车门口，我端坐在油箱上，而左腿却别在驾驶座下。叫他们帮忙搬腿，没人理会，只好自己慢慢来，心想那车再多翻一道，这腿可要受苦了——又一个万幸！

王郁拖一个坐垫放在雪地上，扶我坐好。医生忙包扎，大吴忙拍照。雨初两手抱脑袋，坐在一旁雪地上，一副痛心疾首的样子。

另一台丰田从后面赶上来了，惊惊咋咋的。杰巴县长前后左右视察了一番，满意地说，这车翻得恰到好处：往前面一点儿，路基太高，不连翻几个跟头，就是一头栽下去也就完啦！往后面一点儿，路基虽然低些，但雪很少，阻力小，会一连串儿翻下去的。这儿路基不太高而且雪很厚——很好很好。试了试那破车，居然发动起来了。雨初英勇地驾驶着没有挡风玻璃的车，在雪花飘飘中上路了——车内寒风刺骨。另几位勇士小廖、大吴和王郁也缩着脑袋上了车。我改乘“丰田”直奔安多县医院。

只缝了三针，留个纪念。

事后谈起来，大家互相取笑一番。其中尤以我坐在油箱上最失体面。“这也算是翻过一回车？”小王郁意犹未尽，“还不如在成都坐翻滚列车带劲儿哪！”

小小地体验了这么一回。这一天是1987年3月9日。

体验死亡，并把它表达出来，并非每个人都有这样的机会。从现在起，不知道要过多久，也不知道在什么地方，以怎样的方式，才能够体验一次真正的死亡。但那种感受恐怕永远无法示人了。那仅仅属于自己一个人。我常想到这问题，不仅因为这问题很诱人，同时也因常常耳闻目睹别人的死亡。尤其年轻友人的猝死，一回回同样地惊心动魄，永不会麻木。然而不可思议的是，对于我来说，最强烈的感情似乎并不是哀恸，而是一种由衷赞美。死亡之神在那一刻引领我窥见了端庄安详的另一世界。而年轻的死者分明变得通体透明、美丽动人，更加高尚圣洁，甚至光辉灿烂。许多种死亡，其实是人生所能达到的最高峰，是短暂生命交响诗中的华彩乐段。

在藏北高原的冰峰雪岭间，死亡不再严峻。它只是回归自然的一个形式。大自然随你去任你来，一切都天经地义。

生活于斯的民族，大约也持这种观念。

可是那真算体验过一回了吗？它一点儿也不沉重，不灰暗，记忆中只留下破窗而入迷蒙雪粉，以及滴落于雪地上的好看的血，除此还有什么呢？

还有巨大的喜悦和满足。

自1984年4月末唐古拉误车开始，差不多一年时光，我七次来藏北，每次都有新感受。即便对于苦难和认命，也有了比一年前更深切些的理解。而几乎所有的感受都与大自然有关。大自然并不因、也不为谁的存在而存在，即便没有人类，它依然万古长存。万千物象合成一个自然，万千物象又都是自然之子。大自然如此无一遗漏地包容了一切，当然包括微不足道的人类，当然也包括了更加微不足道的个人命运，以及通常我们所称之为欣悦或苦恼的幸与不幸。

一年后我再一次伫立在冰封雪裹的唐古拉山口，注视着玛尼堆上又经历了一番风霜雨雪的经幡们。我虽不能宣称自己已经明白了它们的全部底蕴，但或许会说那含义原本极其简单明了。

继1987年3月9日唐古拉山口之后的这一两年里，深心里又经历了感情世界一番大起落的轮回。这一事件纯属个人性质，不具有普遍的或典型的意义，且难于示人。但它富有夸张意味的戏剧化的过程和结局又不能不深刻地体现了命运。命运安排我在人到中年之际领受了精神与肉体的模拟涅槃，从而结束了我的前半生。

沿一条向上的路，我们走去
直抵最接近天穹的地方
走向秋日
走向老迈的秋阳明媚

藏北给予我前半生的启示——超越苦难。

好哇，莲花湖的珍宝！这一箴言具有莫可言说的美，是一个缥缈高妙的意境。我终于不会去做佛教徒，但我喜爱这个宗教所创造的诸如此类超绝人寰的意境，喜爱它所包容的东方式的若明若暗的思想内涵与表达方式，以及它所指向的时空的其阔无比和长流不息。

遵从着某个暗示，我这样走遍了藏北大地，并奢侈地领受了这片大地所赐予的一切。我在心灵的晴空里张扬起自己的五色幡，它沐浴着阳光和雨雪，招摇在我后半生的旅程中。有一句醒世恒言从那里升起，充满人宇和天宇，向万古长青的大自然传播着人间不朽的赞美诗——

好哇，莲花湖的珍宝！

牛粪火灰蓝的炊烟融进暮霭里了
升起炊烟的地方手磨咿呀在响
那时我们能望见末路的象雄王
正朝向他最后的圣湖蹒跚走去

过了一个千年

他的圣湖咸而浓了
又过了一个千年
他的圣湖越发咸而浓了

历史如是
人生如是

当我以老妪之态轻叹
如同大地温存的呼吸
往事是否值得依恋呢
有什么理解或不理解
宽容或不宽容
依旧惊心动魄
还是无动于衷

那一刻月色正好
娇媚如水
宁静致远

1990年9月

山　恋

——往事漫忆

南　丁

问我，去哪里？

我说，去大别山。

对我的意见还尊重，就挺高兴。

于是，在那个冬季，我们便从省城出发。火车，汽车，步行，就看到了大别山，就走在大别山的山路上了。挺远的，迢迢近千里呢。从新县县城往东走二十五公里吧，是周河公社，然后从周河折回头走另一条更蜿蜒细小的山路向西，翻过一个山坳，就进入余冲，一条小河，两岸高山，狭窄的峡谷地带。这条余冲河，这样的清澈碧透，明镜般地将两岸的高山和沿河疏落的山村以及洗衣女的身影都照在里面了。在今后的许多日子里，小河将与我为伴。这条小河多么好。

我被安置在小河南岸的夏咀，在这条冲的中部。徐被安置在河北岸的下余塆，还要往西行，差不多是这条冲的尽头了。

出发前的日子里，我总爱在心里叨咕句话，好像是王尔德说的："当一个诗人的心破碎时，它破碎成音乐。"还把这句话写在日记里。我写过诗。我不是诗人。我希望能成为一个诗人。我不希望心破碎。我喜欢王尔德这句话，朦胧地觉得这句话里有一股气儿，能支撑生命，能鼓舞生活。反正我当时就是这样理解的。我生命还年轻，生活刚开始。二十七岁，未来的日子多得很呢。

既然坎坷不可回避，那就庆幸它来得如此之早，有的是时间能够跨过它。既然降临了这一种机遇，躲不开，就抓住它，不能随意到一个什么地方去混过这段时光。我不能承认我反对在我心中视为神圣的事物，我从未有过这样的念头。但我承认人需要锻造，需要磨炼，如此方能达到丰富与强壮。碱水里泡三次，盐水里煮三次，清水里洗三次，很好。去大别山，我是经过认真思考的。我从书本和传闻里知道大别山，知道那里的土地革命战争，有流血、牺牲、献身，有与高山同在的崇高精神。去向崇高跪倒在地，请崇高捶打我的软弱；去向崇高顶礼膜拜，让崇高洗刷我的污浊。崇高，这不是人与诗要永远追寻的目标与主题吗？我就这样将王尔德与大别山衔接连通起来。荒诞吗？也许是的。

来大别山，是明确的。没想到这个山村叫夏咀。这好像并不重要。到的这一天，是1959年1月19日。这个日子也没什么意义。经过几十年大脑的筛选，许多事情都忘记了，这个日子却顽固地留在记忆里。

夏咀为我准备了间小屋。这间小屋在这个院落的东南角，加塞儿似的加在正房与东厢房的角落里，一门一窗都是朝西开的，窗棂糊着纸，当然不能打开，门倒可以加锁，其他三面都是墙。屋顶是往西一面倾斜的坡，抬头就可看见灰瓦，伸手就可摸到它。靠南墙正好塞进一张单人床，木料倒挺结实，铺着竹簸。挨床靠窗放张桌子，乡村古老式样的，恐怕也有些年岁了。还有凳子，桌上有盏梓油灯，与门相对的那个角落空着，正好可以盘个火塘。挺好。坐南朝北一明两暗的正房地基挺高，需上几个石阶，那大约是就着地势建造的。与小屋紧挨的东厢房地基也略高，那大约是垫起的。院子是不规则的石板和沙石铺就的，靠西面种了几棵树，站在院子里就可看到正房后面的山。因为是冬季，山上的绿意不多，是种冷峻的调子。

夏咀接纳了我，我就成了夏咀人。我们彼此感到陌生，互相认识需要时日。可一听夏咀人说话，我就不仅仅感到亲切，而且感到温馨了。一声“么事嗟”，就勾我想起我的祖籍长江北岸的安庆，想起我的外婆和妈妈。这里人说话，那发音，那语气，那神态，那尾声，酷似安庆人。我仿佛回到了童年，回到了家园，回到了妈妈和外婆的身边。新县城南十公里左右处有一架分水岭，岭南为长江流域，岭北为淮河流域。我在淮河南岸的蚌埠度过童年和少年时光。如今我又回到了江淮之间。我觉得我的心灵通过一声“么事嗟”就与夏咀人相通了。语言的力量竟如此神奇。

苏住在黄塆，与夏咀是邻村，往西走一公里多地就到。他们夫妇携两个小女儿，1958年5月间就到这里来，是老住户了。我和徐去拜访苏。我和徐当年年岁相加是五十二岁，正好是苏当年的年岁。苏是前辈。苏是著名的诗人。苏原是我们单位的领导人，我在他手下工作已将近十年，可以说是相知。那天我们刚进余冲不久，就碰到了苏七岁的小女儿媛的那双惶惑惊诧的眼睛，她一定早报过信了。我们到苏的家里，苏也就不感到意外。相互询问了别后的情况，喟叹一番。看来，一切都已逐渐习惯，苏和夫人、女儿一家人也没有什么特别的感伤，身体也都还好，与乡亲邻里的关系也相处不错。

春节时，我们又去黄塆给苏拜年，看到他家门上刚贴的春联，是苏的手书：门前流水皆珠玑，屋后青山尽宝藏。词也是他自撰的。内蕴的感情丰富，对仗也讲究。书法也好。苏的书法与他的人他的诗一样质朴，毫无矫饰，有种内在的潇洒风流的神韵，绝不张牙舞爪故作什么姿态。他就是这样的人，这样的诗人。有点儿喜庆的样了。是在庆祝在大别山里过的第一个春节吗？是在抒发对这片山水的爱恋之情吗？且不管那心境平复与否。

元宵节的晚上，有皎洁的月亮。我们被通知去鄢塆开会。往东走出余冲口再向北拐就到了鄢塆，是余冲大队所在地，这个大队的政治中心。我们被安置在一间大屋子里，当然是坐着，坐着二十多人吧，都沉默着，煤油灯的光亮昏黄，照不清楚人们的表情。这是余冲大队的五类分子会，大队的治安主任在执行他的职责，向分子们训话，交代政策，警告分子们不要乱说乱动，要老实守法，接受改造。这位中年矮壮的治安主任，说着说着就点了苏的名，列举了他搬家来时还带来了藤椅、洋车，至如今还每月拿近百元的生活费，激愤地说苏享尽了人间的荣华富贵，又严厉地指出新来的我和徐与苏有串联活动，警告我们要老实改造……散会后，我们踏着月色回家。沉默着。只有脚步在山路上敲击出单调而凄冷的声响。这时，银色小河的流水叮咚，听起来就像叹息……苏终于对治安主任的训话做出反应，他小心地呼唤我的名字说，以后少来往吧。我压抑不住自己，好像正等着苏的这句话，就说，该来往就来往，怕什么，又不搞反革命。苏叹息一声，不再说。又是沉默。只有脚步在山路上敲击出单调而凄冷的声响，小河流水叮咚，就像叹息。沉默着，必定是都在咀嚼着这份难以吞咽的羞辱吧。

我回到我的小屋，点起灯，对着如豆的灯火发愣，想起十九岁时在豫西一个小山村搞土改时的情景。那个小山村叫作宁家窝，规模与夏咀差不多吧，也是七八十口人的样子，也是我一个人住在那里，住着一孔很大很深的窑洞，是后来做了民兵队长的家里。我遵照指示，扎根串联，访贫问苦；发动群众，组织农会，组织阶级队伍；诉苦大会，斗争大会，公审大会；挖底财，分土地，分果实；组织人马去抓捕逃亡的恶霸。根据提供的线索，夜半带上民兵去突袭一个富农婆娘，令她交出隐藏起的枪支。她还想抵赖，略施压力，她就交代出那支八音手枪砌在灶火里，我将那支手枪别在自己的腰间，好神气。宁家窝的土改斗争轰轰烈烈，我完成了我的社会职责，我曾是宁家窝的十九岁的权威……而如今，我自以为夏咀接纳了我，自以为就成了夏咀人了，可笑！去开五类分子会。夏咀就我一个人去，这个夏咀竟就没有地、富、反、坏，我来了，余冲大队的五类分子会才有了夏咀的席位。我就无可替代理所当然当仁不让地坐在那个席位上，我成了夏咀全村人民的唯一对立面，唯一的反面教员，可悲！……你已不是那个当年的宁家窝的腰里别着支枪的神气的少年权威了，那个角色只是留在你的记忆中了，你如今是余冲大队五类分子会夏咀席位上坐着的那个角色。角色已经转换。大队治安主任有什么不对？他的话是对的，一点儿没有错，他在尽力完成他的社会职责。你不是要磨炼吗？要锻炼吗？要泡三次煮三次洗三次吗？你以为这都是说在嘴上写在书上的动听的故作悲壮的甚至有点儿诗意的名词或者形容词吗？而实际上，你根本不知道你如何进入角色，你简直没有进入你的角色……那如豆的灯火跳跃着，灯花爆裂着，如同我的思绪。

实际上，哪有时间交往哪有工夫串联哟？各人都有自己劳动改造的功课，忙活得很，紧张得很呢，完成这些功课全力以赴也还力不能支呢。夏咀组织人力往周河送木炭，当然是用肩挑着送去，是公社炼钢铁需要燃料还是其他的需要，记不清楚了。黑脸的队长叫我也去。去的一行人，多是女子、媳妇、半大伢子，好像这种活路小菜一碟，根本不是男壮劳力的活路，男壮劳力不屑于与女子伢子们争这份工分。我专门披挂一番，换了双可脚的鞋，戴上了纳得挺讲究的垫肩。装炭时，有人说，少装些，远程无轻担，老何没挑过。我笑着，表示没关系。我看见队长还是从我的担子上拿下几根炭。谁装好了谁上路，我随着几个伢子女子走。沿河这条去周河的山路，倒没有什么坡度，坡度在出冲口的那个山坳。逐渐地，我跟不上队，我感到肩膀上压座山样的难以忍受。放下担子，整理下垫肩，换个肩膀，挑上再走。这个左肩膀更不济事，那队伍愈来愈远了，腿也感到灌了铅似的沉重，趔趄着。后面的赶过来，伢子们打着呼哨，女子媳妇大嫂们腰肢扭着胳膊甩着，风摆柳样的潇洒，风样地刮过我身边时，还投来爱怜的一瞥：一乍不惯，多歇几肩啊。我做出笑容，也掩盖不住狼狈。望着逐渐远去的背影，我又无奈地坐在路边歇脚。我羞愧满面，真正感到了自己的弱小。记不清歇了几肩。我还未到周河，他们已经扛着根空扁担返回了。木炭交给人家，过了秤。八十四斤。卸下了担子，我当时的感觉：这是最幸福的时刻了，我是最幸福的人了。往回走时，在半路上就又迎面碰见挑着木炭的夏咀人，还是那些人，呼啸着，风摆柳样地扭着腰肢甩着胳膊……这天晚上，散了架样，我还是咬牙坐在桌前，打开日记本，请孟老夫子来帮助我，鼓励我，给我打气：天将降大任于斯人也，先劳其筋骨，饿其体肤，云云。

我被派去大炼钢铁。以大队为建制，各小队抽人，混合编组，开拔到晒谷石去淘铁砂，自带行李和干粮，在工地吃住。徐好像也去了。出了余冲口经过鄢塆再往东北方向插进去，就到晒谷石，是个小村子，没几户人家，倒有房子可供安营扎寨埋锅造饭。村子不远处有条河，与余冲河不同，这里有很开阔的河沙滩，就是这沙滩里含有铁砂，要把铁砂淘出来，送到周河的大炼钢铁基地去。用木板做成木槽，埋设在河沙滩上，要保持缓缓地斜的坡度，在槽口处引来河水，河水自动地不断地冲刷着木槽，将沙滩上的沙子不断地运到槽边，运到掌握着沙耙的人的身边。那沙耙像是北方锄玉米地的锄板，比锄板要略宽些略薄些。掌耙人用沙耙捞沙不断地往槽里喂料，浪淘沙，黄色的石沙被冲走了，黑色的铁砂留在了槽底。我和几个人的工作就是给掌耙人供料。我们的掌耙人是凌塆的一个中年汉子，有条腿不怎么方便，胳膊却十分有力。从他捞沙的动作和节奏可以看出那力度，他将沙捞到槽里时手还一抖动，这里面也是有学问和技巧的。他眼睛特亮，一只眼的眼皮上留下点儿疤痕，那眼睛就特引人注意。我们用箢子将沙子不断挑到凌的手边，不能断料。春节、元宵节都过去不久，还在正月里，各生产队食堂的伙食都不错吧，糍粑、米饭、腊肉、鸡蛋，还有米酒。人们的肌体里储存了许多热量，挑起沙来就比试着玩儿，好像在做打赌的一种游戏，以此来宣泄和散发那热量。我牢记送木炭的狼狈与羞惭，我牢记孟老夫子劳其筋骨这条语录，还是我什么也没有牢记，就是被同龄人这种争强斗胜的情绪所感染，我也参与到比试中来。没有风的天气，阳光将河滩照得有点暖意，立罢春了，地气也在上升，挑了几担沙，身上也发热，甩掉棉袄，脱去毛衣，耍单。将沙子在箢子里堆个冒尖，用锹拍压，用脚踩实，再添。好喽，挑起，直起腰板，起步，脚步在沙滩里移动着，将沙滩地拧成一个个脚窝。有将扁担挑断的，有将箢子系挑断的，嘻嘻哈哈，乐乐和和，还穿插着撩拨人的情歌小调儿，挑沙就成了游戏。我在这场游戏中扔掉了垫肩，我在这场游戏中学会了换肩，我在这场游戏中饭量大增，以为在这世界上再没有比大米饭就盐菜盐辣椒盐豇豆更好的食物了。

我去周河运铁砂，晒谷石到周河与夏咀到周河距离差不多，五公里左右，挑起担子，脚步轻捷，甩起胳膊，换肩自如，也够潇洒的嘛。只在已经看到周河了的那个山坡上的凉亭里歇了次肩，吸了支烟。过秤，五十四公斤。我好骄傲！回晒谷石的路程上，就不禁地学着哼他们在河滩里唱的小调，很有点儿得意。

不时要加夜班。夜晚，晒谷石河沙滩上就有浓重的凉意。点起篝火，挑几担沙后歇息时就取暖吸烟，然后再挑。凌就唱歌，一边淘沙，一边唱歌，那飘荡在夜空中的歌声一直持续到夜战结束。他每个夜晚都有新歌唱出来，真是个歌篓子，谁知道他肚子里有几多歌呢。他唱道："手扶栏杆口叹一声啊，去年想妹到如今，去年想你没有想到啊，今年想你没有想成——干妹子（么事嗜），想你不到死也不甘心喽……"这是《手扶栏杆》的开头。他唱道："正想正月正，小奴十七春，恨只恨奴爹娘不给奴定亲，把奴管得紧，不要奴出门，管住了奴的身，管不住奴的心……"这是《十想》的开头。他唱道："鸡蛋没有鸭蛋光，男孩没有女孩香，三月清明亲个嘴呀，九月重阳还在香，妹哟，好比蜂蜜蘸洋糖……"这是《三百六十调》的片断。还有："心肝肉来我的人，丈夫打你我心疼，白日打你我来扯呀，夜晚打你拴着门，妹哟，火烧乌龟心肚里疼。心肝肉来我的人，丈夫打我你莫心疼，打了皮来还有肉呀，打了肉来还有筋，哥呀，想奴家丢你万不能。"《十劝》的一段是这样唱的："四劝我的哥呀，你莫要玩人，人人（那个）都是父母生，哥来咿嗨哟，你不修今生修来（呀）生……"凌的歌声，嘹亮深沉，自然天成，好像都不能形容。在有月亮和没有月亮的星空下，在晒谷石河边，朦胧的有些凉意有点儿寒意地点着篝火的河沙滩上，四周有朦胧的大山凝重的影子。河水冲刷沙槽哗哗的流水声中，听凌唱歌，就像不是从他嘴里唱出来的，像是从这个眼睛很亮的汉子的灵魂里震颤出来的，就好像是一种天籁的声音，使人迷醉，使人坠入梦幻之中，使人对这片山水不断地沁出依恋之情。这之后的三十多年中，我当然听过许多歌，歌星的，歌唱家的，音乐会上的，电台电视上的，甚至北京人民大会堂世界第一流歌唱家西班牙的多明戈的。但对我来说，再也没有产生过晒谷石效应了。

春天来了，先是兰草花的幽香向人们报告，接着是杜鹃花火红的颜色，鸟儿们唱着歌，这是春天的音乐，在鸟儿们的歌唱声中，大山的绿意日渐浓重起来。我们被调回到各自的生产队参加春天的劳作。一年之计在于春，春天的活路稠得很呢。苜蓿花紫红地毯样地铺展在田畈里，需要翻耕压做绿肥；更多的大块小块的水田需要犁、耙；牛栏粪该出了，换上新的垫草。这个山上那个坡上传来放牛的细伢小女们的盘歌声。歌头总是带有挑战意味的这样开始，是祖先们留下来的：高山呼尔老先生，我把放牛的请一声，要是光棍你开口唱，要是眼子你莫作声。盘来盘去，能成垧地对唱，小女细伢们的歌声使鸟儿们也惊诧不已。就在歌声中，牛儿们日渐肥壮。秧母田里育的秧苗鹅黄嫩绿一天一个样，开秧门的日子过一天就迫近一人，男女老少劳力能上山的都上山去抢打秧草，抢着将绿肥压到田里去，一切为插秧，一切为不误农时开秧门。

我也去打秧草，拙手笨脚，连细伢小女也不如。队长就给我派了另一个活路，给食堂挑水。这个活路原是塆子里人都叫他二老的一个中年汉子干的，他被调去大田使牛，我接替他。夏咀的人们劳作一天之后要用热水抹汗（这与我的祖籍安庆乡下也一样），热水由食堂供应。我每天大约要给食堂挑四十多担水，才能保证食和用。井就在塆子的西头，并不远，井在低处，挑水到食堂需上十多个石阶，木桶，挺古老挺笨重，容量也够可以的，大约有五十多公斤。好在我有晒谷石挑沙的锻炼，挑水对我倒挺合适的。我就每天给食堂挑水，成了专职挑水员，动作也日益熟练。在井里打水，往食堂半人多高的大缸里倒水，钩担不离肩，保证供应，缸平锅满。食堂的炊事员桂和梅们就觉得我无可挑剔，挺满意。塆子里老少也觉得我这个人干活还挺实诚。我就是要诚实干活，不装模作样。

处得熟了，对我的称谓也就多样化了点儿，变化了点儿，“何右派”——老何——何大哥。初来时，叫我何右派，我也应声，心里总感到别扭，说服自己，这是我的身份，我的角色，叫起来也挺顺嘴的，别扭什么呢。有些人这样叫，听那口气就像叫张保管李会计一样，好像是我的一种职务，叫我哭笑不得。至于何大哥，听起来是“和大锅”或“伙大锅”，使我感到双重的亲切。一重，不用说了；另一重就是这口音极像我的祖籍安庆。今天想起来，这“伙大锅”就有点大锅饭的嫌疑，有那么一点黑色幽默。

我住的院子里的人们，对我都挺友好的，老少三代人都叫我“伙大锅”。正房东屋住着奶奶，西屋里是大妈，大妈有个儿子叫作绕子，三十多岁了吧，还是个光棍。东厢房里住着四老四娘和他们的子女。还有五老，好像常出工在外，偶尔回到家里来。四老在队里管点事，是保管吧，孩子多，担子重。四老有心事，不多言语，他有好嗓子，轻易不唱。五老倒是爱热闹的人，回家来就唱。他唱时，四老就露出不屑的神情，那意思是说，唱得没水平。五老脸庞挺英俊，身材蛮挺拔，我在那里时，他接来了五娘，住在正房，我现在也没弄清楚他们夫妇怎么住，若住在东屋，那么奶奶呢？我住的这间小屋，原来是五老住的吧？绕子是个没话的老实人，爱喝两盅，我有时去周河粮管所、邮电所办事，就顺便打点散酒回来，与绕子一起默默对饮。大妈就炒碗黄豆给我们下酒。炒黄豆叫作焦豆，炒熟后，撒上点盐，又香又脆，印象极深。有时绕子也抓两条鱼来。有一回，我碰巧在余冲河里逮了条娃娃鱼，借了把刀就在河边解剖洗净，也做了绕子和我的下酒菜。

梓油灯换成了带玻璃罩的煤油灯，夜晚有时也读书，我带来了高尔基的短篇小说选和文学论文选。也记日记。我还订了份《人民日报》，报纸是必读的。徐也带来了书，也从他那里借来看。

后来，上级来检查食堂，我不知道都检查些什么。检查的人们走后，队长通知我，不要我给食堂挑水了，要我给菜园去挑粪。挑粪就挑粪，无非是桶更大些，分量更重些，我能挑得起。我还是诚实地干活，于是和大妈及另一个大妈关系就密切。两位大妈是种菜园的，她们知道我爱吃辣椒，我的窗台上就常出现鲜亮的青的或红的辣椒。我猜想到了叫我挑粪的原因，以后知道的与我猜想的一样。队长受到批评，叫右派给食堂挑水，革命警惕性哪里去了？我不能不承认上级对队长的批评是对的，我不能不承认队长对此事的处置也是对的。我还是为此烦闷和忧伤。

独对孤灯时，忧伤会袭来，还有思念。S在伏牛山里劳动锻炼，我们常有书信来往，相互倾诉思念之情。此刻，她在做什么，在想什么，好吗？S教我唱会一支歌，《连斯基咏叹调》，是《叶夫根尼·奥涅金》里的插曲。她说我唱这支歌在感情的表达上并不比李光曦差。她说过的，并不是为了讨好我。寄托思念，排遣忧伤，我就唱起这支歌这首咏叹调，当然是小声地，不要惊扰了这院子里善良人们的梦。哪里去了，都到哪里去了，我美好的黄金的青春，明天为我准备了什么？我眼睛什么也看不见，它隐藏在黑暗里。别管它，命运是公正的，我明天也许会被箭射死，或者箭从我身边飞过，这都好，我的死亡我的生存都由命运决定。我祝福我的生存，我也祝福死亡来临。黎明的曙光开始发白，明朗的白天正到来，在这个时候，或者我已睡在黑暗的坟墓里，人们也就会忘掉我这年轻的诗人，而你，你……不知道S能否感应到我的思念？我不知道这忧伤是被排遣走还是被牵引来？

我患了痔疮。有时折腾得夜不能寐，就干脆点起灯，趴在床头读点什么，这时常会听到鸟儿叫，那叫声断断续续，凄凄惨惨，悲悲切切。原来挺寂静的夜，就叫这鸟儿的叫声搅和得挺悲凉凄楚，叫人挺心烦挺不能忍受。白天时，问大妈那鸟儿的事。大妈说，说的是我儿错死鸟噢，它是后娘变的，它叫的么事，它叫我儿错死，我儿错死。大妈讲了我儿错死鸟的故事：从前，有个后娘，待自己亲生的伢亲，待不是亲生的伢不亲。恨嘞，恨不得扒人家伢的皮抽人家伢的筋嘞。这个后娘鬼，她叫两个伢去种芝麻，到远远的狼窝崖去种芝麻。各种各的芝麻，谁的芝麻出芽了，谁就回家，谁的芝麻不出芽，谁不能回家，叫狼吃了他。俩伢走在路上，弟要看哥的芝麻，哥就把给他看。弟看哥的芝麻亮，又闻，哥的芝麻香哎，要和哥换芝麻，换就换，细伢懂个么事，都不晓得那亮的香的是熟芝麻。过了三天，哥回家来了，那后娘在门前看见远远地有个伢回来了，看花了眼，慌着去烧鸡蛋茶。她端着鸡蛋茶转身还没喊出我的伢，就发呆呀，碗掉地上，麻利往狼窝崖慌噢，跟头溜稀慌到狼窝崖，看见狼正撕自己伢的腿呀。她疯了，掉了崖，变成了鸟，死了也不安生，我儿错死鸟是这个狠心的后娘变的，我儿错死，我儿错死，活该呀……

我再听到我儿错死鸟叫时，就学着大妈的口气回答它，活该呀。

新中国成立十周年大庆前，大队直接给我和徐下达任务，要我们去刷标语。标语是上级发下来的印刷品，照着刷就行，不要刷错了字。塆子里的墙上，河的石岸上，坡上的大石头上，都可以刷。一个铁桶，两把刷子，到处都有红土，搅和点儿水，就是好颜料。时间也不限得很紧，三五天，五七天，七八十来天，国庆节前刷好就行，你们自己看着办，你们要自觉，大队是相信你们的。我们就掂着桶满大队转着去刷标语，早出晚归。我和徐好久没有得到能如此畅快叙谈的机会了，这回合法结伴干活许多天，真好。建国十周年大庆，我和徐也有许多感慨，徐和我都是建国前入伍，那时都还是十几岁的孩子，不知不觉怎么就成了敌人了？对大庆的日子里的喜庆气氛，我们也受到感染，感到高兴。战犯罪犯都能大赦，我们还不如他们？共和国不会忘记我们的。我们刷标语挺热情挺认真，这是我们自己的共和国的大庆日子呀。那天，将标语刷到一个山沟沟里，刷标语的任务到此就可以完成了。我和徐就开始实施我们的预谋，要在这个山沟沟里举行个晚宴，庆祝中华人民共和国成立十周年。这个山沟沟不知道它叫个什么名字，权且叫它无名山冲吧，位置在周河去余冲要翻过的那个山坳的北面，也是一条小河，只是两岸没有村庄，山上石多树少，怪石嶙峋，还尽是大石头。河比余冲河要小得多，两岸倒还都有开阔地。我们在几块大石头上刷了几条标语，日近黄昏时，就开始我们的国庆晚宴：一个炒鸡蛋，两瓶酒，一锅焖米饭。这都是事先在周河采购好的。还带了两个小钢精锅。捡几块石头就搭起了灶，拾些干树枝就点起了火。小河里有水，将米淘洗干净，先焖上，鸡蛋炒得喷香，来呀，干杯。没有杯，就一人拿着个酒瓶，将那半斤装的玻璃瓶碰得脆响，为什么干杯呢？为我们的共和国建国十周年！为我们的人民！为我们的党！我为徐的李，徐为我的S。徐特亢奋，激昂慷慨，发表宏论，当了右派是坏事还是好事，你说，不当右派能有这样的生活吗，他们没当右派就没有这样的生活，他们没有生活咋能写作品，就得看着咱们写。出水才看两腿泥呢，来，为他们没有当右派咱们当了右派，干杯！徐就先喝了一大口。然后，就又滔滔不绝，文起八代之衰，咱们要文起八代之衰呀，文起八代之衰就靠咱们了呀！他们不当右派能有咱们这样深这样近这样这样地了解生活了解人民吗？来，来，为文起八代之衰，干杯！徐又将酒瓶口对住嘴，刺溜一声。然后，他又滔滔不绝，我记不起他滔滔些什么了。……然后，不知什么时候，好像是风的吼声好像是什么野牲口的吼声将我们惊醒了，原来我们都睡着了。一激灵惊醒后，睁开眼睛看到对面山坡上一个黑乎乎的家伙在移动，那是豹子吗？说狼狈逃窜不雅，就说我们匆匆地走了吧，山路虽崎岖，夜色虽黑暗，没能挡住我们的匆匆脚步，就好像我们原来就是惯于在夜间走山路的山里人。翻过山坳进入余冲，忐忑的心略平静下来，就议论起适才脑子里已经闪现过的黄塆的黄大哥。我和徐有一回去看苏，在苏的家里正碰见这位黄大哥也在那儿串门，苏给我们介绍过，说黄大哥一次与豹子遭遇与豹子搏击，脖颈上还留有豹子爪子的痕迹，黄大哥当场就向我们展示了那有豹子爪子痕迹的脖颈，使我们惊叹不已。我们有黄大哥那样结实的脖颈吗？第二天吃过早饭时，徐由下余塆到夏咀来找我，说手表丢了。那就去昨夜我们设国庆晚宴的那个无名山冲找找看吧。果然就在那里，还在嗒嗒嗒地走针呢。

这年的年底，食堂不景气起来，尽喝稀饭。突然有一天食堂挂出了牌子：今日无饭。队长哭丧着脸说，按人平均每人每月只有四公斤稻谷了。上山去挖葛挖蕨，稀饭喝不上，就喝葛粉蕨粉汤。没了歌声，没了笑语。沉默的夏咀。人们的脸上逐渐显现出菜色，浮肿病也开始出现。那天，东厢房里飘出肉香，在那个时候，肉香特敏感，很刺激人的。高大强壮的四娘站在我小屋的门口说，伙大锅，我把老黄勒死了。伙大锅，我把老黄勒死了。看四娘的脸色，像没睡醒，梦游似的。听她重复地说的这句话，也像梦呓。我“啊”了声，想起那条对我挺友好挺温顺的黄狗，想起四娘平时爱怜它的情景，想起四娘的细伢女子平时逗它戏耍的种种情景。四娘却又在说，伙大锅，我把老黄勒死了呀。我不知道她为什么要反复告诉我这件事，我不知道该怎样回答她。四娘却又在述说她用的什么绳子，怎样套住了老黄的脖子等细节、过程、结果。梦呓似的。我不敢看她梦游似的面容，我害怕听她梦呓似的述说。

快到春节时，我请假获准，回家过年，去与父母姊妹团聚。过郑州转车，售票窗口排了长长的队，我要乘坐的那次列车发车在即，着急得什么似的。幸好带着中国作家协会的会员证，我就找个女服务员帮忙，试试运气。我向她述说，她不听，拿上我的证件就领我越过长长的队伍径直往售票窗口走，将那证件往窗口一亮说，中国的作家，给来张××次去蚌埠的票。没想到的顺利，好运气。

从家乡返回新县那天，记得是正月初九。在新县县城吃过午饭已经是下午两点钟，天阴着，是酿雨的天气。我不肯在县城耽搁一夜，想念夏咀，那儿是我的家园，归心似箭。披着羊皮大衣，里面还套着件这次回家乡时母亲给新缝制的羊皮背心，背着行囊就上路，往夏咀赶。行囊里有这次回家乡在书店里购得的四卷本《中国文学史》，是北京大学中文系文学专门化一九五五级集体编著的，扉页上印着红字：献给亲爱的党和伟大的祖国，国庆十周年。北京。带回夏咀去，趁农活还不忙时读读，研究一番文学史。父母姊妹都健康，他们看到儿子和兄弟也健壮，都挺高兴。我心情很好，脚步轻捷，甚至还吹起了口哨。走了一多半路程时，雨和黄昏同时降临，毫无遮拦，我只好在雨中赶路，雨愈下愈大，我要不断用手掌抹去脸上的水珠，才能睁眼看路。我将行囊藏在大衣的前襟里面，略弯曲腰赶路。那次写标语我认识了许多条小路，我知道不必拐周河，有条小路可以从凌塆插进余冲去，就到了我的夏咀。我感到脊背有点湿意有点儿凉意，我知道雨水已将皮大衣皮背心统统穿透。但我全身感到燥热，口干舌燥，极想喝水，朦胧中看到个发亮的小水洼，就以为那是山泉了，趴那儿喝个痛快。想到凌塆，就想到了凌，就想起凌那叫人迷醉的歌声。凌还唱过一支关于雨的歌，苍凉悠远，我也学会了唱的。于是，我就对着夜空，对着如注的大雨，放开嗓子大声地吼唱起来：老天爷下大雨啊，何人在赶路哟嗬嗬，何人在赶路噢嗬——何人在赶路？就是你何大哥在赶路。我居然没走错路，居然赶回了我的夏咀。回到了我的夏咀小屋，我打开小屋的门，小屋的门吱呀响时，正房西屋的门也吱呀响了。“伙大锅回来了？”是大妈的声音，“麻利来烤火。”放下行囊，甩掉大衣，扔掉背心，就到大妈屋里。灯已点亮，大妈慌着烧水，叫绕子找不知什么时候藏起的半瓶酒，大妈又慌着炒香喷喷、嘎嘣脆的焦豆了。她听着窗外的雨声说，这大的雨啊，赶回来了，真是苕伢！麻利脱了，抹抹身子，烤烤火，喝口酒，暖暖肚子，再舞饭呀。我看着大妈，心中溢满着家的温馨。

只有点儿零星的活路，读书的时间颇多，就集中啃《中国文学史》。1960年3月22日，啃完了这一百二十五万四千字的大部头。这部文学史，如今还插在我的书柜里，第四卷的末页留下了1960年3月22日晚上写的一段文字：

“选择这样的道路——永远与工人阶级生活在一起，熔炼自己，铸造工人阶级的群像。对于年轻的无产阶级文学来说，这是头等重要的任务。工人阶级是新兴的阶级，在现代史以前，他们不可能进入到文学作品中去。而且‘五四’以来的现代文学史，又有几个站得起来的工人阶级英雄形象？”

事过三十多年再来读这段发黄的文字，就有意思。1960年3月22日，你是何等人，出此狂言，发此宏论。何大哥，你又忘记你贵姓了。你总是从你的角色中游离出来啊。有什么办法？那就是1960年3月22日晚上的奇想，就是那个晚上的心态。也可以说是游离了既定角色的一个罪证吗？

四月间，县里决定全县右派到浒塆钨矿集中改造。苏、徐、我，我们只好告别了这条清澈碧透的余冲河，告别了乡亲塆邻。香了兰草红了杜鹃的大山啊，何时才能再见呢？

在浒塆钨矿开了一年多矿，1961年初夏时钨矿下马。苏全家奉命由钨矿回到省城去，我和徐又被分配到泗店公社农村去继续改造。我那个村子叫边店。1961年年底吧，徐回省城。我在边店待到1962年的4月，S由省城专程赶来边店，我们在边店结婚度蜜月后，一起回省城。回省城后，我的问题得到平反。就又恢复到老样子。

关于浒塆钨矿，关于边店，当然又都有各自的故事，有机会时，我将在另外的篇章里述及。

三年多的大别山生活，我无怨无悔。我赞赏我自己的最初选择。这段经历对我是重要的。我美好的黄金的青春，哪里去了？就在这里，就在这经历里，就在大别山的人民和山水之间。我毕竟变得强壮了些，也丰富了些。这是大别山的赐予。但是，那与高山同在的崇高精神呢，我还没有得到你，大别山里的许许多多重要的宝贵的东西，我都还未得到。我没有得到，却又感到欠了大别山许多许多。对大别山的思绪，说不清楚。对大别山的情结，道不明白。

在省城安置好家后，就又准备下去了。这回好听，是去体验生活，进行创作。

问我，去哪里？

我说，回大别山。

1991年11月

世　界

韩少功

一

很多年前，我在湖南的汨罗江边插队，常听当地一些农民聊天。在我那个村子的附近，山头还有抗日战争时留下的战壕，偶尔还能在草丛或荒土里找到一颗锈垢缠裹的颗粒，磨一磨就亮出铜泽——是子弹。子弹证实了史料上的记载，那里曾经发生政府军截断长岳公路的阻击战。

农民把兵称为粮子。农民说日本粮子好可怕，说那时候一个受伤的日本粮子进了村，可以吓得全村的男女老少跑个精光。

对付这个兵，还是个掉队的伤兵，上百号男女没有人想到还有另外一种方式。

我对这种说法大为吃惊。我从农民的笑谈中洞见了另一种真实，一种耻辱感挥之不去的真实。我很不情愿地明白，这个民族自清末以来一次次成为败者，除了缺少工业，还缺少另外一些东西。

二

多少年后，1989年的法国巴黎曾经有一个酒会。主人是来自台湾的一位文化高官，主官则是大陆一些有名气的文化人，还有少数几个法国朋友应邀作陪。主人明明可以说一口漂亮的国语，也明明知道他的主宾们听不懂英语，但更愿意用英语致辞演讲。译员当然是有的，但只把英语翻成法语，把面面相觑的一大堆中国人晾在一边。

一个中国留学生觉得不对劲，准备提请主人注意到这一点。居然有一位作家拉住了他的衣袖。

“不要非礼，这可能是人家的习惯。”

一种奇怪的形势就这样持续下去。主人对主宾们致辞，压根不在乎对方能否听懂。这种决非疏忽的轻慢，竟然有受辱者毕恭毕敬地容忍，而且不准别人代为反抗。

中文是世界上四分之一的人口所使用的语言，包容了几千年浩瀚典籍的语言，曾经被屈原、司马迁、李白、苏东坡、曹雪芹、鲁迅推向美的高峰和胜境的语言，现在却被中国人忙不迭视为下等人的标记，避之不及。

沉默的一群仍然听不懂，但没有人退场，也没有一个人站起来，用这种双方都听得懂的语言说一句：

“先生，请你说中文。”

三

听说以上情景的那一刻，我猜想一个民族的衰亡，首先是从文化开始的，从语言开始的。侵略者从来明白，攻城莫若攻心，而一个人的心里只有语言，精神唯语言可以建筑和守护。

都德的小说《最后一课》，已经描述过向侵略者缴出语言的痛苦。清王族最终没能征服中国，也是被中文的汪洋大海淹没，退出紫禁城则只是迟早的问题。走出十九世纪的非洲，身上最深的伤痕，也许不是来自帝国的入侵和掠夺——外来的实业家固然心狠，但有时候留下一点儿科学技术的扩散，留下一些大楼或公路，对殖民地的经济多少有一点儿客观的刺激。比较起来，帝国最大的罪恶，影响最为深远的罪恶，莫过于语言殖民化所带来的文化残疾。文化消解了，就像灵魂熄灭了，一个民族即便有再强健的体魄，也只能任人宰割，形如散沙，没法凝聚出坚定的行动和旺盛的生命。陷入经济上的长久困局，也在所难免。

美国长篇小说《根》里面有一段情节：主人公一次次逃亡，宁愿被抓回来皮开肉绽地遭受毒打，不惜冒着被吊死的危险，决不接受白人奴隶主给他的英文名字，而坚持用非洲母语称呼自己——昆塔。可惜，只剩下这样一个血淋淋的名字，一代代秘密流传下去，也只具有象征意义。作为昆塔的第七代后裔，小说作者只能用英文深情地回望和寻找非洲。白人强加给他所有同胞的基督福音，无法解决那一片大陆上累积的问题：债务、战乱、艾滋病，还有环境和技术。

中国的很多字也有血迹，只是已经褪色，已经被人淡忘而已。海峡两岸的这些高官和文豪，在这一天的酒会上主动和自愿地背弃了中文。事情很明白，这些聪明人感觉到中文没有足够的含金量，至于还含蕴多少尊严，多少热诚，多少创造的智慧，也并非不成为问题。他们为了显示与自己领带和皮鞋相称的教养，没有必要对这种下等的语言亲近。

四

文明是一条长长的河，不断地有细流的渗出与汇入。生的就生了，死的就死了，命运严酷无情。没有充分理由断定，某种文化将长盛不衰万世永存。南危地马拉的丛林里，玛雅文化只有废墟残存供后人凭吊和猜测。当年不会比汉语覆盖面小的古希腊和古埃及文明，在基督教和伊斯兰教兴起之后，也呼啦啦崩溃。

辽阔的中国，期待着一个奇迹般的再生。从五四运动或更早的时候开始，一场文化重造的百年苦斗，从西来的民主和科学中获取热能，历经外部的封杀和内部的自戕，把数以亿计的人导出了腐朽王朝的暗影。但是压力和危机尚存。我们还没有今天的孔子和庄子，今天的《离骚》和《诗经》。我们有世界上人数最多的大学群落，但还没有自然科学里的爱因斯坦、海森堡，没有哲学里的康德、马克思、海德格尔，没有历史学里的汤因比，没有经济学里的亚当·斯密、凯恩斯，没有文学里的托尔斯泰、卡夫卡，没有艺术里的毕加索、贝多芬……一句话，我们联系实际发展他人的学说甚至有足以自豪的实践，但从总体上看，我们毕竟还少有影响和推动世界潮流的当代文化巨人。描述一个文化上的东方强国，还只能含糊其辞。

我们不得不一次次地承认自己的学生地位。严格地说，我们的很多学科，至今还在靠西方的输血而生存。我们不少学贯中西的大学者，也许因其种种无法摆脱的历史限制，更像一些介绍家、鉴赏家、综述家、资料整理家，而不是创造家。他们即便干得很不错的时候，也只是称职的导游员或节目主持人，对各种节目融汇于心，但是没有自己的节目，或者节目不够完整和精彩。他们是必不可少的，被尊为区域性的名人，但他们还无法被纳入全球性的文化视野——即使把有些人对东方的歧视因素排除出去。现代中文的价值含量，还没有使中文达到人家必须尊重，必须使用，必须广设课程加以学习的程度——虽然近来的情况稍好了一些。

对一个人，对一个民族的语言出产，希望有更多独特性的创造，这永远不是什么苛求。

五

相反，一百多年后，目下正在大举炒入西方市场、正在被某些西方人争相喝彩的，却是另一类中国文字。有几部志在票房的电影，有几本通俗的自传性小说和一堆花边文章，作者可以在艺术上怎么平庸就怎么干，唯独在有一点上却是绝对精明和清醒：那就是要挤眼泪，要全力展示中国的乖戾，残酷，可笑，暗无天日，不近人情，不可救药，其文化背景该遭天谴，以便满足某些西方人的怜悯欲和种族优越感。他们像一些职业乞丐，进入都市之后，被财富和做派吓得两眼发直，大气都不敢出。他们常常选择最省力气的角色：衣服一定破烂，头上一定要有脓疮，最好还能在街头亮出血糊糊的伤口和畸形的断臂残足，以便招来好奇的围观，让路人施舍小钱。

为了使乞讨有一个神圣的名义，他们学会了谋算政治。也是在法国，一个装容着深刻表情的演讲厅里，优质音响设备正在传出哪怕最微弱的咝咝气声。一位记者提问："在现在的中国，还有没有人因为写小说而坐牢？"

我身旁的一位女作家犹豫了片刻，斟酌着说："我见到过一个囚犯，他说，他写过小说。"

回答当然很精明。把"因为写小说而坐牢"偷换成"囚犯写过小说"，含混之际，既满足了记者对答案的预期，又不违背事实。既以貌似大胆的言论在外面出彩，又没有超出底线，不至于因为言论失实受到国内的追究。让记者高兴是重要的，舆论意味着自己的知名度、出版机会、访问邀请和美元。暂时不得罪中国官方也是重要的——假如自己还打算回国或者出任什么委员，还打算踏上红地毯。

镁光灯闪亮，这位作家后来果然被记者们热烈包围。

这样的成功，培养着西方人的知识胃口，这种胃口反过来要求更多的惯性刺激。于是一时之间，一批批国人前去就范，一面对洋人就嘴巴不听使唤，一个劲往话筒里喂入谎言。他们在西方混多了，更懂得在专业性的诉苦之余，还应适当调佐一点儿雅兴，比方穿戴上西方人爱看的佛珠或苗族图案，比方刚才声称自己在“文革”中被抄家，一切家产荡然无存，转眼又从怀中掏出一只偷偷从工艺商店买来的小脚绣花鞋，奇货可居，声称那是祖母的遗物，并为此当众流下眼泪。他们明白不少西方人在吃饱牛排喝足啤酒之后，要像看橄榄球或摩托赛一样来看绣花鞋——而且缺乏足够的中国经验来辨别真伪。

1994年春，我在国外的书店、影院以及友人们的交谈中，对这种汉奸文化的越来越多以至铺天盖地感到震惊，对一般国民在几个汉奸炒热走红之后普遍的羡慕或麻木感到震惊。我不知道正派的西方人会如何看待这些。我一点儿也不想掩盖伤疤，不否认中国确有很多悲剧给这些乞讨者提供了理由和机会，那些悲剧制造者更应该受到指责。我也不认为民族的面子有什么要紧，不觉得一见家丑外扬就需要恼怒。但我还是觉得下跪的姿态刺目。

不是一般的卑亢失度，或者糊涂。汉奸共通的特征，或者说一切美奸、法奸、澳奸、日奸、德奸、俄奸之类人奸的共同特征，就是势利。他们的每一句话，都可以使你清楚地感到目的所在：是一份优薪，一本洋护照，还是一顿午餐。他们从来不会站在学术良心或社会责任的立场，说一句没有利益回报的废话，连耍流氓也招招实惠，绝没有胆量举起手来，纠正权势者某一个常识性的错误。

他们也从来没有幸福，从来不觉得身后也有幸福。他们不知道幸福其实是热情，是生命力的笑容，是在世界任何一个角落和任何时候都存在的上帝之光，辉照在正派人互相熟悉的眼神里——即便在“文革”时代命贱如草的穷乡僻壤，即便在法国大革命和美国独立战争血流成河的日子，幸福也依然存在。只有可怜虫才永远自怜，嘴里只能出产呻吟。他们即便享遍满世界的福，也还会怨气冲冲，只要一转眼见到更有钱的人，还会有下跪的习惯。

我也曾经被邀去演讲。看着台下一双双蓝色的眼睛，我揣测他们想听到什么。我本来打算谈父亲的自杀，谈自己亲历的枪战和监狱，谈中国一幕幕惨剧和笑剧……我知道那最能收获西方的兴奋。但我突然愤愤地改变主意，并自觉羞愧。这羞愧不在于我说什么，而在于我为什么要那样说。

这不意味着从此对中国的苦难缄口，只意味着开口不再取悦于人。

我不能与下贱的语言同流。

六

英语并不是从来血统高贵。11世纪，说法语的诺曼集团侵占了英国之后，英语曾被视为一种下贱的语言。英语只与穷人的事物有关，而政界和都市则流行法语，读书人更习惯拉丁语。乡下穷人喂养的“猪”是英语，城里富人吃的“猪肉”是法语，这一类差别和混杂一直保留到今天。

在宗教改革家M．路德把《圣经》从希伯来文和希腊文翻译成德文之前，德文也曾被视为世俗的语言，不配用来谈论宗教和灵魂。他以“职业”的俗义来译注“天职”，在教庭心目中简直是犯上和渎神。比他更早一点的捷克教士胡司，主张用方言做祈祷，把教义捷克语化，也构成异端罪之一。他付出了更高的代价——最后在广场上被活活烧死。

我要说的下贱语言则是另外一回事儿。不是指语种，而是指语质。不是指弱势阶级或弱势民族的语言，而是指任何一种语言中都可能出现的品格退化和腐变。

这可能以貌似圣洁化的形态出现，比如在中国的“文革”。假话大话空话套话，句句红光亮。禁欲主义清除了所有描述人欲的词汇，使之进入无名状态的黑暗。这种虚伪的语言专制，只能带来生命的枯萎，带来幽默、轻松、温情、执拗等等个性的绝育。人们即使在家信和日记里，也渐渐活出社论和革命公文的模样，活出整齐呆板的格式。今天的人只要翻一翻当时的印刷品，无不惊讶字号的奇大。其实当时人们已无话可说，或者是无可话说，大量语言找不到指陈对象，只得从人们的记忆中退出——到了这一步，一个大字号的国家必然出现，用增大字号的办法来充塞版面和过于空洞的大脑，自然成了普遍的无奈。

这种语言，眼下还残留在官腔里，甚至残留在好些电脑词库里。我眼下使用的词组库就排除了大多数所谓不洁的词乃至贬义词，另一方面却全力优待褒义的、进步的、革命的词——“文革”式的洁癖甚至已遗传给今天高科技的硬卡。

但眼下语言品格的退化和腐变，在更多的地方，表现为鄙俗化倾向，表现为市井下流腔。同样是很多假话大话空话套话，同样是一种语言暴力，但排泄在商业流行歌和野鸡小报中，给人心强加种种卑污的时尚。它诱发油滑、散漫、贪婪、媚从的语气和表情，它总是向心于金钱，以时代的新的权势中心为最大的词根，派生出词汇和话题。它只指涉利害，散发不出激情的血温和光彩，无法用来讨论崇高和意义。就像青楼小调只宜与瓜子、胭脂、麻将、酒肉配合，无法用来演出正剧，无法用来歌唱母亲或女儿。

这种语言与官腔构成了下贱的两极。因此，让一个庸官改行为流氓，或者一个流氓改行成庸官，不会特别难，但让他谈一谈内心，谈一谈英雄，谈一谈境界和趣味，谈一谈对草原或海洋的感受，通常就有语言的空白和障碍。

官僚是斥责道德沦丧的，但很多官僚的阅读水准和能力，只适宜男盗女娼醉生梦死的市井小说，从不敢去碰鲁迅。同样道理，新派精英们是憎恶“文革”的，但很多精英的口舌常常摆不脱“文革”时期的流行词语和句式，每到哗众之时，对集权者旧时的做派、手势、歌曲、图像，总是不自觉地一次次加以模仿，使之复活。事情就是这样，有些对立是虚假的对立，一旦照照语言的镜子，就显示出深层的同构和同质。

语言是精神之相。一个民族，如果表现出下贱的语言暗流，如果一个民族的大报小报都充斥这种语言的繁殖，那么就已经病相深重。

七

可以想象，操着这样的语言，当然只可能对诸如西藏一类的话题沉默。关于西藏，是一个我缺乏知识的话题。但比我更缺乏知识的很多西方人，比我也比西藏人还愿意谈西藏，正在一次次要求中国把它让出去——他们说这话的时候，从来没有想到应该把美国还给印第安人，把南非还给黑人，把澳大利亚和新西兰还给原住民，也没打算要求英国放弃北爱尔兰。

在1994年的春天，也许我的结交范围有限，我发觉同行的好些中国人一碰到这个话题就吞吞吐吐，就左右旁顾，就盯着烟头做深思状做叹息状做理解状。也许，出于生计等方面的隐秘原因，他们必须出言谨慎，必须顾及当地西方人的脸色。也许，在习惯了日常人与人之间的庸俗之后，他们已经找不到谈论这一类话题的语言，已经不知道如何表达公道。在长长的旅程中，我居然只见到一个中国人敢于对此正色，敢于区分什么是正常的讨论，什么是居心可疑的讹诈。这个人平时不大言语，以致我一直对他没有什么印象，常常不觉得他在场。但他突然冒出来，突然用不大流畅的粤式中文说：

“不要上西方政客的当。”

他说：“西藏是一回事，分裂中国的阴谋是另一回事。如果今天是西藏，那么明天就是新疆，是东北，是台湾和香港。”

他又不大说话了，直到离开餐厅，无声地没入夜色。

我后来才知道，这位先生还算不上地道的中国人。他只是祖籍广东，自己为越南籍，然后是澳籍。在他逃离到澳洲之前，“红色政权”杀了他的父亲和好几位亲人，没收了他家几十公斤黄金。他乘一条渔船在公海和印尼荒岛上漂泊数月的情景，至今记忆犹新。

我还知道，他是个与巴黎的演讲厅和话筒无缘的穷人，眼下领着失业救济。这个世界很难听到他的声音。

八

我不是一个民族主义者，至少不是某些人理解中的民族主义者——虽然这个主义可以成为弱小者的精神盾牌。在我看来，这张盾牌也可以遮掩弱者的腐朽，强者的霸道，遮掩弱者还没有得手的霸道，强者已经初露端倪的腐朽。谈主义总是容易简单化，民族主义起来更是比下馆子还容易的事，尤其是大家口袋里有了些钱的时候。

我住在海南岛，这里总是满目皆绿，疯野的绿色，肥厚的绿色。偶有惊心之艳，是一树树紫荆憋不住了，溢出了遍地的落红。有时还有熟透的椰子在你鼻子前砰然坠地。让某个初上岛的人大惊失色。

海南有一句戏谑，说一个椰子砸下来，足以打中三个总经理。这说明了一种社会现状，一种市场经济的奇观。似乎一夜之间，公司如林，连少女和儿童的节日祝词也是“恭喜发财”。

大浪淘沙，几起几落，然后我看到有一批人，正在社会的底片上逐渐明晰地显影。他们大多年轻，手握巨资却不张扬，暗藏野心却有职业性的老成和审慎，他们是名楼名车名服名表的买主，却已经及时地风雅和朴素，比方对走路和家常小菜更有兴趣。他们勤奋如牛马，目光正在越出国界，一旦进入商品经济更抽象或更宽广的领域，比方染指金融或期货，就往往比外交官更为谙熟伦敦或芝加哥的时间，更为清楚英文或法文的各种名称缩写，他们悄然潜行于人海的某一角落，却通过便携电话正在时时追踪美元的价位，日本财相的病情，海湾战争的进展，巴西的气象预报，波兰的就业率以及七国峰会半个小时前的争议……以便决策自己今天下单的时机和方向。多少年前革命领袖对红卫兵“胸怀世界”的号召，在今天这些人没有硝烟和流血的电脑屏幕上，喜剧般地得以实现。

有些西方人曾经像高龄产妇一般，期待着这个阶层的临盆和成长，一心等待着自己未来的亲密朋友。但恰恰是这些人，可能最让西方沮丧。他们不再是昨天那些情绪化的大学生，凭几部进口电影来梦想异国，他们日益增长的财产更容易决定他们的逻辑和态度。崇洋一夜之间变为仇外，也不是特别难的事。如果他们正在出口皮鞋，当然会痛恨对中国的经济制裁和封锁。如果他们准备去西藏或香港办公司，也当然会警惕某些西方人的“藏独”或“港独”游说。“抗日”“抗美”的话题，正在他们的沙龙里隐约可闻。

他们巨大的购买力，买出了境外中文热的启动，至少在香港等地的销售行业是如此。售货员们争相学习普通话，把操国语的外来人当作可能的大主顾。“会国语者优先”的招聘广告，也一一出现在报端和大街小巷。

稍微敏感一点儿的人，都知道事情正在起变化。

亨廷顿，哈佛的终身教授，也感到了这种热烘烘中文的压力。他终于在1993年的《外交》季刊上披上了战袍，强调不同文明之间因差异而引起的冲突，是最为暴烈的冲突，因此儒教文明，还有伊斯兰文明，将是美国在冷战之后最大的威胁。在同年12月的哈佛大学一次讲座中，他更把话说白了，提出政治学必言霸权，美国应该联日，拉越，压俄，共同来“围困中国”。

我对亨廷顿没有什么惊奇，我只是惊奇某些国人的微妙反应。他们连忙去引经注典，向教授发出哀哀怨怨的抗议和表白。比方说首先与阿拉伯坚决划清界限，声称“西方文明与伊斯兰文明之间冲突的分析尚能站住脚”；或者再打一个小报告，向亨廷顿举报俄国，断言只有“东正教文明会成为反西方文明的最主要挑战者”。

这种无聊的乞讨和挑唆，竟成了好些精美期刊上的学术。

他们倒不如一些实业家，能够一眼看穿亨廷顿，不过是从经济战车上飞来的一颗哲学炸弹。手里不是冲锋枪而是计算器，身上不是迷彩服而是上班装，桌上不是军事地图而是销售账表，前面不是铁丝网而是“进口限额”“关税法案”之类所保护着的市场纵深。一场民族之间的经济大战迟早要接火，或者说已经接火。在这场战争中，祖国常常是投资者们的必要掩体。

事情很明白，从精神上保卫一个民族，就义者总是有限。当民族变成利益所在的时候，一切就差不多成了通俗故事，不难激起社会性狂热。这是三K党、希特勒们干过的事，也是今天在烽烟滚滚的波黑、中东、阿富汗、卢旺达正在重演的一幕又一幕。还有加拿大、印度、意大利、西班牙、德国、美国的夏威夷，也都有要求分治要求散伙的吵吵嚷嚷。“祖国”成了光头党的专有名词。“本国优先”是竞选人拉票时不可少的激昂，是最时髦的政治流行色。百分之几的失业率或一块油气田，就可以使人们突然对肤色和母语的差异大惊小怪，突然觉得异族面孔不可容忍，必须恶语相加，拔刀相向。

国家解体同夫妇离婚一样频繁和时髦。国家数目在迅猛增加。有人预计，到21世纪初，这个数目可能增加到五百。到那时候，我们将比现在有多得多的边界，多得多的海关，多得多的总统班子和外交纠纷。

上帝的裁判席早已空缺。无论左派还是右派，也不能确认新的理想，充当异族融合的胶粘剂。一个似乎没有任何主义的时代里，民族主义似乎正在成为最后的主义、最后的说辞。

我对此感情复杂。我不知道，人类还有多大的精神力量，能有效地控制自己，使一场正常的竞争，不至于通向仇恨和流血。当民族感更多地被利欲推动，更多地聚合着利欲的高温高压，我无力深究这里的合理和过分，理智和疯狂，真实和虚伪。

九

“民族”这个词沦为谎言，沦为很多人放火、杀人，驱赶异族的兴奋剂，是日渐清晰的现实一种。其实，这个词使用得更多的今天，也是它的词义实际上日渐空虚的时候。美国就很难说是一个民族。它包括唐人街、韩国城、小东京、犹太区、意大利街、墨西哥街、操西班牙语的果农、操挪威语的麦农、祖籍在波兰的矿工、哈勒姆区的黑人老太，还有印第安保留区载歌载舞的男女……这全都是美国，也几乎是世界。在1990年的调查中，每八个美国人里就有一个人是异族混血的产物，牵连到至少两种以上的血统以及文化根源。这个越来越“杂种”的美国，居然也可以谈民族主义？

国界的意义也越来越引人生疑。苏联的核电站事故，污染了境外好几个国家。日本的酸雨，则可能来自中国和东南亚。废毒气体对地球臭氧层的侵蚀，受害者将不是哪一个国家或哪几个国家，而是整个星球。事情不仅仅如此，在今天，任何一个单独的民族，也无法解决信息电子化、跨国公司、国际毒品贸易等难题。正在延伸的航线和高速公路，网捕着任何一片僻地和宁静，把人们一批又一批抛上旅途，进入移民的身份和心理，进入文化的交融杂汇。世界越来越小，也越来越近了。电视机使我们每一天都成了世界的前排观众，时时直面着地球的每一个角落。

在这种情况下，如果你不把这个世界当作一按键钮就挥之即去的东西，不过是在几十个频道间跳来跳去的东西，无法介入我们的早餐和购物单的东西，一句话，如果你不因为熟视无睹而把它当成日渐失重、无关紧要、只配与皮鞋广告和流行歌星混同的东西，你就完全应当采用比“民族”更为宽广的视角。

民族是昨天的长长留影。它特定的地貌，特定的面容、着装和歌谣，一幅幅诗意图景正在远去和模糊。不管我们愿不愿意，现代移民们已经不再有旧时的山长水远，不再有牵动愁肠的驿路遥遥。电话和飞机票，正在使故土和故人随时可至，就像附近某个加油站或某个杂货店，无法积累和强化游子的激情。长别离既已不长，长相忆也就无所可忆。更重要的是，当工业文明覆盖全球，故乡与祖国便在我们身后悄悄变质。不管在什么地方，到处都在建水泥楼，到处都在跳恰恰舞，到处都在喝可口可乐，到处都在穿牛仔裤，到处都在推销着日本或美国的汽车。照这样下去，所有的地貌模仿出同一的景观，你思念的故乡，与别人的故乡差不多没有两样；你忠诚的祖国，与别人的祖国也差不多没有两样。那么这种思念和忠诚还有多少意义？还如何着落？

近些年来，我每一次回到湖南老家，都加深了这样的感觉，不免有一些怅然。哪怕是在一个偏僻的山寨，我听到立体音响里轰轰扑来的，不是记忆中的唢呐和山歌，而是我在海南、在香港、在美洲和欧洲都听到的电子流行音乐，从同样的晚霞中淌出。这样的故乡，我的后代以后还能不能把它与其他旅游地给予区别？寄予特有的情感？

民族感已经在大量失去它的形象性，它的美学依据。

根系昨天的，唯有语言。是一种有泥土气息的倔头倔脑的火辣辣的方言，突然击中你的某一块记忆，使你禁不住在人流中回过头来，把陌生的说话者寻找。语言是如此奇怪，保持着区位的恒定。有时候一个县，一个乡，特殊的方言在其他语言的团团包围之中，不管历经多少世纪，不管经历多少混血、教化、经济开发的冲击，仍然不会溃散和动摇。这真是神秘。当一切都行将被汹涌的主流文明无情地整容，当一切地貌、器具、习俗、制度、观念对现代化的抗拒都力不从心的时候，唯有语言可以从历史的深处延伸而来，成为民族最后的指纹，最后的遗产。

民族似乎仅仅成了这样一种东西：可以被装入录音带，带上它，任何人都永远不会离乡背井。

欧洲的一体化似乎胜利在望。海关、汇率、军事和政治之类的问题都是不难解决的，利益纷争也可望找到合适的安排。绕不过去的最后一道难关，看来只有语言，是各个民族决不会轻易让出的语言权。在米兰·昆德拉的小说里，一群同去援助柬埔寨的白人激烈内讧，这是因为能听懂英文的法国人坚决不愿说英文，不愿服从英语霸权，情愿费去多得多的时间，坚持用多种语言来进行所有的协商。这当然不是小说家的一个噱头。

近年来的左派文化运动，重要的战线也在语言学上展开。少数民族以母语捍卫文化平权和文化多元的愿望，反抗中心，挑战主流，哪怕面对美国总统和诺贝尔文学获奖作家索尔·贝娄等大人物的联名讨伐，也决不骨软。个别极端者，甚至坚决不读莎士比亚，发誓回归印第安民歌或阿拉伯神话。宁愿狭隘，也决不卑屈、宁愿孤立，也决不背弃。这个运动在美国的英文简称叫PC，与个人电脑的代号同名。

但我想到它的时候，耳边总是响起另外两个更为响亮的音节：

昆——塔。

血迹未干的昆塔。

我们回到了前面说过的那一个画面，昆塔宁可被抓回来皮开肉绽地遭受毒打，不惜冒着被吊死的危险，也不接受白人奴隶主给他的英文名字。他留下了一个永远的诘问：这样做值不值？用英文是否就不能保护尊严？就不能活下去也不能得到幸福？如果答案是否定的，那么他的血是否完全白流？是否只是一种愚蠢一种狭隘一种可悲者自作自受？他因此而承受的所有鞭刑，只配受到后来人在吃饱喝足之后哈哈嘲笑？

在未来的人们看来，他只是保卫一盒录音带的代价？

十

有一种表达的困难。

我说完了。我知道这场演讲对于他们来说很乏味，让人失望。他们目光涣散，东张西望，甚至连连打哈欠或者早就起身而去，留下冷冷的空座位。除了最后一排的西蒙——谢谢你一张孩子脸上遥远的笑容，给我安慰。

他们敷衍地鼓了掌，没有提问的兴趣，也不会觉得有什么问题。好像总算熬过了节日里不可忍耐的停电，现在大放光明，可以好好乐一乐了。他们向那个刚才谈女人内裤的作家微笑，向那个刚才谎称自己一直受迫害的作家请教，请那个出示绣花鞋并且当众流泪的作家去国家电视台接受采访。他们离开我，离开了一个失败者，一件滞销产品。他们希望有趣味的谈资，有印象的表演，刺激性强的独特，观众总是这样的。他们没有必要对乏味的客人表示过多的关照和礼貌，没有必要来费气力认真。

他们中间的有些人，甚至眼中透出讥嘲，对我刚才的违拗给予报复："你是湖南人，毛泽东也是湖南人，请问下一个最伟大的湖南人是谁？——不包括你。"

接着有笑声。

"好吧，我听说你是A大学的毕业生，那么请问A大学下一个最伟人的人是谁？包括你可以，不包括你也可以。"

他们克制地笑笑，把不甘罢休的目光暂时落入纸咖啡杯。

我必须这样回答，还击这一类无聊的挑衅——不管他是大报记者，还是院长、出版商、文学大奖评委的夫人。这种来自落后东方的不恭，当然更令人不快。

我再一次失败，这几乎在意料之中。我苦于身上缺少更多的故事和才情，至少缺少语言的机巧，来挽救败局。我得承认自己的平庸和笨拙。这没有什么。我宁可暴露自己的平庸和笨拙，不愿意仿效邻人，把自己刻意做成哗众的谈资和表演，比方做成一只绣花鞋。我甚至不会来一次仇外的大偏激，宣布自己就是国粹派，就是看不起西方，就是仇恨莎士比亚及其一切压迫第三世界的白人文学——那样很容易，至少也是一种极致，一种风头，一种未必得到赞同但至少可以引人注目的惊险节目。经验证明，蓝眼睛的听众有时宁愿遭遇敌手，也不愿意乏味。

我不能这样说。这不符合事实。我是读过莎士比亚的，是喜欢白人文学的——从我在乡下的知青户开始。那时我和一些同学在下乡前偷袭了已被封存的学校图书馆，胡乱偷了一些书，来打发乡下阴暗的雨季。

那个美丽的语言世界让我永远怀念。

从那样的语言走入今天，我终于明白，语言也是这样一种东西，它无论是莎士比亚还是别的什么，都承载和沉积着人的经验，人的思维和情感，推动了人脑的发育和进化，完成了人群的联系和组织，使人具有人性。作为先民的遗赠，语言守护着人类文化多样性的可能，也担当着人类文化共同性的可能，使人们得以在差异中融合，在交汇中殊行。

我们接受了过于复杂和杂碎零乱的世界地图，我们的肉体分泌出彼此相违的利欲，唯有真理的声音，一种高远澄明嘹亮的精神，可以跨过国境，穿越不同的肤色、发色、脸形、鼻子，为全人类彼此相同的心灵所倾听——如果心灵和心灵都还醒着。

即使面对空空如也的座位，我仍然这样说。

十一

地球并不算太大，是人类共同的家园。一个人走出县，走出省，当然也就可以走出国，可以爱其他的国家。正像我们不可想象黑人都留在非洲，白人都守住欧洲。我在国外的一些朋友，常常并不比国内的朋友离我更远——无论是地理的距离还是心理的距离，那么也就无须大惊小怪。

区别其实只有那么一点：你是否同情人，是否热爱土地——当然包括远方的土地，首先更包括了脚下的土地。我们从脚下的土地开始了一切。我不得不一次次回望身后，一次次从陌生中寻找熟悉，让遥远的山脊在我的目光中放大成无限往事。人可以另外选择居地，但没法重新选择生命之源，即便这里有许多你无法忍受的东西，即便这块土地曾经被太多的人口和太多的灾难压榨得疲惫不堪气喘吁吁，如同一张磨损日久的黑白照片里。你没法重新选择父辈，他们的脸上隐藏着你的容貌，身上散发出你熟悉的气息，就埋葬在这张黑白照片。你没法重新选择童年或少年，一只口哨，一个铁环，一个打兔草的竹篮，或者一盏雨夜里瓜棚里的孤灯，都先后遗失在这张黑白照片里——也许更重要的是，这里到处隐伏和流动着你的母语，你的心灵之血，如果你曾经用这种语言说过最动情的心事，最欢乐和最辛酸的体验，最聪明和最荒唐的见解，你就再也不可能与它分离。

这样的人，也是远方黑压压的那些你陌生的人。

1995年

风筝仙女

铁凝

家居市区的边缘，除却拥有购物的不便，剩下的几乎全是方便。

我们的楼房前边不再有房子了，是一大片农民的菜地。凭窗而立，眼前地阔天高，又有粪味儿、水味儿和土腥味儿相伴，才知道你每天吃下去的确是真的粮食，喝下去的也确是活的水。

我们也不必担心窗外的菜地被人买去制造新楼，不必担心新楼会遮挡我们抛向远天远地的视线了：有消息说市政建设部门规划了菜地，这片菜地将变成一座公园。这使我们在侥幸的同时，又觉出一点儿失落，因为公园对于一座城市算不上什么奇迹，而一座城市能拥有一片菜地才是格外的不易。公园是供人游玩的，与生俱来一种刻意招引市民的气质；菜地可没打算招谁，菜们自管自地在泥土里成长，安稳、整洁，把清新的呼吸送给四周的居民。

通常，四周的居民会在清晨和傍晚沿着田间土路散步，或者小心翼翼地踩着垄沟背儿在菜畦里穿行——我们知道菜农怜惜菜，我们也就知道了怎样怜惜菜农的心情。只在正月里，当粪肥在地边刚刚备足，菜地仍显空旷，而头顶的风已经变暖的时候，才有人在开阔的地里撒欢儿似的奔跑了，人们在这里放风筝。

放风筝的不光我们这些就近的居民，还有专门骑着自行车从拥挤的闹市赶来的青年、孩子和老人。他们从什么时候发现了并且注意起我们的菜地呢？虽然菜地并不属于我们，但我和我的邻人对待这些突然的闯入者，仍然有一种优先占领的自得和一种类似善待远亲的宽容。一切都因了正月吧，因了土地和天空本身的厚道和清明。

我的风筝在风筝里实属普通，价格也低廉，才两块五毛钱。这是一个面带村气的仙女，鼻梁不高，嘴有点儿鼓；一身的粉裙子黄飘带，胸前还有一行小字“河北邯郸沙口村高玉修的风筝，批发优惠”以及邮编多少多少什么的。如此说，这仙女的扎制者，便是这位名叫高玉修的邯郸农民了。虽说这位高玉修描画仙女的笔法粗陋幼稚，选用的颜料也极尽单调，但我相中了它。使我相中这风筝的，恰是仙女胸前的这行小字。它那表面的商业味道终究没能遮住农民高玉修骨子里的那点儿拙朴。他这种口语一般直来直去的句式让我决定，我就要这个仙女。

傍晚之前该是放风筝的好时光，太阳明亮而不刺眼，风也柔韧并且充满并不野蛮的力。我举着我的仙女，在日渐松软的土地上小跑着将她送上天空。近处有放风筝的邻人鼓励似的督促着我：“放线呀快放线呀，多好的风啊……”

放线呀放线呀快放线呀，多好的风啊！

这宛若劳动号子一般热情有力的鼓动在我耳边呼啸，在早春的空气里洋溢，丝线从手中的线拐子上扑簌簌地滑落着，我回过头去仰望升天的仙女。我要说这仙女实在是充满了灵气：她是多快就够着了上边的风啊。高处的风比低处的风干稳，只要够着上边的风，她便能保持住身体的稳定。

我关照空中的仙女，快速而小心地松着手中的线，一时间只觉得世上再也没有比这风筝仙女更像仙女的东西了：她那一脸的村气忽然被高远的蓝天幻化成了不可企及的神秘；她那简陋的衣裙忽然被风舞得格外绚丽、飘逸；她的态势忽然就呈现出一种怡然的韵致。放眼四望，天空正飞翔着黑的燕子褐的苍鹰，花的蝴蝶银的巨龙……为什么这些纸扎的玩意儿一旦逃离了人手，便会比真的还要逼真？就好比天上的风给了它们人间所不解的自在的灵魂，又仿佛只有在天上，它们才会找到独属自己的活生生的呼吸。是它们那活生生的呼吸，给地上的我们带来愉悦和吉祥的话题。

放线呀放线呀快放线呀，多好的风啊！

有些时候，在我们这寻常的风筝队伍里，也会出现一些不同寻常的放风筝的人：一辆“奥迪”开过来了，吱地停在地边，车上下来两三个衣着时髦的男女，簇拥着一位手戴钻戒的青年。青年本是风筝的主人，却乐于两手空空——自有人跟在身后专为他捧着风筝。那风筝是条巨大而华贵的蜈蚣，听说由山东潍坊特意订制而来；那线拐也远非我手中这种通俗的杨木棍插成，那是一种结构复杂的器械，滑轮和丝线都闪着高贵的银光。“钻戒”站在地边打量天上，一脸的不屑，天上正飞着我的仙女和邻人的燕子。他从兜里摸出烟来，立刻有人为他点燃了打火机。一位因穿高跟鞋而走得东倒西歪的女士，这时正奔向“钻戒”，赶紧将一听“椰风”送到他手里。好不气派的一支队伍，实在把我们给“震”了。

然后那蜈蚣缓缓地迎风而起了，确是不同凡响地好看。四周爆发出一片叫好声，善意的人们以这真诚的叫好原谅了“钻戒”不可一世的气焰。我却有点儿为“钻戒”感到遗憾，因为他不曾碰那蜈蚣也不曾碰一碰风筝线。只在随员替他将蜈蚣放上蓝天之后，他才扔掉香烟，从他们手中接过线盒拎住。他那神情不像一个舵手，他站在地里的姿态，更像一个被大人娇纵的孩童。这样的孩童是连葵花子都懒于亲口去嗑的，他的幸福是差遣大人嗑好每一粒瓜子，准确无误地放进他的口中。

在这时我想起单位里一个爱放风筝的司机。在一个正月我们开车外出，他告诉我说，小时候在乡下的家里，他自己会糊风筝却买不起线，他用母亲拆被子拆下来的碎棉线代替风筝线。他把那些线一段段接起来，接头太多，也不结实。有一次他的风筝正在天上飞着，线断了，风筝随风飘去，他就在乡村大道上跑着追风筝。为了那个风筝，他一口气跑了七八里地。

当今的日子，还会有谁为追赶一只风筝跑出七八里地呢？几块钱的东西。或者像拥有华贵蜈蚣的这样的青年会去追的，差人用他的“奥迪”。若真是开着“奥迪”追风筝，这追风筝倒不如说是以地上的轿车威胁天上的蜈蚣了。

我知道我开始走神儿，我的风筝线就在这时断掉了。风把仙女兜起又甩下，仙女摇摆着身子朝远处飘去。天色已暗，我开始追赶我的仙女，越过脚下的粪肥，越过无数条垄沟和畦背，越过土路上交错的车辙，也越过“钻戒”们不以为然的神色。我坚持着我的追赶，只因为这纯粹是仙女和我之间的事，与别人无关。当暮色苍茫、人声渐稀时，我终于爬上一座猪圈，在圈顶找到了歪躺在上边的仙女。我觉得这仙女本是我失散已久的一个朋友，这朋友有名有姓，她理应姓高，与邯郸沙口村那个叫作高玉修的农民是一家人。

大而圆的月亮突然就沉甸甸地悬在了天空，在一轮满月的照耀下，我思想究竟什么叫作放风筝。我不知道。

但是，有了风筝的断线，有了仙女的失踪，有了我追逐那仙女的奔跑，有了我的失而复得，我方才明白，欢乐本是靠我自己的双脚，靠我自己货真价实的奔跑到达我心中的；连接地上人类和天上仙女之间那和平心境的，其实也不是市场上出售的风筝线。

1996年

冬日看海人

刘心武

我偶然遇到一位来自大西北小镇里的小学教师。猛看上去他似乎已然年过半百，因为他脸上有那么几条很长也很深的纹路，并且头发也花白了；可是跟他交谈时，他那双眼睛却闪烁出很有劲的光芒，使我又觉得他实在还很年轻。原来他刚刚四十岁出头，正当壮年。他是从北戴河返回到北京，即将再坐火车回到他那个离大海非常遥远的小镇。

我遇到他的那天，西北风正在北京久旱无雨的灰色天宇推磨般地嗥叫，在这样严寒的冬日里，人们一般总是尽量往温暖湿润的南方跑，可是，作为一个自费旅游者，他却偏偏去了北戴河！

他为什么去那儿？这算是什么样的癖好？

他告诉我，二十年前，他们那个小镇还没通电，可是他在教学生的课文里总是不断地提到电，举凡电灯呀、电线呀、电话呀、电视呀、电车呀……学生们常问他："老师，那究竟什么样儿？"他很惭愧，身为人师，却眼界狭隘，连真的电灯都没见过！有一天，是放假前一天，当又有学生问到"究竟电灯什么样"时，他便下定了决心，第二天天还没亮，便揣上干粮，往一百多里外的县城走去，他足足走到那天深夜，才抵达县里，当他敲开县教育局的大门时，那值班的人一开始以为他是个坏人，后来他见到屋顶上闪亮的电灯，激动得笑着流下了眼泪，又以为他是个疯子……第二天县教育局的局长亲自带他见识了电话、电唱机、电熨斗什么的，又请他到电影院看了一场电影，临送走他时，又送了他一只电灯泡，那只电灯泡后来成了他课堂上极珍贵的教具，一直细心地保留到若干年以后，他们那个僻远的小镇终于也通了电，于是他当着班上的同学，举行仪式一般，将那只灯泡旋在了教室的灯头上，当那盏电灯在孩子们热烈的掌声中放出电光，将那简陋的教室照耀得通亮时，他又一次笑着流下了泪……

后来他得到了进县城进修的机会，并曾到省城出席过劳模会议，他具有了正式的师范学校学历，还继续进修大学课程，他眼界大开，他那个学校也大变了样，现在他们那里经常有电影放映队去放映电影；虽然由于山区地势复杂，他们那个镇子如今还很难接收到电视转播讯号，因此除了几户人家为显示阔绰已然置上了大彩电，看电视仍是一种大家所祈盼的超级享受。当然，他本人有更多的机会在电影和电视上看到几乎全世界的万种风情，可是，这两年常有学生问他："老师，大海究竟什么样啊？"他总是根据自己从电影、电视上得来的印象，耐心地向学生们形容……可是学生们也从电影上看到过大海，他的经验并不能超过学生……

于是他决心亲自来看看大海。这回寒假一放，他便启程了。当他在县城教育局宣布这一壮举时，连局长也很羡慕，因为那已年近花甲的局长，也从未见过真正的大海！

他为什么不是在暑假时而是在寒假时跑来看海？那原因很简单：冬日看海是可以省很多钱也省很多事的！并且，他两眼闪着异样的光，对我自豪地宣布："冬日的大海，别有一番雄奇的景象！"他说他刚出现在北戴河时，一开始也曾被人猜测为坏人或疯子，可是后来受到了异常热烈的欢迎，他说，那些设备非常好的休养所，一到冬天如果揽不到会议等项目，那就冷落到极点，值班的人员总是非常寂寞……

他说这十来天里，把冬日的海景看了个够，从各个角度看，在各种光线下看，从容地看，哼着歌看，甚至跳着舞看……他把我说得也羡慕起来，不仅是羡慕，甚至是嫉妒，因为我虽然有很多次夏日观海的经历，可是，我年过半百了，却还根本没有过冬日观海的体验！仅从这一点上说，我的人生便没有这位西北高原小镇的小学教师丰富多彩！

冬日观海的人离开北京，坐硬座车回那遥远的地方去了。他没有在北京久留，他只游览了天安门，没去颐和园、长城什么的，他说一来他没剩多少钱了（为了看海他花光了五年来所有的积蓄约上千元）；二来他圆了看大海的梦，心满意足了！

我只是偶然地见了他一回。他走后，我甚至已不大能形容出他的相貌了，唯有他闪亮的眸子，还有一身大海的气息，长久地萦绕在我心头，使我憬悟：每一个最平凡的小人物，只要以敬业精神点燃执着追求的火把，都能使自己的人生闪烁出童话般的美丽灵光！

1996年

骑自行车的中国人

林 希

她是我们中间的一个，一个骑自行车的中国人。

我从来没有看见过她的面容，是清秀、是俊美，或者是妩媚生动；她总是从我的背后缓缓地跟上来，漫过我的肩侧，又从容地蹬车而去。我因看到坐在她自行车后架上不足三四岁的女儿，断定她多不过三十岁的年纪。她身材消瘦，高高的个子，本来似曾有过一身使不完的劲，但终究劳累了，她的背影显出疲惫。

清晨，从来是沉浸着紧迫的气氛，整个城市的每一条街道都似一根根绷紧的琴弦，车辆、行人如音符般跳跃而过，生活的节奏似欢快、热烈的快板。她骑着车子，沿着每天上班下班必经的熟悉道路奔驰而去。鼓鼓滚圆的书包挎在车把上，一个尼龙网兜里装着大小两个饭盒，这大概和我们每一个人一样，大饭盒里是米饭，小饭盒里是素菜。

她蹬着车子，目光凝视着远方，头昂着，上身向前倾斜。有一次我看见她一面蹬车一面吃早点，今早该是太匆忙了，她还想着身后的女儿，不时地从衣兜里掏出饼干回手向背后送去。她还轻声地吟着儿歌，那是托儿所阿姨教孩子们唱的儿歌，女儿听着儿歌自然乖多了，向妈妈保证今天不淘气。

我目送她向前驶去，我知道还有一天的劳累等着她：她是一个女工，她要去开动机器；她是一位会计，还要和枯燥的数字共度过八小时的时光；也许她是位炊事员，要去为千百人烧饭；或是位护士，要为病人减轻痛苦。但此刻她是一个骑自行车的中国人，时间追赶着她，她的家庭，大半就在这辆自行车上，缓慢地，沉重地，疲惫地行进着。可惜她行进的里程只能在同一的距离内无数次重复，否则纪录世界之最的书籍会发现她是世界上背负着一个家庭行路最长的女人，她将成为一位明星。

她自然没有思索过那么许多，她做的是她能够做的一切，是她应该做的一切，尽管未必是她愿意做的一切。一天，一个同龄男子和她并肩骑车走着，我听见一路上她不停地抱怨，从家务劳动，丈夫的懒惰，婆婆的刁钻，到工作单位的是非纠纷，领导的不公，最后自然是菜贵了肉贵了蛋贵了，其中有许多甚不文雅的用语。男子默默地听着，他们还是缓缓地向前奔去，丝毫也没有因满腹牢骚放慢脚步。我料定到了工作单位她会立时忘掉一路上的怨气，投入工作，又是一个充实的劳动日。

平静的岁月也难免有几天骚扰的日子，突然间掀起一股抢购风。我知道她没有多少积蓄，她自然也不愿为多添置一条备用的毛毯而去挤商场柜台。她还是在同样的时间，以同样的节奏，骑着自行车飘过我的身边，消失在人的洪流里，人的洪流正披着朝霞涌动。

远远地望着她在人流中时隐时现的背影，使我这个对于个人生命价值有清醒认识的人感到羞惭，尽管我自知无论我如何奋斗都不可能使她在未来的后半生中不再骑自行车，而拥有一辆私人小汽车，但她如此不轻松地骑自行车追赶生活，总是有我们对她没有尽到责任的地方。我怕十年、二十年过去，直到成为一个老太婆还是抱怨着、骑着笨重的自行车，追赶着总也追不上的希望和憧憬。

外国人说中国是自行车的王国，但他们无法理解骑自行车的中国人在创建着怎样的生活。我们辛劳，有时几乎是疲于奔命，生活有些艰难，大家又苦于总也没有想出更好的办法。但骑自行车的中国人依然在前进，而且在相互提示不要忘记自己肩负的社会责任。如果说中国文化曾在“净”与“静”的境界中探索人性，那么中国人创建的自行车文化却是在前进与辛劳中拥抱世界与未来。

她是我们中间的一个，一个骑自行车的中国人。

1998年

袁隆平，用一粒种子改变世界

马万里

他是一位真正的耕耘者，当他还在一个偏僻的城镇当教师时，已具有颠覆世界权威的胆识；当他誉满天下时，却仍专注于田畴。淡泊名利，一介农夫，播撒种子，传授智慧，收获富足。他毕生的梦想，就是让所有人远离饥饿。他以科学精神与人文情怀，专业素养与道德操守、事业追求与社会责任完美结合的风范，赢得了社会的普遍尊重。

他——袁隆平，一个显得有些平凡和土气的老头，以自己不懈的努力和才华，在古老的土地上创造了非凡的奇迹，目前在我国有一半儿的稻田里播种着他培育的杂交水稻，每年收获的稻谷的百分之六十来源于他培育的杂交水稻种子。

是怎样的力量把一个人的命运紧紧联系并且积极影响着十三亿人的命运呢？又是一种怎样的力量促使着袁隆平年轻时违背父亲的意愿做出自己的人生选择？又是一种什么力量促使他执着于杂交水稻的研究而最终走向成功的呢？

梦想，诞生于儿时那片美丽的园艺场

回眸袁隆平的成功之路，可能谁也无法想到，他之所以会如此义无反顾地选择农业作为自己奋斗一生的事业，竟是缘于儿时感觉到的刹那间的美丽。

1930年9月1日，一个风和日丽的初秋，在北平协和医院的产房里，一个新的生命呱呱坠地了，为了纪念次子降生于北平，袁兴烈先生按照袁氏家族“隆”字的排辈，为其取名隆平。

袁隆平的父亲袁兴烈先生毕业于东南大学中文系，是一位典型的中国知识分子。袁隆平的母亲华静是一位扬州姑娘，自幼在英国教会学校读书，能讲一口流利的英语。

袁隆平少年时代兴趣广泛，喜欢音乐，爱好体育，尤其酷爱游泳。1949年夏天，袁隆平高中学业期满，当父亲问他将来的志向时，他回答得很干脆：“我唯一的选择就是成为一个农业科学家。”他的童年和青少年时代主要是在武汉和重庆度过，对于这样一个生长在大城市，并自小就上教会学校的人来说，在风华正茂的时候选择学农，实在是出人意料。

“大约我六岁时一次郊游，曾在武汉郊区参观了一个园艺场，满园里郁郁葱葱，到处是芬芳的花草和一串串鲜艳的果实。我觉得这一切太美丽了！美得我当时就想，将来我一定要去学农。”

没有指点江山的豪情壮志，没有功成名就的意气风发，有的只是质朴的表白，有的只是对美丽的特别感悟与无悔执着。时隔六十多年的漫长岁月，袁隆平忆及当年的感受，仍不免双眼灼灼，神采焕发。可见当年那片花果鲜艳的园艺场，在风雨飘摇、国事艰难的年代，曾是多么深刻地打动了一个孩子纯真的心。这片美丽的记忆，成了袁隆平心中永远挥之不去的情结与梦幻，使他从此与“农”结下了不解之缘。也正是这片美丽的永远，最终改变了袁隆平一生的命运，并在某种程度上改变了十三亿中国人的命运。

1953年，从西南农学院农学系毕业的袁隆平，为了追求心中的梦，毅然从四川重庆来到了偏僻的湘西雪峰山下的安江农校任教。

在安江农校，他一待就是十九年。回顾在安江农校的教学生涯，袁隆平感触颇深：“我在教学过程中，积累了较多的生物学知识和农业生产实践经验。因此在以后的作物育种科研中，才具有一定的发现问题、分析问题和解决问题的能力。”在这里，袁隆平以非凡的努力完成了知识和经验的积累，为将来的科研打下了基础；同时，一场梦魇般的饥荒最终促使他全力以赴地编织杂交水稻梦。安江农校成为袁隆平腾飞的起点。

一生的付出，为的是战胜记忆中梦魇般的饥荒

20世纪60年代初期，一场罕见的饥荒席卷神州大地。安江农校宁静的校园也无法幸免。袁隆平为这沉痛的现实深深地感到不安。在这种情况下，袁隆平响应党的号召，和学生们一起来到黔阳县硖州公社秀建大队支农。生产队长老向企盼地对他说："袁老师，听说你正在搞科学试验，如果能研究出亩产八百斤、一千斤的新稻种，那该多好啊！我们就不怕有饥荒了，苦日子就可以结束了。"老队长的一席话又一次唤醒了袁隆平深藏在心底的童年之梦，从那一刻开始，他将"所有人不再挨饿"奉为终生的追求。

"三年困难时期，我亲眼见过有人饿死在路边，田坎上，很多人因饥饿得了浮肿病。当时我们农校的老师被下放到艰苦的地方锻炼，在集体食堂里，我们吃的菜就是一大锅红薯藤，加一小酒杯的油来煮，跟猪食差不多。饭是双蒸饭，用水蒸了两次，饭粒儿看起来大，吃下去一会儿就饿，整天想的就是能吃顿饱饭就好了。"

"人类能否战胜饥饿？我认为主要靠科技进步，再有一个和平的环境，通过不断研究，取得农业科技的不断提高，就能解决饥饿问题。我是学农的，每年做点儿优产育种研究，日有所思，夜有所梦，我曾经做过一个梦，稻子如花生米那么大，我们几个朋友累了，就坐在稻穗下面乘凉。"

回忆当年的那场灾难，袁隆平那种济世情怀，对生命的真挚的呵护与关爱，让人分明感受到了一位伟大科学家内心的崇高与博大。

梦当然还是梦。为了通过科研的力量在实践中一步步接近这个梦，袁隆平以一种义无反顾的精神一头扎进了杂交水稻这个世界性的难题中。不为别的，就是为了在现实中使落后、贫困的农村能变得富饶而美丽。为此，他所经历的困苦与磨难超出了常人的想象。但他数十年如一日坚持着，努力着。"真的，我从没有后悔，我这个人有点痴，认准的一定要走到底。"他一直是这样说的，也一直是这样做的。杂交水稻已成为他生命中不可缺少的重要部分。

正当袁隆平准备大干一场的时候，史无前例的"文化大革命"的暴风骤雨袭来。造反派把"自由散漫、典型的资产阶级知识分子"袁隆平的试验田搅得一片狼藉，并准备把他关进"牛棚"。许多人说他是自找苦吃，他坦然回答："为了大家

今后不再饿肚子，我心甘情愿地吃这个苦。”为此，他郑重地告诉结婚不久的妻子邓哲要做好分手的准备，但邓哲的话给了他最大的安慰：“大不了，我和你一起当农民。”这让他下定了决心，再苦再难也要坚持下去。

1968年5月18日，这是袁隆平终生难忘的日子。这一天他视为生命的试验田里的秧苗竟然全部被人连根拔起，整个试验田被彻底地破坏。事发后第四天，痛不欲生的袁隆平才在学校的一口废井里找到残存的五根秧苗，继续坚持试验。

袁隆平回顾自己育种走过的路程，总结以往的经验和教训，觉得应加快育种步伐，不能局限于安江和长沙，而要到气候炎热的地方去。1968年起，每年的冬天，袁隆平就和助手一起赶到海南三亚搞水稻育种。他把这种与季节赛跑、追着季节走的育种方式叫作“南繁”。在路上，他们甚至把珍贵的种子绑在腰上利用体温催芽。孩子出生，他也没有时间回去看一眼。可做了三千多次实验，竟没有取得实质性的进展。虽然非常焦虑和苦闷，但步入不惑之年的袁隆平从来都没有灰心，更别说放弃。在十分艰苦的生活条件下，他患上了风湿性肠胃炎，体重下降。原湖南省科技信息研究所党委书记陈明山多年来对袁隆平的科研大力支持，他告诉记者：“袁隆平最苦最难的是1970年以前，但他从来没有消沉过，也没有抱怨过。即使再多的困难也难不倒他，这样的人我还没有发现第二个！”

时间终于到了1971年11月23日，在海南岛茫茫野生稻丛中，袁隆平的两位助手——他的学生李必湖和南红农校技术员冯克珊发现了一株雄花败育的天然野生稻！袁隆平仔细观察后，又采集了稻花样品，放在显微镜下进行检验，最终确认这是一株十分难得的野生稻雄性不育株。鉴于它是一株碘败型花粉败育的野生稻，袁隆平当即高兴地将之命名为“野败”，并向全国育种专家和技术人员通报了他们的最新发现。

最令人感动的是，袁隆平他们还把“野败”材料贡献出来，组织全国性的攻关。1971年春，湖南省农业科学院成立了杂交水稻研究协作组，袁隆平调到省农业科学院杂交水稻研究协作组工作。1972年3月，国家科委把杂交稻列为全国重点科研项目，组织全国协作攻关。袁隆平将“野败”材料分发到全国十多个省、市的三十多个科研单位，用了上千个品种与“野败”进行了上万个测交和回交转育的试验，扩大了选择概率，加快了三系配套进程……就在这一年，袁隆平选育成功中国第一个应用于生产的水稻雄性不育系“二九南1号A”。

1973年，在突破了“不育系”和“保持系”的基础上，广大科技人员广泛选用长江流域、华南、东南亚、非洲、欧洲等地的一千多个品种，进行测交筛选，找到了一百多个具有恢复能力的品种。四十三岁的袁隆平和他的助手在世界上首次育成三系杂交水稻，将水稻产量从每亩三百公斤提高到每亩五百公斤以上。当年10月，袁隆平在苏州召开的全国水稻科研会议上，发表了《利用野败选育三系的进展》一文，正式宣告中国籼型杂交水稻“三系”配套成功。原来看人预言：“三系三系，三代人也搞不成器。”而事实上，袁隆平及其同行只用了短短的3年时间就攻克了杂交水稻这道世界性难题。

从1964年发现第一株雄性不育株起，到三系配套成功，在那个动荡的年代里，袁隆平整整熬了十年。他的执着、创新，尤其是为了科研事业和国家利益而不计较个人得失的精神感动了很多很多的人。接受记者采访时，中国工程院院士、武汉大学朱英国教授感慨地说：“没有袁老师把自己的成果公开，我们大家都不会有今天的成就，我们很多人可能还在饿肚子！”

忠孝难两全，真爱感动上苍

1975年3月，袁隆平从天涯海角“南繁”归来，风尘仆仆地回到安江镇，回到妻子邓哲身边。他在一块试验田里见到了邓哲。邓哲起初看到袁隆平脸上露出惊喜，但突然收住了笑容，双眼瞬间充满了泪水。袁隆平也惊异地左顾右盼，发现邓哲的左臂上佩戴着黑纱，他被这突如其来的黑纱惊呆了。他惊恐地指着黑纱问邓哲：“这是怎么回事？”“咱们的父亲在重庆病逝了。”“为什么不通知我？”“考虑到你正在攻关，耽误你几天，弄不好要误事一年。”“父亲临终前说，他不希望你度过一个平庸、平淡的人生，他祝愿你走一条平安、平静的人生道路……”听了邓哲的一番叙述，袁隆平怀着沉痛的心情，随手抓起一把田头的红土，用力地攥着，只觉得手中的泥土在融化，在沸腾，在他体内燃烧起了熊熊火焰；只觉得一股悲痛的激情，撞击着他的心扉。他发誓，要以优异的科研成果告慰父亲的在天之灵。

这天夜里，袁隆平久久难以入睡。他索性披衣起床，走向月色映照下的山村原野，面对西方，向着家乡深深地三鞠躬。

1982年除夕，袁隆平在南方育种十多年来第一次回家过春节，正月初二那天，妻子邓哲因突患急性病毒性脑炎，被送怀化地区医院抢救。然而祸不单行，紧接着他80岁高龄的母亲也患上了重感冒，在家卧床不起，岳母又患脑血栓住进了黔阳县医院。这突如其来的病魔袭击，给原本其乐融融的家庭以沉重打击，累坏了本来就不善于操持家务的袁隆平。

他除了紧急动员三个儿子分头服侍病人外，自己则忙不迭地跑三个地方轮流照料病人，从挂号、缴费、拿药，到买营养品、端屎倒尿、端茶喂饭，忙得焦头烂额。好在安江农校的老同事曹胖公夫妇及李代举他们热心帮忙扫地抹灰，洗衣做饭，否则袁隆平真不知道怎么处理这堆家务活。

那时，邓哲躺在病床上深度昏迷，将近半个月没有睁开眼睛，靠输液维持生命。袁隆平白天照料着病中的两位老人，晚上几乎夜夜陪伴在妻子身边。他深情地看着妻子孱弱苍白的脸，柔肠寸断，半是内疚，半是心酸。他喃喃地说："都是我不好，我不是好丈夫，你是累病的呀，可我没办法，我离不开杂交水稻，禾苗也离不开我呀，老天不公啊，熊掌和鱼不可兼得……邓哲，我在你身边，守着你，护着你，你就醒醒吧……"说着说着，泪水模糊了他的眼睛。

在以后的日子里，他更加精心地照料妻子，回报妻子多年对他、对家庭的付出。他为妻子抹身子、换衣服，一勺一勺地喂鸡汤；为她背唐诗，讲故事，轻轻地用英语唱《老黑奴》。他知道妻子心里明白他在为她祝福、祈祷，为她做丈夫应做的一切……也许是苍天有眼，好人有报，他的真爱和一片痴情感动了上苍，连死神也悄悄抽身而退，不久，邓哲终于睁开了眼睛，神情恍惚地看着丈夫，深情地吐出几个字："袁先生。""谢天谢地，你总算醒了！"袁隆平高兴得像孩童般笑了，笑得格外开心。接下来，他按照医生的嘱咐，每隔一小时帮妻子翻身，为她按摩。一个月后，邓哲出院了，并没有留下任何后遗症。

袁隆平曾经说过，爱，是一份长久的承诺；爱，渗透在日常生活的每个细节中，哪怕是一个会心的微笑，擦一擦汗，洗一洗碗，陪爱人逛一逛街，都是幸福的，值得回味的。后来，当袁隆平事业有成就，应邀出访，或到国外去领奖，只要条件允许，他都带妻子一道去散散心。在他们银婚纪念的那天，他还特意让妻子换上了婚纱，拍了一张婚纱照，并花三千元钱给妻子买了一条项链，给妻子戴上。

培育杂交水稻，是他生命中最强的音符

对于一个几千年来受贫穷与饥饿折磨的民族，用高产量的杂交水稻良种来帮助解决吃饭问题，这是一个多么巨大的贡献啊。难怪一些地区的农民称他为“神农”，而国际同行称他的研究是“全人类的福音”。

1979年4月，袁隆平首次走出国门，赴国际水稻研究所的所在地——菲律宾首都马尼拉市远郊的洛斯巴洛斯镇，参加一个重要的国际水稻科研会议。这次会议有二十多个国家的二百名科学家参加。同行的中国水稻专家共四人，袁隆平应邀在会议上宣读了他用英文写的《中国杂交水稻育种》的论文并即席答辩，与会者一致公认中国杂交水稻研究处于领先地位。

1981年6月6日，袁隆平的籼型杂交水稻获国内第一个特等发明奖。这不仅在国内引起轰动，也引起了世界的极大关注。袁隆平在国际水稻领域首次亮相后的第三年——1982年的秋天，国际水稻研究所的又一次学术讨论会上，国际水稻研究所所长斯瓦米纳森先生庄重地引领袁隆平走向主席台。同时，投影机在屏幕上打出了袁隆平的巨幅头像和“杂交水稻之父袁隆平”的英文字幕。顿时会场为之欢声雷动，来自世界各国不同肤色的学者和专家一起起立，向袁隆平鼓掌致意。

曾担任过印度农业部部长的斯瓦米纳森也是著名的水稻专家，他在发言中说：“今天，我十分荣幸地在这里向你们郑重介绍我伟大的朋友、杰出的中国科学家、我们国际水稻研究所的特邀客座研究员——袁隆平先生！我们把袁隆平先生称为杂交水稻之父。他是当之无愧的！他的成就不仅是中国的骄傲，也是世界的骄傲。他的成就给世界带来了福音！”

这次会议期间，菲律宾报纸头版刊登了袁隆平的照片和《杂交水稻之父》的大字标题。从此，袁隆平在国内和国际上赢得了当之无愧的“杂交水稻之父”的称号，这也是袁隆平非常珍惜的一个荣誉。

1985年10月15日，袁隆平首次获国际大奖，联合国知识产权组织“发明和创造”金质奖章和荣誉证书。1986年10月，国际水稻研究所和湖南省科委、湖南杂交水稻研究中心联合在长沙举办了世界首届杂交水稻国际学术研究会。来自世界20多个国家的专家共二百多人参加了这次盛会。袁隆平做了题为《杂交水稻研究与发展

现状》的学术报告，提出了今后杂交水稻发展后战略设想：通过“三系法”过渡到“两系法”，再向“一系法”发展。这一新颖的设想，让与会代表深受鼓舞。

后来，湖南杂交水稻研究中心还举办了多期杂交水稻国际培训I班，为印度、越南等国家培养了一批杂交水稻的专业人才。从1981年至今，湖南杂交水稻研究中心等机构共举办了二十多期国际杂交水稻培训班，培训了来自三十多个国家的五百多名科技人员。袁隆平也先后应邀前往菲律宾、美国、日本、法国、英国、德国、埃及、澳大利亚等国家传授技术，让世界各地的人们分享丰收的喜悦。

在中国的帮助下，越南和印度的杂交水稻发展很快，已应用于生产。2004年越南种植杂交水稻六十五万公顷，印度为五十六万公顷，并取得了比当地良种每公顷增产一点五吨至二点五吨的效果……全世界越来越多的人感受到袁隆平带给他们的惠泽，很多人在告别饥饿的同时记住了袁隆平！1999年，国际小天体命名委员会将一颗小行星命名为“袁隆平星”。

袁隆平先后获得了国内国际多项顶尖大奖，身兼数十个学术和社会职务。浩瀚宇宙中，袁隆平，安江农校的一名普通教师，终于摘得了“杂交水稻之父”的桂冠。

不知多少人梦寐以求的辉煌、荣耀、名利，却丝毫也没有使袁隆平发生任何改变，他还是始终如一地恋着杂交水稻事业。从播种到收获，他依然风尘仆仆地骑着摩托车去试验田，从春夏到秋冬，他依然分秒必争地察看着育种基地。他心中想的只有他的试验田，只有他的杂交水稻。

“通过科技进步，现在我国常规水稻的亩产平均为七百斤左右，我们培育的杂交水稻平均亩产达八百斤左右。我们正在研究一种超级杂交水稻，亩产将达到一千五百斤至一千六百斤，有希望在两至三年内培育成功，那时又将推动全国的水稻产量上一个大的台阶。我们‘超级’稻的培育十分紧张，不管我在哪里，都要求基地三天报一次数据，这样我就可以随时对情况进行分析。我们有信心提前两年实现亩产八百公斤的目标。”

1998年，国家国资局对“袁隆平”品牌进行了无形资产评估，认定其价格达一千亿元人民币。对此，在社会上反应很大，各方面给予积极评价，并誉为昭示着中国知识经济的风暴和尊重知识、尊重人才时代的真正到来。

“隆平高科”上市后，社会上有人称“袁隆平一夜之间变成了亿万富翁”，他却很平静，对此一笑了之。他仍然一如既往地奔波在试验田地里。

“在我有生之年，我还有两大心愿，一是把超级杂交稻研究成功，大面积应用于生产，这样21世纪谁来养活中国的问题就解决了；再一个是让杂交稻进一步由中国走向世界，‘发展杂交水稻，造福世界人民’。”

虽已届古稀之年，但袁隆平仍魂牵梦萦着杂交水稻；虽已没有了园艺场的美丽与缤纷，但那种淳美与质朴，却更能透出一种科学巨人所特有的崇高品质与境界。

1998年

一百年的青春

谢 冕

北大这地方真有点儿特别，它似是一块磁铁，谁到了这里，谁就被吸住，再也不想离开。其原因并不在校园的美丽。北大现在的校园是很美，但在旧时，那校园说不上美。在战时，在昆明，那校园竟是陋巷蓬屋，是相当残破了。但在北大人的心目中，它依然很美，依然是一块磁石，吸住你，想着它，恋着它，不愿离开。即使你走向天涯海角，北大依然牵着你的灵魂，占领着你的心。

徐志摩向我们倾诉过他轻轻地来又轻轻地走了的康桥，冰心优美地描写过她所钟情的威乐斯利慰冰湖畔透明澄澈的风光。尽管中国许多远游的学子赞美过哈佛、倾心过早稻田那些巍峨的学术殿堂的美轮美奂，但事实上世界上任何一所校园，也未必能在他们心中替代北大的位置。

北大有它永恒的魅力。这魅力来自历史、来自历史漫长行进中形成的传统精神。一切犹如人，人有诸形诸态，人的气质往往仅属于个人。中国有许许多多的大学，但北大的精神也仅仅属于北大。当然，北大的地位很特殊，都说它是中国的“第一大学”，由于它作为国家创办的综合性大学，是第一所。溯自古时，它继承了汉太学和晋国子监的传统，算起来也有近两千年的历史了。作为不间断的校史，而且作为戊戌变法的新学的雏形，自1898年算起的一百年来，北大一方面承继中国悠久的文化学术源流，同时又在20世纪世界现代化的潮流中，建立起新的学术精神和学术品格。

京师大学堂的建立，其最具本质的特征，即在于以新学取代腐朽的科举，以中西贯通、文理互融的新型大学取代以仕途为目标的旧学。北大的前身京师大学堂在王朝覆灭前夜的出现，是一个明显的信号。它作为一支烛照封建暗夜的火炬，划时代地宣告了中国文化的世纪转型。

当然，作为一个新的教育体制的形成和生长，它的由旧而新的过程，充满了蜕变的苦痛。京师大学堂在它演变为北京大学的进程中，同样充满了不离开中国国情的错综复杂，同样充满了痛苦与抗争。北大诚然美好，但也并非绝无杂质的纯粹，“老北大”或“穷北大”的谑称，大体也能说明北大的朝气与青春的另一面。时至今日，北大依然有它的积习与痼弊，把它想象为无可挑剔的完好，并不符合这所“太学”的实际，也不符合它的性格。

诞生于1898年的北京大学，是与中国的苦难与追求相联系的。1898是充满痛苦和灾难的年代，有很多的焦虑和困窘，有很多的流放、囚禁和牺牲。建立京师大学堂是有感于中国的贫弱与无边的悲痛。当日中国如狂澜中的一叶危舟。改变科举、建立学堂，旨在培养拯救国运的新型人才。因而，这所大学的诞生，是无边暗黑的沉云中，求生存的一线光亮。

北大诞生于无边的忧患中。那一场激情的梦幻破灭之时，许多志士仁人为此付出了代价。流产的改革使新政的一切构想都变成了空文，唯独这所大学却奇迹般地被保留了下来。这个站立在废墟上的幸存者，它既是苦难和阴谋的见证，又承担了那些死者的遗愿。所以，北大从它诞生之日起，就承袭了中国苦难与忧患的遗产。当然，上一个世纪末的理想和追求的火种，也在它的身上得到了绵延。

这是一个宿命。千年的梦想，百年的抗争，1840年开始的半个世纪的苦难，死者无声的托付，生者的吁求，都遥遥地羁系在这片烟雨迷蒙中升浮而起的圣地之上。史载，戊戌那年突然降临的灾难，使京师大学堂未能如期开学，直至1902年方才正式上课。开学之后发生的第一件大事，却是非关学业的。1903年俄国没有按照条约从营口撤兵，当年4月30日，京师大学堂仕学馆和师范馆师生二百余人“鸣钟上学”，集会抗议，他们的爱国行动推动了全国抗俄运动的发展。这是北大建立之后的第一次爱国行动。北大师生作为现代知识者的精英意识，第一次得到显扬。这是让人耳目一新的举动，黑暗沉沉的中华大地上，燃起了20世纪第一线觉醒的曙光。

这所大学，它诞生在灾难深重的年代，它承袭了这大地上的全部忧患，生发而为抗争和奋斗、追求和梦想。在“广育人才，讲求时务”的召唤中走来的一代又一代学人，万家的忧乐，社会的盛衰，充盈着这批最新觉醒的中国精英的心灵之中。当周围处于蒙昧和混沌状态时，这里的呼唤和怒吼是黑暗中国上空的惊雷！

北大是五四运动的摇篮和发祥地，民主广场的钟声，从沙滩红楼传向古老中国沉睡的大地。从抗议丧权辱国开始，北大人把思考转向深沉，把批判和抗议转向思想、新文化的建设。蔡元培主政北大时，提出“囊括大典，网罗众家，思想自由，兼容并包”的方针。这十六字真正体现了北大的魂，是一种能够包容一切的大气度和大胸襟。蔡元培校长为改革当日北大的陋习，即确定学生以学业为目的的方针。为达到兼收并蓄的目标，他邀请各派学术巨擘来校任教，使古今、东四、文理互融互通成为北大学术一大景观。由于嗣后各届校长秉承蔡先生确立的方针，使北大在它校史的每一阶段都如一面旗帜，飘扬在中国教育阵地上。

北大人以精英使命自勖，他们从未曾忘却他们的社会承诺，但北大也从未降低过自己确立的学术标准。这种要求，早在一百年前酝酿建校之时即已确定，清政府《筹议京师大学堂章程》说：“京师大学堂为各省之表率，万国所瞻仰，规模当极宏远，条理当极详密，不可因劣就简，有失首善体制。”仅有第一等的才智还不够，还要有第一等的胸襟，第一等的怀抱。因为心系于天下，眼界自然开阔，神气自有不同。这是北大学生的常态，也造成北大学生常使人诟病的傲气。

这里是科学民主的故乡。北大人一直高举蔡元培校长倡导的学术民主、思想自由的旗帜，在艰难的年代，在困苦的岁月，为科学、为真理、为正义、为维护人性尊严，北大人从来没有放弃过独立的思考勇敢的抗争。人们不会忘记那个春寒料峭的时节，思想如刚刚解冻大地上冒尖的草芽，一曲“是时候了”，呼唤人们高举五四火炬，拆去人间藩篱，表现出新时代的激情。当思想被禁锢，充满挑战勇气的“一株毒草”赫然出现在墙上，那激情的宣扬让人耳目一新。那时胡风冤案既成，举国一片静默，是北大的莘莘学子发出了公开的质疑。在新时代，为了维护思想自由，一位张志新式的北大女诗人，悲壮地死在黑暗与黎明交会时刻。

一百年的青春，一百年的激情，一百年的奋斗，留下了一百年难泯的记忆。最难忘，年年岁首，大膳厅灯火辉煌，马寅初校长在新年钟声中，带着微醺致辞。他的潇洒不羁，在思想禁锢的年代，是一缕带着暖意的和风。马寅初终于以诤言获罪，他的《新人口论》遭到围攻。马寅初勇迎风暴，他的《重申我的请求》是一道惊世骇俗的雷电：“我虽年近八十，明知寡不敌众，自当单枪匹马，出来应战，直至战死为止，绝不向专以力压服不以理说服的那种批判者投降。”坚定的人格，坚贞的气节，凛然不屈的坚持，在马寅初沉重的金石之声的背后，人们不难发现那种年轻了一百年的北大精神。从京师大学堂到北京大学，从严复到胡适、陈独秀，从蔡元培到马寅初，这是一道永不枯竭的春天的长流水。这水已流了整整一百年，它将永远流下去，它是北大永远的骄傲。

1998年3月

新千年：寻常巷陌深处

韩小蕙

题记：甭管全世界的天文历法学家如何争论，N+0也好，N+1也好；亦不管东西方各国政府怎么规定，“新世纪”也罢，“新千年”也罢，反正，人类已像一个喜新厌旧的骚客，绝情地将“伊（1）”封存在岁月的沧桑里，急煎煎地巴望着新人“贰儿（2）”快点儿带来和平、富足、亲情和新生。

从来没有这样切肤地感觉到“历史进程”这四个字，其实就是我们肩头吹拂的风。然而，几乎所有人的内心深处，又都隐隐约约地有了点失望：怎么，2000年的时序作息，竟还是“鸡栖于埘，日之夕矣，牛羊下来”？日子还是平常过，人也还是平常心，一切平平淡淡，没有狂飙，没有突变。

这其实就对了。进步从来是一点一滴、日积月累的，无论是人，无论是历史，都得遵照这个铁定的法则。暴动，狂飙，突进，俱带着劣根性的可疑，痛快则痛快矣，却经常带来大的动荡和破坏，不是很靠得住。我坚决拥护改良。

现在，那一瞬间灼亮了沉沉黑夜的礼花，还有盛装的表演、煽情的歌声和欢呼的人群，都已散去。那一百零八下沉雷似的世纪钟声，也已嵌入CD的密纹。一切回到了生活固有的情境里。真实不在豪言壮语里。

普通人也不可被忽视

今年是三十多年里未遇的寒冬，整个北京城被冻得像大雪封住的田野一样，僵硬而失语，只“咝咝”地冒着凉气儿。过春节之前，我特地挑出几张写着火热祝词的贺年卡，寄给几位与我不相关而又息息相关的人——他们是我家、我单位附近邮局、银行等的工作人员。在过去一整年里，他们为我的工作和生活提供了非常优秀的服务，我一直心心念念地感激着他们。

上高一的女儿不愿理解，用“新新人类”那种特殊的语言发问：“你认识那么多学界巨腕儿，还有那么多酷毙了的文学、艺术、媒体巨星，给他们还寄不过来呢，干吗要给这些普通人寄？”我解释说：“你不知道他们帮了多大的忙，当编辑的整天饕餮邮件大餐，要是没有了他们，或是他们的服务稍稍不到位，我们的日子可就像是被黑客袭击的电脑，整个儿都是瘫痪。”

女儿摇头。我就开始给她举例，期望能感动她：

“有时候我去寄书和稿费，一次就是几十件，连我自己都觉得烦，可是那位叫安娜的小姐，总是耐心地接待我。为了不让我久等，她先整笔收下大宗邮件，等顾客不多时再一件一件地细做，这样她等于给自己添了麻烦。如同普通人也有美丽的名字一样，普通人也有美丽的心灵。”

女儿不语。我又说：

“我每次去银行，最愿意去一位叫梦羽的女营业员的柜台，看她干活真是一种艺术享受，无论是点钞还是敲电脑，她那一双手就像弹钢琴一样，麻利、准确、自信，显示出一种特殊的节奏美和韵律美。每每这时我就会想到：生活中的美真的是无所不在的，梦羽的劳动和钢琴家的演奏，是同等意义的美。”

女儿“哼”了一声，我不知其意，便又举了一例：

“北京下大雪那天晚上，天又黑又冷，一位中年邮递员来敲咱家的门，原来是咱们小区的楼号改了，有几份报纸一直没找到订户，他来一家一家地查找。看到他冻得捂着耳朵直跺脚，我感动得眼眶直发热……”

女儿却突然打断我，断言道：“这本来就是他的工作，用不着感激涕零。”我目瞪口呆，女儿又发起攻击：“我看你的思维是出了毛病，现在人都推崇名流、巨星、大腕儿……你可倒好，偏把自己往普通人堆儿里扎，这不是水往低处流吗？”

我知道处于青春期的女儿，现在最爱反抗我，所以对她的态度暂不予以追究。但道理必须讲清楚，就很严正地说：“你切记，咱们也都是普通人，不是贵族，这是第一。第二，这些普通人把普通的工作做好了，也同样体现价值，社会离不了普通人。”

女儿突然坏笑，斜着眼冷冷刺来一句：“那你干吗老说将来你没出息扫大街去？”我噎住了。

语塞。片刻尴尬。赶紧走开为上。

这大概就是“世纪末流行病”吧？它夹在传统审美取向与快餐时尚价值中间，忽左忽右地飞翔，轻松快乐地漫游，什么也不问、不想、不深究，不负责任因而不沉重也不痛苦。当初大家都兴找一个“红五类”做配偶的时期，就连小业主也不要，后来大家时髦吃肯德基、麦当劳的时候，又一起轻视老北京炸酱面，现在大家皆曰电脑成了时代的主宰，就不管用不用得着赶紧抱一台“686”回家——这也就是集体形成向孩子们吼叫“扫大街去”之壮观阵势的社会原因以及心理原因？

让我惭愧的是，我自己身为作家和记者，高举着神圣的文学和新闻火把，自以为倾心倾力地助燃，却也未能免俗地得了这种流行病，一方面，心里还珍藏着“君子食无求饱，居无求安，敏于事而慎于言”的传统道德观念；另一方面，也确实整天在对女儿灌输着“劳心者治人，劳力者治于人”云云，告诫她若考不上大学，可就不能回来见我。在关乎她命运前途的问题上，我偏执得像见了红布的西班牙斗牛，绝对没有了“普通人”的商量余地！难道说，我送上的是一张张虚伪的贺卡？

不是啊，天地良心，我从心底里认为普通人也不可被忽视！

哎呀呀，我的脑子也“嗞嗞”地冒起了凉气儿，只好求救于大家同志们吧。

穿皮大衣的囚徒

从打买了这件皮大衣起，我就不喜欢它。

其实它的质量还是相当好的，式样也很漂亮：两面都可以穿，一面是细细的抛光真皮，黑颜色真显得高雅；另一面是寸长的毛皮，毫锋上闪着缎子一样的光芒，也是纯黑色的。我穿在身上，雍容而不臃肿，长短、肥瘦都恰如其分，没有再合适的了。唯一的不满意，就是它不是真皮毛，而是人造的，显得低档了一些。

但是拉我去买的女友说，这个商家要撤摊位回内蒙古过年去了，便宜甩卖，你就当买一件上班穿的工作服吧。

我说我这辈子都不买工作服了，工作服穿着不舒服。

女友说，就算你帮商家的忙吧，让人家早点儿回家过年。

我说现在天天过年。

这时销售经理说话了："现在都不穿真皮毛了，不是动物保护吗？您穿这个正合适，一点儿不跌价。"

一下子让他说破了，我倒不好意思起来，一时竟哑口无言，掏了钱，回家。

到家以后又后悔，怎么看怎么别扭，扔一边去。

不料，老天竟奇冷起来，一场大雪后，气温"唰"地零下10多度去了，可把人冻惨了。我只好把它找了出来，穿着上了两天班，反应很不错，有人还说："这么高级，貂皮的吧？"我心里很受用，渐渐胆子也大起来，一天文学界聚会，我就穿着去了。

在会场门口，恰巧逢着李国文老师。见了我的模样，他嘴巴翕动了一下，像是要说什么，又咽了回去。直到会议结束，我们一起走出来，他忽然说：

"小蕙，你穿这个，我看不大合适。"

这可碰到我的心尖尖上了。虚荣心使我的脸涨红了，嗫嚅道："这个……确实不怎么……高档……"

国文老师却打断我说："现在可都在提倡保护动物呢！"

我的心一松，但仍藏藏掖掖地说："我这……不是……真毛皮……"

国文老师还不放心，叮嘱说："要是真皮的，我建议你还是不要穿了，影响你的公众形象……"

说来，这还是去年冬天的事。今年，形势更是大变了——

第一天穿着它去上班，刚走出家门口不远，碰到一位熟人，女性，退休干部。招手把我叫住，盯着它说："唉，多不环保啊！"

我一怔，赶紧解释道："不是真皮的。"

她放我走了。

等到了单位门口，碰到一位同事，这回是男的，年轻记者。竟然也瞅着我问："嗬，动物皮？"

我赶紧摇头："不是，不是。"

进电梯时，里面有七八个人，有编辑记者，有行政人员，还有工人。人堆里，又有声音问过来："你这大衣，真皮的？"

我赶紧老老实实说："假的，假的，现在谁还敢穿真皮？"

满电梯的人全笑了。

当我走进文艺部办公室，正有三四位同仁在，他们的目光"刷"地向我射来，吓得我赶紧把大衣脱了，一边不打自招地解释道："人造毛，人造毛……"

以后，无论我走到哪儿，无论人家问与不问，我都先行指着它，把这句口头语重复两遍。虽然很辛苦，但是确有必要，国人的环保意识确确实实大为提高了，谁都很直率地批评你，受得了？我美滋滋地想起几年前，曾看到一则来自英国的报道，说是在公众的批评下，皇室成员都不敢穿真皮服装了。记得当时还感慨了半天，心想人家外国就是先进，若中国也做到如此水平，不知得是哪八百年的事？谁承想，这一天竟然说来就来了。我暗暗对自己窃喜道：

"幸亏你没买真皮，不然，可不真成了穿皮大衣的囚徒！"

虫子变得比人还聪明

如今这个流行时代，据说包括观念在内，一切都在飞速地更变。

就拿虫子来说吧，虽说《现代汉语词典》上的注释明明白白属于中性，为"昆虫和类似昆虫的小动物"，但下面的10个分条解释中，却有7个是"虫吃牙""虫害""虫情""虫牙""虫眼""虫瘿""虫灾"这样贬义的字眼。再从生活实践说，虫子在人们的心目中，绝对不是好东西，一提起来，就令人想起蟑螂啊、跳蚤啊、蜈蚣啊，等等，不仅形象丑陋，而且动作鬼鬼祟祟，腻味得很。你若敢把谁比喻为虫子，哪怕是在赞美他，人家也得跟你急。

俱往矣，历史翻开了新页，现在可不同了，网虫、车虫、会虫，大大方方被人叫着，也被当事人自己应答着，心里还美滋滋的——不知从何时起，虫子们时来运转，参与到社会生活中来了。

1999年，全国各大媒体都报道了一个叫×××的会虫子，专门"吃会"，几年下来，家里的会议礼品，从高级烟、酒、糖、茶到一应小家电，应有尽有，堆积如山，取之不尽，用之不完。他的手段是私下仿制了许多媒体的记者证和名片，利用会议的疏忽，冒充记者混入会场，领取礼品不说，还被主人恭恭敬敬地尊为“×老师”，好吃好喝好招待好送客。最后令×××败露，竟还不是会议的察觉，而是他自己的贪心，“吃会”渐觉不足，他竟又去“吃”与会真记者的钱包，终于锒铛入狱。

记得当时看了这则报道，哭笑不得，着实感慨了一回。但我也立即就犯了缺乏革命警惕性的错误，以为×××属于个案，且又以我之心，度小人之腹，心想果真还有其他会虫，见了×××的下场，也该偃旗息鼓，起码转移到别的地盘上去觅食了吧?

根本就不是！不久前，我竟也与会虫不期而遇了，而且是在堂堂中央电视台的梅地亚会议中心，而且是一对男女会虫！

那天我参加的是一家外省民办教育网站的征求意见座谈会，很小型的，只有十来位教育界、心理学界、电脑界的学者专家，发言都很专业，有较深的学术水平。严肃的会议正开着，突然闯进来一男一女，男的有40多岁，寸头，穿一件中档夹克衫，女的略微年轻些，打扮得也略微高档些。只听男的高声宣布：

“我们听说有这样一个会，对这议题也很关心，就自己进来了。”

会议主人既是“民办”的，又是外省的，在庄严豪华的中央电视台领地，突然遭遇这等奇人奇事，一时搞不清他们是哪个码头的，怕得罪了，只好热情“欢迎”入会。待这对男女堂然脱帽、褪衣、坐定，请他们自我介绍身份时，男的迅速接过话头，一指那个女的：“她是××电教中心的。”说时迟，那时快，只见一张名片果然就出现在女的手上，果然白纸黑字赫然印着“电教……”字样。于是，会议继续举行，专家们继续发言。蹊跷的是，这对男女还抢着发言，还真抡圆了说了小半个钟头。

会后，用餐。这对男女显然对这个“议题”更“关心”，不请，相跟着，欣欣然入正席。等菜的时候，我请问那男的是什么单位的，所答非所问说是干导演的。请问拍过什么片子，支吾说跟着别人干。我嘲讽地一笑，满桌子人皆知我笑的是什么，可是这已经没用了，会议的礼品虽然只是一支铅笔、一个本子和一叠材料，但打的票已经报销了，还用上了这么一顿美味佳肴，看得出来，这对男女还是相当满意的。待后来酒酣耳热，男的终于露出一句：“我们两人是夫妻。”哇，如果这回是一句实话，他们家可能顿顿都不用开伙吧?

看来，社会真是发生了翻天覆地的巨变，虫子变得比人还聪明了，不亦乐乎！

2000年

源

何向阳

晋人成公绥在他所处时代曾有“览百川之洪壮兮，莫尚美于黄河”的感叹，那篇《大河赋》也确实写尽了百川之首的这条河的地理历史乃至人文迭变，置足一千七百年后的今天，仍然钦服于那对环境人文概括的大气，从首到尾，几乎找不出一丝瑕疵遗漏，不仅如此，“潜昆仑之峻极兮，出积石之嵯峨。登龙门而南游兮，拂华阴于曲阿。凌砥柱而激湍兮，逾洛汭而扬波。体委蛇于后土兮，配灵汉于穹苍。贯中夏之畿甸兮，经朔狄之遐荒。历二周之北境兮，流三晋之南乡。秦自西而启壤兮，齐据东而画疆。殷徒涉而永固，卫迁济而遂疆。赵决流而却魏，嬴引沟而灭梁。思先哲之攸叹，何水德之难量”，还写出了黄河自发源到中原再到近海口的地理风物、朝代更迭以及围绕这条巨河的幕幕历史，因河而兴，因河而废，一个“河”字，穿越经流的不单是可见的山河地理——昆仑、积石、龙门、华阴、砥柱，如今都还凿实在地图上，可以查找，或供跋涉；更有中夏、朔北、二周、三晋以至秦齐殷卫赵史的划界，这些已从现代版图中撤去的朝代在时间的湍流里打着漩，暗潜却也在河上留有它们炫目或辛酸的位置，这后一条河拉长延展着自然的水流，使人不止于昆仑积石或者华阴龙门，使人即便就是在龙门华阴乃至一块儿看似平常石头的砥柱石上也会不拘于具体的地质内容而刨根问底地必探测出历史水流的波纹，这个意义上，“何水德之难量”一句，我是懂的。“难量”的不仅在它的地理学或历史意义的源远流长，更在它作为地理历史的混合物而对一个朝代经年更替而骨核血质恒久不变的民族心理人文精脉长期浸染以致已无分河人你我的波长。“水德”的大义在此。难怪古书中黄河的别名称为“德水”，载舟覆舟只言对于朝代更换中民众的力量，而还原为一个受众角色，民众不也是一方舟子，被水载养。驻足于已然已成动脉的河的每一段，会有自己能否承受得起担负得动的感受，前者是说恩泽，祖先的血流在里头，又耸然竖立而成每一条站立的河流，这样的黄皮肤，千里万里的黄金水波一样黏稠，分散着，汇聚着，在另一个地理的方域里创生着另一种长度与厚度；后者是责任，作为这激流与厚脉的代言，能否使说出的话不致走调，能否在这一条站立的河里融汇凝聚了数万亿条河流的声音，从而传承出那条巨流的动天声响，它的疼痛，欢欣，辛酸或澎湃，喜悦和悲苦。谁个又能将它的命运历史一一数来？那寻访踏勘的力量又源自何处？这直立的水，被抛在长河中的任一滴黄颜色，该当如何才能描出一个完整的它呢。德水难量。咏吟里感叹多过疑问。成公绥只是代言。历朝历代，人事颠转，而已成定律的是：江河不废。

难怪唐人李白要以“天”喻之，“君不见，黄河之水天上来”，《将进酒》中，几乎是喊出的一句。在其后的“高堂明镜悲白发，朝如青丝暮成雪”对映下，破题而出，把个身世、时间、个体生命里具体的哀怨悲戚甩在了“奔流到海不复回”的后面。当然，“黄河如丝天际来”具体到《西岳云歌台送丹丘子》一地一事，正如金人段克己“黄河一线天上来”所指在戊申四月的禹门，元人王思诚“黄河滚滚自天来”在砥柱三门，明人朱凝真的“神河浩浩来天际”说的是汉渠春涨，同为清人的王士禛“天上黄河万里来”、白衣保“水从天上落”、姚椿“报道银潢天上落”、魏源“黄河竟是天上涛”各写秦中、金堤、汴州到徐州河段以及汴泗一带河在人心中的势态，足见“一条横贯九州流”的洋洋大河在不同世代不同地点人心中激起的擎天波澜。“天”在这里似乎又越出了定律，而只道出了它的出处生身。黄河究竟所从何来，一直是历代史家刨根问底的，这一点，与诗人们将之归于“天上”的想象不同，然也正如另一清人何栻的喟然一叹，“九曲弯环行不尽，几人真个到昆仑”，中游的人文兴盛集结了大批文人诗客，他们，包括生身西北还要北至碎叶的李白，也将自己身世的周游与寄托放在长安附近。倒是唐代另两位叫高适与岑参的诗人在边塞留下了大量诗章，高适《塞上》里的“倚剑欲谁语，关河空郁纡”，与《蓟中作》中“惆怅孙吴事，归来独闭门”记述先后两次出塞的报国之心安边之志都留有不被重用的沉郁阴冷，然而他确也写出了“立马眺洪河，惊风吹白蒿。云屯寒色苦，雪合群山高”的气魄。从武威到临洮，陇石的“洪河”或可考证为黄河，何况更有“长歌达者杯中物，大笑前人身后名”的心高，“乍可狂歌草泽中，宁堪作吏风尘下”的自贤，以及《塞下曲》中“大笑向文士，一经何足穷”的狂傲，一个投笔而从戎，得建非常功的高适一扫了前朝的求遇不达的郁闷，而慷慨矫健，其诗中到了后来也不见了前期两次出塞于边地看到的“铁衣远戍辛勤久，玉箸应蹄别离后，少妇城南欲断肠，征人蓟北空回首”的肃杀苦难，和“战士军前半死生，美人帐下犹歌舞”的等级不公，荒凉换作了得志后，人的眼光总有不同，心境迁移，视界的事物也变了另种颜色，闭门的清旷秋夜也换作了秋高马肥，尽管那几声“大笑”与“狂歌”确实一扫即便唐代的文人也染了的自恋与病弱；即使有更精彩如“长驱大浪波，急击群山空”句，还有我喜爱的“将星独照耀，边色何溟濛”的从景物人心刻透表里的功夫而得来的景物外文字下不易察觉的人的抒写，但是我仍然失望于他的那个中心，那个以放达与得志作为人生变量而围绕的世代文人孜孜以求的中心，正是这个中心，介入到他的诗作前后，风格虽同，但态度随角色而稍变，致使那诗的味道大异了，也正因了这个中心，使他的边塞诗并不怎么“边缘”，反而丝丝入扣，在更高的意义上没了与边地旷适野荒的那一种景色对仗的慷慨。不是么？这只风筝，飞得可谓高远，却一直有些颤颤巍巍，辜负了高原干净明澈当然也肌寒彻骨的空气了。苛求于高适的原因在于，总想看到一个完整的自然，或者是一个公允于战事之上的地缘，不是一方一方，或者公婆相争之理笼罩了的大地山川，而就是山川自己，或者也有一个人在走在看，但是他的心平稳清正，他的文字或者诗写下来也不掩盖，或者就是在距真实愈来愈远模糊不清的历史上踏行，也能在厚如帷幕的沉叠里寻出一线道路来。

岑参是不是他呢？

开元五年到天宝八年的这三十二年岁月，从润州到晋州再到嵩山，无论搬迁还是求学，江南文化、山西文化与中原文化交互作用，从江边到河岸，移转的不只风景，这里，也有着文人地理的场景置换，文的底蕴，商的萌芽，还有中原经史传奇造就的外儒内道的文化，一个十五岁的孩童竟对道士隐者所从来的老庄哲思兴味非常，当然道家的山水也会在同样重进取的儒家文化之重镇中原风土的磨砺与熏染中一点点变化的，天宝二年天宝三年的河朔之游大大改变了他的气质，从诗中可以清晰见到太行山与恒山华北平原两座山峦的峻拔，清逸换作了豪壮，不能不说与他两度北渡黄河有关。不独唐人，整个一部煌煌历史，文人建功立业，多两条路径：文翰，或者马上；不独当时，士人从军，也多两个方向：北至朔方、幽州，西去河西、陇右更西还有安西与北庭，在今新疆境；高适赴边，约活动于河西、陇右一带，前后还有唐诗“三王”（王昌龄、王维、王之焕）。然而北庭与安西，唐诗人中，据我所知，到过两地的，只有两人，两人之一，便有岑参；在安西高仙芝手下做掌书记的日子，好像岑参并不愉快，“陇水不可听，呜咽令人愁”，或者“十日过沙碛，终朝风不休。马走碎石中，四蹄皆血流”，好像总有什么绊着他向回拉似的，一边是“走马西来欲到天”的豪且壮，一边是“今夜不知何处宿”的落寞凄凉，天宝八年的岑参三十二岁，已经觉出了一种像命运的什么东西在向后拉他，使那心绪不只是亢奋，而且还有一种底子的真实，那留给自己的怀乡。但是，不是的，倒不是那诗里流露出来的思乡情绪——岑参诗的格调篇篇如是，看出他不愉快的是史中查得这时期他几无一首写府主高氏出征的送诗，很有意味，一边是天宝九年高氏战场的节节胜利，一边是做着掌书记的执笔人的沉默，这个原因，让人不能不从一位诗人对战争态度当中去找。据说高氏征战极其残忍，老弱一律杀掉，这似乎已成入侵式战争的野蛮定律。然而诗人却沉默着，直到那首《武威送刘单判官赴安西行营便呈高天府》长诗中，才发了言，却是写战场血腥过后的荒凉，“夜静天萧条，鬼哭夹道旁”的句子，想高氏看得也不会高兴。所以那立功也变得可疑，以致“乡路”与“归期”多将起来，“悔向万里来，功名是何物！”几乎是他第一次出塞的总结了。754年，天宝十三年，三年的长安类近回到少时的隐居生活之后，北庭都护封常清邀作节度判官，第二次出塞造就了岑参的边塞诗名，天山北麓的庭州是现在新疆的吉木萨尔，属昌吉回族自治州，然而冰寒、迢遥与严酷，反而在封常清的友情与知遇里变作了恢宏，而不是乡愁，这一点很重要，于是自然的，那战争的酷冷也换作了将士的意志，岑参的对于战争的沉默终结了，相反，他最有名流传广的诗都是写征战的。“君不见，走马川行雪海边，平沙莽莽黄入天！……一川碎石大如斗，随风满地石乱走……”是年少时候常背诵的，后来知道了殷璠在《河岳英灵集》说的“语奇体峻”，再看另首《白雪歌送武判官归京》中“北风卷地白草折，胡天八月即飞雪”引出的“忽如一夜春风来，千树万树梨花开”便有了并不轻松的感受，不是赏景，那里面的赏意与才情放在战争的大背景里怎么也让人不舒服，正如血戮的动作，硬要给它一个慢的写意镜头，硬要用艺术滤掉根本与艺术无涉的真实，虽然也会一时看了好看，麻醉一般，却抹平了残忍在人心本应激起的公愤，诗确是好诗，如果不是那战事的背景放在后面，如果单从纯诗去看，然而！这首诗，虽然也有“将军角弓不得控，都护铁衣冷难着”，有“瀚海阑干百丈冰，愁云惨淡万里凝”，有“纷纷暮雪下辕门，风掣红旗冻不翻”的边地艰辛，然而已然化为了将士意志的表现托衬，心境是好过了在高氏府下，证明是高氏府下第一次出塞期间几无一首的送行诗，到了二次出塞的第一阶段，出现了使诗学家认为将唐代边塞诗推至峰顶的以战事为背景的大量出征诗，很有意思，封氏一个人的作为可以改变一个诗人的对人事的看法，这个跳跃，又是如何在岑参心里完成的，值得探究。所以，“三军大呼阴山动”的气概压过了“战场白骨缠草根”的沉郁，岑参的调子一下子高亢起来，思乡之情在这里几找不见，反而是“誓将报主静边尘”，对应于“剑河风急雪片阔，沙口石冻马蹄脱”的，却是“古来青史谁不见，今见功名胜古人”，这里，他最著名的诗几乎篇篇写给封氏。《轮台歌奉送封大夫出师西征》以及《献封大夫破播仙凯歌六章》，也篇篇如殷璠叹说的“语奇体峻”，单“蒲海晓霜凝马尾，葱山夜雪扑旌竿”一句就足以够得上这个评价。边地天山，确一洗岑参来自乡园抑或更来自未有知遇的哀凉愁怨。这里，风情景物是无大别的，两次出塞所距不远，况且北庭在地理意义上还远过安西，然而，岑参的思乡却在更远的地理领域中无所表现，乃至让人觉着荡然无存了。这里，怕也不是长了六年的年龄阅历，那么，封常清这个人在岑参的诗格调里不能不说至为关键。感恩与知遇，是一个文人最易动情之处，表达的方式就是可以写下的文字，对于高氏，岑参没有这份恩和遇，则几无一诗送其出征，封则不同，岑参被以节度判官身份相邀，且相处和睦，骑马击剑，岑参已不只以书生身份投入边地，而俨然也能参与部分辅佐事务，所以那送封氏出征的诗也确发自内里，没有什么应酬和矫情成分。历史对封的评价也高于对高仙芝，比如出征乘驿，“私马不过一两匹”的俭朴做派，贫孤出身的他似乎并不志在用流血去邀功，而只坚于守御的使命，当然无论史册如何，作为一个边地将军是不可能在他那一任里不流血的，征战、平定，这些安全的文字后面，其实确是白骨缠草的，当然战胜一方如何对于虏兵老幼是另一回事，也许封比高做得好。但是知遇在这里所占的大比重似乎使岑参获得了边地豪情同时也陷入了对诗本源意义的盲视，诗与血又如何搅得到一起，这里，个人、百姓，有了倾斜，所以每读边塞诗，每每感叹于它大气象同时，也心里陡然一冷，对于那气象背后的东西有了警觉。

倒是元代一个不怎么有名的人写下的诗叫我观之震动。不怎么有名，是指此前在我不短的求学生涯各级语文课本诗词大家集成或者历代文学史中从未见到过这个名字，或者也有介绍，因为言简而忽略了？这个人，名叫萨都剌，从名字看不是汉人。至今我看到的他写黄河的诗有两首，其中一首还是写古黄河的，诗中看好像在下游，根据“古来黄河流，而今作耕地”可以推断是写改道之后的古黄河的，大约在汴梁一段也未可知，这位诗人看到如畴的田亩，想到的却是人——“堤长雁麦秀，不见筑堤人”。这节跳出景外让心怦然一动的诗句，不仅是沧海桑田的变迁之感——它在这里也嫌小了，而是，何以睹物思人，而且又是那一个被诗情文心均遗忘得干净了的底层群落呢？！萨都剌的另首诗题为《早发黄河即事》，文辞朴素到识字的小学生都能读懂，在曙色、树林、树墟、茅屋、垄丘的景致里，却是“官租急征求”和“夜有盗贼忧”的生计不保，相对于此，他写了“长安里中儿”类的富家子弟——“朝驰五花马，暮脱千金裘。斗鸡五坊市，酣歌最高楼。绣被夜中酒，玉人坐更筹”，确是“生长不知愁”，地衣无忧着，然后笔锋一转，“岂知农家子，力穑望有秋”，他们凿实也是裋褐不完整，粝食粗食都吃不饱，还有“上以充国税，下以祀松楸”，以致在修堤筑坝中“饥饿半欲死”。于此，诗人发出了“古人有善备，鄙夫无良谋”的哀叹，但还是要“我歌两河曲，庶达公与侯”，尽自己传达民苦的责任，虽然也知道更多时候，这样传达的结果大约也争不得谁人立听与动容，所以会有诗最后两句出来，写底层，更是写自己，“凄风振枯槁，短发凉飕飕”，这幅形容，可能距那一个征服者的团体有些远，真正凉的倒真不在短发，而是内心。站在那样一个风中岸上，解下的那样一些生计的疾苦，作为一个也许就是征服者蒙古族团体中的一员，他所看到的汉人，应就在黄河流域的中原地带；诗中一句“河源天上来，趋下性所由”至今并不能太读懂，但是整诗的旨意明确得很，甚至与他所处的时代阶级民族均不相容，萨都剌也说到了“天上来”，放在诗里，却看不出居于事外的慷慨，倒是沉涩，也许更有反讽，这一点，是与唐代大诗人们言及“天上来”大不同的，与历代诗人的借河言志抒臆也有着划分，“天上来”里，主观的个人的少过河本身，那个沉默得多的对象，萨都剌竟做到了这一点。唐代边塞诗在文学史上确评价甚高，然而人看到的只是奇崛的意境与异域的风情，雪大如席也好，石大如斗也好，环境之外呢，人，真正能画下的就只有自己了，功名也好，怀乡也好，所围绕的大多是一个“我”字，环境之中的“我”这个真正的异乡人盖过了环境中的生于斯长于斯的本土人。唐代的“我”确是太过庞大了，以致对那一个比一个诗人个体更其庞大的群体民众“他们”有些视而不见了，以致“他们”没有面目，只成了被征服的对象，统治者因为疆土的争战要完成的，诗人也以诗助着力，以致功业之上，没有了诗应该坚持的另一项内容，不能不说，这是我失落于边地诗的地方。反而，萨都剌，一个元代的少数民族人，其诗中却充满了对他那一朝代民族的征服者——汉人——的体恤同情，真是眼光大异！唐代的汉人大诗不绝，甚至高峰争雄，然而对于虏役却一律斥之诗外，没有感怀，所以也没有“他们”作为的主人公，这真让人不服气，从而对一个朝代的真正人文底蕴生出不那么自信的怀疑。视点的不一样，是主体的太过强大，从而对小民——当然不是所有地域，写于黄河中原流域的《三吏》《三别》的杜甫便是一例——的视而不见，那么元代建立者不可谓不强，将个南宋皇帝追至南海直到大臣背了皇上跳海，将个版图扩张到历史中国前后都不曾有的最大范围，这样民族从心态而言不可谓不强悍，但是它的文人却谨慎与时代与统治思想划着区分，于是有了这样的情形，唐代的对异域的征服，其文人大多怀了与朝代一般轨迹的征服者心态，那功业的成与不成心所出的得志与忧愁围绕的无非是赏或不赏用或不用，身置边地的中心心态使那诗也无从由“我”到“他们”；元代对中原的征服，其文人中却有萨都剌者，与本时代征服者的胜利心态不一致的，他写被征服者的苦难，而且不是展览迎合，放着体恤之心进去，见到的是农家子无蔽体衣无果腹食，“凄风振枯槁，短发凉飕飕”，这两句诗，真是刺到了人心里去，我读之，是感到背有寒意的，继而心暖，知道站在风中的人，他的心与形容一样枯槁所为者何。

这样句子，当然要比“曼脸娇娥纤复秾，轻罗金缕花葱茏”或者“灯前侍婢泻玉壶，金铛乱点野驼酥”的只看了表面的歌舞而作民俗语好得多，胡琴琵琶与羌笛，掩盖了太多心心相印的东西，使那真正的人“物化”着，写“我”作为人的真情与气度又哪里去了？

一边是“雨拂毡墙湿，风摇毳幕膻”的写景，一边是“裋褐常不完，粝食常不周”的纪实，岑参与萨都剌间相隔三百余年，身为两族，处于异地，是身世不同么？还是襟怀？这两个人的心理深层结构又如何通过了世代相传的文学史获得褒或贬的？起码对于我，认识萨都剌晚于熟读岑参20年之后，然而即便是凄风中的枯槁之躯，即便有凄风吹短发的冰凉无助之感，也还要“我歌两河曲，庶达公与侯”，这种气魄，又岂是“侧闻阴山胡儿语，西头热海水如煮”的岑参比得。

“凄风振枯槁，短发凉飕飕”是近日常吟诵的，对于一个要用脚丈量大地一个要用心与大地相交换的人来说，它来的，不晚。

2000年

筑万松浦记

张　炜

我一直想找一个很好的地方，在那里做一点儿极有意义的事情。是什么事情还不知道，但我想它要能足以引起自己的长久兴趣。当然，它对许多人来说都应该是极有意义的。它的整个过程还应该是朴素的、积极的。它要具有相当长的生命力，并且在未来让人高兴。它还需要由许多人以各种方式去参与，而不是被许多的人去索取一空。它从一开始就将拒绝那些只想到索取的人。

小岛对面

在龙口市的北部，渤海湾里有两个小岛——桑岛和依岛。桑岛上有八百多户，有松树和槐树林，有灯塔和礁石。这是个很美的岛，关于它的传说很多。其中有一个传说与它的命名有关，说的是秦代的智慧人物徐芾（福）被秦始皇遣去东瀛寻找长生不老药，行前曾在岛上种植桑树，养蚕织造。徐芾后来带走了很多人，包括史书上记载的三千童男童女、五谷百工，当然也少不了各类智慧人物。他这一去发现了日本列岛，高高兴兴过起了独立王国的日子，再也不回来了。这就是所谓的“止王不归”。整个的事件记录在中国的信史《史记》中，可见已不是传说了。

桑岛之名的由来倒是个传说。不过如今岛上已没有大片桑树，也没有纺织业，只有其他林木，有发达的渔业。从南岸去岛上有十几分钟的水路，这是指现代客轮的速度。我在中学时坐了木制机动船去过一次海岛，大约花了二十分钟。那一次我在岛上待了一个多星期，住在同学家里，尽享岛上新奇。进岛前站在南岸看一片海雾中的葱绿，如同仙境；进了岛，则不停地往南边的大陆遥望了，望到的是一片无边的林木，林木前镶了一道金边，那就是海滩了。

当年桑岛上的房子都是一种黑色岛石垒起的，屋顶覆以海草。岛的四周永远有鸥鸟环绕，正像岛的四周永远有扑扑的水浪和细细的沙岸一样。它的西北方，仅仅两三华里远的地方就是那个依岛了。如果把我们脚踏的这个岛比作地球，那么依岛就是月亮，只不过它不会绕桑岛运行罢了。我们当年极想去依岛上看看，可是没有船。因为小小的依岛上面没有人烟，而且与桑岛之间隔了一道湍急的暗流，据说除非有第一流的驾船技术才能渡过。渔民介绍说，依岛上过去只有一幢小小的茅屋，那是为躲避风浪的渔人准备的。一旦来了大风不能及时赶回，捕鱼的人可以就近靠岸，并在小屋中歇息下来，里面总是有常备的水米。如今岛上空空荡荡，一派灌木白沙，风景秀丽。一大群野猫成了这里的实际主人，据见过的人说它们靠吃水浪涨上来的小鱼小虾之类，个个长得干净强壮。

今天，这两个岛对于城市人来说已是旅游观光的最好去处。但要在岛上长期生活下去，要做一点儿想做的事情，似乎还缺少点儿什么。我去了岛上，像过去那样向对岸的陆地遥望，再次惊讶地盯视那片无边的葱绿。我的心头涌起了一阵感动。正对着这个小岛的是绵长的沙滩，茂密的树林。

那里与人口繁密的小城相距二十分钟的车程。

港 栾 河

有许多天，我一直在小岛对面的那片海滩上徘徊。这是一片真正迷人的沙岸，洁白到了无一丝粗粝和污迹；碧蓝的海水，退潮时露出五十多米的浅滩。这里没有鲨鱼出没，是天然的优良海水浴场。更为可贵的是它背靠了一大片松林，大得足可以藏禽隐兽，一眼望不到边，只听到鸟声不断，与近海翩飞的海鸥遥相呼应。与海岸交成直角的是一条古河道，叫港栾河。河的上游源自南部山区，很早以前与曲折密集的山下水网相连，接受丰富的山落水，水流量终年很大，这由古河道的宽大壮观可以看出。河的入海口有古港遗址，而今的小旅游码头就建在遗址右侧。

像许多古河道一样，如今的港栾河也在时间里萎缩了，充其量只能算是一条中小河流。但好在它还有辉煌的历史可以留恋。它的下游建有不止一个村庄，可以说它们都拥有得天独厚的地理条件。河中有鱼蟹，它有别于海鱼海蟹。入海口有洄游产卵的鱼类，所以每到了四月春阳照耀时，浅海里到处都是捕捞鲈鱼苗的男男女女，他们将把一个春季的收获卖给淡水养殖场。河道里有茂密的蒲苇，河堤上有高大的槐柳。由于古河道淤积土深厚肥沃，所以河两岸的树木比其他处茁壮得多，夏秋里看去真是冠盖相连，如雾如峦。槐柳与成片的松树相依衬，形成了另一种风韵。槐柳的碧嫩与松树的墨绿相间，层次错落。冬天和秋末松树浓绿依旧，槐柳则剩下了裸枝。槐的苍枝和柳的红条在绿色中闪烁，该是画家们的向往之地。

走在河岸上，就会把海浪的噗噗声遗忘，耳郭与视野全是淙淙水流。青蛙和鲫鱼在水中窥视，它们以漂亮的翻跃引人注目。有咕咕声响在密集的荻草中，不是水鸟就是穴中动物。这条河的珍贵在于它在许多时候为林中的鸟兽提供足够的淡水，如今堤岸下到处可见一溜溜小兽蹄印，可以分辨的有兔子、刺猬和獾之类。也仅仅是十几年前，河两岸还有狐狸出没。

人们的传统居住理想，就是尽可能在河边筑屋，做所谓的“河畔人家”。而眼前的情与境何等诱人：海岸林中河边，三位一体。更为难能可贵的是，这里离那个去海岛的小码头仅有一华里之遥，安静便利，却没有喧闹。除此之外这里还有历史掌故，有传奇，有静下来即可听到的古河的哗哗之声。

万亩松林

最为诱人的还是这片无边的松林。准确讲它有两万六千亩，主要是黑松。据说这种松不易见到一万亩以上的面积，所以说眼下的规模实在可叹。它的形成是漫长的，除了原生树木，再就是依靠了人工种植。大约四十年前有一场浩大的造林活动，出动了万人营造沿海防风林，是这样的日积月累才产生了如此伟大的造就。苍茫海滩上的原生树种有小量黑松，其余就是一些灌木；乔木类有白杨、槐树、榆树、小叶杨、橡树和柳树。当人工松林于四十年后蔚然壮观之时，原有的大树就显得苍老豪迈了。它们间杂在一片林海中，是树木的尊长，是自然的智星。

有了不同的树种，有了偌大的面积，也就有了丰富的大自然的内容。我们今天的人对于大自然的蕴含越来越陌生了，简直是十分隔膜。关于一些动物的故事，我们仅仅是从书中，特别是从动画片上获得。我们还不习惯于发生在眼前的、身边的动物故事。我们知道动物的故事通常主要是发生在大面积的林子中，它们比起家里和动物园中的动物，会是完全不同的。

我走进这片松林，愈走愈深，竟有两次迷失了方向。从河的左岸向西向南，会走向它不测的纵深。林深处一片呜呜响起，这就是无时不在的松涛了。只要稍有一点儿风，就有这低沉浑厚的声音，但是如果有大风吹起，林中又是最好的避风之地。

随着往前，林中空地上出现了小动物的劫痕：散羽和断蹄，凌乱的兽毛。这里有隐下的猛禽，也有食肉四蹄动物。抬头寻觅，最常见的是红脚隼和雀鹰。我们马上想到的是厮杀，是弱肉强食。在无声的嘶嚎中，在一时安静得出奇的林莽间，一低头就是零散的羽毛；再就是黄色的小花，是小蓟与荠菜，还有草丛树下探出的蘑菇圆顶。在林中行走随手采下蘑菇是一件快事，那是毫不费力的收获。这里最多的当然是松蘑，还有杨树蘑和柳树蘑，都是最受人们青睐的美味。如果在春天，林中的松脂气味正浓得化不开；更有槐花的清香，满林满地杂花野草的熏蒸，人走在里面真像一场特别的沐浴。我与朋友在林中仅仅走了半个小时，鞋子就被花粉全部染成了黄绿色。那时各种不知名的飞禽成群掠过，云雀在高空欢唱，野鸡在深处鸣叫。我们惊扰最多的是野兔，它们有许多次被我们同时惊跑了三两只。鸟窝遍藏在深草中、树丫上，有时一不小心就会惊起正在孵蛋的鸟儿。

无论是雨天雪天，进入这片林海常常都会有一种享受。林雨淅淅也好，大雨怒吼也好——它别有一种气势，让你在稍稍惊异中领略许多。你会看到各种动物在雨中的姿态，树与草在洗涤中的欢快。脚下是刚刚润湿的沙土，是一簇簇顶着满身珍珠的绿叶。当然最好还是淅淅小雨，那时会有一种绵绵不绝的低语伴随着你的行走和深思。不过大雨滂沱是骤然而至的，这时我们就再也不会忘记闪电的颜色，记住在万木丛中急速穿行的风雨之声。在冬天，当踏着雪后的林地，会惊讶这里奇特的安静和干净。只要走动，脚下就响起无法形容的雪的声音，此时围拢在四周的全是清冽的脂香。林子在冬天变得幽深和优雅，树隙的天空闪烁新的瓦蓝。积雪在这里会存留一个冬天，或者再加上一个初春。雪后只需多半天，地上就有叠起的一个个小兽蹄印了，是它们留下的一些巧妙的图案。走在林中雪地辨认兽蹄是一种乐趣，有经验的林中老人能一口气认出二十多种。

走在林中，难免想象做一个林中人的幸福。可是这种打算太奢侈了。这种奢侈不可以留给自己，而应该留给更多的人。

人　缘

一个情境在心中渐渐完成，这就是在港栾河边、万亩松林的空地上盖一处书院。是“书院”而不是别的什么，是因为这两个字所包含的“内美”。

中国古代有著名的四大书院，如今除了岳麓，其余学术不兴。书院是高级形态的私学，起于唐，盛于宋，是中国大学的源头。现代书院该是怎样的姿容，倒也颇费猜想。静下思之，她起码应该是收敛了的热烈，是喧闹一侧的安谧和肃穆。热闹易，安稳难。在记忆里我们从来都是热闹的，不同的时期有不同的热闹。可是一些深邃的思想和悠远的情怀，自古以来都成就在有所回避之地。它的确需要退开一些，退回到一个角落里。

于是就想到找一处角落、一个地方。龙口地处半岛上的一个小小犄角，深入渤海，像是茫茫中的倾听或等待，更像是沉思。更好在它还是那个秦代大传奇的主角——徐巿（福）的原籍，是他传奇人生的启航之地。港栾河入海口处的古港也曾被认为是他远涉日本的船队泊地，当然更多的人认为是离它不远的黄河营古港：东去三华里，二者遥相呼应。一个更迷人的故事就发生在脚下：战国末期，强秦凌弱，只有最东方的齐国接收了海内最著名的流亡学士，创立了名噪天下的稷下学派。“百花齐放、百家争鸣”就源于稷下。随着暴秦东进，焚书坑儒和齐的最后灭亡，这批伟大的思想家就不得不继续向东跋涉，来到地处边陲的半岛犄角“徐乡县”。这里因此成为新的“百花齐放之城”。而今天的港栾河入海口离徐乡县古城遗址仅有十华里，正是它当年的出海口。

可以想见，秦代一统海内最初几年，徐乡城称得上天下的文心。

十余年来龙口人越来越多地迷于“徐巿研究”，而且声动南北，呼应京津，大约几十位教授发起成立了“徐巿（福）国际文化交流协会”。不说它的学术，只说这种追忆和缅怀所蕴含的一种地方自豪感，也许还有他们未及领会的另一些东西的珍贵。思想需要一种连绵性，传统也可以在追溯中慢慢建立。这个艰苦的过程已经开始并且不能停止，于是就给了我许多启发。多少年来，当地有多少热衷于文事、具有文化眼光的境界高远之士，在此不再一一列举，那将是令人感动的一长串名字。没有他们的热烈倡议和实实在在的支持，书院择址海滨河畔的意念就不会生成，更不可能坚定。

在那些令人难忘的日子里，不止一位朋友与我一起实地勘察，迈步丈量穿林过河。往往是多半天过去，面无倦容手持野花而归，谈吐间全是书院遐想。朋友即便身负重任，日理万机，也未曾把一件浪漫的设想掷于脑后；那种于俗务操劳中顽强存留的超拔的精神，实在令人钦佩和铭记。好像从来如此，一种信念和决意必须在人缘里生成，没有帮衬就不可能成功。

后来又有远城友人、海外文士抵达这个犄角。我们仿佛一起倾听了当年的琅琅书声和稷下辩论，激动不已。至此，对我来说，书院还未破土心中先自有了梁木。它是众手举力搭建的。

读　书　处

十余年来我一直寻找和迷恋这样一个读书处：沉着安静、风清树绿；一片自然生机，会助长人的思维，增加心灵的蕴含；这里没有纠缠的纷争，没有轰轰市声，也没有热心于全球化的现代先生。在这里可以赏图阅画，可以清诵古典，也可以打开崭新的书简。可惜这在以前仅仅是耽于幻想，而在我徘徊林中河畔之时，这样的机会总算实现了。只要带上书，携一个水瓶来到林间空地，坐上干艾草或一段朽木，背倚大树即可有一日好读。来时天气晴好，心情自然。若风雨袭来时则可奔海边渔铺，太阳热烈时会有枝丫遮护。远近是鸟鸣兽语，海浪扑扑；仰向高空，或可见一只盘旋的苍鹰。

我相信有一些好书需要自然的润释，不然字迹就会模糊不清。记得以前苦读中尚不能明了之处，一旦坐在林中空地则一概清明，进而着迷。特别是中国的典籍，那简直是由花草林木汇成的芬芳精华，除非远离现代装饰的房间而不能弥散。我与三两好友入林读书，一天下来不觉得疲累，也不感到漫长，而是于陶醉中享用了宝贵的时间，有一种最大的休憩和充实的快乐。

我不知道古代的稷下先生们踏上这里是怎样的情景，此地又做了什么用场。

但我相信这里绝不会是林荒。因为它离一个繁荣的古港只有短短一华里，想必会有不薄的文明。时越两千余年，它的斯文不灭，仅仅是沉淀到土层而已，化为一片繁茂的绿色生长出来。我甚至想象那些稷下先生就站在此地辩理说难，手掌翻飞，一个个美目修眉，仙风道骨。总之沧桑巨变，隔海听音，丛林守护的大半是永恒的精神。

林中阅读的间隙少不了神飞天外，幻想起浪漫的远古。我想象那些远涉大洋的探访，琢磨《史记》上记载的那段惊心动魄的大迁徙，心中怦然。这段史实比哥伦布发现新大陆还要遥远和惊险。不知有多少次了，我与朋友在这里流连，时有讨论。有一次当我们安静下来，甚至发现了一只专注倾听的大鸟，它隐在枝叶间一动不动。这或许是两千年前的一个灵魂，是他们飞越时空的化身。我记得朋友先是一怔，接着响起喃喃诗声，连接了草木的一片窸窣。

在这样的时刻我们不能不又一次意识到，这种情与境在全球化的喧嚣中已近梦幻，它真的是太奢侈了。这种奢侈实在不可以独有。一种分享和转告的念头滋长起来，并在心底发出催促。我们知道，应该脚踏实地做点儿什么了。那种长期以来的理想和企盼正与此时心境暗合如一，让人把一个深长的激动悄悄隐藏下来。

多么静谧的林子，海浪都不忍打扰它了。

开　筑　了

修筑一座现代书院的心愿渐渐化为一张蓝图。书院不是研究所，也不是一般的学校。“书院”这两个字所包孕的精神和内容，或许只可意会。它在今天将是什么形象和气质，真得一个独自守持的人才能把握。当然，它不能奢华也不得张扬，只应安卧一角倾听天籁，与周边天色融为一体。静下时不由得问一句：自宋代风行的书院体制缘何由兴到衰，它宝贵的流脉直到今天不绝，其缘由又在哪里？

我知道，在一个角逐急遽同时又是极尽虚荣的时光，筹集巨资团结商贾筑起皇皇楼堂已不是难事。难的是始终敛住精神，收住心性。今天做事未必秘而不宣，却难得坦然自为之。一切不仅是为了结自己的梦想，而且是接续那个千年的梦想。一条港栾河波浪不宽，如何载得起这么多沉重，可见须得一点点经营，一点点堆积。首先学会拒绝，然后才有接纳。砖石事小，人脉为大，有一些质朴的精神，有一点求实的作为，这样才能有一个起码的开端。

我让善绘者一遍遍描叙轮廓，让专门家细心制订结构，又经历三番改动五次争论，终于有了个主意。我甚至想象，它该是顺河而下的船夫登岸歇息处，是造访林莽的远足借宿地，是深处的幽藏和远方的消息，是沉寂无言者的一方居所。朴素是不必说了，但要坚固得像个堡垒。古代书院并不高大，今天的书院也不应太隆。它要隐在林中空地上，伏下来静听河水和海声；每天到了午夜，它会有一个深长的呼吸与林海河流相通。不言而喻，它的身边还应有古树老藤，就是说它联系着原野上的一草一木。我对施工的人说："在这儿人是第一宝贵，树是第二宝贵。"

开筑了，最初的日子颇为顺利，但地基深挖下去就遇到了古河淤泥，这就需要清泥填沙，需要打进粗长的水泥桩。还有尽力躲避空地林木的问题，因为一不小心就会碰折一棵树木。事至半截有野夫纠集一起，有零零散散的阻拦，这些当不出预料。有人出面化解鼎力相助，更是感激在心。总之，同志们未敢懈怠，只盼早日成就起来才好。整个过程都有赖地方，他们守土有责，爱惜文物。拳拳之心令人铭记。七月大雨，冬月霜冻，施工者辛苦劳作，操持者多有勉励。

一砖一瓦都取舍再三，权稀难定。最后采用了京西山地层石做了瓦顶，南国粗砖做了围墙。一时见仁见智，褒贬纷纷。

筑 起 了

不管怎么说石瓦砖墙在绿树下闪闪烁烁，再加上地场开阔，真是令人目光一亮。它绝不似拟古之物，又不像摩登馆所，只与林河海野两相厮守。砖石事毕，剩下的事就是把周边整饬一番，把内里稍加装修。这一切当然还是力求朴素，以功能为先，要让人既安居又心定，于是尽可能放弃炫目扰神的饰物。现代的时髦累赘务必去掉，一味仿古的不伦不类也当力戒。总而言之有适当之形式，有合理之心情，能居能为，可迎可送，如此这般也就可以了。它绝不该是声名远播的辉煌庙堂之类，也不会有高僧在这里日夜诵经。这只是当今的人和事，是现代的一处藏书访学和研修之地。

古书院素有三大要务：一是讲学，二是积书，三是接待游学。今天三大要务需一一承续，但又不可强为，不可一味拘泥；一切或可量力而行，所谓的随缘成事；

既有所发挥，又能够坚守根本。现代书院既未有先例，也就多了许多尝试的工夫。这一点我和朋友认识同一，只想从头做起。凡事不求广大，不追虚名，不恋热闹，不借威焰。有三四同道即可，有远方讯息则安。爱书籍爱思想爱自然，勤奋劳动，不打扰乡邻不增添俗腻，始终如一地做下去就好。

我和朋友一起制订了个公约：书院选址在此，就要爱惜此地自然，绝不能损伤一点儿动物林草；所有在书院做事营生者，都要做个体力劳动与脑力劳动相结合者，不得终日室内攻读或消闲懒散，而要每天于野外做工，所有劳务凡能自己动手绝不找别人帮助；最好每人学一门手艺，农事、木工、园林、装裱、陶艺，所学必得应用，并在应用中日见精密；无论做学问做日常功夫，都不必受时尚驱使；要心安勿躁，勤勉认真，崇尚真理。

书院建于此，不仅因为自然之诱惑，还借助人事之祥和，所以要人人自珍。书院大门上左书“和蔼”，右书“安静”；进入大厅右折进入接待室，则可见内悬匾额：“这里人人皆诗人”。由最初的平静温煦入门，待登堂入室，再感受一种热烈和浪漫。书院的最终、她的本质，仍还是一种执着求索的情怀。能够保护和持守这一情怀的，当然首先还是一种自主自为的精神环境，一种与喧嚣稍有隔离的自然环境。这也许是现代生活中最为宝贵的。

终于说到她的命名了：“万松浦书院”。其中的“万松”不难理解，因为地处两万亩松林；“浦”，是河的入海口。

中国历史上有许多书院。其中成名并流传的有三大书院，至今仍然运行的仅余一二。书院废弃的原因各种各样，比如人们马上会想到的兵火战乱之类。但细究起来还是人们面对野蛮、特别是面对庸常时渐渐失去了坚持力。因为直接被大火烧掉或失于兵匪的，毕竟还是少数。而在绝望的岁月中慢慢坍塌冷落拆毁的，恐怕要占十之八九。

万松浦书院立起易，千百年后仍立则大不易。

2003年

超市内的钢琴和织布机

汗　漫

这是一座在本市中上阶层享有盛誉的服装超市，衣服价格令我瞠目结舌！只能陪妻子做走马观花状，在琳琅满目的名牌衣饰之间以适宜的速度缓行：太慢，有可能被超市小姐的热情所困窘；太快，则与周围的优雅情调不和谐。这座引领城市金领、粉领阶层服装消费新潮的豪华超市，与我的生活是一种异质的关系。它引领着我的眼球，去揣测一个小公务员与中上阶层之间的距离尚有多少公里，而我又似乎缺乏加速追赶的冲动和激情，只对我家附近那座众声喧哗、平民风格的联华百货连锁店情有独钟。这座豪华超市独一无二，永远不屑于与他者连锁，正像它所销售的衣服款式、色调绝无雷同。但我感兴趣于这家超市的地方，是它正门、侧门两个大堂内红地毯上的钢琴、织布机——本市的电视台、晚报披露了这一新闻，引发我的好奇心。

钢琴出现在超市、商厦、宾馆的大堂内已屡见不鲜，最初含有的“身份感”早已消失，大都成为一种可有可无的装饰。不久前我曾因公在北京西郊某一宾馆内栖居数日，回廊上有一台钢琴，只在早晨、中午和黄昏被一个身影半明半暗的少女分别弹奏十五分钟左右——这是引导宾客们用餐的信号，与我中学时代的食堂师傅穿着油迹斑斑的工作服敲钟具有同等功能。不同的是，被钢琴召唤的肠胃早已失去当年被钟声所煽动的饥饿感，而换之以对肥胖症的重重忧虑。但这家超市内的钢琴同样独一无二。这是一台百年前德国人制造的自动钢琴，黑键、白键被十个隐形的手指起起落落地按动，奏鸣出柔曼、温情的小夜曲。工作人员拉开琴键下面的抽屉，使我目睹了钢琴之所以自动的秘密：将百年前的钢琴家弹奏时琴键起落的位置、节奏、力度，用或浓或淡的圆点记录在一张缓缓流出的特殊的谱纸上，就可以在电源的推动下复原当年钢琴家本人演奏时的旋律了。在这个“只有艺术家没有艺术、只有诗人没有诗歌、只有钢琴家没有钢琴”的时代里，钢琴家缺席，钢琴在场，是一种颇具意味和仪式感的演奏。我听了五支曲子，在空茫中试图恢复五位钢琴家弹奏时起伏有致的姿势——五个在现代服装超市内表达20世纪的月光、大海、爱情、忧伤、命运等主题的幽灵？是否在超市内的服饰中一一填空，使本年度流行色获得上一个世纪的灵魂？

然后看到那台织布机。经历20世纪70年代以前乡村生活的人都知道：织布机与钢琴的格局非常类似。在一个钢琴家盘踞着的位置上凸现一个乡村妇女，把黑键白键置换成木梭，让经纬纵横的棉线代替钢琴内部的簧片，就是一个行为艺术作品——《织布的女人》。但这个超市中的织布女人显然没有行为艺术家的虚妄，也不懂得摄像、闪光灯、艺术评论家和围观者对于她所织出的布有何意义，而只是埋头于哐嗵哐嗵的织布声音中去。她是一个看上去六十余岁的村妇，皱纹满脸、满手，像我已经去世的祖母、外祖母。她显然对周围的气氛很不适应，时时抬起眼睛惶惑地瞥一眼周围。在乡村，织布的人往往在深夜里的油灯下独自劳作，面前常常摆着一张棉布花色设计小图，就像一位钢琴家面前摆着乐谱。亲人的鼾声、附近的犬吠和树枝在风中折断的声音，都会在哐嗵哐嗵的织布机偶尔间歇时响起。一个孩子在晚上睡觉时看到的棉线，在早晨就幻化出一卷有着绚烂色彩的棉布了！这位织布的村妇，大约是中国乡村最后一批织布的女人之一。那台拙朴、笨重、烟熏火燎过的织布机，同样可能是最后一批织布机之一。尽管超市中的钢琴、织布机是一种商业现象，且已产生预期的广告效应，但我仍然钦佩于这家超市老总的独具匠心。他应该是一个具有音乐素养和乡村经验的人，一个在钢琴和织布机声中入梦并且醒来的多愁善感者，一个乘上时代的高速列车却又朝着列车尾部的方向张望、奔跑的人……

我不知道具有强烈反差和惊人相似的钢琴、织布机，将在这家超市中交响、互动到何时。不知道它们的归宿是私家花园还是博物馆。更不知道钢琴中暗藏的谱纸所复活的幽灵、织布机所推动着来到都市的乡村万籁何去何从。但我感觉它们的出现，对于这座城市的一部分心灵拥有意义。它们来自于20世纪敏感而细腻的精神世界深处，来自于乡村苦难和童年天堂的深处，成为我们在梦中、在暮年与人生上游久别重逢时的两个信物。通过钢琴、织布机，我重新看见并拥有了早年的月光、大海、爱情、忧伤、命运、油灯、亲人、犬吠、风声、绚烂……我对这座最初抱有敌意、妒意的服装超市产生一种谅解、理解。以一台钢琴和一台织布机为媒介，我看到了这座超市七彩斑斓、高视阔步的外表下，隐藏着温柔、温润、温和、温存的内心。而我的身体中，有没有一台自动钢琴在左腹持续弹奏，有没有一台织布机在右腹通过祖母、外祖母的指尖持续流淌出无边棉布……

2003年

一飞惊世界

朱增泉

一

杨利伟，中国太空飞行第一人。

随着“神舟”五号载人飞船在内蒙古中部草原成功着陆，杨利伟的名字迅速传遍世界。

杨利伟的“首飞”壮举，是中华民族一次划时代的伟大飞行。

“太空一往返，中华五千年”。中华民族是最早产生飞天梦想的伟大民族。嫦娥奔月的神话故事家喻户晓；敦煌壁画上的飞天艺术形象美妙绝伦；中国明代的万户，在人类历史上第一个用火箭进行升空飞行试验，第一个为人类探索太空飞行献出了宝贵生命。杨利伟的“首飞”成功，终于使中华民族的飞天之梦想变成了现实。

从嫦娥、万户到杨利伟，从辉煌到衰落，从衰落到再度辉煌，中华民族经历了多么漫长的奋斗历程啊。我们这个伟大民族，自古有着灿烂文明，但进入近代以来却远远落后了。苏联的加加林1961年就上了天，美国的阿姆斯特朗也在1969年登上了月球，中国的航天员什么时候才能上天啊？世界在问中国，中国在问自己。今天，迅速崛起的中国，终于具备了这样的科技实力和综合国力，可以去超越载人航天这座里程碑了，这是中华民族实现伟大复兴的一个重要标志。

谁去完成中华民族首次太空飞行的壮举呢?

历史选择了杨利伟!

二

人们是否知道，我们遴选“首飞”航天员的工作进行得多么慎重，多么庄严，因为我们是在挑选一位天之骄子。

第一轮遴选工作是在2003年7月初进行的。几本厚厚的航天员考评报告，交到了“首飞”航天员评选委员会每一位委员手里。会议室里坐满了航天医学专家、航天员训练专家、心理学专家，以及航天员训练中心的领导，向评选委员们进行着详尽的介绍和汇报。我是评选委员会成员之一。经过逐人逐项认真分析比较，从十四位航天员中选出了综合素质最优的五人。其中，杨利伟的评定指数名列第一。

9月初，又进行了第二轮遴选。对第一轮选出的五位航天员进行了两个月的强化训练，根据“强中选强，好中选好”的原则，评选委员会以无记名投票的方式，又从中选出三人：杨利伟、翟志刚、聂海胜。

我国的“神舟”号飞船返回舱是按照三人乘员组设计的：一名领航主任、一名飞船驾驶员、一名随船工程师。此次“首飞”虽然只上一人，但选出的三名航天员都要进入飞船发射准备的最后程序，都要做好太空飞行的一切准备。一直要到飞船点火发射前的最后时刻，再根据对他们生理、心理的检测情况，谁的状态最稳定，就由谁担任“首飞”。

9月下旬，航天员们从酒泉卫星发射中心进行“人—箭—船”模拟发射合练回来，杨利伟见到我的第一句话就说：“合练一切正常，感觉很好。”这时，我越来越确信，杨利伟最有希望担任“首飞”。

三

杨利伟1965年6月出生，正团，中校，今年三十八岁，正处在航天员的最佳年龄段。他的家乡是辽宁省绥中县，这里背靠蜿蜒于崇山峻岭的万里长城，面对浩淼无际的辽东湾万顷碧波。古代秦始皇在此修过长城，近代是中华民族抗击外敌入侵的海防前沿，当代是辽沈战役的广阔战场。杨利伟是这片英雄土地的优秀儿子。他个头不高，理了一个“航天员式”的平顶发型，肤色白净得像江南人似的，每次见了我都是一脸微笑。他父母都是教师出身，教子严格而得法。他小学毕业后考入本县重点中学尖子班，曾多次参加全县中学数学竞赛并获奖。良好的家庭启蒙教育，扎实的中小学基础教育，为杨利伟后来的学习成才奠定了坚实的根基。

杨利伟似乎与生俱来就具备“当第一”的超常素质，但这绝不是天生的。从尖子飞行员到航天员的非凡经历，造就了杨利伟的优秀品质：既有坚忍不拔的顽强意志，又有严谨精细的良好习惯。

“在航校，我每一个飞行课目都是第一个放单飞。”他在航校是尖子学员，毕业后先后分配到华北、西北和西南的飞行部队，几乎飞遍了祖国的广阔蓝天。他飞过强击机、歼击机，飞行时间达到1350小时，飞行技能出类拔萃。有一次，他在新疆某飞行训练基地参加强击机超低空课目训练，刚飞到艾丁湖上空，只听“砰”的一声爆响，飞机一抖，一台发动机突然停车。飞机侧滑着往下掉，他与塔台的无线电信号已被天山隔断，只能靠空域内的其他飞机为他导航。他沉着冷静，靠一台发动机将飞机慢慢拉起，艰难地爬高了一千五百多米，顺着干沟飞越天山，飞回机场，将飞机降落在跑道上。当他从机舱内下来时，浑身衣服已全部湿透，战友们拥上前来同他拥抱，师首长当场宣布给他记了三等功。事后检查，发动机的一个叶片折断了。后来，他调到四川某飞行部队改飞歼击机，担任领航主任。全团训练空中打靶时，每次都由他驾机拖靶。训练结束后，他必须先把空靶扔掉，然后才能驾机返航着陆。他每次将空靶投到指定地点都投得特别准，新飞行员问他有什么诀窍。他回答说：“我是飞强击机出身，练的就是投得准嘛。”新飞行员对他佩服得五体投地。

“选拔航天员时，我到北京来参加体检，也争了个第一。”人生的重大机遇一旦出现在杨利伟面前，他绝不会轻易放弃。当时，他参加选拔航天员的体检初选合格后，又通知他到北京来进行复检。他提前好几天就到北京空军总医院报到，当时医院接待他们的准备工作尚未做好，护士就说他：“你也太积极了。”他笑着说：“争当航天员，我能不积极吗？”他报到了两三天，其他人才陆续来到。

“航天员训练开始后，我第一次考试就争了个第一。”谈起这一点，他特别感激他当时的飞行师师长邵文福。1998年1月，他到北京航天员训练中心正式报到之前，去向师长告别。师长对他说：“我对你的身体素质和飞行技术都不担心，你今后面临的主要挑战是学习，你将学习大量载人航天的相关知识。”他把师长这句话牢牢记在心里，做好了发奋学习的思想准备，在心理上打了一个主动仗，一开始就争得了主动。第一阶段学习基础理论，一本《载人航天工程基础》教材，16开的大本子，厚厚六百页，涵盖了载人航天各方面的相关知识：飞行动力学、空气动力学、地球物理学、宇宙物理学、气象学、天文学、天体力学、航天器轨道理论、火箭推进原理、载人飞船系统组成、飞船结构、空间导航、太空飞行测控通信，等等。他回忆说，教材里面有些内容很深奥，许多都是当飞行员时没有接触过的，要记忆的东西很多。最初三年，他晚上十二点以前没有睡过觉。第一次考试，除了从俄罗斯留学回来的两位教练员，他在新入选的十二名航天员中名列第一。学习基础理论这个最艰难的阶段闯过来了，他的成绩是全优。他越学越有信心：“我对自己有了底，我能行，我能学下来。”

四

上天难，上天确实难。中国老百姓常形容某件事“比登天还难”，李白在《蜀道难》中说“蜀道之难难于上青天”。进入太空飞行，更比攀登蜀道难上万万倍。要想成为一名合格的航天员，除了必须具备特殊的身体素质，掌握深奥的相关知识，还必须接受一系列严格的特殊训练。杨利伟在航天员训练中表现得出类拔萃，他那坚忍不拔的顽强意志、严谨精细的良好习惯充分发挥了作用。

他同我谈到航天员训练时，经常用到一个词叫作“走程序”。这是他在当飞行员时就养成的习惯，每次飞行训练前都要在脑子里先把程序走一遍。他每个飞行课目都能第一个放单飞，奥秘就在这里。在航天员训练中，他做得更仔细了，每次在脑子里“走程序”可以做到不漏一个动作，不错一个程序。他宿舍墙上贴满了飞船舱内的各种电门、仪表的图标，整天看啊，背啊，记啊，弄得很熟很熟。每次训练结束后，他还要把操作程序在脑子里“复走”一遍，自己先检查有没有错漏的地方，然后再去听教员讲评。经常是这样的情况，教员拿着考评记录先问他：“你这次做得怎么样？”他会毫不犹豫地回答：“这次没有差错！”教员对他笑了：“你的训练没得说。”

他胜人一筹之处，表现在他总能通过仔细分析客观条件，找准突破点，通过主观努力去争得主动。在模拟舱训练中，十四名航天员轮流进舱操作，每个人轮到的时间有限。为了使自己取得更好的训练效果，他用摄像机把模拟舱内的各种电门、仪表拍摄下来，输入电脑，编辑成模拟舱直观景象，自己可以利用更多时间熟悉、默记。他对我说："我现在只要一闭上眼睛，眼前马上会呈现出一幅清晰的舱内景象，什么按钮在什么位置、什么形状、什么颜色，都记住了，甚至连哪个按钮上被手指磨出的发亮痕迹也都印在我脑子里了，闭着眼睛也能操作了。"强化训练中，有一个"数管失效"应急程序，一旦飞船进入太空后计算机管理程序失效，马上要改为手动操作应急返回，一共有三十多道指令、五十多个动作，他做得分毫不差。

强化训练阶段进行了五次考试，他第一次得了99.5分，第二次得了99.7分，后面连续三次得了100分。他抑制不住内心的激动，兴奋地对我说："我对自己越来越充满信心。"

五

首次太空飞行，毕竟是一项超常任务，需要具备超常意志的人去完成。杨利伟对完成"首飞"任务充满了必胜信心。他的自信不仅表现在热情和意志上，更表现在他对自己适应能力的冷静分析上。他说，"首飞"中对他最大的挑战将是两个问题，一个是进入太空后的"空间运动病"，另一个是一旦弹道式应急返回时的"过载"。对于这两项挑战，他都早就做好了主动适应的准备。

所谓"空间运动病"，通俗的说法就是进入太空后犯迷糊。如果抗不住它，到了太空肯定会影响操作。他平时看了不少俄罗斯和美国有关"空间运动病"的资料，早就有意识地在训练中加强了这方面的自我锻炼。转椅训练是最难受的，但他每次都坚持做最长的时间，做最大的动作，以增加这方面的训练强度。练到后来，教员说他这个课目可以免试。

抵抗弹道式应急返回时的"过载"，他经过长期刻苦训练，也有了这方面的体能储备。飞船升空后一旦发生意外情况，应急弹道式返回时航天员可能要承受8.5G载荷。他说："我属于兴奋型体质，能在短时间内爆发能量，百米速度现在仍能保持11秒97。平时训练，我在离心机上做到8G载荷时心率仍可控制在一百一十次。一旦发生意外情况，再入时抗住8.5G载荷是有把握的。”

我和他单独交谈时，也谈到了太空飞行的风险。他对这个问题的态度是冷静的、科学的、坦然的。他说：“载人航天是多么伟大的事业啊，我会坦然面对这种风险。我过去当飞行员的风险就很大，更何况为人类的航天事业献身，无论多大风险也值得。祖国要我去‘首飞’，我义无反顾。”此刻，我听到的是一位祖国之子的肺腑之言。

他也谈到了朝夕相处的航天员战友们。他说：“我们十四位航天员是一个光荣群体，相互之间即使有些差距也不会很大，让谁担任‘首飞’都能完成任务。最后选上我‘首飞’，我是这个群体的代表，我要当好这个代表。”

我和他握手告别的时候，我衷心祝愿他“首飞”成功，并告诉他说：“你返回着落的时刻，我将在内蒙古着落场迎接你！”

2003年

短信息的狂欢节

徐　坤

这个月我发了五百多条短信息。这个统计数字是在昨天交手机费时拿到的。原因是我参加了一个为期不短的学习班，有大量的时间要在教室里听讲听课。用什么东西来打发这许多难挨的时光呢？短信息这时就像一群快乐的苍蝇，嗡嗡嗡通过数码媒介在我们的课堂里振翅飞翔。

最初的短信息多是互致问候的闲聊废话，需要发信者自编自创。手指灵活的在狭小的手机键盘上舞动，一枚枚小文字苍蝇“吱——吱”地如导弹般飞向邻座同窗，有时也飞向八百里以外的故土家乡。是为了交流吗？为了沟通吗？交流和沟通为什么不利用课余时间促膝谈心、打电话、写信或发E-Mail？那样的话，速度、效率、感情色彩不是都比现在要好得多吗？

关键的问题是，我们又想沟通，又没什么正经话。乱打电话不招人烦吗？写信又是多么老土！发电子邮件我们又不能总把笔记本电脑随身带着。促膝谈心已经是古代的事情。那么，我们就发短信息吧！用它打发无聊时光！几个短信下来，一堂课、一个会议，转眼就完了。它能把远距离拉近，近距离变远，高效率变低，低效率变无。虽然都在一个课堂上，信息通过手机传来，竟疑是天外来音，距离产生美感。外省的问候一旦亮相，却仿佛朋友就在身边。因为它是无声的，偷偷摸摸，鬼鬼祟祟，大庭广众之下隐秘的交流，符合我们内心深处隐藏的捣蛋叛逆习性。它看着像是交流，其实更是游戏、取乐，数码时代的互动广场，集中了过去的信件、电话、电子邮件、网络聊天几者的功能，发送速度更快，更简单，更方便。最重要的是它还表示游戏者是有文化的，它是以文字为载体，对参加者最基本的要求是要会将汉字输入。

哦哦哦，伟大的短信息！文字那么个老东西，借助于现代化的数码方式，熠熠生辉，竞相传递，焕发青春，鹤发童颜。

当然，发一句问候语，大拇指就得在小键盘上按来按去，不下几十下，字数也有限制，速度慢，效率低。但我们不怕麻烦，本来我们玩短信息，就是为了降低效率，消磨时间的。一旦说起什么正经事，还是得打电话来得稳重踏实。

扯淡问候的话，经不起天天说，一天到晚发来发去，再玩儿也有辞穷的时候。接着，懒人们就开始转发现成段子取乐。从原创到转发，这就已经进入短信息的高级阶段。

天气预报：今天凌晨到白天有时想你，下午转大到暴想，预计心情将由此降低五度。受延长低气压带影响，预计此类天气将持续到见你为止。

某商店养只鹦鹉，吊在门口，顾客进门就说“欢迎光临”。一少女不信，来回走了六次，鹦鹉跟着说六次，到了第七次，鹦鹉大怒说：“老板，有人玩儿你的鸟！”

就是这些东西（当然，也还有些更加狡黠、贴近下半身的生猛段子），一转眼，在每一个手机上传递着，有时一不小心，又被转发了回来。它们都是信息公司原创，然后被成千上亿手机用户转发。信息公司因此赢利好几百亿。为什么我们心甘情愿帮信息公司敛钱？因为我们都是有点儿文化的，文化水平不高，高中程度以上，相信“奇文共赏析”的名言，见到好的段子，如同过去时代见到一本好书、一碟好的VCD，立刻就想到要与朋友共分享。那些好的短信息段子，无论是祝福的、爱情的、哲理的、谐谑的，包袱都抖得机灵，幽默、机智、风趣，关注现实程度快，赛过一切无病呻吟的相声小品，令我们这些职业作家也自叹弗如。

两千年代，爱情加快，从爱到踹，一个礼拜。星期一放电，星期二表态；星期三牵手，星期四做爱。星期五腻歪，星期六开踹。星期天寻找新爱。

以短信消磨时间的称为信生活；只收不发为信冷淡；狂发一气为信亢奋；发错对象是信骚扰；发不出去是信功能障碍；看着信息傻笑的基本已达到了信高潮。

就这么着转发来转发去，既欣赏了段子，又表示了相互沟通。这是一个狂欢而又寂寞的时代，每个人都渴望沟通又希望独处。短信息适时的抚平了人们心中的某种焦虑，同时拖拽我们进一步堕向数码时代的虚无。

2003年

今天的延安

王 蒙

这片休闲广场里的灯柱活像支支矗立着的大雪糕，柱子像木柄，雪白的群灯在每根手柄上排成长方形，像奶油香草冰块，白炽光照耀得草坪油绿。25层高的大酒店外墙屏幕上放映着闭路电视，是美国（怎么总是美国？）的男男女女且歌且舞。音乐摇滚不息。市民们坐在草坪边乘凉。天清气爽。近处是所余无多的河水。高处是悬浮在夜空中的被不同方位的聚光灯照亮了的，层次不同，内外不同光色也不同的神塔。更高处是后来修起的，被文物部门责令拆除，但当地人仍然保留至今的“摘星楼”，楼名极言其高，近看这座差不多百分之百的洋灰建筑虽然涉嫌粗糙伪劣，色泽也不协调，在夜色中仰视仍然璀璨迷人，乃至有几分神奇。同样神秘的是浮在空中的新建仿古烽火台和对面凤凰岭上的道观。宗教也愈益火了一些，所以当年的鲁艺，说是有可能要恢复它的原址的天主教堂功能。

初夏天气，不冷不热，广场上的休闲者显得惬意舒展。

这是哪里?

这是延安。

这是延安?

延安是革命的圣地，当然。枣园、杨家岭等地的革命文物展示符合文博专业的标准，新建的革命博物馆阔大巍然。观众怀着虔敬的心情倾听穿着退役军服的解说员的熟练的专业化的介绍，字正腔圆，情深词切，人们被他或者她的解说带入到了七十来年以前的峥嵘岁月，带入到那个时候的毛主席、周总理、刘少奇、朱老总和任弼时住过的窑洞。人们观察毛泽东与路易·斯特朗谈话的石凳石桌，听着斯特朗为了满足老百姓看“洋人”的好奇心建议与主席换座位，面对围观者的故事，思考着著名的“美帝国主义与一切反动派都是纸老虎”的命题。人们思索新中国是如何从这里走向了全国，走向了世界。

然后走了那么多起起伏伏的路，从前天、昨天，到了今天。

也是旅游热点。如果你想购买纪念品，毛主席雕像、纪念章、红军的军帽肩章草鞋背包等各种物品齐备。如果你想留影，这里摆设了斯诺当年为毛泽东拍的那幅有名的红军八角帽巨幅照片，英姿飒爽，才华横溢，眉清目秀，风华正茂。你可以租借这里预备好了的灰色红军服装，在毛泽东的此幅照片前留影，每次五元。租衣自己照相，每次三十元，不限次数，但不可换穿。集体在这里举办入党宣誓，摄影每次五十元。而在杨家岭中央大礼堂里，那里召开过党的“七大”，它的突出口号是“在毛泽东旗帜下前进”，除了原有的布置以外，还特地把讲台桌从主席台上搬到了下边，为了给旅游者腾出活动留影的空间与方便，撤掉并且归拢挤放了许多排座椅。

旅游的周到服务与成功创收，使参观活动更有程序、更完满，也更有后劲，保管、展览、服务与扩展将更加全面也更加细致，叫作良性循环，叫作一条龙服务。你有一点没有想到。

我1983年来过一次延安，那时候延安大体旧貌依然，只有延河大桥是1959年修的。说是头一年周总理来到延安，从河滩涉水过河时汽车陷在淤泥里，延安的老百姓奋力抬着总理的车子过了河。这使总理感动得流泪。说是总理看到了当时延安的极不发达的状况没有什么改变，多有自责。后来总理回到了北京，特批了一些钱，修了钢筋水泥延河桥。而现在，与延河桥并列的还有更宽大的宝塔山大桥，车水马龙，不让任何与其规模相似的城市。

这也使我想起1980年与艾青老师共游美国的时候他老在许多场合讲起的毛泽东写给他的一个条子，是延安文艺座谈会正在召开之际，毛主席邀艾青一谈，提到连日降雨，延河水大，特派主席用的马匹去接。艾老背诵得下整个纸条的内容。看来那时的延河自然成滩，过河得蹚水。那时的革命领导人也与诗人们有更平易近人的接触。现在河床经过了整修，坡陡得多了，人们难以下到河滩，河里也缺水，说是即使洪水季节，河水也满涨不了。

延安的市容愈来愈漂亮，延安的市民穿着也不落人后，当地一位干部对我说，延安的人穿衣比北京人洋气。登到宝塔山头，夜晚下看，一片彩灯霓虹，（与京沪）同样的口号，叫作让延安亮起来。从宝塔边下看着抢眼的还有很大的“家和超市”。延安人告诉我，肯德基，麦当劳，都落户革命圣地了。

还有安塞。延安改为地级市，管理着周边的六个县和延安市的几个区（这对增加延安的财政能力极有好处），包括以农民歌舞、绘画、剪纸著称的安塞。它的造型艺术令人想起当年解放区的革命版画、绘画，质朴而又强烈。它的大腰鼓，气势磅礴，不可阻挡，在影片《黄土地》中有非常夸张的表现，那是一种质朴乃至愚直的悲壮割舍，是一场扑不灭的大火。它的民歌，“泪蛋蛋落在黄土坡”与“是俺妹妹就招一招手”，土得掉渣的旋律与词句中，时时令人想起新中国初期的革命歌曲“解放区的天是明朗的天”“太阳出来了，满呀满山红”……多数革命歌曲的旋律脱胎于北方农民的情歌。革命的力量正是在民间。革命的胜利包含着大西北黄土地的民间文化的胜利。革命博物馆的导游给大家解释歌曲《东方红》的由来，用呲呲呀呀的小曲唱腔唱“骑白马，挎洋枪，哥哥吃的是八路的粮……”就是《东方红》的调子。这使人回想起当年人们用大管弦乐队伴奏，由大合唱团四声部唱起的铙钹齐鸣，气贯长虹的毛泽东颂歌《东方红》，其旋律曾经回响在太空，由我国发射的第一颗人造卫星发出。其实，“骑白马……”也已经不是民歌的原汁原味，原歌应是情歌。

革命文艺依托了陕北风情，并非完全偶然，农民革命的主体性质，革命文艺的群众路线，人民性的旗帜，与群众特别是陕北农民群众的血肉相连，使人民革命化，民歌民舞也革命化，使革命文艺也亲密无间地民间化了。

应该说，民间化是革命化的保证，而精英化的自恋，其结局多半令人长叹。

也许我在解放初期听到陕北旋律的时候还没有怎么熟悉那里的民歌，但是现在，在安塞听《赶牲灵》，听《兰花花》，听悲怆的《走西口》，却时时从中温习了青年时代充分感受的革命洪流、革命深情。我惊异于革命本身的质朴与苦情，忘我与决绝，大放悲声与望穿双眼的期待，生生死死的熊熊火焰……革命深情与农民的无望的从而更加热切的爱情追求的相通、同构，也许这正是革命赢得了人心从而赢得了胜利的秘密所在。

没有听过《信天游》的人，能理解中国吗？能理解中国人中国农民吗？能理解中国革命和革命以后付出的与得到的一切吗？

安塞的人民艺术家如今红遍中国和世界，他们已经到过十几个国家，巡展巡演，鲜花著锦，烈火烹油。

延安人得意于他们近十年来的迅猛发展。他们的GDP连续以两位数字增长，他们的市委书记王侠同志是全国不多见的女书记，省委常委，中央候补委员，玉树亭亭，决断进取，洒脱自如，外秀内坚，是延安的新一代，正在实现现代化的新人形象。人们骄傲地说，大片山岭的主色已经由黄变绿，绿化的成就开始显现。他们说到那些到延安拍摄黄土地的人员，寻找大片黄山荒山十分艰难。他们说到延安地区的能源业，延安作为中心的油田有着极好的效益。他们说许多旧貌已经换成了新颜，原来的扎在头上的“羊肚子手巾三道道蓝”已经不见，代之的是各色国内外名牌鲜艳毛巾头巾披巾；而扎在绥德汉子头上的露出两个小犄角的毛巾，除了舞台上你也再难见。还有，你在各种公众场合，愈来愈难听到原汁原味的陕北话，而是一派京腔京韵。他们还说，延安到处是私家（小汽）车，好车多半是私人的，有“宝马”也有“奔驰”，有“凌志”也有“桑塔纳”。幸亏延安宾馆的食堂还能提供些炸糕、荞麦饸饹、绿豆饭、糜子粥……地方小吃，如李季、贺敬之等人描写过的。

怎么办呢？如今，1983年以及更早以前的延安面貌正在离我们而远去。革命圣地的人民正在大步奔向小康。革命的足迹将永远被纪念，被景仰，被拜谒。革命博物馆的建设愈来愈好。南泥湾的稻田绿油油一片。革命的精神世代发扬。宝塔与延河桥，不但无恙，而且正在放射出新的夺目光辉。延安人民过上了梦里也没有想到过的富裕的生活，刚刚开始。

与此同时社会主义的市场经济正在改变着许多。这次刚到延安的时候我有点儿惊诧，原来的边远和苍凉，原来的贫穷和志气，原来的本色和粗拙，原来的一无所有的无产阶级山沟沟风貌哪里去了？一片高楼大厦，灯红草绿，那还叫延安吗？徐缓如果变成迅速，疏朗如果变成密集，匮乏如果变成殷实，土气如果变成全球化至少是全国化，那还能叫延安吗？直到二十年前，崔健等还在大呼小叫地唱着“一无所有，一无所有……”啊！

在延安宝塔山下的休闲广场，感受着小康的夜景，感受着人民的幸福，我忽然感动了，被“说服”了。辉煌的延安历史终于在今天结出了果实，再不是旧模样，初夏熏风今又是。天若有情天亦老，人间正道是沧桑。毛泽东在天之灵，他也会快慰。他一直期待着换一换人间，现在是真的换啦！延安有辉煌的过往，有灿烂的现实，有崭新的肯定是更加福气的却也会包含着某些不确定和失落的未来。正道是这样地沧桑啊。“天”能够不恢复自己的青春吗?

当然，换新颜的同时也可以更多更好地保持一点儿有历史意义和文化内涵的旧貌，我期待着。

2004年

家在瓦窑堡

王巨才

因为母亲的病，今年春节一放假，我便匆匆赶回陕北。十年前调北京工作，当时最放心不下的是父母的身体，临别时再三叮嘱他们有病一定要及时去医院，千万不要硬扛；我只要有空，会常回来看看的。对我人过中年的这次调动，父亲本来就有一种无可名状的忐忑，听了后边这句话，显然以为只是出于宽慰说说而已。他泪眼迷蒙地摩挲摩挲我的头发，又弯下腰去拍打拍打我的裤腿，说："再不要为我们操心了，好好去干你的工作，远路风尘的，哪能经常回来，吃公家那碗饭不容易，由不得自己。"

父亲是我到北京的第三个年头去世的。病危时我正在外地出差，飞机汽车几经辗转，又遇大雪延误，回去后竟未能见上他生前最后一面。心里的那份痛悔，真是椎心泣血的感觉。

这次从北京出发，已是阴历腊月二十八，正赶上铁路第五次大提速，晚八点半乘新开通的Z19次特快，次日凌晨便到西安，下车后休整半日，下午八点，又登上刚刚贯通陕南陕北的安康至神木的火车，一夜安睡，醒来已是瓦窑堡车站。

老伴儿不无惊喜地感叹："你说快不快？说话中就回来了，真是方便。"

见我们一脸兴奋，儿子瞟了瞟眼，摇头晃脑说："少小离家老大还啊。"

我脱口纠正：酸臭。该是青春做伴好还乡。

但要细较起来，要准确表达我此时的心境，还是杜甫老先生"即从巴峡穿巫峡，便下襄阳向洛阳”这两句诗更为贴切。

是的，这一天两夜的行程，我们一家人东拉西扯，说说笑笑，毫无旅途的焦愁和疲惫，倒是真切地体味了一把“其乐也融融”的天伦温馨。

有弟弟的引导，很快便到母亲居住的新家。我家原有三孔砖窑，前些年旧城改造时拆掉了，现在的三层楼房是城建局统一规划，公家和住户共同集资兴建的。楼房临街，高门亮窗，一字排开，足有半里路长。一层为出租的门脸儿，二、三层住人。从二楼的窗子望出去，街上车水马龙，人头攒动，卖灯笼年画的，买青菜熟食的，呼朋引类，吆五喝六，加上高分贝回旋的音响声，一派喧嚣。那景象，直如一帧活化了的《清明上河图》，若不是有亲人在旁，真会让人产生今夕何夕、此身何身的迷惑。

母亲是胯骨粉碎性骨折，经三个多月的医治，正在康复中，只是还不能下地行动。见我们回来，特别是看到日夜念叨的孙子，自是乐得合不住口。拉过话，吃过饭，午觉起来，她再三催弟弟领我们到街上去转转，说“可热闹啦，可时新啦，你看看就知道”。见我推诿，弟弟嘿嘿一笑，说：“你以为就你们北京好，瓦窑堡现在也‘红洋’了，不比从前。”

瓦窑堡，这个在《毛选》四卷和中共党史教材中反复提到，又在丁玲等著名作家笔下多次出现过的地方，其实只是陕北高原连绵群山无数皱褶中的一个小小县城。我上小学、中学时，全城也就万把人口。狭长的街道全用石板砌就，也不知经过几朝几代的蹭磨，路面像涂了一层厚厚的腊油，白天晚上，总也折射着钢锭般乌青乌青的光亮。街道的两边是一眼望不到头的铺面，但除过百货公司、供销社、生产资料公司、医药公司等几家国营门市和骡马大店、大众食堂外，多数已改作民居。城中心的中山门前，另有几家卖凉粉、煎饼、碗饦和油茶、枣糕的，据说“文革”中都以无正当职业为由迁返农村了。总之，除非是到了“六月六，新麦子馍馍熬羊肉”的农闲季节，或是八月十五、春节等几个大的节庆，平常的日子，这古旧的县城就像上了年岁的老人，在岁月的风尘里满脸沧桑，显得格外落寞、冷清。

街道就在楼下。由于行人拥挤，从西头到东头，又绕到县河对岸新建的“农民街”和农贸市场，整整转了两个钟头。经过的商号店铺，至少要有四五百家。弟弟说，这大多是由进城的农民经营的，要不农村怎能那么富。也有从江浙一带和内蒙古、山西来的，全城流动人口有四万多，加上有常住人口近七万，听说过两年就要申报县级市。

令人惊叹和赞赏不已的，是那些店铺新颖气派的名号和美观醒目的招牌。我留意了一下，我家对面的几户，就依次是：中山摄影工作室、丰采日化城、安徽黄山名茶、国威电器、中山移动通讯、家庭用品批发城、金龙超市、陕西金源房地产开发有限公司等。端详着这些五颜六色、目不暇接的牌匾，我一时恍如置身疾驰而过的岁月激流和蓬勃涌来的时代风云，心湖澎湃，激动不已。及至回过神来，眼角竟有些潮湿。

入夜便是除夕。家家户户的“火塔”一片通红，鞭炮声震耳欲聋。街上的彩灯和高处的灯笼交相辉映，亮如白昼。吃过年饭，又陪老太太打几圈麻将，大家都渐有倦意，陆续睡去。而我和弟弟谈兴尚浓，便到隔壁房间里继续拉话。

谈起光景，弟弟说，还可以。杂七杂八加起来每月总有六千来块钱的进项。

我说，那你收入比我高。

这我承认，生活是不成问题，不能亏共产党。弟弟说，但你不想想，我们受的什么苦（受苦，即劳动），你们受的什么苦？

弟弟在延长油矿下属的子长油田工作，开油罐车。据他讲，油田去年计划产油二十三万吨，经过苦打硬拼，年底一举突破二十五万吨。整个油矿的原油产量，去年达到二百三十万吨。你算算，这二百三十万吨原油销售收入就是五十多个亿，税利相加，也有二十多亿。这几年延安地区财政收入能到三十多亿，我们有多大贡献。

弟弟是以能说会道、精明过人出了名的。他讲的这一排数字，倒又让我大感惊异。我在延安工作二十年，1988年调离时，全区原油产量也就七十多万吨，财政收入小到三亿。十多年时间，能有这样大的跨越，确是我始料未及的。这中间，“决定的因素”，难道仅仅是人为的努力，即弟弟所说的“受苦”吗？

这一夜，我久久无法入睡。躺在床上，脑海里总是不断回旋着那句非常流行的歌词：“只要你过得比我好。”

看着身旁酣然沉睡的弟弟，我虔诚地向他祝福：

真的，弟弟，我真希望你过得比我好；也希望家乡父老都像你一样，过得比我好！

大年初一，我是被一阵激越的唢呐吹奏声从睡梦中震醒的。按家乡的习俗，今天是不该出门的，只有过了初二，四邻八乡的人们才会络绎进城，走亲戚，闹秧歌，今年这是怎么了，这么早就上街？

正寻思间，听见老伴儿在隔壁房间呐喊：“快起床吧，热闹极了，新鲜极了，亏你能睡得着！”

走过去一看，一家人正围坐在窗前，对着街上的景致，指指画画，评头论足。

原来，这是一幕幕连续不断的“婚礼进行曲”。一家的迎送队伍刚过去，另一家接踵而来。队伍的前头，照例是乐队，除传统的“响器”外，还增加了电子吉他，萨克斯管等“西洋家伙”，曲牌有古老的《将军令》《大摆队》，也有时兴的《大坂城的姑娘》《我爱你中国》等。见围观的人多，各家乐队都在暗中较劲，吹奏十分卖力，悠扬的曲调，欢快的节奏，出神入化，和谐嘹亮，在我看来水平绝不比电视舞台上所看到的差。新娘大多披戴长裙曳地的婚纱，也有着丝绸唐装的。新郎则一律西装革履，一个个潇洒英俊，神采飞扬。队伍的后边，是用气球和红绸装扮过的车队，小轿车数量不等，座位大多空着，工具车上则满载冰箱、彩电、立柜、摩托、被褥等生活用品，显示着各家的实力和对婚事的重视。队伍行进中，不断有人向空中抛撒彩色纸屑，五颜六色的花雨在和煦的阳光中纷纷扬扬，飘飘而下，极力渲染着婚礼的祥和、喜庆。

弟弟说，今天日子好，城里办喜事的有二十来家。年前家电脱销，现在又把婚庆公司忙坏了。忙是忙，也大捞一把，赚美了。

母亲耳背。按儿子的说法，她只管神情专注地“检阅”着街上的人流。在偶尔回头呼应大家的欢声笑语的刹那间，我发现，她的笑容竟是那样灿烂、生动，几个月来难熬的病痛折磨、几十年艰辛的家务操劳写在她脸上的愁云不见一丝踪影，定格下来的，只是这迷人的、极富感染力的笑意。

最欣赏母亲的，当然是儿子。他在奶奶身边长大，上小学时才跟我们到延安，对老人家格外崇拜、亲昵。这时见他一手搂着奶奶的肩膀，一手指着窗外，大声哄逗：“老太太，好不好？”

母亲先是茫然，随即会意。连说“好，好”。

文明不文明?

文明。说这两个字时，母亲多少显得生涩。

大家使劲哄笑。

儿子又问：“满意不满意？”

“满意。”迟疑了一下，又说，“也不甚满意。”

众人一怔。

“太铺排了，太‘能艳’（招摇）了。有钱，也不能这么糟蹋。”母亲说，“你看现在的年轻人，是疯了还是魔了，好好的头发，硬要染得花里胡哨，见天儿成伙结队的，不是打架，就是赌博，也没人管管。”

见要扯开话头，弟弟“果断制止”：“行了行了，您尽报忧不报喜，老脑筋不改！”

“什么‘喜哩忧哩’？”母亲显然要争辩“从前的社会……”

儿子显然以奶奶高水平的发言深为自豪，一边向大家挤弄着眼睛，却反过来加入大批判：“老太太，二爸说得对，要与时俱进哩，记住小平同志的话，发展是硬道理。”

又是一轮哄然大笑。

这个春节，全家人就是在这种欢快舒心的气氛中度过的。临走时，弟弟特地叮咛，以后不要再往家里捎东西了，现在什么买不到？北京有的，瓦窑堡应有尽有。而母亲只是一句话：

“抽空儿就回来，北京有什么好待的！”

2004年

七 七 级

南 帆

一

报纸宣称，近些年冒出了许多文学神童，小小年纪就写得一手好诗，甚至直接写多卷本长篇小说。但是，我还没有听说哪一个文学神童打算写回忆录。回忆至少是年过半百的老家伙才能玩得动的游戏。这些哥儿们曾经彻夜不眠地谈事业，谈女人，谈如何周游世界的五湖四海；现在，他们腆起肚子，膝软牙松，裤兜里藏一瓶救心丹，空闲的时候就凑在一起聊养生。一把年纪的人已经写不出动人的情书，要写的话只能是回忆录。

“很久很久以前”，这是许多故事经典性的第一句。他们的故事得从哪里开始呢？许多人毫不犹豫地直奔三十年前——1977年。1977年是一大批人共有的幸运年份。这些人老少不一，天各一方，星星点点地散落于广袤的田野或者破旧的厂房。1977年的时候，尘封已久的大学校门“吱呀”一声打开了，他们就在这个时刻一起苏醒了过来。社会上的许多人还来不及回过神来，他们已经成为第一批历史的受惠者。这就是众所周知的“七七级”。刚刚跨过大学门槛的时候，这一批人穿着皱巴巴的中山装，或者梳着长长的辫子，几件行李草草地塞在木板箱子里，偶尔也会因为打破了热水瓶或者丢失了一两本杂志烦恼拌嘴。但是，不俗的书生意气是这一批人共有的特殊神情。据说1977年大学录取率不到百分之五，被挑上的多少都算个人物。我所就读的厦门大学，这一届学生不仅读书用功，而且擅长在辩论中使用政治大概念，演话剧、诗歌朗诵、大合唱或者各种球类运动都能露一手。三十年弹指之间，“七七级”之中的一部分人已经身居要津，目光远大。公众舆论之中，1977年考入大学的二十七万人逐渐成为一个神秘的方阵，“七七级”如同他们之间特殊的联络暗号。“七七级的吗？”“七七级的。”于是心领神会地点点头。江山代有人才出，1977年迄今已经有三千多万的考生闯关夺隘涌入大学。尽管可以听到大大小小的天才们许多有趣的故事，但是，他们的光荣只能属于个人，后来的考生再也享受不到“七七级”这种特殊的集体荣誉。

尽管我是这个团队的一员，可是对于写作这一篇回忆仍然犹豫再三。我不太愿意利用这个集体荣誉怂恿自恋主义情绪。“七七级”之中的确藏龙卧虎：一些人进入大学之前已经熟读马克思的《路易·波拿巴的雾月十八》，围在乡村的火塘旁边议论民族国家的命运；一些人隐在北京的平房里或者在白洋淀的芦苇荡写出一批风格神秘的诗句；还有一些人始终孜孜不倦地钻研数学或者外语，仿佛早就在那儿等待破冰的一刻。至于各地的小头目、小秀才、小名流，“七七级”之中比比皆是。一个家伙感叹地说，他在当地好歹也算一个跺跺脚地皮就会抖的人物，怎么搁到了“七七级”就无声无息了？“天生我材必有用”，读书的种子，精英气质，未来的栋梁，这些事后的褒扬渐渐汇聚成了“七七级”的固定评语。“七七级”如同一个掠过夜空的彗星，它的明亮尾巴一直拖到了三十年之后的今天。

可是，这似乎不太像我。虽然我已经出版了若干部著作，提出了几个略为得意的文学观点，不可否认的是，1977年的时候，我经历简单，资质平平。那个时候，我表情冷漠地游荡于乡村与城市之间，心灰意冷对付“知识青年”的困窘生活。我的确暗地里下过决心，要像一只皮球那般顽强，无论被按到多深的水里都要竭力上浮。然而，这仅仅是一种倔强的生活信念，丝毫不存在对于社会乃至历史的真知灼见。我已经不止一次地坦白，我的期待只不过做一个不错的乡村木匠，在砰砰的斧凿声和清香的木板刨花之中娶妻生子，安家立业。1977年的时候，中学功课的残存碎片帮助我冲破了那几张考卷设置的栅栏，这或许是幸运的偶然。我们这些混入“七七级”队伍的庸常之辈已经占了不少便宜，就不要再借用“七七级”的名义为自己做什么文章了。不写也罢。

改变我这些想法的是一个来自外省的民工。因为修缮房子，我需要买一些建筑材料。我在社区门口的一堆沙子和几摞砖头旁边看见了这个晒得黝黑的家伙。他纠集另外几个民工，干一些侵行霸市的勾当。他的沙子和砖头卖得特别贵。如果社区居民到别处购买建筑材料，他就会想方设法刁难运输的车子，甚至把他们打跑。我用江湖气十足的口吻和他搭讪了一阵，暗示说我有一个当警察的弟弟。这多少吓住了他。压下了价格之后我点一支烟和他聊起来，他告诉我前几年不过差了两三分没能考上大学，只好离开家乡满世界混生活。因为脑袋好使，周围几个老乡成了他的喽啰。我当时心里咯噔了一下——如果考不上大学，或许我也是这副模样？我历来不太善于将自己的形象估计得高大一些。因为意外的运气而成为百万富翁，因为某种神秘禀赋而过上特殊的日子，这种幻想在我的脑子里逗留的时间越来越短。没错，不进大学我也能活得头头是道，只不过我的全部才能恐怕得挥洒在尘土飞扬的街头。

我就是在此刻明白过来，我的确用不上“七七级”的崇高声望——我只配享用附加于这个历史事件的一个小小主题：大学彻底改变了我的个人命运。一张录取通知书神奇地将生活截成两段。湿滑的田埂，水田里钉在大腿上的蚂蟥，三伏天挥汗如雨地割稻子，压得人直不起腰的担子，楼梯边上的大坟茔，房子后面那一口冰凉彻骨的水井，跟着手电筒光圈曲折蜿蜒的银环蛇，夜风里零零落落的几声犬吠……这些灰头土脸、汗水腌透的日子被远远地阻拦在大学围墙之外，如同另一个时代拍摄的黑白老电影。1977年开始，我的日子仿佛用透明塑料薄膜仔细裹好藏进了保鲜柜，鲜嫩光滑。如今看来，入学与否的确是人生途中的分岔口。当年一起下乡的知识青年之中，大约三分之一的人先后考上各类学校，毕业之后安居乐业。剩余的知识青年在随后的日子里陆续返回城市，前几年多半又陆续下岗待业。

二

我依然记得，2002年的时候曾经应约写过一篇小文《分量》，纪念大学毕业二十周年。《分量》之中保存了一些记忆、心情和若干的细节，干脆全文照录：

1977年的夏季，我是一个手执镰刀、衣衫褴褛的农民伫立在田头。我的手心结了很厚的老茧，内心日甚一日地迟钝。恢复大学考试的传闻断断续续地飘来，我并没有意识到什么。“大学”这个字眼距离我的生活已经十分遥远，我从未觉得那一圈围墙里面还会和我有什么联系。我的理想是争取做一个不坏的木匠。

可是，消息日渐一日地明朗，周围都在蠢蠢欲动，考试终于成了一件事。当然，也就是一件可以试一试的事情而已，我不允许自己寄予过多的乐观想象。那时已经没有志气将爱因斯坦之类的科学家作为后半生的偶像，学术如同天方夜谭，大学录取的真实意义是口粮问题一劳永逸的解决。我不敢轻易地相信命运的慷慨大方。我的父母亲曾经作为下放干部滞留乡村多年，我深知要将户口搬回城市会遇到多少额外的麻烦。这是中断了十年之后的大学考试，预测的录取率不会超过十分之一。这个数字倒是没有吓住我，这个数字比我可能返回城市当一个工人的概率高得多了。

温习功课的时间不长，也没有太大的压力。我自恃比别人多读了一两首唐诗宋词，中学曾经得到语文老师的表扬，于是决定报考中国语言文学系。有趣的是，功课温习奇怪地召回了我的数学兴趣。我徜徉在一批数学练习题之间，乐不思蜀，以至于不想理会我从未读过的历史与地理。幸亏妹妹及时提醒了我。她报考的是理工大学，但她认为我的数学水平早就不亚于她了。日后得知，我的数学几乎得了满分；数学方面的超额收入恰好补偿了历史与地理的亏欠。这也算失之东隅，收之桑榆了。

奇怪的是，现今我再也记不起我是在哪一个考场进行大学考试的，估计是我插队所在附近的一所小学或者中学。记住的竟然是考试前后的一些零星片断：时常忧虑准考证丢失，惧怕政治审查受阻而面对表格愁眉苦脸，体检时就着水龙头喝一肚子凉水降低血压，因为嗅不出三个小瓶子里汽油、酱油和水的差别而大惊失色，如此等等。在我的心目中，这一切要比那几张考卷凶险得多。

忙乱过去之后，我就不愿再想这件事了。天气逐渐凉了下来，一年将尽，似乎没有人知道这次考试的结局是什么。一个百无聊赖的下午，我在另一个知识青年家中闲扯。他忽然提到，为什么这么久了竟然没有大学发榜的消息，莫非又有了什么变故？这话惹出的焦虑让我有些坐不住，我起身回家，到家的时候恰好收到了大学录取通知书。薄薄的一张纸片：厦门大学中文系。悬在半空中的情绪突然松懈了，一时百感难言。这一刻开始，我才真实地掂量出这场考试的分量。

三

一排“七七级”的新生聚集在厦门大学门口，等待各系辅导员分别把自己的人领走。一个辅导员高声问道：“有数学系的吗？”“有！”两个男生应声而出，周围嗡地一片低声议论。一本著名的文学刊物刚刚发表一篇长文《哥德巴赫猜想》，主人公陈景润即是从厦门大学数学系毕业。“有中文系的吗？”另一个辅导员高声发问。“有！”另外几个新生站了出来，周围又嗡地响起一阵低语。谁都知道，《哥德巴赫猜想》的华丽文辞出自一位著名作家徐迟之手。

1977年的夏季，我浑身湿淋淋地站在水田里听到了大学恢复考试的传闻。当时的环境，考上一所大学远比考上什么专业重要得多。我报考中文系，并不是因为讨厌数学系、物理系或者经济系。一片新大陆突如其来地浮现，惊喜之后就是手忙脚乱。气喘吁吁地游向彼岸的时候，我根本来不及甄别、分辨自己的内心兴趣。仰仗中学课堂和父亲闲聊时传授的文学常识决定后半辈子的专业，这不啻一场冒险的赌博。幸运的是，我押对了。

据我所知，许多大学里面的中文系“七七级”风头甚健。这里聚集了一批各地的才子，缠绵的情诗或者情节离奇的小说雪片般地抛出来。20世纪70年代末至80年代初，历史造就了一个短暂的文学时代。激动人心的启蒙号角，交织在苦难之中的爱情，指点江山和纵论历史的气氛，这一切构成了文学的巨大温床。只要一首小诗就可以赢得校园之内众目睽睽的仰望，诗人的风度、说话手势、阅读的书目以及起居习惯立即享有了特殊的威望。多数人把中文系的课程想象为躺在床上跷起脚读小说，枯燥的文字训诂和繁杂的文学史资料没有多少人问津。不少人听说过拜伦的名言：一朝醒来发现自己已经成名，可是只有诗和小说才能如此惊世骇俗。那个时候，经济学、社会学、法学这些学科还在埋头积累，只有中文系的才子们趾高气扬，风流倜傥。不久前遇到一个经济系毕业的教授。他至今仍然愤愤不平：当年中文系的才子们掠走了他们周围的多少芳心，以至于他们暗地里开始策划一场雪耻的斗殴。

当时我决心专攻小说。即使到了今天，写小说仍然是我内心的一段斑斓的残梦。我相信所有的“七七级”大学生都曾听说过复旦大学的卢新华。据说他的小说《伤痕》先是张贴在教室走廊的墙上，随后被报纸转载。文学史记载了这个短篇小说赢得的巨大声望，但是，文学史没有记载这个短篇小说如何在“七七级”制造了一个小说写作的大潮。一个在东北就读大学的友人转述过一个壮观的景象：他们在一个巨大的阶梯教室晚自修，只有那些稚气未脱的小毛孩儿呆头呆脑地背诵教授们的笔记。教室的后两排一溜明灭的烟头，所有的人都在低头奋笔疾书——写小说。那个时候没有人想到这一天：社会对于经济学家、社会学家或者律师的崇敬远远超过了作家。

世事的变化是从哪一天开始的呢？总之，数学不吃香了。一个数学系主任负气地说，如果校方允许，数学系宁可加入文学院与中文系、历史系、哲学系为伍。混迹于诸多财大气粗的理工科，囊中羞涩的数学系时常成了受气包。其实，文学也不行了。众多名噪一时的刊物频频告急，出版社的仓库里积压的多半是文学读物。我们的偶像卢新华正在大洋彼岸美国的一家赌馆里发扑克牌。昔日叽叽喳喳地环绕在诗人周围的美女如同候鸟一般地迁徙，纷纷栖息到房地产业、汽车业或者演艺圈。的确，相对于几十亿资金的流向、各路大亨手中的巨额利润以及惊险的股票行情，诗人的浅吟低唱或者流行小说编造的恩怨情仇又算什么呢？可笑的是，我很迟才从华而不实的文学梦之中惊醒过来。20世纪90年代中期的某一天，我在京城的一个饭局上遇到了一位经济学出身的“七七级”。酒过三巡，他开始吹嘘每年过手的钱财有多少个亿，认识多少要人，决定过多少重大项目。看着他那么大的口气和那么大的肚腩，我意识到了文学的渺小。许多当年的文学狂热分子早已撤离。撰写房地产广告词或者起草一份公文的余暇，他们时常后悔青春期的幼稚激情。我与一些昔日的文学同道一起喝茶闲聊，谈房价、谈温室效应、谈交通堵塞、谈张三与李四的绯闻——就是不谈文学。这年头还在那儿搬弄“古典主义”“现代主义”或者“意识流”这些术语，看起来就像在炫耀自己读了几本书。一些中文系毕业的故人或许会在寒暄之际客气地问一问文学动态，明智的方法是找一两句俏皮话搪塞。如果一本正经地开讲座，对方的茫然眼神一定会让演讲者羞愧地住口。

可是，我仍然说我幸运地押对了。写出一个精彩的句子足够快活一个上午；阅读一部杰作就是一次迷醉。如果一个人的职业就是放纵地享受这种快乐，这不叫幸运又叫什么？虽然文学已经从“经国之大业”的目录上撤销，可是文学始终盘踞在心里。我相信文学是一个人的内心修为。世俗的风沙纷纷扬扬，愈来愈多的人转向实惠主义，手执计算器不停地盘点收支状况。职务，工资，奖金，上司的眼色，菜市场上猪肉的价格，水电费刚刚收过怎么又来了——一张脸皱得像一颗苦瓜，皮肤粗糙，心事重重，要么用尖刻的言辞八方讨伐，要么用讨好的笑容四面逢迎。对于他们说来，文学早就死去。他们忘记了，文学是市侩的天敌。只要内心埋藏了文学的种子，激昂慷慨之气或者浪漫情怀就会在某一刻突然觉醒。这时的凡夫俗子敢于横眉冷对，敢于拍案而起，他们懂得了侠肝义胆和缠绵悱恻，也懂得了如何对那些俗不可耐的嘁嘁喳喳轻蔑地嗤之以鼻。文学的地盘可能一天天地缩小，但是文学决不会从这个世界上消失。1977年的时候我慌慌张张地撞入厦门大学，随手从书架摸下几本文学经典磕磕巴巴地读起来。三十年之后文学殿堂人去楼空，我却比任何时候都更加明白——这儿是我一辈子的栖息之地。

四

我觉得想道理远比讲道理有趣。于是，离开大学之后我远远地躲开了教师的岗位而在一个专门研究机构工作至今。大约算知识分子吧。人们对于知识分子有哪些想象？戴厚厚的眼镜？咬着笔杆子盯着天空等待灵感？面容苍白，身材单薄，四体不勤，五谷不分？

我一直认为“七七级”出身的知识分子不会那么单纯。收到录取通知的前一天，他们或者肩上还搁着粪桶，或者跟在牛屁股背后扶着犁耙，或者正拉着板车走街串巷。他们之中的许多人外语口音不够纯正，没有拿到钢琴考级证书，四书五经、“子曰诗云”背不出三两句，三步四步的交际舞跳得很蹩脚，甚至从未听说过牛津大学或者麻省理工学院的大名。他们的特殊积累是世事人情，是乡愁，是读不到任何文字的巨大恐慌，是半夜三更的饥肠辘辘，甚至是混杂了绝望的蛮横和粗野。现在，这些知识分子打起了领带，穿着皮鞋橐橐地登上国际学术会议的讲台，或者在某一个万人瞩目的场合慷慨激昂地演讲。但是，我相信这些积累仍然潜伏在身体的某一处，可能在某一个时刻突然复活。只要坐上一趟每个小站都要停靠的慢车，置身于一大堆民工的方言、扁担、麻袋、汗臭和脚臭以及打牌的吆喝和争夺座位的拌嘴之间，以往的全部感觉一下子就回来了。这些生活始终压缩在他们的阅读和写作之中。

“七七级”这一批人于20世纪80年代初期从大学返回社会。他们的性格多大地成就了当时的文化气氛？这是一个有趣的谜团。20世纪80年代的时候，诗人如同口念咒语的巫师令人敬畏；一大堆人心甘情愿地被种种艰深的哲学著作憋得胸部发痛；另一些人二两白酒下肚就开始辩论神秘主义，各种稀奇古怪的故事常常把自己吓得脸色发青。那些只会引经据典的书斋式人物没有市场，文化沙龙的主角多半是上知天文、下谙地理的名流，他们或机智或叛逆的妙论与满脸的大络腮胡给人留下了同样深刻的记忆。那时的女孩儿对于出身豪门的白马王子视若无睹，另一些牛仔裤包着瘦弱小屁股的白面书生也上不了台面，她们心目中的偶像是海明威或者高仓健式的男子汉，如果脸上有一条长长的刀疤就更好。至于房契、存折、结婚证书或者学位证书无非是一些庸俗的法律文件，重要的是曲折的人生履历——至少也得曾经下乡插队，打过几场架或者偷过农民的鸡鸭。20世纪80年代有的是放肆的激情，没有一点儿狂狷的个性简直可耻。那时的做生意开拓市场也仿佛是神圣的启蒙运动，商人们锱铢必较的精明很久以后才得到真正的重视。“七七级”这一批人不会忘记历史的赐予，他们投入各种文化运动也就是想继续为历史做些什么。

进入20世纪90年代，“七七级”这一批人多半已经人到中年。中年人也就是疯过了，狂过了，现在身体有些发福，要歇口气整理一下人生了。中年人开始务实，瞻前顾后，小市民性格、暮气或者狡诈算计同时悄悄地附上身来。20世纪90年代的社会也稳重了许多。稳重的社会就是懂得了算账，不再把柴米油盐视为不登大雅的累赘俗务。这当然就是经济学大显身手的时候了。中文系擅长的浪漫气势渐渐式微，经济学的算盘噼里啪啦地响彻每一个角落。

稳重的社会惊人之论逐渐减少，人们开始强调“言必有据”。“言必有据”在大众传媒上制造了一个开场的短语——“专家认为”。专家不就是知识分子吗？于是，教授、博士隆重出场。大学里面早已经将各种学衔串成一根前后相随的长长链条，并且在不同的系列之间设定了兑换率——例如取得博士学位之后的多长时间可以当教授。各种学衔并非免费领取的午餐，每一种学衔必须得到规定业绩的支持。从发表论文的学术刊物等级、一个课题的研究历史到概念术语的来龙去脉、引文注释的数量和格式，每一个步骤都有章可循。这时，那些仅仅仰仗灵机一动就信口开河的才子们终于傻了眼。现今的教授、博士严谨、缜密、一丝不苟。他们经历了答辩委员会的严格审查，填过了无数的表格，脸上的表情已经训练得四平八稳。求证：这个问题几个解？甲、乙、丙、丁，A、B、C、D，他们的解答有条不紊，身后一摞子参考书形象地说明什么叫学术。我对于这一套指标体系毕恭毕敬，遇到某些“七七级”课堂上没有见识过的内容就老老实实地补课。尽管这是跻身专家队伍的必要修行，某些时候我还是会暗地里犯嘀咕：一大片中规中矩的面孔之间，那些横空出世、石破天惊之论是不是愈来愈罕见了？

当然，严谨或者中规中矩的教授、博士并非于僵硬的机器人。某些时候，他们也会在表格或者引文注释的掩护下斗气，耍小心眼，占了便宜之后言辞之间就会流露出一些小得意。一次国际性的学术会议上，一个教授逮住了另一个教授的一处史料讹误。纠正无疑是必要的，可是他脸上盛气凌人的表情让我不太舒服。生也有涯，知也无涯，每个人都可能犯错误。利用对方的粗疏狠狠地踩痛他的脚板，这种胜利有些无聊。至于他们内部的“人脉”关系，常常以学术的名义形成某种互利互惠的联盟。我有幸聆听一位学术大佬指点迷津。从国际汉学界到京城的著名学府，某人是某人的嫡传，某个大师与另一个大师结过何种恩怨，某个大学与某个大学之间如何互相挖墙脚，打口水战。一大堆内幕消息人物众多，情节生动，听起来与武侠小说之中的帮派关系或者官场上的明争暗斗如出一辙。还有一些教授、博士无所谓哪一个门派的提携而甘于单打独斗。他们口才好，人气旺，大众传媒一下子把他们变成了家喻户晓的爆炸性人物。与大众传媒的合作不仅可以像明星一般赢得追捧，而且可能像明星一般大把大把地挣钱。这些教授、博士无疑是给学术乃至文化添砖加瓦，只不过他们的方式与我当年的幼稚想象相距甚远。1977年的考试把我引入一个崭新的大学空间。我受宠若惊地站在图书馆和教学大楼之间东张西望，天真地认为这儿只有学术而谢绝权术或者别的什么术。当时我丝毫意识不到，这些地方有时也要讲辈分，拜码头，赔小心，打躬作揖，机缘凑巧也能淘得出万两黄金。

听到有些“七七级”已经退休，心中悚然一惊。凝神算了算，的确是三十年的时光。我的三十年，白了双鬓，添了皱纹，换得了一句“五十而知天命”。“知天命”也就是清楚自己能做些什么，不能做些什么。功名可以轻轻一笑，荣辱也可以轻轻一笑。身外之物一松手就可以丢弃。念念不忘“七七级”，不是炫耀某种资历，而是因为那一种集体性格。见识过一些风雨，不那么温顺，喜欢用亲身经验衡量书本的知识，这一批人始终不是只懂得引经据典的迂夫子。1977年我从水田里一头闯入大学，暗自庆幸自己可以闭门读书，两耳不闻窗外事；三十年之后终于明白，书本之外的知识才是“七七级”这一批人真正的额外财富。

2007年10月

新中国科学家让《东方红》响彻寰宇

李克勤

题记：今天（此文写于2008年9月25日）我国将发射“神舟七号”飞船，这种时候我们自然回想起新中国的领袖在当年那么艰苦的环境下，果断做出发展“两弹一星”的决策，多么富有远见，新中国的科学家又是多么富有创新精神，创造气派！1970年4月24日我国成功发射了第一颗人造地球卫星。按当时时间先后，我国是继苏、美、法、日之后，世界上第五个用自制火箭发射国产卫星的国家。

1970年4月24日，中国第一颗人造地球卫星从酒泉卫星发射中心升空，在太空昼夜不停地向全球播放《东方红》乐曲和遥测信号，向全世界宣布中国已进入宇宙空间。

我当时刚上小学，我们周围的人们整个沸腾了，那时人们都聚集在收音机前收听来自宇宙的声音：《东方红》乐曲！我们的科学家把《东方红》乐曲，由我们自己的卫星带向天空！那真是激动人心啊！每当夜幕降临时，无数的老百姓仰望星空，按照广播指引的方位，用自己的眼睛去观看我们的卫星……

据现在已经公开的资料，我们对于那个神圣卫星有了比较全面的认识。“东方红一号”（Dong Fang Hong I／Red East 1）卫星是中国的第一颗人造卫星，由以钱学森为首任院长的中国空间技术研究院研制，当时共做了五颗样星，结果第一颗卫星就发射成功。该院制定了“三星规划”：即东方红一号、返回式卫星和同步轨道通信卫星，而孙家栋则是当时“东方红一号”卫星的技术负责人。1967年，党鸿辛等人选择了一种以铜为基础的天线干膜，成功解决在100℃至零下100℃下超短波天线信号传递困难问题。“东方红一号”卫星因工程师在其上安装一台模拟演奏《东方红》乐曲的音乐仪器，并使地球上能从电波中接收到这段音乐而命名。

1956年，中国把开发火箭技术纳入国家十二年科学发展规划。1957年著名科学家钱学森等积极倡议开展人造卫星的研究工作。1958年毛泽东同志发出“我们也要搞人造卫星”的号召。根据这一战略考虑，中国科学院把研制发射人造卫星列为1958年第一次重点任务，揭开了中国向太空进军的序幕。广大科技工作者奋发图强，埋头苦干，克服困难，完全依靠自己的力量，踏上了征服太空之路。当时受到“大跃进”影响，曾提出过研制高能推进剂运载火箭、发射重型卫星和要在1959年国庆节将中国的第一颗卫星送入太空的设想。但这种设想脱离了中国的经济实力、科技水平和工业基础，因而缺乏实现的可能。1959年1月21日，中国科学院党组传达邓小平同志指示：卫星明后年不放，与国力不相称。据此，调整任务部署，提出“以探空火箭练兵、空间物理探测打基础、不断探索卫星发展方向，筹建空间环境模拟试验室，研究地面跟踪接收设备”的具体方针。通过贯彻这一方针，中国在火箭技术、航天器技术、有效载荷技术、姿态控制技术、轨道设计和发射技术的研究和试验，以及人才的培养和训练等都取得了很大的进展。1970年4月24日，中国第一颗人造地球卫星在酒泉卫星发射中心成功发射，由此开创了中国航天史的新纪元，使中国成为继苏、美、法、日之后世界上第五个独立研制并发射人造地球卫星的国家。东方红一号卫星重173千克，由长征一号运载火箭送入近地点441千米、远地点2368千米、倾角68.44度的椭圆轨道。它测量了卫星工程参数和空间环境，并进行了轨道测控和《东方红》乐曲的播送。

“东方红一号”卫星以火车运输时，铁路沿线每两根电线杆间由一位荷枪实弹的卫兵守卫。于1970年4月24日21时35分用“长征一号”运载火箭（CZ—1）载着“东方红一号”卫星从中国西北酒泉卫星发射中心发射升空，21时48分进入预定轨道。

“东方红一号”卫星的主要任务是进行卫星技术试验、探测电离层和大气层密度。卫星为近似球形的72面体，质量173千克，直径约1米，采用自旋姿态稳定方式，转速为120转／分，外壳表面由按温度控制要求经过处理的铝合金为材料，球状的主体上共有四条两米多长的鞭状超短波天线，底部有连接运载火箭用的分离环。卫星飞行轨道为近地点439千米、远地点2384千米、轨道平面和地球赤道平面为倾角68.5度的近地椭圆轨道，运行地球一圈周期为114分钟。“东方红一号”卫星除了装有试验仪器外，还可以以20兆赫的频率发射《东方红》音乐，该星采用银锌电池为电源。

“东方红一号”卫星设计工作寿命二十天（实际工作寿命二十八天），其间把遥测参数和各种太空探测资料传回地面，至同年5月14日停止发射信号。

关于《东方红》乐曲的典故是这样的：苏联第一颗人造卫星的呼叫信号是嘀嘀嗒嗒的电报码，遥测信号是间断的。中国的卫星信号应该是什么样的？卫星总体组的组长何正华认为，中国应该超过苏联，发射一个连续的信号，且这个信号要有中国特色，全球公认。当时中央人民广播电台对外呼号是《东方红》乐曲，某种意义上《东方红》也成了“红色中国”的象征。出于对毛泽东的崇敬，何正华提出了卫星命名为“东方红一号”的建议。这些提议得到了专家的赞同。1966年5月，经国防科工委、中国科学院、七机部负责人罗舜初、张劲夫、裴丽生、钱学森等共同商定，将中国第一颗人造卫星取名为“东方红一号”。1967年初正式确定中国第一颗人造卫星要播送《东方红》音乐，让全球人民都能听到中国卫星的声音。

那个时代的人都记得我们熟悉的《东方红》！“东方红一号”卫星的发射成功使中国成为世界上继苏联、美国、法国和日本之后第五个完全依靠自己的力量成功发射人造卫星的国家。虽比苏联发射第一颗人造卫星“斯普特尼克一号”晚了十三年，但它的质量超过了前四个国家第一颗卫星质量的总和。从此中国正式加入了“太空俱乐部”，发射成功后，钱学森向中央提出中国应该发展载人航天事业，并提交发展中国载人航天事业的报告，得到毛泽东亲笔批示“同意”。

“东方红一号”卫星，反映着当时我国的经济、科技、社会和军事能力发展水平，是国家综合国力的重要标志，是影响国际关系格局的重要因素，是促进经济和科技进步的重要手段，对于增强民族自豪感和凝聚力具有重要作用。“东方红一号”卫星上天，在许多国家引起了强烈反响，国外纷纷发表评论指出，这颗卫星发射成功，“体现了中国一直在依靠自己的力量为人类的幸福和进步进行宇宙开发”，“表明中国的科学技术和工业进步达到新高度”，“是中国科学技术和工艺方面取得的突出成就”，“中国掌握了先进火箭技术和制造出大型火箭的技能”。“东方红一号”卫星是全国各族人民在中国共产党领导下艰苦奋斗的结晶，是中国工人阶级、解放军、知识分子的杰出贡献。之所以能在较短时间内取得如此辉煌的成就，主要归功于党中央和老一辈无产阶级革命家，毛泽东、周恩来、邓小平、叶剑英、李先念、聂荣臻等老一辈无产阶级革命家，对卫星事业自始至终都倾注了大量的心血。“严肃认真，一丝不苟，稳妥可靠，万无一失”等指示，已成为航天科技工作者的座右铭。“东方红一号”卫星文化是“两弹一星”精神和航天精神的体现。在“东方红一号”卫星的研制过程中，我们依靠自己的力量，全国大协作，建立起了一个比较完善和健全的航天科学技术研究、设计、试验、制造及质量保障和管理体系，锻炼和造就了一支又红又专、技术水平高、能打硬仗、善于攻关、专业配套、老中青相结合的航天技术队伍。历史会记住钱学森、赵九章、郭永怀、钱骥、陈芳允、杨嘉墀、王大衍、王希季、任新民、孙家栋等“两弹一星”元勋对中国第一颗人造卫星的杰出贡献。

我们需要而且必须永远记住那个东方红时代的精神、气派，那是一个创业的时代，那是一个创造的时代，作为后来者只有虚心学习那种精神，认真总结那个过程，有什么理由在那里指手画脚，有什么资格自以为是！

前人栽树，后人乘凉，那是前人对他们的前人的孝道，更是他们对后人的慈爱！凡是讲天理者认为这是作为一个中国，理所当然要做的事情！

毛泽东那一代人就是这样的，他们要了什么回报？他们只是向人民共和国尽了忠，向列祖列宗尽了孝！难道这还有错？

当我们享受前人留给我们的宝贵遗产时，如果连起码的良心都不讲，还要苛求前人，指责前人，那我们的后人会怎么评价我们呢？

我们在前人的基础上，超过前人，那是必然的，否则我们还有什么脸面呢？不过，现在更有现实意义的是，我们要学习当年的那代人，包括干部、工人、科学家，在社会主义大协作的旗帜下，艰苦奋斗，兢兢业业，任劳任怨的工作作风，那可是真正的财富啊！

毛泽东说：“世间一切事物中，人是第一个可宝贵的。在共产党领导下，只要有了人，什么人间奇迹也可以造出来。”我们的“两弹一星”就是雄辩的证明。

所以，我们还是要把我们中华民族的上慈下孝的优良传统继承下去，不管科学怎么发达，我们的为人之道不会变，讲天理，凭良心，永不会变！

每一个中华好儿女，都有责任既让卫星上天，又要防止、抵制红旗落地！这样才能上对得起列祖列宗，下不祸害子孙后代！

我们才能心安理得啊！这才是真正的“以人为本”！

2008年9月

“公民”从地震中走来

张抗抗

面对地震灾难过后近于毁灭的城镇乡村废墟，曾有一刻，恍若地球末日来临。

中国古汉语中诸如“山崩地裂”“地动山摇”“天塌地陷”那些成语，突然变成了浸泡在泪水中的恐怖现实。

坍塌、崩裂、尘埃，泣血、呼救、等待；逝者、伤者、幸存者……

千里之外的每一次余震，从地层深处传来，心被一次次揪紧，颤抖得像要裂开。

在莫测的大自然面前，人的生命真是如此尤助、无力与无奈吗?

不，不是地球末日也不是地狱。地狱里只有鬼魅与绝望、黑暗与孤独，绝不会有从五千米高空降落的伞兵、驶于激流中的冲锋舟；不会有从滚石暴雨中穿越大山的救援急行军、不会有肩膀扛去的食物与净水；不会有红十字药箱和白衣天使、不会有蓝色绿色的帐篷、不会有昼夜不停地大型挖掘机的轰隆声……

还有那一双双四面八方伸出的援手。温暖结实，快捷有力。手心手背手指手掌都已经被沉重的水泥板磨烂。那些手来自很远的地方，放下了自己手头所有的事情。从地狱之门的边缘、从沉重的瓦砾堆里，用尽最后的气力，将一息尚存、血肉模糊的身躯一寸寸挪出，将虚弱飘浮的灵魂一个个唤回。劫后余生的阳光下，我们已经无法辨认，那一双双援手之中，哪些是不留名的“志愿者”。

有大爱和真情的所在，没有地狱。

汶川地震发生后，中央政府以前所未有的决断与高效，快速调集整合并亲自指挥各级政府、军队、武警、消防、企业等多方社会救援力量。国内主流媒体在第一时间将灾难真相公布于众。真实信息的传导，广泛激发起中国国民对灾情的关切。几乎所有的人，都在揪心的牵挂中度过了最初的不眠之夜，每个人都在问自己：我能为救灾做些什么？天亮之后，无数市民走上街头，自愿捐出了一笔一笔善款、献血者排成了长长的队伍……

短短几天内，一支支志愿者队伍，从不同的出发地，向四川火速集结。由社会民间力量自发、自觉参与的救援行动全面展开。国内各个NGO组织的救援计划启动：成都十几家NGO迅即联合组成“民间救助服务中心”，在灾区拓展出多个救助点，弥补了人口相对稀疏、政府力量暂时没有覆盖的地区；江苏某家民营企业组织的由六十台挖掘机等大型机械组成的民间抢险队，四十八小时内赶到了绵阳；今年冬季曾经自发奔赴湖南抗击冰雪灾害的十三位唐山农民兄弟——“宋志永爱心支援小分队”，又一次从家乡出发火速入川。由无线电爱好者组成的现代化通讯营救小组、由动力攒翔伞为主、攀岩和速降装备为主的志愿者队伍、各种车友会、登山俱乐部成员结伴而行，利用自己的专业知识，交流并提供野外搜救经验，增援灾区；网上自发的“稀有血型联盟”昼夜不停地紧急呼救。满载物资粮食蔬菜的“个体户”救灾车队，源源驶入蜀地；出租车免费为采访救灾的记者和志愿者服务；私家车一辆一辆汇聚成“流动志愿车”大军，积极送医送药载人。每天都有近千名自带食物和生活用具的志愿者，拥入成都担任“义工”，“80后”“90后”的青年人、退役军人、白发老人、白领蓝领，或请假或辞职，白天帮助转运伤员、医务护理、搬运或发放食物、提供心理抚慰，夜间露宿空地，连续工作几天几夜。那一双双有力的援手，没有年龄、地域、职业的界限，甚至彼此不知道对方的名字……

地震在那一刻，我们的心灵也似被一股强大的力量猛烈震醒。人不可胜天，但人可战胜自我。地壳板块撞击所释放的巨大能量，在毁坏生命的同时，却让灵魂得到提升。

各种新型社团、网络社群、企业协会、为救灾成立的临时组织。汇集成强大而健康的民间力量——今天，所有的中国人，都是参与救灾的“志愿者”。

我是志愿者——因为，我是中国公民。

我们可以骄傲地说：在灾难与瓦砾的缝隙中，中国人的公民意识正在成长。这是改革开放三十年社会巨大进步的重要标志。

很多年中，原本在国际社会通用的国家公法中最基本的“公民”这一法律概念，在中国的政治生活和社会生活中，是一个缺席的空白。中国传统文化中，不存在“公民”这个词组。中国人的“国家”，是以家族结构为本位的“家”“国”两者同构体系。于是，中国传统文化中的“民”，不是公民，而是“黎民百姓”“臣民”“子民”“草民”。民——“氓也”。民——“萌也”。“萌”即精神上的蒙昧与无知，也即愚民。《论语·泰伯》中，孔子的“名言”——“民可使由之，不可使知之”，尽管当下学界对其究竟该如何“断句”，有多种解读方式，但至少可作为历史上统治者对“民”的态度和定义的一种参考。

回头再来看“公”字的含义。在汉字问源考证中，“公”是一个会意字。上面是“八”——八的两撇相背。“八”下面是个“厶”。“厶”即“私”的本字，也就是私的意思。这个“厶”放在两撇相背的“八”字下面，组合为“公”字。意即与“私”字相悖方为“公”。公正公平公理、天下为公之“公”。遗憾的是，这个形象鲜明的“公”字，与含义卑贱卑微的“民”字，在古老的汉语中，始终未曾携手，从未形成过正式的词组。

在20世纪中叶的苏联，曾经普遍使用“公民”这个称谓。苏联的“公民”，产生于1936年的苏联宪法。然而，那是一个被抽掉了公民权利的虚假概念和政治标签。他们只有“为公献生”的义务，处于物质和精神的双重奴役下，却没有“公民”的权利保障。“公民”们随时都可能在顶级“公仆”的授意下被剥夺“公民权”甚至失踪。那种假大空的“公民”概念，有一度曾被生搬硬套地移植到我们这片未经启蒙深翻的华夏土壤上，很快就淹没在“黎民百姓”“草民”“人民”的汪洋大海之中了。

“中国公民”意识的缺位，来自我们传统文化中沿袭千百年的既定观念。辛亥革命以来，我们经历了从“子民”到“国民”的进步，然后又从“国民”改入“人民”的行列。“人民”与“群众”组成了“人民群众”这一具有鲜明“革命性”的中国特色词组，其含义从未在法律上做出界定。一个多世纪来，中国从“国民”到“人民”，一圈圈转磨，却滋养出更多的顺民、愚民和文革暴民。虽然“公民”一词自建国始已进入“中华人民共和国宪法”，却始终没有真正进入人们的社会生活。这一步看似近在咫尺，历经半个世纪仍然步履艰难。十七大报告中说“要加强公民意识教育”，很多人至今却置若罔闻。

马克斯·韦伯说：“在西方之外，从来不存在城市公民。”“公民”这一概念始自古希腊城邦制，公民相对“奴隶”而言，享有言论和行动的自由。西方社会的基本因子是个人而非家族，因此，在一个健全完善的政体中，每一个具有政治、经济、法律、社会身份的独立“自由民”，都是“国家公民”。公民在履行公共责任和义务的同时，具有表达个人意志、参与公共事务的权利。并具有自律的法治意识和善意的合作意识。“公民社会”是“前现代”与“现代”社会的鲜明界碑。

“公民社会”的公民——在政治上，是有权监督公共权力的人；在法律上，享有私有财产、个人尊严、知情权、言论自由等多种得到宪法保护的权利；在经济上，是国有经济的“股东”，共享国家的公共资源；在道德上，具有更自觉的独立人格、自主理性、公共责任和公共精神。因此，公民这一称谓，兼有政治和法律的双重身份，是民主社会的基础。只有“公民”与“公仆”，才是“民”与“官”的合法关系指代。只有确立公民意识，它的对应物“公仆”一词，才会名副其实。

21世纪的2008年，在地震强烈的余波中，我们终于欣喜地看到——开放的、渐进的中国，广大民众的公民意识，在这次深重的大灾大难中豁然觉醒，并大步走来。

不再是被动的驱使、不再是盲目的呼应、不再等靠“组织”的命令、不再空喊口号。不怨天尤人、不悲观绝望、不计较个人得失、不考虑投入的“回报”。“志愿者”——有志向的人，有志气的人，通过行动来表达自觉自愿的个人意志。“志愿者”，一个多么准确、富于现代意识的汉译词组，自谦中透着自尊、悲悯与激情。尽管“志愿者”这个称谓落户在华夏大地为时不久，尽管这个词对于偏僻的乡民尚显陌生。但在这次的地震灾害中，它得到了最广泛的传播和普及，得到了最真诚的认同和追随。据悉，设立全国哀悼日的提议，最初也是由网上的“志愿者”提出，而后迅速被政府采纳的。

今天的“志愿者”，已经超越了以往那种“为国效力”，在政治机器上恪尽“螺丝钉”和“齿轮”角色的个人生存目的，而是主动自愿地承担“公民”义务和责任。这个“公民”的“公”，区别于“一大二公”的“公”和“大公无私”的“公”，而是“公共”之“公”、是“公众”之“公”、是“公德”之“公”。公民是这个国家的主人而不是被统治者，他们在履行自己职责的同时，也要求自己的权力和利益，得到国家宪法的维护和保障。

“公民意识”的成长，是一个国家迈向“公民社会”的前提。

进入现代社会，汉语词典中有许多使用了千百年的词语，正在渐行渐远，自动地退出我们的生活，即将被废弃删除，或是只能作为字典里的古老符号，供后人参照。草民、黎民、子民、庶民、臣民这些依然常常被人习惯性使用的词汇，已显得何等陈腐老旧。

例如："百姓"——迄今为止，仍然有太多的人，沿袭使用这个可疑的称谓。动辄自称"我们老百姓"如何如何。岂不知，"百姓"即百家之姓，是从属专制帝王、没有独立人格而又互不相干的散漫人群。自从中华人民共和国成立以来，"公民"这一法律身份被宪法确立，我们就不再是老百姓。不再是封建时代的"黎民百姓"，而是享有公民权的独立个体。很多年中，军队总是习惯称呼"群众"或"老百姓"来与军人区分。从"我是一个兵，来自老百姓"这句歌词中，可以看到，不对等的称谓关系中，"百姓"仍是作为第二等级存在的。

再例如："天下兴亡，匹夫有责"——仅仅是"匹夫"有责么？在"天下"的责任范围内，女性的位置在哪里？传统的社会结构中，女性被排除在一切公共事务之外。天下是"匹夫"组成的"天下"，而非男女公民的"天下"，时至21世纪，这句成语是否有必要改成："天下兴亡，公民有责。"

这里的"天下"，更应该是整个地球的天下，是天下万物之天下。我们是中国公民；在全球化时代，我们也是世界公民。世界公民拒绝狭隘的民族主义。具有世界公民意识的志愿者，具有人类的普世价值观。为"天下"所有的灾难而忧患、行动。

面对满目疮痍的汶川山河，心痛之感深入骨髓。愿更多的"志愿者"，在修复地震灾区重创的同时，也修复国人伤痕累累的心灵。这片丰饶美丽却又多灾多难的土地上，只有产生出与宪政相契合的公民文化，我们才能找到通往公民社会之路。只有当公民的主体地位被逐渐确立，"百姓"真正转变为"公民"之后，我们的民主制度才有保障。只有合格的公民，才能建设合格的公民社会。反过来说也一样，只有合格的公民社会，才能造就合格的公民。尽管有人说谈论"公民社会"为时尚早，但呼唤并促进它的早日到来，却应该成为"公民"们自觉的担当。

我为志愿者而歌，我为所有的中国公民而歌。我们有理由期待，21世纪的中国公民，将在地震的废墟上，重建新时代的精神家园，并逐渐实现向公民社会的转型，以健全的公民社会形象，融入国际社会。

2008年6月

超越之梦、和谐之梦

——献给 2008 年北京奥运会

朱铁志

一

奥林匹克的脚步正急速向我们走来。

这是歌声与微笑汇聚的时刻，这是梦想和希冀成真的时刻，这是北京张开双臂笑迎四海宾朋、展示无边热诚的时刻。

这一刻，中华民族的百年期盼将化为现实；这一刻，海内外中华儿女的共同心愿将凝结为燃烧的圣火；这一刻，我们对国际社会的郑重承诺将庄严兑现；这一刻，古老的中国将以崭新的姿态踏上世界舞台。

每一个华夏子孙都张开欢乐的翅膀，每一个中华儿女都放飞心中的希望。

于是，灿烂的笑脸和激动的心跳一同踏上奥运专线，穿过长安街，穿过安定门，迎着北辰闪烁的方向，向着鸟巢、向着水立方、向着奥林匹克的方向迅跑。

二

这是泱泱华夏期待已久的超越之梦，这是神州大地魂牵梦绕的和谐之梦。

在奥林匹克的旗帜上，我看见用法文、英文、中文书写的“和平、友谊、进步”的宗旨；在神圣的《奥林匹克宪章》中，我从“更快、更高、更强”的理念里，看到了“超越”的意志、“超越”的理念、“超越”的梦想。

如果说奥林匹克不仅是一种运动，更是一种主义，一种理念，一种生动而具体的生活方式和生活哲学，那么，我宁愿将她概括为一种“超越的哲学”。

是的，在奥林匹克的名义下，首先要超越的是自我，是人的肉体生命和精神意志的双重极限。我们的体能是有限的，但我们的精神是无限的。《奥林匹克宪章》明确规定：“奥林匹克主义是增强体质、意志和精神并使之全面发展的一种生活哲学。”这意味着，“更快”不仅仅是比原来少一秒，“更高”不仅仅是比原来多一分，“更强”也决不仅仅是战胜对手。而是在奋争的道路上击溃自己的卑怯，战胜自己的犹疑，打败自己的软弱。

超越战争，超越仇恨，超越无边的偏见和恶意的诋毁。在这个纷乱的世界上，基于政治的、经济的、文化的、利益的、宗教信仰的、可以堂皇表白的、不可告人的种种原因，国与国之间、不同种族之间，时刻都在上演相互仇视、相互诅咒、甚至相互杀戮的闹剧。唯有奥林匹克运动拥有“相逢一笑泯恩仇”的巨大影响力、无限感召力。《奥林匹克宪章》指出：“奥林匹克运动的宗旨是，通过没有任何歧视，具有奥林匹克精神——以友谊、团结和公平精神互相了解的体育活动来教育青年，从而为建立一个和平的、更加美好的世界做出贡献。”

正是基于这种精神，奥林匹克运动形成了向全球发出停战呼吁的优良传统。去年10月，在第六十二届联大会议上，通过了我国首先提出一百八十六个会员国联署的《奥林匹克休战决议》，号召联合国成员国单独或集体采取积极行动，在奥运会举行期间放下武器，实现休战，并根据联合国宪章精神，和平解决所有国际争端，让四年一次的奥运会成为世界和平的盛大节日。

超越国家与民族，超越文化差异，超越不同语言，超越狭隘意识形态。圣洁的奥林匹克旗帜以白色作底，映衬五色圆环，象征五大洲不同国家、不同民族、不同人种手挽手欢聚在一起，在公平、公正、公开的原则下展开体能与意志的较量。这一刻，一个国家是什么制度并不重要，一个民族是什么信仰并不重要，一个人使用什么语言也不重要。因为他们拥有奥林匹克这一迄今为止人类最为高度统一的语言，掌握直至今日最不需意识形态解读的普遍真理。

《奥林匹克宪章》昭示后人：“奥林匹克主义旨在使体育运动为人的和谐发展

服务，以促进建立一个维护人的尊严的、和平的社会。”这就是为什么她具有其他任何力量无法比拟的动员力、组织力、感召力的内在秘密；这就是为什么“同一个世界、同一个梦想”口号一经提出，就受到全世界爱好和平人们广泛赞誉的根本原因。

奥林匹克运动超越时间，超越空间，超越肤色，超越贫富，将人类社会共同期待的简单生活展示在世人面前。从古希腊的赫拉神庙，到中国的万里长城，虽然远隔千山万水，但心与心的距离其实非常贴近，近得只能容下一面飘扬的奥林匹克旗帜和凝结了光荣与梦想的五星红旗。

而当黄色的、白色的、黑色的、棕色的手臂森林般高高举起，和谐世界的理念就像开幕式上放飞的白鸽，在中国的上空升腾。

三

这一刻，我们不能不想到奥林匹克运动无限的象征意味。在顾拜旦睿智的眼光中，我们体会到了这种象征意味；在拳王阿里颤抖的手臂上，我们看到了这种象征意味；在东方神鹿王军霞身披国旗激动的面容里，我们感到了这种象征意味……

是的，奥林匹克运动象征友谊，象征和平，象征进步，象征包容，象征欢乐，象征无限的梦想，象征不老的青春，象征公平与正义，象征人类的理想境界……

为五千年文明搭建一个现代平台，这就是北京奥运；为改革开放的中国展示全新的形象，这就是北京奥运；为曾经的“东亚病夫”甩掉耻辱的帽子，这就是北京奥运；为和谐世界理念寻找一个现实的出发点，这就是北京奥运。

或许是她承载了太多太多的期盼，或许是她包含了太多太多的内涵，以至于古老的中国成了世界瞩目的中心，现代的北京成为十三亿人民翘首瞩望的焦点。

四

中国在呼唤奥林匹克，奥林匹克也在呼唤中国。在彼此的呼唤当中，我们相互认识、相互了解、相互促进。

从鸟巢到水立方，从北京到所有奥运协办城市，响亮的呐喊声、助威声、叫好声，将和深情的呼唤交织在一起，汇成排山倒海般的巨流——

呼唤无坚不摧的阳刚之气，呼唤虽落后于人但永不服输的坚韧精神，呼唤咬紧牙关，呼唤拼尽全力，呼唤摔倒了爬起重来，呼唤把热烈的掌声送给坚持到底的人，呼唤赛场没有狭隘的种族歧视，呼唤北京没有粗鄙的偏见和谩骂，呼唤不同肤色的各国人民像五环一样手挽手团结欢乐在一起。

在持久的呼唤当中，《奥林匹克宪章》所谋求的“把体育运动与文化教育融合起来，创造一种在努力中寻求欢乐、发挥良好榜样的教育价值并尊重基本公德的生活方式”将逐渐形成。

那是一种多么单纯快乐的生活方式，一种多么令人向往的生活方式！

五

这种生活方式应该成为北京乃至全中国的巨大收获，但这收获不该成为一次性的群体狂欢。她必须起到应有的带动和促进作用，起到充分的示范效应。如果耗时七年、耗资巨万，只换来短暂的热闹，那不是我们的初衷，更不是现代奥林匹克主义所倡导的体育精神。

有人说：“中国是金牌大国，但不是体育大国。”也有人说：“在中国，体育是贵族的东西，与一般百姓无缘。”这些刺耳的话语虽然难听，但并非全无道理。

是的，雅典奥运会我们取得三十二枚金牌，位居金牌总数第二名。但同时也请不要忘记，就在雅典奥运会举办的当年，国家体育总局完成的《全国体育场地普查》显示：我国人均占有体育场地面积只有区区一点零四平方米，远远低于日本的人均约十九平方米。

从1984年重返奥运大家庭到雅典奥运会，我国的金牌总数逐届快速上升，但2006年教育部公布的《全国学生体质与健康调研结果》表明，我国六至二十二岁学生的速度、爆发力、力量、耐力素质水平明显下降，近视率、肥胖率却不断攀升。

这让我们在欢乐之余不禁扪心自问：究竟为什么举办奥运会？难道仅仅是为了实现一个梦想？了却一段心愿？兑现一个承诺？举办一届奥运会，拿下创纪录的金牌总数，但如果不能通过竞技体育成功带动群众体育的广泛开展，那不能叫“成功”。如果盛会过后，孩子们的运动时间依然无法得以延长、运动场地依然无法得到改善、青少年的体质依然继续滑坡，那当然也不能叫“成功”。

体育总局的官员说过，通过举办奥运会，为全民健身活动提供示范，推动全民健身的积极性，促进中国群众体育运动蓬勃发展，让人们养成终身体育锻炼的习惯。

这个平实的表态让我感到温暖，这温暖或许并不亚于刘翔夺冠，抑或姚明率领中国男篮战胜美国男篮。

北京奥运必然成功，北京奥运必须成功，我们对此深信不疑。

成功的北京奥运将经得起时间的检验，将给中国人民带来长远的福祉和永远的健康，我们对此同样深信不疑。

祝福北京!

祝福奥运!

祝福亲爱的祖国和亲爱的人民!

2008年

我所见识的“新人类”

张瑞燕

对于这个时代新出现的人类，已有太多的定义，譬如“他们生活在物质文化丰富的新时代，追求一切可触及的新生事物，喜欢刺激与冒险，倡导新生活，新文化，新运动”——大家忙着给“新人类”打标签，褒贬不一。襁褓中的孩子终于长大，生闯进这日渐沉闷的世界，使得世上的老人家们多少有些郁闷。一辈新人换旧人，变局已定，这已不再是我熟悉的世界，作为一个旁观者，我接触到了一些“新人类”和他们新鲜的生活方式，试图了解和理解他们，以及他们创造的新世界。

S是80年代生人，服装设计师。为上海某品牌时装工作，每年飞几次香港、东京、韩国，偶尔也去时尚策源地欧洲考察。SHOPPING（购物）是她的本职工作，在香港，她能从上午逛到凌晨，飞速扫荡各大品牌折扣点、设计师小店，对于山本耀司、川久保玲这些她所热爱的大设计师作品和各地价格比了如指掌，敬业精神可见一斑。小姑娘眉目精细，身形苗条，衣着相当另类，常穿着羊蹄型的鞋，迷彩的大裙裤，背个圣诞老人样的包包，笑嘻嘻的，看似轻松自在，其实也辛苦，设计行业这样的创意产业竞争激烈，时尚风云变幻，不进则退，已够她应付；加之她在工作之余还悄悄开出一家服饰小店，专卖些古灵精怪的服饰，生意火爆，所以几乎没有空闲时间。很快，她又开了两家服饰店，年赢利轻松突破百万，终于辞职，开始了为自己打工的历程。当然什么时候能在自己的小店卖自己设计的服饰，并创出个人品牌，才是她最大的梦想。在竞争激烈的服装业，S做得如鱼得水，最近她和她的小店登上了全球时尚第一把交椅*Vogue*杂志，引得周围的朋友纷纷夸赞，大家简直成了“80后”的粉丝。今天，新兴的中国大都市里已出现越来越多的青年设计师群，他们带来了全新的观念和设计，对于时尚信息不落分毫，几乎能跟国际市场同步。他们简单，直接，从不作无谓的形而上的弯弯绕，他们相信实干。

已成长起来的80代人正在用他们自己的声音告诉我们：20世纪40、50、60年代的老人家们，什么才是闻所未闻的最好的物质生活。

L是20世纪70年代中期生人，国家一级注册建筑师，大学毕业后在设计院画了几年图，终于放弃了本行，只说想换种活法。在家闲荡了大半年后，她考上了F大的社会学系硕士研究生，于是边读书边继续晃荡。作为一个建筑学出身的专业城市游荡者，她对于这个忙乱的国际大都市的肌理和骨髓有着比常人更为精细的了解，善于找乐是她的专长，每天不是在网上呼风唤雨，就是在网下寻寻觅觅，对于隐藏在城市肺腑中鲜为人知的特色街道铺子了然于心，俨然成了我们的美食购物指导。她在网上开设美食专栏，经常将各色漂亮菜肴图片张贴出来，以飨众人。娱人娱已是她的生活准则。她迷恋漫画，当在书店同时看到价格不菲的建筑专业书和国外漫画书，鱼和熊掌不可兼得时，她能毅然弃专业而就娱乐。她将许多涂鸦张贴到网上，引起欢呼一片，这更增添了她当漫画家的信心。如今的她挣钱不多，靠着从前的余粮也得以过活。她正在实现自己长久以来的一个梦想：在一条僻静的街道上开一家小书店，她在上海的许多街道游走，寻找一家合适的店面。我们警告她书店利润太薄，在上海这样一个以貌取人的城市，人们可能会一掷千金买时髦衣饰，但不见得对精神食粮有很高的需求。可她依然坚持把书店开出来了，她瘦弱的身体似乎蕴藏着大能量。

J是1979年生人，看起来并不像一般的上海姑娘那样时髦，但显然更精明强干。留英学的是时尚摄影，这一行在中国起步不久，在时尚之都上海，似乎有无数机会。从英国回来后，她借着40—50（下岗工人安置）的东风注册了自己的公司，在网上接到了第一个订单后，公司就正式开了张，一次性巨额投资了一整套摄影器材后，J带着两个助手干起来。携带时尚之都英伦摄影新概念、新手法，J很快在圈子里建立了良好的口碑，凭个人能力打下一片天下，在创意产业、时尚娱乐日益发达的上海找到了自己的一席之地。说到所涉足的娱乐圈名利场，她很淡然，完全是旁观者的心态，她也有机会得以近距离观察许多明星真面目，说到其间种种，一笑置之，对五光十色的娱乐圈始终保持着戒心。三年来，她接拍了大量明星产品广告杂志封面软页，她的想象力创意能力灵动摇曳的摄影技巧绝非老一代摄影师所能及，因此订单如雪片般飞来。但随着更多的80后海外留学人才纷纷归国，她也日渐感到竞争的压力。“可是竞争激烈了，机会也更多了。不像从前，圈里虽没几个人，机会也少啊。”J依然对未来充满信心。

F和C是“80后”，留澳大学生。第一次见到她是在墨尔本大学校园的快餐店里，与老一代节衣缩食打工维生的留学生相比，一袭名牌的F身后是日益富裕的大中国啊。可为什么她的眼神如此冷漠，对于飞了几千里来看她的母亲如此无谓？很快，在墨尔本大街就上演了一出“穿得像民工”（女儿的评价）的千万富婆母亲拎着蛇皮袋（里面装满从国内带来的女儿的书、鞋子、衣服）在后追赶，穿得像模特儿的女儿轻装在前健步如飞的活剧。第二次对于F的感喟是进了她租赁的公寓（在市中心，价格昂贵，只为逛街方便），电脑桌上随便扔了几颗戒指，她母亲正色说都是黑白金镶的碎钻。架子上一堆爱玛仕丝巾，这个品牌的丝巾是英女王的最爱，从丝绸之乡苏州出来的小小年纪的F竟弃价廉物美的国货不用而享受法国奢侈极品。她给我嗅各种香水，琳琅满目，都是世界顶级品牌，许多还是今年的新品。母亲说女儿是新产品的试验田，许多大牌新推的产品她都会热烈地去试，很快又弃置，再试更新的。她的鞋子已由门口的鞋柜摆放到了床前床后，随便拿出一双，不是YSL，就是CHLOE，晾晒的内衣是CK。这显然已是带着皮夹去留学的一代人了，把大牌货当日常超市品用。

十八岁的C身穿价值几千元的Armani上装，每年赴港两次购买全年服饰。我跟他提到从前没落贵族后代沦为贱民的悲惨故事，他不屑，说现在已过上高品质的生活，以后要维持，会更努力工作赚钱，奢侈品消费只会更刺激他的上进心。的确，作为电脑高手的他高中时已从网络上挣过八千块钱，只是一转手就给母亲买了两千块的裤子，给外婆买了五千块的包包。当我们在悉尼港湾游览寻找饭店时，他能毫不犹豫地推荐一家中外名流常光顾的中餐馆，人均六百澳币的消费吓退了我们，他却毫无痛感。

对这些家境富裕早早留学海外的“80后”，开始我并无好感，觉得他们是被宠坏的一代，是垮掉的一代，但随着与他们接触的增多，我开始改变了看法。当看到一身名牌的C在海外的自信和应付自如，听他除了谈奢侈品享乐之外还能滔滔不绝跟你谈读书感受，他对于宗教和哲学的思考超出了他的实际年龄，旁征博引地跟你争论不休；当看到小F不俗的专业课作业，她的许多新鲜的创意和想法，看到她满架的藏书除了许多时尚读物动漫作品外仍有大量中英文经典著作，另外她每年回国都会献一次血，喜欢评弹京剧等传统艺术，在中国老师的指导下正努力把中国元素融到自己的新作品中去。许多中国留学生都选择实用的财会法律专业，她却自作主张学习视觉艺术，这意味着她和她父母的奋斗之路将更漫长。留澳的大学课程结束后，她要去欧洲游学，去时尚策源地学习皮包、鞋子和首饰等配件的设计。中国服饰配件设计起点太低，不是低档货就是舶来品，她小小年纪已见识过太多大品牌，眼界之高为我们这代所不及，能创出自己独立的品牌是她的梦想。

奢侈品设计本来就是奢侈的艺术，是烧钱的玩意儿，贫寒的中国人历来温饱第一，无人学做这行。而今天，在富裕环境下成长的“80后”当中也许会出现一些国际顶级设计师，因为唯有他们，才真正懂得什么是富裕，什么是奢侈，什么是享乐主义；唯有他们，第一次真正远离了战争、饥荒、灾难、斗争和贫困，远离了所有的天灾人祸——“80后”是新中国第一代真正明白如何享受物质生活乐趣的人。

如今，这些“新人类”们已高调登上历史舞台，在这个多变的时代，他们游走自如，生存能力和创业劲头不容小觑，无论如何，将来是属于他们的。他们中的大多数人已不再爱阅读沉重的经典名著，转而喜欢轻松的网络影视动漫搞笑，他们也不再相信精神求索爱情神话地老天荒，而更喜爱享受华服美食相信一切随缘不求天长地久。如何把生活艺术化，把艺术商品化，把商品生活化，是他们的人生目标。少了上几代人沉重的历史包袱、家庭责任、文化追求，多了多方面（衣食住行）与国际接轨的信心和能力，以及娱人娱己的生活心态。“环境对我没有影响”——他们是自我的一代，毅然挥别千年来的传统幽灵，远离政治文化的复杂旋涡，自作主张，走在通向未知世界的路上。通过理解和宽容他们，我看见我们这个迅猛发展的时代在前进。

2008年

幸　　福

夏　榆

有一青年，一手握棍棒，一手抹眼泪在街上哭泣。

青年的身边跟着别的青年，也是拿着棍棒，只是没抹眼泪。

青年们表情悲伤，他们刚刚挥舞手中的棍棒砸了机关大楼的宣传橱窗，玻璃碎裂的声音引来惊慌失措的人群，也引来身穿制服的保安人员，那些人冲上来试图制伏那些表情愤怒的青年。一个领导模样的人在劝说这些悲伤的青年，在他们的身后是跟随的电视台的记者和摄像的镜头，紧跟在人群后的摄像师把他扛在肩头的摄像机一直对着骚动的人群，那个青年抹着眼泪哭泣的镜头被拍摄进电视里。

我坐在自己的居所里，我本来只是让电视开着，眼睛并没有落在电视上，但是突然切入镜头的电视画面让我停住手里做的事情。我看着那个通过电视画面播送的骚乱场景。

在这群喧闹和嘈杂的人群的背后是发生了一个星期的矿难。有一百多名矿工被透水淹没在矿井里。因为迟迟得不到父亲和兄弟们困在透水的矿井里的消息，青年们闯进了办公大楼。他们是想找领导询问相关事情的进展，他们还没能跨进办公大楼就被门前守卫的保安阻拦下来。所有的交涉都没有用处，青年们撤退了，然而十分钟以后他们又出现了，这一次每个人的手里都多出来一根棍棒。

他们闯进办公大楼，他们找不到领导的时候就砸碎了大厅里橱窗的玻璃。

通过在现场的电视镜头，我还看见了那个发生透水灾难的矿井。高耸的井架，当空旋转的轮盘，运送煤炭的列车，写着各种红色标语的楼群和厂房。看见了泥泞的道路，在雨天里守候在矿井前的年轻女人，年老的男人。电视里的新闻女主播说，那些人在矿井前守候了一个星期，他们终于忍耐不住。他们闯过警戒线，去找那些蹲守在井口的救援人员，要求他们公布救援的进展和困在矿井里的矿工的消息。

电视画面只出现了几分钟。然后随着新闻节目的结束，出现在荧屏里的就是娱乐节目。

我期待娱乐节目结束能再看到矿难的消息。然而出现的依然是娱乐的节目，我手握遥控器，想寻到电视里关于矿难的报道，整个夜晚一无所获。一连几天，我都关心着那个手握棍棒，抹着眼泪哭泣的青年，我关心他的下落，也许还有他父亲的下落，或是他兄弟的下落。然而至此，我就再没有看到过电视里出现那个矿井的任何消息。我寻遍了电视，包括纸媒，看不到任何关于发生在那个地区的矿难的消息。我想，可能矿难的消息对于我们的生活已经是一阵轻烟和薄雾了。

我的脑子里一直闪着那个青年的形象。他手持棍棒满眼泪水张着嘴巴哭泣的样子令我心动。

我希望他的生活能让他停止哭泣。希望他的生活能使他感觉幸福。

比较起来我是幸运的。我想。

虽然我也是脆弱的，胆怯的。我没有力量去握紧一根棍棒为内心的哀伤击破什么。

当灾难和困苦来临的时候，对我来说似乎只有等待和迎接。

是的，我完全想不起来我们还会有别样的生活。我已经看多并习惯了那些来自矿井里的灾难，看多并习惯了那些因来自矿井里的灾难而困苦的生活，从来没有想过应该改变或结束这样的生活。

在很长的时间里，父亲和母亲分别会在一天里的不同时刻离家去矿井工作。父亲通常是在早晨，我还在睡梦中的时候就听到他起来的声音。我睡在被子里，似醒未醒的时候，我的枕边就响着父亲蹲坐在灶台喝粥的声音。他呼呼地喝，一瓷碗玉米粥很快就喝到了肚里。跟粥一块进入父亲肠胃里的还有母亲腌制的咸菜干，我听到父亲在我的枕边咬着咸菜干的声响。是的，那时候只有玉米粥和咸菜，顶多再有几块玉米面窝头。那是我们全部的食粮。也有白面，但是白面被父亲封存在一只巨大的水瓮里，水瓮被裱上厚厚的旧报纸，盖上木盖。父亲不准吃这些白面，他想省下来这些白面用来对付饥荒。在父亲的眼里，那些饥荒可能随时会来。他只是隔一段时间，把瓮盖掀开，把裱糊在瓮口的报纸拆掉，用破开的葫芦做瓢，一瓢一瓢把那些白面舀出来放在屋外的太阳下晒。

父亲不去下矿井的时候，就坐一把四脚小木凳蹲在那些堆积的数个脸盆中间捉小面虫。

在父亲下矿井的时候，蹲在一盆盆白面前捉小面虫的任务是母亲的。

通常会有很好的太阳，阳光从屋外穿过窗户照射到屋里，我会在阳光的照耀中醒来。然后就看见母亲在炕沿下忙忙碌碌的身影。父亲在矿井里做什么工作，干什么活儿，我并不知道。矿井里的凶险我也不清楚。那些凶险我是在后来作为矿工真正下到矿井里去才看见的。在低矮的掌子面干活，顶板被几根木柱支撑着，顶板就是煤岩，它们在人的头顶之上犬牙交错，经常会发出下沉挤压木柱的吱呀声。在掌子面干活儿的矿工并不慌，他们通常能从顶板下沉挤压木柱发出的吱呀声的急缓判断出顶板真正塌落的时候。

需要的话，就要给顶板再支上新的柱子，人可以继续在里边干活。不需要的通常是已经采空的快要废弃的掌子面，矿工们会放顶。放顶的时候是恐怖的时候，先是震颤，然后是木柱被挤压折断的声音，最后就是顶板下放的轰响，山动地摇，顶板下落的瞬间有飓风掀起，碎裂的煤岩和炭块就随风迸裂飞扬。人如果躲闪不及就会和灾祸相撞。这是我后来见到过的。

但是在父亲下矿井的时候我还没有见到过这些情景，我不知道矿井对父亲意味着什么，只是看着他每天早晨出去，晚上很晚的时候回家。

父亲回家的时候，也是母亲离开的时候。父亲在大矿做工，母亲在小矿井做工。大矿是新开采的或正在开采的矿，那都是男人们在的地方。小井是已经采空和快要采空的矿，这是家属女工所在的地方，还有孩子。那时候我知道在小井有很多不满十八岁的孩子下窑。

母亲是检修工。她在下矿井的时候比别的女人多了一套检修工具。钳子、改锥、扳手、螺丝刀、套管，所谓的五大件。在矿井里有送电的开关环、有运煤的皮带环、有拖煤的绞车环，母亲就会在第一时间赶去修理。就技术而言，母亲是一把好手，她曾经在技术学校受过培训，她的技术在小井里有口皆碑。我后来在很多时候见到母亲当年的同事，听她们夸奖母亲。

母亲下矿井以后，家里的家务活就落在父亲身上。

我记得最真切的就是父亲盘腿坐在炕上织毛线衣，左右手持长长的竹针，相互交织，在进退之间，成团的毛线就被编织起来。父亲还为我们煮饭，他围起布裙，在灶台忙碌，用高粱磨出面为我们蒸鲶栳，那是生活在塞北高原的人经常吃的食物。经常吃高粱面会大便干燥，我记得我是吃伤了，看见高粱面做出来的饭食就难过，它们像泥土一样梗阻在肠胃里，不用树枝抠它们是不出来的。但是除了高粱面，似乎没有什么别的东西好吃。那些囤起来的白面即使是生了虫子也是不可以吃的。父亲严格掌控着白面的食用，只是偶尔在过节的时候会打开大瓮，用葫芦瓢舀出半瓢白面给我们包饺子吃，那个时刻就是全家最热闹而快乐的时刻。

现在回想起来，等待和迎接就是我在那个时候的基本状态。

跟着母亲等待父亲回家，跟着父亲等待母亲回家。只要到出井的时刻，他们都会坐卧不安，母亲会不断走出家门，站在街口眺望大路，直到路的尽头出现他们其中一个的身影。父亲也会这样做。

看见他们出现在大路的时候，一块儿悬在心上的石头就落了地。那时候最欢快的是我，我在不同的时刻，分别和母亲迎接着父亲，和父亲迎接着母亲，迎接他们回家。也有迎不到的时候，那时多半就是凶多吉少，肯定是矿井里出事故了。

出事故似乎是正常的，比如矿井里落顶、透水、跑野车，这是经常的。

矿工也很习惯，只是怎样躲避的问题。即使躲避不及，碰了、伤了也是正常的。只要不残，一切都不在话下。我经常会等待到父亲或母亲在矿井里挂彩的时候，他们或是手臂，或是腿脚打着白色绷带回到家来，白色的绷带在那个时候是令我心悸和胆寒的东西。但是父亲或母亲似乎已习以为常。挂彩的时候他们就会留在家里休息，养伤。那段时间我们都会松一口气。

真正让我们畏惧的是瓦斯爆炸。那样的事故来临的时候就是真正的灾难来临的时刻。

我少年时候经历过瓦斯爆炸，我和母亲在家就听到有人砸门，母亲在慌乱中穿鞋去开门，来人只仓促地说了声：“妈呀，瓦斯爆炸了。”然后就跑走了。母亲就慌乱地穿衣，等着我也穿好衣服，母亲就牵着我的手往矿上跑。母亲一边跑，一边叮嘱我跟紧，不要被人挤丢了。很多人都在往井口奔跑，那些家里有男人下矿井的，都会往矿上跑。跑到井口的时候，那里已经拉起了警戒线，有救护车和救火车停在路口，身穿红色救护队衣服的人在矿井出出进进，他们脸上的表情是紧张而慌乱的。父亲被困在矿井里，那是我们知道的，也是我们慌乱而惊恐的缘由。母亲在往井口奔跑的时候，因为慌乱而出现心绞疼痛的症状，她紧捂着心口，坚持往井口跑。

就像我在电视中看到的矿难图景一样，站在拥挤在井口的人群里，我们等待着救援人员救援的结果。人们聚在矿井前，不吃不喝，人的肠胃空荡而知觉麻木。那些家里有男人在矿井里困着的，此刻就如同遭遇天塌地陷的灭顶之灾。

多年以后，我做了记者，也采访过矿难。

走进那些遭遇矿难的矿区，就如同踏进一条悲伤的河流。

通常人们清点灾难现场的人数是通过井口灯房发放的矿灯来统计的。

在井口得不到救援的消息，母亲就会拖着我去灯房，在窗口母亲要求发放矿灯的人寻找父亲的灯号，那时候我和母亲都盼着父亲的灯在架上挂着，如果在，就说明他在井上。但是清点的结果令母亲更加惶恐，父亲的灯不在灯架上。母亲再往井口跑的时候已经身软如泥，加上心绞痛，她已经全无力气了。我就那样跟母亲站在井口，我们守在井口，希望能看见父亲从井里出来。

我那时候是脆弱的，也是胆怯的，除了等待和迎接并无任何能力。

但是能等待到什么，将迎接到的是什么我完全茫然。

祈求和祷告是我在那时候学会的。我夹在人群里，我在心里为父亲祈求，祷告上天，希望他能够活着，活着出来。当人自身缺失力量，就会寻找和寄托力量在某处，或是在苍穹或是在冥处。

信仰由此而来。它在心里，在念中，在精神的彼处。

我曾经在矿志上看到过关于矿难的记载。每一个死去的矿工都留下了他们的遗照。

当时参加救援的人说，那些后来被运送出来的矿工的遗骸就停在山上临时搭建的工房里。

那座山头每天被哭号声笼罩着。父亲是这次灾难的幸存者，他是看守变电室的工人，他在当班的矿井里，但是没在出事的掌子面。瓦斯爆炸的轰响和火焰吞噬了一切，包括人的身体。

父亲和跟他一起在变电室里休息的矿工知道出了事故，他们就躲在水槽里。他们嘴里咬着打湿的毛巾，潜在水槽里，躲过了那次劫难。

我和母亲看见被救护队员用担架抬上来的父亲，我和母亲都哭了，和我的眼泪一起流出来的还有憋在膀胱里的尿液。我放任自己，让尿液在裤裆里放开来稀里哗啦地流。

把灾难承受下来并消化掉，这是我们在那时候要做的事情。

逃过劫难被看成是幸运和造化的事情，我们都为此额手称庆。虽然被救出矿井的父亲已经气衰力竭，昏迷沉睡，但是我们能看见他活着出来还是值得高兴的事情。父亲从昏迷中醒来，他已经被洗净了身体，安卧在保健站白色的病房里。看见围在他床前的女人和孩子，父亲还是咧开嘴哭了，但我看出他其实是想笑的。他嘴角挤出来的是笑意，从心里升起来的是悲伤，我看见母亲和他抱在一起。父亲和母亲很少当着我们的面表现他们的温存，我甚至觉得他们之间没有温存的情爱。当然这不是事实，因为我们就站在他的病床前，我和我的哥哥弟弟和两个姐姐，我们五个孩子站在他的面前，显然我们是他们情爱的果实。

伤痛和疾病来临的时候，通常也是父亲和母亲用来休养自己的时候。那时候他们是可以不去矿井做工的。他们享受着因为伤痛和疾病带给他们的休养时刻。母亲被准假待在家里照顾父亲，为他洗衣煮饭端屎倒尿。他们可以有十天或者半个月的时间，彼此不用去矿井做工待在场上。场上就是地面，母亲习惯称矿井为窑，称地面为场。他们能有一段时间享受太阳光的照耀，享受不去劳作的闲暇。母亲养着大群的鸡鸭，她经常把煮熟的莜面搓成细条，一点儿一点儿揪着喂那些在她面前欢叫的鸡鸭，饲养在圈里的猪狗相互抢着食盆子。能有这样的时光在我看来是幸福的。是的，没有恐惧和忧患的时刻就是幸福的时刻，对人来说，免于恐惧和忧患是人应该享有的基本权利。

某种时刻，我认为浅表的皮肉之伤是矿工们获得福荫的契机。同样在保健站的病房里，父亲是快乐的，虽然他的手臂和腿脚打着厚厚的石膏，缠着厚厚的绷带。他的手臂和腿脚肿胀如赭色的石头，但其实我们是清楚的，过一段时间它们会恢复如常。和浅表的皮肉之苦比起来，那些因伤而残才是真正令人悲伤的。我对保健站的记忆很多时候是和那些伤残者联系在一起的。那些因为矿井事故而被截去下肢或手臂的人，他们的表情是真正的悲伤。那些在他们身体出现的遗失和空缺是他们不幸生活的开始。虽然有轮椅和拐杖的帮助，但是他们因遗落在身体的残疾给内心投下的阴影将终生不去。和他们相比，父亲遭受的皮肉之苦简直就是福报，他可以暂时逃遁他在矿井里的劳作。我们暂时脱离笼罩在我们内心里的恐惧和忧患。

然而，伤痛和疾病总有好转的时候。当伤痛和疾病从父亲的身上消失的时候，就是我们重新经历和体验恐惧和忧患的时刻。父亲要重新回到恢复生产的矿井，回到他经历过灾难的地方，他要面对在废墟中重建的秩序。我又能在清晨的时刻听到母亲在灶前的忙碌，我在半醒半睡的时刻又能听见父亲在我枕边响起的吃饭的声音。家里的生活又开始恢复常态，常态就是父亲和母亲分别在不同的时刻走向他们劳作的矿井。父亲在走向矿井的时候没有犹疑，我觉得那是需要强悍的意志和坚毅的心灵力量的。在我后来顶替父亲成为矿工经历着他曾经历过的劳作，那时候我懂得了劫后余生的人在重新回到浩劫之地的时候，需要怎样的意志和怎样的心灵力量。

心绞痛，我想那是矿区的生活给母亲的馈赠。

母亲有心绞痛，这是让我们担心的事情。母亲的胃也不好，经常会抱着肚子卧床。

但是母亲还是要去下窑，她不会骑自行车，就步行，每天步行两个小时到位于矿区后山的一座煤窑干活。下窑的矿工会三班倒，半月倒一次。为了照顾家庭，父亲和母亲经常会把彼此的做工时间错开。不变的是我，我经常是陪着母亲等待父亲，陪着父亲迎接母亲。

母亲下窑的时候，照顾家庭的任务就落在父亲身上，洗衣、煮饭、喂养鸡鸭猪狗。除了这些家务活计，父亲还在山上开垦了一片荒地，在那里种植玉米、高粱和土豆。那片开垦出来的荒地是父亲应对他体验和经历过的饥荒的武器。饥荒结束很久了，但是并没有从父亲的生活中消失，他一直用各种办法抵御在他看来有可能袭击我们的饥荒。有一次父亲带着我去山上送粪，他指着长满山野的榆树说：“你看见了吧，饥荒的时候，这山上的榆树皮都叫人剥光了。”那些榆树皮被人剥去放在滚沸的清水里煮了吃。有的人饥饿难耐时就刨地里的土坷垃吃，但那些东西哪能吃，吃到肚里就胀痛难耐。我听母亲说那时候，他们能吃到的就是照见面影的稀粥，没有干粮，大食堂实行公共化，只海吃了几天就没得吃了。父亲有一天被人从外边背回来，他是饿昏在路上了，父亲从昏迷中醒来，他叫母亲摸他衣服的口袋，母亲摸出两块烤黄的馒头。那是有领导来矿区视察的时候，父亲在食堂吃饭时分到的，他没舍得吃带回家里来给母亲和我们。

我觉得饥荒的记忆和饥饿的感觉深潜在父亲的内心里，成为他精神的一部分。

饥荒的时光早已离去，但是饥荒的体验一直留在父亲的体内，这使他在日常的生活中始终都保持着对饥荒的警惕。母亲有一次下矿井回来，父亲端上来他煮好的饭菜，不变的玉米面糊糊，不变的高粱面年糕，不变的腌咸菜，这些食物端到母亲面前的时候，被突然打翻在地。劳累一天的母亲已经深深地厌倦了那些食物，她咆哮着训斥父亲：“你就不能做些别的东西吃吗？”我第一次看见母亲为食物生气。可能那些终年食用的东西在母亲看来已经忍无可忍。我们早就不能忍耐，但我们必须忍耐，我们没有资格反抗。但是母亲有，因为她像男人一样去下窑，像男人一样在窑里干活儿。

父亲和母亲吵架的时候很多，他们经常为一些小事情拌嘴，吵急了父亲就会挥拳揍母亲。他瞪着眼睛，高声呼叫，拳头就像鼓槌一样落在母亲身上。母亲也不示弱，她会把能抓到的东西全砸在地上，饭桌、餐盘、碗筷、暖壶等，一场架干下来基本就是狼藉一片。那样的情景如同我们的生活。

然而父亲其实是心疼母亲的，他只是因为对饥荒的深刻记忆而失去了对生活的正常判断。他一直做着应对饥荒的准备，然而幸运的是那些饥荒的岁月在父亲离开人世之前他都没能看到。

我看见过父亲对母亲的牵挂。那是在母亲到了出井的时间还没能回到家来的时刻。

越过了等待的极限以后，父亲就带着我们去找母亲。那是冬天，天空飘着大雪，我们和父亲踩着积雪往母亲所在的小煤窑走，我一路听着父亲的大脚踩着积雪吱吱作响。有火车拖着装满煤炭的车皮从我们身边呼啸着开过。两个小时以后，我们到了山上那座由家属女工开采的煤窑，窑口已经等了很多的人。到达的时候，我们听说煤窑出事了。母亲赶上了掌子面落顶，有家属女工被压在了掌子面。从大矿调来的救护队员正在开往井下救人，井口已经拉起了警戒线，我们被阻挡在警戒线之外。

救援的消息迟迟没有，困在矿井里的女工的生死都无法获悉。等候在井口的人不时地骚动起来。

我们被劝说着，被阻止着。然而父亲还是圆睁了双眼抖动着胡子狂叫，他的愤怒、忧虑和恐惧一起到来，他狂叫着怒骂那些在他看来行动迟缓的救援人员，狂叫着怒骂那些试图劝阻我们离开的领导干部，对谁都没有好脸色。

等待在井口的人被劝说着离开现场，在一间大房里，有人预备了干粮、热水和棉被。

装干粮和热水的器具都是军人使用的器具，包括棉被。但是父亲拒绝去那里休息。他守候在井口，父亲的眼睛充满血丝，看上去血红，他虎视眈眈地盯着那些穿梭进出的救援人员，凶神恶煞地瞪着负责指挥现场的干部，显然父亲在场使人家很不舒服。那些人不能懈怠，必须积极而努力地工作。父亲在场对很多人是一种制约的力量。任何人都不能劝离父亲，他对劝他的人说：“老子见不到老子女人，老子一步也不离开。”他又说：“老子要见不到老子的女人，你们也别想活了。”

我那时候跟在父亲身边，我生怕他的犟脾气会惹出什么祸端。但显然也没有人愿意惹他。

那些被困在窑里的女人被救上来的时候，我听到哭声在我头顶响成一片。

那是女人因为恐惧而发出的撕心裂肺的恸哭。然而能哭出来的女人是幸运的。

真正不幸的是那些永远停止哭泣的女人，她们和那些矿井里的黑暗同在。

母亲是属于能哭出来的，但是她也没有哭。

她看见父亲和我们，不顾身上的炭黑就猛亲一气。

父亲的颜面终于在那个时刻缓过神来。

他用他的大手和长臂以及胸膛把我们全部搂在一起。

2008年3月

开 启 国 门（节选）

——珠江，东方的觉醒

张胜友

大风起于青萍之末。

显然，20世纪70年代末叶的中国，又一次走到了十字路口："文化大革命"已然结束，"四人帮"也已被一举粉碎……历史却依然拖着一条沉重的尾巴，步履蹒跚，犬牙交错，扑朔迷离。

一个时代的大转折，却因一场"真理标准"大论战而发端。正如邓小平所指出的："打破精神枷锁，使我们的思想来个大解放。"

中国政局终于廓清障碍：1978年12月18日—22日，堪称"历史的转折，伟大的转变"的中国共产党十一届三中全会——完成了党的指导思想从剑拔弩张的"以阶级斗争为纲"到国民期盼已久的以经济建设为中心的战略大转移！

正是同一时期，远在安徽省凤阳县小岗生产队的十八户、二十一个终年在土里刨食的农民，因渴望摆脱饥饿而敢冒天下之大不韪，按下了二十一个鲜红的手印："包产到户！"——这一张皱巴巴的"契约"就成了日后中国农民告别饥饿的宣言书。

一场变革图强的新的伟大革命，就这样从庙堂到民间同时铺开了。

中华民族能否撞响命运的晨钟？

我们已经无从考据：日后被誉为中国改革开放总设计师的邓小平，是何时开始将他睿智的目光投注于珠江以及珠江水系养育的这一片沃土的？

一则广为流传于珠江三角洲的趣闻：邓小平重返中国政坛的前夕，曾前来广州小住。他老人家压低帽檐悄悄来到一家国营蔬菜商店，只见货架上肉类食品空空如也，蔬菜瓜果也所剩无几，而老头、老太太还不断加入到已排成前不见头后不见尾的长龙……终于，老百姓发现了邓小平，惊讶之余一呼啦围上前来，鼓掌要老邓讲话。邓小平一字一句掷地有声："继续批邓、反击右倾翻案风，只要能批出猪肉、批出青菜，一句话只要能批出真理，就一直批下去吧！"说完，扬长而去……

确确实实的是，邓小平回到北京后，曾用很浓重的四川口音说道："我在广东听说，养三只鸭子就是社会主义，养五只鸭子就是资本主义，我看荒唐得很哩！"

其时，邓小平正忙于穿梭外交。1978年10月，东渡日本，兴致勃勃地参观了日本的钢铁厂、汽车厂、电器厂等大企业集团；他老人家还坐上气垫船、乘坐新干线列车。在出席参众两院议长举行的欢迎宴会上，邓小平真挚地说："我这次来，就是想把日本发展科学技术的先进经验带回去。"……1979年新年刚过，老人家又马不停蹄飞越太平洋造访美利坚合众国，弄得美国三大主流电视网每天的黄金时间都变成了"邓小平时间"……以他的睿智敏捷、潇洒自如、风趣幽默在全世界刮起了一阵"邓小平旋风"……尤其给国人留下一句意味深长的话是："我懂得什么是现代化了！"

纽约曼哈顿岛花园大道725号，一座气势恢宏的老式建筑是洛克菲勒家族创立的亚洲协会总部。在莉拉·艾奇逊·华莱士礼堂观众席第四排正中一个座位椅背上清晰地刻着一行字——"谨以此向邓小平致敬"。这一享有至高荣誉的"永远座位"，仿佛永远在诉说着当年邓小平访美时刮起的中国旋风……

其实，早在一百多年前，留着狮鬃般大胡子的卡尔·马克思就以他犀利的思想与智慧的语言论断："资产阶级，由于开拓了世界市场，使一切国家的生产和消费都成为世界性的了。"

开启国门，开启国门。

多次走出国门、亲眼见识了"什么是现代化"的邓小平，以他洪钟大吕般的声音告诫国人"当今的世界是开放的世界""中国的发展离不开世界"！

选择哪里率先对外开放呢？深思、熟虑、比较、权衡……邓小平终于下了大决心："广东、福建可以更开放一些，实行特殊政策，灵活措施。"

1979年5月，中央工作会议期间，邓小平听完习仲勋、杨尚昆的汇报后，深深地吸了一口烟：深圳，这块儿地方到底叫什么好呢？出口加工区、贸易区、工业区？都不算准确。不一会儿，他把手里的香烟往烟缸里狠狠一按，果断地说：“深圳，就叫特区吧。当年陕甘宁就叫特区嘛。中央没有钱，你们自己去搞，杀出一条血路来！”

1979年7月19日，中央下发了“50号文件”，非常明确规定：“出口特区”先在深圳、珠海两市试办，待取得经验后，再考虑在汕头、厦门设置。

珠江有幸，濒临珠江出海口的深圳、珠海有幸，成为中国第一批经济特区，担当起改革开放的排头兵角色！

后人评述历史时，也许会发出赞叹：一个伟大的社会事件就这样诞生了！

正是1979年，苏联在勃列日涅夫集团操控下，以“世界革命”的名义大搞军事扩张、出兵阿富汗，其明显的战略意图是经由中亚、南下印度洋，做彼得大帝的旧梦。其结果，这是苏联霸权主义自掘坟墓的最后一锹土。

如此说来，应当这样表述：历史在珠江拐了个弯，当邓小平毅然选择了珠江，同时也在珠江两岸拉开了改写当代中国命运的序幕！

世人皆知，从19世纪末至20世纪上半叶，人类世界迎来了第二轮经济全球化：帝国主义与金融资本大扩张。其间，因世界范围的资本主义大分裂又引发了两次世界大战，却令本来可以进入更高水平的经济全球化浪潮戛然而止。

毛泽东——无疑是中国现代史上最具传奇色彩的人物了。

正是这个来自韶山冲的农民的儿子，以及以他为代表的一批共产党人率先觉醒了，并以大智慧大谋略把握住风云激荡的世界局势和中国国情，在波谲云诡的多事之秋真正抓住了历史机遇——人民大革命。

显然，毛泽东所领导的这场以千百万先烈浴血奋斗为代价的艰苦卓绝的革命，无论其历史规模和社会内涵，都为这个孱弱的东方民族注入了勃勃生机。

在创建新中国的礼炮声响过不久，解放了的中国人民在共产党的领导下，迅速恢复生产，医治战争创伤，建立起社会主义基本制度，展开大规模国家基础设施工程建设，同时也踏上了一条探索社会主义建设的艰辛之路——为日后启动改革开放伟业奠定了坚实的制度基础和必备条件。

领袖和政治家们都在苦心孤诣地寻求中国发展的路径。

早在1936年7月15日，刚刚经历了二万五千里长征的毛泽东就曾经预言：中国取得独立之后，可能大规模引进外资。

1956年，毛泽东又告诫全党说：中国如果不能把自己建设成伟大的社会主义国家，那就要从地球上被开除球籍！

1956年春节，欣逢毛泽东到广东视察，他老人家高高兴兴地在广州珠岛宾馆过了一个中国农历新年。

时任广东省委第一书记的陶铸领着港澳工委负责人饶彰风、黄施民急匆匆赶往毛泽东住处，他们要汇报一个极其大胆的计划。

1955年印尼万隆亚非会议之后，亚洲乃至整个太平洋地区的民族独立解放运动如火如荼进一步高涨，使该地区的富商巨贾们（包括不少华裔富商）惊恐万状，纷纷将大批资金转移到相对稳定、自由的香港规避风险。一时间香港几乎变成了“金港”。

陶铸请示毛泽东：能否捕捉住这一千载难逢的好机会，采取灵活政策网开一面，利用香港这批巨资快速推进珠三角地区工、农业生产的发展？

毛泽东听完汇报后沉思良久，而后又走出宾馆，在绿荫小路上一圈又一圈踱步，直至临上游艇时才告诉陶铸说：“你们的想法不错。写个报告，我带回北京商量。”

也许，这是新中国成立后，试图以商品经济突破既定经济模式的最早尝试了……

困于东、西方冷战大格局，以及以美国为首的西方帝国主义对中国的封锁，机遇又一次擦肩而过……

无独有偶，时任广州市委书记的吴有恒以“方集”为笔名，在1956年8月5日的北京《大公报》上发表《价值规律在社会主义经济条件下的作用问题》一文，公开提出发展商品经济的观点，并举广东农民为什么不肯种花生为例：“怎么搞的？我一担花生卖给你，你把油榨出来了，把渣子卖还给我，还要向我讨更多的钱……”

次年，吴有恒被贬至广州造纸厂任车间副主任，却最终成就了一位作家。

历史总是螺旋式发展。1957年始，每年一届春、秋两季的“中国广州出口商品交易会”（简称“广交会”）隆重登场，堪称当时中国最大的对外交易中心，也成为东南亚地区最大的经济贸易场所……“广交会”的重要贡献，更在于为日后广东的改革开放开通了坚实的市场渠道。

1961年6月，陶铸在视察宝安县时说：“香港和宝安是城乡关系，香港是宝安的城市，宝安是香港的郊区。在深圳要建立游览区，让香港人到深圳来游览。”为此，陶铸曾不辞辛劳先后六下宝安“支招”。于是，宝安外贸局小心翼翼地开始了与香港发展“小额贸易”。

1962年，刚刚度过“三年困难时期”的中国经济，呈现复苏态势。

在中国经济学界素有“北孙（冶方）南卓（炯）”之称谓的广东经济学家卓炯，即披肝沥胆大声疾呼，提出“社会主义商品经济”的新概念，自然毫无例外地被斥之为“离经叛道”“异端邪说”……

也正是这一年（1962年），深圳出现了新中国成立以来第一波大规模逃港潮。港、深两地经济的巨大落差，无疑已形成一个巨大的磁场效应：多达十万之众的人群突然汇集在罗湖桥口岸，连树上都爬满了人，随时准备扒上火车，随时准备冲过香港新界……

新中国成立后，由于意识形态的对抗，深、港边界于1951年被关闭。从此，铁丝网、瞭望楼和武装巡逻队成了这条边界的基本配置。

离罗湖口岸近在咫尺有一个罗芳村，村民们千方百计夜以继日不惜冒死从深圳河北岸逃往南岸的香港新界，直至逃过去五百多人后又建起了一个新村，村名却依旧叫“罗芳村”……为什么？据后来广东省委专门派出的调查组调查：同样以种田为业，深圳河北岸的罗芳村农民人均年收入仅一百三十四元，而河南岸的香港罗芳村农民人均年收入则高达一万三千元。

于是，从广东省政府到宝安县政府各级部门紧急动员，层层堵截，严控边境线……然而，智慧的逃港者选择月黑风高夜，用几床棉被铺在三米高的铁丝网上，照样一跃就翻过去了……

2005年12月，深圳市解密的档案文件显示，1962年，有六万多人经宝安县偷渡进入香港，五万多人被收容遣返。

2006年底，广东省档案馆再次向社会开放档案八万余件。原中共华南局的机密材料显示，在1961年后的三年间，内地共有近十六万人偷渡到香港。

实际上20世纪50年代末内地就有人大量逃港，在60年代初达到顶峰。

当年主政广东的习仲勋，曾多次深入到宝安和香港边界视察，并实地察看了收容站。时值盛夏，蚊虫叮咬，当习仲勋在收容站看到被遣返关押的衣衫褴褛的农民们时，他哭了：“这个不怪你们，是我们没有把老百姓的生活搞好……”

1977年冬，刚刚复出的邓小平在听取“关于广东逃港事件”的汇报时，老人家一直脸色凝重，突然，他插了一句话：“看来是我们的政策出了问题。”末了，又说了句：“这件事不是部队能够管得了的！”令汇报者面面相觑如坠五里雾中……

若干年后，深圳特区前身宝安县的领导干部这样反思：那时逃港的民众用一句话道出了他们的心声：我们不要贫穷的社会主义。在贫穷的社会主义窘迫的现实面前，人民群众嘴上唱社会主义好，心里都嘀咕肚子没有吃饱。这正如同马克思恩格斯在著名的《共产党宣言》中辛辣地讽刺过的那样：“把无产阶级的乞食袋当作旗帜来挥舞……人们哈哈大笑，一哄而散。”

与过去的逃港形成鲜明对照的是，随着改革开放的深入，不仅大陆人越来越少偷渡香港，反而出现了香港居民移居大陆的现象。

香港规划署调查发现，到2001年已经有四万多香港人移居大陆，近两年更是以年均百分之五十的速度增长。到2005年底，香港人在大陆自置的物业数量达十八点一六万个，共有近九万两千港人在大陆居住，多集中在深圳、东莞和广州。

同一座罗湖桥，见证了两个不同时代的变迁。

20世纪80年代中国改革开放发轫之初，一位西方经济观察家曾经善意地指出：如果中国利用共产党和毛泽东的崇高威望，1952年搞计划生育，1954年搞生态保护，1956年开始经济改革，20世纪60年代进行政治改革……那么，中国今天能够达到的综合经济指标，将会是目前的9倍。

历史不是“如果”链，而是一条因果相涌的长河。

1955年，中国的国民生产总值占世界的百分之四点七，到1980年，下降至百分之二点五；

1960年，中国的国民生产总值大体与日本持平，到1980年，只有日本的百分之二十五；

1959年，中国的出口总值占世界出口总值的百分之一点九五，居第十二位，到1980年，下降到百分之零点七五，居第三十二位。

邓小平则以实事求是的勇气尖锐地指出：“中国社会实际上从1958年开始到1978年二十年时间内，长期处于停滞和徘徊状态……”

由于世界东、西方冷战长期对峙格局，随后中苏关系的迅速恶化，再加上“反右”“大跃进”“三年自然灾害”等天灾人祸，连一生豪气冲天的毛泽东，也不得不重新思考中国的未来。

1961年，来华访问的英国蒙哥马利元帅由衷地对毛泽东说：“再过五十年，你们就了不起了。”

此时的毛泽东颇为清醒而冷静地答道：“在中国，五十年不行，会要一百年；或者更长的时间……”

在1962年1月30日的“七千人大会上”，毛泽东更坚定和理性的预言：“中国要赶上和超过世界上最先进的国家，需要一百多年时间！”

毛泽东又何尝不想尽快打破被封锁的僵局。

1972年2月21日，美国总统尼克松访华。重病中的毛泽东对尼克松此行十分重视。为迎接尼克松的到访，他老人家二十多天前就主动配合医生治疗他的肺部感染，一个星期前就开始强制锻炼身体，不停地练习起立、蹒跚走路……这一天更是怀着很少有的高兴，专门请来理发师理了发、刮了胡子，早早就坐到中南海游泳池室内的书房兼会客室里等待了……一接到尼克松专机已降落北京首都机场的报告，他当即传话给周恩来：“立刻会见。”

毛泽东时年已七十九岁高龄，他老人家是在拼着生命的余力奋力推开国门啊！

雄汉盛唐，中国以“万邦来朝”的威仪主动敞开国门，延揽八面来风……

近代衰败的中国欲闭关锁国，却还是被西方列强用汹汹的炮舰轰开国门……

20世纪70年代，以新技术革命为标志的第三轮经济全球化浪潮席卷而来，中国人已分明听到了惊涛拍岸的呼啸声……

邓小平指出：什么叫战略思维呢？如果不知道什么地方可以生长力量，不知道怎么来生长这个力量，就不叫战略思维。

广东、深圳的战略地位，珠江三角洲地区的战略地位——因其历史沿革、地理方位而凸现出来。

1978年的中国风云际会——终于拉开了一场规模巨大，前无古人，随着时间的推移成效越来越显著，影响越来越深远为全世界所瞩目的中国社会变革运动的大幕。

1978年的珠江情有独钟——中国人最讲求“天时、地利、人和”了，历史对于珠三角这片土地，以及生于斯长于斯的人们如此厚爱。真可谓：天赐良机，万事俱备矣！

时序演进30年后的今天，美国人从太空卫星上鸟瞰时惊讶地发现了一个奇迹：香港、澳门、广州、珠海、中山、深圳连成一片庞大的城市群落，是灯火最为璀璨亮丽的一道风景，他们遂调皮地称之为世界上最美丽的“香圳”。

而有幸生息在这一道风景线上的人们，包括官员、教授、学者、企业家、作家、艺术家、医生、律师、工人、农民以及打工仔、提壶卖浆者们，终于以觉醒者的身份成为中国改革开放的排头兵，在率先实现现代化的大道上迅跑……

2008年10月

在我的书房怀想上海

赵丽宏

我在上海生活五十多年，见证了这个城市经历过的几个时代。苏东坡诗云“不识庐山真面目，只缘身在此山中”，很有道理。要一个上海人介绍或者评说上海，有点儿困难，难免偏颇或者以偏概全。生活在这个大都市中，如一片落叶飘荡于森林，如一粒沙尘浮游于海滩，渺茫之中，有时不知自己身在何处。

有人说上海没有古老的历史，这是相对西安、北京和南京这样古老的城市。上海当然也有自己的历史，如果深入了解，可以感受它的曲折幽邃和波澜起伏。我常常以自己的书房为坐标，怀想曾经发生在上海的种种故事，时空交错，不同时代的人物纷至沓来，把我拽入很多现代人早已陌生的空间。

我住在上海最热闹的淮海路，一个世纪前，这里是上海的法租界，是国中之国，城中之城。中国人的尴尬和耻辱，和那段历史联系在一起。不过，在这里生活行动的，却大多是中国人，很多人物和事件在中国近代和现代的历史中光芒闪烁。

和我的住宅几乎只是一墙之隔，有一座绛红色楼房，一座融合欧洲古典和中国近代建筑风格的小楼，孙中山曾经在这座楼房里策划他的建国方略。离我的住宅不到两百米渔阳里，是一条窄窄的石库门弄堂，陈独秀曾经在一盏昏暗的白炽灯下编辑《新青年》。离我的住宅仅三个街区，中国共产党第一次代表大会在那里召开。从我家往西北方向走三四个街区，曾经是犹太人沙逊为自己建造的私家花园。沙逊来上海前是个岌岌无名穷光蛋，在这个冒险家的乐园大展身手，成为一代巨贾。从我的书房往东北方向四五公里，曾经有一个犹太难民据点，二战期间，数万犹太人从德国纳粹的魔爪下逃脱，上海张开怀抱接纳了他们，使他们远离了死亡的阴影。从我书房往东几百米，有大韩民国临时政府旧址，那栋石库门小楼里，曾是流亡的韩国抗日爱国志士集聚之地。这是一个很有意思的现象，身处水火之中的上海，却慷慨接纳了来自四面八方的异乡游子。

淮海路离我的书房近在咫尺，站在走廊尽头的窗户向南望去，可以看到街边的梧桐树，可以隐约看见路上来往的行人和车辆。很自然地会想起这百年来曾在这条路上走过的各路文人，百年岁月凝缩在这条路上，仿佛能看见他们的身影从梧桐的浓荫中飘然而过。徐志摩曾陪着泰戈尔在这里散步，泰戈尔第二次来上海，就住在离这儿不远的徐志摩家中。易卜生曾坐车经过这条路，透过车窗，他看到的是一片闪烁的霓虹。罗素访问上海时，也在这条路上东张西望，被街上西方和东方交汇的风韵吸引。年轻的智利诗人聂鲁达和他的一个朋友也曾在这条路上闲逛，他们在归途中遇到了几个强盗，也遇到了更多善良热心的正人君子。数十年后他回忆那个夜晚的经历时，这样说："上海朝我们这两个来自远方的乡巴佬，张开了夜的大嘴。"

我也常常想象当年在附近曾有过的作家聚会，鲁迅、茅盾、郁达夫、沈从文、巴金、叶圣陶、郑振铎，在喧闹中寻得一个僻静之地，一起谈论他们对中国前途的憧憬。康有为有时也会来这条路上转一转，他和徐悲鸿、张大千的会见，就在不远处的某个空间。张爱玲一定是这条路上的常客，这里的时尚风景和七彩人物，曾流动到她的笔下，成为那个时代的飘逸文字。

有人说，上海是一个阴柔的城市，上海的美，是女性之美。我对这样的说法并无同感。和我居住的同一街区，有京剧大师梅兰芳住过的小楼。梅兰芳演的是京剧花旦，但在我的印象中，他却是个铁骨铮铮的男子汉。十四年抗战，梅兰芳就隐居在那栋小楼中，蓄须明志，誓死不为侵略者唱一句。从我的书房往东北走三公里，在山阴路的一条弄堂里，有鲁迅先生的故居，鲁迅在这里度过了生命的最后九年，这九年中，他写出了多少有阳刚之美的犀利文字。从我的书房往东北方向不到两公里，是昔日的游乐场大世界，当年日本侵略军占领上海武装游行，经过大世界门口时，一个青年男子口中高喊"中国万岁"，从楼顶跳下来，以身殉国，日军震愕，队伍大乱。这位壮士，名叫杨剑萍，是大世界的霓虹灯修理工。如今的上海人，有谁还记得他？从大世界再往北，在苏州河对岸，那个曾经被八百壮士坚守的四行仓库还在。再往北，是当年淞沪抗战中国军队和日本侵略军血战的沙场。再往北，是面向东海的吴淞炮台，清朝名将陈化成率领将士在那里抗击入侵英军，誓死不降……

我的书房离黄浦江有点儿距离。黄浦江在陆家嘴拐了个弯，使上海市区的地图上出现一个临江的直角，这样，从我的书房往东或者往南，都可以走到江畔。往东走，能走到外滩，沿着外滩一路看去，数不尽的沧桑和辉煌。外滩，如同历史留给人类的建筑纪念碑，展现了20世纪的优雅和智慧，而江对岸，浦东陆家嘴新崛起的现代高楼和巨塔，正俯瞰着对岸曲折斑斓的历史。往南走到江畔，可以看到建设中的世博会工地，代表着昔日辉煌的造船厂和钢铁厂，将成为接纳天下的博览会，这里的江两岸，会出现令世界惊奇的全新景象。一个城市的变迁，缓缓陈列在一条大江的两岸，风云涌动，波澜起伏，犹如一个背景宽广的大舞台，呈示在世人的视野中。

上海的第一条地铁，就在离我书房不到六十米的地底下。有时，坐在电脑前阖眼小息时，似乎能听见地铁在地下呼啸而过的隐隐声响。在上海坐地铁，感觉也是奇妙的。列车在地下静静地奔驰，地面的拥挤和喧闹，仿佛被隔离在另外一个世界。如果对地铁途经的地面熟悉的话，联想就很有意思，你会想，现在，我头顶上是哪条百年老街，是哪栋大厦，是苏州河，或者是黄浦江……列车穿行在黑暗和光明之间，黑暗和光明不断地交替出现，这使人联想起这个城市曲折的历史：黑暗——光明——黑暗——光明……令人欣喜的是，前行的列车最终总会停靠在一个光明的出口处。

不久前，我陪一位来自海外的朋友登上浦东金茂大厦的楼顶，此地距地面四百余米，俯瞰上海，给我的感觉，只能用惊心动魄这样的词汇来形容。地面上的楼房，像一片浩渺无边的森林，在大地上没有节制地蔓延生长，逶迤起伏的地平线勾勒出人的智慧，也辐射着人的欲望……我想在这高楼丛林中找到我书房的所在地，然而无迹可寻。密密麻麻的高楼，像一群着装奇异的外星人，站在人类的地盘上比赛着他们的伟岸和阔气。而我熟悉的那些千姿百态的老房子，那些曲折而亲切的小街，那些升腾着人间烟火气息的石库门弄堂，那些和悠远往事相连的建筑，已经被高楼的海洋淹没……

历史当然不会随之被湮灭。在记忆里，在遐想中，在形形色色的文字里，历史如同一条活的江河，正静静地流动。走出书房，在每一条街巷，每一栋楼宇，每一块砖石中，我都能寻找到历史的足迹。以一片落叶感受森林之幽深，以一粒沙尘感知潮汐之汹涌，我看到的是新和旧的交融和交替。我生活的这个城市，就是在这样的交融和交替中成长着。

2009年3月

天安门见证

袁　鹰

阳春三月，天朗气清，日丽风和，莺飞草长，天安门广场上游人渐渐多起来。轻盈的风筝伴着孩子们的欢歌，绿树红花中点染着一片融融泄泄的春光。

凡是第一次进北京的人，无论是山区农村干部、草原牧民还是边防战士，无论是中小学教师、少先队员还是海外侨胞，他们的第一心愿，总是到天安门下，注视迎风飘扬的五星红旗。然后漫步广场，举头凝望巍峨宏伟的城楼，瞻仰高耸蓝天的人民英雄纪念碑，或是纵情欢笑，列队高歌，或是步履低徊，沉思不语，都舍不得匆匆离去。

1950年8月，我第一次从上海出差来首都，刚在住处放下简单的行囊，就急不可待来到天安门。前一年10月1日收音机里转播首都举行开国大典万众欢腾的浪潮声，又在耳中响起，不由得一阵阵心跳。两年后，调来北京工作，工作地点离东长安街只有一箭之遥。近六十年来，记不清多少次在天安门前驻足，在广场上徜徉。在这里度过了多少晴空丽日，寒雨严霜；在这里留下了多少欢歌和笑语，泪水和哀思。

站在天安门下，我想到的并不是数百年前明清帝王由此出入的御辇和仪仗，那些早已化为尘土。在耳边震响的是90年前五四运动的先驱者和青年志士们为国为民的呐喊声。我仿佛看到陈独秀、李大钊、鲁迅、胡适那一辈民族精英，高擎科学、民主大旗，在黯淡的国土上燃起现代文明的火炬。我仿佛看到北京的大学生们走上街头，“外争国权，内惩国贼”的怒吼，振聋发聩，呼唤沉睡千年的巨人觉醒，一路高呼口号，挥舞标语，迈步走过天安门前。我也仿佛跟随在他们后边，从天安门下一直向东，过东交民巷和东单牌楼，进入一片胡同，直到赵家楼卖国贼曹汝霖的旧宅。那座曾经被烈火焚烧的庭院内外，空气里似乎依然留存当年爱国志士们的姿影和呼声，仿佛还在注视着下一代下两代后辈，殷殷垂询：我们多灾多难的祖国，在民主和科学的大道上迈进多远了？徘徊小巷，悲欣交集之余，不知道该如何回答，只是深深感到：我们面前的路还很长很长，有坦途也有礁石，有鲜花也有荆棘，还需要一代一代仁人志士坚强而执着地走下去。

五十年前，杨沫的名著《青春之歌》和据此改编的电影，博得千万人尤其是青年一代的喜爱，到现在还被人奉为反映“一二·九”运动的经典作品。那一时期，每到天安门，就会想起“一二·九”时代的热血青年。20世纪30年代民族危亡的时刻，日本侵略者步步进逼，国民党政府步步退让，奉行“攘外必先安内”的反动，全力要消灭共产党和工农红军。北平的大中学生们不愿做亡国奴，不愿看到祖国沦亡，自发地团结起来，振臂高呼：“华北之大，已安放不下一张平静的书桌。”毅然举行抗日示威大游行，冲破反动军警大刀、水龙和枪托的阻挠和镇压，浩浩荡荡，勇往直前，震动古城，震动全国。这是五四运动以后规模最大、影响最广的大游行，振奋了亿万民心。“一二·九”运动和以后成立的民族解放先锋队表明，又一代青年自觉地担负起历史赋予他们的使命，在中国现代史上写下了辉煌的史页。

近些年，我每次走过天安门，必定要想起1976年丙辰清明前后那一段惊心动魄的日子。花圈似海，挽诗如林，凝聚了人民群众对周恩来总理的沉痛悼念和对“四人帮”一伙奸佞的切齿痛恨，也表达了对祸国殃民、践踏人权的那昏乱岁月的斥责和唾弃。那几天，我和报社同事也和我的爱人一次次去天安门广场，默读那一首首带着哀伤和怒火迸发出来的诗词，任凭泪水泻下双颊。“欲悲闻鬼叫，我哭豺狼笑。洒泪祭雄杰，扬眉剑出鞘。”“红心已结胜利果，碧血再开革命花，倘若魔怪喷毒火，自有擒妖打鬼人。”……瑟瑟寒风中，我们见到一个个青年对着人群朗诵、演讲，全不顾自己有被逮捕的危险。我看着这些勇敢的青年人，敬佩之余，想着他们之中也许有人在十年前戴着“红卫兵”袖章，在天安门广场如疯如狂的人群中不停地高声唱歌，高呼口号，等待一次让他们激动得彻夜不眠的接见。十年风雨，他们成长了，能够擦亮眼睛、辨别是非黑白了。在祖国又一次面临生死存亡的关头，他们沿着前辈走过的道路，挺身而出，面对危险，勇敢走上讨伐奸佞的战场。多么好的青年一代，不愧是“五四”和“一二·九”的继承人！“丙辰清明”的正义行动当时被宣布为“反革命事件”，许多人受到残酷的追查和迫害，一时从北京到外地，风声鹤唳，草木皆兵，到处笼罩着白色恐怖气氛。然而，仅仅过了半年，历史就做出结论。10月中，在首都百万军民欢呼粉碎“四人帮”的大游行队伍中，我又一次随着人潮走过天安门。半年前的光景，历历在目，禁不住百感交集之余，也想到了“四五”事件的受害者，他们的鲜血没有白流，历史终究要恢复它本来面目。任何符合人心的正义行动，不论遭到多少诬陷，发过多少文告，终究不过是镜花水月，不值一文钱。历史的辩证法就是如此，可以依靠强权歪曲它，污蔑它，却无法改变它一丝一毫。

八年后的国庆节，是中华人民共和国建国三十五周年，天安门前举行改革开放新时期以来第一次隆重的阅兵式和盛大的游行。人民群众自发地表达了对改革开放路线由衷的欢呼。那天晚上，我们全家围坐在电视机前，心随着天安门前的欢潮一起跳动。突然，北京大学的游行队伍里举起一面横幅，四个大字：“小平您好！”使我们眼前顿时一亮，不禁都欢叫起来：“‘小平您好’，好啊 ！”好像突然升起一把火，将我们的心烧得暖洋洋的，不能平息。这样的标语，是历次游行中未有过的，普普通通四个字，却是那么准确、深刻而又亲切生动地表达了中国青年一代以至全中国人民历经十年风霜雨雪以后共同的愿望，对高瞻远瞩的改革开放总设计师邓小平同志和带领全国人民迈向康庄大道的中央领导人表达崇高敬意和衷心爱戴。我在天安门曾经见过无数标语横幅，听到过无数口号欢呼，唯有这句平实的大白话，将会让亿万人民牢牢记住。

十年前，人民共和国五十年华诞那天下午，我们全家人又到天安门广场。看到一队队系红领巾的少先队员跳跃欢腾，一群群身穿绚丽衣裙的少数民族姑娘载歌载舞，一辆辆装饰着绚丽鲜花的花车被人们簇拥，想起我自己从一个二十多岁的青年第一次站在金水桥上的兴奋心情，到如今两鬓如霜，再一次到天安门广场感受祖国黄钟大吕般的足音，思潮起伏，千言万语涌上心头，竟难以移步了。

遥望天安门，经历了六十年峥嵘岁月，巍然屹立在每个中华儿女心中，永远是一块崇高的圣地，一种爱国精神的象征。它凝聚着炎黄子孙的如火红心，激荡着中华民族的浩然正气，也永远见证着风雨苍黄的华夏青史。

2009年5月

春日探寻聚源中学

陈丹燕

2009年春天，我去了聚源镇。

聚源中学旧址，人去楼空。

透过教学楼一楼满是雨痕的玻璃窗，我看到在黑板左下角，语文课代表抄写的好词好句仍然清晰可辨：

神采奕奕：形容一个人很有精神，面容有光彩。例句：周总理神采奕奕地来到我们中间。

那是去年5月12日聚源中学的教室。

渐渐地，我认出来一个操场。虽然那个操场上，现在已长满了深绿色的青苔，春草，还有鲜艳的野花，白色的，黄色的，水洼上漂浮着鲜绿色的细小浮萍，但我还是认出，这里就是十六岁的初三学生周仁贵苏醒过来的地方，当时这里曾停满了同学们的尸体，以至于水洼里的水都被染成了红色。

然后，我认出了吴志雄医生在日记里提到过的篮球架。他是2008年5月去四川志愿服务的外科医生，1978年出生的独生子。操场上有两组篮球架，现在仍竖立在高高的野草丛中。篮板上的白漆已经剥落，露出的木头，经风吹雨淋，已变得黯淡。“当年在篮下挥汗的少年如今在何方？”吴医生曾这样想。少年周仁贵当时正是他的床位病人，正挣扎在死亡线上。

然后，我认出初二学生李露提到的操场边美丽的大树。这个女生喜欢在树下玩儿。春天到了，大树上一派郁郁葱葱。树下有一副双杠架子，长满了黑色的锈。今年李露已十五岁，发育成了一个大姑娘。但她的右臂与右腿都被截去。她也是吴医生的床位病人，病危时，他与七个来自全国各地的急救科医生曾在她床前守了一个整夜。

这是个满目茂盛绿色的，荒芜的操场。我总是想，它的植物这样茂盛，是因为土地里吸收了太多的营养，是靠孩子们的鲜血成长的。

清明刚过完，不知是谁，越过绿色围栏，扔入操场去的一束白菊花，在塑料纸的保护下仍旧盛开着。这么细心的哀悼者，我想是个母亲吧。

越过这个操场，能看到一片平整过的废墟，那里曾是一栋五层高的教学楼，5月12日，垮塌，只剩下一段楼梯间。

星期六的下午，这里一片寂静。能听到李露喜欢的大树深处，有小鸟的叫声。当年从废墟到操场有一条生死线，挖出来的学生们，有救的，马上向左抬，救护车就在校门口等着。没救的，向右抬，停在操场上。现在，这条一年前的生死线上，长满了高高的野草和野花。白色的野花是单瓣的，六瓣，像碎裂的水珠，无声无息摇曳着。

都江堰的春天，漫山遍野盛开着这种野花。只是在这条废弃的生死线上，它使我突然想起去年聚集在这里，满含眼泪的家长们。母亲们抖得不停的身体，就像这些微风中的野花一样摇曳着。去年我曾很多次问自己，如果我的孩子被埋在里面，我怎么办。

没有结论。

只有一点点侥幸。

这是4月11日的聚源中学旧址。

在旧日生死线的土路上，我遇见一个带着小姑娘的中年男子。

他很坦然地面对我脸上挂着的泪水，想来，他已经见多了。他指点我说，聚源中学活下来的孩子们，现在都在板房学校里上学。沿着河走，过桥，穿小路，就能找到他们。

沿着清澈湍急的河水，经过一座石桥，乡村的土路弯弯曲曲。两边开着零零星星的油菜花，聚源镇的油菜，长得比江南的高多了。

我看见三五成群的少年，背着书包，就从这样的土路上走过来。

整个都江堰的板房学校，都将在暑假拆除，五万七千多板房学校的学生，都可以搬进新校舍。为了准备搬家，全都江堰的学生这个月开始全都取消休息日，他们将在五月提前放假。所以，周六的时候，孩子们仍旧正常上课。

女孩子们叽叽喳喳议论着一个耍帅的男生，一半儿兴奋，一半儿讥讽，这是典型的青春期女孩子。她们的笑声有一点儿夸张，好像为了让别人听到；过了几分钟，几个男孩子走过来了，我几乎能猜出来，她们议论的是谁，他真是一个出色的少年，端正的脸上微微笑着——他知道女孩子们议论的就是自己。他知道她们那样笑，也是为了他。所以他难掩得意之色。

青春时，人人做过这样的小游戏——生命如花盛放，令人又喜又怕，好不知所措啊。

经过他们身边时，能闻到在学校一天的少年身体散发出来的特殊气味——和我的孩子陈太阳小时候身上的气味一样，微臭的，是他们旺盛的汗腺散发出来的，清新的，是他们年轻的肌肤和呼吸。

这样的青春岁月，本来也是平常而不朽的。但衬托在惨烈地震之前，让人只觉得太美好，太宝贵，太值得护卫与珍惜。

我在都江堰，许多次听说余震发生时的故事。大地一摇晃，人们就以惊人的速度逃离房屋。人站得远远的，张张脸都是煞白的，个个都默不作声地看着嘎吱作响的房子。在这个处于地震带上的地方，噩梦会在一瞬间重现眼前。

有个美丽的女生，正岔开双腿，站在同学自行车后轮两边的夹衬上，她们在灰绿色的油菜田中间轻快地掠过，好像马戏里的小飞人一般。

是这些擦肩而过的少年，让我明白了劫后余生的复杂含义。

田野深处，出现了一个不大的板房校区，还是与聚源小学合并在一起的。教室开着门，透出灯光。每条走廊上都静悄悄的，初三各班都还在上课，准备中考。

偶尔能听到，有班级在集体朗读，在读英文单词。我仔细听，但由于这里离新校舍的工地太近，工地上的声音，让我听不清楚他们到底在读什么。

他们在读elephant（大象）吗？那是陈太阳去年志愿服务时教过的单词，希望她的学生们都还记得。

弯弯延伸的土路扬着灰尘，两边都是一排排的白色板房，非常整齐。

我们分成四人一组，先去五个高二年级的班级上课。

班上没有坐满，大约三十几个学生。我们进去之前他们都在复习古文，我瞥见他们的语文书和我初中时候一样，密密麻麻好多注解，我想他们一定在准备烦人的期末考试。

见到我们进去，同学们热烈鼓掌。但是等到需要互动做英语游戏时，只有寥寥无几的人举手回答。

大多数同学就直直地看着我们，不笑，也没有反应。

我们不敢多逼问，只得自说自话厚着脸皮，自己在讲台上跳来跳去，扮演大象、恐龙和青蛙。

Elephant！想想，只要能换得他们的笑脸，自己做小丑也没有关系。年龄大一些的学生显然懂得多，感情也比小一些的孩子要复杂，所以，这次地震带给这些大孩子的阴影更大，一时半会儿无法抹去的。

想让他们快乐起来，正常地生活下去，不是件容易的事。因为想让他们忘记过去，是不可能的，也是不对的。

——陈太阳很感慨。她是个非常热心志愿服务的独生女，1988年出生。她觉得自己有超人的力量。

工地的声音真的很大，敲击声、马达声、装卸声、水泥搅拌机里甩动石子的撞击声。正在修建的楼房，就是新的聚源中学。上海援建聚源中学新址的队伍承诺说，这个建筑按照抗八级地震的标准建造，希望它十足的坚固，将来能成为整个聚源镇的公共避难所。

新聚源中学的教室里将安装上海正在实施的中小学教室灯光亮化工程所用的灯

管，这样的灯光不闪动，不刺眼，书写时无右手带来的阴影。

还将安装多媒体讲台。

升降式课桌椅，以适应发育时期的同学身体的高矮不均。

闭路电视终端。

部分教室配备多媒体投影仪和电脑操作系统。

专科教室有物理实验室、化学实验室、生物实验室、音乐教室、美术教室、外语语音室、计算机房、劳技室。

配备学校闭路电视系统。

配备中心机房。

配备校门安防系统。

配备全部现代化厨房设备。

据我知道，这还不是最终确定下来的所有清单。

聚源中学将是一所与上海配备得最好的学校相比，只会更好的新学校。9月1日，它会与都江堰的二十三所新学校一起开放使用，五万八千一百四十五个在板房学校学习的学生，将在二十三所坚固的新学校里继续学业。

学校教学楼倒塌后，社会曾一致向这里的孩子们承诺，他们将获得比从前更好的学校，这个诺言虽然还被施工防护网密密地罩着，但终于是快要实现了。

我站在围栏外面，看着静悄悄的板房，和它后面还未封顶的新楼房。那是我所见到过的，最让人安慰的工地。在路上遇见的那个男人，特别吩咐我去看看新房子。“那才是一板一眼儿盖房子的样子。”他评价说。

我看见离栅栏最近的教室里贴着的半幅水彩画，一幅壁报的报头。看样子，这是预备班的教室，壁报还留着小学生的稚气。

水彩画里，鲜艳的太阳照耀着新教学大楼，彩色小人拉着手，被画成了蜘蛛侠玩具的样子。热烈的颜色，让我想起“神采奕奕”这个词来。

到过四川的人，才会知道艳阳的珍贵。这里多雨多雾多阴天，一旦出太阳，四川的狗都不认识，直对着太阳乱叫，这就是“蜀犬吠日”的来历；

新的教学大楼还没有顶，但是有很厚的墙，看上去更像一座童话插图中的城堡；

彩色的蜘蛛侠到处都能买到，那是一种用软橡胶做成的小人，不论你如何拉扯它们，揉搓它们，只要一放手，它们就会立即恢复原样；

知道这里发生过什么的人，才能理解它的每一笔，都很珍贵。

校门口也有一条土路，土路两边，也开着黄色和白色的野花。

几个早到的家长倚在车边，等待孩子放学。这已是寻常校门前的景象。

对幸存下来的孩子们，和他们的父母，这个工地无时无刻的噪音，大概竟是对他们留有梦魇的内心最有力的安慰——这栋为他们建造的坚固的房子正在冉冉长大，聚源中学的惨剧大概不会在他们身上重演了。其实，这也是对陈太阳最好的安慰。她知道让那里的孩子们忘记过去是不可能的，也是不对的。但是，我们仍能找到安慰和鼓励他们的方式：

有时，是一个在六月闷热的板房里，晃动身体扮演大象的女孩。

有时，是一个利用仅有的休息天去探访病人母校，并深为所动的年轻医生。

有时，是一栋精心建造和配置的，四川乡村最坚固的中学教学楼。

2009年5月

花土沟的花

肖复兴　肖复华

柴达木的地名起得都非常有意思，由于千百年来没有人烟，以前哪里有名字？勘探队员第一次到了那里，为它们随口起了名字，都很风趣，有诗意。花土沟，就是这样的一个地名。它在柴达木最西部，位于尕斯库勒湖畔，油砂山脚下。新中国第一批闯进柴达木的勘探队员，在向导乌孜别克族阿吉老人的带领下到达这里。望着这一片连芨芨草都没有的荒凉戈壁，不知谁诗兴大发，给它起了这样一个诱人的名字，便渐渐地叫了开来。可是，哪里见得到一朵鲜花呀？花土沟的花，只开在勘探队员和采油工人的梦里。

勘探队员之所以跑到了这里，是因为中国的第一代地质师周宗浚翻过昆仑山，曾经来过这里。马步芳部队的养路工，递给周宗浚一块石砾，告诉他这玩意能点着。他断定这里一定有石油，躺着无数这样石砾的山丘便被叫作了油沙山。从1947年，周宗浚把这个兴奋的发现，一直燃烧到了新中国成立。百废待兴的新中国准备好了一切，派出了第一批勘探队向这里进军。当时，中国只有甘肃玉门、陕西延长几个小油田，年产量十二万吨，远远不够正喷薄而出的新中国的需要，便寄希望于柴达木。1954年4月，花土沟的名字就这样标在了新中国的版图上。一年多后的秋天，在花土沟的油泉子终于打出了第一口油井，当时轰动了全国。那一年的国庆节，青海省政府派出省歌舞团在花土沟举行了盛大的庆祝活动，晚上还有化装舞会，火树银花不夜天。

紧接着，又有多个井相继出油，只是油量不大，开采价值不高。人们不死心，始终舍不得放下花土沟，一直艰难地在这里徘徊，继续找油。日复一日的日子，风沙卷着风沙，烈日顶着烈日，花土沟和共和国一起走到了20世纪80年代。1981年秋天，我们第一次来到花土沟，老地质师周宗浚不在了，向导阿吉老人的墓就在花土沟的尕斯库勒湖边。虽经几代地质人和石油人的努力，眼前却依然见不到一朵花，荒凉的戈壁滩上，只有高高矗立的井架和挖在地底下简陋的地窨子，工人们就住在这里。

那一天，我们见到了一个叫曾惠玲的人，我们问她花土沟怎么没花呀？这位干了十二年采油工的四川女子，在花土沟建起了第一家幼儿园。她带领我们来到了她创办的幼儿园，堂皇的雕花铁门上有炫目的“儿童乐园”四个金红大字，推门而入，那里居然有树、有草、有花，还有一圈花坛，簇拥着喷泉正飞珠溅玉……这实在令我们惊讶，虽然只是普通的花草，对于别的地方，不是什么新鲜事，对于几千年以来一直一毛不长的花土沟来说，这真的是一个奇迹。

曾惠玲告诉我们，那是国运转折的1978年，在茫茫的戈壁滩上建立一个幼儿园就已经够不容易的了，还想让幼儿园像城里一样也能够有鲜花盛开，她可以牵着孩子白藕般的小手，在花坛旁游戏，在喷水池边做操，在花丛绿荫下散步。这些，花土沟没有，而曾惠玲却想有。她一个人接起了一百多米的水管线，闸门、弯头、管子、挖沟机……她白手起家，但是，那该是多么难呀，水始终引不过来，没有水，哪里来花？她一屁股坐在干裂的戈壁滩上哭了。哭够了，她爬起身来接着干。于是，一个弱女子感动了花土沟的所有人，大家一起动手，水哗哗地流进了幼儿园，花土沟的第一朵花，就这样开放了。花土沟没花的历史，终结在一个弱女子的手里。

就像曾惠玲不甘心花土沟没有花一样，石油人同样不甘心花土沟没有油。就在曾惠玲幼儿园里的鲜花越开越鲜艳的时候，青海油田的石油人重返花土沟，奋战整个80年代，先后打了一百多口井，终于在1990年的最后一天，向全国人民宣布，花土沟翻身了，有了一百万吨的年产量，可以向周宗浚，向阿吉老人，向我们的共和国报喜了。

又有近二十年过去了。一代人死去，一代人老去，一代人又青春勃发地奔向花土沟。世上就有这样的地方让人牵肠挂肚。前不久，阔别多年，再次来到花土沟的时候，不由得惊异万分了。不仅惊讶花土沟大踏步地要向千万吨油气田进军，更惊讶一座六千四百平方米的生态园矗立在我们面前，这样开阔的温室植物园，在北京都属罕见。厅内，小桥流水，鱼翔浅底，喷泉参天，三百多种花卉争香斗艳，南方的梧桐枝繁叶茂。花土沟，当年给它起这个名字的勘探队员的梦变为了现实，几代人的努力让花土沟名副其实。

望着眼前的植物园，舒适滋润的湿度，舒心养神的充足氧气，一下就把“天上无飞鸟，地上不长草，风吹石头跑”高寒缺氧的戈壁大漠阻隔在大厅外。满目葱茏，满心怡爽，我们竟情不自禁地在大厅内外转了好几圈。朋友向我们介绍着眼花缭乱的各种花草，记也记不住，分也分不清，只知道光带三字的就有三角梅、三叶梅、三叶草、三色堇……大厅旁还有舒适的阅览室，还有一个免费网吧。那是花土沟的采油工人休闲的好场所，收了工，下了井架，来到这里，清风和以读书声，上网伴有花香随，想想三十年前工人住地窨子的情景，真的恍如隔世。

我们忽然想起了六十年前那个为花土沟起名字的勘探队员，想起30年前的那个“儿童乐园”里的小小花坛，到如今百花盛开的偌大生态园，岁月在不动声色中一眨眼，便完成一次历史巨变。这样的巨变，结束了花土沟寸草不生的历史，用五彩缤纷的鲜花展开花土沟的新时代。

我们也想起曾惠玲，她早该退休，不知现在哪里，应该约上她一起来花土沟看看，她一定会和我们一样为花土沟的今天叹为观止。

2009年6月

不断延伸的邮路

聂鑫森

我从青春年少，便开始踏上文学创作之路，眨眼间已进入花甲老境。也许是性格使然，日常生活中总不想麻烦人，图的是个利索。但有一件事，却不得不劳驾邮递员。几十年来，几乎每天都有从外地寄来的信件、刊物、书籍，而且量还大。尽管我不知道这些不断替换的邮递员姓甚名谁，但我却知道这条邮路是怎么由短而长地延伸！

我原先供职的株洲木材厂处在这座城市的最南端，再往前走就是郊区的地界。厂门正对着湘江，厂后是家属区；往里走，是一个很大的称之为“南湖塘”的泱泱湖塘，湖塘边横陈着郊区农民的菜畦瓜架；再深入进去，是“工塔冲”，有山有谷有崖有溪，树木丛生，云缠雾绕，隐约可见几栋分散的农家土砖瓦屋，很冷清也很荒僻。

成家前，我住的是厂区的单人宿舍；1977年成家后，因家属区暂无住房，与十几户人家一道，还是住在厂区内一栋由办公楼改成的住宅楼里，一家只一间。

株洲是一座新兴的工业城市，邮路的分布往往与沿途的工厂有关。以市中心的邮局为起点，以木材厂为终点，便是其中的一条邮路。邮递员每日上午和下午各送一次到厂传达室。我会在下班后到传达室去取回属于我的邮件。1978年秋，我调到离厂不太远的《株洲日报》，但“家”仍安在原处，朋友们所寄邮件写的仍是这个地址。于是，到传达室取邮件的任务，便由内人承担了。

1983年，孩子一岁多了，我们搬进了厂后的家属区，拥有了一套小居室。没事时，我可以到南湖塘边散步，可以去闻闻瓜菜的清香。有意思的是，这片家属区刚新建了几座宿舍楼，居住人口增加了，便设了一个投递点。凡是寄“株洲木材厂家属区”的邮件，邮递员都会送到这里的值班室来。粗粗一算，这条邮路从厂门口到家属区，延长了五六百米！

此后的两个年头里，开进了一支又一支基建队伍，菜地被平复了，南湖塘被填充了，呼啦啦崛起了几十栋商品住宅楼。1985年，报社在14号楼的一个单元买下十二套房子，我也分到了一套，两室一厅、一橱、一卫，和先前比，真是“鸟枪换炮”了。但我最关心的是这个名叫“南湖塘住宅区”的邮件投递。因为我家离木材厂的家属区已经很远。

邮局的同志早想好了，紧挨着这片住宅区新设了一个“南湖塘邮政所”。邮件用汽车从总局运来后，再由邮递员步行投送到各家各户的邮箱里，又快捷又稳当。这条邮路随着岁月的步伐，又向前延伸了好几百米！

株洲的发展真是太快了。基建队伍又开始向王塔冲挺进，“喝令三山五岳开道，我来了！”开山炸崖。平谷修路，建起了一座一座的大厦，组成了一个一个的住宅区。青云山庄、康和山庄、樟树平山庄、枫林山庄、溪谷山庄……依山傍水，草绿花香，不少人家都搬到这里来了。

2003年夏，我们购买了康和山庄一百六十多平方米的房子，装修后，在春节前高高兴兴地搬进去了。不但有了卧室、客厅、厨房、卫生间，还有了很宽敞的书房画室。这里距南湖塘又有了千把米的距离，绿色的邮路几乎是如影随形地延伸过来了。当然，邮路有了变化，是从株洲火车站邮件分拣处出发的，然后径直扑进了王塔。康和山庄有传达室，邮件快递到这里就算完成了任务。跑这条邮路的，是一位骑着女士电动车的中年女同志。她知道我的邮件多，特意和我取得了联系，让我在一楼的杂物间外挂一个邮箱，这样可以万无一失。今年10月，邮局开始征订报纸、杂志。她见我年纪大了，去邮局不方便，亲自上楼登门叩访，让我填写订单，代我去交款。

几十年来，不断延伸的邮路，象征着流光溢彩的生活场景以及蒸蒸日上的邮政事业在不断地拓展和升华，城市是这样，乡村亦如此。

我赞美绿色的邮路，赞美春天的信使——邮递员！

2009年6月

从棣花到西安

贾平凹

秦岭的南边有棣花，秦岭的北边是西安，路在秦岭上约三百里。世上的大虫是老虎，长虫是蛇，人实在是走虫。几十年里，我在棣花和西安生活着，也写作着，这条路就反复往返。

父亲告诉过我，他十多岁去西安求学，是步行的，得走七天，一路上随处都能看见破坏的草鞋。他原以为三伏天了，石头烫得要咬手，后来才知道三九天的石头也咬手，不敢摸，一摸皮就粘上了。到我去西安上学的时候，有了公路，一个县可以每天通一趟班车，买票却十分困难，要头一天从棣花赶去县城，成夜在车站排队购买。班车的窗子玻璃从来没有完整过，夏天里还能受，冬天里风刮进来，无数的刀子在空中舞，把火车头帽子的两个帽耳拉下来系好，哈出的气就变成霜，帽檐是白的，眉毛也是白的。时速至多是四十里吧，吭吭唧唧在盘山路上摇晃，头就发昏。不一会儿有人晕车，前边的人趴在窗口呕吐，风把脏物又吹到后边窗里，前后便开始叫骂。司机吼一声：“甭出声！”大家明白夫和妻是荣辱关系，乘客和司机却是生死关系，出声会影响司机的，立即全不说话。路太窄太陡了，冰又瓷溜溜的，车要数次停下来，不是需要挂防滑链，就是出了故障，司机爬到车底下，仰面躺着，露出两条腿来。到了秦岭主峰下，那个地方叫黑龙口，是解手和吃饭的固定点。穿着棉袄棉裤的乘客，一直是插萝卜一样挤在一起，要下车就都浑身麻木，必须揉腿。我才扳起一条腿来，旁边人说：“那是我的腿。”我就说：“我那腿呢，我那腿呢？”感觉我没了腿。一直挨到天黑，车才能进西安，从车顶上卸下行李了，所有人都在说：“嗨，今日顺到！”因为常有车在秦岭上翻了，死了的人在沟里冻硬，用不着抬，像掮椽一样掮上来。即使自己坐的车没有翻，前边的车出了事故，或者塌方了，那就得在山里没吃没喝冻一夜。

20世纪90年代初，这条公路改造了，不再是沙土路，铺了柏油，而且很宽，车和车相会没有减减速停下，灯眨一下眼就过去了。过去车少，麦收天沿村庄的公路上，农民都把割下的麦子摊着让碾，狗也跟着撵。改造后的路不准摊麦了，车经过唰的一声，路边的废纸就煽得贴在屋墙上，半会儿落不下。狼越来越少了，连野兔也没了，车却黑日白日不停息。各个路边的村子都死过人，是望着车还远着，才穿过路一半儿，车却瞬间过来轧住了。棣花几年里有五个人被轧死，村人说这是祭路哩，大工程都要用人祭哩。以前棣花有两三个司机，在县运输公司开班车，体面荣耀。他们把车停在路边，提了酒和肉回家，那毛领棉大衣不穿，披上，风张着好像要上天，沿途的人见了都给笑脸，问候你回来啦？就有人猫腰跟着，偷声换气地乞求明日能不能捎一个人去省城。可现在，公路上啥车都有，连棣花也有人买了私家车。那一年，我父亲的坟地选在公路边，母亲就说离公路近，太吵吧。风水先生说：“这可是好穴哇，坟前讲究要有水，你瞧，公路现在就是一条大河啊！”

我每年十几次从西安到棣花，路经蓝关，就可怜了那个韩愈，他当年是“雪拥蓝关马不前”呀，便觉得我很幸福，坐车三个半小时就到了。

过了2000年，开始修铁路。棣花人听说过火车，没见过火车。通车的那天，各家在通知着外村的亲戚都来，热闹得像过会。中午时分，铁路西边人山人海，火车刚一过来，一人喊：“来了——！”所有人就像喊欢迎口号：“来了来了！”等火车开过去了，一人喊：“走了——！”所有人又在喊口号：“走了走了！”但他们不走，还在敲锣打鼓。十天后我回棣花，邻居的一个老汉神秘地给我说：“你知道火车过棣花说什么话吗？”我说：“说什么话？”他就学着火车的响声，说：“棣花——！不穷！不穷！不穷不穷，不穷不穷！”我大笑，他也笑，他嘴里的牙脱落了，装了假牙，假牙床子就笑了出来。

有了火车，我却没有坐火车回过棣花，因为火车开通不久，一条高速路就开始修。那可是八车道的路面呀，洁净得能晾了凉粉。村里人把这条路叫金路，传说着那是一捆子一捆子人民币铺过来的，惊叹着国家咋有这么多钱啊！每到黄昏，村后的铁路上过火车，拉着的货物像一连串的山头在移动，村人有的在唱秦腔，有的在门口咿咿呀呀拉胡琴，火车的鸣笛不是音乐，可一鸣笛把什么声响都淹没了。火车过后，总有三五一伙端着老碗一边吃一边看村前的高速路，过来的车都是白光，过去的车都是红光，两条光就那么相对地奔流。他们遗憾的是高速路不能横穿，而谁家狗好奇，钻过铁丝网进去，竟迷糊得只顺着路跑，很快就被轧死了，一摊肉泥粘在路上。我第一回走高速路回棣花，没有打盹，头还扭来转去看窗外的景色，车就突然停了，司机说："到了。"我说："到了？"有些不相信，但我弟就站在老家门口，他正给我笑哩。我看看表，竟然仅一个半小时。从此，我更喜欢从西安回棣花了，经常是我给我弟打电话说我回去，我弟问："吃啥呀？"我说："面条吧。"我弟放下电话开始擀面，擀好面，烧开锅，一碗捞面端上桌了，我正好车停在门口。

在好长时间里，我老认为西安越来越大，像一张大嘴，吞吸着方圆几百里的财富和人才，而乡下，像我的老家棣花，却越来越小。但随着312公路改造后，铁路和高速路的相继修成，城与乡拉近了，它吞吸去了棣花的好多东西，又呼吐了好多东西给棣花，曾经瘪了的棣花慢慢鼓起了肚子。棣花已经成了旅游点，农家乐小饭馆到处都有。小洋楼一幢一幢盖了，有汽车的人家也多了，甚至荒废了十几年的那条老街重新翻建，一间房价由原来的几十元猛增到上万元。以前西安人来，皮鞋印子留在门口，舍不得扫；如今西安打一个喷嚏，棣花人就问："咱是不是感冒啦？"他们啥事都知道，啥想法也都有。而我，更勤地从西安到棣花，从棣花到西安，我不再以出生在山里而自卑。车每每经过秦岭，看山峦苍茫，白云弥漫，就要念那首诗："啊，给我个杠杆吧，我会撬动地球；给我一棵树吧，我能把山川变成绿洲；只要你愿意嫁我，咱们就繁衍一个民族。"

就在上个月，又得到一个消息，还有一条铁路要从西安经过棣花，秋季里动工。

2009年7月

居有雅所

张笑天

居有屋，曾是我家几代人的奢望和梦想。

去年兄弟姐妹从四面八方赶来为我过生日，他们感叹我的房子之大、之漂亮，几乎不约而同地说出了相同的话:妈若活到今天该有多好!

房子，这是母亲一生的期盼、无法瞑目的情结，做儿子的没能满足她的心愿，我什么时候想起来，心都隐隐作痛。

我上中学前，家里曾经拥有过一间半房，虽然拥挤不堪，毕竟可以遮风避雨，不致受冻馁之苦。后来为了供我们兄弟几人读书，妈妈忍痛把房子卖了，从此居无定所，直到母亲离世，也没住上属于自己的、稍稍像样的房子。

那时节，我已经参加工作很久了，我一直盼望能有一间（不敢奢望一套）住室，可比我早工作的人还没分到住房，怎么会轮到我?

刚结婚时，在山区敦化县当中学教员，见我一直与妻子分居，居无所，一个亲戚问我，有一间木结构的“五凤楼”，想不想住?

“五凤楼”，多么富有诗意的名字!我去看了，从外表看，雕梁画栋，相当不俗，我很疑惑，何以久无人住呢?他们解释说，这是木头房子，过去是为避暑而建，时间太久了，四面透风，又无采暖设备，寒冷季节和冰窖差不多，根本无法住，夏天还是可以将就的。我几乎欢呼雀跃地答应了，为自己的幸运而暗自欢喜。当我找木工把木阁楼修葺一新，准备乔迁时，一个朋友启发式地问我，在房源奇缺的年月，连地下室、偏厦、棚屋都求之不得，外表这么堂皇漂亮的小楼居然无人问津，你不觉得奇怪吗？

说的是呀！他终于告诉我一个秘密，这是有名的“鬼楼”，一直有闹鬼的传闻。原来，解放前，这座小楼是商会会长的私宅，他的小老婆后来吊死在楼上，从此成了“凶宅”。

我听了，心里也犯忌，不知是我的无神论观念太牢固，还是找房子心切，一咬牙，还是决定把这鬼楼当了新房。我虽不怕鬼，却怕我妻子知道真相，我敢断定，她死也不肯搬进闹鬼的房子住的。我自己也有三分胆虚，在正式入住前，我决定自己先仗着胆试住两夜，探个究竟。我几乎整夜不敢合眼，竖耳谛听，确实不断地听到了异响，但我经过察看，给出了科学的解释，纯属木料热胀冷缩发出的声音。

于是对妻子“真事隐去”，搬进了“五凤楼”。我的新房很浪漫，我在正面墙上题了鲁迅的两句诗：“躲进小楼成一统，管它春夏与秋冬。”街上过往行人透过大玻璃窗，仰头可见这幅字，一时传为佳话。说敦化一中来了个不怕鬼的教员，居然敢住凶宅，还挺浪漫。

即使这样的浪漫也是好景不长，秋风日紧的日子，天冷了，我不得不从鬼楼“撤退”，又去住单身宿舍。

那年隆冬时节，妻子临产，因为没房子，我不得不把她送上火车，让她挺着大肚子，孤单一人回千里之外的母亲家去生孩子，须知那是到医疗条件极差的乡下呀，我目送火车驶出车站，不禁心酸流泪。事后她问我，万一我难产发生意外，你不在跟前，你不后悔吗？我什么时候想起她这话，心里都后悔，悔不该轻率决定，而且不好意思告假送她回去，我的心在暗自忧伤，这是居无屋之痛。

这以后，我租住过人家的一铺北炕，连炕算上，也不会多于十平方米，中间纸糊的间壁墙，夸张一点儿说，人喘气纸墙都直呼扇，夜晚房东的鼾声如在耳旁……那样的居室，我竟然熬过了好几年。

20世纪70年代初我已住进敦化一中一栋面积为二十平方米的砖房，我必须去居民区的公用自来水井前去挑水，夏天还好，冬季枯水，排长龙可达一公里，白天教书，没时间排队，就在后半夜起床，从暖被窝里钻出来，到冻成冰山的自来水站连挑几担水，直到把水缸挑满，往往天已亮了。

当时房子无采暖设备，孩子冻得哭，我和隔壁的王老师便忽发奇想，到废品收购站废铜烂铁堆里去拣拾能用的铁管、管箍、阀门和废暖气片，买回来，自己动手焊土锅炉.安装土暖气，我居然无师自通，安装成功，一家人享受到有暖气带来的温暖和愉悦。

我粗算了一下，从1964年我成婚住“五凤楼”算起，迄今为止，一共搬过十一次家，从住长影大教室、筒子屋，在走廊烧煤油炉，到两室、三室一厅，到1984年住进百平方米的“高知楼”，一直到现在的有花园的三四百平方米的雅居，可以说是芝麻开花节节高。我自己演绎的居有屋的故事，绝对是我同龄人的缩影，是共和国托举着全民奔向小康的缩影。

记得20世纪80年代初出访时，吃的、穿的我并不在意，我喜欢看人家的房子，艳羡之情油然而生，我觉得是仰视云端，与外国同行们交谈，羞于提及住室，我甚至觉得，此生也无法企及了。最尴尬的是外国友人来访，又往往要求在家里接待，要求有“家庭氛围”，我一直以为他们是故意要我们难堪!

曾几何时，我敢主动邀老外朋友来家中做客了，我敢说，我的居宅不比他们逊色，甚至更胜一筹。当今中国任何一座城市，也都是广厦林立，中国人正在营建自己的安乐窝。我特别愿意看国际友人眼里的惊讶、羡慕，还有冲口而出的赞叹!

一位日本作家朋友看了我宽大的、采光极好的书房，一连说了好几个“没想到”，他是个中国通，多次来过中国，对中国作家的家居了如指掌。这一次，他惊诧之余由衷地说:自愧不如，自愧不如。

每当母亲忌日，妻子总不忘烧几张纸，我对丰都银行的“阴大洋”向无兴趣，我唯独不忘在黄裱纸上画一栋大房子，还有粮票。这是妈妈生前没有实现的渴求，与其说是对死去亲人的慰藉，倒不如说是自我安慰。如今没有遗憾了，我不但是居有屋，且是居有雅所!我总是不能自已地念叨:妈妈活到今天不知会怎样高兴啊!

居有屋，是人的基本需求。人的“居有屋”，又不同于动物的有巢、有穴，动物是出于生存本能，为避害、繁衍后代的需要，与人的营造居所是有本质区别的，从原始的避害、避猛兽侵害升华到人文层面，我们的居宅已经提升到文化行为，审美需求，注重精神愉悦和享受，它是与现代文明同步的。

敲打完最后一个字符，我听着流淌在空间优美的音乐，推窗俯视满园竞放的花卉，一股芳香的空气淡然扑面而来，居有屋、出有车、食有鱼，这曾是封建社会豪门食客们的追求，现在早已走进了寻常百姓家。

岂止是居有屋而已?

2009年7月

缝 纫 机

阮义忠

当我把一台油亮亮的、保养得很好的古董缝纫机扛进家门时，太太与儿子都认为，东西买得好，位置却摆错了。我也知道，哪有年近花甲的男人，会在书房里放上一台女红大家伙。

经济不景气，我们家附近的一条老街，短短二百公尺内，竟然多了好几家旧货店。以前只要东西旧了，人们就想赶紧换新，不管坏了没，都往垃圾堆一扔，现在则是能卖就卖，能省就省。名为“寻宝屋”“跳蚤市场”“惜福居”等的这类二手商品店，倒是在百业看衰之际逆势成长。

我这台像书桌大小的缝纫机，就是在离家最近的那家新的旧货店买的。它让我想到童年，思念起往生已十多年的母亲来。我这辈子所知道的第一样机器就是缝纫机，觉得它的功能神奇无比，一匹布在妈妈几个埋首工作的日子下，全家十一口的内衣裤、简便外出服、外套，甚至是小书包、大背袋全有了。不识字的妈妈常会露出一种自觉无知的沉默，坐在缝纫机前，脸上却会焕发出罕见的自信。她的慈爱与宽大，就这么透过缝纫机，一针一线地织进我们九个孩子的衣裳里。

从小我的眼睛就特别利，缝纫机要穿线、换轴或是卡住了，妈妈总是找我，因此我挨着缝纫机的时间比所有兄弟姊妹都长。一度，我的功课还全都是在缝纫机翻下来的那片台板上完成的。那里就是我的书桌，我的一笔一画，有的时候会刻意配合着妈妈踩脚踏板的节奏落笔，抄写课文也就不那么乏味了。

很自然的，我老早就会把剩余布段儿拿来车车玩玩。记得上初中时，因为想要拥有一条与众不同的游泳裤，我用颜色对比强烈的两块布车成几何图案。那条游泳裤，就算是拿到现在，也绝对炫目新潮。我还曾经把一件平淡无奇的衬衫，在所有缝线处都用精彩线重新车一遍。谁见了都要问，这衬衫是在哪儿买的?

上了高中以后，我就再也没碰过缝纫机了。那时，连妈妈也不太自己做衣服了。小小的台湾成了最大的纺织品输出国之一，漂亮衣服便宜得不得了，谁还会花时间、精神去自己车衣服呢？那一台台造型典雅、坚固耐用的缝纫机，几乎是在一夜之间就被台湾的母亲们冷落、抛弃了。我把这台古董缝纫机搬回家，也是因为想找回半世纪前的情愫啊！

很多事情看似无关，冥冥之中却是环环相扣。就拿今年的春节来说吧，本来想邀小说家黄春明来我家坐坐，他却说现在已经不喜欢到处跑了，只爱待在家里，要我们去他那儿吃饭。大年初三早上，他兴冲冲地去市场挑选了一些鱼鲜，回到家才被老伴儿提醒：客人茹素。

那天晚上，我和太太提着一袋蔬菜过去下厨，青菜豆腐配麻辣话题，不亦乐乎，连他新腌的那两玻璃罐儿大头菜也吃了个精光。老友的体力虽然不如从前，冲劲儿却比年轻时更甚，在这是非不分、价值混淆的年代，他的处事态度与对文化价值的捍卫，让我庆幸还能品味台湾人半世纪前的朴直与坚韧、

要离开黄府时，太太才发现，钱包可能在付完出租车钱后掉了，里面除了现金、信用卡、提款卡、身份证、健保卡，还有家里的钥匙。第二天一早，也就是大年初四，我出门帮太太打钥匙。这个时候，大部分的商家都还没做生意，我只有到老街去碰碰运气。

开张的只有这家没见过的二手店，店员的脸孔却是熟识的，是以前一家旧货店的老板娘。她自己的店面结束了，现在帮以前的老顾客当伙计。她老远就向我招手，说，你不是在找缝纫机吗？现在这里就有一台。付了订金，我顺便问她，这么早开市的钥匙店有没有？她肯定地告诉我，以前她开店的槟榔路就有一家。

我循线而去，原来那不是钥匙店，而是五十年前常见的那种小杂货店，除了食品类，日常生活中的任何用品都卖。为了节省空间，许多货品都是从天花板垂直吊下来的；看似乱无章法，却有另一种的井然有序。常销品吊得最低，少人买的高高在上。这种在我童年时的乡下老家才会有的店面，却大隐于都会当中。正在替几位客人打钥匙的老板笑着说，过年都没歇，年前都是遭小偷的来换新锁，年后则是钥

匙丢了得重配。都是邻居嘛，看他们着急，怎能不帮忙！

打一把钥匙要多少钱啊？老板娘不吭声，我也不好意思再问，心想，过年，就让人多赚一点吧。付账时却吓了一跳，还以为自己听错了；价码竟然也是半个世纪以前的，大约是坊间的五分之一。我惊讶地问，怎么这么便宜？老板笑一笑，说要是所有的客人都像我这么认为，他的日子就好过了！

一个星期以后，当太太把所有的证件作废，市公所、健保局、银行都跑过，办好新卡之后，那个钱包竟然被寄回家来了，里面什么都没有短缺，包裹上也没写寄件人的姓名、住址。

老男人的古董缝纫机、乡土作家的血气、都市夹缝里的小杂货店，拾金不昧的好心人；这几件看来毫不相关的事，彼此之间却有着紧密的关联，那就是越来越罕见的传统价值与人文精神。

2009年8月

大音希声　风范永存

徐慰侬

今年11月9日，上海电台故事广播频率开播纪实文学《钱学森》之前，邀我去讲述当年采访科学大师钱学森的一段往事。于是，我翻出了那时撰写的专访，打开了记忆的闸门……

我采访钱老是在1979年11月12日，当时我是上海人民广播电台采访科技的记者。大约在一个月之前，我就获悉钱学森即将来上海的消息，于是赶紧跟北京和上海的有关方面联系，提出采访要求。钱老到了以后，日程排得满满的，但他还是抽出时间在他下榻的延安饭店接受了采访。我是带了复旦新闻系实习学生程士安一起去的。那次采访到现在已经整整三十年了，但当时的情景，至今还历历在目。

悄悄地开着录音机

钱老那天穿着草绿色军装，佩着鲜红的领章。那年他六十八岁，虽然头发已经稀疏，但非常精神。我采访科技还不久，采访这样顶级的大科学家更是第一次，一开始不免紧张。而钱老从见到我们起一直到整个谈话结束，始终带着亲切的笑容。在这样可亲可敬的长者面前，我很快放松下来了。

那天我们是带着录音机去的，可钱老说，我谈的内容，你们都可以报道，但我的声音不要广播出去。这样，我就不能把录音话筒对着他了，但我还是悄悄地把录音机开着，尽管声音不大清楚，钱老的谈话还是原原本本录下来了，这使我们后来写稿能做到准确表述他的原意。

这次采访有一个特别之处，就是不像平时那样总是记者提问，被采访者回答，而是除了我们发问外，钱老每当要阐述一个观点时，往往先向我们提问，使我们的思绪很快进入他要谈的话题，这也有助于我们更好地领会他所说的内容。或许，这也是他给学生讲课时一个常用的方法吧。

首次公开提出创建思维科学

请钱老谈什么好呢？虽然事先经过一番思考、商议，但一开头我们提出的题目，还真有点儿大而无当，那就是请他谈谈如何加快发展科学技术的问题。钱老说："这个问题很复杂，我们还是谈点儿别的吧。"他说："我现在正在思考有关人类的思维规律的问题，有些想法可能还不太成熟，还没有公开谈过，今天就先和你们谈谈吧！"于是，他向我们提出了一个问题："不知道你们是怎么想的，人们在从事科学技术研究的过程中，除了逻辑思维之外，还有没有其他的思维方式？"我觉得很新鲜，就试着回答："是不是还要用到形象思维？"

钱老高兴地说："对啊！还有形象思维，甚至有人说是灵感。我看搞科学技术的人不光是逻辑思维，我们在科研的实践中，怎样得到丰富的感性认识，然后又是怎样从感性认识上升到理性认识的呢？这个过程里面还有逻辑思维以外的思维方式。"他接着说："过去我们有的同志不太愿意提这个，只要一说起灵感，总认为是唯心主义的东西。因为外国人说的灵感是神灵感受，而我们所说的灵感，实际上是人的观察、体验在头脑中的飞跃，仍然是一个实践和认识的问题，所以我们说它是唯物的。"这时，钱老明确地提出了他的一个重要见解："现在逻辑思维我们研究得很多了，但逻辑思维以外的思维方式，究竟是怎么一回事呢？我们应该把它作为一门科学来研究。"

我们很有兴趣地边听边思考。钱老又进一步告诉我们，这个问题并不是那么玄妙，也并不是那么不可捉摸，"我们一方面可以从宏观的观察，即从心理学来研究；另一方面可以从微观的观察，就是从大脑神经来研究，研究这个是很有意义的”。

听到这里，我们不禁发问：“研究人类思维的全过程，这与发展整个科学技术有什么关系呢？”钱老回答说：“我们研究人的思维，就是为了充分发挥人的作用，因为我们如果掌握了人的思维规律，人的智慧与创造才能就能得到充分发挥，就能促进科学技术的迅猛发展。”

在钱老逝世以后，许多报道在列举钱老一系列科学成就时，有一项就是“思维科学”。有报道说：“钱学森在20世纪80年代提出创建思维科学……”那么，钱老和我们的这次谈话，实际上是通过上海人民广播电台，在1979年11月就首次公开了他的这一设想。

期盼涌现杰出人才

在和钱老的交谈中，我们感到他非常强调人的创造性。他说，我们应当鼓励科研人员勇于探索，勇于创造。他自豪地说：“我们中国人是很有聪明才智的，中国人又是肯刻苦用功的，我们完全能够多出人才，早出人才。”钱老特别谈到在使用人才上，要改变论资排辈的现象。他说：“正如邓小平同志所说的，我们的科学工作者，只要他们合乎研究员、教授的标准，哪怕他只有三十岁，也要把他们提拔到研究员和教授的岗位上来。当然，要做到这一点，还得解决许多具体问题。”

说到这里，钱老起身从写字台抽屉里拿出一张当年10月26日的《北京科技报》，给我们读了题为《中年科技人员在学习和工作中的苦恼》的文章中的三个小标题：“一、信任和重视了吗？二、任人唯贤了吗？三、待遇平等了吗？”

读完，钱老说：报上提出这一些，可见都是存在的问题。转而他兴奋地说：“我可以肯定，只要能很好地解决这些问题，只要能为人才的培养创造良好的客观条件，那么我们的高等学校、科研机构就会出现前所未有的人才辈出的局面，就会涌现更多的杰出人才。”

一次采访获益匪浅

钱老谈兴很浓，他兴致勃勃地和我们谈了一个又一个问题。比如，他还向我们提问："不知在你们的概念里，社会科学放在什么地位？"

听了这个问题，我们有些纳闷，心想您是研究自然科学的，怎么说起社会科学来了？钱老似乎看出了我们的疑惑，就解释说："自从马克思主义的世界观——辩证唯物主义世界观建立起来以后，大家就认识到所谓科学，就是对客观世界的规律性进行考察、研究、整理，成为理论性的东西。客观世界包括自然界，也包括社会，所以我们就不能把社会科学和自然科学截然分开。"他还以系统工程的研究和实践，通俗易懂地说明了自然科学和社会科学的关系。他说："系统工程它既要用自然科学的一套东西，比如要用数学、电子计算机，同时也要用社会科学的成果。因为系统工程就是要研究怎样在最短的时间内，以最少的人力、物力和投资，最有效地利用科学技术的新成就，来完成某一项科研或建设任务。一切工程都要讲求经济效益，这就涉及社会科学问题，所以，搞系统工程，需要自然科学工作者、工程技术人员和社会科学工作者紧密合作。"他还用一些生动的事例说明社会科学的重要。

听了那天上午钱老这一席谈，我真是深受教益。钱老视野宽广，他思维的触角涉及众多领域；他的谈话出口成章，逻辑性很强又深入浅出，实在令人叹服；他对于加快培养人才的急切心情和爱国情怀更是令人感动。大师风范，我将永留心间。

这次采访写成的独家专访，得到了台长邹凡扬的赞许，除本台播出外，经他亲自推荐，还在《文汇报》上刊登了。

四个月后的1980年3月，我去北京采访中国科协第二次代表大会期间，又有幸遇到钱老。那天他在京西宾馆的走廊里迎面走来，一眼就认出了我，笑吟吟地和我招呼握手。这位享誉世界的科学家就是这样平易近人、和蔼可亲。以后几十年间，新闻传媒对于钱老的各种报道我都非常关注。有关钱老多次获奖以及党和国家领导人看望钱老的电视新闻，我当天看了还要看次日的重播，一遍一遍地看不够。不久前温家宝总理又去看望钱老，我对着电视想，钱老一定能成为百岁老人。想不到我的愿望竟然落空了，钱老的逝世令我深感悲痛。但这位科学巨人的伟大贡献和宝贵的精神遗产，将使后人受用不尽。“钱学森”这个光辉的名字，将永远在天地间留存。

2009年11月

潘家园忆事

王金昌

从马路市场到潘家园

时光荏苒，日月如梭。转眼，潘家园古玩市场已走过了近二十年的风雨历程。北京的古玩市场经过多年流浪，最终定格在了潘家园。潘家园已成为闻名中外的古玩市场的标识。

北京古玩市场的萌生，应该是在20世纪80年代初，当时，万象更新，广东、深圳改革开放日新月异，港台歌曲唱遍大街小巷。人们开始慢慢抛弃大锅饭和平均主义，不甘心过一穷二白的生活。市场经济的萌生和发展，使得只可观赏的文物也成了值钱的东西。古玩、字画跃跃欲试地向市场涌去。

其实，北京古玩市场的起步是在福长街。1980年，在福长街五条，住着个姓金的人，由于脸上长有麻子，人们叫他金麻子。金麻子是皇家后裔，家里有些东西，住的是临街的四合院。起初，他拿出来在胡同里摆摊卖，别人看没人管，也把旧货古物拿出来摆摊，后来，人越来越多起来，慢慢成了气候，两旁不足百米长的小街，哩哩啦啦全是旧货，旧货里夹杂着古董。

我的逛地摊朋友于先生说，福长街五条给他留下了难忘的记忆：那时，他在体委工作，月初领到工资后，在福长街用三十五元买了一只元青花棱口盘，盘内底绘鸳鸯戏水，口径有约二十公分。回家后忐忑不安，他是第一次花这么多钱买了个没用的东西。老婆看到后，惊得半天说不出话，好家伙，三十五元钱是一个月工资吃饭后拿回家的余额了，买了个小菜碟，上有需要赡养的老人，下有上小学的孩子，这一个月的生活费没着落了。于先生想来思去，坐不住了，又折回福长街退货，卖主找不到了。天呀，他像丢了东西一样，一溜小跑，边打听那个卖青花盘的人边喊叫。正在垂头丧气想着回去怎样给老婆交代，不想碰上了北京文物公司的秦公，秦公看盘后说，他要了。这是秦公给首都博物馆买的。至今放在首博，今天这个盘，三十五万元应该是值的。

古玩在福长街五条变卖的阶段，我至多是看看。挣几十元工资的我，养家糊口已不宽裕，就更别说购闲置之物了，但记忆还是有的。在福长街五条，旧的家具到处都是，明清家具中，黄花梨、紫檀也不少，大都不高于当时双开门大衣柜80元的价格。有人趁机把鎏金铜佛、瓷品、字画放在这些旧衣柜和书架的格子里，偷着卖。

福长街之后是象来街、后海……古董交易一发不可收拾。

文物部门曾提出旧货市场有倒卖文物的嫌疑，使萌生的古玩地摊受到重创。古玩市场成了站马路、溜墙根，被执法部门到处追赶、逃跑、躲藏的游击市场。

真能称为古玩摊儿的时候，大概是1987年左右，后海应算作一站，我记得，在德胜门内下车，穿过滨河胡同，一条路展现在眼前，路左侧是什刹海，右侧是位于后海北河沿46号的宋庆龄故居，那是一座僻静、秀丽的花园式的宅院。朱红色的大门面对着波光粼粼的后海，大门上悬挂着“中华人民共和国名誉主席宋庆龄同志故居”的金色大匾。故居对面，是什刹海，春天，岸边柳丝发出绿芽，枝条垂落直达水面，飘出阵阵清香。再往东走，从银锭桥走过，南侧就有了摆古董摊的了。后海时的古玩地摊真东西确实多，除非是老乡自己看不出来，误把假的当真的卖。很少有像今天，把新东西摔碎粘上做旧，精心仿制，还旁边站个托儿招引人买的恶劣行为。

我在后海地摊收藏一个磁州窑大罐，罐腹饱满如瓮，通体用褐彩书写元代初年河南布政使陈草庵的《山坡羊》词：“晨鸡初报，昏鸦争噪，那一个不在红尘里闹？路遥遥，水迢迢，利名人都上长安道。今日少年明日老，山依好，人不见了。”书法刚劲有力，酷似当时的书法名家鲜于枢、冯子振的书风。

这么个风水宝地最终也没留住古玩市场。不久前我走访了改革开放后较早的自发形成的后海古玩地摊旧址，这里依旧那么热闹，人来人往、川流不息，不同的是胡同两边多了许多现代气息的酒吧、咖啡厅。这里除了那个写有“荷花市场”的红牌坊还有当年的印记外，其他的已和我当年的记忆相去甚远。昨是今非，世道沧桑，年轻一些的人，都不知道当年这里曾是改革开放后北京较早的古玩市场，他们对这里的感觉，恐怕就仅仅是北京著名的酒吧街了。

古玩的足迹是从西往东移。劲松百货商场南边，坑坑洼洼的一片建筑工地上，再后来，是华威桥下和桥东侧的路边，沿路一长条空地，下雨，就在华威桥下避雨。这些都是在没围墙的空旷地。我想原因有二，一是没有任何部门敢划地买卖古董，二是执法部门查抄时好跑。

过渡到有围墙的地摊，是现在华威桥东北侧，现古玩书画城的地域。当时，可能是那里刚拆迁，有二三亩地砖墙围着的空旷地。时间大概是1992年的冬季或1993年的初春。

最早的古玩店铺，应该是在白桥和红桥两处，应是20世纪80年代末。店铺是简易的铁皮房。我在白桥市场买过《秋山行旅图》，上画有七位老叟，各骑一头毛驴，诙谐洒脱，神态各异。他们沐浴着午后的阳光，走过小桥，走在两旁是柳枝拂脸的窄路上，向着山村而去。有柳体书法“斜阳垂柳溪桥路，谱作秋山行旅图”。这张画虽不是出于大家名人之手，但由于它是我在较早时收藏于白桥铁皮房古玩市场，至今珍藏。

同时间的铁皮房古玩店，还有后海的地摊旁的荷花市场，荷花市场卖花、鸟、鱼、虫，有几家铁皮房。外地来后海摆摊的卖主，货没卖完，把货落脚到荷花市场。几个原来做花鸟生意的人，从旁边摊上买的古董在店里边卖。这些东西，比鱼和鸟好出手，价钱好，利头大，干脆由卖花、鸟、鱼、虫，改摆古董卖。这也就有了几家铁皮房子的古玩店。

稍晚些时间的铁皮房式的简易古玩店，还有位于劲松中街的一处。至此，所有的古玩地摊、简易房店铺，都是自发的。

所有的卖古玩的店铺，当时不可能叫古玩店，大都叫旧货、工艺品市场。

潘家园成为古玩市场，已是20世纪90年代初了，大概是1992年左右。但20世纪80年代末的华威桥古玩摊和劲松百货商店北侧的建筑工地地摊，从地理位置上讲，应该属于潘家园地摊雏形。

北京的古玩地摊和北京古玩城，之所以在潘家园落地生根，开花结果，应该是天时、地利、人和所致。所谓天时，是市场经济的大潮和香港古玩市场的影响，使得有经济价值的古玩字画，静止地摆在家里，藏在柜里，不进行商品交换，已做不到；所谓地利，是潘家园地区临近二环和三环路，交通便利，便于外地周边地区的卖货人（如晚清就有古玩集散地之称的河北雄县、肃宁等地来的古玩商人）；所谓人和，是朝阳区政府有前瞻眼光，看到了古玩市场的未来，因势利导成就了潘家园。

我的收藏界朋友们

当年与我一起结伴逛潘家园地摊的朋友有官员、有企业家、有画家、有电视台主持人，还有跳舞和唱歌的艺术家。那几年，每逢周六，无论是炎热的夏季，还是寒冷的冬日，无论刮风还是下雨，只要在北京，我们都会到潘家园逛地摊。

那时，大家在我家附近的东花市小区一摊点卖油条、豆腐脑摊点吃早点。每人两根油条一碗豆腐脑。后来，我们越起越早，最早时三点半就有人到了，卖油条的也越来越早，好像专为我们准备的。逛摊朋友中的一位企业老板，还从国外给我们每人买了件可装五节电池的大手电筒。

我们这个队伍里有玩宋元瓷的，有玩明清青花瓷的，有玩古玉器、石雕的，还有喜欢窗花、木刻、古家具的。

大家的收藏各有千秋，都乐在其中，美在其中。

钟爱青花瓷的老牛

老牛叫牛耕耘，从事行政领导工作，是我们队伍中的长者。我们队伍的管理工作，都是由老牛说了算。

现在算来，我与老牛一起在潘家园逛地摊收藏青花瓷已经近十多个春秋了。老牛收藏了不少青花瓷。他谈起这些藏品来，如数家珍，个个都有段故事，件件都让他乐不可支。

老牛收藏，最注重收藏过程。他认为收藏过程有三大好处：一是锻炼了身体。平时工作忙，没有时间锻炼，利用休息逛地摊，顺便就得到了锻炼。周末早六点起床，逛到十一点，不停地走三四个小时，带着寻找东西的想法走，不感觉累，平时散步，则很难走这么长时间，这是身体上的享受。二是沙里“淘金”。在众多的假货赝品中发现真品，提高了自己眼力。三是长知识。买到东西，回到家后第一件事就是翻书，研究确切年代，积累收藏知识，这是精神文化上的享受。整个收藏过程是从理论到实践，从实践到理论，又用理论指导实践的完整过程。在反复实践的同时，鉴赏水平也得到了不断提高。

老牛认为，对文物认识得越深刻，对中国的历史文化就了解得越深刻，是人民用双手将历史真实地创造出来，人民用双手也表达了自己的情感和意愿。从这一角度看，更增长了对人民的感情。

老牛从来不到拍卖行买东西。他认为，从拍卖行买东西，别说买不起，就是买得起，简单地用钱来交换艺术品，艺术品就成了商品，没有了过程，也就没有味道了。他更拒绝别人的馈赠品。他认为，当今商品经济时代赠送艺术品者，有别于古代互赠互送的文人雅士，且用艺术品换取某种权力，艺术品就成了庸俗品。

老牛以其多年的领导阅历，对青花瓷有更深刻的认识。比如，明清以来民间生产的大量青花缠枝莲，是表明历代百姓希望做官者代代清廉；青花，白地，清清白白；清也静也，谓道德清静之意。

老牛的收藏品说不上珍、精、罕，大都是破损的，而且来源于地摊，真、廉、多，也称得上纯粹的地摊收藏家了。老牛工作虽然繁忙，但节假日只要有时间，都要到地摊逛逛。他的执着深深感染了大家。

青花缘使我们结伴同行，一晃就是十多年。十年磨一剑，老牛已成了名副其实的青花瓷收藏家。他收藏的瓷器，我也来帮着掌眼，我的鉴识水平，也在老牛的收藏中得到不少提高。

收藏古董木雕的小杜

小杜是位年轻的企业家。他在我们的队伍里年纪较小。因此，我们都叫他小杜。

小杜回忆说，十多年前，他懵懵懂懂地跟随着朋友来到潘家园，那时的潘家园都是随意在地上摆摊。地摊上瓷器，字画，青铜，木器，甚至五金工具，破衣旧鞋什么都有，真正一个自发的旧货、杂货市场。

那时的小杜满眼的好奇，惊奇于那么多没见过的东西，许多东西他叫不上名字，也不知是干什么用的，更别说是分出真假了。他跟在我们身后走，看着我们在老乡手中挑拣着瓷器，破瓶破罐，还讨价半天，有时狠狠地杀价，只给开价的老乡一个零头，竟也能成交。有时欲擒故纵，装作不买的样子，让那些心气太高的老乡自认为手中的货值不了那么多钱。

他跟着队伍，每个周末都不落。对他而言，没有眼力，又属入行中的晚辈，好东西也轮不到他，尤其是青花瓷，只有默默无语地跟着走，观听思悟，有时对朋友买过的东西也上上手，回家后查资料写笔记，就这样三年过去了。三年的风吹雨打，酷暑严寒，没有让他动摇，相反，和朋友一起，耳濡目染，过手练眼，让他学会了许多，也悟出了不少道理，选准了自己收藏的方向。

艺术是相通的，古玩也不例外。他慢慢地发现，在市场上，有许多江西人在卖窗花，小板（窗户或床上的雕版），雕工精美，内容有戏曲人物，花鸟，山水等。在当时每块小板也就十至二十元，窗花也就几十块钱。他说，这些东西不也有一二百年吗？不也是古董吗？于是他试着收些窗花、门扇。他参考收藏青花瓷的经验，专收雕有人物的，要没修过的，凡是残的，或是太俗气的他都不收。那时，关于门窗木雕的专著是没有的。这时用上了跟朋友三年看瓷器上绘的古时建筑物和人物造型的诸多知识，又买了些古建筑方面的书籍，感到得心应手。那时的门窗木雕，也恰好没有太多的人重视，作为收藏品，这也算是个机缘吧。

小杜回忆说，1999年的元旦，北京下着大雪，不知是出于什么想法，或是某种预感，他一个人开车到十里河卖门窗木雕的小贩住地。在众多的门板窗花中，他一眼就看见了一套隔扇门，双面雕工，绦环板被泥土和稻谷填充着，隐约可见人物细细的手指，围廊不足火柴棍粗细，竟都完好。

小杜知道是好东西，抑制住内心的激动，先稳住了卖家，赶快开车接来了王怀庆老师帮他掌眼，“王老师只看一眼，就赶快示意我付钱将东西拿下”。当后来卖家将东西冲洗出来后，他自己都惊呆了，说没想到雕刻会那么精湛。环板上雕刻的是《西厢记》故事。我问卖家，房子为什么会拆？卖家说，这八扇隔扇“文革”期间怕被当作四旧毁掉，房主拆下来放到储藏间藏了起来，1998年的大洪水使这些老房成了危房，洪水带来的细沙使门扇表面糊了一层泥沙……

从收藏《西厢记》故事雕刻开始，小杜对窗花木雕有了感觉，他从此决定另辟蹊径，收藏古董木雕。最让小杜津津乐道的是他在上海收的一对“牛腿”。

那次，小杜到上海出差，工作之余，他到城隍庙古玩市场转悠，在一家主营古旧门窗的店里，看到了一对“牛腿”（为支撑出挑的檐口及楼箱而设置的一种承重构件，起到斜撑的作用）。单个牛腿高有八十厘米，宽六十厘米，雕工达到了极致。镂雕、混雕、剔地、线刻，手法炉火纯青；山石树木，檐廊阶瓦，比例协调，错落有致；近看细致入微，远观恢宏大气。牛腿三面镂空雕，枝叶茂密，层层叠叠，亭台楼阁，上下交错，细瓦回廊，清晰如真。有老叟携琴访友，有读书昏睡的书生，有骑马一步三回首酒后与友话别的官吏，有执杖行乞的老妇，有喜鹊报喜的农家小院，也有情人窃窃私语，楼上还有人窥视和侧耳偷听的男女，所有人物栩栩如生。整个画面反映了那个时代风貌，真可谓一卷清明上河图。

“我忽然眼睛一亮，这样的木雕我从没见过，我也绝不会放弃。”小杜说，问过老板，才知牛腿已被一外籍人预订了。小杜给老板说了许多好话，包括给他讲了许多大道理，说，好东西出了境，就再也回不来了。老板虽点头称是，但也说要讲信誉等。小杜非常沮丧，回到北京，整晚睡不着，心里想着那牛腿。第二天一早，又返回上海，说无论如何也要把牛腿拿下，一副志在必得的样子。老板为小杜的真情所动，同意把牛腿让给他。如今，这件宝贝应是他的镇宅之宝了。

这件牛腿是典型的东阳工艺！小杜说，买到东阳木雕牛腿后，他寻根溯源，特地去了一趟东阳。经过一番研究，他确定这对牛腿应是东阳木雕发展的鼎盛时期——清嘉庆年间或道光年间的作品。

如今的小杜变成了行内的杜老师。他收藏的木雕属于建筑木雕中的徽雕和东阳木雕。徽雕以歙县木雕为代表，东阳木雕是以浙江东阳命名。这两种木雕以浮雕技艺为主，立体感较强。尤其东阳木雕，历史上名声大，东阳木雕自明代后期就一直很出名了，经过“康乾盛世”，民间工艺的提高，人们对艺术的追求也有所突破，官商显贵之家，多把神话故事，戏曲诗歌，名胜古迹，风情民俗，山水花鸟都作为雕刻的题材，精雕细琢于房屋的屋架，房梁，牛腿上，撑拱着了人们对美好生活的追求和向往。当地的南寺塔、肃雍堂等东阳木雕极为壮观。据史料记载，清乾隆年间，东阳木雕四百多名能工巧匠进京修缮宫殿，雕制屏风、落地罩、宫灯，雕梁画栋，创造了中国木雕史上的辉煌篇章。

听着小杜娓娓动听的介绍，对木雕有相识恨晚之感。

小杜最早没有下手收藏瓷器，后来剑走偏锋，另辟蹊径，收藏门窗，终也修成正果。

弹指一挥间，我们这个因潘家园结缘的队伍，已经走过十多个年头。大家结伴而行，十多年不散，靠的就是对古玩的热爱，对中国传统文化的热衷。在一起时，大家相互学习，轻松交流，没有功利目的。不管多好的东西，都不会去争抢，不管谁要了，都像自己得到了一样高兴，好像它不是某一个人的，而是我们这个团队共有的。在增长见识和眼力的同时，大家对中国古代文化的理解和感悟，也随着收藏经历的丰富由表及里，由浅入深。

潘家园培养了大批古玩爱好者，造就了大量古玩收藏家；成长起了众多成熟的古玩商人，也成就了不少古玩鉴赏家。对于我们这个队伍而言，收藏已经不仅仅是一种个人爱好、一种习惯，而是日积月累后，对历史的梳理和回忆；在获得物质价值的同时，对物品的来源、产生过程追根溯源，也成了我们每个人精神文化的享受。真可谓，如饮美酒，醉在其中！

历史选择了潘家园，使它成为驰名中外的古玩市场；而我们这个收藏队伍，因潘家园结下的缘分，令我今生今世永远珍惜！

2010年1月

新大寨行述

二月河

大寨—虎头山—梯田—陈永贵—郭凤莲，这是一串名词。打开我们的汉语词典，每一个名词都有它特定的本意，有的还有旁意、注释、索引、训诂、引申义等。然而，昔阳县独有的这几个名词如果摆在词典里，所有的这意那意都会变得非常苍白无力与乏味。因为如果要彻底解释清它们，政治家、经济学家、文学家还有五十岁以上的老百姓共同参与、商榷，也未必能得出一个权威的诠注。

同时又不需要解释，因为实际上它们又太明白了。大寨的意义是什么？说白了，是一次人工造山的全民运动。它是中国非现代科技下人力工作能力的极致，人的精神意志向自然挑战的顶峰典范。埃及的金字塔今天的主要用途是让今日之人研究观览的罢？我们现代人类已在造建上千米的高楼了，能说金字塔没有意义吗？不是的吧！将来我们的千米高楼也会同样是这个概念。我曾和朋友笑说："大寨是现代中国农民手造的金字塔。"

曾经一度，全世界来的贵宾和朋友到中国都要到这里来观瞻这座"塔"。即使是现在吧，它已沉浸在落日的余晖里，仍旧显得很壮丽，苍茫的太阳照在这座山上，站在陈永贵墓前仰望它，心中还是充满了缅怀与追忆。

来昔阳是不可不到大寨的。我是昔阳人，三次回老家都没来。这话对生人不能说，说出来我有点儿像个买椟还珠的人。这次总算补上了课。

但是大寨早已不是"层层梯田"那样的风范。它是彻底的"红色旅游区"，是一片茂密森林岗峦式公园。

我知道昔阳这地儿长不起大树。参天大树、遮天蔽日那样的景致在昔阳难得一见。沿着水泥勾缝的石板斜坡路往虎头山上走，我觉得自己实在是长期为错觉所误。

绿啊，山坡是绿的，峰峦是绿的，似乎连天空都被它们染绿了，夹路的树，山上的树把虎头山全部拥抱了。游人在开着不知名山野花的石径上走，也被这绿包裹了，犹如穿行在一条绿色的隧道。时至盛暑，走这样的山道当然要出点儿汗了，但你只要站一站，习习的山风就会扑面而来，吹得你身上心里都是一片清凉。

它当然不是《红楼梦》中潇湘馆那等形态，“龙吟细细，凤尾森森”的那样细腻柔媚。这里的树也像山西的汉子，质朴、峥嵘、挺拔，一株一株紧紧挨着，显得非常“靠实”，很有个性。这些“个性”密密地连接在一起就成了“共性”：森森然、修修然、井井然，秀挺里透着自豪。有时看着它们，蓦地就会想起“大寨人”来。

老一辈的大寨人陈永贵、贾进才，就静静躺在这森林之中，“亲戚或余悲，他人亦已歌，死去何所道，托体同山阿”，真真的人生西风写照。托体同山阿的还有大寨的历史陈列馆和相匹配的不少建筑，错落地嵌在山上，全部都在浓密婆娑的林间掩映。你在这里静坐不会感到寂寥，因为随处都是历史的辉煌与现在的繁荣在你身边对话。

可惜的是，我连一点儿昔日虎头山的影子也找不到了，绿化得太彻底了。如果按我的思维，至少要在狼窝掌一带留下一两亩最具典型意义的“大寨田”——我没到狼窝掌，不知有没有？没有，就有点儿遗憾，历史现实的比照参酌性也就弱了点。但这也许就是大寨人的个性，事情要么就不做，做就做得“彻底”，让他洞穿七札！山上还有郭沫若的墓，山西山药蛋作家孙谦的墓，都是陈永贵的好友，“阴宅”与陈相伴毗邻，兀踞在树丛中，不时向过客述说他们自己的历史语言。

没有见到郭凤莲。但我知道她是这里的“老支书”。她当然还有很多社会职务，然而，大寨的老乡亲还是只认支书，导游也是一口一个“支书”。我和她有过接触，但没有见过面。去年人代会期间，我们通过一次电话，她称我“凌老师”，我叫她“郭大姐”。这次听介绍才知道她比我还小一岁。但是我感觉我没有叫错。人的大小不是单凭年龄就能确定的。陈永贵的一生可以用上“悲壮”一词。我认为郭凤莲，就她的实际形态，比陈永贵还要艰难竭蹶，女英雄比男英雄难得多。再就是她所经历的世态炎凉，人情冷暖，还有石破天惊的社会变革也极其复杂。山河与理念齐变，人事并境遇同迁，她能够重新再造出一个新大寨，徇为人间奇迹。原本在人代会上约定“回昔阳见面”的，来昔阳预定日程也是要见的，但事竟未能遂。工作人员给我一封她的亲笔信，仅录：

尊敬的凌老师：

您好！

悉您回到了家乡，又到学校讲课太辛苦了。我昨天下午本来想去拜见您，可没想到饮酒过多误事了，今上午等您回来再次（去）拜见，但是又不巧市领导来电通知让我立即赶到榆次。所以，我就不能等了。我深知您回来一次不容易，见不到您深感抱歉，希望您能谅解我。

三月份就要开会了，我到时一定在北京见见您，希望您多保重身体，有空就回老家看看。

致礼

郭凤莲

2006年7月10日

这封信老实得不能再老实了。如今的应付场谁不知道呢？常见的是，在酒场上接电话“喂，我现在忙，正开会……”郭凤莲管着偌大的集团公司，说个“我接待外宾，忙……”也满可以的吧！她说自己是饮酒误事了。老实说，我见到这信，心里真的更对她尊敬。虎头山的铁姑娘队长，年方六旬，已经再造出了今日的“新大寨”，她今后还会再有什么大动作呢？这样，人代会有缘见面的话可以问问。

2010年2月

爸爸，我想对您说……

——女儿沈王一写给沈浩的信

沈王一

编者按：安徽省凤阳县小岗村党委原第一书记沈浩离开我们已整整三个月了，他的事迹感动了社会，他的精神激励着人们，中央领导同志和普通人民群众对沈浩给予了高度评价，对他的家人也表示了深深的关怀。沈浩的离去，也令沈浩的家人万分悲痛。每逢佳节倍思亲，春节前夕，重新振作起精神的沈浩女儿沈王一（小名汪汪）写下这封充满深情的信。征得沈浩夫人王晓勤和孩子的同意，特公开发表，以怀念沈浩同志。

亲爱的爸爸：

我是你的心肝宝贝汪汪。快过年了，汪汪想爸爸了。

过去六年，每到这时候，一个念头就在汪汪心里疯长：爸爸在小岗村日夜操劳，除夕夜总该回来陪陪他最疼爱的汪汪了吧？可是，汪汪今年要过一个没有爸爸陪伴的春节了。

爸爸，你离开奶奶、妈妈和汪汪已经整整三个月了。汪汪把你的名片一直放在学校饭卡的胸牌里，捂在心口，想你了，就掏出来看。名片背面，是小岗村的牌楼和地图。果真，牌楼入了我的梦。近来，汪汪老是做小岗村和你的梦，总是从牌楼外向里望，一没看到你，就急醒了。醒来后，就睁眼找爸爸、想爸爸……小岗村的牌楼老在眼前晃，你的墓地在村里，你的乡亲在村里，你的抱负在村里，你的魂灵一定也在村里，在那牌楼后面！

整整六年前，也是早春二月，你踏上了小岗的土地，陪你的是汪汪送你的新相框，不到十岁的我以为你是去当“大官”了，欢喜地在相片背面歪歪扭扭地写上那几行字：“我爱你爸爸，祝你身体健康，万事如意，还有，别做贪官。”不知道你一直把汪汪的相片放在桌前陪伴，但知道你很听汪汪的话，做了一个好官。因为没有人照料，汪汪被送到老家寄读，尝到了“大官”女儿的种种“坏处”：周末无法跟父母出去玩儿，一家人不在一起吃饭，最怕的是开家长会……汪汪可能是有点儿自私，可汪汪只是想像别的小伙伴一样有一个正常的家庭生活，为什么他们有的而我却没有？爸爸，你走后，汪汪读了你的事迹报道，读了你写的日记，才知道你不只是我的爸爸，不只属于汪汪，不只属于奶奶、妈妈和我们这个家。爸爸是党的人，属于小岗村，属于农民叔叔、伯伯。

爸爸，我想努力去适应没有你的日子，可一想起小时候的美好时光，汪汪就更加想念爸爸：你开车带我兜风、让我骑在肩膀上一起往前冲、逢人就炫耀“这是我女儿”……去小岗后，这样的时光再也没有了，一年只能见你几次，你没有时间陪我逛街、疯玩了。带我进书店，你只顾看感兴趣的经济类书籍，在博物馆，你一直用手机与客商谈项目，顾不上和我说话。

直到你真的走了，汪汪才知道，你“冷落”我的那些场景，想起来都是那么珍贵、那么甜蜜蜜的。可如今这一切都是梦想了。我找出了博物馆的门票，当宝贝一样珍藏起来。你是很爱汪汪的，对吧，爸爸？要不你不会费那么大的劲儿翻跟斗逗我开心，要不你不会在小岗村的宿舍里还放着一个包装好的、崭新的、没来得及送给我的生肖狗。

爸爸，汪汪一点儿一点儿地回放、回味、放大父爱，你虽然已经走了，但周围还散发着你的气息。每天晚自习放学回家，我好像还能听见楼道里咚咚的脚步声，那是你的脚步声吗，爸爸？你以前就是这样使劲儿跺脚，把声控灯振亮；我每天还给你那盆月季花浇水，花开了，洁白如玉，你说过的——“一天天付出，等到它开花了，该有多么欣慰。”你的目光，是不是能够越过汪汪的肩头，看到那令你欣慰的花儿？那天夜里，下着淅沥沥的小雨，我站在窗口想你，爸爸，四周湿润润的，有股咸味儿，不像雨，像是汪汪的眼泪。汪汪想，眼泪要酿多咸，才对得起对你无限的思念，才换得回来我的爸爸？

爸爸，你走的那天，你的汪汪都哭疯了。那天，天很冷，你躺在鲜花丛中，一点儿都不理睬你心爱的汪汪，噘着嘴，像在逗你的汪汪。那么多人来看你、哭你，妈妈看到你真的永远走了，怨你、哭你，像个泪人儿。汪汪不信你走了，捧着你冰冷的脸拼命地亲啊……爸爸呀，你真的舍下你的汪汪走了？……如果说，你的离去是生活给我的无可选择而且残酷的考验，那么结果就是，我突然长大了，我能体会到以前不能体会的情意了，我变得爱学习了，变坚强了，我甚至可以做妈妈的心理支柱了。

妈妈以前算是个胖人，你走后她很忧郁，没两个月，她就瘦得不成形了，还总恍惚，冥冥中老是说又看到你了，你跟她念叨啥啥啥的。我劝她也不管用，就给她写封信：“爸爸虽然走了，但他的小岗村还在，和他吃过饭的人还在、说过话的人还在，树在、山在、大地在、岁月在，我也在，还要怎样更好的世界？”妈妈读着我的信，她哭出来了。

爸爸，你看到了吗？你的汪汪真的长大了！以前，我总依赖您、埋怨您，但今天，我要告诉你，我是沈浩的女儿，身上流淌着你的血液……那天，有人在安慰我时，我突然脱口而出：“我会好起来的。等我以后长大了，也要为农村做点儿事。”爸爸，你听到了吗？你很惊喜是不是？你为我骄傲是不是？

过完年，我就快十六岁了，爸爸。我感谢我人生的前十五年，有你陪我度过。十五年，注定了一辈子的缘分，汪汪永远是你的女儿，与你有永世的缘，要不汪汪怎么和爸爸一模一样在左肩和右太阳穴的地方各长了一颗痣呢？要不怎么大人们都说汪汪和浩子的相貌、性格都那么相像呢？要不汪汪怎么老是在梦中见到爸爸呢？爸爸，如今家里吃饭，妈妈和汪汪总是先盛一碗给你，然后一勺一勺地替你吃了，像是你吃完的；家里的最后一道门，还在为你留着，等你随时回家，爸爸！

爸爸，今年过年，汪汪不能陪你了，你要好好过啊。你要老想着你的小狗狗汪汪。如果真有来世，在茫茫人海中，我们还做父女，汪汪还是你的乖女儿……

永远爱你的汪汪　沈王一

2010年2月

春回映秀

陈世旭

一、天崩石

走213国道进汶川映秀镇，从抢修出的临时便道绕过在地震中拦腰断裂坍塌的百花大桥，前行不远，就可以看见站立在路边的“天崩石”。2008年“5·12”大地震瞬间，这块长十一米、高八米、宽三米的巨石跳出大山的怀抱，从天而降，面朝震源，雷霆千钧地倒插在岷江和都汶路之间。如今，上面被凿下了巨大的深深的“5·12震中”字样，成为映秀地震的标识。人们告诉我，震源点就在路另一侧的大山里，从这里爬上去，来回至少需要大半天。因为日程紧迫，只有放弃上山的念头。

这是2010年3月，我受命采访映秀援建。

然而，机会却不期而至。我到映秀的第二天下午，去牛圈沟随机采访村民，在上游的堰塞湖边，一个骑摩托的苍黑汉子让我坐在他身后，抱住他的腰身，沿着蜿蜒在悬崖边的羊肠小道，把我带上数百米以上的山坡，来到一个峡谷的顶端。

漠然地呈现在我们眼下的，便是当地人所说的莲花沟——汶川大地震的震源中心。

将近两年前的那个突然来临的天翻地覆的时刻，所有的山体都疯狂地跳动起来。尘雾和巨响让天地之间一片黑暗。原本的一座高山凹陷下去，硬生生造出了一个盆地。震源就像是一个活火山，山一般大小的巨石喷出数百米高，坠落到山脉的东侧，在山腰上砸出巨大的疮疤，又极速弹射，在峡谷的两端弹跳，一路飞驰而下，两边的山头都被这些飞来的巨石削平，在几秒钟里几乎填平了百米深、数里长的峡谷，先前高一百多米的瀑布刹那间变成了十几米。山上山下，人类用千百年的劳作积累的全部财富顿时变成灰烬，人类用千百年的繁衍创造的多少生命顷刻化为鬼魂。

整个世界瞠目结舌。

把我带上莲花沟顶的这位苍黑汉子当时正在地里干活。等一场昏天黑地的噩梦过去，他看见先前大树参天、梯田层层的山坡像被刀削过似的变成了光洁雪白的莲花瓣的形状；他的依靠在山坡上的木石结构的老屋完全坍塌，父母和妻儿已永远离去。我知道，在灾区，不该随意去触碰那些沉浸在深邃黑暗中的伤痛，这些是他主动告诉我的。说这些的时候，我们就站在那幢老屋的废墟前。他很平静。他已经有了足够的坚强面对命运恩赐给他的日子。用摩托运送外来人上山下山，是他现在的生计。他相信，等映秀的重建完成，日子很快会好起来。

在山下临时搭起的棚子里，他让我喝当地人自己炒的茶。在映秀，几乎每个上年纪的农民都会自制这种小叶苦丁茶。这种茶初喝苦涩后味甘甜，有一个好听的名字，叫“青山绿水茶”。

我没有问他的名字，在映秀，你遇到的任何一个当地人，都可以说出一连串撕心裂肺的故事，每一个人又都可以是一连串惊心动魄的故事的主角。我看着他苍黑的脸：质朴、沉郁、忧伤，但不失坚忍。

就像那块巍然矗立在江与山之间的天崩石。

二、格桑花

断裂的百花大桥桥头，张家坪村的山坡上，平整出了一个停车场。周边有一排当地村民的小摊，卖香火、蜡烛、菊花、地震主题的照片和VCD，都与“地震”和“死亡”有关。

其中有一个是她的摊位。

她父亲是汉族人，母亲是藏族人，她因而有两个名字：一个是父亲取的，叫

"许红艳"；一个是母亲取的，叫"格桑静珠"。她出生的时候，家里很穷，父亲把她送出去，母亲不舍，抱回来。后来母亲也觉得实在养不活，又把她送出去。这一次是父亲不舍，再次把她抱回来。那一年，岷江爆发大洪水，父亲把先前给她取的"许红艳"改成"许洪燕"，说："你命大，就像洪水里飞出的燕子。"

她喜欢父亲给她改的这个名字，愿意别人喊她"许洪燕"。她真的像她父亲希望的那样要强。初中毕业就出去打工，在四姑娘山旅游区的一家饭店做服务员，后来升了领班，后来又升了副经理。再后来她去一个建筑工地看表姐，认识了现在的丈夫，他在那个工地当一个小头头。

"是他缠上我的。"她笑说。我们都听出来她心里的喜欢。后来她就放弃了"副经理"，去了丈夫打工的工地洗衣做饭，后来就有了现在的女儿。再后来，就是地震。丈夫留在工地赚钱养家，她带着女儿回了映秀，摆了这个摊位。丈夫是内江人，我们问她为什么没有去内江，她低下头，沉默了好久，终于仰起脸，说："我要陪他们。地震的时候，他们都在屋子里。"

我们沉默了。"他们"当然是给她取了"许红艳""许洪燕"名字的父亲，给她取了"格桑静珠"名字的母亲。

她喜欢"许洪燕"这个名字，她其实也喜欢"格桑静珠"这个名字。

因为，她喜欢格桑花。

我是在东莞援建工作组办公室看到了她绣的羌绣来采访她的。那幅羌绣被一个玻璃框装饰着，放在最醒目的位置——洁白的棉布，羌族特有的深红丝线，单线条的一枝扭曲枝丫加上几朵单线条的花蕾，上面是几行同样是深红的歪歪扭扭的文字：

你的关怀
让受伤的花也绽放如此的美丽
愿天下好人一身平安

其中"一身"该是"一生"的误写。那朵枝丫扭曲的单线条的花，是照一个"格桑花"的花样绣的。

我大约知道，在藏语中，"格桑"是幸福的意思，在藏族人眼里，从高原杜鹃、雪莲、波斯菊到一般叫不出名字的野花都可以叫"格桑花"，藏语是"格桑梅朵”，代表着所有的美好：朴实无华、纯真自然、爱情和幸福吉祥。

格桑花是藏族人心中最美丽的花。

去年中秋节，广东东莞援建工作组的人给张家坪各家各户送月饼。那天以后，许洪燕五岁的女儿一见到他们就喊“月饼叔叔”。许洪燕的报答则是绣了这幅羌绣，带着女儿直接送到“月饼叔叔”办公的地方。

“我从来没有做过刺绣，是找同村的羌族人一针一线学的。那个花样，会绣的只要两三天，我绣了二十天。绣得不好，也不怕见笑。”许洪燕看看我们，脸上浮起一片红晕。

静静地看着这个瘦小精干的女孩儿——她真的还像个孩子，我想，她就是一朵格桑花啊。

三、小风车

映秀镇北面，当地人叫作“大坡”的半山坡上，是人们自发建成的“汶川5·12特大地震遇难者公墓”，站在这里可以俯瞰整个小镇，同时在小镇的任何一个角落都可看到这个公墓。

日渐增多的墓碑，被擦拭得一尘不染。墓碑只是一种纪念。墓碑下安息的并不是墓碑上写着的那个人。祭奠的蜡烛在风中颤抖，烛火熔化的烛泪，不断滴落在尘土中。鲜花纸钱包围下的一排排土丘，苍凉地张望着面目全非的往日家园，和幸存的亲人。

今年六十九岁的老胡和六十五岁的老马，是守墓人。从去年6月公墓正式命名的那天起，他们就开始了对映秀地震遇难的数千亡灵的陪伴。

老胡和老马的家就在公墓二三百米开外的渔子溪村板房。每天天一亮，他们就各自扛着扫把走出家门，从村口的台阶清扫到山下公路。天色渐晚时，便将散落的纸钱归拢焚烧，将熄灭的蜡烛一一点燃。没有人给他们考勤，他们都没有手表，山下临时学校的音乐响起时，他们就回家吃饭。老马不会抽烟，口袋里却装着打火机，有吊唁者焚纸烧香，他就主动递上。

每天不断有全国和世界各地的人来这里祭奠。老胡和老马静静地注视着人来人往。一个每星期都来的镇干部，怎样在九岁女儿的墓碑上一笔一画刻下：家之伤，永难忘；一个映秀小学的女教师怎样在年前把花花绿绿的贺年卡，洒给九泉之下的老校长和学生们；还有那只小风车！那只画着向日葵图案的七彩的小风车，每当风起，便飞快转动。风车后面不是笑脸，是冰冷的墓碑。

墓碑记载得很清楚：墓碑下的女孩，遇难时差二十五天就是六岁生日。老胡和老马不会忘记，2009年大年三十，一对年轻夫妻是怎样互相搀扶着举着那只小风车爬上大坡，丈夫一声不响，妻子哭得死去活来。大年初一，映秀飘雪，本可以不出门，老胡和老马还是去了墓地——为的是掸落小风车上的积雪。

那只小风车让他们时时想起十一岁的孙子和十二岁的孙女。老胡只知道孙子埋在墓地第一排，不知道具体位置，而老马孙女的遗体，始终没有找到。

半夜醒来，他们常是泪流满面。

四面群山飘浮着雾岚，耀眼的阳光中仍有一丝丝寒意袭人。

岷江和渔子溪河在山下滚滚奔腾，激流声依旧。我在凝望中倾听，在倾听中沉默，在沉默中流泪。为那些逝去的生命和美好。

“映秀”，这地名让人想起婉约婀娜的南国女子。群山环抱，林木葳蕤，常年郁郁葱葱。茶马古道，隐约在山间。岷江从高高的雪山飞流直下，一路欢歌，穿镇而过，至镇中心，又有渔子溪河加入合唱。映秀人曾经很满足，自以为是世外桃源。

地震让所有这一切在瞬间粉碎。多少繁华成为乌有？多少家人阴阳两隔？多少白发人送黑发人？映秀还会有喜庆的日子吗？

映秀是不幸的。关于这场地震，人们已经知道了太多，太多的血，太多的泪，太多的遗憾，太多的不堪回首。

映秀又是幸运的。地震让全中国、全世界一下知道了这个深山里的小镇。来自全中国、全世界的爱组成滚滚的洪流，源源不断地涌向震中映秀。

又一个春天来了！谁也不能泯灭的生机正在蓬蓬勃勃地涌现。即便是在山体崩裂中折断的树木，也冒出了碧绿的嫩芽。最想象不到的是，蓝天白云下，堆满乱石的山坡上，这里那里，到处挺立起一蓬蓬、一簇簇的油菜花，在渐渐热烈的阳光下，格外鲜艳而明亮。是谁人播撒了种子？该是遭受了巨创的大地母亲明媚的微笑吧！

岷江和渔子溪河两岸的平坝上，大片大片板房相间的蓝白色以及建筑工人安全帽的红色构成了映秀的主色调，援建工程进展顺利。一座杂糅了藏、羌、欧风格的现代风情小镇已轮廓初现。

墓地上的那只小风车仍然像当初一样，每天不停地随飞驰的时光飞转。而照耀在上面的太阳，每天都是新的。

映秀，这个夹在两条生生不息的奔腾的河流中间的小镇，灾难的悲剧，正在终结；全新的生活，正在开始。

2010年5月

徐迟与《哥德巴赫猜想》

周　明

1978年发表在《人民文学》第一期的轰动一时的报告文学《哥德巴赫猜想》，至今仍被文学界和读者常常提及和谈论，三十年过去了，这篇报告文学的作者徐迟和主人公陈景润皆已去世，他们曾经感动和激励着一代人为“科学的春天”奋斗，为改革开放的伟大事业奋斗，两位先生将长垂史册。

那么，这篇作品是怎样产生的呢？

说来话长。20世纪70年代末，虽然极“左”思潮登峰造极的“文革”已经结束，但人们的思想还受到“两个凡是”的束缚。组织这篇报告文学是缘于当时中央提出“四个现代化”的奋斗目标，而实现“四个现代化”，自然需要知识，需要知识分子。可十年浩劫的“文革”中，是非被颠倒，“知识越多越反动”，知识分子竟被打成“臭老九”。粉碎“四人帮”后，党中央和邓小平同志花了很大气力拨乱反正，正确评价知识分子的地位和重要作用。党中央决定召开全国科学大会，动员和组织科学家的力量，投入祖国“四个现代化”的建设。

科学大会的召开，意味着中国文化的新方向，预示科学的春天即将到来。获此信息，《人民文学》编辑部的同志们深受鼓舞，同时也就想到了自己应负的责任和使命。作为一家全国性的文学刊物，《人民文学》如能在这个时候组织一篇反映科学领域的报告文学，读者一定会喜欢看的，同时也可借此推动思想解放的大潮，呼吁人们尊重知识，尊重知识分子。这便是我们当初一些朴素的想法。

然而，写谁好呢？又请谁来写呢？就这两个问题编辑部展开了讨论。

对于报告文学来说，选题和选作者同等重要，如果两者都选准了，这篇作品几乎可以说就有成功的把握，否则会遭到失败。

突然间我们想起当时流传的一个民间故事，即有个外国代表团来华访问，成员中有人提出要见中国一名大数学家陈景润教授。因为，他从一本权威科学杂志上看到了陈景润攻克世界数学难题“哥德巴赫猜想”的学术论文，十分敬佩。我国有关方面千方百计寻找，终于在中国科学院数学研究所发现了这位数学家。

谁也不知道他取得的这一了不起的成果。陈景润慑于“文革”中对他所谓走“白专”道路的严厉批判和打击，甚至一度要自杀，但他挺了过来，冒着风险，埋头潜心论证。平日他将自己封闭在一间仅六平方米的宿舍里，趴在床上日夜演算，反复印证，刻苦钻研，悄悄地攻关，不事张扬。

可他领先突破了一道世界难题，惊动了国际数学界！

应该说，这是一位有贡献的科学家。然而同时又传出他的许多不食人间烟火的笑话和“自私”的行为，据说他是一个“科学怪人”。

编辑部的同志们一致认为，就写陈景润吧！不管怎样，他是有贡献的。

那么，找谁来写好呢？大家都不约而同地想到了徐迟。

徐迟虽是一位诗人，但他做过新闻记者，写过不少通讯特写，他发表在1962年《人民文学》上的人物特写《祁连山下》描写一位敦煌艺术家的创业事迹，在当时反响颇好。他比较熟悉知识分子，如果请他来写数学家陈景润，估计能写得很好。

于是，我挂长途电话到武汉，寻找久违了的诗人。时值1977年深秋，这年，诗人已六十三岁。经受了十年“文革”的痛苦折磨，盼到了祸国殃民的“四人帮”垮台，他，一个热情的歌者，焕发了精神，增添了力量，他多么想放声为祖国歌唱……听得出，徐迟在电话里的声音是多么激动！对于我们邀请他来京采写陈景润一事，他很高兴，但只是说，“试试看”。几天后，他风尘仆仆地从扬子江边带着滚滚的涛声赶来了。

为什么说“试试看”呢？一是他觉得数学这门学科他不熟悉，更不懂；二是听说陈景润是个“科学怪人”，尽管他突破“哥德巴赫猜想”有贡献，成就是了不起的，但这样的“怪人”好采访吗？

因此他有些犹豫不定，只能说进入采访后再决定吧。

果然他抵达北京后不几天，接触到几位老朋友，大家一听说他来写陈景润，也都好心劝他换个题目，认为陈景润是个是非之人，有争议的人，何必惹这个麻烦呢？

这时，我告诉他，我已同中国科学院有关方面联系，得到了院领导方毅同志的支持。他说："那太好了！"并说，他也向一位老同志谈了，征求意见，那位老同志说："陈氏定理了不起啊！应该写。"

这位老同志是谁呢？我事后才知道，原来是徐迟的姐夫、解放军副总参谋长伍修权将军。将军的支持，坚定了徐迟的决心。

一个艳阳秋日里，我陪同徐迟到了北京西郊中关村的中科院数学研究所。接待我们的是数学所党支部书记李尚杰同志。这是一位深受科学家爱戴的转业军人干部，陈景润对他更是百倍信赖，什么心里话都对他诉说，这是很难得的。

在办公室，老李动情地向我们讲述着"小陈"钻研科学的故事。不一会儿，他离开办公室，带进来一个个头儿不高，面颊红扑扑，身着一套普通旧蓝制服的年轻人。这个年轻人一进门便和我们热情握手，直说："欢迎你们，欢迎你们。"老李这才向我们介绍说："这就是小陈，陈景润同志。"

我和徐迟同志没有想到这么快见到陈景润，一个十分朴素的数学家。

李尚杰向他说明我们的身份和来意后，我又特意向他介绍说，我们特约徐迟同志来采访你如何攻克"哥德巴赫猜想"难关，登攀科学高峰，写一篇报告文学，准备在《人民文学》上发表。他紧紧握住徐迟的手说："徐迟，哦，诗人，我中学时读过你的诗。哎呀，徐老，你可别写我，我没有什么好写的。你写写工农兵吧！写写老前辈科学家吧！"

徐迟笑了，告诉他说："我来看看你，不是写你，我是来写科学界的，来写'四个现代化'的，你放心好了。"小陈笑了，天真地说："那好，那好，我一定给你提供材料。"

于是，我们便随意交谈起来。徐迟问他"哥德巴赫猜想"攻关最近进展情况如何？他说："到了最后关头，但也正是难度最大的阶段。"他说他看到叶剑英元帅最近发表的《攻关》一诗，很受鼓舞。

说着，他便顺口背诵出来："攻城不怕坚，攻书莫畏难，科学有险阻，苦战能过关。"背毕，他充满信心地说："我要继续苦战，努力攻关，攀登科学高峰。"

我们又问他最近还在考虑什么问题，他说，最近没有顾上别的，只是收到一个国际会议的邀请，领导让他自己考虑去不去的问题。

接着，他告诉我们，不久前他收到国际数学联合会主席先生的一封邀请函，邀请他去芬兰参加国际数学家学术会议，并做四十五分钟的学术报告。

他说，据主席先生在信中介绍，出席本次会议的有世界各国的学者三千多人，但确定做学术报告者仅十来名，其中，亚洲只两名，一个是日本的一位学者，一个便是中国的陈景润。他觉得事关重大，便将此信及时交给了数学所和院领导。

当时，中国科学院的领导同志接见了他和李尚杰书记，亲切地对他说："你是大数学家，国家很尊重你，这封信是写给你的，由你考虑，去还是不去？考虑好了，你可以直接回信答复。告诉我一声就是了。"

这使陈景润很受感动，领导这么信赖他，科学院这么关怀他，他从内心里感激！

回到所里，经过一番认真考虑，并做了一些调查研究之后，他很快写了一封回信。他信里大致有如下三点内容：第一，我国一贯重视发展与世界各国科学家之间的学术交流和友好关系，因此，我感谢国际数学联合会主席先生的盛情邀请；第二，世界上只有一个中国，就是中华人民共和国；台湾是中国不可分割的一个省，而目前台湾占据着国际数学联合会的席位，因此，我不能参加；第三，如果驱逐了台湾代表，我可以考虑出席。

回答是何等富有原则而圆满！

简直出乎我们意料之外！他绝不像传说中的那样"傻"，那样"痴"，而是一个很有政治头脑的科学家。

接着，他又向我们讲述了——实际上是控诉"四人帮"借所谓"批邓"，企图利用他栽赃、诬陷邓小平同志的罪恶行径。他说，曾经有几个挂着"记者"招牌的人窜到数学所，三番五次地动员他、威胁他，要他写文章"批邓"。他巧妙地拒绝了。

一计不成，又生一计。这些人又变了一副腔调，哄骗他说，人家不都说你是走"白专"道路的人嘛，好啦，现在有个机会，如果你对"批邓"表个态，写篇文章，那就可以证明你是"又红又专"的科学家。

陈景润依然毫不犹豫地拒绝了。

他还向我们述说了一些他在"文革"中被残酷批斗的惨状，以及他如何施计躲避参加斗争他的老师华罗庚教授的情景。

听到这些令人感动的故事后，我和徐迟同志增进了对他的了解，消除了某些误解。当然他也的确有些怪癖，但多半属于性格所致。

他很有耐力和韧性。在那样艰难的条件下，能够坚持攻克“哥德巴赫猜想”，需要多么大的毅力。

徐迟动情地悄声对我说：“周明，他多可爱，我爱上他了！就写他了。”

毕竟，对于刊物来说，这是一个重要的选题，一个需要慎重对待的选题。虽然这件事运作前我们已经汇报给主编张光年（光未然），他表示支持，但今天这些新的情况必须向他及时汇报。

当晚，我安排徐迟住进中关村科学院招待所后，立即返回城里，直奔东总布胡同46号张光年同志家，当面向他述说了当日我们的感受。

张光年饶有兴味地听着，还不时提问。考虑片刻，他斩钉截铁地说：“好哇！就写陈景润！不要动摇。‘文革’把知识分子打成‘臭老九’，不得翻身！现在党中央提出搞‘四个现代化’，这就要依靠知识和知识分子！陈景润如此刻苦钻研科学，突破了‘哥德巴赫猜想’，这是很了不起的！这样的知识分子为什么不可以进入文学画廊？！”他示意我说：“你转告徐迟同志，我相信对这个人物他会写出一篇精彩的报告文学，就在明年一月号《人民文学》上发表。”

主编张光年的果断拍板，促成了《哥德巴赫猜想》的出世。

为了写好这篇报告文学，徐迟进行了深入采访和大量调查研究。他住在中关村，白天黑夜都排满了采访日程。他先后采访了许多著名的数学家，其中有陈景润的老师，有陈景润的同学，也有现在的同事。有讲陈景润好的，也有对陈景润有看法的。讲好的、讲坏的，正反两方面意见他都认真地倾听。他说：“这样才能做到客观地全面地判断一件事物、一个人。”这期间，他花了很多工夫硬“啃”了陈景润的学术论文。我说：“好懂吗？”他摇摇头说：“不好懂，但是要写这个人必须对他的学术成就了解一二。虽然对于数学，不可能都懂，但对数学家本人总可以读懂。”

有天，徐迟在食堂吃饭，有一位女同志，知道他是作家来写陈景润的，便直言劝告他：“别写陈景润。科学院、数学所的优秀科学家多的是，干吗非写陈景润！这可是个有争议的人物。写写数学所的杨乐、张广厚也好啊。”

当然，采访中赞成写陈景润的人也不少。

在数学研究所，徐迟去了陈景润经常出入的图书馆，去了他的办公室，跟他一起进食堂，一块儿聊天，还去看了“文革”中陈景润被毒打而滚下楼的那个楼梯。

很快，他和陈景润成了知心的朋友。但是唯独没有看到过一个重要的地方——陈景润解析“哥德巴赫猜想”的那间六平方米的房间。如果不看看这间小屋，势必缺少对他攻关的环境氛围的直接感受，那该多遗憾！

为此，我们一再向李尚杰同志表达这个小小的愿望。老李说：“小陈可是从来不让人进他那间小屋的！他每次进了门就赶紧锁起来，使得那间小屋很神秘。我倒是进去过，如果你们要进去，只能另想办法，要不，咱们搞点儿‘阴谋诡计’试试看。”

经策划，这天，我和徐迟、李尚杰三人一同上楼，临近陈景润房间时，老李去敲门，先进屋。我和徐迟过了十分钟后也去敲门，表示找李书记有急事，然后争取挤进屋去。

当我敲响门，陈景润还未反应过来，李尚杰抢先给我们开了门，来了个措手不及，我和徐迟迅速跨进了屋，他也只好不好意思地说：“请坐，请坐。”其实，哪里能坐呀！我环顾四周，室内一张单人床，一张简陋的办公桌和一把椅子。墙角放了两个鼓鼓囊囊的麻袋，一个装的是他要换洗的衣服，另一个全是计算题手稿和废纸。办公桌上除了中间常用的一小片地方，其余桌面上落满了灰尘。他有时不用桌子，习惯将床板的一角褥子撩起，坐个小板凳趴在床上思考和演算。真可谓艰苦奋斗哪！

徐迟经过深入采访，经过一番梳理、思索和提炼，反复斟酌，几番修改，报告文学《哥德巴赫猜想》终于完成。

《人民文学》以醒目的标题，刊发在1978年1月号头条。

这期刊物出版时，我正陪同徐迟奔波在遥远的云南西双版纳热带植物园里，采访病中的著名植物学家蔡希陶。这就是后来徐迟发表在《人民文学》上的报告文学《生命之树常绿》。

《哥德巴赫猜想》一经问世，立即引起读者热烈反响。许多人争相购买和竞相传阅，各地报纸、广播电台纷纷全文转载和连续广播。党政军领导干部喜欢文学的和平时不太关心文学的，也都找来一遍又一遍地阅读。还有人格外喜欢文章中第六节对“文化大革命”尖锐批判的精彩描写，有的人甚至能够背诵出来。

当时，中央关于彻底否定“文化大革命”的决议尚未做出，而人们积压已久的愤懑被徐迟痛快地说了出来，这正是徐迟作为一个报告文学作家所具备的政治敏锐性。

一时间《哥德巴赫猜想》飞扬神州大地，几乎家喻户晓。陈景润也因此名声大噪，天天都有大量读者来信飞往数学所。直至过了几个月，我和徐迟再去数学所看望陈景润时，他指着堆满办公室的若干满满当当的麻袋，既兴奋又忧虑地告诉我们："这么多的来信可怎么办哪！"起初少量来信，他还回得过来，成麻袋成麻袋的就不好办了。他觉得不回信，对不住热情的读者，也不礼貌。可要一一作复实际上又不可能，他因此感到不安。

其中，还有些信是一些女孩子写的，有的对他表示同情，有的表示爱慕他，愿和他结为伴侣，照料他的生活。还有附寄了照片的。陈景润很善良，也很纯真，这类信，他说都放在一起，锁起来，免得有人利用。

同样，徐迟也每天收到大量来自全国各地的读者来信。他都一一认真地阅读。尤其是提出宝贵意见的信，他着意收藏起来，嗣后，在他编辑集子时，多数都参照了读者的有益意见做了改动。他特别在集子的后记中说："应《人民文学》的召唤，写了一篇《哥德巴赫猜想》。这时我似乎已从长久以来的冬蛰中苏醒过来。"

是啊，由于他的苏醒，也使许多读者苏醒过来。这正是《哥德巴赫猜想》所产生的不可估量的社会效应和历史价值。

不久前，我在纪念一代伟人邓小平的传记片中，看到了小平同志接见陈景润的画面。邓小平同志还充满深情地说："（陈景润）这样的科学家中国有一千个就了不得！对这样的科学家应该爱护、赞扬！"

这是党对陈景润最高也是最恰当的评价。

此后，诗人徐迟和报告文学结下了不解之缘，他一发不可收拾，陆续写作并在《人民文学》上发表了一系列反映四个现代化、描写科学家的优秀报告文学。

他漫游在科学的王国里。继《地质之光》《哥德巴赫猜想》《在湍急的漩涡中》《生命之树常绿》《向着二十一世纪》等之后，于1978年3月全国科学大会期间，他又开始涉足于高能物理"王国"，直到生命止息的前几天——1996年12月4日他的《谈夸克》一文在《人民日报》发表。

为此，《人民日报》在同一天的同一版面上还发表一篇署名陶钧的文章《赞文学家的科学感情》，而且文章还向读者指明说：此徐迟即彼徐迟，打消读者可能产生的疑问，怎么，作家徐迟会写起高能物理学的高深科学领域的文章？

其实，徐迟已经研读了好几年夸克了，他说："在接触这门学问的过程中，领略了许多东西，于是想用文学的笔，把它们挑一些出来介绍给读者。"

作为一个作家，这种对科学的深厚感情和钻研精神是何等感人！徐迟，他始终在关注着科学的现代化和祖国的发展，他是一位富有历史使命感和社会责任感的作家。他还有许多科学领域的题目要写哪！然而他不幸离我们而去了。

这使我们感到深深的悲痛与惋惜。或许，在那另外一个世界，他一定会找到先他而去的陈景润，两人仍在继续热烈地讨论《哥德巴赫猜想》呢！

2011年

罗中立难忘的1977

曹俊杰

大巴山脚下的“罗锅”

若不是1977年的那场著名的考试，罗中立到今天可能只是一个穷乡僻壤钢铁厂的退休工人。1965年，一群四川美院附中的学生被派到四川达县的大巴山里临时任教，十七岁的罗中立也在其中。热情的村民里三层、外三层，将罗中立等来自重庆的学生们围在新村小学的空场里，村长喊着学生的名字，喊到一个就被一户村民领走。罗中立那天被一个叫邓开选的老人领到他家的土屋。

这之后，罗中立便和乡土结下了不解之缘。等他十年后再回学校学习油画时，同学们送给他一个绰号“罗锅”。“罗锅”在钢铁厂的生活并不复杂：每天往返于煤仓和锅炉房之间，推着装满煤的煤车，到炉膛边就要把煤甩在边上，罗中立一个人管着十多个炉膛。“煤仓是没有遮拦的，冬天特别冷，吊灯晃悠在头上，只有铁锹铲煤的嚓嚓声。最难受的是夏天，近炉膛温度就特别高，但为了安全，工人又要穿厚衣裳和皮鞋。”罗中立回忆说。

送完煤之后，工人们就在一起聊天，罗中立特能讲故事，每到发糖的日子，工人们就递一碗白糖水给罗中立，里面放了半斤白糖，围在他身边听故事。但在钢铁厂之外，罗中立却又不间断地画一些连环画，在当时的县城还小有名气。

改变一生的考试

1977年，国家恢复高考的消息传遍大江南北。“刚得到消息的时候也没怎么激动，当时我正准备成家呢，白天去山里买木材，晚上手工做家具，顺便画一些连环画，在县城也小有名气。身边的小同学都去报名高考，一些画得差的干脆拿着我的画去报考。”罗中立回忆道，十年动荡的那个年代，知识分子都被称为“臭老九”，罗中立觉得钢铁厂的钳工至少地位还不错。

当时罗中立出身知识分子家庭的女朋友，却极力劝说罗中立参加高考。那时罗中立算过一个很现实的账：他中专毕业一个月二十九元五角，如果大学毕业一个月就能拿到五十二元工资，甚至当学生时还有补贴。“我去参加高考就是抱着很现实的起点，下决心也是比较被动，就是为了生活没有后顾之忧。”罗中立说道。

报名截止的那天傍晚，罗中立沿着大巴山脚下的周河，走了二十里路，才来到县城，可白天报名已经结束。他来到招考老师的招待所，找到招生办的老师，好说歹说才让他们“看在川美附中的面子上”，临时在报名表上添了个罗中立的名字，于是成为考区最后一个报名的考生。

“原来我一直画连环画，本来考四川美术学院，就想考国画的，结果那一年刚好没有国画招生，只收油画、版画、雕塑三个专业，不对口，我想以前厂里画那个粉画，跟油画差不多，反正四年下来，回头还是干我的连环画，就选了个油画系。”罗中立说。

报完名，离考试不到四十天的日子，除了考绘画专业的东西，还要考语文和政治，这对快三十岁的罗中立来说，并不轻松。一个月几乎天天都要起早贪黑，恶补文化课。“那一个月，简直比当钳工高温送煤还辛苦。”罗中立回忆说。第二年春天的一天，在锅炉房的罗中立被通知去工会办公室取信，说是“美术学院寄来的”，忐忑许久的罗中立终于成为四川美术学院77级的一员。

1978年3月，时年三十岁的罗中立走进大学校园。他们是从五百七十万名考生中脱颖而出的幸运儿。后来这一批川美77级学生中，油画的罗中立、何多苓、张晓刚，版画的周春芽等人，今天他们的作品都已在国内艺术市场乃至国际艺术市场上炙手可热。

川美的激情岁月

等这一批五十几位七七级学生到四川美术学院报到时，突然觉得，这个空荡荡的校园原来是如此有魅力。“我们那个时候上大学，跟现在完全不一样，‘文革’以后突然有了一个宽松的氛围，每个人都近乎疯狂，做学生那四年是最彻底的一次释放、宣泄。”罗中立说，当时他已近而立之年。

“在学校，我比较会装疯卖傻，兴奋地折磨小同学。我们四人一个宿舍，冬天小同学不起床我就掀他们被子，一停电，就围坐在一起讲鬼故事，张晓刚和班里一位同学不知怎么闹了别扭，我就把他们手强扭到一起。在这帮小朋友身边，我就是老大哥。”罗中立笑着回忆说，这样的回忆总充满了淡淡的苦涩，然后是甜蜜。

疯的例子还包括，熄灯之后，把画室里的黑色衬布裹在身上，一手擎着蜡烛，一手托着用来临摹的骷髅挨个宿舍吓人；夏天的晚上，几个男生把水房门插好，把水槽里放满水，脱得光光的躺进去……大家最爱的曲子是《苏联骑兵进行曲》，后来这成为川美油画系七七级的班歌。每个星期发肉票的日子，就成了校园里最轰动的时刻，他们俗称“打牙祭”。上午三四节课都无法上，就有人到食堂外排队，学生都拿着瓷缸、饭盒，罗中立拿着小的洗脸盆，每个人敲得嘭嘭作响，食堂师傅都不敢开门。“虽然那时日子比现在清苦，但每个人都很兴奋，没有人不愉快。”

伴随七七级疯狂出名的，也是他们的好学之风。“学校资料奇缺，我记得有次学校进了《世界美术全集》，老师带学生看画册的时候，都要排队、洗手、戴白手套，后来干脆平铺在玻璃柜里，每天展览一页，我们学生就进去描，一本30页的画册要看一个月才能看完。平常很少看电影，如果看一次电影，很多镜头回学校就要在纸上默出来，后来每个寝室墙上都挂满了这样的作品。”至今，罗中立还保存着自己在学校里画的手抄。

罗中立后来的成名，是1981年画的《父亲》。不过，之前两年，他并没怎么画油画。“前两年，我都是在搞自己的连环画，到了二年级的时候，学校开始进行研究生考试，我甚至报考了国画研究生，还一心想回去。可那次考试，专业考试排名第一，但古典文学却不及格。”后来，国画系老教授碰到罗中立，还半开玩笑地说，幸好罗中立的古典文学不及格，不然就不会有《父亲》。

1980年，全国美展，几乎所有的油画系学生都在为此准备作品，罗中立尝试画了第一幅油画《故乡行》，结果第一年就上了美展，这给罗中立触动很大。而到次年全国青年美展，以大巴山邓开选老人为原型创作的《父亲》自此一举成名。

2011年

一个海外学子的命运转折点

李　斧

有过渴望，有过希望，有过绝望。

只有过来人，才能如此刻骨铭心体验过，什么叫作“有望的欢欣，无望的悲凉”。

尽管我在1985年赴美留学，在罗德艾兰大学取得电子工程类哲学博士学位，后来成为美国波特兰大学电子工程系终身教授的海外学子，在学术界先后担任IEEE（国际电气电子工程师协会）信号处理学报副主编、IEEE信号处理杂志副主编等多种职务，并于1999年—2005年被任命为美国俄勒冈州政府亚裔事务委员会委员，并且于2004年当选为该委员会的副主席。先后兼任英特尔、泰克等美国公司的企业顾问，并应中华人民共和国政府有关部门邀请，两次作为海外学者代表之一回到北京参加国庆观礼活动，向祖国人民汇报。虽然有许多讲台向我敞开，但我唯一乐意登台的是中央电视台第十套节目《子午书简》。在我从事的科学研究领域迄今虽已有逾百篇用英文写出的论文发表，而唯一的一篇用母语写作，被收入华侨出版社为纪念恢复高考三十周年出版的《我的1977》，我却备感珍惜。难忘的1977年之所以让人终生难忘，它不仅是我的，也是我们一代中国青年命运的历史转折点！

1976年10月，中国发生了历史性的变化。我们这一代人，刚刚进入成年，对于百废待兴、改革开放出现的每一件新鲜事，都感到由衷地喜悦。但是千喜万悦莫过于听到恢复高考的消息了！“初闻涕泪沾衣裳”和“漫卷诗书喜欲狂”，是那时心情的贴切写照。用现在报刊媒体的时髦语言，也可谓“狂喜”了。记得最初得到小道消息，我马上就打电话告诉我父亲，接着又骑着自行车去向各亲朋好友通报。兴奋的心情使我好多天都不能安下心开始复习准备。这春风般的喜讯，就像波涛汹涌的洪水一瞬间就冲破了多年来禁锢着人们求知和思变的堤坝，驱动着当年千百万犹如过江之鲫似的“适龄青年”们重闻书香、开始学习。

“小呀嘛小儿郎，背起书包上学堂，不怕太阳晒，不怕风雨狂，只怕爹娘说我懒，没有学问无脸见爹娘。”这是妈妈教我唱的第一支歌。“背起书包上学堂”自幼就有了的梦想，却远远不是歌儿般流淌得那么顺畅，就连孩提时代，“我要读书”的一点儿心愿也要被熬煎到“上山无路，过河无桥”的绝境，才乍现“曲径通幽上青天”的一线曙光。正如诗人言说：“希望／只有当她的姊妹——绝望／披头散发地向我猛扑过来的时候／她才会安然把我拥抱在怀里／紧紧地偎着我，吻着我／直到重新温暖了我的心房。”

1965年的初秋，本来和我在幼儿园同班的小朋友都纷纷背起书包走进了北京市东交民巷小学。由于当时北京市规定小学入学年龄截止于当年8月底，出生于9月中旬的我就不得不继续留在幼儿园，与原来比我低一年的小朋友同班为伍了。我感觉非常丢面子，不断用幼小的声音向父母发出怨言，吁请重视一个幼小生命求知的渴望。多方打听、四处奔波的母亲，当她了解到北京景山学校小学部可以通过考试招收六岁半以上学童的时候，她便闯门而入直接去找了校长。李斧终于被破例接纳进开学后的考试。智力考试有算术、常识，还有类似于现在“急转弯”式的测验；体格检查包括用手表测试听力。当年，那手表的嘀嗒声，大概一辈子都会在我的耳边回响！乍露一线天光，榜上有名。“祸兮福所伏”，年龄小不仅没有让我止步于学堂外，而且让我有幸绕开了就近入学的区划，上了一所非常好的北京名校。

景山学校与其他学校不同，是中宣部直属的教育改革试点，十年一贯制，分中学和小学两部。一年级第一学期我们就识字六百多，第二学期识字八百多。一年级的学习范围包括其他小学从一年级到三年级的各种教学内容。教材都是在教学楼地下室的印刷车间里铅印或者油印的。学生组织也一反当时统称，不叫少先队而叫儿童团。第一年全班学生就入儿童团了，而不是像当时人为制造“先进”与“落后”。景山的学习要求很严格，记得一次听写我把“许”字偏旁上的点写掉了。全学期我的听写以至整个语文成绩都由此被评为“乙”等。这份成绩单至今还保存着。学校还有各类竞赛，我一年级就取得了算术百题赛的优胜，奖品是一枚书签。

我常听母亲说，景山的培养目标是送毕业生上清华大学、北京大学。虽然六七岁的我还没有那么远大的理想，但是上大学则成为我的朦胧心愿。而这枚多年珍藏的百题赛优胜书签则是这一心愿的见证。

“福兮祸所依”，好景不长，在景山的第一年还没有完全结束，史无前例的“文化大革命”就轰轰烈烈地开展起来了。一夜之间，景山学校成了钦点阎王殿——中宣部的修正主义试验田，我们也就糊里糊涂地就变成试验田的黑苗子了。“停课闹革命”时期我还太小，还不懂事，只是觉得不上课很好玩，并不知道时光被荒废，也算“少年不识愁滋味”吧。由于当时景山学校高干和名人的子女较多，一时间大家都成了“可教育好”（也就是没教育好）之类，所以我父亲在他工作的机关里成了走资派并没有使我在学校受到特别的另眼相待。

情形每况愈下，北京也待不住了。到了1969年，响应号召，广大知识青年到广阔天地接受无限期的再教育；广大干部去了“五七”干校进行体力劳动和思想改造；接着“备战备荒”又发布出一个“一号命令”，广大家属通通被疏散出城上山下乡了。我们的四口之家，一度便被分为四处，天各一方。

随父母在河南农村“五七”干校度过三年时光，我又回到城市，先后在北京和成都完成了初中和高中学习。那时候虽然说是中学教育，基础很不深，内容也很不完全。中间还有批林批孔、反回潮等各项政治运动的干扰。当时我也觉得不用花力气学习是挺好玩的事儿。中学毕业后，由于我姐姐当时尚在农村插队，根据政策我留在父母身边。那时候，我们这种无职业的年轻人被称为“社会青年”（当时在成都简称为“社青”，“文革”后曾经改称为稍微体面一点儿的“待业青年”），参加街道组织的读报学习和公益劳动，如到河里拉沙子捡石头。天下之大，唯独我等无可归属，属于整个社会，真是讽刺。上山下乡的知识青年，虽然生活艰苦，但是比较容易得到社会同情；而留城的无业社会青年，则往往会受到各种歧视，几乎被看成是社会的渣滓甚至是对治安构成威胁。记得在成都，每当有“社青”上了公共汽车，就会引来戴着袖套维持治安的老大爷，特有所指而又不用说明地厉声高呼：“又上来一个，请大家看好钱包。”所以在公共汽车上，我往往是佩戴共青团的团徽、两手拽着车顶的拉杆扶手，以示清白。刚刚毕业时我还曾一度踌躇满志，希望利用一两年无业在家时光，自学英语和各种知识。虽然我一直没有放弃自学，也学完了《英语九百句》，但是前途渺茫、毫无出路、心情压抑，是我一生中最沉闷的时光。

我多次独自爬到山顶，在风雨中我多想高喊：天地之大，哪里有我们这一代人的出路？

而我还远远不是我们这一代人中最不幸运的！

此刻，我又要重上考场了！

高考升学是一线明媚的曙光，给我以巨大的动力，艰苦的复习准备既给我压力，又让我充满激情和喜悦。父母和亲友们也给我以巨大的支持。母亲自幼想当科学家，从小就是最优秀的学生。只是她生不逢时，读书期间正是时代交替，她不但没有机会完成大学学业，后来也不得不一直在机关里工作。这春风般的喜讯，让她把她自己毕生心愿寄托在我的身上了。母亲的殷切希望，融汇在她对我那出色的数学辅导中：在当时这对我既是雪中送炭，又是锦上添花；在后来这也一直是对我长期的鼓舞。在那些繁忙的日子里，白天难得有一点儿工作之余的空闲，我四处奔走寻找复习资料；晚上多少个不眠之夜，我消化这些知识的营养。每借到一点新资料，总是用最快速度连夜誊写下来，以便清早起来还给别人。电视上开始进行少量的复习辅导，由于绝大多数家庭还没有电视机，我们全院子里的考生都坐在父亲机关里那唯一的电视机前。电视里那名师们精湛的辅导，更使我感觉是一种享受。

在辛勤的复习中，我们终于盼到了高考那一天。中断十年后重新恢复的考试中，出现了老老少少的考生济济一堂的场面，大概是空前绝后的。我想那时候的领导人心中一定也有“天下英雄尽入囊中”的感叹吧。考试的内容包括政治、语文、数学、理化，每科考半天。两天的考试一下就过去了，我们开始等待成绩。尽管我还是比较有信心，但总还是心情忐忑，有着一丝焦急。考前紧张复习，对时间的感觉是十天相当于一天；考后“漫长”等待，对时间的感觉则是一天相当于十天。

考试后还要体检。从来没有任何健康问题的我，居然被查出肺部有阴影。大概是感冒吧？我只好抓紧治疗和保养，一夜之间我就好像变成了病号，心中充满了忧虑。好事多磨，终于在体检复查中肺部阴影消失了。考试成绩、录取通知也接踵而来。对于我来说则是喜忧兼半：喜的是成绩还不错，能被重点大学录取；忧的是被录取的学校与专业既非我所报名又非我所愿意。面对眼前千辛万苦辛勤努力得来的机会，我做出了一个当时可谓最艰难的决定：放弃这次机会，重新参加七八级考试。这体检和录取的前后风波，不仅让我非常焦急懊恼，也花费了父母的大量心血。我这被录取重点大学重点专业而不入学的决定，在当时真有点儿“离经叛道”，受到不小的社会压力。就连支持我的父亲，也曾经被省招办某领导不点名地批评。多少年后，有人戏称我为中国第一代“复读生”。

七八级高考对我总的来说，是七七级高考的重复，但是还是有些花絮。七八级高考是全国统考，统一命题。语文考试中的作文是缩写一篇文章，这对做了两年多编辑记者工作的我来说，可谓探囊取物，据说我的语文成绩在全省都名列前茅；另外在这一年增加英文考试，我的成绩也超过了英文专业的录取标准。上一年高考体检时查出问题前我自我感觉良好；这一年高考体检我总是预感不好而结果却一点儿问题都没有，回想起来真是好笑。就这样，再次经历了一遍报名、复习、考试、体检、期待的全过程，我终于被录取，第一志愿是四川大学物理系光学专业，喜悦的心情不言而喻。

经过了第一年的适应，我在后面三年的本科学习中走上了正轨。虽然并不轻松，但是我保持了名列前茅。经过了“十年动乱”的我们十分珍惜这来之不易的大学生活，经过了长期社会学习的我们绝对不会浪费难得的校园学习。无论是白天还是晚上，教学楼、图书馆里，总有我们学习的身影；即使是周末仅有的一个星期天，也很少有例外。记得那年头电视台播出电视连续剧《霍元甲》《加里森敢死队》的时候，可谓万人空巷。可我总怀着依依不舍的心情，背起书包离开。七七和七八两级学生，由于是十年积累的精英，带着丰富的阅历和“文革”后的沉思走入校园的，是思想成熟、善于思考、敢于讨论、刻苦学习、珍惜时光的。在这样的集体中生活的四年受益匪浅、没齿难忘。其间也不乏大量的花絮，就不在这里一一赘述了。光阴飞度，接着我开始了同一学校同一专业的硕士研究生学习，这一阶段虽然充实繁忙，但和本科阶段相比较却很轻松愉快、得心应手。就这样我在历史悠久的望江楼旁度过七年难忘的时光。

改革开放和恢复高考，带来的机会还远远不止于在国内的本科和硕士阶段学习，1985年我又有幸远渡重洋来到美国攻读博士学位。还是万事开头难，刚开始的留学生活也不容易。原来在国内学习的光学专业在美国就不属于物理系而属于电子工程系了，我只好报名申请电子工程系。原来在国内图书馆里查出有光学专业的圣路易斯华盛顿大学，等我到达后居然没有，系主任答复说原来教光学的教授早已离开，专业介绍资料还没来得及做相应的更新。真让我啼笑皆非。于是我只好重新打点行装，千里迢迢前往第二所录取我的学校——罗德艾兰大学。沿途乘坐“灰狗”（长途汽车）辗转十余个州，当时英文听力还不过关，司机沿途介绍、笑话连篇，引得大家不断发笑，可是我一点儿也听不明白。每到中转站休息或者换车，我都要向司机反复确认开车时间，生怕误了车。来到罗德艾兰大学，还是没有招生手册说有的光学专业，理由照旧。我再也没有别的学校好去了，只好留在这里求学了，并且索性选择了系里最强并在全美也颇有名气的数字信号处理专业。这样我就从国内的理科学生，摇身一变成了工科学生。而且攻读的第一个工科学位就是最终学位——博士。开始的困难真不少，上课一是听不懂英文、二是对教学方式不适应。美国学生上课爱发言讨论，给我的感觉是人人都听得懂学得好，就我一人在听天书。期中考试也不适应，当然考得不好。由于思想负担太重，我经常整夜睡不着觉。这期间也难免动摇，希望放弃，后悔选择出国。但是后退是没有出路的，唯一的出路是发奋学习。我又拿出1977年、1978年复习高考的劲头，夜以继日地学习。当时的一名任课老师，同时也担任着相当于负责研究生事务的副系主任工作，是一位犹太裔教授。他几次鼓励我克服困难，相信我一定能学好。我终于没辜负他的信任，所有课程在期末取得了全A的成绩。有一件事可以说明那时的艰辛，当时身高一米七几的我体重只有九十多斤，可谓艰难不易。期末考试后一下放松，寒假头几天我都一觉睡到中午。过了第一关——学习，又遇到了第二关——当助教。为了获取奖学金，我们当时都必须做助教。我非常羡慕物理系的中国留学生，助教的职位多，又好当。电子工程系不仅职位少竞争大，而且助教需要辅导的电子工程系本科课程和实验我自己都从来没有学过，还不敢说出来。当上了助教，我只好“笨”鸟先飞，所有教学内容自己先学一遍。一两年下来，我也终于从一个“磕磕碰碰”的助教，成了系里公认的示范性助教。1989年底在美国西雅图举行第二届全美研究生助教工作会议上，我还有幸获奖。接下来的难关是找工作，20世纪八九十年代交接之际，正值美国经济衰退。工业界都在裁员，很少雇人；大学里一个新职位好几百人申请，只有百分之几的申请人能得到面试的机会。由于学习、科研、教学等多方面的基础，特别是我念博士学位期间两度在企业实习所取得的工业界经验，使我在这激烈的竞争中有一些优势。几个面试了我的大学都决定录用我。使我从一个学生，变成大学教师，并在几年后成为终身教授。

最美的风光，在攀登路上；最美的一瞬，是回首一望。回首一望，在人生路上。脚下的艰辛来路，有着最美的风光。

1977年的中国历史出现了拐点，知识改变命运，新一代的中国青年才由此有了生命的华章！

2011年

父亲的眼光

艾克拜尔·米吉提

我的父亲虽然哈萨克语、俄语、维吾尔语、柯尔克孜语、乌兹别克语、塔塔尔语样样精通，另外，作为旧时的医科毕业生，对拉丁文也有探究，因为所有的西药必须有拉丁文药名，当时他开处方都是用拉丁文。但是，十分遗憾，唯一让他搞不懂的是汉文。他认为汉文笔画复杂繁多，读音奇异，读出音来却又并不代表辞义，还要搞明白是哪个字，其字义是什么，否则，光听口说，你永远也别想搞明白他在说什么。他常常这样抱怨，太复杂了，连他们自己都要问："你说的是哪个字？真是奇怪！"周总理说了，汉字将来要走拉丁化方向，我到那会儿再学汉语也来得及。他就是这么说的，事实上也是这么想的。但是，当我长到入学年龄时，父亲开始了一场困难的抉择。他把我从爷爷奶奶那里接到城里，说要送我上学。他说得很清楚，他说："艾克达依（对我的昵称，是我的爷爷奶奶这样称呼我的，所以他自然这样称呼我），你应当学一门大的语种。"他说："哈萨克语你已经会讲了，用不着为此再上学。要上学，你就去学一种大的语言，只有掌握了大的语言才能和世界交流。"我对他的这些说法，懵懵懂懂，压根就没听明白。其实我对离开爷爷奶奶进城这件事心里一百个不情愿。

起初，父亲想让我学俄语。他说，俄罗斯语言是伟大的，列宁的十月革命就发生在这里，二次大战是苏联人把胜利的旗帜插上了柏林国会大厦，他们的卫星上天了，了不起。就把我带到伊宁市斯大林学校报名，没想到他的愿望与现实碰壁了。

这是1961年的秋天。人家说，你得是苏联公民或是苏联侨民，才能录取。我父亲摇了摇头，说，我们都不是，我们是中国公民。于是，带我回来。到家了，他和母亲嘀咕了些什么我也没听清楚，但结果我却是明白了。父亲执意要让我学大的语种，现在只有一个机会，就是去汉语学校报名。不过，当时父亲的汉语极差，他怕说不清楚，要让母亲一起陪着我们去。说来母亲的汉语在今天看来也是有相当水平的。当然，她也没有正经八百地上过汉语学校。但是，她有一个特殊的经历，正是这一特殊经历，让她学会了汉语口语，并掌握了一些汉字。那就是她1952年到1953年期间，在十七岁时作为新疆牧区代表团代表，到内地访问一年多，在北京还受到毛主席、朱德、刘少奇、周总理等老一辈领袖们的接见，还有幸和他们合过影。年轻的她在这一年多时间的访问期间，居然学会了汉语。在当时，在汉语方面，我的母亲是父亲的绝对老师，在这一点上的确绰绰有余。当然，母亲作为后学医生，是我父亲的学生，这一点也毫无疑问，千真万确。当天下午，我的父亲母亲便带着我来到了在我家住所卫生学校后面的第十五小学，这是当年伊宁市仅有的几所汉语学校之一。学校里很安静，以当时的条件来说，这也是一所校舍齐整、初具规模的学校。在招生登记处那里，负责招生的人说，他们还没怎么招过少数民族学生，建议我们去少数民族学校报名。鉴于我父亲坚决的态度，他们说，那这样吧，起码得有一点儿汉语基础才行，不然没法与老师和同学沟通。于是，他们同意对我进行简单的口试。两位校方的人把我们一家三口带进一间办公室，在那里对我进行口试。他们指着公鸡的图片问我，这是什么。我并没听懂他们在说什么，是母亲在一旁给我做了翻译。我用哈萨克语答道："Khoraz（公鸡）。"心里不免有些厌烦，我对进城上学这件事本来就充满抵触，没想到考试居然是这等无聊，竟然拿着公鸡的图片让我指认。他们又提问了。母亲翻译过来说，他们让你用汉语从一数到十。这个我当然不会。我很无奈地望了望母亲。他们指着墙上的几幅照片问我。母亲翻译道，他们问你墙上那几位领袖照片是谁。我只认识其中的一位。毛主席，我说。其他的我一概认不出来。很久以后，父母亲说起那天的情景都要笑。其余几位是朱德、刘少奇、周恩来。当时，校方两位就摇头，说这孩子没有一点儿汉语基础，没法收下。我的父母几乎是央求校方了。母亲表示今天回去就教会孩子几句，明天过来接受考试肯定能通过。校方两位总算是点了点头。于是，我对汉语的学习正是从这一天开始的。

回到家里，母亲就按今天的校方提问教我从一数到十，然后教了一些图片名称，又让我认几位领袖像。第二天一大早父母带我去学校赶考。还是昨天那两位对我提问。他们让我从一数到十，我的脑子忽然一片空白。我努力想了想，才从一数到了五，公鸡说得清了，国旗会说了。奇怪的是，领袖像我还是只说出了毛主席，其他几位依然说不出来。我想可能是对人名记忆方式变了，第一次接触汉名汉姓，我就是记不住。校方两位从感觉上看，似乎对我比昨天要满意一些。我母亲一再表示每天回家她亲自要教我，父亲也当场向校方宣称他也会跟着我一起学汉语。校方总算收下我了。此后，我在班里过了三个月的“哑巴期”，只会用善意的眼神与同学们交流。直到三个月后，才能开口用汉语与同学们说话了（此时我才搞清，我是在一年级乙班）。我的父亲果然从我入学开始自学汉语。他说，看来汉语走拉丁化方向的事一时半会儿解决不了，再难也罢，还是得要学。果然他的汉语水平提高很快，在我上四年级的时候，他已经能对汉族学员班用汉语教授内科学了。而我一路走来，与汉语汉文结下了一生之缘。今天想起这件事，我依然为父亲深邃的目光感到自豪。

后来，在上五年级的时候，学校一位教数学的严老师来家里家访（班主任朱老师歇产假，他临时做我们的班主任），通知我的父母，六年级一毕业，就会将我送到北京的中央民族学院附中上学，让家里人有所准备，勉励我要好好学习，不要辜负学校和组织的期望，同时要求我们一家暂且保密，不要透露出去。北京对于我来说，既熟悉又陌生，既近在眼前又十分遥远。应当说，从我母亲的叙述中，我曾熟悉了北京，小学的语文课文还有一课《北京的秋天》，要我们背诵，且要根据课文的生词造句。所以，对北京秋日的蓝天、飞翔的鸽群、悦耳的鸽哨留下了刻骨铭心的印象。北京从此便成为我心中的一个目的地，一个梦想，也成了一个由我约守的秘密。然而，“文化大革命”爆发了，一切都受到了冲击，学校停课闹革命，而此时我才刚刚升上六年级（乙班）。北京的梦想看来就要这样破灭了。很多中学生开始“大串联”到北京去，在天安门广场接受毛主席检阅，而我们因为是小学生，作为“红小兵”不准参加串联，只好蜗居在家里。其间，伊宁市发生了激烈的两派武斗，死了一些学生。父母亲怕我跟着卷进武斗，把我送到霍城县芦草沟公社乌拉斯台牧场爷爷奶奶那里放了一年羊。后来，当武斗平息下来，又把我接回城里，送到伊宁市墩麦里一位回族木匠那里，学了一年木匠手艺。

正在此时（1969年8月），传来我们将到八中上学的消息。有一天到十五小校园转转，从八中招生海报上看到了自己的名字。这也是一段奇特的历史，我们由小学六年级直接升入初三。而我，则放下手中的木工活儿，辞别刨花散发的淡淡的松香和新疆杨的苦涩清香，直接走入了八中的学堂。那是一所古旧校舍，我的父亲解放前就曾在这里初中毕业，那时叫作Gimnazya，翻译过来，当是全日制中学之意。现在我也走进了这所校舍，或许这就是冥冥之中的命运使然？只不过是现在这所校舍被称之为伊宁市第八中学，即将成为我的母校。我的心头还是泛起兴奋的微澜。

一切都是新鲜的。化学、物理、数学课程给我开启了一道认知世界的新的门槛——原来物质世界竟然有着如此奇妙的变幻，禁不住令我心花怒放，思绪飞扬。当时并不知道知识就是力量，但直观印象是知识居然这般新鲜感人——水居然可以叫作氢二氧一，天天离不开它的食盐居然可以叫作氯化钠……凡此种种，让我有如醍醐灌顶，茅塞顿开。使我此生世界观的形成，思路的活跃，起到了奠定基础的作用。但是，其中也有小小的例外，记得教化学的刘盛民老师是陕西人，他把“氯”用浓重乡音念成“陋”，便给我留下了先入为主的记忆，直到很久很久以后，我见到这个“氯”字，依然会本能地将它误读为“陋”音。

当然，学校里的一切又显得有些敷衍和仓促。我们的语文教材居然是八个样板戏剧本。我只记得一个形容词，那就是京剧《智取威虎山》背景描述中的“白雪皑皑”，还是刘盛民老师教我们的。他曾一度替代语文老师多带过语文课。“老三篇”也成为我们的语文课文。总之，文科科目教学随意性极强，回想起来，似乎学到了什么，但迄今记忆不是太深。

不久，随着珍宝岛事件和铁列克奇事件的发生，为了落实“深挖洞，广积粮，不称霸”的“最高指示”，学校开始组织挖防空洞了。正常的教学秩序再次被打乱。时间有如白驹过隙，很快就到了告别校园，走向上山下乡之路。

于是，我告别了母校，告别了同学们，来到了伊宁县红星公社绿洲大队第三生产队，我人生新的起点将从这里开始。

而我对同学们的思念情谊，也是从这一天起陪伴到今天。

2011年11月

涛声也不依旧

汪浙成

与上海朋友在一起，他们常常羡慕地说，杭州人真幸福，如今又多了个谈情说爱的去处——大运河。上海黄浦江边外滩，情人们多得都把公园变成了闹市。杭州的运河，虽在闹市，却幽静得如同公园！

一个莺歌燕舞的日子，漫步在运河十里长堤上。从西湖文化广场沿河而上，翠柳依依，桃花灼灼，佳木葱茏，花卉葳蕤。各种绿色植物与奇石，像河边长椅上恋人依偎在阶梯式绿化带里，这里一丛，那里一簇，自成情调。修竹摇曳的绿荫丛中，掩映着咖啡馆的粉墙漏窗；茶楼的飞檐，恰到好处地高翘在树冠的某个空隙里。空中春燕呢喃，河上不时有画舫驶过。传统而时尚，宁静又繁华。就连河上迎面吹来的风，也不像先前那样恶臭难闻，钻到绿化带里一净化，等出来时浑身散发着花的芬芳，树的清幽，吹得人心旷神怡，都有点儿像西湖边上的熏风了！

我惊异于古运河的巨变。

我与运河虽同在杭城，二十多年来却少有涉足。除了家在城西，来这里有着段不短的距离外，更主要还是由于脑海里一直存在着对运河欠佳的印象。

那是1986年夏天刚调回杭州不久，中央电视台《话说运河》摄制组总导演老戴找到我和温小钰，邀请我们为《话说运河》撰写解说词。我考虑到自己长期生活在内蒙古，刚调回家乡，连运河还未见过，恐难胜任。戴导表示，他们摄制组刚拍完《话说长江》，每天在黄金时段播出后反应热烈，对他们鼓舞很大。电视台领导决定趁热打铁，原班人马推出电视连续节目《话说运河》，邀请运河流经的四省二市作家撰写解说词。北京段已约请了刘绍棠，天津是冯骥才，河北是蒋子龙、韩少华，山东是李存葆，江苏是陆文夫、高晓声、汪曾祺。“浙江就请你们两位，希望支持，千万不要推迟。”

为了写好解说词，我们去北京集中前，特地沿着运河走了一趟。没想到沿河垃圾如山，破败不堪的棚户屋，高低不平满地污水无法下脚的沿河陌巷。好不容易找到一处快要倒塌的河埠头，想站着打量一眼这条被誉为利在千秋的南北通衢，河上扑面吹过来一阵恶臭难闻的风，赶紧捂住鼻子，发现河水竟又黑又脏，黄不黄，黑不黑，红不红，浑浊得像是油漆。河边水面上还飘着一只肚子胀得快要爆裂的死猪，随着浊浪翻滚上下沉浮着。悠悠古运河，快成了刚解放时北京又脏又臭的龙须沟！

这就是我这个在外漂泊了二十多年游子回来后看到母亲河的第一印象。

撰写过程中，我们曾与摄制组里同是浙江人的沈荣达谈起家乡这条母亲河的污染，颇有同感，感觉也很复杂。小沈是位摄影师，好几次在直升机上航拍运河。据他介绍，那时参加航拍的人要事先在人寿保险书上签字，因为航拍并不是我们想象地坐在机舱沙发椅上进行，而是在直升机外面，身上系着安全带悬空坐在固定在直升机外的一把椅子上。飞机在空中飞行，时高时低，时快时慢，小沈怀抱着摄像机，探出半个身子悬在半空中朝下拍摄，风呼呼吹在脸上，本来呼吸就有点儿困难。等飞临运河上空，吹来的风里夹带着河水散发出来的阵阵腐臭和怪味，一会儿就熏得他出不上气来，不知怎么来调节自己呼吸。小沈是个十分敬业的人，对工作极其认真负责，抱着摄像机，忍受着运河臭气的蒸熏，航拍就在这一阵阵冲天的恶臭中进行。有时拍完一个规定的场景从机上下来，胸闷头晕，恶心难当，蹲在地上哇哇直吐。

我与小沈因为共同参与《话说运河》成了朋友，后来常有联系。他根据自己在中央电视台参与过的几次航拍实践，翻阅了大量航拍资料，编写出一部有关航拍的教材，送我看过。可惜，未等出版，在一次航拍事故中，从高空摔下来不幸遇难。英年早逝，真为他扼腕痛惜。这是后话。

当时，《话说运河》摄制组经过零距离走近运河，对污染问题的严重性感触良深，在电视连续片第一回快要结束时，忍不住指出“有些地方只顾往运河里排泄废水，倾倒垃圾，残杀河里的生灵不算，还闹得周围环境臭不可闻”，并大声疾呼：“现在，运河的不少地段已经不成样子了，这必须引起我们足够的重视。当人们大声疾呼‘爱我中华，修我长城’的时候，是不是也应该大声疾呼‘爱我中华，治我运河’呢？”

就在《话说运河》播出当年，中央电视台收到成千上万封来自运河两岸观众的来信，其中有位杭州市规划设计院的工作人员在信中说：“每当中央电视台播放《话说运河》节目的时候，我们全家都围着电视机观看。作为一名生活在运河边的杭州居民和城市建设工作者，一方面为古老而充满活力的运河而自豪，另一方面又因为运河成为臭水沟而内疚。为了治理运河，浙江省、杭州市有关部门已进行三年多的综合治理和工程可行性研究。请中央电视台的工作同志转告广大观众：运河杭州段的污染问题一定要解决，也一定能解决。”

作为浙江人，我们对运河感情与这位观众一样。二十多年过去了，有关部门顺应民心，下大决心对运河杭州段污染问题进行了大力整治。仅拱墅区从2006年以来，为解决污染问题，搬迁了四百二十三家省属和市、区属企业，并不断完善沿河社区生活污水的处理工程，将腾空出来的厂房厂区，经过整修，华丽转身，建成为各种各样博物馆和文化主题公园，与沿河绿化带衔接在一起，使运河两岸成了杭州北部像西湖一样的园景优美，空气清新，水质优良，富有文化内涵的园林胜景。

徜徉在当年乾隆皇帝下江南的御码头上，感受着运河的种种变化，我想，如果当年的《话说运河》摄制组再来拍摄，画面和解说词肯定全然不同了。当然，摄影师也不会再像当年小沈那样，航拍下来哇哇呕吐。遥想小沈有灵，看到今日母亲河巨变，定然会感到无限欣慰。

暮色降临，沿河两岸的灯光一齐亮起来。那灯光从最下面沿河栏杆上，沿着阶梯形河岸一层层高上去，有橙黄色的，银白色的，红色的，绿色的，最上面沿着河滨大道的灯光是紫色的。据说是法国设计巴黎塞纳河两岸灯光设计师的作品，像一排望不到尽头的紫罗兰，梦幻般镶嵌在绿化带最上端，把古老的运河辉映得流光溢彩，青春焕发。

这时，流金淌银的河面上，一艘满载游客灯光通明的游船，从拱宸桥方向隆隆驶来。船尾涡轮机翻起的水浪，拍打在新砌堤岸上，那阵阵涛声，应和着船上传来的歌声，仿佛在为古运河的新生热烈鼓掌，听来全然没有了旧时的落寞和凄凉。

今日，运河大变样，连涛声也不依旧了！

2012年11月

我们的存在感

王小妮

钉在课本上的图钉

一个女生捧着脸坐在我对面，她说："老师，我二十岁了，唉……"

另一学生讲她刚进大学的时候的事，开头第一句总是："在我年轻的时候……"

我问："干吗这么说，好像这就老了。"

她说："不知道为什么，就是感觉很老了。"

2012年，这海岛上空继续跑着好看的多变的云彩，偶尔有散碎的星没气力地闪几下，迎面涌来穿拖鞋喝奶茶说笑的学生们。扩招和并校，学生更多了，路上经常车碰车人挤人。看起来2012年他们都还挺不错，一大早跑图书馆占座，黄昏里围着遍地污水的小食摊举着麻辣烫，考试前在蚂蚁洞遍布的草地上呼号背书，但是多问他们几句，常会得到两种答复，低年级的说："人都飘起来了，不知道自己每天该干什么。"临近毕业的说："想想未来，好无力。"

在有清晰的记忆以后，他们就被不可违抗的突击集训的强势教育给笼罩了整整十二年，他这个生命个体的经历中，最真切的存在就是在背书考试和排名次。我看到过这样一条微博：

@关公文化博览会：一天到晚写作业。举头望明月，低头写作业。洛阳亲友如相问，就说我在写作业。少壮不努力，老大写作业。垂死病中惊坐起，今天还没写作业。生当作人杰，死亦写作业。人生自古谁无死，来生继续写作业。众里寻他千百度，蓦然回首，那人正在写作业。

有学生告诉我说：上大学前，我最快乐的事就是考试发挥好了，最不快乐的事就是考试没发挥好，就是这么傻傻地过来了。

当这段“考试人生”结束，人已经十八岁。刚进大学的人，多会惯性地沿袭自己的前十二年，努力学习，保持好成绩。会有人醒悟，这不是他要的人生，像后面会写到的妍和彩霞。但是更多的学生始终迷茫着。

哪个年轻的生命都想主动地掌控自己，恣意自由，越这样想就越慌张着急，越使不上力气，越觉得茫然无力。

他们是存在的吗？看来是，每个都活灵灵的。但他们的心一点儿不踏实，踩不到地面的漂浮感，前十二年是一颗钉在课本上的图钉，现在成了扑不得的肥皂泡，这种人生转换太快太突然，等意识到已经快大四毕业了。

傍晚在路边碰到一个2009级的同学，她说想有空来找我聊天，没几天她来做客说：大一时候想过跟你说话，但是走过讲台心里就一片空白，不知道能说什么，就这样到大四了，要不是那天碰见，怕再没说话的机会了。下学期，大四学生在校的主要任务是论文答辩，前几天和论文辅导老师讨论论文题目，每次打电话前她都要纠结半天，不知道怎么开口，组织（话语）大半天才能鼓起勇气拨通电话。

很难确认和把握自己的时候，怎样用力向前都可能是扑空，这只能迫使他们赶紧找点儿什么可以耗去青春活力的。2012年《舌尖上的中国》一播出，好多学生给我推荐，催我一定要看，有的短信会加上这样的结尾：好想吃啊，好想家啊。

对众多“吃货”的理解总是不够，也许吃是唯一能最快最直接带给他们存在感的方式。“吃货”及时地帮助他们补上“存在”这个空缺，也得以超越感官本能，上升到了某种精神寄托的层面。快快乐乐自得其乐的吃货们，以物质替代精神了。

除了吃货，这两年还总说传输“正能量”，不知道这个新造词汇的准确定义是什么，但它常被年轻人挂在嘴上。

如果正能量就是单方面地强调着正面的、向上的、积极的，而排斥掉相反的，它怕就带了可疑和伪善，虚拟幻象和自欺欺人。谁都知道，生活从来不是单向度。

你不想知道，不等于它不存在。有学生看到新浪微博上“作业本”的一条微博后告诉我，他很不喜欢这么说话，不能传达正能量，微博是这样的：

> 你要去习惯这种毫无希望的生活，并允许自己碌碌无为。不必有什么崇高理想，也不必去改变什么世界，轻轻松松度过这一生，命运这东西你不用懂。这日子过一天便少一天，你该是什么样子就是什么样子，不必追求什么意义，那些格调和品位，最无所谓。

一个人全身都是正能量就抵御得了外界的侵扰吗？显然不能，显然，我们身上已经埋伏了太多的负能量。只喊“正面的”却无视“负面的”显然不真实。

连个年代标记都没有

2012年，我被问到频率最高的问题是该怎么读大学，除了每天按课表奔走在各教学楼之外，还有别的选择吗？每天这样顶着大太阳，趟着雨水，花着家长汇过来的不低的学费。

学生问：“在我们这么大的时候，你在干什么？”

我说：“下乡插队了。”

学生问：“像大学生村官？”

我说：“不是，就是干农活，和农民一起干活。现在你们总说看不到未来，那时候很少有人想什么未来，过一天算一天。”

学生疑惑：“哦？城市和农村相差那么远吗？”

我说：“那时候农民永远是农民，城市乡村间不能自由流动。”

学生更疑惑：“哦？不是很理解……”

还有下面这样的问题：

学生问：“老师要出新书了吗？什么故事？”

我说：“知青。”

学生说：“好羡慕那个年代啊。”

我问：“为什么？”

学生说：“过去有很多的年代，‘文革’年代、知青年代、改革开放年代，不像现在什么年代也不是。我们这些人不属于历史，也不属于未来，连个年代都没有。”

坐在课上心是散的，回到宿舍也是懈怠，很多上进青年实在找不到可以用力的地方，凡考得上大学的能不是上进青年吗，何况不过几年，这个海岛学校都211了。上进青年只好报名参加各种考试，变相地延长过去十二年的紧张“充实”，考各种证，从考公务员到考驾照。有个晚上，有学生发短信来说她第二天要去“说课”。开始我没弄明白，原来这是考教师证的一部分。我随口嘱咐她不要紧张，面对小孩子要放松亲善。她说没什么小孩子，听说是三个评委老师在下面，每个参加面试的有五分钟“说课”和五分钟答辩，没有黑板，是在宾馆里。随后，她告诉我：绝大部分的同学都是为了考证而考证的，其实很多人对职业都是观望的态度，会看哪个条件好收入高又稳定然后再做选择。她说这话是针对我关于待小孩子要如何如何的废话，我想她说得对，很现实。

暑假，有机会和在吉林大学读研的2006级学生卫然聊天，在露天的玻璃钢椅子上吹着风，我们说了大概五个小时。不知怎么说到了微博。我问卫然：“微博上那么多人喜欢展示微博勋章，不理解，满满地挂成一片有什么意思呢？”卫然说：“也许那就是对他个人的一个肯定，他们一生都没有收到过任何的承认或者表彰，他很需要这个，却从来没人给过他，好像小时候想得奖状，都要挂在墙上，现在有个这个章，不用费劲就能得到，就想排列出来，满足一下自己。”

卫然的解释真好。经常是他们告诉我很多。

有些学生自寻快乐，几个女生买了鱼竿准备在校园的湖边钓鱼。

有人逃课，溜去北京玩了一星期。

更多的家境不够富裕的学生，找各种兼职、家教、餐饮服务、发小广告、推销物品，把时间填充得满满的。能找到一份家教工作是很不错了，其他的都和没技术的农民工没太大区别。赚钱啊赚钱，起码帮帮家长，填补自己，不再有空闲去体会心里的空空荡荡。

一封并没署名的来信说：

在忙碌的社会中，整天应对着忙不完的工作和复杂的人际关系，我本想单纯地活着，然而只能沉默，一直到现在这样没有感觉地活着，像是在应对生命，像是生命与我无关，感觉不到自己活着应有的激情，也许我就是那个在沉默中灭亡的人。看老师的文章有种平实的感动，触动人的灵魂，感觉自己好像还真正的活着，很久很久没有这种感觉了。

反正我们都不掌握答案

卜是安徽人。他自己说刚进大学时候算是个愤青，非黑即白截然分明的那种，现在大三了，他认为自己已经变得能包容别人，学会宽容了。他正跃跃欲试，争取在校内正举办系列讲座后期得到登台演讲的机会。据说主办方请学生们准备感想，写得好的可能有五分钟的演讲。卜已经在准备讲稿，夜深了他要离开宿舍，找间无人的安静教室去写草稿，虽然作为网络写手的他平时用电脑写作，但是，我专门问了他，演讲稿是手写的。同我说这话的时候稿子还在改写中，而他已经在筹划上台演讲那天，该请他的哪些朋友们到场：

"我这么大了，从来没有上台对那么多人说过话，太需要这个机会了。"

我问："台下多少人？"

他很认真地想一下："大概二百人。"

过了几天是周末，收到他的短信，当晚他如愿上台给一个演讲老师献了花，他认为这会离上台自由演讲五分钟的愿望更近了。已经过了二十岁的成年人只为登台五分钟说话，要这样争取和惴惴不安，如果从五岁起就常有类似机会，我们的年轻人不会在快大学毕业时，到台前来对自己的同学说句话，还要带着发言稿，还要双手和稿纸一起抖个不停。

卜给我分析了网络写手鬼吹灯和南派三叔的不同，他向往有一天也会有读者能每天跟踪他的故事，在他后面也有催促等待新故事的一群忠实的粉丝："你写了，会有人等着看，那感觉真好！"

很多学生都像卜，很需要切实地做点事情，在这个过程中体会到自己这个小生命的真切的存在。

时隔半年，在2011级上课笔记"托付"一节第一段"厚重的本子"中写到的学生对我说，一年前，当她在教室里跟我说她的作业还没完成的时候，在我的眼神里看到了一丝怀疑，意思是知道你想偷懒，这反而刺激她一定把这次本来无关紧要的作业写得更认真，反而更不急于把它交上来。很显然，把自己二十年间的故事交给一个成年人，不确保安全，但她暗暗决定“赌一次”。把作业交给我的早晨，她是一直瞄着我，据她说我放本子装进书包的那一刻非常随意……直到当天收到我的邮件，她才在心里说“赌对了”。

我没马上理解：你想赌什么？

她说：赌这个老师，如果赌对了，在我心里你就不是老师，是个长辈。

隔了一会儿，我们都没说话。又空了一会儿，她说：“那本子烧了，你放心。除了你谁也没看过，包括父母。”

她说得平淡，我心里很吃惊，应该有两万到三万字吧，一颗颗黑色的小字，多不容易写下来的，被她销毁了。后来我慢慢想，也许她只是要一个郑重地书写的方式，对纸张去倾诉，我只是临时做了一下她艰难成长的相对安全的见证者，她曾经茫然困惑无助的存在，通过写和被一个人读到已经完成了全过程，纸上的文字不重要了。

暑假前，在广州听一个人讲起一段旧事：“文革”期间，他还是刚刚懂一点儿事的小孩儿，他躲在家里不断地在纸上写“反标”，写那几个最最可怕的字，写了马上撕掉，撕了再写再撕，当时他全身都在发抖，脚下碎碎的一地纸屑，他很害怕，又莫名地渴望这种刺激。他是靠这种不可估量的风险来寻求自己的存在感吧，发抖的存在，惊恐的存在。这是对未知的存在的急切渴求？心理学家也许能解释吧。

任何一个时代都该急切地需求它的年轻一代在场，也有责任使这些最该有炙热之心的人群在自信自由的存在里，帮他们获得力量和参与感。而一个大学生想在自己就读的学校里得到当众讲话的机会，应该等同于一个二十岁的年轻人本该得到爱别人和被爱的机会，如果连这些都难得到，责怪他们脑残的，才更是脑残。在有一条知饿知冷的躯体外，一个人觉得他的存在和不存在没区别，没有比这个更不正常的了。

无力又无奈，还不只是熬出这四年就会“苦变甜”，未来不知道在哪儿。正该是跃跃欲试进入社会的前夕，虽然学校有高楼有讲堂有图书馆，他们的心却是边缘的自我疑惑甚至自我枯萎着的，他们被边缘化了，那些在大学四年里做“网络隐士”的，守着电脑厮杀，死掉一条生命，瞬间又能闪跳出另一条新生命。有人谴责学生“玩物丧志”，他们没机会获得“志”，脑残也是被脑残，吃货也是被吃货。

有时会想到北方有一种虫，土话叫“潮湿虫”，专在阴湿狭闭的覆盖物下面生存，一旦覆盖物被翻动，它们被暴露，必定慌乱躲避钻窜，寻找哪怕很临时的无光的缝隙去安身。

别怪他们整天说迷茫，能意识到迷茫无着的，已经是主动的和自我挣扎的，是不屈从的。你不给他见到光，让他说明亮，不给他力量，让他在必要的时候挺身担当。他没有试过堂堂正正，生命多是在似有似无孱弱无力中浮荡。

我们面对的是同样的状态，深深地扎根在这里，而找不到存在感。有个同学和我谈论过，她是回族。我们说到痛苦，她问我的痛苦是什么，我说了。然后她也说了。然后我们共同认为，无论什么时代，人都各有快乐和痛苦，换算成一个绝对值，是没本质区别的，只是细节有区别而已。

我看着他们，也审视自己，靠吃东西，靠考证，靠游戏，靠赚钱，靠写字，都是从那短促的瞬间里得到一点儿快乐，以填补更多的空荡荡，以此反证自己还存在着，是有知觉的，有努力的，有追求的，带了点儿什么正能量的。不过如此吧，反正我们都不掌握答案。

2013年1月

新　阳　镇

雷　达

或许，从出生那一刻起，我就注定了与天水、兰州两地无法分割。我的母亲祖上是临夏人，实为兰州人，父亲却是天水人。我本人生于天水，一岁大点儿被父母带回兰州；从那时起直到1965年，一直在兰州，却不时往返于兰州和天水两地。

在外人看来，天水和兰州不都在甘肃吗，能有多大区别呢。其实，他们哪里知道，甘肃这块儿地方很怪，幅员辽阔，民族杂多，地貌错综，文化斑斓，是个至今也没有得到真正广泛认可的神秘的文化大省。它在地图上呈长条状，有人说像一只哑铃，有人说像一只马靴，有人说像一条飞龙，它广大到四十一万平方公里，从兰州坐飞机到北京的距离，与在本省从兰州飞到敦煌的距离竟相差无几；至于各处文化的错杂更是难以尽述。所以，天水与兰州两地，文化的异质并不奇怪，无论就口音，习俗，历史，风气，艺术，性格倾向，精神气质而言，都有莫大的差别。我从小穿行于两种文化之中。天水给了我一个广大的精神空间。

我的家乡新阳镇就很值得一说。它距天水县城约六十华里，是渭河上游的几大古镇、名镇之一。我小时候它叫“沿河城”，却并不见城墙，不知何以以城名之，现在的人早不知“沿河城”为何物了。南面壁立着凤凰山，似屏障，颇雄壮，也叫邽山，据说古时属上邽县管辖。我发现，天水农村的风俗情调与《白鹿原》或高建群《大平原》里的关中农村极为相近。原来，一切皆缘于一条伟大的河流——渭河。渭河发源于甘肃渭源的鸟鼠山，向东流过甘肃东部，到陕西的宝鸡出大散关，流过经无数岁月形成的八百里秦川，最后在潼关入了黄河，全长近九百公里，乃黄河最大的支流。记得钱穆先生曾说，所谓农耕文明往往诞生于河谷地带或冲积平原。细审之，渭河流域农耕文化成熟之早，其发达绚烂程度，应在黄河与长江文化之上。新石器时代早期的大地湾文化，半坡文化，何能离得开浩浩渭水呢。

渭河从甘谷东端流进了新阳镇。它从胡家大庄和裴家峡的中间冲出来，绕过寺嘴山脚，拧了一道大弯，硬是冲积出一片肥沃的河谷盆地新阳川；河水从谷地中间穿过，呈肘弯型，将镇子劈为西南和东北两半。再往东去，便是有名的卦台山了，伏羲画八卦的地方，属三阳川境，是又一处名镇。我出生那年，“五四”运动健将，清华大学校长罗家伦曾登上卦台山，发出过“智缘书契始，一画破鸿蒙”的赞叹。

与黄河的雄浑不同，渭河大多数时候显得比较温婉，连水鸟也眷顾这片美丽的地方。我小时，从冬到春的河滩上，总有灰颈鹤和白鹭鸶优雅安详地散着步，它们有长长的颈和细细的腿。年少的我极爱它们，有时大胆贴近到只几步远，都伸手可及了，它们却神态自若，并不惊飞。新阳川既分为西南与东北两片，集市在南面的温家集，我们居住在北岸王家庄、赵家庄一带的人要赶集，要买卖东西，或上天水县，就非得过渭河不可。秋冬至初春，渭河水瘦，人们就架起草桥，草桥柔软有弹性，独轮车滚过时，忽闪忽闪，发出轻轻的呻吟。一到盛夏，渭河会变脸，露出凶相，发大洪水后巨石躺满河滩，景象很是恐怖。平时虽也有渡船可渡人，但常翻船，淹死人。聪明的村人就想出一法，在河两岸各栽一大木桩，拴上铁环，在钢丝上系一大箩筐，一次可坐四五人，来回拉动，像土造缆车，大大方便了老人妇人和孩子。

在我的记忆里，广袤的河滩地种的全是高粱，每一株都像红脸蛋儿的女孩儿或英武的汉子，无边无际，血色深浓，随风摩挲出哗啦啦悠远闷暗的声响，好像里面藏着无限的秘密。看电影《红高粱》里的那片高粱地，心想，比起我老家的，真不算什么。高粱在我家叫“秫秫”，是主食。“秫秫”吃起来酸涩，不好消化，据说因为产量高，乡人一直在种它，吃它。只有过年时，高粱才有点儿可亲，用高粱酿的“稠酒”很好喝，装在一个粗而高的黑瓷罐里，下方凿个小嘴儿，形如小孩儿的“牛牛”，一拔就撒尿似的冒出来。我一觉好玩儿，二觉好喝，喝起来没够，几次醉倒。我平生喝白酒没醉过，若说醉，也只醉在这稠酒上。

我至今惊讶于家乡灌溉系统的巧妙和复杂。它不用人力、畜力、电力，只充分借用水力。先是沿渭河边开出多条大渠，引入河滩，渠水宽阔，湍急，利用高低落差，每隔一段就现出一座磨坊，河水激溅得大小木轮飞旋，带动磨坊里各种石磨呼隆隆地转。小时的我会盯着水磨一动不动，听水声喧嚣，看浪花狰狞。四岁时，热衷观赏水磨的我，终于滑入了水渠；人进入磨道，不但必死，还得血肉横飞，但我幸运地被人救起了，成为乡间一佳话。对牲口我也好奇得很，曾钻到骡子身底下，遭一蹄擦过额头，血流满面，后仅留一疤。雷家巷道的老人们只要一提起我，必会津津乐道这些。

我更忘不了老家纺织的风尚。几乎每家都有一台土织布机。人坐在高凳上，踩踏机子，一高一低的，手则不停地抛掷着梭子，发出咔嗒—呱嗒—夸嗒的声音，响遍了巷道的上空，一直响到深夜，甚至鸡叫天明。这是故乡特有的乐章。解放前布是缺货，洋布尤缺，农民只能穿自制的土布。新阳镇历来自产棉花，手工纺织业便兴盛，据说一副脚踏织布土机弄好了可养活五口之家。但要把带籽的棉花织成一匹匹布，得经过“取籽”，再将“生花”变成“熟花”，中间有八九道工序，难极矣。我家墙头就挂着一张大弓，弹花用的。织布机对我来说是神秘的，我常想那深深的农家院里，织布的人是谁，什么模样？后来走亲戚才发现，大多是些年轻的小媳妇，见来客人了，她们会走下织机，腼腆地默立一侧，她们清澈、忧郁的眸子是我终生难忘的。那也许是渭河流域一种特有的古典的美吧。

在我看来，我的乡亲们是些最有文化的人。这些平日的泥腿子、庄稼汉，打长活的，一到大年初一早晨，一个个从门楣上刻着“耕读第”“诗书传家”“仁义孝悌”匾额的院子里走出来，大都换上干净的长袍，彬彬有礼，表情肃穆，背着手儿，缓缓地鱼贯登上寺嘴山的家庙，去敬香祈福。我在他们脸上看到了对祖先、对传统的无比虔诚和敬畏。有些人的发型很怪，前半部脑壳剃得精光，后半部却蓄满长发。这是否晚清时代的一种孑遗？康有为，梁启超似乎就留过这种头。我一见就想笑又不敢笑。这种发型，在我印象里，直到“大跃进”时才不见了。新阳人的方言也独特有趣，把奶奶叫“婆”，把爸爸叫“达达”，把你的叫“牛的”，把我的叫“敖的”，把舅妈叫“妗子”，把最小的叔叔叫“碎爸”，等等。家乡人除了勤于农耕，就是渴望孩子成为读书人，尤重视书法字画；看一个孩子读书好坏，先看毛笔字写得如何。外地公干的人一旦返乡，立刻就会有人手持宣纸登门来求“墨宝”。我毛笔字不行，这成了我多年来怕回老家的潜在原因之一。正因文风之盛，小小的新阳镇，出了不少人物，例如黄埔一期出身，曾任国民党甘肃省主席的著名起义将领王治岐，著名文史大家霍松林，资深国画家郭克，还有近年颇为活跃的著名宗教家，中国道教学会会长任法融——他是凤凰山席家寨子的，也可算新阳人吧。

登上寺嘴山顶，新阳全境尽收眼底。渭水萦绕，山风呼啸，城墙逶迤，枯草抖颤，天兰铁路风尘仆仆穿山越岭而来，不由人遥想历史。人们首先得拜黑爷。黑爷是雷氏宗族的偶像，史载黑爷名叫雷王保，生于西晋陇西郡，后为东晋有名的廉臣，其后裔多落脚于秦州。另一条史述似更贴近现代，言六百多年前，1379年即明洪武十二年，王家庄尚属未开垦的处女地，植被茂盛，鸟兽成群，秦州守将雷时清的次子雷彬携眷属到此，为最早的拓荒者，他又招来外甥王世清共同垦荒，此地遂起名雷王庄。我查了书，洪武十二年正是颁布“大明律”的年头，朱元璋残酷的高压政治达于顶点，雷彬的“避世”无疑是明智的。再后来，修起了寺嘴山城堡，并建雷氏宗祠，供奉黑爷。清康熙初城堡扩建为庆寿寺。今天它已是闻名遐迩的大寺观了。

我摸着垛口坚硬如铁的老城砖问，这“方孔”何用，乡人说是防土匪的，能向下发射土枪炮，当年抵挡过“白狼”。谁是白狼抑或白朗，我真不知。老人们说得最多的，是1935年8月9日，红二十五军徐海东程子华部在长征中渡过渭水，驻扎于我王家庄、赵家庄的事迹。据九十二岁的王纯业先生给我的信中说，那天正逢集日，在办庙会，唱秦腔；因先前墙上多刷“红军可怕”“共产共妻”之类标语，大军忽至，群众惊得目瞪口呆。但大军秩序井然，群众并未惊逃，戏照唱不误。大军在河边磨工们的帮助下安然渡过河。首长给每个磨工赠送了中药两丸，说是治感冒和肠胃病有奇效。晚饭部队入各农家，凡取用百姓瓜菜，面粉，油盐者，必放置铜圆，银圆，红白糖，茶叶等物补偿，超过了市值。那天红军独未进国民党一一九军军长王治岐的家。程子华与王治岐在黄埔军校同过宿舍，八十年代两人在黄埔校友会上见了面。王说，“当年何不进我家院子”，程说，“你家土坯房破破烂烂，战士不愿进啊”，二人遂拊掌大笑。

1949年冬，解放军西北野战军某部进驻新阳镇，后又撤出。我当时虽只六岁，记忆清楚。团部设在阎家场，连部就设在我家。解放军改善伙食爱吃粗粮饺子，用木桶装，每次总不忘用马勺给我盛上一碗。但春节之夜却出了大事：那晚军民联欢，院子里吊着汽灯，军队演一活报剧，剧情高潮时，“革命者”要用枪“打死”“叛徒”。谁知那天枪里有真子弹，砰的一声，对方真的被打死了。当时一片混乱。死者被用门板抬向团部急救未果，而开枪者当即被控制起来，就关押在我家的小耳房里，日夜有人看守。第二天，被打死的那位文化教员，装了棺材，在广场隆重举行了追悼会；而那个开枪的人，一周后在山根下被枪毙了，定性为故意杀人。这支部队的老战士们，料应记得这一段公案。

对新阳镇而言，最欢腾的日子莫过于1951至1953年修筑天兰铁路了。因“新阳火车站”定位在王家庄，筑路大军便驻扎在王家庄、赵家庄周围，全是帐篷与板房。一时，天南海北口音的铁路员工涌进小镇，约三千人的大自然村王家庄也骚动起来了，整个村庄像过节般兴奋。小贩们的数量激增，而打扮入时的姑娘们常常在工棚附近勾肩搭背，嬉笑追逐，深夜不散。当时，开凿安林山隧道是一场大仗，硬仗，牺牲过多人，终于成功了。“试通车”的那一刻是终生难忘的，男女老幼全跟随着火车跑啊跑，一个个跑得喘不上气，有人跑掉了鞋，直追到火车钻进隧洞。那时，“铁路上的人”，是穿四个兜儿制服，别钢笔，戴手表，用多节长手电筒向夜空中扫射的人，令人艳羡。嫁给铁路工人，也成了农村姑娘改变命运的契机。依我看，天兰铁路的修通固然是西部工业化的前奏曲，但在某种意义上也是爱情的胜利。甘谷女子，天水女子，成为铁路眷属者最多。

我的心就是这样随着记忆之舟滑翔着，起伏着。像这样的事我还能想起不少。小时，在阎家场的戏台下，因我说的是兰州话，村里孩子用好奇的眼光看我，齐声有节奏地喊“兰州娃”“兰州娃”， 视我为“怪物”，想接近又不敢，便互相推搡着想挤到我。可我很快学会了天水话，隔阂渐消。我的家族有个不成文的规定，那就是不管其他人回老家与否，我是必须要在寒暑假回来的。那是当年我婆（奶奶）规定的。因为我哥是哑人，残疾人，我成了雷家唯一靠得住的继承人。老家的生产队居然同意给了我一份自留地，直到我大学毕业北上，才注销了。何能如此，我至今不解。不过，比起许多趣事来，最难忘的还是人。单从自然条件来看，或以为新阳镇很富庶，其实，这是错觉，这里地少人多，资源有限，仅靠传统农业维持着，低收入，高消费，以至近几十年来，人们一直在和贫穷做斗争。

我们的家，就出了一位顶门立户的女人，那就是我的大嫂谢巧娣。大嫂娘家是最贫困山区蚰蜒嘴的，为了糊口，她嫁来我家，做了聋哑人的妻子。因我的同父异母大哥雷嗜学是聋哑人，只会老实耕田。大嫂先是做童养媳，经历雷家老人先后谢世，逐渐成为家庭掌门人。她是六个孩子的母亲。为人刚强，泼辣，能吃苦，敢踢敢咬，不畏强势，护得住家里的那点儿财产，使一切觊觎者惧怕。

大嫂对我却爱护备至，她大我二十来岁，对我的感情近乎母爱。大嫂一心想把我这唯一的小叔子彻底“天水化”。我少年时候，她就想着给我包办婚姻，每到寒暑假，强拉我去“相亲”，我眼睛近视，根本没看清什么，敷衍而已，所以总是失败。嫂子似乎不明白，我是只能生活在兰州的，一切都属无用。

三年困难时期，我在省城饿得受不了，偷偷跑回新阳镇，其时满目荒凉，炊烟断绝，时见浮肿者卧倒路边，饿死的人很多；大嫂也饿得面色发绿，脱了形，却不顾儿女的哭闹，给我烙了高粱面馍。我看见，为了一家人活命，大嫂在拼命织布，并在山下开荒。那时扒火车，跑陕西，或下武山，用土布去换点儿粮票或粮食是一条重要的活命之路；但危险，东西常被没收，遭毒打，被轰下火车。我亲眼看到的一幕是：半夜，大嫂一层一层地往自己身上缠土布，缠到最大限度，人呈庞大圆锥体，头都不能转侧，下蹲更难，然后用衣衫裹好，挪着身子去扒火车。我无法想象，眼下是数九寒天，她纵然躲过检查，扒到那里，该怎样卸下身上的布？她还是一个年轻的女人啊。一次在陕西，她用土布和一件旧皮袄换得一些粮票和一小袋面。不料这家人忽然要她留下来当“女人”。嫂子哭着说，我家有哑巴男人和快饿死的儿女呀，陕人却不放；其人与嫂子在土坑上“相持”了很久，实为一场搏斗，陕人竟不敌。嫂子趁势扛起面袋夺门而逃，不顾恶狗追咬，连夜扒上运煤的货车。下车时人乌黑得与煤炭无异，当然也就躲过了检查。嫂子说，她再也想不起那是陕西的啥站啥地方了。

1966年春天，甘肃农村搞起了极左式“社教”，我家的中农成分忽被“补划”为富农（1977年又平反），平生好强的大嫂可吃苦头了。这个最穷苦的贫农女儿、童养媳，不得不顶起“富农婆”的帽子。她经常被扭去游街，干苦活累活，半夜也不让回家。后来才有所松动。我回去过一次。让我看不懂的却是，每次游街后，嫂子扔掉绳索木牌，抹去伤痕污渍，赶紧生火做饭，还说说笑笑，像没事人一样，与城里牛鬼蛇神的愁苦状迥然不同。我更看不懂的是，村人并不嫌弃大嫂，每天来家问事者、聊天者、托她介绍婚姻者仍不少。我甚至觉得她这个四类分子威信不低。

大嫂就是这样一个伟大的女性。她对我无私的爱是我一生难忘的。是的，她只是一个微贱的农妇，但她从不胆小，怕事，忍辱，畏缩，在她的身上有一种永远打不倒的精神。这就是我特别想说出来的感受。多少年来，每当我遇到逆境，挫折，或自认受了委屈，或无端烦躁时，就会想起新阳镇，想起大嫂，会慢慢“凉”下来。我也许还会自嘲：什么级别，什么头衔，什么专家，你不就是大西北来的一个傻小子吗?

1991年老家来信说，嫂子病重，是肺气肿；1992年冬天，她走了。接到电报时已办完事了，我没能也无法回去。她埋在哪里，我也不知道。想不到我们之间就这样阴阳两隔了。其时，她的孩子星散各地。她一走，雷家就完全衰落了。听说我家的老院变成了空院，蒿草长得比人还高，狐兔出没，正房塌了，门楼也快倒了。据说现在这样的空院在老家正复不少。我曾在梦中惊醒过，回想梦中的大嫂，她还是挽着老式发髻，穿一件斜襟的青布褂子，还是一张高颧骨的脸，一双火辣辣的眼睛在闪亮，抿着倔强的嘴角。

我已很久很久没有回老家了。听说河滩地早不种高粱了，也不种小麦，而是清一色地改种杏子、苹果和葡萄，传统的农民早就转型为新式的果农了。其中“红跃杏”和“花牛苹果”是名牌，但仍然卖不上好价钱。我最喜欢的水磨坊早消失了，因为它赶不上电动磨面机先进，现代化的粮库也不需要它。至于老式的手动织布机，只能到博物馆去找它们的踪影了。渭河依然滔滔不息，却再也没有草桥，铁索土缆车，和老渡船了，钢筋水泥大桥把南北变为坦途。

新阳，新阳，我真的该回去了；可真的回去，我该住在哪里?

2014年4月

草原上的农民（节选）

冯秋子

草原上，前面十几年，搂地毛的农民有很多。

地毛和发菜，是同一件事。内蒙古当地人，管生长在内蒙古中北部特定区域的一种稀有植物叫地毛；别的省市区的人们，还有书面语，称它是发菜，源源不断运往南方的装地毛的塑料袋上也标注“发菜”的字样。

专业术语这样解释“地毛”或“发菜”：旱生蓝藻类低等植物。

地毛或发菜，营养价值高，味道鲜美，口感柔软、滑溜，是野生食用藻类植物。每一百克干发菜，内含蛋白质约二十克，约是鸡蛋的一点六倍，是牛肉的一点三倍，牛奶的七倍左右。它含有比较多的钙、磷等矿物元素及微量元素铁、锰、锌、铜、钴等元素，并含有多种氨基酸和丰富的碘、海胆酮、蓝藻素以及蓝藻叶黄素。中医认为，发菜性寒味甘，有利尿、化痰止咳、清热解毒、顺肠理肺和滋补健身的功效。常吃发菜，对于医治高血压、佝偻病、营养不良、慢性气管炎、内热结痰、甲状腺肿大和妇科病症多有助益。此外，发菜因与“发财”谐音，在南方的广东、港澳等地备受追捧，人们喜食发菜，以图日子适润、吉祥，生意兴旺、隆盛，发财致富、长升不衰。而且又能在形象上、形式上低调、谦和与质朴，如发菜那样自然而然地生存不殆。这一物质生活和精神生活的强烈诉求，使发菜的需求量陡增，以至美国和一些西欧国家也对发菜产生了浓厚兴趣。发菜成了国际市场上的一匹黑色骏马，一路狂奔。内蒙古的汉族老乡路人皆说：一吨发菜实打实可以兑换

“十五辆汽车”。

我按内蒙古当地人的说法，叫它地毛。

这个精贵东西，柔软而有刚性，铺展在内蒙古的荒野上，经风历雨，似乎很粗糙地生长着，实际是百般挑剔生长的地方。它多长在砂岩沉积物和风积物造就的红土裸地里，海拔一千至二千八百米高处，而且须是干旱、半干旱的一部分荒漠草原和荒漠地带，具有典型的大陆干旱性的气候条件。

地毛紧贴住潮湿的草滩和沙地生长，速度极其缓慢，天然产量非常低。在内蒙古草原，凡有地毛分布的区域，植被以旱生或真旱生多年生草本植物为主，草势低矮、稀疏，降水稀少，干燥度高，昼夜温差大，四季刀刻一般分明。内蒙古中北部地区，合乎地毛生长的基本条件，为适宜地毛求生之地。

地毛无根、无叶、无茎，呈黑色，幽光发亮，形如人发，丝网一般缠绕在其他植物的茎基或枯枝落叶等死地被植物的上面，是干旱、半干旱草原特有的一种混生苔草。

千百年来，地毛匍匐在北方的草地上，与北方的芸芸众生一起，聆听草地的声息，追随自然安理的召唤，动静自如、内资惬意，从容地顺应着上天，款留着行走于草地的灵敏的动物群落，与他们达成了休戚与共的默契。

地毛若是遭遇搬家，便是在土地被动物狂暴地践踏之后，或是在其他外力的作用下——比如风，它的身体发生断裂，脱离土地，被风搬运到别处，被动迁徙他乡，重新分布。地毛搬迁至何处，由风决定，风是地毛进行再分布，或者扩大分布范围的主要动力因素之一。如果没有天灾人祸的侵扰，草原上百草均衡生长，地毛能够随风而动，逐年扩大其分布的范围。

20世纪80年代初开始，持续二三十年时间，规模庞大的集团军式的农民，开进草地搜刮地毛，成为另一种使地毛搬家的前所未有的强大动因。不同的是，风搬运地毛，是使地毛重新分布，自然进入“扩大再生产”的循环规律。被风带走的、断了骨节儿的地毛，一旦找到适宜的地方，便脚踏实地，坠落土地而后再生。人搬运地毛，是做彻底的分割，使地毛及与之相伴生的杂草、与土地割裂，阻断了地毛的生长可能，彻底消灭了、或者说剥夺了地毛这一草本植物的自然资源，并在同一时间，由此同一行为，对地毛赖以生存的土地造成根本性毁坏，直接导致北方草原的生态环境严重失衡、失序，并最终呈现无序的状态。

搂地毛，算不算一个自发的系统工程？有进入第一线搂的，有走村串户收购的，有固定地点加工、出售的，有不断上升的客户需求消费的……

采访搂地毛的农民的过程，我一直被他们处于底线的生存境况所困扰。贫穷与落后的现实，是那些参与或间接参与搂地毛的农民及他们的家庭深陷的沟壑，也使我的脚步沉重如铅，迈不出、绕不开这一残酷的壁垒。北方地区的农民，因贫穷、落后，日常生活、精神渴求和想望，受到自然条件和人文因素的严重制约。基本的生存、发展问题，长期困顿不前，当某一天，不得不去寻找个人的出路，他们会做何选择？真实情况摆在人们的眼跟前。

我想，贫穷和落后是不是万恶之源？贫穷和落后是否使沙漠化的进程加深了、加剧了？

我们不妨在这一思路里做些盘桓。

21世纪初启的两年，我跟踪采访内蒙古乌兰察布盟（后改为市）商都县一个乡的农民，对他们大规模开进草地搂地毛的行动和事件做社会调查。亲眼所见，土地日益沙漠化的现实是怎样地严酷和惨烈，由此造成的草地退化的形势又是怎样日益紧迫，似乎再没有消极、迟缓和拖延的余地。这样的现实情景，对人们有限的生存空间造成了严重的威胁和挑战。处于这样的生存现实，好像无从谈及对美好生活的念想或者梦想，来不及构造一个人的精神生活，来不及发挥个人潜在的创造性，来不及舒缓而放松地做个甜美的、风和日丽的梦。因为在大规模沙漠化的趋势逼近下，人们节节后退。商都县农民郭四清的家乡，也有一大半土地沙化，没成家的年轻人已经走光，有家口的中年人纷纷举家迁移，能多远就多远，逃离开祖祖辈辈生长于斯、埋葬于斯的村庄。辽阔的内蒙古草原，常年经受风沙的侵袭，到处可见被掀出的脊梁骨。那些日见增多的沙丘，条条缕缕，割破了草原，形似一道道伤痕，在许许多多个昏黄的日子，不能自已地呜呜。

为了生活，为了有所收益，甚至获取暴利，人们选择了对地毛下手。

地毛是人的希望。地毛成为人们吃苦耐劳的理由。

风是为了什么而起呢？风由小而大，由大而无法无天，以至疯狂扫荡，打破常规、恣意妄为。

但是对地毛来说，风无论如何只是辅助性动因。真正的主因是人，人才是决定地毛生死存亡的根本性因素。人所处的决断的地位和形势，在人的生存条件、生存意欲和文明要求相互间不甚和谐时，他们的所作所为，常常表现出不加掩饰的、赤裸裸的欲望和急功近利的野蛮粗暴形态。人对地球的无序开发，便是明证。这股邪性力量侵扰、裹挟着草原，日益地把草原推向了没落和毁灭的边缘。其他的，比如风，会因人而改变习性，改变它们对地球的态度和姿势。这一点，不是那个叫郭四清的农民做或不做搂地毛的事情，就能够改变的。

我只是被郭四清打动，想看见个人的真实世界。想看见20世纪末、21世纪初，风沙下的某个人生存的理由和方式。想知道进到草原的农民，跟草地的深重关系曾经有过什么样的格局，是怎样建立、又怎样呈现的。

我想从客观的、人的角度进去，见识和思量一些真实存在的东西，如果走出来的时候，还能保持客观的、人的形状，再好不过，我希望。

回内蒙古，我想找一个人。就是郭四清。

介绍我找郭四清的人，是跟我这么介绍郭四清的：

“我给你说不上个甚，也不能说个甚。你看看那个二不愣去哇，看他给不给你说。那是个人物。”

我问他，你说的“人物”，是什么意思。

他说，敢说敢做，没怕的，打起架来不要命，外号叫个二不愣。

在内蒙古汉族居住区域，很多男性被称作“二不愣”。这是一个广泛的、对不怕死、不惜命的男子的称谓，就像我们旗，喊叫有点儿莽撞的男子和女子为“愣道尔吉”一样，是没有恶意、但有浩浩荡荡之感的一种称号或者标识。所以“二不愣”特别多，如我们旗的“愣道尔吉”特别多一个道理。

2001年5月3日，我在乌兰察布盟所辖的商都县一个村庄，问询到郭四清的家。郭四清的两间土坯房子，堵着窗帘，上着锁，久无人烟的冷僻样子。院里靠墙的地方，滋长了几根孤零零的灰灰菜。从叶片片到根茎，挂牵着零敲碎打的、灰白色的蜘蛛网络。

隔一堵院墙，就是郭四清的父母家。郭家老人居住一堂一屋两间低矮的泥土房。外间贴墙那里，堆聚了七七八八的杂物和农具，几口黑瓷大缸上架着木板，木板上摞着大大小小的纸箱，黑暗阴凉。里间屋住人，一盘大炕上铺了两块接不住缝儿的烂炕席。炕头那里坐着一位棱角分明的老汉，他相貌温和，正抽吸着烟袋锅。看起来比老汉苍老不下十岁的妇女，是郭四清的母亲，她正窝在灶坑那里，费力地拉着风箱，在烧一锅开水。

郭老汉说，二小子郭四清外出打工两年多了，人不在本村。

他反过手，从炕席底下抽出一张从田字格作业本上撕下来的纸。

是郭四清留给父母的下落地点?

郭老汉说，是郭四清的地点。

他说：“字写得丑，你甭见笑。你看一下，知道个大概方向。”

我跨上腿，坐在后炕沿上，跟郭家二老聊起家常。

是郭老汉三小子的儿子，小家伙去了一趟郭四清那儿，老汉指拨他，这回逛了城市，长短得写个作文。小东西不给写作文，一回回推脱，老汉不饶过，“小的儿”写了这么一行字交给郭老汉顶作文。

郭老汉说：“找郭四清，你得去白音察干。”

郭四清的母亲硬让我喝一碗水再动身。她说，不喝水不能行。哪有不喝一碗水就动身这种道理。

抄下这个没有街道、门牌，只有“汽车站东刘二铁匠房后过马路再往东一拐左面大院里小南房”的联络地址，喝下一大瓷碗郭四清的母亲为我搅拌均匀的白糖水，我驱车赶往乌兰察布盟察哈尔右翼后旗的旗所在地白音察干。费了些周折，到太阳快要落下去时，找到了那个“小南房”。

郭四清不在家。

他妻子说，郭四清还在外头劳动。我提出，去郭四清劳动的现场看一看。她说我的车进不去那条沟。一定要去，她领我，走路去看郭四清劳动的“沟底”。她说，说不定走到半路能碰上。

果然出城廊不久，遇见郭四清了。

郭四清开动一辆农用小四轮，从距离白音察干七八里、洪水冲刷出的一条沟里，正往旗里行驶。车厢装满沙子，上面插着一把大铁锨。小股细沙不时地从铁皮车厢边缘的缝隙流泻到马路上。

这位男子穿戴简陋，像庄稼地里插的木头人，套衣裹裳，是长一截里儿、短一截面儿，搭挂起来看，没有一件衣裳的年头不长。他身上，隐隐地留存着过去的印记，不仅仅层层叠叠、零零落落的衣裳是过去年代的，人的神志，也有跟过去纠扯不清的既简单虚浮又复杂深远的东西。

风一吹，男子的衣裤掀向后边，跟他一心一意想往前方开拔自己、开拔那台小四个轮机器，反着方向。声音也是两种，农用小四轮的突突声，和兜风的衣裤奋力的抖擞声，在空旷的道路上呼呼啦啦地呱嗒。而他高大的身躯和衣裳一样，也在风中颠簸，描画着另外一些形状和模样。

我注意到，郭四清是黄眼珠，高鼻梁，高眼眶骨，还有一对大耳朵。大约他的家族有北方哪个少数民族的遗血。在这里，不到一定的熟悉程度，不便问询这个问题。但我和他年龄相差无几，不似对老年人，不可以造次；加之我是内蒙古人，他不介意我怎样想。我想的是，他是汉族人。

郭四清说："我们就是汉人。"

郭四清给一个建筑工地拉沙子。

我随郭四清的妻子，跳上他的小四轮，两条腿旋即被车斗子里的细沙裹住、埋死。

虽然已进深秋，包工头还没有给郭四清结算今年大半年的工钱。他托亲戚跟包工头斡旋，包工头最后同意预支他的柴油费，将来，这部分钱从工钱里扣除，至于工钱何时结算，包工头说"年底看啦"。我问郭四清，今年这半年多时间，使用柴油，一共花费了多少钱？他说半年多天气已经花销了两千多块。别的生活开销有多少？他说不吃个什么，就是水电和烧的煤炭这些费钱。亲戚他们帮了不少。面哩，从老家带出来，肉啦菜啦，亲戚给一些，一年再买个一回两回，就可以了。（后来，郭四清跟他妻子劳花多次对我说起，郭四清的亲戚经常接济他们吃的用的，现在家里头使唤的零七碎八用具，也是从亲戚家拿过来的。孩子们在城里上学，是亲戚的二女子托人办理的。这辆小四轮，是亲戚家的孩子们七凑八凑"帮衬"买下来的，等他们将来有了钱再慢慢还上。）

小四轮在土路上颠达，老有要翻倒的惊险时刻出现。我不敢和郭四清多说话，怕有风他听不清，分散注意力，路面发生危险情况时看不着，真的把车翻倒。

与郭四清交谈几次以后，我发现，他的记忆力严重受损。一般情况下，问一句答一句，话少，用的词语也少。问他那次出去遇见什么事情，比如天灾人祸？他说"没有"。遇见没遇见大雪？他说："有了。"前后矛盾。而且错着位的时候也比较多。于是我们常就一个问题反复交谈，有时候能理清思路，有时候怎样努力也是枉然。但是很快，也许歇息了一晚以后，他又重新回到模糊状况。

不过，偶尔，郭四清也会沿着单一线条走进回忆。那时候，他显得和缓、安静，脸上分布着笑容。他慢慢地在自己的思路上行走，把一件事情讲述得比较清楚。接触时间长了，我把握到一点规律，每当讲到当初身心困顿、深陷麻烦的时候，他的意识就会混乱，两眼散失光亮，整个儿人看起来离心别意，神不守舍。那种情况下和他说话，他只用一两个词，算作一句话，然后坐成一个墩儿，干不刺咧地待着，谈话很难往下进行。

郭四清确实是个少言寡语的人。他讲，以往，他打的架比说的话多。自从一架打断人家鼻梁骨，赔了一只老母鸡，他送过去；赔了二百六十块钱，他父母一搭儿送到人家里，一回、一回让人家父母亲数落，又听自己的父母亲数落了个够，他觉得“啥事情嘛，这是个，真没意思”，于是就不想再打架。不过打架已经打出了名，远近村子的人们，习惯上还是怕他说不对付就会上手。的确有过，他是用手和脚“说话”。那时，郭四清好说：“不行？不行咱们打得看，高低上下，打个结果出来。”他总能把别人打到对他表示服帖为止。

郭四清谈论起打架的话题，语调干净、利落，显出北方常见的横、狠的“淘气英雄”的本色。

他笑说，一搭儿去搂地毛的人，轻易不招惹他。一说，人家二不愣咋的、咋的……没人敢欺负他。

那一天，对打架的话题叙谈了很久。

隔天再聊，是什么季节出发，去了什么地方，怎么样一个过程，他说：“哎呀，想不起来了。”

我说，你再遇到着急上火的事，会不会动手打架？

他说，不。不愿意打架。现在脾气没了。

有几次，我和他妻子劳花聊天，劳花告诉我，头天晚上郭四清接受完我的采访，回去以后不睡，又和她讲了好多那些年月的事。劳花对我说了她能记住的一部分。但等我再和郭四清面对面交谈时，郭四清说：“哎呀，没个甚哇，想不起来了。”仅仅隔了一天，他就想不起来了，又跟原先一样，问一句答一句，而且常常答非所问。为了采访能够继续下去，我改变了一点儿方式，先和郭四清的妻子劳花聊，再和郭四清聊。带着从劳花那儿听到的点点滴滴，摘要处理以后，请郭四清回忆，从他讲述的事情里面再做追究。采访虽然断断续续的，总算得以进行。我相信，他不是因为顾忌什么而有所保留，是确实记不住那些过往的事情了。

劳花告诉我，郭四清的头痛病、腰痛病就是那些年月落下了病根。他一年四季喊叫头疼、腰疼、腿关节痛。睡在热炕头，感觉稍微舒服一些，但不解决根本问题。随着年龄增长，疼痛越发严重起来。如果有一点儿着凉，情形就会变得更糟。

郭四清的肠胃也损坏了，见到小孩儿拉屎，他肚里的东西就往上翻，没完没了呕吐。还有记性不好，也是那些年给生生地吓出来的。原来不是这样，那时候在村里，郭四清学习功课正经比他哥哥强。他哥哥郭子义是他们家唯一的高中毕业生。郭子义受的苦少，所以能上完高中；郭四清上到高一，就不去学校了，他去了草地。一趟又一趟进去草地，落下病根，好身体没有了，好记性没有了……

劳花说："真格是患得患失。唉，哪个多，哪个少？人穷没法办，穷人没办法。"

2001年10月2日，内蒙古察哈尔草原，降温，下雪。

时隔五个月，我又回到内蒙古。

晚上八点多，如约去见农民工郭四清。郭四清收工不久，刚吃罢晚饭。一个大一点儿的女孩儿和一个小一点儿的男孩儿正趴住炕沿写家庭作业。灶台根儿，一只低矮的烧火板凳上，坐着郭四清的妻子劳花。她从烧火板凳上站起，过意不去地笑一笑，说："你们坐哪里呀？"郭四清在一旁搓手，很不好意思，跟着笑。没地方坐，也不便打扰小孩子写作业，我和郭四清出去，坐在院子里随手捡起的砖头上说话。以后又有几次，是去路旁的小吃店，或者去他的亲戚家，聊过去的日子，郭四清记忆中进草原搂地毛的事情。

随后几天的采访也在傍晚进行，在郭四清收工以后，就是郭四清说的"认灯"以后——郭四清管天黑了，电灯亮了，叫作"认灯"。他说，过去点煤油灯，叫惯"认灯"了，现在还是"认灯""认灯"的。其实电灯跟人没啥亲近的关系，不像煤油灯，得"认"它，"认"了它才能亮。"认，不是去点一下灯这么一个动作上的事，不全是。"他努力地捕捉"认灯"的含义或者含量。他们家的煤油灯，是他哥哥用完墨水瓶做的，再往前，是他爹用完墨水瓶做的，再往前，是个铜油壶……他们家用过的煤油灯多了，他能记住的是这三种灯壶壶。灯台是那把铜的、高的，郭四清父亲小时候就用这把灯台。

我想象，很早、很早以前，煤油灯亮起，郭四清一家人守着墨水瓶做成的煤油灯，由高高的铜质墩座、向上的铜柄杆儿、小孩巴掌心大的铜头托儿，架起的那盏黑暗中的灯。大大小小人们的脸面上，定是清明而寂静的。那时，全家人操劳完，闲下手，坐在煤油灯周围，有一句没一句说着话，眼睛盯住煤油灯，一齐聚集在那儿，灯明心亮的地方。看不够，想不够。日久天长，把煤油灯看进脑子里头，看进心里头，在心里头的心里头，就是灵魂里头，认住了它、认下了它，互相谁也跑不脱，谁也不想真的去跑脱，使煤油灯成了他们摘除不开的一部分，他们成了煤油灯那个曾经的好东西的见证人。

像饥饿的经历，在中国人心里形成根深蒂固的记忆一样？

聊到天完全黑，大约二十二点以后，不能再占郭四清的时间了，于是采访停止。郭四清该回家歇息，攒够力气第二天赶清早出工。等郭四清回家的劳花和孩子们也该歇息了。

郭四清，1964年出生，祖籍山西省天镇县，能数上来的一代又一代老辈人都是读书、教书的。祖父为躲避日本人在1937年9月12日起连续三天对天镇屠城，从天镇城的血海死尸里钻出来，逃亡到“口外”，定居内蒙古乌兰察布盟商都县——今乌兰察布市商都县。郭四清的父亲知书达理，在村里享有很高名望。母亲是山西省阳高县人，因为战乱和穷困，随整个村庄移民口外。母亲兄弟姐妹四个，都在这个村庄里扎了根，因而郭四清的兄弟姊妹拥有众多的表兄弟、表姊妹，走不出十步就能碰到一个。父亲这一脉，相比照，显得微弱单薄一些。郭四清行二，出生时，正有“四清”工作队进村，母亲抓拿住“四清”这个新词汇再没松手，她执意为襁褓中的男孩命名了“四清”。她说，这个家族到了他们这一支才开始多子，读书人家人轻命薄，如果继续听从丈夫，起那些没用的名字，他们家以后指望不上兴旺发达……郭四清的母亲遂夺取了子女的命名权。她的丈夫吭哧半天保留住他们的长子，即郭四清前面的老大，沿用他起的名字“子义”——郭子义；从老二开始，改路数了，掀起夺天统地的变革，便有了叫作“四清”“文革”“进联”的男孩，和叫作“改变”“丽缎”的女孩……

郭四清说，其实，他们家结束世代单传，生下一大堆娃娃们，是听了风水先生的指点，把郭四清爷爷的坟自山西老家天镇县移葬到内蒙古商都县，一处背靠青山、面临麦田和羊肠大道的山坡上。但是，郭四清母亲认为，是她为孩子们搜寻出来的好名字，起了实际作用。

郭四清从1981年、也就是十七岁开始，与同村以及邻近村庄的农民结伴，开始搂地毛。此后十七八年间，每年的早春、深秋、初冬大季，野草枯萎，墨绿色的地毛（发菜）显露出来的时节，他们开进戈壁荒原，把搂地毛这件事当成具有一定专业知识和专业技能的职业，然后又进一步，把搂地毛当作“一头犟牛也拉不回来”的执着事业。

在深草地里，他们用特制的钢丝耙子边找边扒，把地毛，连同草叶、茅根一起“捉拿”回来。每一次向北行进、开往草地，随行二三百人，有时候三四百人，分乘两三辆、三四辆、四五辆不等的解放牌大卡车。平均一年进入草地十七八次。以郭四清不算太长、也不算太短这样一位个体行为人的经历，他搂地毛的时间长达“十七八年”（郭四清计算了好几次，都告诉我这个数字）。从少年、青年、单身汉，搂到结婚、生子，搂到两个孩子上了学。郭四清和媳妇劳花一致认为，两个孩子，是靠他们卖地毛养大的。

按郭四清讲的，二十亩草地可以净搂一市斤地毛的比例计算，他去一趟草地，平均搂到五斤地毛（郭四清说七八斤、十来斤也有过。这里暂做低估），郭四清一人共搂十七年（他讲是十七八年，姑且按十七年计），一年平均去十五趟（他讲是十七八趟，有时一年去二十来趟，但早先有过一年去五六趟、七八趟的记录），保守估算，青年农民郭四清一人，大约耙搂了二万五千五百多亩草地。而这一支二三百人、三四百人的队伍，那些年耙搂了多少亩草地呢？如果按二百人计算，每年、每人进草地十五次，一次搂五斤，约耙搂、毁损草地五百一十万亩；如果是三百人的队伍，约毁损草地七百六十五万亩；如果是四百人的队伍，约毁损草地一千零二十万亩。这是一些较为保守的数字，取了真实存在的最低计算值。

进入新时期以后的二三十年中，在郭四清居住的村庄以外，又有多少支像郭四清他们这样搂地毛、也即搂发菜的队伍呢？加上别的盟——现在改盟制为市，别的省，此类情势甚为突出的比如宁夏，每年宁夏回族自治区无固定收入的二十万人马，进入内蒙古地界采集地毛。这些结集自宁夏四面八方的队伍，多年来实施地毯式扒搂、扫荡的草地又是多少呢？

20世纪90年代中“发菜”烘热时期，仅在宁夏同心县，发菜交易量每年达到三百至四百吨，交易额在六千至八千万元人民币。1998年中央政府实施西部大开发战略以后，国家明令禁止野生发菜的采集和交易，宁夏同心县发菜交易市场——这个中国唯一的发菜集散地被取缔了。在国家取消贸易、禁止采购的高压政策发布以后，发菜的交易似乎消失了，但是在流通领域里，黑市交易依然存在，而且方式更加灵活多样。仍以宁夏的同心县为例，过去红火一时的发菜集市贸易表面上看是被取缔了，但是在隐蔽中，收购和销售发菜的交易从未停止。2003年，采集发菜又掀起新一轮高潮。

郭四清居住的村庄和相邻的四五个村庄，结集去到北部草原搂地毛的二三百人、三四百人，均是青年和中年人，即使年长一点儿的、不超过五十岁。他们每年都去，每家都有人去，而且去过的人，回回再去的时候不落下，除非发生了极为特殊的情况，这次去不成，下回也一定相跟上向北开进的队伍。所以，称搂地毛是轰轰烈烈的事业，是因为有全套应衬它的事实。

人，就是这些个人。但是这些个人，只面向一种东西，就是草原上的地毛。

郭四清家兄弟四人，只有老四和郭四清的父亲没有从事过搂地毛这种事业。父亲没去搂地毛，是因患有严重的陈年腰腿疼病，没法去；在他有力气的年月，尚未时兴这走样一条发财致富的路径。老四没去是因为年幼，他的三个兄长都去，也就把小的饶过了。郭四清是郭家去草地次数最多的愣小子，因为郭四清“急活”（灵活）、肯下力，耐得了苦寒。

一年中，出行的次数，视天气和人的状况而定。郭四清讲，有时一年能去二十来次，有时一年去十五六次。头一二年去五六趟、七八趟，那是因为不能适应草地的生活，吃不下苦，以后就没有过这种情况了。这种因吃不下苦而放弃生路、放弃发财的机会，对一个男人来说，不是一个好记录。郭四清向我解释，男人们都是把力气使出去，没啥意外的话不会停下。

“停下算咋回事嘛？‘停下’这种改变生活的营生，不算好事哇。不说别的，单就面皮上，挂不住，让人笑话死了。”

每次在草地坚持待十天左右。十天，是一个极限。不到万不得已，不超过十天。一过十天，天不作乱，人自己就出问题了。抵抗不住没明没夜的生活，身体脱水、发烧的，打哆嗦、说胡话的，过敏、溃疡、烂胳膊烂腿的，饿死、胀死的，精神突然崩溃发了疯的，被草原站和牧民抓住以后打伤的，趟下腰腿疼起不来的，饿得没东西填塞肚子昏死过去的……每回去，每回有意外情况出现。赶上谁，谁都跑不了。不是一个人两个人遇到的麻烦，像饥饿，北上搂地毛的人几乎都面临这个问题，饿得一步走不动。走不动，就回不了家。回不了家，你说，什么结局？

郭四清帮着埋过好几个老乡，都埋在草原上了。返家以后，通知死者家属，搭帮结伙去做了记号的那片草地，挖出临时掩埋的死者，运回旧土故乡，重新安葬。

谁家死下人，谁家的人哭塌天。

在郭四清的记忆里，最长的一次，他们在草地耽搁了十四天。

一般情况下，郭四清他们这支队伍，是向西北，去乌兰察布盟四子王旗的乌兰锡勒，还去正西北方向的西苏旗、东苏旗（即西乌珠穆沁旗、东乌珠穆沁旗。两个苏旗原归属乌兰察布盟，十几前划归锡林郭勒盟）。郭四清和他的老乡，跨上解放牌大卡车，超高、超载，被运输进深草地。

乘车的众人，一起出资，雇佣这些敞篷车辆。一个人来回一趟交七十块、八十块或者更多，车费随地毛的价格涨落。地毛贵，来回乘坐一趟就花得多，最贵的一次，每一个搭乘的老乡出资一百八十块。上路以前，把来回的车钱一并地提早交给司机。这个司机名叫张秉忠，专做包租车生意。他熟悉草地的地理、气候、牧民、草情，就像熟悉他喜欢的女人。张秉忠话不多，动作小，说合个啥事情比较痛快，一般人赶不上他那股劲。无论什么事，张秉忠都知道，迎风的西坡上生长的地毛多，除了原生的，还有随风吹落过来再生的；背风的东坡上地毛稀少，或者根本不长地毛。哪块草地有地毛，哪块草地是干板，他开着车，远远地瞅一眼，就能知道。至于草地里头更深的学问，他的精通程度，经常让人惊奇得回不过神来。大多数事吧，他一讲，总能八九不离十。张秉忠的能耐，四邻八乡，尽人皆知。“他顶一个向导”。

出发前，郭四清他们跟张秉忠讲好，哪天返回，张秉忠到约定的时间，准时赶到草地去接人。接了人，连夜南下，长途跋涉运送人们返家。之后，张秉忠再去别的草地接送别的一些村子集合起来的搂地毛的队伍。来来回回，不分白明黑夜，一年里不知道要跑多少趟。比起郭四清他们，司机张秉忠更忙、更累，责任更大，当然挣得钱也更多。张秉忠是远近村庄里最富有的人。他家养的汽车，由早先的一辆，发展到两辆，又由两辆发展到后来的三辆。在郭四清眼里，张秉忠算是汽车专业运输大户，是个厉害的人。

张秉忠的车队赶到远天远地的草原，和郭四清他们一干人碰面。若是在太阳高照时，在外十余天，担惊受怕、苦寒难耐的人们，迎见张秉忠的车队以后，还需要拿出耐心，车队和搂地毛的人们，分散隐蔽起来，继续等待一个合适的上路时机。为了安全，人们相互之间保持着高度的默契。

寒冷时节，天黑得早，张秉忠会把车先藏到低凹处隐蔽起来，等到天傍黑、下午四点钟左右，把车开到几里以外、人们聚合的地点。每个人都装进敞篷车厢了，张秉忠把几辆大车快速检视一遍，超载的大车得到指令：走哇。他们狂奔疾走一黑夜，第二天早上八九点钟、太阳初步升起时，能赶到家。天气暖和以后，白天长、黑夜短，上路既不能早，也不能晚，赶天擦黑的时候动身，也得到晚上九、十点钟了。

而白天“万万不敢冒险走动”。白天很容易碰到牧民，或者是草原站的人。

万一真的碰到了，牧民或者草原站的人骑马、开车追赶他们，“硬是往下拦截我们，到手的地毛就全被没收了”。功亏一篑，万万使不得。来的时候，他们带着十几天里吃用的东西，返回的时候，全部的家当就剩一点儿地毛了。来的时候，是偷偷摸摸地集体潜伏进来；回的时候，是偷偷摸摸地全线逃跑，仅只为了“这些些儿地毛”。

进草地的时候，郭四清他们，每人攥握一把钢丝大耙。齐刷刷的、银光闪闪的大耙子，由百十几根钢丝钳木扎成，头朝上，树立在男人们的身跟前、头顶上。跟一把古老的战器一般样子，或者它就是一面钢丝盾牌，高高地矗立在解放牌大卡车的车厢上空，在风驰电掣的先进中，发出嗞嗞啦啦的含蓄乐音，有时擦出短促、尖锐的和声。乍一看，威严肃穆，有给掌控它们的男子汉提气壮胆那么一点儿意思。其实是没别的放处、没别的放法，耙子竖立于身跟前，耙头伸到清凉的高空，由各自的主人控制着，不歪、不倒、不碰到他人。再者，耙子贴身直立，占据的空间少，在严重超载的卡车上，这是最简捷的办法。卡车的目标大，车上的人，和他们手里的耙子，把什么都告诉别人了。也就是说，这样的解放牌大卡车，和这样一车、一车脸色表情单纯执着的人，没有什么能够把守住的秘密。

而一旦结束此行的搂扒重任，手里的耙子就成了第一没用的东西。耙子的个头高得超过人，它的重量大，目标自然也大，带着耙子回家，没有任何可能。敞篷车厢里没有耙子落脚的地方，一条细丝丝缝也没给耙子剩留，这是一；二呢，不能允许高大威猛、招摇过市的耙子把人和大车暴露无遗。但是从内心说，谁也舍不得丢弃自己的劳动工具，何况他们亲手制造了它，尽着力往好了做，花在它身上的钱每一分都得来不易。可怜的耙子，倒霉的伙计，让人心生疼痛的宝贝圪蛋子。唉，这是“耙子的命”。再好一个东西，它短命，没得办法。用完了，就跟人生离死别，惨落风沙雨雪中，或者惨落敌手。

告别耙子，容易，也不容易。但是，没有犹疑，每个人做了他们能够做的。和牢牢拖曳的、装地毛的编织袋相比，和作为人的他们相比，耙子是唯一能被丢弃的东西。

他们动手做出耙子。每个准备出远门、进草地的人，都精心地编制一把得心应手、质量尚佳的钢丝大耙子。这需要投入一些财力、物力和人力，对生活艰辛的他们，出力不在话下，生往出拽钱，有点儿难度。但为了将有的收获，耗费在耙子上的那些花销，没有一户人家、一个出行者为之犹豫。老人们肯说，“是不是个好皮匠，还得看有没有一个好抓杖（工具）”。绝对是，必需的。耙子不得劲，就是睁眼瞎，白跟着时间瞎颠达哩。没有一把好耙子，搂地毛的动力就攒不齐。用郭四清的话说，跟别人吃的是一样的苦，你耙子不行，搂不下甚东西，耙子底下不出营生，命都快搭上了，苦得不值。

郭四清他们手里的耙子，已经更新换代好几次了。一开始做的是小耙子，头部有一尺宽。后来小耙子不适应了，换成大耙子，头部有一米大，齐刷刷的，人人都做了这种大耙子。现在他们手里拿的是第三茬，头部更大了，在草里里一铺展开，下一耙子顶一耙子。但耙头过大，搂的时候颠头拈肚，稳定性欠缺，人们琢磨出，在耙头上绑压一个重物，于是布袋子成了每个远行者的必备物件。他们的女人或者母亲，在他们出行前已为他们缝制好一个结实的布袋。在草地里，动耙子前，各自往布袋里装二十来斤土，人拉着耙子往前走，有扎得紧紧的、有分量的布袋压在耙头上起到稳定的作用，如此，耙子就能下得深，凡耙子到过之处，地毛基本上没跑漏的，连给地毛提供倚伴浮生的其他杂类草，也跟随地毛、跟随这个钢木结构的巨型多齿排钗，被“摧枯拉朽”了，剥离了土地，滚滚而去。

当人疲累了，放下耙子，粗略挑拣一番以后，大部分杂草随风消逝，一小部分杂草跟随地毛被塞进随身携带的编织袋。

郭四清第一次跟村里人结伴出拔，年岁不大，心思也粗浅，就想能帮上他的爹妈，能给家里搭把手。他们那次结集了四十多人，去了西苏旗地片。那时候相关部门对搂地毛的人和事盘查不严，郭四清他们一干人马下了火车，说说笑笑，敢在白天走路，有人还敢放声唱两句蛮汉调调，流行于乌兰察布盟地区的爬山情歌，比如“二斤黑豆十五斤草，我眊亲亲哪阵好”“走了一黑夜耍了半黑夜水，不为眊你不受这些罪”“想妹妹想得睡不着觉，嘴唇上烤起个大燎泡”“刮一股大风过一回云，见一个走路的问一声”“打开窗子瞭蓝天，你可把妹妹骊了个远”“眊见大路上一伙人，直往前走来不进村”……被争先恐后地唱出。谁有山野歌子，都不会藏在肚子里不让它出来放放风，见见光，跑跑场。歌声被草地里散落的黑金丝线——

地毛切断。离车站四五十里地，就有地毛，众人扔下歌子迅速行动，就在那里铺展开家伙，掀动手脚，搂那些如同金子一般在他们眼前、在他们心里闪闪跳跃的地毛。

那以后，从没间断过进草地。每次出远门，身上背负很重，两只皮毛腿套，一件棉腰子一瓶治感冒的药，一瓶治拉肚子的药，一瓶止痛药，二十大几斤其他食物，六七十个白面饼子——一个白面饼子三两大，一天吃两顿，每顿吃三几个，不敢多吃。郭四清跟同伴都带这么些，一是怕早早吃完断了口粮；再一个，因为睡的是湿地皮，吃多了睡在凉地坑里怕患染胃病。另外，再少带一点儿生面和食盐，心细的人捎带一点素油。没蔬菜，去哪儿找蔬菜呢？想买没处买。还有，随身带块儿毛毯，带一个白塑料水卡子，再者，就是一个布袋，和两个大塑料编织袋。

除了白面饼子，每人再装一袋炒面，这部分口粮要匀兑至最后、即回家的路上吃。在草地，没有干的吃食，干的吃完了，拿铁筒热一点儿水冲着、伴着喝点儿炒面，简单对付一下，赶回家以后再补吃些干的。出门前准备下的这个小铁筒，用处比较大，进草地以后常用石头架起铁筒，点火烧点儿热水；返家的路上还用这个小铁筒做伴烫喝。做伴烫用的面，是莜面炒面，搂地毛的日子不敢吃、不能吃，吃了莜面肠胃受不了，因为莜面结气滞重，不好消化。要是白面饼子能凑凑合合扛到回家，一般情况下人们尽量不吃莜面炒面。莜面是专为苦寒人生长出来的粮食，那是有热炕头睡，胸口处有衣裳遮挡，又赶上没有多少别种类粮食充饥，才能充分享受到它的好处的口粮。人在野外饥不择食，莜面于人，是个好东西，却也埋伏着危险。

水没有其他的办法解决。上路早，农历二月初，北方草原地冻雪封。除了地表的雪和黄毛毛草踩上去是软的，哪儿哪儿都坚硬得跟铁似的。进入草地以后，化雪、化冰当作水喝，解渴，暖和身体。入了伏天，喝淖尔泊子里的水，郭四清叫作“旱海泊子的水”。他说：“那家伙，那个绿、那个稠，虫虫牛牛掺和得满满的，进了肚子还能感觉到虫虫在里头爬蹭了，营养成分估计足多没少。”他说现在一天不喝水，一点儿不觉得渴，不觉得想喝个水啥的，练出来了。估计古代匈奴人啊蒙古人啊打仗，就是这么练出来的，那些少有对手的兵，横扫下半个欧亚大陆，唉，谁们能敌。

我们的谈话停顿下来。

郭四清自顾自抽烟，神情散漫。一条腿搭架在另一条腿上，脚上的解放鞋帮子陷进去，大鞋的胶檐直愣愣地向上，看起来鞋子大过了脚，两只鞋后跟底下各粘着一块黑胶掌。

突然，他开口问我：“你喝些不？”起身倒了一搪瓷茶缸开水，放到我面前，“喝些水。”

他没有给自己倒水。

我说：“你不渴吗？”

他说：“吃完饭喝一碗水，连解渴带洗碗都有了，再不喝了。”

我说：“不喝是没去喝，不等于不渴，一个人一天大约需要六杯到八杯水，咱们这儿干燥，估计得喝八杯以上。”

郭四清没接我的话。

稀稀拉拉又拉呱了些别的，娃娃们进了城里的学校，女子跟不上，没有一门功课及格。原来学习还可以，在乡里的学校算不上第一，也没跑脱第二，在城里就不灵验啦，怪得很。现在，女子那儿，形势有点儿往上走，总算及格了。

小子却不行了。小子脑子活络，一听就会，可这家伙不给你好好听课，手上、脚上动作过多，一会儿也坐不住。人坐不住，那张嘴一阵儿也不失闲，嘴跟着人动。没人搭理，他就跟自己说话，有的话也不知道是跟谁说哩。除了动自己不说，还爱动人家别的孩子，有几次又说又动，被老师一怒之下撵出了教室。他们两口子去给老师说了一箩筐好话，不顶甚用，老师到今天还运气哩。亲戚的女子去说项，老师气消了一些，小子又能坐进教室了。以后，小家伙再乱动弹，老师上去就给他一个大耳刮子，扇得口鼻流血。你说，这叫甚日子哩。

也是不争气，不消停一天，脸蛋子还没消肿，灰小子又想动弹了。

越动，动静越大，现在这个灰圪蛋不给你上消（学）了。

说到儿子，虽然是说儿子的麻烦，说他惹是生非没有消停时候，郭四清虽然无奈，还是面带微笑。

郭四清的媳妇劳花头一天也跟我说起他们的两个孩子。她说，女子脱下衣裳、袜子自己洗；小子脱下的袜子直不愣登站着，没人给他洗他就不穿，脱到哪儿就让它站在哪儿。你说脏到个甚程度，袜子脱下来，直戳戳地立住不倒。你看不下去，你就去洗。反正没他甚事情。

劳花说，小子“过于灰”，真是个不开窍的“灰猴脑袋”（捣蛋鬼）。这是郭四清硬惯出来的。郭四清不让她指摘小子，她实在看不下去想说叨说叨小子，刚要张嘴，郭四清就当着小子的面呲打她，眼珠子瞪得激灵灵的，都快跌出来了。小子现在不学好，老想跟你要点儿钱，说学校让买甚、买甚，给了他，拿起钱就进了游戏厅。劳花经常满街跑窜那些游戏厅找赖鬼小子，那才容易呢，东找西找，找不见。原来他出出进进，跟她捉迷藏哩。你总有个时间限制，不能一天到晚跟他捉迷藏，进过了一家游戏厅不好意思再进去，你不显乏，游戏厅的人看你也看乏了，一个当妈的进人家的店寻找自己的孩子，寻找起来没个完，实在没脸面。这个赖小子就钻你空子，见你来了，他从这家游戏厅跑出来，进了你才去过的另一家游戏厅。你喊喝小子，小子反过来喊喝你，他说："让不让人活啦？"眼睛瞪得跟狫灵（北方民间传说中一种威猛怪兽）的一般大。现在，她感觉到实在没能力了，说不想她的小子。

郭四清没觉得有那么严重。他认为，"不到这处程度"。

还不严重？他现在都敢赊账打游戏机、买西装、买大皮鞋了。无底洞已经揭起盖子，你还蒙头睡大觉哩。劳花顶撞郭四清。等他上房揭了瓦才叫严重？说给你，你不当回事，揪你头皮、揭你瓦，迟早有那么一天，等着看哇。你惯他，一眼眼看的你惯他，你快把他惯成武义东西了（不忠不孝之子）。

郭四清瞪媳妇一眼。劳花一直撇着嘴，显然不服气，但不再吭气了。

郭四清的思路又慢慢回到搂地毛的事。

白天不得不躲起来，若被当地牧民发现，事情就不会那么简单了。在两丈深的沟里，再掘地一尺把半、二尺深。挖的坑，不甚讲究，只要能藏得下人，身子能够展开，人能够睡进去就可以。坑底部铺一层他们带来的塑料筒子，再铺一块毛毯，或者是一块线毯，连铺带盖全在这个坑里了。白天躲在地坑里面，当地牧民从地表看不见他们的身影。但是，这种地坑，睡一天，腰杆没有不疼的。这一点已经作为这干人的普遍真理：再好的腰杆熬不过一天。一天以后，腿关节也全部跟着疼，人像一架出了毛病的机器，哪儿哪儿都跟你别着劲。

每天傍晚六点钟左右出发。若是早春，天已经黑下来；若是夏天，太阳把半个天照成红色的，一层一层的金光倾泻、流漏出来，别提多好看了。大家拎着耙子，拎着那只用来盛土镇压耙子的空布口袋，从驻地悄悄出动，向草地深处走去，神不知鬼不觉的大规模行动即将拉开序幕，他们要在深草地搂一通宵地毛。

天快亮的时候，他们背着从草地搂扒出来的杂草和附生其上的地毛，从几十里外的深草滩悄悄返回驻地。紧接着要做的，是把地毛和连带的杂草一起埋进睡觉的地坑旁挖好的小地坑。他们吃一块干皮饼子，喝几口从水坑里舀上来的冒绿泡的“老汤水”，潜伏进各自的地坑里，蒙头睡觉，把白天当成一个完整的黑夜，囫囵着睡过去。

又是一天过去，又有一天将来。

不用担心有人去搂地坑附近的地毛，没有这种人。不单单因为“兔子不吃窝边草”。

搂过地毛的草地，百草被搂地毛的大耙子连根拔起。草地没有了草，光秃秃的一片荒凉。三五年这块草地不见草叶生长，而眼见着草地干枯、结板，显露沙层。慢慢地，被改变了草生秩序和性质的土地，孤零零地冒出几根蒿子秆，牛羊饿死也不会去吃它。草地最终从上苍的手上滑落。

过不了多久，这里便演变成沙漠荒地。

搂过的草地，远远地就能辨识出来。所以，他们人人心知肚明，除了让自己的动静尽可能小一些、少一些，没有任何其他选择。事关每个人的身家性命，只有自觉遵守这项约定俗成的规矩。出于安全考虑吧。安全是第一位的，绝对不能毛糙，每个人很清楚这一点，就像清楚自己的性别、家庭成分一样，在这个原则问题上，谁也不敢有丝毫一丁点儿的马虎。

不暴露目标，被众人视为至高无上的戒律。睡觉的地坑周围，除了分布埋地毛杂草的坑，还挖了埋食粮的坑。这是搂地毛的农民的屯号、埋伏地点，凭管谁，不可以随意把他们的营地暴露给外人。因此必须拉着队伍到远离宿营的二三十里的地方去挥舞钢耙。人群中另有一则不成文的条律，谁引出了事，拿谁问罪，亲兄弟、亲父子概莫能外。就是说，他们有私设的刑堂？我将试着在以后的篇幅里做些探究。

背回来的地毛，混在沙土柴草里，只能叫作“毛菜”。人们在紧挨自己睡觉的地坑边，再挖一些小坑，把新搂的混合了杂草的地毛埋进小坑里。一天挖一个小坑，埋进这一夜搂回来的地毛和杂草。有时候两天埋一个坑。有那些特别能干的，每次能搂十大几斤、二十几斤，他挖的坑就会大而且多。在人睡觉的坑洞旁边，他挖的小坑星罗棋布，像一个规模不错的家族墓园，看上去有点儿奇妙，蔚然壮观。

坑挖的越多，挖的越大，证明你搂的地毛越多。郭四清特别强调地告诉我这一点。

郭四清初进草地时，只能搂四五斤，这里说的是净菜，毛菜当然多了，不过相比较还是没有别的人多。不为别的，没人家能吃苦。郭四清很清楚，总结出自己比别人下的力气少导致这种薄泠泠的结果。郭四清睡一天腰杆酸疼不能坚持，可人家能扛担住，耐苦负重，再苦再疼也不会停下手脚，尽在草地里头下死力气搂哩。说实在的，连抬眼看一看草原的夜空那些个忽闪忽闪的星星们也顾不上，更别提享受那种“草原的夜色有多美”的感觉。有人说，看，星星多得……旁边冒出年岁大点儿的人，提醒他，好东西是闲汉们的。星星再好，能给你吃了、喝了？能帮你送孩子到学校？能给你老人们看病？能帮您买买煤油、火柴厢厢？星星是逗城里头当官的跟富裕人笑的，引致他们咿咿呀呀讨论感情呀啥的那种闲荡东西。你好好盯住看你的路哇。

郭四清微笑着说，要是想看星星，你搂不出地毛。

搂地毛，也就是搂一点儿钱。

腰腿疼痛，每个人都是。郭四清慢慢服圻（适应）下来。不过，搂地毛的人都坐下了腰腿疼的病。没一个人能逃脱这种命运。而且至今没听说过有谁治好了这个缠人的病。

到了晌午或者下午，夜里下了苦的人们睡醒一觉。如果谁想活动一下身体，就在这条沟里面动弹动弹。不想活动的话，窝在地坑里继续睡回笼觉。

整天朝夕相处，三四百号人在一起，相互之间会不会有摩擦，发生冲突，打不打架？这也是我比较关心的。关于这个问题，我和郭四清交谈了两个傍晚。

庞大的队伍，一面齐心协力，一面各怀心思，人人顾自己，为了顾自己，才不得不顾到集体。但又因为行动要冒很大的风险、行为是半地下状态，集体的概念在这一特殊群体里，被他们自觉地维护着，而且出乎意料地牢固。在这个过程里，每个人都愿意把握住一个底线，就是不能因为个人暴露了大家。暴露了大家，个人的利益即刻间不复存在，甚至生命安全也难以保障。这一点人人明确地认识到了。这是需要每个人遵守和把持的最后尺寸，对他们来说，这是一个根本性尺寸。但是毕竟远离家乡、远离家人，身临异族自治的草场区域，缺油少水，风餐露宿，有不少生存难题，也时也会有残酷的牺牲，并且这个不小的阵营里，混凝了多种元素和色彩；还有，被长年累月搂扒过的草地，出现了什么样的飞沙走砾的荒漠情况，这些，是我另外的篇目里要叙述的。这里不作赘述。

郭四清说，出去的人通常不打架。在村里挨处（相处）再不对付的人，出去有点儿病病灾灾的时候，人们还是会把带的药啦什么的拿给他吃，谁也不打架，谁也不闹意见，都跟亲弟兄一样。在郭四清看来，去了草地，人们比在村子里头挨处得还好。

也不知道是怎么回事，郭四清笑。单单儿一件事他不明白，就是人家来叼地毛的时候，打我们的人的时候，谁也不敢出面反抗。看着自己的人叫人家打伤，谁也不会站出来说一句话，眼睁睁地站在圈外头观看，没有人动一下嘴，别说动一动胳膊跟腿了，都跟吓傻了似的。

你在这种情况，会不会站出来？

不会。我也不能站出来。

为什么，你怎么想的？

怎么想的？这可复杂了。

郭四清说："到现在，我也没想明白。不瞒你说，我想得头发早就白了，也没想出个道道来。问题是，我得养活家，所以想不清楚没啥了不得。我是一介农民，谁还能把我咋整了？大不了还是个农民。这么个活法，算是到了底线吧。我现在，就想好好睡一觉，半夜醒来，心不慌忙，眼不乱跳，腰不疼痛。我才三十七。劳花不去学校开家长会，怕孩子们笑话她穿戴不合城里头的人，硬让我去开，我去了。孩子们说啥了，说我是赖小子的爷爷。你看，活成个甚。"

郭四清有点儿无奈地笑一笑。

明天是星期天，郭四清一大早还要出工。我告辞出来。

2014年2月

我们都是鱼儿

邝美艳

我关上灯，快速地躺上床，身子蜷缩成婴儿状，紧闭双眼，我想快些进入梦乡，我希望一睁开眼就是天亮，然而，我努力保持的睡姿是僵硬的，睡意迟迟不来，我脑海中的思绪像是草原上脱缰的野马，在肆意狂奔。我的内心似暴雨前的天空，乌云密集，不断翻腾，挪移，变幻，越积越厚，低矮，燥热，压抑。心跳越来越快，越来越有力。那一瞬间，我感觉自己像极了一张拉伸绷紧的弦，在挑战着极限，“嗞、嗞”，我再也绷不住了，忽地睁开了双眼，在暗影里动了一下身体，我本能地想爬起来给他打电话。

可是，他才刚刚离开，还不到半小时，他离开前的那一眼还温热着，还完好无损地保存着，那一声叮嘱还在耳边回旋。和每次离开前一样，他身着深色西装，左手提着手提电脑，右肩上搭一个深蓝色旅行包，走出房间，打开楼道的门，然后转过身，看着我，眼神复杂，掺杂着各种情绪，像一团散落打结的毛线，我没有办法理清，那一刻的我像一只要遭到遗弃的猫，恋恋不舍地望着主人。他很快调整了情绪，快速叮嘱她：“早点儿休息，在家照顾好自己。”然后义无反顾、甚至带着些决绝地转身下楼，像一块石头滚落了一颗古井，留下一串“咚咚”的脚步声不绝于耳。

第一次送他的那个黄昏，我紧紧抱着他，眼泪“唰”地就流下来了。尽管只有两星期，我仍感到前所未有地恐慌，在这座城市漂泊多年的我，那颗敏感脆弱的心面对每一次分别总像是世界末日般恐慌，手足无措。为了赶车，他还是狠心地先放开了我。那个黄昏我失魂落魄地枯坐在房间里。

我不知道，他每次这样与我分别，他的内心会不会也和我一样，慌乱，忐忑，不安。如果也是这样，我必须学会隐藏，克制，我不想他过于担心。他一转身，我就快速地关上了楼道的门，夹着影子，然后背转身，眼泪才流下来。

楼道里的脚步声越来越轻浅，最终在楼下那道破旧铁门的“嘀”声响后消失，紧接着是关门声，车子的解锁声，车子发动，倒车调头，在这之前，他是一只风筝，我手中握着一根细线，他在那头，彼此牵引着，而当“轰”一脚油门后，线被彻底剪断了，他慢慢挣脱了我，我终于找不到一丝踪迹了。

一个小时前，他还端坐在手提电脑前整理客户资料，电话响了，几分钟后，他语气满是歉意却十分坚定地对我说：“亲爱的，不好意思，刚接到上海那边领导的电话，临时让我去一趟厦门，参加一个行业展会，我得马上走。”我刚洗漱完，准备爬上床休息，多年寄居工厂的我，日常生活从来都是一成不变的，上班，下班，回家。每天晚上十一点准时睡觉，早上六点五十分准时起床，我的生活像一个永恒不变的方程式。而做销售的他迥然不同，他的生活没有一丝规律，他每天的工作都充满着变数，瞬息万变的市场，错综复杂的人脉关系，还有数不清的规则。

“你们领导有病呀，为什么不能早点儿安排呢？”我几乎情绪失控地骂道。这已经不是第一回半夜被安排出差了。“我当初和公司有签过合同的，就是随时听从公司派遣，再说福建确实是我的区域。”他还为领导申辩着。我怔怔地看着他，我在想这样一个老实巴交的男人要如何在销售这个鱼龙混杂的圈子里混，他将混得多艰辛。说完这句，他已经打开衣柜开始埋头整理，衬衣，西裤，领带，内裤，袜子，洗漱用品……紧接着是名片，资料，充电器……最终全部浓缩在那个不大的旅行包里。相比我每次换工厂的迁徙，他的迁徙来得更突然，更不可预知。认识他后，我才觉得工厂的生活是多稳定、安逸。我也越来越像一只温水中的青蛙。

“咚、咚、咚”，楼道里突然响起了一阵脚步声，我挪动了下有些僵硬的身体，同时竖起了耳朵。毋庸置疑，脚步声是男人的，不快，有力，实沉。我心里一惊，难道是他又折回来了？我有一瞬间甚至想爬起来，但我细听过几声后，就发现那不是他的脚步声，暗夜里，他的脚步声对我太熟悉了。“咚、咚、咚”，清脆，响亮，脚步声越来越清晰，转角，拐弯，掩饰不住地轻快。我飞也似的将门打开，门外的他，一脸微笑。

果然，脚步声到楼下就停了，接着是开门声。我应该是有些神经质的，他怎么可能又倒回来？

他现在到哪儿了呢？他应该已经离开塘厦，进入黄江了吧，他现在是在竹山下一桥还是竹山下二桥呢？这个男人常常在深夜仍穿梭在这座城市，这是一座白天都让人担忧的城市，我对于这座城市的夜晚有一种本能的惧怕，我极少夜晚出行。我仅有几次从老家回来和他穿行在这座城市的深夜。深夜的城市，像散场后的电影院，空荡，凌乱，充满不洁的气息。车子平稳地滑行在城市的街道，我却像是坐在过山车上一样，全身紧绷，心提到了嗓子音。我不敢直视眼前的这座城市，我觉得这安静中危机四伏，像一部恐怖片的开头场景，说不定下一秒钟就会蹿出一个吓人的镜头。我的担忧并非杞人忧天，他的一位同事就曾在深夜连人带车遭遇了一场洗劫。很久以后，我才无意得知，他从上海出差回来那次，在火车站经历了惊心动魄的一幕，凌晨的火车站，人不多，他刚出站，一个瘦得惊人的男子拦住了他，伸出满是针眼的胳膊向他要钱，他僵持着没动，对方就亮出了藏在雨伞中的砍刀，所幸他跑得快。我听得心惊肉跳。

那条弯弯曲曲，一会儿上坡一会儿下坡的小路是他每天的必经之路，他每次去东莞，深圳，广州，都会选择在黄江上、下高速，他说那条路的风景独好。其实我知道他不过为了节省几块钱高速费。自从金融危机后，原本就不大的市场近乎瘫痪，上海总公司一再削减开支，他现在除了那点儿可怜的底薪，再没有其他的了。市场比流水线绝对残酷得多。流水线啃噬你的青春时会象征性地付诸你薪水，按时计，或以件计，多劳多得。市场绝不会因为你勤快卖力而有所打动，持续的低迷让人心生绝望。依着流水线成长的我内心没办法沉住气，什么格局，眼光，未来，这些都是虚无缥缈的，生存才是最现实的问题。有时候我都希望他改行或者换一份工作，我甚至想他在附近的工厂找一份工作，过稳定的生活。但他似乎很执着，执着地相信市场。

直到有一天，我为了表现自己的沟通力以及亲和力，我自告奋勇地替他拨打一个客户的电话，我声音甜美，语速适中，正当我有条不紊地介绍自己时，对方粗鲁地掐断了电话，握着传来忙音的电话我半天没回过神。这时我才觉得那些三天两头将推销电话打到我的办公室或者手机上的人是多么不容易。面对无数次的冷漠拒绝，不耐烦，厌恶，甚至粗鲁地掐断，怒骂，他们需要多大的勇气和毅力继续拨通下一个电话。在工厂负责企宣课的我也曾经拒接，或者粗鲁地挂断他们的电话，有一两次因为心情不好，我甚至破口大骂："你们有毛病啊，三天两头打电话，不是说了嘛，我不需要，不需要，不需要……"感觉还不解恨，直接拉入黑名单。

我也曾在明知老板已选择了关系户开的一家文化传播公司制作公司宣传片时，我还是在网上联系了数家深圳、广州、东莞的文化传播公司，约他们到公司进行所谓的洽谈。他们一律守时，着装整洁，面带微笑，恭敬地递名片，宣传资料，然后打开电脑，给我介绍他们的公司，经典案例，解说宣传片方案，看得出他们相当专业，卖力。我端坐着倾听，偶尔点头，外加一两个眼神交流。听完介绍，我不经意地询问一两个问题，然后提点儿公司要求，个人看法，最后表示对方的专业水平不容置疑，希望对方能够尽快提供一份报价。洽谈就结束了。象征性地握手，告别，他们满含期待地离去。两天后，报价单如约而至，我的任务也就完成了。再接到他们的电话，我轻言细语地回复对方，报价单已呈送老板审核，老板暂未回复，还请等消息，一有消息将马上通知。其实那是一个永远也等不到的消息，我不过应老板吩咐为了要一份他们的报价做参考，仅此而已。挂上电话的那一瞬间我感觉自己有点儿卑鄙，无耻。

我从来不知道他是如何给客户打电话推销他们的产品的，那似乎是一个秘密，我并不刻意窥探，但偶尔有一两天他窝在家里，我从他的拥抱中感受到他需要安慰和鼓励。

每逢节假日，他都会早早起来在电脑上发一圈祝福短信，几经打磨，简洁，温暖的话语在点击群发后显得欲盖弥彰，甚至有些图谋不轨。最终下落，不明。短信，邮件，QQ，MSN，微信……营销途径越来越多，却也越来越无力。不过，不管怎样，这仍是一名销售最传统、成本最低廉的客户感情联络渠道。

当然，对方愿不愿意接受这个所谓的感情联络需另当别论，即使接受了这个感情联络，感情的分量大家都是心知肚明。交易，合同，付款，验货……这些一本正经的词语背后还潜藏着不可告人的秘密。

好不容易的一次假期，他们原本计划去周边游玩，临出发前他接到了肖总的电话。那是一个几乎可以与他称兄道弟的好哥们，我虽然没有见过肖总，但我常常听他提起肖总，一个四川籍小老板，开着一个小钣金厂，不过我对那位肖总并不看好，说是有意买他的设备，他却几乎成了肖总的免费维修工，三天两头让他去修机器，从来不付他一分钱。这次肖总主动约他过去，并在电话中透露要买他的设备，这可是千载难逢的机会，当然不能错过。他满脸高兴地挂上电话，当即带上公司资料、合同出发了。

下午，映着落日余晖，我看到他同保安室的大叔打招呼后，从那个工厂的小门出来了，脚步轻快，脸上掩饰不住地笑意，他一打开车门，我迫不及待地问道："搞定啦？"他将电脑包中的合同丢给我，有些得意。"亲爱的，太棒了，签单了呀！"我激动地叫道。我一遍一遍看着那个合同，半个鲜红的公章，还有那个不可一世的签名，尽管掩饰不住的狂妄，但我仍觉得亲切，我差点要俯身去吻。那一瞬间我似乎有点儿明白他为什么如此执着了。他显然没有我激动，他已开始联络货车司机，安排明天的工作。

隔天一早，他就和联系好的货车一同出发，打包机器，送到肖总工厂，拆卸，安装，调试，一直忙到深夜才回来。

我是半个月后才知道那台卖出的设备一周后又被拉回了他公司，那个称兄道弟的肖总不过是借鸡生蛋，用那台设备赶了一笔加急订单后，迟迟不付款，"你们合同不是签了吗？不按合同要付违约金呀？""违约金呢？""难道就让他们白白用一星期？"我义愤填膺地问道。他沉默不语。"卑鄙！无耻！""如此没有诚信的小工厂迟早要倒闭！"我不停诅咒着，诅咒着，我的眼里就泛起了泪，这比自己平日在工厂受的委屈更让我难过。

就在前不久，深圳一家大型电子企业，一笔六千块的尾款在拖欠了数年后，彻底倒账，那笔单，是他三年前签的，整单的提成不到六千块，全部化为了泡影。

我含着泪打量着眼前的这个男人，这个男人像一块沉默的石头，眼角已有了细密的皱纹，因为常年在外面奔跑，皮肤黝黑，脸上蒙上了岁月的沧桑，唯有那双眼睛散发着没有瑕疵的光芒，掩饰不住的实诚，正是这一点，当年打动了我。可是在这个年代、这座城市、这个行业若想光凭着实诚成单那是有难度的。

很多时候，我只能选择坚信他，就像他坚信市场一样坚信他。我害怕他的沉默，有一次同行用更高的回扣从他手中抢了一个大客户，他连续沉默了好长一段时间，那是我见过他受打击最大的一次。那原本已经谈妥就等着签合同的客户，结果不想同行一个卖山寨设备的凭着高利润，承诺那个生产经理更高的回扣，硬生生地将这笔到手的单抢走了。

无良竞争、价格战这些销售中的黑幕我不是太清楚，但"回扣"这两个字我是不陌生的。回扣，在工厂敏感，忌讳，明令禁止，暗处却无处不在，肆意妄为，这是公开的秘密。

我的一个闺蜜曾经做过一段时间的采购，她坦言告诉我她每月的工资是不需要动的，除去每月的开支还绰绰有余，每天的饭局应接不暇。“在这个位置上，即使你清白，也没人相信的，何不欣然接受？”这个昔日和我一同走出校园的青涩姑娘显然在这个岗位上游刃有余。一年多的时间她就存下了一笔不小的数目，在这座城市的中心开了一家小的化妆品店，只是经营不到一年就倒闭了。

谁也想不到小凤竟然被工厂开除了，小凤是我上一家工厂的一个小仓管，那是一个文静腼腆的小姑娘，谁也不会想到就是这样一个见了生人多说两句话都会脸红的小姑娘居然与一家耗材供应商勾结，虚报入库数量从中谋取利益，若不是看到开除通告后面附的那张有小凤亲笔签名的检讨书，谁也不会相信的。

在负责新工厂目视化管理项目时，也曾有一两家广告公司向我抛出了橄榄枝，那些晦涩的短信，那些意味深长的话语，半遮半掩，只要不挑明，我故作不知，终于有一天那个矮胖长着一双滴溜溜眼睛的广告公司老板将一个信封推给我，“这是两千块钱，这段时间给你添麻烦了。”我最终没有接，我选择拒绝并非自己有多高尚，我只是不想让自己的心不安，我也不希望自己的影子从此歪着，我觉得这是多少钱也买不回来的。

其实，每个人内心深处都住着欲念，只是有些欲念被圈养，有些欲念从来都是放养。圈养的欲念遵守着原则道义，性情温驯；放养的欲念野性十足，肆无忌惮；还有一些人天生就有着永远无法满足的欲念。显然，他没有摸清那个生产经理内心深处的欲念。

那段时间，他白天睡觉，晚上通宵钓鱼。我不知如何安慰他，我担心他，一天晚上，我忍不住偷偷跟着他去了钓鱼场。那是一个僻静的钓鱼场，四面环山，夜晚的钓鱼场，一片幽静，他娴熟地支上钓竿，系上浮漂，放上鱼诱，甩入鱼塘中央，一缕光恰好打在浮标上，然后才坐下来，点上一支烟，我从来没见过他吸烟的样子。烟头在夜色中忽明忽暗，那一刻，我如此心疼这个男人，他从来不过多在我面前坦露他的情绪，他坚忍，沉默，他在选择自我消化。

来这座城市之前，他在海南待了八年，大学四年，工作四年，那是一座叼着牙签，趿着拖鞋，吹着海风，喝着啤酒，笑谈人生的城市。前两年受父母之命，他被迫转移到了眼下的这座城市，他似乎很快跟上了这座城市的节奏，我却不知道他完成内心的切换还需要多长时间，尤其他现在从事的销售行业，他得花多少精力来补习关于“人性”的功课。

浮漂动了，一下，两下，他站起身子，轻轻拖杆，一条上钩的鱼儿，正垂死挣扎，他并没有将鱼儿留下，而是取下鱼儿，轻轻抛回了池塘中。如此重复，直到天亮，他才收起钓竿回家。

钓鱼的乐趣是什么？后来在不经意的一次钓鱼中，我问了一个同样做销售的中年人。那是一个资深钓手，他自称已经封杆了，却时不时还是会忍不住手痒，跑来钓鱼，用朋友的钓竿，过了瘾，同时也没有破戒。他说，钓鱼就是不停地换诱饵，不同的鱼儿需要不同的诱饵，投下诱饵后，目标只有一个就是死死盯着浮漂，这时最挑战一个人的耐心，浮漂一动并不意味着鱼儿就上钩了，浮漂动的背后有许多种含义，有时需要眼疾手快，有时需要适时观望……当然，钓鱼最大的乐趣在于提杆时，与鱼儿斗的感觉，那是一种无声的较量。女人肯定难以理解钓鱼的乐趣，做销售的人都偏爱钓鱼。说完，他又意味深长地加了一句，有时钓鱼比信佛还管用。

就这一句，我全懂了。

“我想要怒放的生命，就像飞翔在辽阔天空，就像穿行在无边的旷野，拥有挣脱一切的力量……”我迷迷糊糊睁开眼，天已大亮，手机的音乐在欢跳，我接起电话，“亲爱的，该起床了，我已经到厦门了。”那端传来他被海风濡湿的声音。

我揉了揉有些发晕的脑袋，将手机扔到一边，昨晚我几乎彻夜未眠，直到天亮我才迷迷糊糊睡去，我好像还做了个奇怪的梦，梦见了什么呢？我努力回想着，却怎么也想不起来，这时上班的闹铃再次响起，我翻身起床，准备刷牙，突然看到了一旁鱼缸中的一条小鱼儿，我脑海中终于蹦出了那个奇怪的梦，我梦到所有的人都变成了鱼儿，我和他也不例外，鱼儿们全都游离在水中，我们一面努力寻找着食物，一面小心翼翼地避免成为食物，然而一不小心我们就被生活推上了岸。

2014年6月

百年梨树记

丹　增

滇西著名的大理至丽江的旅游线上，有一个叫长头的白族山村。这里，东西两座鱼背形的高山夹着一块坡势平缓的洼地，公路在山坳里纵贯南北，六百来户十来个自然村，星罗棋布地散落在苍茫高山之下，白墙蓝瓦的白族民居，半隐半露地掩映在翠柏绿竹之间，白云悠悠、空旷宁静，青烟袅袅、闲适祥和，田野随山势起伏，鸡犬之声相和，一派如诗似画的田园风光。

我的白族好友老李，少小离家到省城工作，现已退休，他的老家就在这里。多年来，每到中秋时节，他总是提着几斤个大、皮褐、汁多、肉嫩的芝麻梨来看我，每次都热情邀请我去看他家的老梨树。

老李是个官员，也是个文化人，业余喜欢舞文弄墨，摄影喝茶，好客重情，清正淡雅。闲谈之中，不止一次听他眉飞色舞地唠叨，他以自家老梨树为表现对象的摄影作品《百年老梨树》在省里荣获摄影大奖；云南省著名画家姚中华、著名诗人赵浩如等一批名家大师如何如何被自家的老梨树所打动，纷纷借物抒怀，赋诗作画，赞美咏叹。

这次，老李又兴冲冲地跑来，正式约我去看他家的老梨树。人生乐趣一半得之于活动，另一半得之于感受。于是我跟随他坐车四百多公里，风尘仆仆地去感受百年梨树的韵味。

说到梨树，中国的文人骚客，更多的是写梨花。白居易的“玉容寂寞泪阑干，梨花一枝春带雨”，“红袖织绫夸柿蒂，青旗沽酒趁梨花”，杜牧的“砌下梨花一堆雪，明年谁此凭栏杆”均是千古佳句，梨花的神韵、形态、甚至香味，似乎都在吟诵中扑面而来。梨花在中国古代文人眼里，总是与雪相匹配，梨花似雪，雪似梨花。诗仙李白有诗云“柳色黄金嫩，梨花白雪香”；唐代诗人岑参有“忽如一夜春风来，千树万树梨花开”；清代文学家李渔更是画龙点睛：“雪为天上之梨花，梨花乃人间之雪；雪之所少者香，而梨花兼擅其美。”历代文人礼赞梨花，是欣赏她奔放灿烂的诗情画意，赋予她纯洁、朴素、雅致、大方的人文情怀。不少远离家乡的游子，心中永远有一片梨花灿烂的家园，耳边永远有一支梨花飘荡的歌谣。难怪老李离家在省城生活了几十年，还是念念不忘家乡的老梨树。

阳春三月的长头村，云淡风轻，桃红柳绿。醺人的阳光如同美酒，投下温热的柔情唤醒一冬沉寂，生机盎然，舒适自在。远处，高高的山顶白雪皑皑，山腰植被莽莽苍苍；眼前，绿色的麦浪碧波荡漾，春意盎然。走在村里，路边胖嘟嘟的小猪三五成群地躺在地上晒太阳，懒洋洋地，人来了也爱理不理；三三两两的鸡群低头觅食，悠闲自得，如若无人。突然，一队小孩举着自制玩具，你追我赶，呜里哇啦地呼啸而过，吓得小猪群哼哼叽叽，东奔西突；鸡群到处躲闪，有的慌不择路，凌空飞过田边的围栏。一时灰尘四起，嘈杂欢闹充满山坳，久久不息。待鸡飞狗跳的喧嚣，随着淡淡的轻尘消失在村头，“叮当叮当”的牛铃声便在耳边清晰起来。

老李一行带着我沿山坡曲折的小路前行，路顺着一条小溪流蜿蜒向前，溪水泛起的浪花不停地拍打着岸边的石头，卷起漂浮的树叶，发出清脆悦耳的欢唱。不一会儿眼前出现了一片绿油油的麦地，远远地望见田地中央那一树花枝乱颤的老梨，像一团白雪凌空飘在绿绿的田野上，清逸洒脱；又像一个白头老翁拄杖伫立在大地上，饱经风霜，风姿不减。到了树下，只见主干硬朗，铁骨铮铮；枝条遒劲，金钩铁线。仰望过去，这一树的梨花又如一朵洁白的云掠过蓝天，一尘不染，清心亮丽。一阵春风过后，花瓣漫天飞扬，洋洋洒洒；花香清气扑鼻，神清体泰。

远方大山隆起强健的肌肉，地老天荒般苍凉；近处田野阡陌纵横，炊烟袅袅。老梨树，成了这山坳里一道独特的风景，孤傲、挺拔、迥异，侠骨柔肠，独树一帜。

据介绍，这棵老梨树已经有一百二十多年的树龄了，还是老李的祖父在清末时种下的。村里一位耄耋老人介绍，五十年代初的长头村，四周都是原始森林，盘根错节，遮天蔽日，白天进去都寂静幽暗，阴森吓人，还不时听到树枝折断的声音或野兽的吼叫，令人心惊胆战，村里人单独根本不敢进树林。他绘声绘色地说，那时后山有豹子野猪，前山有灰狼黑熊，那笨熊胆子大得有时会悠闲地走进村子，在房前屋后的空地上转悠，东张西望，大摇大摆，自然得宛如走亲访友。

相传，李家祖父善于种植和管理各种果树，苹果、梨子、桃子、李子、木瓜、核桃样样都种，勤劳务实，由此成为这一带的殷实人家。这里冬无严寒，夏无酷暑，土壤肥沃、气候温润、阳光充足，在他的影响和带动下，村里的一些人家，也跟着种起了果树，很快整个村庄变成了大果园，“长头水果”在当地家喻户晓，声名远播。春天来了，整个山坳桃红李白，蜂蝶纷飞，幽香沁人；夏秋之季，果实满枝，先熟的酡颜醉脸，还青的并蒂青皮，莺歌燕舞，热闹非凡。

1958年，“大炼钢铁，赶超美英”的口号响彻祖国大地，全国上下砸铁锅、折钢勺，砍柴火、烧土窑，村村炼钢，家家炼铁。边陲深山里的长头村也沸腾起来，支起十几个炼铁炉，不分昼夜地烧炉炼铁。砍！砍！砍！先是砍山上的树，来填那些仿佛永远喂不饱的炼铁炉，渐渐地，山上的树砍光了，就开始砍村里的果树，转眼间，一个果园一个果园地灰飞烟灭了，最后轮到李家果园。当无情的斧头挥向这棵老梨树时，老李母亲忍无可忍，发疯一样冲了过去，死死地抱住梨树，呼天抢地，视死如归：“你们要砍，就先把我砍了吧！老天呐，我几个儿子还指望它交学费呢。”一声霹雳回荡在山坳里，深深地叩问着人们心头的良知，老梨树终得劫后余生。

那时生活艰辛，人民公社办起了食堂，开初一天三顿饭，每顿三个菜，后来变成一顿一个菜，再后来，一天只有两顿清汤寡水的土豆汤。经历过三年大饥荒的人们永远不会忘记挨饿的滋味，才真正理解“民以食为天”。大人吃野菜、嚼草根，孩子怎么办？李家还有嗷嗷待哺的弟弟，饭都吃不饱哪来的奶水，老李妈妈只好将梨嚼烂哺喂小孩儿。几个邻居家的小孩儿，村子里的小孩儿，都是靠李家老梨树的梨才活下来。

1966年10月开始，每一个中国人的头顶上压着一块磐石，一压就是十年，人们习惯叫十年浩劫。十年间，绝大多数领导干部叫“走资派”，几乎所有知识分子叫“臭老九”，曾经拥有一点儿家产的叫“地富反坏右”，抄不完的家，挨不完的批斗，写不完的检查，关不完的牛棚，砸不完的文物，烧不完的旧书，最革命的口号是“破四旧，立四新”，“砸烂一个旧世界，建立一个新世界”，人人喝了“迷魂汤”似的。长头村也毫不示弱，写有革命口号的横幅拉起来，老村长戴上高帽斗起来，南腔北调的样板戏唱起来，一场闹剧越演越烈。村里要搭建一个庄重的“忠字舞”台，但坝子里已没有一棵像样的树了，村文革小组便打起了这棵老梨树的主意，派一帮年轻人风风火火地赶来砍树。那时的农家连养只鸡都算资本主义的尾巴，这树当然是生产队的集体财产，跟李家已经没有任何关系。当那帮人来到树下时，李大妈还是她的老办法，把老梨树紧紧抱在怀里，寸步不离不让。这次，她还事先叫来了当初被这棵老梨树挽救了生命的几个孩子，并告诉他们，这是我们村的救命树，对我们有恩，没有它哪有你们这些孩子的命。她理直气壮地朝人群高喊：“要砍树，先砍人。”那紧绷的脸，露出一副揍人又找不到对象的神态，两眼闪着愤怒的目光，一排整齐的上牙紧咬着下嘴唇，满脸涨得通红，两只抽动着的手臂紧紧地抱住梨树。这平时性情柔和得像天使，忍耐功夫不下老黄牛的弱女人，这时却像战场上的勇士一样勇敢、坚毅，将身家性命置之度外。面对这情境，这帮年轻人目瞪口呆，半晌说不出话来，谁也不敢下手，渐渐地心虚了，退缩了，陆续转身蹑手蹑脚地离去，老梨树再次躲过了刀斧之灾。

进入20世纪80年代，改革开放的春风吹遍祖国的大江南北，“触皮肉”的折磨和“触灵魂”的侮辱不再发生，人们脱下面具，掏出良心，敢说真话了。长头村推行了土地联产承包责任制，家家有田地，户户有山林。李家分到了四亩多地，老梨树也重新划归到李家名下。

分地的那天，李大妈换了套洗得干干净净、叠得整整齐齐的白族女装，那矮小、结实的身体就像充足了电似的，精神百倍，光彩十足。她来到分到的地头，弯下腰去，从田里抓一把有些润湿的泥土，先是抓得紧紧的，再把它捏得细碎，送到鼻尖闻一闻，然后撒回田里，欣慰地站在肥得快要出油的四亩良田里，久久地一往情深地望着这棵老梨树。这时的老梨树，刚被春剪过，神气十足地挺立在田地中央，大枝小枝，间隔匀称，枝头上的花蕾和嫩芽，透出淡淡的新绿。主枝像条条有力的手臂拥抱着蓝天，枝丫交叉，错落有致，生机勃勃。

时光飞逝，长头村变了，越变越美，越变越好。南北荒坡上种满丛密、柔嫩的苗木，树梢长着均匀、鲜明的绿叶，在阳光下闪着夺目的光彩。那精心设计的田野，像棋盘似的，春天麦浪翻滚，深秋谷稻飘香，演绎着田园诗画般的岁岁年年。村里办起了文化室、图书馆，还建起了农民书画院。如今这里的农民可不再是蹲在墙角晒太阳，嘴里含着旱烟袋，指甲缝里夹着黑泥巴模样，收入来源并不全靠田间地头。那百年老梨树依然守望着这一片田野，挺拔的树干愈发硬朗坚强，浓密的枝条愈发生机蓬勃，好像一把巨大的伞，深情地庇护着脚下的庄稼和富裕起来的人们。

一天，当家的李家老六因嫌弃树荫遮盖影响作物生长，气势汹汹地举起笨重的斧头，砍向梨树。斧头落处，木屑纷飞，枯叶抖落，这一斧像晴天霹雳，惊动了在病床上的李大妈，她踉踉跄跄地跑出来，上气不接下气，用身子直挺挺地隔开老六和梨树，两只眼睛喷射着怒火："老六，这可是我们长头人，更是我们李家的祖传树，也是你的救命树呀，怎么能砍呢！"老六蓦地怔了一下，面对平时病恹恹的母亲如此强烈地愤慨，他倒抽了口冷气，惊魂失魄，呆若木鸡。略微清醒过来，"扑通"一声跪在母亲身前，哀求道："阿妈，树荫遮挡了阳光，影响庄稼生长，我才一时糊涂。对不起，阿妈，我再也不砍了。请放心，哪怕不种庄稼，我也会保护好这老祖宗的。"

百年老梨树，历经"三砍"之劫，成了一个农家世纪风云变迁的见证，成了著名旅游线路上一道独特而亮丽的风景。风雨沧桑，天道昭昭。是以为记。

2014年7月

乐　　队

江　子

少年时最喜欢的乐器是爵士鼓。记得是十六岁的一个晚上，一个人去电影院看电影，我看到光柱投射的银幕上，一个孤单忧郁的少年在瓢泼大雨中练习打击爵士鼓。他沉浸于自己制造的鼓声中。雨水浇灌他的身体，他却浑然不觉。而他手里的鼓槌，仿佛在鼓面的跑道上与雨点赛跑，危险、恣肆而快意。雨中的爵士鼓声，沉闷，悲凉，仿佛一头受困的狮子喉咙里的咆哮。那一阵阵的击打，让观众席上的我，为之癫狂。我仿佛听到了我的血嗞嗞燃烧的声音，身体莫名地战栗。我记住了片名叫《鼓手》。我后来知道了那个雨中少年叫张国荣。午夜，当我从电影院走出，我发现我已经泪流满面。（若干年后，当我听到张国荣跳楼自杀的消息，我的内心仿佛被鼓槌击打，发出哐的一声巨响。如此沉闷，却只有一声，宛如绝唱。）

从此爱上了爵士鼓，鼓声里的决绝、不羁，正与少年的我孟浪和孤寂的心绪契合。

学校乐队的司鼓手叫刘洪。刘洪戴一副黑框眼镜，嘴唇如石头般厚实，表情里有一种少年老成的意味。他朴素的穿着，让人一看就知道他是来自农村的孩子。但只要在学校舞台的灯光下，击打着爵士鼓的他就像一个年轻帅气的王子，或者是一个统率三军的戍边大将——那些激越的鼓声，就是他率领的虚拟的冲锋陷阵的将士。他随着音乐抖动的身体让人想起一堆旷野里熊熊燃烧的篝火。刘洪还有多方面的才华，书法、文学……因为相同的书法文学的爱好，我和刘洪成了非常好的朋友，经常一起交谈艺术，和让我们迷茫又兴奋的未来……可我必须承认，是他在舞台上击打的鼓声诱惑了我。他告诉我他其实是一个乡村医生的儿子，而我更愿意相信，年轻的司鼓手，他来自于一个艺术世家，未来应该有一个童话般美好的艺术人生。

后来刘洪分到乡村做了小学教师，再后来又成为市委机关的一名干部，从此再没有击打过爵士鼓。我们依然保持很好的交往。偶尔谈起当年爵士鼓声里的青葱岁月，我们都不胜唏嘘，言谈中都有了物是人非逝者如斯的感伤。

在赣江边的那所地区师范学校里，我仿佛一头粗野的狮子。我打架，滋事，与在同学们的眼里不三不四的人称兄道弟。我曾在一气之下用拳头把一个同学的鼻子揍得鲜血淋淋，原因仅仅是我烦了他在我面前老是喋喋不休。我还故意把足球往路过的女生身上踢，然后在男生的起哄与女生的尖叫和白眼中得意非凡。很多学生看见我都避之唯恐不及。

而一个人的时候，我变得孤单，莫名的悲伤像潮水一样包围了我。为了排遣内心的感伤，我吹起了口琴。十五岁那一年，我花了四块五毛钱买了一把口琴（牌子好像叫“国光”或“重光”）。这是我一生中买的第一件乐器。当我第一次把它放到嘴边，我听到了一阵杂乱无章的呜咽声，类似于哭泣。并没有花多少时间，我就学会了摆弄它。

口琴是穷人的乐器，它简单，便宜，体形细小。或者说，它是孤单者的乐器。它并不适合舞台，却适宜面对自己吹奏。我吹响了口琴。我渴望口琴把我逗笑，可是每次，我都被它弄得更加孤单、忧伤，我渴望说出内心的悲伤，可悲伤借助口琴更加逆流成河。它的每一个洞眼，都像一只怪兽的牙齿，将我少年莫名悲伤的心咬得伤痕累累。我有时候问自己，一个十五岁的少年，哪有那么多的忧伤哀愁？我将我的心事向口琴倾诉，可口琴竟然发出了呜呜的哭声。

后来我又吹起了笛子。相比口琴，笛子的声音要明亮、激越、悠远。笛子的乐声让人想起乡村黄昏袅袅的炊烟，牧牛晚归的图画，想起婉约的春光和明媚的夏日。这来自大地的乐声，让我从一头粗野的狮子，暂时变成了一头溪边饮水的温驯的小鹿。

而笛子的吹奏无疑更接近于魔术。一块小小的笛膜，君临于一管七孔的竹笛之上，这堪与魔术的手法比拟。而演奏者无疑带有某种表演魔术的戏谑表情。他的手指在笛管上跳跃，却有无数的镜像从笛孔中变幻涌出。有时候是一串鸟鸣，有时候是春日的一颗暖阳，有时候是潺潺的一抹流水，有时候又是一阵晚风，徐徐吹过树林……山光水色的大地，日光摇荡。如此曼妙，宛如奇迹。

我一度沉迷于自己的魔法中。那笛声里的鸟鸣，让一颗躁动的少年的心得到了抚慰。我仿佛是一个在大地上漫步的孩子，满足于风拂过脸颊的甜蜜，脸上保持着无辜的略有些顽皮的笑意。

十七岁那年，我恋爱了。她叫H。H长得并不漂亮，可她会弹手风琴。我想象她有一个抒情的肺部，和因弹奏变得美丽修长的手指。她背着手风琴从我们教室门口走过的样子，让我迷醉。

手风琴的簧片更像一节会唱歌的铁轨，铁轨的末端应该在森林的深处，伐木工人的帐篷前。而手风琴的乐声正仿佛是伐木工人的歌唱，有点儿粗野，有点儿浪荡，有点儿没心没肺摇头晃脑，有点儿野外特有的无拘无束恣肆汪洋。或者说，手风琴宛如一只油菜花地里的蜂箱，音乐正是嗡嗡飞舞的蜜蜂。

我的粗野和浪荡，正契合了手风琴的音色。我仿佛就是那个在森林里的伐木工人，而H正沿着手风琴簧片的铁轨，来到了我面前，对我歌唱。

我的教室旁边有一座树木掩映的池塘，那正是H练琴的好地方。经常在晚自习的时候，她就会端着凳子跑到池塘边，拉响了琴声。她沉浸其中，嘴里还情不自禁地唱起歌来。好像是一首苏联民歌，歌声和琴声里有一股白桦树的气息。而我会倚靠在旁边的一棵树上，忠实地扮演着听众的角色。

两年之后H与我分了手。我根本不是手风琴声里的那个伐木工人，也没有任何一节铁轨会负责任地运送我们的爱情。在现实中我其实不过是一个普通的脾气古怪的乡村少年。H醒悟到这一点之后，再也不肯让我听她弹琴了。

而当年池塘边夜晚的手风琴声，至今仍不时地在我的梦中响起。

20世纪80年代末的校园里疯狂地流行弹吉他。满头长发身背吉他去旅行成了最时尚的装扮。每一座校园里都是怀抱吉他旁若无人地弹拨歌唱的歌手——他们盘腿坐在草地上怀抱吉他弹奏的样子，像极了一个年轻的母亲满怀深情地搂抱着自己的孩子。是的，对那个时代的我们来说，大而无当的理想，和甜蜜而茫然的未来，正仿佛我们怀中的吉他，只有精心地喂养，才能免于夭折。

我也加入了这庞大的合唱。我买了把“木棉”牌吉他，天天对着教材练习弹拨技艺。教室里的黑白电视机每到下午放学后播放的刘天礼的吉他弹奏讲座，成了我和其他年轻的吉他手的必看节目。从最初的伴奏练习开始，我循序渐进，逐步掌握了许多伴奏方法。我的左手的手指指肚长起了茧花。我每天抱着吉他，唱起了齐秦的《北方的狼》，罗大佑的《童年》，费翔的《冬天里的一把火》。那是20世纪80年代末最为火爆的曲目，正与我们少年的心境契合。

弹拨着吉他歌唱的我，仿佛是一个受到伤害暗自舔着伤口的人。这一切自然来自于吉他的修饰。而事实上，我的内心就像一张没有皱褶的白纸，上面了无痕迹。

因为弹吉他我认识了Z。Z是一个正读高三的女生，是学校一个离婚老师的女儿。许是父母的离异给她的内心造成了一定程度的损害，她郁郁寡欢，形单影只。她把吉他当作了朋友。而她对吉他弹奏有超常的悟性，她的弹拨技术几乎到了专业的地步。我想要她多给我传授一些技巧，而她偶尔会谈起她的心事。她说她已经烦透了这个地方。她首先想到的就是离开。

后来Z凭着优异成绩考上了大学，终于离开了让她郁郁寡欢的环境。她念的是英文，大学毕业后她分配在她大学所在的城市的一家电视台。不久她就辞了职，先后做过酒店经理、外企白领，后来又去了南方，现在暂时在南京一家外企做国际贸易。她似乎总是停不下来。而她满足于此。她偶尔会给我发来短信，基本上是说又要去哪个国家，或者不久前的一场旅行的见闻。而我毕业后分配到家乡做了老师，后来也被命运不断驱赶着到处奔波。

回想起当初对吉他的痴迷。那少年的手指拨动的六根琴弦，其实正是天涯的隐喻。

从那座赣江边的师范毕业后，我被分配到一所乡村小学。现实并不像在校园里向往的那样浪漫美好，而是庸常琐碎。前途变得黯淡、无可料定，而激情正在急剧地散失。我变得茫然失措。我疯狂地约会年轻的盟友，妄图以此获得砥砺和安慰。而在县城小学做美术老师，幻想当画家的肖银根的单身宿舍，就成了我经常光顾的地方。

有一个晚上，我和肖银根都喝了些酒。在他的摆满了石膏像的简陋宿舍里，我们边听着音乐边交谈着艺术——两个寒风中的少年，似乎只有通过拥抱才能给彼此热量。突然，我们都噤了声。从他的双卡录音机里传出了非常浪漫而伤感的音乐。那是电子琴的弹奏，仿佛午夜情人之间的呢喃，又像是好友天涯路上的告别，充满了回忆的缱绻意味。而音乐有一种流水的质地，让我们的心灵在瞬间得到了澡雪。

那曲电子琴的名字叫作《假日的沙滩》。我们最终停止了交谈，翻来覆去地听着这首曲子。我们仿佛两个饥渴的人，而电子琴《假日的沙滩》，正是我们的精神需要的面包和水。

那一晚，我和肖银根，两个在梦想的路上挣扎的内心茫然的孤单少年，听了一夜的《假日的沙滩》。

后来我们都哭了。

……

现在的我，已经远不是当年的那个少年了。而我的身体里一定还保留了当年热爱的乐器的些许印记。爵士鼓、口琴、笛子、手风琴、吉他、电子琴……它们曾经先后被我喜欢，有的我甚至至今依然爱着它们。而当我回忆起这些与音乐有关的少年时光，奇迹出现了：我似乎听到它们在齐声演奏。有的因为时间久远，声音要轻一些，有的依然是当初的音质和声响。那是一支多少有些不伦不类的乐队，有点儿杂乱，有点儿散漫，也许还有一丁点儿荒唐。而正是这样一支乐队的鼓舞和邀请，我开始了最初的歌唱。

2015年

迁徙的故乡

梅　洁

一

前些年在故乡湖北郧阳、丹江口、十堰等地采访时，已看到各级政府官员和父老乡亲们为送汉水进京而日夜奔忙着、焦灼着。他们最最焦灼的是移民！是啊，几十万移民要在两三年内迁徙完毕，谈何容易？

他们是一个个生命，是一家家人，不是羊更不是一根根木头啊！

常常看到一些故乡领导和移民干部紧锁着眉，向你说着话时脸望着天，不知是对你说话还是在喃喃自语。我想，他们是把沉重的心事托付给天啦！

常常听到汉江两岸的乡亲们说，要搬快搬吧，我们都等老了，房子都等得快塌了，媳妇都等没了……望着他们近乎乞求的眼神和风雨飘摇的土屋，我总是别过脸，望着远处的山，无以回应。

半个世纪了，这块土地上的人们从来没有安生过。今年调水呀，明年调水呀，一说就是十几年、几十年，一纸“停建令”下来，他们不能修路、不能建厂、不能盖房，他们在等待中贻误了发展，在等待中老去了生命！在等待中四十八万人已别离了故乡，沿江几千个村镇、古城都已沉没在了江底。

五十年了，故乡一直走在迁徙的路上……

2010年，老家终又开始二期移民了！消息从不同渠道传来，远在京城的我和老家人一样振奋。

背井离乡—— 一个原本有着深重悲怆意绪的事，对于故乡来说，竟是一种解脱般的快事！是熬白了头发要一洗沧桑的快感！是前途未卜、翻过山就能明白的期盼！是漫长的没有结果的一个结果啊！

实在等不起了，我的故乡！真的开始上路啦，我迁徙的故乡！

二

5月5日，我和几位中国作家在湖北郧西。

在悬鼓山，接到故乡县委柳书记发来的短信："梅老师，你在哪儿？家乡已开始移民了，你什么时候回来看看？家乡的樱桃熟了，我们接你回家吃樱桃吧！"

看完短信心中好一阵温暖。我就想，有什么比故乡与游子的心更默契呢？

5月10日，我回到了湖北郧阳。五月的家乡，满山的樱桃坠弯了枝头。父亲母亲的坟茔旁，塔柏、香樟、紫荆、春兰长得葳蕤苍翠。跪下为苦难的父亲母亲叩头，含泪祝福亲人们从此安息。

起身环望，沉眠地下几十年的灵魂，也都从这座山、那座山迁到了这里。人间、地下，都在为了一江清水送北京而庄严地别离、迁徙！

金菊一见面就告诉我："安阳已迁走两批移民了，这几天若不下雨，还会有一次千人大迁徙！县里领导分批带队，这次有我……"县委宣传部年轻的女部长还是那样爽朗，那样快言快语，一双大眼睛扑闪着，有平静，有庄重，有责任在肩、义不容辞的坚毅。

"移民不是泼出去的水，而是嫁出去的女，为了国家利益，移民牺牲了自己的利益。作为娘家人，我们有责任帮助他们，让他们迁出后尽快融入当地，安居乐业。郧阳永远是移民的家，欢迎你们常回家看看……"送别仪式上，县委柳书记讲着话就落下了眼泪。

这个嘴硬、脸苦、心肠软的人啊……

就要出发了，胡县长从车窗伸进一只手，拍着心肠软、眼窝浅的柳书记说：“你可莫哭，现在移民感情脆弱得很，你一哭大家就都哭起来了！”柳书记双眼通红没作声，他在忍。

柳陂两万人已是第四次迁徙了！移民们脸难看、话难听、门难进。是呀，几十年、几代人在荒沙滩上创造了一片国家级无公害蔬菜基地，现在又要全部沉没了，柳陂的牺牲有多大？柳陂往后怎样再驾驭自己的命运？

移民局邓局长来了，长年在乡村移民中走呀走呀，他显得格外清瘦而黝黑。人们告诉我他的手机上存了一千多个移民的电话号码，他每天与移民通话的次数多达一百二十次。

……

三

县移民指挥部，设在移民局很旧的小院里。周副总指挥长的办公室门开着，人不在。

环视简朴的办公室我在想，这个相貌英气、说话幽默、做事果决、极富判断力的人，两年前我认识了他，如今，政法委书记兼起了移民指挥部常务副总指挥的职务，看来，特殊时刻，县里在紧急调兵遣将。

正想呢，他进来了，“哎呀，梅老师，你可回来啦。你知道我们咋盼你呢！”坐下后，他又说：“真是忙昏了头，身体还不争气……”这时，我看到他左小臂上有隆起的一块肉包。他说他感冒不好，咳嗽不止，打了十八天针也不痊愈。医生做结核试验，说他肺部深处有结核菌感染。我担心地说：“那你一定要注意休息啊。”他说：“关键时刻，怎么休息？”

是啊，移民的关键时刻，成千上万的乡亲每天都在等待着启程的号令，千里迢迢的迁徙长路，数万个家庭的安家落户……每天都要做重要决策的指挥部，“休息”“保重”“注意身体”的养生之词，对于他们已是奢侈了。

他很快说起了“包保”工作队。

“包保”？！这是今天这个时代调水源头人民创造的一个崭新的词汇，我开始竟没有听懂。他拿给我一张红纸，纸上密密麻麻印着“包保”的内容，他说，他们印了一万份，“包保”队员人手一份。我粗略地看了一眼那张纸，那是个严密且严厉的责任体系……

面对压倒一切的“移民”工程，县主要领导包移民乡镇，县直单位包移民村，党员干部包移民户。六十六个驻村工作专班、一千二百多名党员干部组成一百零九支工作小分队，迅速下到乡镇村庄和移民家里，落实责任。

我细读了“十包”责任制：包移民搬迁户的思想政治工作，包移民政策宣传，包移民身份和实物指标核查，包各类矛盾纠纷排查，包上访移民劝返稳定，包搬迁户协议签订，包督办移民搬迁户建房，包腾空并拆除旧房，包顺利搬迁，包善后处理相关工作，包一江清水上路！

我突感一阵沉重：在“包保”这个词汇后面，有着多少艰辛、汗水和生命律动！

周副总指挥还告诉我，为了做通移民思想工作，他们曾组织全县开展“我回家乡帮移民”活动。全县一千多名公务人员回到家乡化解了五千多移民的心事……

啊，全县出动了！一个多大的战役呀！

周副总指挥还说，全县已先后组织五千五百余名村组干部和移民代表到安置地进行对接考察，亲自参与并监督安置地房屋建设。同时，安置地也已有一千多人次来库区协调外迁前期准备工作。

一个千军万马齐上阵的“战场”啊！

等着吃水的北京人知道调水源头的人在这样生死鏖战吗？

四

天在下着小雨。中午，我来到安阳龙门堂移民村。

村长刘继武向我走来。当我和一双粗糙的、结实的中年男子的手相握的刹那，刘继武怆然的泪水夺眶而出。我的泪水也滚滚而出。这个坚强的男人，多少天、多少月、多少年他都在鼓励自己的村民：为了国家的工程，为了北方人能喝上汉江水，我们到别的地方重建家园吧，我们不哭。可他在我面前，却再也无法忍住。他粗糙地用一双大手胡乱地抹着脸上的泪水，然后指着村前广阔、肥沃的田地说：“今年地里没种一棵庄稼，去年都说搬呀搬呀，结果也没搬，地都撂荒了……”我顺着他手指的方向看去，往日的千亩稻田里长满了杂草，刘继武心疼这来之不易的土地。

安阳在半个世纪里因调水工程两次被水逼上山岭，这次要全部消失了！千年的汉水码头“小汉口”要全部消失了！一代哲人杨献珍的故乡要最后消失了！

“你去忙吧，搬家乱糟糟的。”我对刘继武说。

“好，那你忙。以后有机会到团风那边看看我们。”刘继武流着泪。

我不忍心再看这个流泪的男人，只好别过身去……

中午了，县里的“包保”单位开始给移民送饭。每家按人口计算：每人两碗方便面、两根火腿肠、一袋榨菜、一瓶矿泉水，移民们已经没有了锅碗，许多人家的房子已拆了。

看呐，坡上坡下，坎上坎下，大路小路上，都奔走着送饭的“包保”队员。他们挨家挨户地送，一盒盒、一根根、一包包地把饭送到移民手上。这也许是他们的“包保”内容之一吧。

送饭完毕，“包保”队员们或站在树下或蹲在地上吃方便面……

午后，天开始下雨，好在四十九辆货车已装载完毕，盖好了苫布，编号列队，卧龙般静静地停在公路边，只等出发的命令。下午四时，一声令下，货车徐徐驱动，离开安阳，向广阔的江汉平原驶去。

雨越下越大，我来到安阳青龙村。

青龙村数百人已冒雨集结在青龙小学。小学校的教室里、走廊里、屋檐下都蹲着、坐着、站着一群群来自各村组的移民。他们从十里八里地外自己的山坳赶来，赶到这能上车的地方，等着上车的命令。

天气很冷，移民们大多穿得很单薄，很多人光脚穿着草鞋。如果按上级规定的出发时间——明天凌晨四点——他们还要在这里等十几个小时。那只有一个月大的小移民刘心雨、只有两个月大的小移民陈从园怎么受得了？那个七十多岁、坐在轮椅上的偏瘫老人怎么受得了？她大小便失禁啊！那个等待生产的孕妇怎么受得了！那个癫痫病人怎么受得了……

许多移民几天前房子都被扒了，锅灶已拆了，他们已好几天没吃上热饭，没喝上热水了！

我多么希望指挥长现在就下命令，让移民上车、出发！否则，这样的雨夜他们怎么熬得过去？

我知道我这样的想法多么荒唐！

移民们在风里雨里等待了多少天多少夜啊！22点05分，常务副指挥长周副总指挥终于"违规"下令：移民车队提前启程！

所谓"违规"，是上级明文规定，不允许移民车队夜间出行，否则出了事后果难负。

然而，周副总指挥断然决定违规夜行。他是不忍心再看移民在风雨长夜里受罪呢，于是他下令了。但是他又怕因此连累头号首长柳书记。他认为自己在郧县算不了什么，可郧县目前绝不能没有柳书记。

他走到柳书记面前，低声说道，现在情况特殊，必须马上出发，否则要出大问题。从现在开始，我关机，你不要给我打电话、发短信。这里的一切我负责。如果今晚夜行出了事，我就跳崖，你上报我畏罪自杀就行了。说完毅然决然跳上指挥车，大臂一挥，让千人车队出发！

那一刻，郧阳的青山一定是静默的，它们在向一个为了人民安危而敢于担当的指挥官致敬！那一刻，天空落下的雨是悲壮的，它们在为一个如此大义的壮士挥泪！

那一刻，柳书记的心里肯定是翻江倒海的，为周指挥长的凛然而震撼，为战友的患难之交而感动。多好的干部！多好的战友！柳书记再次感到奋斗的意义。

他向指挥车上的周副总指挥缓缓举起手臂，泪水混合着雨水冲过他的近视镜流进嘴里。

五

雨淅淅沥沥地下着。

我和故乡的朋友兴明、萍清迅即来到沿江大道，我们想在那里送送移民，最后看看他们。

秋夜的雨，在昏黄的路灯下扯着斜斜的银线，雨点打在伞布上发出嘭嘭的声音。

夜，静寂了。江风吹过来，凉飕飕的。街上没有一个行人。我们三人站在雨里等待。等待乡亲们从这里走过。

晚上十点十五分。一辆警车驶过。一辆指挥车驶过。一辆医务救护车驶过。啊，满载移民的大轿车驶过，一辆又一辆……二十五辆啊！

我使劲向车子招手，向父老乡亲们招手。

故乡的人们呀，你们就这样在这寂静的雨夜悄然地告别了故乡！

永远的告别呀！

我鼻尖发酸，泪水和着雨水，在脸上奔涌……

突然，手机铃响了，是金菊发来的短信："梅老师，辛苦您了！我代表二百二十户、九百四十六名移民向您致敬！我看到您深夜站立在风雨中的形象，我万分感动！保重，再会！"

啊，金菊在护送移民的汽车里看见了我！

又一声手机铃响，是周副总指挥发来的信息："梅洁大姐：我没能力、没条件为人民干大事，但无论干什么事我都要无愧人民，个人安危实在是太小的事！这次您回来太仓促了，没能陪您。希望下次回家时。时间备足点儿好吗？"

读着周副总指挥的短信，我泪流满面……

抬头仰望雨夜的天空，我双手合十，为我迁徙的故乡祈祷平安。

六

每次回故乡，总要和家乡的朋友们站在堵河口，远眺静躺在汉水中央的韩家洲，心中便每每升起一种莫名的惆怅和忧愁。

这座被汉水四面围拢的江中小岛，以其两千多年的历史，把古老和神秘一起编织成一帕面纱，雾霭袅袅地笼罩着这片千年的土地。然而，南水北调，将结束这里的一切，包括姓氏与生命的密码，包括千年的纤夫文化，包括古陶、剑镞，包括秦砖、汉瓦……

2009年端午节前夕，我随故乡的几位朋友一起登上了韩家洲。

那天，大雨如注，江面雾霭蒙蒙。在村支书的引领下，我们登上去韩家洲的船，船在汉水的江面上，犹如一片飘零的树叶，摇摇晃晃。渡船行驶到堵河对面的河滩，从船上跳下来，我们便踏上了韩家洲的土地。

也就是那一次登临，我们发现了韩家洲人世代传唱的《汉江号子》，当洲上几位古稀老人为我们唱出那悠长、深沉、高亢的音符乐律时，我们仿佛走进了一个千年的沧桑、千年的劳苦、千年不衰的生命的创造与传承。

也就是那天，我了解到韩家洲上的一百零九户家庭都姓韩，而且他们固执地认为他们是汉代韩信的直系后裔。虽然他们没有什么证据，但他们把家族在此地的居住史追溯到了汉代，不得不耐人寻味。他们还固执地认为，洲头那座庞大的、高出地面数米的圆土堆是韩母陵。

历史活在历史的典籍里，更活在世世代代生命的传承和记忆里。

同样是在那一天。我知道这千年小岛上世居的四百八十多人，要因中线调水全部迁出，韩氏家族将全部迁往湖北随县——2009年刚建立的、共和国最年轻的县市。

韩家洲在忧伤、愁苦。两千年的家园、两千年的文化、两千年的根脉啊！

离开韩家洲时，雨还在下。乘船过汉江，站在堵河口，回眸再望雨中的韩家洲，我突觉眼前那苍茫朦胧的古岛犹如一位白发千丈的母亲，静静屹立在江中，为她就要启程的儿女们祈祷平安、幸福。

2010年6月16日，是韩家洲人在故乡度过的最后一个端午节，八月桂花飘香的时候，他们就要远迁了。我和家兄千里迢迢，特地赶往韩家洲，我们想在那里重温童年的欢乐——汉水边长大的孩子谁没有童年在江边看龙舟赛的记忆？

这时，只见清澈蓝绿的江面上锣鼓喧天、彩旗飘舞、龙船竞渡，沿袭了数千年的原生态龙舟赛在堵河与汉水交汇处、在六月的阳光与水光的交融里快乐举行。

此刻，呐喊声在水上振荡，生命的激情在江面飘拂。

蹲立在岸边、山头、树林、房顶、路边的成千上万的观众，头顶骄阳，欣赏着这场民间原始的赛事，分享着生命本真的快乐。

男人和小孩们已热得赤胸裸背，没牙的奶奶、婆婆们也眺望着江面笑得满面春风。

只有在此刻，所有的韩家洲人才忘却远迁的忧愁，把最后的欢乐沉浸于这片土地。

明年端午节还能划船吗？

站在汉江南岸的码头上，我久久遥望着对岸的韩家洲，遥望江上船上的汉子，回身再看身边韩氏人家的奶奶、婆婆们，一种莫名的忧伤和感激倏忽涌上心头……

到了随州，没有了这岛、这水、这龙舟，韩家洲人将怎样面对？没有了汉江号子，没有了传说和故事，没有了图腾般的盛会，韩家洲人精神里还会深藏怎样的记忆？

两个月后，韩家洲人开始搬迁。

时近中午，包保工作队员给移民们送去午餐，移民们迈着几近沉重的脚步踏上过江的船。他们手捧着饭菜，没有一个人开始吃，齐刷刷地抬头望着韩家洲，望着各自的土墙老屋，望着洲头上他们顶礼膜拜的韩母陵，望着岛上的一草一木……

少顷，二十多条装满移民物什的机船一齐开动马达，然后依次慢慢离岸，朝下游渡口开去。机船越行越快，马达轰鸣，破浪而去。江水掀起的波澜，轻轻拍打着韩家洲江岸的崖壁，仿佛是在安慰这片即将孤寂的岛屿。

随着一阵长长的汽笛声响起，二十余艘大型铁船满载着四百八十三名韩家洲移民，一字排开，浩浩荡荡地向汉江对岸驶去。

别了，我的故乡……

别了，千年的韩家洲！

韩家洲从此不再有人烟，江中小岛从此开始沉寂。唯有韩母陵在岛上永远高高地耸立，唯有那白发千丈的母亲在江水中永远地守望着。

两年前，韩氏家族已经开始着手编纂家谱，搬迁前，他们已经拿到了前六十代的家谱。将来无论走到哪里，从韩家洲走出去的韩氏后人，都能够按照辈分找到亲人。

永远的韩家洲啊……

七

陡坡村尽头，一位老人，安静地半倚在自家破旧的土房子门口，沟壑般的皱纹见证着远去了的沧桑岁月。

门口的院子里放着一张床，还有一些盆盆罐罐。摇摇欲坠的房子里，一口锅孤零零地架在灶台上，一张长满霉斑的方桌在光线不足的角落里显得凄凉无比。

“老爷爷，你家的东西全部上车了吗？”有人上前问道。

老人只是摇头，一脸泪水，不予回答。

再三追问下，老人终于开口说话了。

“走了就回不来啦，回不来啦……”两行泪珠从老人苍老的脸上滚下来，他只是反复念叨着这一句话。

村支书说，老人名叫张富山，今年七十五岁，是一位孤寡老人。他自小在这里出生、成长，从来没有离开过陡坡村。如今，为了南水北调国家大事，却要在古稀之年背井离乡，对故土难以割舍的痛苦折磨着这位老人。

饶祖铺村九十二岁高龄的董同秀也要迁徙了。

董同秀十二岁进入饶祖铺，在八十一年的生涯中，她与这块土地生死相依。背井离乡的那一刻，老人眼眶里噙满了泪水，一直抚摸着她的红木棺材不肯离去。

家人劝她，棺材就不要搬走了，因为安置地天门市早就实行了火化，把寿木搬过去根本用不上，还不如卖成钱贴补生活。

可老人坚持要把她的棺材一同搬走。她唠叨着说，身子骨老了，这一去就永远回不了饶祖铺了，棺木都是用饶祖铺的木料做的，死了睡在老家的棺材里，才算真正的叶落归根，才算回到了饶祖铺老家……

最后，老人亲眼看着自己的棺材被抬上了搬迁运输车，这才抹一把眼泪，让儿子背着登上了远行的汽车……

古时有将军“抬棺决战”，留下多少“壮士一去不复返”的悲壮故事；今有我故乡的移民“抬棺远行”，蕴含着无尽的感伤、苍凉和悲情。

八十四岁的张奶奶特意让儿子砍了一根竹子，用竹篾编成三间正屋和一间猪圈屋的框架。然后用白纸糊成房屋的样式。搬迁前一天的黄昏，白发苍苍的张母把一家五口人带到祖坟前，放上供品，点燃香烛，趴在坟头哀哀地痛哭：“老头子啊，你晓不晓得，你的儿孙都要搬迁到很远很远的地方啊！清明节、寒衣节，再也不能来给你上香磕头了，我也不能来看望你了……”

张奶奶哭得肝肠寸断。

儿子赶紧上前扶住母亲，儿媳和两个孙子哭着点燃了“纸糊的房子”，一家人齐刷刷跪下，望着寒风中吱吱燃烧着的火苗，泪如决堤的江水……

“纸房子”很快烧完了，变成了一堆灰烬。突然，一阵风吹来，灰烬旋转着腾空而去……

坟前的人，望着渐飞渐远的灰烬，再一次泪落如雨。

儿子站起来，把全家人的钥匙一一收在手中，然后在坟墓上掏出一个泥洞把钥匙全部放了进去，小心翼翼地掩上泥土。

爹啊，我们要走了，土地也淹了，房子也拆了，剩下几把钥匙给爹留下做个纪念，这是爹爹辛辛苦苦创下的家业，还给爹了……

儿子一边埋着钥匙，一边揩着流不尽的眼泪。

爹爹，我们走了！

爷爷，我们走了！

老头子啊，你在那边等我啊……

儿子一捋袖子，擦干眼泪，站起身搀扶起母亲，带着一家五口走向停在村口的搬迁车队……

八

长岭沟村的江而兵在搬迁前两天就把房子拆了，把房瓦和木料送给了不外迁的亲戚，自己先住在亲戚家里。可他家的狗“来福”却怎么也不肯随他们到亲戚家，就只肯待在已经被拆得乱七八糟的老家院子里。而且从那天起它就开始绝食，谁喂东西它都不吃。狗是很有灵性的，也许它已经知道主人搬迁不能带它走，它曾经忠诚守护的家也不再有它温暖的窝儿了，它是太伤心太伤心了，所以吃不下东西了！

“人走房拆”，这是搬迁的规定。在搬迁的那一天，所有搬迁移民的房子全要被拆完。拆房的队伍来推房时，来福在旁边狂叫不止，几次跃上去扑咬拆房队员和拆房的机械。有经验的拆房队员早有防备，十几个队员拿了备好的打狗棒准备把它打死。这时，来福忽然安静下来，卧在地上，眼中含泪，喉咙里发出低沉的呜咽声。一位队员心软了，拦下其他队员们的打狗棒说：“算了，这狗怪可怜的，把它撵走算了。”

拆房队员们轻轻地轰撵它，来福似乎知道它的抵抗是无谓的，便拖着尾巴慢慢地跑到房后的山包上去了。队员们在拆房时听到来福时不时地发出一声轻吠，那声音让人听着感觉无奈而伤心。

房子很快被拆掉了，来福又回到那片废墟上，时而来回地转悠着，时而轻轻地嗅着废墟里的东西，时而坐在那里发出轻轻的呜咽。附近没搬走的邻居看来福可怜，给它送来些吃的，可它一口也不吃；想把它唤到家里，可它一步也不离开那片废墟，夜晚到了，来福还守着那片废墟。它坐在那里，望着夜空，隔一会儿发出一阵凄凉的叫声。

几天之后，当人们再看到“来福”时，它已经死在那片废墟上了。

以前的家即使被拆了，这里也仍是它的家。废墟上有家的味道，闻着家的味道它就能够像以前一样的感受温暖，所以它至死没有离开……

库区万只忠犬如“来福”的命运一样，现在，谨祝它们灵魂安息。

丹江口库区三十四万移民已经迁徙完毕，三千里汉水就要进京了！

谨以此文告慰我的故乡，也告慰我自己那颗无法告慰的心……

2015年5月

精致的肺

李敬泽

咸阳机场，全中国最能吃一碗好面的机场。高深青花碗，碗底几条子面，埋在丰足的酱料下面，几口吃了，顿觉天下大定。

吃完一碗，细细纠结一会儿——不过了，再来一碗！

吃撑了，刷微信朋友圈，见澎湃新闻推送了那天在先锋文学三十年国际学术论坛上的致辞。从头看起，准备着驴唇不对马嘴，准备着被记者记得一片狼藉，看完了，竟是铁证如山，句句都是我说的，一个字都不错。

好吧，这位记者超出了我的预期，他不仅手快，他显然熟谙文学言谈的逻辑和词语，一边听着，他就正好找到了每一个词，无一处失手。

给澎湃的朋友发了一条微信：

现场记录竟然无误，贵报记者的职业水准果然是高。

即将关机的时候，对方回复：

李老师，您不知道有速记吗？

哦，速记。

一边飞着，一边想着速记。很少想到她们，她们坐在会议室的后排，但那天是上百人的会场，不知她们坐在哪里？是的，好像都是女孩子，灵巧的手指，应有微硬的茧，在场而沉默。这是一门手艺，有一个速记专业吗？还是文秘专业？她或许经常为文学院工作，莫言写作中心的同一层楼上还有天文学系，天文学的会议也会找这个姑娘，她敲击键盘，从宇宙深处、从星云与黑洞切换到先锋、传统、理想和欲望。文学家有时也会提到天空，而在天文学家眼里，文学家甚至连尘埃都算不上。这是两个不同的地下组织，各自说着只有自己人才能听懂的暗语和黑话——她有时会感到隐秘的得意，只有她潜伏着，她是外人，但只有她能同时听懂那位长得据说像普希金的张教授和那位据说是中国的霍金的李教授在说什么，她暗自把他们称为张金和李金，她在百度上搜出了普希金和霍金的照片，她觉得李金一点儿都不像霍金。

现在，她坐在某个角落，一绺长发垂在眼前，她当然不用看键盘，但她也不必看台上，毕竟这不是多么庞大的黑社会，她知道刚才那位感冒了，但是他还是那么激动，他照例会突然激动起来，然后，就像一颗气得发疯的流星，以不可预测的轨迹不知砸到什么地方。她垂着眼睛，有点儿气恼，她知道会打出一片杂乱无章的喧闹，就像小时候看《水浒》，鲁智深一拳打在人家鼻子上，“便似开了个油酱铺：咸的、酸的、辣的，一发都滚出来”；她微微叹了口气，她不喜欢这样，她喜欢手下打出的文字流畅、安稳，所以，她喜欢现在这位，他是完全可以预测的，像行星、像月亮，只要他一开始，顺着他的话，她几乎可以在轨道上自动运行，她有时甚至知道他下面要说什么和怎么说……

飞回北京的第二天晚上，在北师大的课堂上，我向一群写作专业的学生谈到了那次致辞和那位速记。

一个庄重的场面，都有点儿庄严了。我忽然意识到，不能空着手上去，手里应该庄重地拿着稿子。赶忙翻包，幸好摸出一张对折的纸。我走上讲台，打开它，看到这张纸上写着几串数字，是前一天谈论单位预算时随手记下的，这让我多少有点儿走神，为了稳住，毫无必要地开口就说：“今天这个场合很庄重，所以，写了个稿子——女士们，先生们，早上好！”

现在看，这是一篇中规中矩的致辞，说的都是该说的话和说了等于没说的话。只有一段有些意思：

但是，我也觉得这件事同时也充满了反讽。今天这个场面和这个会也同时可以写成一篇具有先锋精神的嘲讽的和欢乐的小说。它可以让严肃和刻板的事物重新面对它的极限，让喧嚣的话语袒露出沉默。所以，我不仅期待着今天的这么多精彩的论文，我也期待着在座的作家和年轻

的朋友们可以拿今天做题材，写一篇精彩的小说，我想这本身就能够有力地证明先锋文学的影响。（据速记稿）

——那天晚上，我花了很多时间谈论这篇臆想中的小说，好吧，建议你们都写一篇，你们不是都在场吗？

下课了，和三个学生走在校园里，深厚的、沉甸甸的雾霾，把人删节为一挂僵硬的肺。于是谈论了一会儿我们的肺，告诉他们，清洗猪下水时，肺是最麻烦的，详细讲解了清洗过程，那年那具洗净的猪肺有惊世骇俗之美。谈完了肺，我觉得有必要谈谈他们的学业，名义上我还是其中两位的导师，但是据我看来，这两位似乎对写作都没有什么兴趣，对此我一向怀着窃喜暗自鼓励。我问其中一个德语学得怎样？他一直在学德语，我们探讨了德语的复杂和麻烦，顺便评论了一下法语，我的耳朵混浊低俗，实在听不出法语有什么好听，咚咕隆咚的。他说起他喜欢艰难深奥的语言，好啊，那么，就学梵文、吐火罗文。我想起手头正写的一篇文章里，斯坦因在尼雅发现的佉卢文文书，信口滑翔：我也想学一种语言，在中国只有三四个人懂的那种，比如古波斯语。想当面听人说说话就得坐三个小时飞机，今天晚上，四个人终于相聚，找个酒馆，用古波斯语吟唱雾霾之上的月亮或雾霾之中的玫瑰。但是，古波斯语里有雾，没有霾，那么，我们就得与时俱进，在这种语言中创造出“霾”，以此类推，渐渐地，这将成为只有我们四个人懂的一种话，混杂了古波斯语、现代汉语、德语等，暗自流传，而终于失传。然后，鬼知道什么时候，斯坦因在一处沙埋的废墟下发现了写在纸片上的神秘字迹……

是啊，那天在广州外贸外语大学，我就和老师认真探讨着学习古波斯语的可行性。

是在饭桌上，老师正阐述学习波斯语和古波斯语的难度和寂寞，她长得就像波斯人，唐代某件黄金酒盏上浮现的面容，她显然感到困惑，不知这个老男人在抽什么疯。桌子那头，毕飞宇正在谈论他的一篇关于《项链》的文章，莫泊桑的《项链》，契约精神……

等等！我一下子从波斯跳出来：不，不仅是契约精神，是神圣的物权！

当你编一个故事，当你开始虚构，不管是丢项链还是发疯要学古波斯语，这个故事都不是自然浮现的，它需要条件，比如当聂赫留道夫打算娶玛丝洛娃的时候，你得知道他是个东正教徒，哪怕他或者托尔斯泰不承认这一点，但他绝对不会是中国的官二代或富二代。飞宇的意思似乎是，借与还的契约所具有的伦理和法律正当性，是《项链》这个故事不言而喻的条件。

但还不仅如此，这里矗立着神圣的物权，这比契约更为根本。这个故事如果被写成一篇中国小说，那么它更可能走向另一个方向、成为另一个故事，那不幸的女人会提出莫泊桑不曾想到的问题：为什么她拥有这个项链而我没有？由此，她也许就终于走上了革命道路。

当然，我不能冷落我的波斯语老师而和飞宇讨论什么劳什子项链，那只是黏稠的饭桌言谈中一个微小气泡。后来，那天晚上在课堂上，我看着对面墙上的表，计算着下课时间，把这个气泡找回来，慢慢拉长。小说作为一种虚构形式，需要有文本之外的条件，或者说，小说必定安放在恰当的支架上，如果我们意识到不到支架的存在，那只是因为它是如此基本，如同空气，是透明的，如同呼吸，是当然如此而不必被肺所感知的。但如果你把这个支架抽掉，那么，一切都会坍塌下来。

虚构是一个精致的肺。

请您谈谈中国非虚构文学的现状和发展前景。

他看着眼前的话筒，他就知道，他们必定让他谈论非虚构，这一切都是因为阿列克谢耶维奇。他被认为有资格谈论这一话题，因为他曾经鼓吹过非虚构，也因此他们认为他应该早就认识她。

但他在那一刻对这一切感到厌倦。西安的黄昏，在大慈恩寺遗址，他刚刚重逢两年前认过的那一块碑，贾岛写道："病身来寄宿，自扫一床闲。"

非虚构？——为什么不谈谈虚构？

记者愣了一下，他不习惯由被采者决定话题，而且这个问题是他昨夜赶完了两篇稿子在百度上搜了一遍之后憋出来的，眼前这个家伙，你以为你是贾平凹呀，在此之前，我连你是谁都不知道，更不知道该向你问什么问题。

那个，很多人认为，虚构已经过时，小说正在没落。

他笑了，他有点儿兴趣了，抬起眼看着对方：

"小说没落了？虚构也过时了？那么你是说，我们已经真实和老实得听不进一句谎话了吗？"

记者茫然无辜地看着他，这孩子有点儿乱了，他只不过是想要完成今天的采访任务。好吧，他叹了口气，决定还是做一个合作的被采者。

还是谈非虚构吧。

他用熟练的、书面的语调开始回答问题，似乎话不是说出来，而是印出来的。

虚构是一个问题。

在苏州诚品书店巨大的玻璃穹顶下，从喉咙到腿，都在不由自主地收缩。一座宫殿，一座教堂，书的帝国，书的大陆。

这或许就是博尔赫斯所想象的图书馆，我曾说过，我宁愿成为一个绝对的读者，但是想想吧，在深夜，天空下——我必须提到天空，因为当你在深夜独自一人身处这茫茫无际的书卷之间，你会感到，不是天空下，是天空中，你在黑暗中飘荡，抓不住任何实在之物，你是无所指的能指，一个空的符号，无数的书如冰冷的风吹过你中空的身体，吹出单调尖锐的哨音，无止无歇……

深夜的图书馆。这是噩梦，如果再猛然看见失明的博尔赫斯坐在那里，我会从床上惊叫着跳起。所幸此时，阳光猛烈，人潮汹涌。大陆著名作家毕飞宇和台湾著名作家骆以军在此对话，著名评论家李敬泽是这次对话的主持者。飞宇是老友，一个刀光闪闪的家伙，而我喜欢骆以军这松软的小胖子，他们是如此不同，一个把一团乱麻清晰地讲述出来，精确流畅，另外一个，让坚硬的一切软下去，融化，混浊。我认为他们可以构成一个封闭的循环，毕把骆搞糊涂的事理清楚，骆把毕搞清楚的事搅糊涂，这样，在这个世界上他们都不会闲着。

今天，他们有一个共同的话题，他们都喜欢波拉尼奥的《2666》。

我坐在毕和骆中间，心情阴郁地想着八百六十九页的《2666》，直到昨天夜里，我才看到了第五十二页，我看到四个阿琴波尔迪研究者的友谊——我拼命记住阿琴波尔迪这个名字，我想这是我看过这本书的唯一证据，此人据说是德国作家，但我从这个名字里闻到了燠热的拉丁气息。现在，我知道，这四个人中，有两个男人分别从巴黎和马德里爱上了伦敦的女人，第四个在罗马，眼睛瞎了，坐着轮椅。到目前为止，他们还没有撕起来的迹象，他们共同热爱着阿琴波尔迪——但是，谁也没有见过他，甚至不知道他经历了什么，活着还是死了，尽管他们像一群彩民或股民一样热切期待他获得诺贝尔奖。实在困得不行的时候，我想，也许这个作家——他叫阿琴波尔迪——并不存在，对，没有这么一个人。也许波拉尼奥写出八百六十九页就是为了这个。这件事真疯狂。

主持人发问：“现在，请谈谈《2666》，你为什么喜欢它？”

然后，飞宇告诉我们，波拉尼奥其实不像拉丁美洲作家，而像一个欧洲作家。当然，拉丁美洲也有博尔赫斯这样的作家，所以，波拉尼奥实际上是完成了博尔赫斯的想象。

——博尔赫斯的图书馆或者百科全书。也许我可以另写一部卷帙浩繁的《太平御览》，作为某个皇帝每天批阅奏章后的睡前读物……

然而，这个背信弃义的家伙，他的话已经完了，OVER，他跷着二郎腿，悠闲地看着我，暗自欣赏他的句号之圆。可是我们必须坐在这儿说一个半小时啊，说好的契约精神呢？我转过头去，看着骆以军，好吧，该你了，你这牯岭街少年，看你的了，你得滔滔不绝地说下去，咱们不讲契约讲义气，我会寄一包宁夏枸杞给你这写了《西夏旅馆》的人。

然后，骆以军开闸放水。

从当年台北的溜冰场开始，他在超现实的亚热带之冰上快活滑行，从1980滑到1990，2666遥不可及。二十分钟过去了，我微笑着恶狠狠地盯着他。哦，《2666》，一个漂亮的急停，冰花四溅。他终于来到了西伯利亚或者什么别的什么冰天雪地的地方，在那里，士兵阿琴波尔迪爱上了一个女人，苍茫乱世，不可能的爱，注定没有未来的爱，女人忽然说："你要记住我。"

世上所有的男人都在回答："我会记住你。"

你怎么让我相信你会记住我？

这个男人，阿琴波尔迪呆住了，他的情人盯着他，他说："我会以军人的荣誉、夏洛克的契约或者实在不行就梁山泊的道义记住你。"

但女人知道你在胡说。

阿琴波尔迪可怜巴巴地看着他的女人。

我也看着骆以军，我想那个男人已经绝望了——不仅因为他无法让女人相信自己，还因为，他忽然意识到，这竟然是一个超出语言边界的问题，无法靠发誓、抒情、论证加以解决。而骆以军或波拉尼奥会解决这个问题。果然，他抛出了答案：

最后还是女人说了，她说："你要像阿兹特克人那样记住我。"

阿兹特克人，我记得骆以军说的就是这个词，说完之后得意扬扬地瞟了我一眼。当然我可能记错了，我也懒得从八百多页里翻出那一页，不管阿兹特克人还是粟特人还是苏美尔人，反正这个女人认为她给出了完美答案。

我至今没有明白骆以军或波拉尼奥的意思。但是，我知道，如果换了麦克尤恩，这个问题会如何回答：

我要像一个作家那样记住你。

我要写一本小说记住你。

我要让你活在虚构中。

我这么干是为了记住你，也是为了记住我自己。

那天在北师大的课堂上，我一直在谈论麦克尤恩的《甜牙》以及我对英国小说无可救药地爱，我爱狄更斯、奥斯汀、格雷厄姆 · 格林、约翰 · 勒卡雷、安东尼 · 伯吉斯，还有麦克尤恩。现在，在这本《甜牙》里，麦克尤恩完成了几乎不可能完成的惊险任务：让在政治、阴谋和欺骗中穿行的爱情安顿于花好月圆，但又是如此忧伤，令人心碎。

这恰好也是一本关于作家和女人的小说，关于虚构的虚构。它是虚构写作的教科书。同学们，今晚就去京东买一本，然后写一篇关于先锋论坛的小说。

小说开始时，一个当年的先锋作家走进会场。人们围上来，他早已习惯了这种肉包子打狗般的骚动。但是今天早上，他经受了便秘的折磨，而昨天夜里，面对着电脑，他感到油尽灯干，每一个字似乎都是刻在永恒的石碑上，而精疲力竭的石匠忽然满怀怨愤："你们到底要我怎么样？你们不是已经记住我了，我的书你们宣布已成经典，到底怎样才能让你们相信，我就是那个你们深爱的、永不遗忘的伟大作家。"此刻，他感到天下太平，人们是爱他的，但是，谁知道呢，迎面走来的这厮，刚刚发了一篇文章，在一万字的表扬之后顺便谈到了中国作家与那个白俄罗斯老太太的距离，什么意思？是与老太太的距离还是与斯德哥尔摩的距离还是小说与非虚构的距离？……

或者，我们可以让另一个当年的先锋作家走进来。他已经很久不写了，他现在是一个中学教师。那天接到请柬，如同接到三十年前的一封来信，他花了好几天时间才渐渐认出当年的自己。此时他茫然地站着，没有人认出他，他在辨认记忆中的那几张面孔。他已经多年不读小说，他不是语文老师，他教的是数学，是的，他和《甜牙》中的那个女人一样，是数学系毕业的，那个女人在剑桥，他在北大……

无穷无尽的可能。然后，作为一篇小说，必须发生点儿什么。好吧，最简便的办法是让他遇见一个女人。一个陌生的女人，一个足以让他的生活真的发生一点儿什么的女人。

为了不被道德高尚的网民骂，他不应该处在已婚状态，这里是一个孤独的老单身汉或老流氓，让我们在这个会场里找找，找那个最出人意料的人。她在那里，但很少有人看到她。

就是那个速记。

一个长发姑娘。

然后，故事就真的开始了，天知道那是个什么样的姑娘，也许她竟是埋伏在速记座位上的评论家，或者一个夜观天象的女巫。但是，你爱上她了，你必须记住她，记住她的一切：她怎么就成了速记员，她住在哪里，与人合住吗？她的收入和支出账目，她用什么样的化妆品，她刚买了一件什么式样的大衣，她身上隐秘的疤痕，她每天下班后手指的感觉，她什么星座，她是哪里人，她的父母、她的童年、她的朋友圈、她的初恋或暗恋，她头发的气息，她打算一辈子做速记员吗？如果不，她的梦想是什么……

总之，你已经决定不写了。你发现，这个精致的肺需要吞吐全世界的空气。

2015年12月

士与绅的最后遭逢

阿　来

今天我来谈谈李庄，谈谈对李庄的感受。因为我知道宜宾市里和区里正在做李庄旅游的开发，其中最基础性的工作，就是研究李庄文化。那么也许我的这些感受，就可以作为一个案例，可以作为一个游客样本，作为有文化兴趣的游人的样本，看他来到李庄，希望看到什么，或者说，他来在了李庄，有关中国文化所产生的一些联想，所有这些也许都可以作为当地政府对李庄旅游开发跟文化开掘的参考。我不是旅游规划专家，所以，我作为一个有文化的游客，只是希望在这一点上对你们有所启发，这就是我愿意来此谈谈李庄的原因。

其实我这次也只是第二次来李庄。两个月前吧，还来过一次，那是第一次。听说这个地方好多年了，读这个地方有关的资料、书籍，尤其是读我们四川作家岱峻的非虚构作品《发现李庄》，也有好多年，但不到现场，这种感受还是不够强烈。因为过去我们老是想，来到李庄的那些知识分子，如傅斯年、董作宾、李济、梁思成等这样一些人，他们是跟中国新文化运动相始终的这样的一代知识分子，如果只是讲他们如何进入到一个谁都没有预想到过的地方，在这个地方艰难存息，而且继续兢兢业业地从事使中国文化薪火相传的平凡而又伟大的工作——尤其是在抗战时期，中国文化面临巨大存续危机的时代——这样的工作更是具有非凡的意义。第一次我来李庄时，便忍不住说了四个字，“弦歌不绝”。这是一个有关孔子的典故。《庄子》上说：“孔子游于匡，宋人围之数匝，而弦歌不绝。”这种精神当然是很伟大的。这一部分事迹，在今天李庄文化的开掘中，已汇集了相当丰富材料，也有了较为充足的言说。

但我觉得，这并不能构成李庄文化的全部面貌，因为抗战时期，不同的学术机构、不同的大学，辗转到不同的地方，到桂林，到贵阳，到长沙，到昆明，到成都，到重庆，……但在那些地方并没有产生像今天李庄这样有魅力的故事，那就说明这样的一种局面的形成情况并不是一个单向度的问题。就像今天讲在昆明的西南联大，怎么讲呢，大多还是像今天我们讲李庄那些外来的大知识分子的故事一样，讲他们如何在困难的条件下专注学问，如何在风雨飘摇的时势中不移爱国情怀，却很少讲出昆明跟西南联大、这个地方跟联合大学互相之间产生交互作用的过程。这也情有可原，因为那些机构大多在大的地方，在相对中心的城市，中央政府政令相对畅通的地方，所以与地方交互的故事，并不是那么多，尤其是他们跟当地民间各个阶层相互交往关系故事并不是特别多。

这其中好些地方我都去过。比如西南联大所在的昆明翠湖边，也曾在湖边曲折的街巷中怀想那些消逝了的一代知识分子的背影。

但为什么独独是李庄，一下子就在这么小的一个地方，来了这么多学术机构，而且，至少同济大学的到来，是由李庄的大户人家，也就是过去所说的有名望的乡绅们联名主动邀请来的。我觉得这里头一定是包含了某种有意味的东西，这个过程体现了某种特殊的价值，有特殊的意义存在。那这样的意义到底是什么？

第一次来过李庄后，回去我就老在想这个问题。

当时我就有个直觉，可能我们今天谈李庄的时候，谈外来的学术机构尤其是那些学术机构当中在中国乃至在全世界的不同学术领域都有显赫地位的知识分子，讲他们的故事讲得特别多。他们的故事应不应该讲？当然应该！但是在讲这些故事的同时，我们可能遮蔽了一些事实，那些被遮蔽的事实就是：当地人如何接纳这些机构，使得这些知识分子得以在这里度过整个抗日战争的艰难时期，在这个过程中，李庄人做了什么？更为重要的是，完成了这一义举的为什么是李庄？不是赵庄不是张庄？那么，这在当地它有一个什么样的道德传统，什么样的文化氛围，可以使得当年在李庄这个半城半乡的地方，由这些当地的士绅邀请这些下江人来到李庄，而且来到李庄以后，又给他们提供那么多的帮助，提供那么多的方便，那这其中一定还有很多湮灭在政治运动和漫长时光中的故事，等待我们的打捞与讲述。只有把这双方的故事都讲述充分了，才是一个真实的李庄故事，完整的李庄故事，更有意义的李庄故事。所以我觉得将来的李庄故事，一定是一个双向的挖掘。

寄住者的故事和接纳者的故事的双向挖掘。

那么，这个故事的双向挖掘的意义又在哪里?

我以为，通过李庄故事，可能还原一个中国传统社会的图景，传统社会最美好的那一面的完整图景——过去的几十年中，我们看待中国传统社会形态时，较多注意它不公平不美好的那一面，而对其美好的那一面关注是太少太少了。

在我看来，李庄故事里的两个方面的主角，恰巧是中国的上千年传统社会结构当中，两个最重要的阶层最后一次在中国历史中同时露面，在中国文明史上最后一次交会。我们知道中国有一个词叫士绅，在过去旧社会里，中国长期的封建社会当中，有时士绅是二而一的，但更多的时候，士是士，绅是绅，士是读书人，是读书以求仕进，以求明心见性的读书人；绅，是乡绅，是地主，是有产者，也是宗法社会中的家族长老。很多时候，士就是从绅这个阶层中培育生长出来的。在过去的社会，即便到了民国年间，到了同济，史语所，营造学社等中国最高级的学术与教育机构来到李庄的时代，士与绅有两个阶层在社会中的作用也是非常非常最重要的。他们几乎就是社会的中坚。士，士用我们今天的说法就是知识分子；绅呢，就是大部分在中国的乡村，聚集财富，维护道统，守正文化的有恒产，兼有文化的，并且成为家族核心的那些人。大家知道，中国古代政府不像今天政府这么大、这么强势，所以政府真正有效的控制大概就到县一级，下边今天划为区乡镇村组这些地方，按今天的话就可以叫作村民自治。但是这个“民”如果像今天的农村，大家实力都差不多，一人平均一两亩地，几分地，大家都是这样的一两幢房子，文化是也都处于那么一种荒芜半荒芜的状态，没有宗族的、道德的、精神性的核心人物，所谓“自治”其实几乎是不可能的。但过去在乡村中，首先有宗族制度维系，同姓而居，同姓而聚，构成一个内部治理结构。从经济上说，因为允许土地自由买卖，就会形成土地相应向一些人手里集中，就会出现地主。大多数时候，地主不只是聚敛，他也施予，扶贫，办教育，等等。不管是宗族的族长，还是地主，还是小城镇上某种商业行会的领袖，这些人都叫乡绅。绅，他们在大部分时候构成中国乡村县以下的自治的核心阶层。而且不只是乡村，还包括乡村周围的小城镇，如李庄，也不是典型的乡村，他既是乡村，也是一个不小的城镇，因水运，因货物集散而起的城镇。总而言之，在封建社会当中，就是士与绅这样两种人成为中国社会的两个支柱，除了皇帝从中央开始任命到县一级的官员以外，他不再向下任命官员，王权的直辖到此结束。到民国时期政权开始向下延伸，乡绅中的某一个人，比如说李庄当时的乡绅罗南陔他可能当过乡长、区长，但这个恐怕更多也是名义上的，官与民互相借力，真实的情形可能是照顾到他的这种乡绅的地位与其在乡村秩序中所起的特定作用——在乡村自治或半自治中所起的作用。

这个时候，刚好遇到全面抗战爆发，于是，故事就发生了。没有全面的战争，这些知识分子，这些士，不可能来到这个地方。我觉得李庄故事的核心就是：在这里，中国士与绅来了一次最后的遭遇，最后的结合，然后留下了一段李庄故事。今天中国社会已经改天换地，我们大概可以说士这个阶层，也就是知识分子阶层还在，虽然在国家体制中的存在方式与民国时期也有了很大的变化，但还是继续存在。但是，绅，乡绅这个阶层却是永远消失了。今天国家政权不但到县，还到了乡、镇，还进了村，此前还经过了土地改革，土地所有者也变成了国家。土地私有制被消灭后，绅所赖以存在的基础就彻底消失了，所以从此以后绅这个阶层在中国社会当中是不会再有了。所以，我以为李庄的故事其实是中国乡村跟城市，不，不能说是城市，应该说是中国基层的乡绅们跟中国的士这个阶层最后发生的故事，而这个故事是这样美好，这样意味深长。

过去我们说到绅，得到的多是负面的印象。从共产党进行第一次国内革命战争，就是红军时期以来，中国人习惯了一个词，叫土豪劣绅，习惯了给“绅”加上一个不好的定语：“劣”。过去乡村里有没有劣绅呢，肯定有的，但是不是所有绅都是劣的呢？那也未必。如果是这样，中国乡村在上千年历史的封建社会中，没有办法维持它的基本的正常的运转，如果绅都是恶霸，都是黄世仁，都在强占民女，都要用非法的方式剥夺土地和其他生产资料，农民都没有办法活，那这个乡村早就凋零破败，不存在了。但中国乡村在上千年的历史中一直延续到20世纪50年代初期，自有其一套存在的方式与合理的逻辑。当然，乡村这种秩序的瓦解也并不全是革命的原因。这种乡村制度的瓦解首先还是经济上陷入困境。其中重要一点，就是近代以来，现代工业的兴起，廉价的工业品从城市向乡村的倾销，造成了首先是手工业的凋敝。但因为城乡贸易的增加，自然会带来物流运输的增加，那么，那样一个特殊时期，是不是反而造成了李庄这个水码头的繁荣呢？

话有些远了，还是回到绅这个话题吧。

我来说说绅这个字是什么意思。这个字最早出现在汉字里头，是说古代的人都穿长衣服，所以腰上会有一条带子，绅的本意就是束腰的带子，说文解字里说：

绅，束腰正衣，使貌正之。就是人穿衣服要有规矩，显出有一个庄重的样子。后来就从这个本意引申出来绅这个字一个新的意义，就是说凡可以叫绅的人，在道德上对自己是有要求的，他们在生活当中，在生产活动，在经商过程当中，是对自己有某种道德要求的。更不要说那些大的家族，绅作为家族的族长，一个家族祠堂的总的掌门人，他要平衡各个方面的关系，协调相互之间的情感，很显然如果只是使用暴力，只是用阴谋诡计，恐怕很难达到为尊族中与乡里的目的。他还是依靠合于传统道德的乡规民约，依靠一种道德言行规范，来约束自己的言行。前些天我去扬州，参观一个地方，也是看到一个以前老乡绅的老院子，从这老宅子中抄到两副对联，其实这就是自古以来，中国乡绅阶层对于自己的约束和要求。用什么样的带子来维系他们的道德、维系他们的传统呢？这两副对联就是这家人的传家箴言，第一副的上联这样写的“几百年人家无非积善”。说一个家族要在一个地方，在当地立足不是一代不是两代，是要在这里几百年传家，要在这里长久立脚，而且还要家世昌盛就要多做惠及邻里的好人好事。下联是“第一等好事只是读书”。我们知道，过去乡下乡绅门前大多会有个匾额，匾额上大多书四个字“耕读传家”的，正是这个意思。第二副对联上联是“传家无别法非耕即读”。说我们这些人家做什么事最好最长久呢？只有两件事，不是耕作就是读书。下联是“裕后有良图唯勤与俭”。说使后代保持富裕不是传多少钱给他，最好的方法是学会勤劳与节俭。这其实不只是这一个家族的传家格言，而是中国古代以来乡绅们所秉持的一个久远的传统。

进一步说，过去的士，很多人都是从这些耕读世家出身的，如我们四川的三苏，一门三父子都通过科举考试成了士，而在没有成为士之前就是当地有名的绅。到了明代，新都的杨升庵一家，父亲是朝中高官，自己又考上状元。都父子没有出仕之前，就是当地的绅。他们的家庭，就是当地耕读传家的绅。如果我们愿意多下一点儿功夫，查一查抗战中来到李庄的那些士，傅斯年、李济、董作宾、梁思成、林徽因、陶孟和、童第周，等等，考察一下他们的家世，一代，两代，三代……大多都是来自乡村，来自乡村的绅这个阶层。

土地改革以后，绅中的一些人被划了一个成分，叫地主。这本来是一个中性的词，土地的主人。划定成分时，就有了贬义。之前，却应该是一个好的词吧。孟子说过“无恒产则无恒心”嘛，有了地就是恒产，有恒产就有恒心，所以这样的一种士绅耕读的传统，就决定了这些乡绅不是今天我们再用这个词时所说的，那些个不尊重文化的暴发户，那些第一桶金或许都带有原罪色彩的所谓土豪。那个时候的乡绅中土豪其实是有的，但也是少的，大多是耕读传家的大家族大乡绅，他们的发展是一步步走来的，除了财富的积累，同时也有道德与文化的长久积淀。所以当抗日战争爆发，国家和这个国家的文化都面临深重的危机时，这些李庄的乡绅们才能够懂得文化的价值，这些士的价值，才会主动邀请这些文化人，这些当时的士与未来的士来到李庄，托庇于李庄。今天大家都在挖掘李庄那封电报的故事，那不就是当地的乡绅们结合在一些，他们身份很复杂，有商人、有国民党的区长乡长、有乡间的哥老会首领，但这些都是乡绅在新的时代中出现的逐渐分化，也许，在寻常情形下，他们之间还有种种明里暗里的争斗，有各种利益的冲突，但这个时候，他们可以集合在一起，说邀请这些文化人，这些文化机构来李庄吧，让我们为保护中国文化，保护中国的读书种子做点儿事情。

在这样的时期，当中央研究院史语所及其他所、国立同济大学、中国营造学社等学术机构遇到困难时，很难想象从那么一个从来没有听说过的地方，有一群人联名发出电报邀请他们来到李庄。所以我觉得我们以后一定要把李庄的故事讲好，一定要讲出他背后的道理，而这个背后的道理恰好正是中国悠久的文化传统当中最最重要的那一个传统。绅这个阶层，不但一直在哺育中国士的阶层，他们还内在地坚守着一种精神，一种尊重中国文化人、读书人的精神。

前次我去板栗坳，看见史语所的人他们离开时还留了一块碑在那里，碑文写得很好，我想再给大家念一念，其实也就是记述了当时写乡绅收留他们的事情，还写出了张姓乡绅的家世。

这通碑叫“留别李庄栗峰碑铭”：

“李庄栗峰张氏者，南溪望族，其八世祖焕玉先生以前清乾隆间，自乡之宋嘴移居于此。起家耕读，致赀称巨富。哲嗣能继堂构辉光。本所因国难播越，由首都而长江而桂林而昆明，辗转入川，适兹乐土。尔来五年矣。海宇沉沦，生灵荼毒，同人等幸而有托，不废研求。虽曰国家厚恩，然使客至如归，从容乐居，从事于游心广意。斯仁里主人既诸军政当道，地方明达，其为借助有不可忘者，今值国土重光，东迈在迩，言念别离，永远缱绻，用是询谋，佥同醵金伐石，盖弇山有记，岘首留题，懿迹嘉言。昔闻好事，兹虽流寓胜缘，亦学府一时故实。不为镌传，以宣昭雅宜，则后贤其何述？”

碑文开头就写了在栗峰传家八代的张家。张家不是穷人，穷人怎么接纳他们呢？“……移居于此，起家耕读……”注意刚才我讲过，这些士如傅斯年、李济他们这些人是深深懂得中华乡村传统的，所以他们说李庄乡绅如张氏这样的望族是起家于耕读的，……而且一家人继续读书，不因为有点儿钱就荒废了，所以这个家族传了八代还是勤谨兴旺，耕读传家之人……碑文里几句话，说得非常简单，然后他们要走了，又说了几句话……说我们在这儿做研究，在战乱时候在李庄做研究，完全靠的是主人的仁厚，就这么一个短短的碑文，我在那儿看，我念了三遍，很感动。士这个阶层，他们自己就有很大的发言权，用今天的话叫作有话语权。而他们刻下这通碑的时候，就把绅对于士在特殊时期的庇护说了出来，大声说了出来：是为了“宣昭雅谊”，这是士与绅在中国最后一次遭遇所留下的雅谊。

古时候说，居高声自远，士都在高处的，知识分子的声音都是传得很远的，可乡绅呢？当地呢？而且这个阶层在接下来的几年，在我们的土地改革当中，这个阶层就已经消失了，大概中国以后也再不会出现这个阶层了，而他们的声音就消失了。所以我们今天要讲好这些士的故事，这些知识分子的故事，要把这个故事讲得更加完整全面，就不能不说出这些乡绅所代表的李庄人的故事。这个故事我们也要讲好。所以我有个建议，以后要着力做一些关于这些乡绅家世事迹的调查整理工作，在考虑李庄文化陈列的时候，也应该有一两个地方来说一说李庄本身的文化，李庄本身的历史。不然就不能说清楚为什么是李庄，不是王庄，不是赵庄，托庇了这些伟大的传承了中国文脉，中国学术机构与人士的道理何在？这个道理就是中国几千年传统文化中，耕读传家的乡绅文化当中，一种天然的对文化的追求和对文化的向往与尊重。

当然时代已经处于剧烈的变化之中，中国的乡村社会，中国的乡绅们也正在接受现代文化的冲击，虽然相较而言，他们还是更熟稔中国的传统文化，孔孟之道。有一个外国汉学家跟梁思成夫妇很好的，他谈到中国文化时，就说过，中国的乡绅们大部分其实就是儒家，他们自己就是儒家文化的传统的代表，对于现代的民主与科学思想还不是很了解。所以这里也有这样的故事，说李庄人对于同济大学医学院做尸体解剖是如何惊诧与不解。我相信这样的故事一定是有的。但这种故事该怎么讲，该以什么样的方式来讲，也是大有考究的。我觉得以后再讲这样的故事，应该要基于一种对传统文化以及对当地人的充分尊重，要基于历史学家常说的一句话叫“同情之理解”，我们要很正面地更详尽地讲这个故事，一定不要在讲这种故事的时候，变成简单的文明跟落后、文明跟愚昧那样的冲突，而把李庄当地人在这个故事当中漫画化了。这个不是对于接纳了那么多那么重的士的李庄人的尊重。即便他们在观念暂时不能接受，但他们后来不是就接受了吗？所以这里头有一个历史学的原则，我愿意再重复一次，就叫“同情之理解”，你必须站到他那个位置上，想他为什么会这样看待这个问题、这个新出现的事物？那是传统文化驱使，而不是他对文化本身的看法，如果我们漫画化了他们，就可能出问题，给来李庄游客一个印象，原来这是一个非常愚昧的地方。

如果这里真是一个非常愚昧的地方，我们一来到李庄，就不会看见镇口就耸立着一座奎星阁。

奎星在中国古代文化中指的是北斗七星中的一颗，我记不得是在第三还是第四颗的位置，总之北斗七星中有一颗就叫奎星，又叫文曲星，是专门照应一个地方文运的。如果这是一个愚昧之地，那么为什么在李庄这个地方人们没有塑一个别的东西，比如不是商人奉为保护神的关公——关云长，而修了一个奎星阁。奎星阁为什么修得那么高？因为可以接应到天上昭示文运的奎星的光芒，使这个地方文运昌盛。这说明这个地方一直是尊重文化的。我第一次来，一看这个地方有一座奎星阁，我想这一定是一个有文化向往、尊重文化的地方。

在李庄故事的重新讲述的过程中，当地已经做了很多有意义的工作，比如那些知识分子，那些士在那么艰难的条件下，种种使得中国文化得以薪火相传的事迹。但原谅我觉得这还不够，我们还应该在另一个方向有做大的努力，做一些恢复跟重建当年当地乡绅文化的努力。只有这样，有了士与绅之间这么一种相互的印照，互相的激发，我们才真正会知道中国文化的活力所在的最大秘密。我们也才知道为什么那么多文化机构在半个中国四处漂泊后，能最终安顿在此地，扎根在这里，出了这么多成果和成就，而且是在那么艰难的条件之下，这是什么道理？在物质生活非常艰难的情形下，两个不同的阶层之间，当地人和外来人互相之间这种人情的滋润，对于当时来到这里的困窘无比的文化人来讲，我想，就是一份巨大的温暖和支持！

从很早以前，中国就是实行乡村自治的。从春秋时代开始，就出现了中国乡村的基本建构单位，出现了我们今天表达乡村建构的那些词。顾颉刚先生在他的《春秋》一书中说，春秋时代的乡村治理，或者说乡村的构建，最小的单位叫家，家上的单位叫邻，今天我们讲的邻那时其实是一个行政单位，邻上是里，再往上是乡，乡上是党。今天我们谈乡亲谈乡村的时候，经常还用这些词：邻里，乡党。北方人，尤其是陕西人特别喜欢说，我们是乡党啊。这代表一个地方的，其实从邻里到乡党，都是乡村结构。而且国家政府机关并不向你派出官员，大部分就是乡村自治。前些天我看到一个材料，说清代时，人口开始大增长，用了不到一百年时间，人口就翻了两番到了三亿多近四亿。为什么呢？因为这个时候从外国传来了产量高的作物，来了玉米、番薯、来了马铃薯，过去粮食产量低，自然形成对于人口增长的抑制，粮食产量高了后，人口自然大爆发。同时，在这样的情况下，清代的官吏跟明代相比，人口翻了两番，但吃行政饭的人，也就是公务员并没有增加。这就说明在这样一种情况下，乡村通过乡绅们的自治，仍然是行之有效的。这些用束腰的带子绅作为命名的人们，在乡村是宗法权力的维系者，是经济生活的维系者，同时也是道德与文化传统的维系者。而正是他们对自己有约束有要求，这种传统才能够存之千年，而不被废弃。如果情形不是这样，如此这些人都是土豪恶霸，这种乡村治理早就被推翻，早就崩溃，废之不存了。

当然，封建社会从形式上是永远结了，经过改天换地的土地改革，绅这个阶层是没有了。现在看来，当年的那些乡绅们，在解放后还受到不公平过激的对待。但是今天的情况正在发生变化，我们可以坐在这里，比较客观地来反观这段历史了。而且我们谈的不是给谁平反的问题，而是谈一个文化传统问题，给一个历史现象一个合情合理也是合乎当时历史事实的文化解释。当年李庄那些乡绅，他们是有代表性的人，代表了中国传统文化的一些人。只有讲清楚他们的故事也才能把士和绅的故事梳理清楚。只有这样，只有有了他们充分的庇护与帮助，就如栗峰碑文中所讲的，“幸而有托，不废研求”。才有那封电报中那简洁而又恳切的话，“同济来川，李庄欢迎，一切需求，当地供应”。所以，当这些文化机构，这些士，这些知识分子来到这里，才能在抗战烽火中觅得一块平安之地，继续专注于自己的学问，自己的研究与教育工作，而弦歌不绝。使得这些人在困顿之中更加表现出谔谔之士最美丽的一面。

是的，就像传统文化决定了乡绅有乡绅对自己的道德与文化要求，知识分子对自己也是有道德与人格要求的，士对自己从来就是有要求。不像今天我们讲知识分子，条件已经过于宽泛，有一定学历就叫知识分子或者有个技术职称就叫知识分子，不是这样的。当然知识分子对自己的第一个要求就是有学养、有学识、有学问，但是只有这个是不够的，知识分子还要有风骨、有气节、有人格。我们在讲李庄故事时，讲士与绅时，有很多知识分子都可以作为楷模来讲。比如傅斯年这个人，可能就是中国的更符合士的要求的知识分子，很多的老先生、知识分子比如董作宾这样的人，他们更多的可能是专注于自己的学问，但是傅斯年这样的人不一样，他要过问国家的政治，他要干预国家的政治，但是你真正要让他去做官，他又不做官，蒋介石亲自请他吃饭，让他当议员，不当。但他一定要当好史语所的所长。那个时候情况不一样，傅斯年们不会觉得在大学里在研究机构里当领导就是做官，那时必须到政府任职才算做官。今天上述所有地方的领导都是官了，这是今天时代带来的变化，这个变化也带来知识分子的某些变化。当年抗战刚结束，李庄的摊子还没收拾，傅斯年就急急忙忙就跑到了北京，他要恢复北大。这个时候国民政府已经任命了胡适当北大校大，西南联大要分开，清华归清华、北大归北大，但胡适还没有从美国回来。傅斯年在李庄的一摊子事还没有收拾的情况下，就跑到北京去了。有点儿争强好胜急于恢复北大，说不能让北大落在清华后面。北大当年撤离后，还有一部分教职工留在北京，在伪北大做事。傅斯年说胡适这个人学问比我好，但办事比我坏，别人让胡适快点儿回来接任北大校长，他却给胡适写信说，你不着急，你慢慢回来，我先去给你代理校长。因为怕你心软，对伪北大的人下不了手。他回去就一件事，只要是在伪北大干过一天的，当年北大撤离后还留在北京，在日本人手下工作的这些人，一个不留。当时，这些人也到政府去静坐上访，也有政府官员找傅斯年说算了吧，除了少数人真给日本人做事，别的也就是混口饭吃。傅不干，说为人没有这样的，我们是北大人，只要这些伪北大的人中有任何一个人留下来，那么对于那些历经千辛万苦，撤离到昆明、到李庄的这些人来说，就是不公平的。后来，他自己说我就是北大的功狗，我就是北大的一条狗，等我把那些人都咬完了，再把校长位子还给胡适。胡适学问大，却是好好先生，他干不了我这种拉下脸皮不讲情面的事情。所以我来当北大的狗，功狗。傅是文化人，他骂自己也是有学问的，这背后是有典故的。功狗这个典故是从刘邦来的。汉高祖刘邦平定了天下，对手下很多人论功行赏的时候，韩信张良等不服，问他，萧何不是跟我们一样帮你打天下吗？为什么萧何做丞相，我们就没有那么大的权力？刘邦说，萧何是功人，有功的人，你们是功狗，有功的狗。不是刘邦看不起那些人，他打了个比方，说好比上山打猎，你们呢像狗一样，是人家指出了猎物在哪里，你们就去追，你们就把猎物追回来。萧何呢，他是能发现猎物并指出猎物在哪里的人，然后计划好门道告诉你们怎么去得到猎物，所以他是猎人，你们是猎狗，但都有功，所以萧何做丞相，他的本事比你们大，他是功人，你们是功狗。这就是功狗的典故。所以说北大教授不会轻易骂自己为狗的，即便骂自己为狗也是要有典故的。所以这些知识分子是在这样一种环境里出来的，知识分子也是要报效国家的。

没来李庄前的史语所还发生过一个故事。这个人在中山大学毕业，曾在史语所工作一段时间。傅斯年把他派到我家乡一带的地方，今天甘孜、松潘、茂县那一带地方，去调查羌族语言，做羌族语言研究，然后，又去做藏族语言的研究，傅斯年对人要求很高，有时候又有点儿着急，几次调查报告拿回来都不满意，不满意这个人。这个人也很硬气，就不理傅了。这个人是爱国青年，还上过军校，突然他到了阿坝就不想回来了，傅斯年写信批评他，他就不回来了，不回来干什么呢？阿坝有个县叫金川县，那个时候已经很汉化了，当地有个绅真是个劣绅，当袍哥首领种植走私鸦片，没有人敢管，县长也不敢管。这个人就找到省政府说，我去那里当县长。当时任用干部的好处是不用像现在要经过副乡长、乡长，跟区长再当县长的这样的过程。上面说你真想去，真敢去，就去吧。那个时候史语所已经搬离李庄了，1946年了，他就真去当了金川县县长。上任没几天，就准备对付那个劣绅，他说前任怎么就把他拿不下？我来把他拿下。他的做法很简单，他对手下人说，你们连《史记》都没读过吗？《史记》里有鸿门宴，我就给他摆一道鸿门宴吧。他真就这么干的，发请帖，请杜总舵把子了——那个劣绅姓杜，请到县政府赴宴。宴席中真的就跟古书里写的一样，酒过几巡，摔杯为号。那位姓杜的袍哥舵把子也有胆气，就敢到县政府喝酒，接到请帖就去了，去会会新到任的县长。真的当这人喝到半醉，就让县长的卫兵把这个人打死了。这位书生县长他真的觉得是为地方除了一大害。但他没想到，第二天，这个人的手下几百人就把县政府包围了，最后把他给杀了，这个史语所出来的人就当了几天县长。也许他不熟谙官场的一套东西，但正因为不愿意尸位素餐，不肯得过且过，自己丢了性命。但他确实用他的死，让国民党政府有了借口，马上派兵镇压，这个县一股尾大不掉的势力，从此被铲除。这是一个书生用他的死换来的。也许在今天现场这些富于行政经验的听众看来，他把这个事想得很简单，但我们确实可以看到，那个时代的知识分子身上，他确实有忧民报国的真切情怀的，而且他这种情怀在史语所这样一个特殊的知识分子群体所形成的氛围中得到巩固和强化。后来我遇到一个台湾史语所的人，我问他你们那儿是不是有他的档案，他说真有这个人，说他当年搞民族语言调查的油印材料还在史语所的学术档案里，还有傅斯年批评他的文字留在上面。然后他愤而出走，愤而去当县长，然后献身。这个人的名字叫黎光明。

我们可以看到围绕史语所的这种故事，我们可以看到那个时代知识分子身上蕴藏的精神与人格力量。我觉得这些故事都还有待于进一步发掘。现在是双向的故事发掘都不够，李庄的故事要更立体更完备更符合当时的历史语境。讲故事是一回事，怎么讲这些故事，用什么样的方式，用什么样的态度讲这些故事又是一回事，这其中都大有文章。有些故事如果处理得不好，就可能像医学院的尸体解剖故事那样，可能会简单化，漫画化。讲到说故事的方式与态度，还有个危险就是，比如说怎么讲梁思成林徽因及其他人的爱情故事，也是一个问题。因为今天我们所处的消费时代，这个故事如果讲得不好，就有可能像当下很多地方一样，只热衷于把林塑造成一个被很多男人疯狂追求的人，这既轻薄了林，也轻薄了那些美好的爱情故事。我们更应该把她作为一个知识分子的建树，尤其是作为一个知识女性在那样的年代里，一个大家闺秀沦落到一个乡间妇女的日常生活的焦虑中的对家庭的倾心维系，对学术研究的坚持表达出来。她的弟弟二战中死在战场上，她是怎么对待的，而不被这巨大的悲痛所摧垮，这是什么样的精神！即便说到爱情，她病得那么重，金岳霖专门从西南联大过来为她养鸡，这故事怎么讲，今天我们的故事讲得太草率了，不庄重，逸闻化。长此以往，李庄这样一个本身可以庄重的，意味隽永的故事慢慢就会消失它的魅力。当然关于这些知识分子，这些士的故事确实是太多了，还是要深入地挖掘。这些学人的后人大多还在，其中很多还是有言说能力的知识分子，也许他们出于对前辈的维护，提供材料的同时，也会规定或影响这个故事的讲述方式。这个当然要尊重，但规定性过强，也会出现问题，这也是需要加以注意的。

到了李庄，我又有新发现，我原来都没想到，在中央博物院突然找到了一个人叫李霖灿，这个人在我做有关丽江泸沽湖的历史文化调查时遇到过，遇到过他写那些地方的文字，后来，这个人就从我的视野中消失，不知所踪了。我在丽江做调查的时候，我就查到在民国时期三十年代到四十年代有三个人写过丽江。其中两个人是外国人，一个叫约瑟夫·洛克。一个是俄国人叫顾彼德·洛克写的书叫《中国西南的古纳西王国》。顾彼德写得书叫《被遗忘的王国》。此外，我还找到过一本小册子，就是李霖灿写的。这是一本游记，当时散乱发表在报刊上，后来有人收集起来，出了一个小册子。那时候李是杭州美专的老师还是学生我记不起来了。学校派他到西南少数民族地区去收集一些美术资料，他就去了丽江和泸沽湖一带，在那个年代，中国人大部分还没留下那些地方的真实记录的时候，搞美术的李霖灿却写了一本跟泸沽湖跟丽江跟玉龙雪山这一带有关的大概几万字的书。至少对我有很重要的参考作用。但后来我就再也找不到这个人去哪儿了，从此再无消息，因为我觉得一个搞美术的，在美术活动中却也不见他的名字，又没见到他继续从事文学书写，从此就断了线了。那次在张家祠，一下子见到他的名字，原来他加入中央博物院了，进了当时那么高的学术机构，就是缘于他在丽江的那段经历。在那里，他从搜集美术资料入手，进而接触到纳西族的文字，并对此发生浓厚兴趣，半路出家，转而对当地的东巴语言和文字进行研究。编撰出了汉语东巴文词典。成了中国知识分子用现代语言学方法研究中国少数民族文字的中国第一代学者，也许今天我们很多学者还在沿用他创建出来的一些方式跟方法。所以要感叹，这个世界很大，但这个世界也很小，一个在我自己研究视野当中失踪了多少年的人，突然在李庄出现，而且，这个人已经从一个搞美术的人变成为一个语言学家。因此可以见得，在当时那么艰难的条件下，他们还在教学相长，还在努力尽一个士、一个知识分子的责任，以学术的方式研究这个国家，建设这个国家。这样的精神，对今天的知识分子来讲，有多么可嘉可贵，自不待言。

前几天我刚好去眉山的彭祖山，我有一个朋友在那儿搞养老地产开发，我去彭祖山一看，在当地档案馆一查，对彭祖山最早的文化考察，对当地汉墓的考古挖掘，也是当时李济所属的在李庄的考古所的人去做的，留下了很有价值的考察报告。那时，你就不得不感慨，在那么艰难的条件下，他们还在认认真真地从事他们的学术事业，有人甚至还到了敦煌，去临摹敦煌壁画，而且一待就是一年两年，天天跟傅斯年写信要钱。傅斯年就又从李庄出发，坐船到重庆，到教育部去求人，去骂人，把钱又要一点儿回来寄给大家花，就是用这样的方式在延续文脉，不使中断。所以我觉得我们要把李庄故事讲好，这些知识分子留下来的生动的故事也要进一步挖掘要整理，而且这些整理要有更好的方式、更直观更生动的方式来呈现，今天我们可以有很多方式做出种种呈现，因为我们的博物馆学已经很发达，博物馆的方式已经有很多很多，我相信能够找到更好的呈现方法。

但是我觉得更重要的是，李庄的故事最精彩之处，就是刚才我讲的，中国的士跟中国的绅的最后一次遭逢，而这次遭逢从人文精神上绽放出这么美丽的光华。而且这在中国历史上一定是最后一次了。如果说知识分子这个阶层，士的精神还会继续在读书人中间继续存在的话，中国乡间的耕读传家的绅是永远不会再现了。

中国传统社会当中最重要的两个阶层在既是抗战时期，也是中国发生翻天覆地巨大的社会革命的前夜，绽放出来这样一种光华，呈现出来这样的历史文化现象，我相信无论我们怎么书写呈现，都绝不为过，也是具有非常特别的意义的，对我们构建我们民族文化的记忆，尤其是一个地方历史文化的记忆，这一章是非常重要的。从这个意义上讲，李庄是非常重要的，李庄是非常珍贵的，李庄是值得我们永远珍视的，因为只有在这样一个历史节点上，士和绅这样两个阶层在这样的时刻，都向中国人展示了他们品格中最美好最灿烂耀眼的那一面！所以我认为但凡对于中国文化怀有敬意，对于中国文化那些优质基因的消失感到有丝丝惋惜的人，都应该来到李庄，在这个地方被感动被熏染。

我记得老子《道德经》中有这样一句话——在我感觉中，老子是个悲观主义者，总感叹这个社会在精神道德上处在退化之中。所以，他说："失道而后德，失德而后仁，失仁而后义，失义而后礼。"他说这个世界本是按大道自在运行的，但人的弱点，人性的弱点，让人失去自然天道的依凭，而不得不讲求德，这已经不是自然状态了，只好用德这个东西来自我约束和彼此约束，只好退而求其次，"失道而后德"。但最后我们连德也守不住，就"失德而后仁"，当我们失去自我约束，所谓仁，就是我们只能要求我对别人好一点儿，别人也对我好一点儿，特别是统治者对我们好一点儿，我周围比我强大的人对我好一点儿，这也就是孔子说的仁者爱人。但仁也守不住，"失仁而后义"，说仁也不成了，就只好讲点儿义气。到义气就很不好了，义气就是我们这帮人扎在一起搞成一个小团体，小团体内部彼此很好，但对团体外面的人很差，我们想想中国的传统小说，《三国演义》里刘关张之间当然有义，但他们对别人就可能仁也没有德也没有了。《水浒传》里，宋江和李逵有义，宋江被抓了，李逵为救他不顾生死去劫法场，讲不讲义气？中国人觉得这个特别好，但我们看李逵从法场上救出宋江，往江边码头狂奔，一路抡起斧子就砍，砍到江边砍了多少人？对宋江有义对其他被他砍的人有义吗？用今天的眼光来看，李逵简直就是古代版的恐怖分子嘛，所以到义已经就非常不堪了。但是在李庄故事里我们回过头来看到，不管是这些知识分子，还是接纳他们的这些乡绅，我想先不说道，但至少还在德跟仁的层面上，在这个层面上我们来看到中国传统文化当中的这些因素，在不同方向上对不同层面的人都形成了某种有效的制约，使这些在达成了某种人格，达到了某种今天人难以企及的境界。这种关系用今天话来讲，还是一种充满了正能量的关系。所以李庄在传统文化维度上的教育意义肯定比中国武侠小说要强。中国文化，中国的人际关系到了要靠义来维护的时候，其实已经很不堪了。但是，李庄故事不是这样的，李庄故事还会给所有人以温暖的感染。

在今天这个已经高度组织化的社会，在社会深刻转型变革的时期，在时代剧烈的动荡当中，其实讲求义都很困难。背信弃义这个词，在中国语言中存在也已经很久了。想想这个局面，真是令人不寒而栗。而在那样一个动荡的时代当中，李庄这样一个地方，还保存了读书种子，还保存了文明之光，更重要的是通过士与绅这两个阶层的结合，保存了中国传统社会当中的那种基本的道德感，基本的人性的人情的温暖，这就是李庄让人流连忘返的所在，让人觉得李庄故事了不起的地方。

2016年3月

为什么是文学？

梁鸿鹰

对文学的最初感情来自我的母亲和外祖母。

是母亲讲述的《西游记》和民间故事让我知道了日常生活之外幻想世界的精彩。记得我在上学前后那段时间，已经养病在家的母亲经常给我和妹妹讲唐僧带着徒弟西天取经的故事，唐僧收徒弟、蟠桃会、大闹天宫、猪八戒吃西瓜、高老庄娶亲、三打白骨精、过火焰山，以及豌豆公主、东郭先生的故事，多么奇幻迷人，她讲的“洋铁桶”历险记、小兵张嘎，一直被我视为民间传说。姥姥则用她浓重的胶东口音给我们讲牛郎织女、八月十五的传说，当然最多的是用“狼来了”的故事吓唬我们。她们的讲述牵动着我们的每一根神经，我们一遍遍着迷地听着。这些故事是那么美好、直接、有趣，里面的人物铅华洗净、音容毕现，他们的呼吸、他们的声音好像就在我们四周一样触手可及，我确信妖怪们的魔力货真价实，相信豌豆公主有那般娇嫩，也丝毫不怀疑“洋铁桶”跳进粪坑就能躲过日本鬼子的追杀。这些故事诉诸我的想象，把我对世界的认识立体化、具象化、趣味化，这些“文学的人物”在遥远的空间和时间里飘来飘去，我渴望变成他们中间的一员，与他们在一起，参与他们的游戏与生活。

当我拥有了自己的连环画的时候，事情就不同了，图与文的结合给了我更多想象飞升的空间。我忘不了高尔基的《童年》《在人间》和《我的大学》。那个穿着厚厚衣服、永远围着围巾或者披肩的“外祖母”让我怎样痴迷，又让我暗自流下多少泪啊——外祖母，我们身边也有个慈祥无边的亲爱的外祖母。这三本“小人书”让我看到了这个世界上居然有那么多的争吵、搏斗、哭闹，有那么多的贫穷、欺诈、绝望。终于，我看到倒霉的阿列克塞长大了，他不单活下来了，还读上了书、出人头地了。可看到他在《列宁在1918》和《列宁在十月》里以紧锁眉头的大胡子形象出现的时候，除了高个头让我佩服外，我对高尔基大失所望。但这个“三部曲”给我的冲击是巨大的，我似乎由此开始设想自己未来的生活。

忽然有一天，我在里屋的书架上发现了邹韬奋文集中的两册——《萍踪寄语》《萍踪忆语》，这是怎样漂亮的书啊，硬壳精装，美轮美奂，上面有穿扮入时的男男女女的照片，工整的蝇头小楷信件影印件，邹韬奋一张英气逼人的标准像，所有这一切与我生活的那个物质、文化双重匮乏的现实相距都太遥远了，这本书让我心里隐隐作痛！一页又一页地翻开、读着，我似懂非懂，只记得，邹韬奋在旅俄（或旅欧）的轮船上，看了一路、写了一路。可邹先生笔下这些人的生活离我们整天嚼红薯干、吃钢丝面，过节才能吃大米饭的现实无异于天上地下，这个优雅的、由女士和绅士构成的世界似乎不比齐天大圣上天入地的生活更现实。我们未来可能过这样的生活吗？我当时这样想。

这种感受很快就被《高玉宝》《把一切献给党》《平原枪声》《铁道游击队》等带来的快感给淹没了，在打打杀杀的热闹中，在穷人翻身的喜悦中，我浪掷着自己的精力，投入自己的想象，这些小说或者读物帮我认识历史、认识世界——原来世上历来就有地主和贫农，他们水火不容，就像八路军和日本鬼子必须你死我活一样。《野火春风斗古城》《苦菜花》和《林海雪原》则给我更复杂的感受，里面的情感纠葛、多角男女关系吸引了我，革命的图景退在后面。正在我费力地要解读这些的时候，手抄本《梅花党》《一只绣花鞋》扑面而来，这些另类的革命斗争史、反特史，让我读得气喘吁吁、汗流浃背，而不同版本的手抄《第二次握手》则令我强烈地感觉到“知识分子”叙事的酸腐。手抄本文学在正规出版物之外构建的世界，从另外的维度上考验了我的想象力。

上高中前后，我开始用零花钱邮购上海的《文汇月刊》和北大的《未名湖》。《文汇月刊》封面很长一段时间都是竖排的，骑钉印装，读的东西我全忘了，只记得里面的文章大声疾呼“文化开禁”。除了“伤痕文学”“知青血泪”之外，我对朴素的《未名湖》的记忆只剩下王友琴和卢新华。王友琴是全国的高考状元，卢新华则命名了“伤痕文学”。接着，我几乎跟踪似的，读刘心武、张洁、蒋子龙、徐迟，读张承志、阿城、韩少功、张辛欣，再后来就读到了很多让人心惊肉跳、想入非非的东西——因为我已进入了青春期。20世纪80年代的我国当代文学作品基本上消解了我在“文革”后期通过读《金光大道》《西沙之战》《红雨》和《小靳庄诗选》等建立起来的社会图景。

高中毕业选择文学是必然的，此时文学已经成为我鲜明的爱好。上大学后，我把精力一头扎进外国文学的阅读中，主要是欧美文学——当然也只是翻译文本，如，董秋斯译的《战争与和平》《大卫·科波菲尔》，罗玉君译的《红与黑》，汝龙译的《复活》，周扬、谢素台译的《安娜·卡列尼娜》，傅雷译的《高老头》《欧也妮·葛朗台》《幻灭》，李健吾译的《包法利夫人》，钱春绮译的《浮士德》，杨苡译的《呼啸山庄》，李青崖译的《温泉》，罗大冈译的《约翰·克利斯朵夫》，张谷若译的《德伯家的苔丝》，朱维之译的《失乐园》，查良铮译的《雪莱诗选》，王佐良译的《唐璜》，楚图南译的《草叶集》，杨绛译的《堂吉诃德》，朱生豪译的《莎士比亚全集》，纳训译的《一千零一夜》，祝英庆译的《简·爱》，李文俊译的《喧嚣与骚动》等，那些用发暗的新闻纸印出来、封面简约又大方的名著，伴我度过了多少个欣喜的夜晚啊。我只读经典的、最有名的东西，杨武能译的《少年维特的烦恼》、傅东华译的《飘》只能当作消遣的补充来读。这一番恶补使我看到外国经典的伟大，也感受了这些翻译名家的学养，名著的风范，是我在当代文学中很难感受到的。经典作品中的道德、正义、哲理魅力令我着迷，文学世界的宏大、精妙让我彻底折服。但我得承认，四年当中，唯一一本让我读得大气不敢出的作品是英国作家乔治·奥维尔的《1984》。我在外版书库偶然发现了这本书，是台湾译的竖排版。不让外借，我泡在图书馆读了两天，一种“窥破天机”或读“反动书”的感觉让我心惊胆战了两天。书是在1984年之前读到的，过了1984年，我也就把它抛在了九霄云外。

在大学后半阶段我又重新发现了中国现代作家的不凡、古代话本小说的智慧，但即使是冰山之一角，我也尚未得时间窥其究竟于一二。这是我至今引为遗憾的。

大学时代学习的文学理论，从总体上看是苏联的框架，是对延安文艺座谈会讲话精神的贯彻，20世纪五六十年代的话语，但今天仍然有用。这就是理论的光芒。毕业后我留在文艺理论研究室，作家温小钰建议我到哲学系进修美学和西方哲学，以便承担更多的教学任务。我立下宏愿苦读中外文论，阅读兴奋点并没有转向中国当代文学。没想到一年后，我被派支援西部教育。边履行“支教”的使命，边复习考研究生，我只得权且在各种文学选本中领略到一星半点文学之永恒与壮美。

三年研究生的生活是在无拘无束的无序状态中度过的。我们同专业的几个人，大都没有按照专业规定的方向读书，而是遇到什么读什么，“二战”以后特别是20世纪60年代以来的美国文学让我痴迷，我尤其对几位犹太作家感兴趣。南开大学校友美籍华人周仲铮给校图书馆捐助的大量英文书，我走马灯似的借过不少。印象最深的是波兰裔美国犹太作家杰西·柯辛斯基（Jerzy Kosinsky）的《漆鸟》（The Painted Bird），该书引马雅可夫斯基诗句作为题献——“只有上帝，/真正全知全能，/知道他们（人类）是不同种群的/哺乳动物”。篇幅不大，通过“二战”中从纳粹魔掌中逃出来的犹太男孩的眼睛，写东欧偏远落后地区的五光十色社会生活，主题是痛斥人类的愚昧与自相残杀，语言极简明、极有韵味。但后来，声名鹊起、已经贵为美国笔会主席的柯辛斯基终因剽窃、作伪曝光于1991年自杀。研究生阶段的美国小说阅读使我感受到，由二十六个字母组合起来的英语世界可以那样动人、可以那样意会与言传！从此之后，我再不愿读翻译作品——老一辈翻译家的译作除外。我理解，美国文学涉及的主题、宣示的理念，蕴藉的各种现代意识，实际上是人类长期思考的一些共同问题，但正是来自四面八方、有着不同族裔、人生和教育背景的美国作家，把这些题旨揭示得更有穿透力，从而搅动了世界文坛。霍夫曼的《美国当代文学史》对此进行的充分感性化梳理和分析，则极大提升了美国文学的影响力。

研究生毕业论文题目选择的是亨利·詹姆斯小说叙事理论研究，为此我似懂非懂地啃了大量有关詹姆斯的书，还专门从天津到北京的美术馆东街22号拜访过詹姆斯的译者、北大西语系教授赵萝蕤。当时老太太穿中式棉袄，独守着个偌大的院子，若干年后，《三联生活周刊》专门就这个院子被拆做过一期“封面文章”，这时的赵教授已经作古，让人感慨良多。我在她家头一次看到像图书馆一样前后排列摆放的书架，架子上的书都很老旧，在昏暗的光线中默默地等待人们的翻阅。想不起谈话的内容了，只记得她说话江浙口音重，好歪着头，双眼从镜片后面紧紧地盯着我。我立题的时候詹姆斯还是个时髦题目，待我做完，这个题目已经“臭遍街”了。我的文章受当时“思潮热”“翻译热”“西方热”的影响很重，注重理论论证，不愿用文学实践支撑。关于小说叙事问题，南开大学通过对中国古代小说的研究多有揭示，如果把中外的实践经验与理论结合起来，对我国的小说创作想必会多有助益。如果东与西老死不相往来，学术与实践也永远隔离，文学研究又有何用？

到机关工作后，我做的第一件事情是通读《鲁迅全集》，然后就东一榔头、西一棒槌地读杂书。逛书店，特别是逛旧书店的毛病依然未改，我购进了大量的书，并开始重新触摸老祖宗留下的东西。书法字帖、中医典籍、杂家论著，我在那里面窥得了幽深无比的所在，初步领略了属于我们民族的表达方式、思维方式的奇妙，这里的大气与细腻，狂躁与沉敛，具体与抽象，似乎你永远也探求不尽。无论是刘勰、傅山，还是李斗、曹去晶，他们构建的世界诱惑着我们，这个迷人的世界让我们后人自卑。

但我确信，无论是古代的、现代的还是外国的、中国的，文学永远值得用生命去探究和守望。

为什么是文学?

为什么要守望文学的天空?

文学让我们想起生命的短暂，文学提醒我们宇宙的有限与无限；

文学让我们想起在这个世界上，作为过客和羁旅者，我们是孤独的；

文学也让我们想起自己是高贵的、聪慧的，因而也无比幸运。

2016年5月

海　水　谣（节选）

赖赛飞

让我的文字组成一支船队，渡经太平洋、印度洋、大西洋，始终追随在你身旁。

行走在陆地，就看见了海水或想起了海，岛上的人总是这样一心二用。

现在是深夜，回家的路上。无尽的跨海大桥通畅无人，风一直呼啸，我渐渐不能确定自己到底算是身在海上还是陆地。车内音乐与窗外的风一路顽强抗衡，英国歌手洛德·史都华（Rod stewart）的《远航》（*Sailing*）听上去意外有了现场感：

我在远航，我在远航，

（I am sailing，I am sailing，）

穿越海洋，重回故乡。

（home again 'cross the sea.）

我在远航，穿越风暴

（I am sailing stormy waters，）

向你靠近，获得自由。

（to be near you，to be free.）

这是能从年少喜欢到年老的一首歌——少年想象出来的与老年成为经历的流浪、沧桑。成为歌手之前，洛德·史都华曾流浪各国，想必就心境沧桑。因此很容易将他带有丝丝沙哑的嗓音，当作已然经过磨损的材质，上面少去一些什么又多出一些什么。这种质感很契合渔夫水手在风浪中嘶吼过的毛糙嗓音，一样充满通过坎坷岁月之后落下的纹理，带着四处流浪历经沧桑的平静——能够打动人的常常不是流浪感、沧桑感本身，而是后面的终极平静，不管这是出于到达了目的地还是前方根本无路可走。

在歌声中，想象今晚见面的他们，明天就将起航远去。

反过来，地球终归是圆的，随着船越走越远，日历本越撕越薄，离重回陆地重回故乡的日子也将越来越近。

四周一片黑暗，只有点点路灯照耀我们前方的路。虽则大桥两端搭上了陆地，桥身下面却一直海水奔涌——这可以算是海上的夜晚吧。如果没有人间的灯火，就只有天上的星星照耀人们的勇敢，只有希望照耀他们的内心。

很久以来，一场无休无止的追赶在海陆之间发生着，久到已不清楚是谁发起的这场追赶。

我只知道处在海陆之间的岛上人，一直被生活追赶，下饺子一样落到了海面。在那里，他们追赶起鱼群。从港口开始，追出东海，往上追到黄海，往下追到南海。现在，出太平洋、过印度洋，一直追至大西洋。今天，当我拔脚追赶他们翩若风帆的背影，穿过五十公里长桥，经过无数块大小不一的陆地，从象山的石浦港一直追到舟山的沈家门港。

那一夜，是宁波欧亚远洋渔业公司其中两艘远洋鱿钓船起航的前夕，我们坐在沈家门港的海鲜排档，在一系列海阔天空后，约定两年后再次聚首。

沈家门港与石浦港风韵神似，尤其是渔港之夜，潮水在呼吸，渔火闪烁不停，沿港马路上车如流水马如龙。在此坐看生活与人生，追赶的紧迫感与动荡感仍未平息：眼前不是潮起就是潮落，不是启航就是归航，聚散之间的宁静相守只在平潮期，注定短促得很。

周围全是人，每个人都在大声说话，一朵声浪激打着另一朵声浪，满大厅浪花滚涌，比身边的海还要喧哗。一桌人陷身其中，如果不想遭受灭顶之灾，必须用尽力气说话，我感到自己的嗓音也开始毛糙了。

小刚、大梁、老贵，大家都是岛上人。岛上人有个明显特点是，越大的事情越往小里说，越重的事情越往轻里说，越长的事情越往短里说，结果所有事情都变得轻描淡写。用书面语总结：世上本无事。

就像今天，他们这一去，两年后归国，中途会在异国港口短暂逗留。算起来，一年上岸一次。

依我的感受，这种长时间的飘浮生活就相当于到了外太空。马上想到脚下这颗坚实的星球，想到它上面最基本的物种——植物，即使在夜色里也升起了满眼绿色，而不是一望无际深不可测的蓝色。

没有它们的日子！

在此情绪支配下，把店里能有的蔬菜都点了一遍。舟山不愧是在海中央，除了海鲜，竟只有三五种蔬菜摆上台面。

后来看出来，一长溜排档是同样的海鲜，明晃晃地排列，那种架势恨不得全部是海鲜。这几乎是一种预兆，暗示接下去的日子里只有海与鱼，对于坐在我对面的三位而言。

远洋渔轮上生活用品齐备，包括碟片与书籍这类精神食粮，还有海水淡化装置……所有居家过日子的东西，供应一大家子几十口人。不过年龄最小的小刚这次又带下去一大堆小零食，手机里下载有无数的音乐、电影和游戏——琐琐碎碎的另一种小零食，像一只面临漫长冬季的小仓鼠，一心从陆地搜罗了种种私房货塞满自己的海上小窝。这两年里，手机的基本功能——通讯会被彻底荒废。闲置通讯功能的通信工具，有点儿像守空房的人，将在同样的时长里与它的主人同病相怜。

小刚二十岁出海，已经有了四年远洋经历。当年他一出东海就吐，总算没有一路吐到大西洋。过马六甲海峡的时候，他已经能从舱里走出来徐步观赏异国风情。其实，初出海者翻江倒海的日子里，船上一切都在照常运转。渔船正在赶往渔场的途中，长达五六十天时间，除了一些准备工作要做，场面平静得沉闷，只有波浪起伏，机器轰鸣，无穷无尽。连那些忠告听上去也千篇一律老生常谈：吐归吐，吃归吃；不要躺在难受上，能干活决不休息。

世上能管用的教诲或规则常常冷酷。小刚自被投入到由自然掌控的巨大摇篮里就开始重新生长，逐渐饮食如常健步如飞，目前做到了二管轮的职位。通常守在机舱里，那是船上世界的底部，也是这个世界的动力所在，一个基础性位置。只要船在海面上，不管是航行还是锚泊，安装有主、副机的机舱永远回荡着隆隆声。金属和柴油制造出来的混响，含着所有的重浊，狂灌入耳。小刚表述得出的感受反而是刚摆脱出来那会儿，觉得一切轻若鸿毛，自身脚不沾泥，似在离地飘荡。

同样在机舱里，目光与触手所及的只有金属的硬度。就是在金属包裹之中，仿佛有颗强大的心脏在不断跳动，而他的小心脏是跟它同存在同搏动的。照此推理假设，在洋里，船上机器停止带来的冲击感，必定与船上人自己心脏的停止相等。

不过，在搜罗天下零碎打包拖进船舱这件事情上，负有看守心脏责任的小刚终究是流露出了还未褪尽的孩子气。

大梁大了五岁，出洋五年，顺利做到了渔捞长的职位。他的地盘在甲板上，处于中间层，直接面向大海。风浪扑上来时，海水从甲板上倾泻而过。五六十台钓机安装在船舷两侧和尾部，伴有一倍多的水上诱鱼灯，比起陆上的路灯显得又密又亮。钓手在此照管，所有的鱼也从这儿上岸。与小刚的固守相比，他属于船上满世界转悠的那个人。所面对的人与事最多最杂，所以他带下去的私人藏品里啤酒是大宗。

酒是提兴之物，也是消解之物，不仅作用于自身，更重要的是能在人与人之间起化学反应，从而使得他的管辖更为顺风顺水。这就是多五年人生经历的不同。

老贵是大管轮，同小刚都在机舱里主持。与这两个年轻人直接出远洋不同，老贵在此之前已经做了二十年渔民。十六岁出海，今年正好四十岁。对于他来说，除了时间长度悬殊的差异，远洋捕捞比起以往的近海捕捞反倒相对轻松，因为自动化程度高。

出海年头长了，就像出门上班去一样，拎包走人，甚至不用家属来码头送他。显然他除了能照管好机舱重地，也能把自己照顾仔细。这次也没带额外的，只悄悄带了今年加给自己的新任务：两年之内能够把这个麻雀虽小五脏俱全的世界完全摸透，以便在下一个航次承担更重大的责任。我想，他本次坚持留在原职位再待上两年加深历练，无非是缘于踏实。这踏实固然来自于他的天性，还应该来自于他漫长的海上经历：过去的海上二十四年，他经历了多少风云突变，闭上眼睛也知道海上会有种种状况，就是没有多少惊喜也不见得有多可怕。

闲暇时光，老贵大致在养精蓄锐。饮食如常，按时作息，自始至终留神观察船上的各项运行。少数时候，他也承认拿出手机翻过。随着粗大的手指小心划过屏幕，现出女儿拍摄的照片：她的各种自拍，母女俩的合照。出现在照片里的还有老屋、前后院、整个村子……甚至还有一段漂亮的海岸线，带着令人震撼的厚重感，层次分明——从下到上为浅色砾石滩、褐色土层、葱绿的草木带，都是海上见不着的好东西，恍若母女俩的明眸皓齿和纷纷飘扬开来的青丝。作为属下的小刚说，只有那时候，大管轮一贯平静的脸会出现各种变化。

在船上，生产是绝对的前置，这一点所有人都心知肚明。一切围绕着生产转动，他们的作息时间随生产节奏的快慢自行拉长或压缩，鱼情的出现、海况的变化是无声却绝对权威的命令。他们的心情也会随着生产过程的顺利与否而起落。毫无疑问，人们清楚来到这里，就是为了捕到鱼，直接，单一，这在下船之前就已经过反复的权衡。

一只船当然就是一个世界，很小，也就是一只船的长、宽、高，余外不能有丝毫的开疆拓土。因缺少周旋余地，二选一，在远洋渔业里变成一个虽然重大却日常性的命题。

比如，对于一个渔民，下海，还是上岸，意味着一个人的职业生涯发生变化，跨度巨大，很难轻易做出决定或改变。对于一个家庭，要一个相对宽裕稳定的收入保证还是要一份长相厮守的团圆，还能简化为要钱还是要人。这种二选一甚至延续到具体操作上。对于一艘船来说，下锚于此于彼，可能意味着鱼虾满舱或两手空空。风暴来临时，船头与波涛是处于正对还是未能正对，可能意味着有惊无险或其他——在海边生活的人，无法假装不知道这个深渊从未停止吞没它看中的猎物。

即使在具体生产上，招收再普通的船员，要他还是不要，同样面临重大抉择。

这两艘船上都是三十来个人，是它们全部的居民。船上不养闲人，每个人都对应着一种职责，一律责任重大——重大到没有他的职责支撑，这个小世界至少坍塌掉一部分。不用说船长不到船出不了港、不下令下不了钓，就是船上的厨师，如果他没有准备好饭菜，整个世界都饿肚皮；他的手艺糟糕，世界上的人胃口全倒。其他的人直接参与到捕鱼的各个环节，环环相扣，这个浮在洋面上的世界才能一切正常。

在大洋深处，船像从地球上分离出来的部分，带着一些陆地上的特征，包括错综复杂的社会关系。这种船上，人员的构成五花八门。地域上看，有来自沿海的，也有来自内陆的；有来自本乡本土的，也有来自异国他乡的。长相、言语、风俗习惯各不同，却要同吃同住同劳动。从经历上，有资深远洋渔民，有普通渔民，有新手，还有的干脆没见过海，却要时刻准备着出手应对突发事件。从素质上说，远洋一块要求最高：心理素质，能适应长期的动荡和寂寞；身体素质，能适应特殊的生存环境和高强度的劳动；技术素质，远洋捕捞的现代化程度越高，对从业人员的技术要求越专业。

不排除有这样的情况，某个人包括某条船仅仅是过高估计了他的其中一方面素质：心理。出海以后才吵闹着非要调转船头回来。这一来一回就是几个月的航程，整条船，一船人。除了经济损失，带来的无奈与沮丧情绪难以形容，能够从船上一路弥漫到陆地，事情过去很久才会慢慢散去。

眼前的三位显然很清楚并适应了自己的选择，尤其是老贵，表达了绝对不可能转行的意思，这跟前段时间遇见的两位船长，连黝黑的肤色和雷打不动的神情都高度雷同。一个人从事海上作业的时间越久，就越离不开海，出于某种说不清楚的缘由。一定要说出来的只有三言两语：只会在海上工作，上岸没我们什么事，而且陆上太复杂，应付不过来。

这样一来，只能用热爱二字来形容。

这倒是实情。远洋渔业里，海有多大，自然就有多大，船与人继续保持渺小。在陆地上，人的周围越拥挤，自然越被无限挤压，最后只剩下人窜来窜去，争来抢去。船上世界不但小，而且简约。生产工具占据主体，生活设置靠边，其他屈指可数。所有人的所有心思，首先集中在捕鱼上，完全是围着同一目标，朝着同一方向努力。然后是休息，这不比劳动次要，只有休息好，吃饱睡足，才能有足够的体力和精力，保持住健康体魄。

劳动和休息占去了船上世界的绝大部分时光，剩下来的才是消闲。这时光不多，但不可或缺，尤为柔软可感。

每次小刚回到舱房里的格子床，还是像仓鼠钻进储备充裕的窝里。扔口小零食，戴上耳机，音乐声传来，属于机舱的巨大噪声终于退后，如同漫长的狂风呼啸后忽然平息。只有船还在摇晃，但他习惯了，就如同习惯了地球旋转的人们，并不跟着晕头转向。海已经在外面，这个小空间里，顶灯照射下，柜子、小凳子、被窝、风扇、书籍、食品。紧凑，又有点男孩的杂乱和生机。大部分时间，他都陷入年轻劳动者深长的睡眠。

一本日历就钉在柜壁上，是老式的，引人注目。一般来说，年轻的日子不用计较，尤其是喜欢追赶时尚的年轻人，如果不是在船上，他肯定不用更不会用这种日历。它的纸张单薄，印刷粗糙，只有标在上面的日子并非偷工减料，有多少天就有多少张，过二十四小时才能撕一张，痛快得用不了一秒钟。提前撕去也不是不可以，但撕得去日历，撕不走日子，它还在后头。不管在哪里，发生了什么，人间的日子不紧不慢地走。小刚说，有时候忙到第二天，发觉可以连撕两张，一下子过去两天，好像赚到了一天。当然，开始想——想陆地、想家、想人、想花草蔬菜的时候，那一天就会变得漫长。

偶尔，他会带着手机去拍日落。只要是晴天，洋面上的日落场面在他的相片里和印象里每回都那么宏大壮丽，远非近海船上所见。那里的天空异样低垂、海面无限旷远，海天之际，一切扁平，延展，只有处在交界线的落日特别圆，特别红，也特别孤独。作为唯一的点，它像绝无仅有的眼眸，支撑开了海与天并以其为上下眼帘，正与一双来自洋面某块甲板上的人类之眼对视。然后从无声的辉煌走向暗黑中的寂灭，实在花不了多长时间，就像小刚能用来沐浴它温暖的时光并没有多少。

海面上出现的大鱼已经引不起他的惊讶，那些奋力跃出海面的身躯，喷向天空的水柱。作为一种正常现象，就好像在岸上行走穿过了摇曳在两旁的树木。与鱼相比，那些长着巨大翅膀的海鸟比较能带动他的想象：飞越天空、陆地、原野、山川……

他也养蔬菜玩。蒜头、葱头都是好品种，即使没有水，它们也会生长。绿色冒上来，不是蓝色的银色的黑色的红色的，是绿叶蔬菜。等到观赏够了割下来成为新鲜配菜，增色、提香，让人开胃。

2016年12月

下步踏向何处?

冯骥才

一、当头一棒

1979年11月文代会开过，我扛着热烘烘的一团梦想返回天津，准备大干一场。此时这种感觉我已经充分又饱满地写在《凌汛》中了。心中想写和要写的东西很像，如今春运时车站里的人群——紧紧地挤成一团。我完全不知道自己身体内潜藏着一种危险，很可怕的危险。记得当时我对人文社的一位责编说，我有一种要爆发的感觉，我信心满满，扬扬自得，好像我要创造一个文学奇迹，记得当时我还不知轻重地写过一篇随笔《闯出一个新天地》，完全不知道自己的身体已经承受不住了，要出大问题了。我给自己的压力太大了!

1979年整整一年，我都陷在一种冲动中，片刻不得安宁，不得喘息。半夜冲动起来披衣伏案挥笔是常有的事。这一年我写的东西太多太多。中篇就有三部：《铺花的歧路》《啊！》《斗寒图》，都是从心里掏出的“伤痕文学”。还有许多短篇和散文随笔。散文《挑山工》也是在这期间写的。往往在一部作品写作的高潮中，会突然冒出一个更强烈的故事和人物，恨不得把正在写的东西放下，先写这个更新更有冲击力的小说。我有点儿控制不住自己了。我感觉自己整天是在跳动着。我那时烟抽得很凶。因为有了稿费，可以换一些好牌子的烟来抽，把“战斗”换成“恒大”。我不知烟抽得愈来愈多，是因为好烟抽得过瘾，还是烟有助于思维？烟使我更兴奋更有灵感，还是更理性与更清晰？于是我小小的书桌上天天堆满大量的手稿、信件和堆满烟蒂的小碟小碗。有时来不及把烟蒂放进小碗，就带着火按灭在书桌的侧面。烟头落了一地。这是一种带点儿野蛮意味的疯狂的写作。

刺激我写作的另一种力量来自读者的来信。

那时一部作品发表激起的反响，对于今天的作家是不可思议的。来自天南海北的信件真如雪片一般扑面而来。在没有电话的时代，读者迫不及待想要与你说话时只有靠写信。那个时代的读者可不是盲目的粉丝，他们都是由于被你的作品深深打动了、心里有话渴望对你说、要与你共同思考的陌生人。每天的读者来信塞满了我的信箱，我不得不动手用木板自制一个更大的信箱，挂在院中的墙上。每当打开信箱时，里边的信会像灌满的水一泄而出，弄不好掉了一地。这使我每天开信箱时要用一个敞口的提篮接着。

那是一个纯粹的时代，所有的信件都是纯粹的。真实的情感与真切的思考。这些来自全国各地的信使用各式各样的信封；有的人很穷，信封是用纸自己糊的；有的读者不知道我的地址，信封上只写“天津作家冯骥才”，甚至“天津市《×××》（我的某篇小说的篇名）作者冯骥才”，这使我想起契诃夫的小说《万卡》：九岁的万卡第一次给他乡下的爷爷写信时，不知道自己家的地址，在信封上只写了“乡下的爷爷收”。还好，由于我的信太多，邮局里的人熟悉我，只要上边有我的名字，我都能收到。

这些信有的来自遥远的村镇，再远的来自边疆，大多地名我从来没听说过。信里边的内容全是掏心窝的话，全是被我感动、反过来又深深感动我的话。他们向你倾诉衷肠，倒苦水，把心中种种无法摆脱的困扰告诉你，把你当作真正可以信赖的朋友，甚至不怕把自己的隐私乃至悔恨告诉你；还有的人把厚厚一叠请求平反的材料认认真真寄给你，他们把你当作“青天大老爷”。碰到这种信我真不知道该怎么办才好。

这样，我才知道当时大地上有那么广阔无边的苦难与冤屈。那部《铺花的歧路》招致那么多老红卫兵写信给我，叫我知道时代强加给他们的苦恼有多么深刻。尤其一种来信给我的印象至今不灭。这种信打开时会发出轻轻的沙沙声。原来这些读者写信时，一边写一边流着泪，泪滴纸上，模糊了字迹。我原先不知道眼泪也有一点点黏性。当把信写好折起来，放在信封里，邮寄过程中一挤压，信纸会轻微地粘在一起，打开信时便发出沙沙声。这极轻微的声音却强烈地打动我的心。我从来没想过自己的写作，竟与这么广泛的未曾谋面的人心灵相通。文学的意义就这样叫我感悟到了。

1979年我写过一篇文章《作家的社会职责》。我说我们的社会职责是“回答时代向我们重新提出的问题”，我们的写作“是在惨痛的历史教训中开始的，姗姗而来的新生活还有许多理想乃至幻想的成分。”在这样的时代，“作家必需探索真理，勇于回答迫切的社会问题，代言于人民。”我在这篇文章中专有一节是“作家应是人民的代言人。”这是“文革”刚刚过去的那一代作家最具社会担当与思想勇气的一句话。

这样一来，不但让我自觉地把自己钉在“时代责任”的十字架上，也把身上的压力自我“坐实”。我常说“我们是责任的一代”，就是缘自这个时代。它是特殊时代打在我们一代骨头上的烙印，一辈子抹不去。不管背负它有多沉重，不管平时看得见或看不见，到了关键时候它就会自动“发作”，直到近二十年我自愿承担的文化遗产保护——这是后话了。

现在，我要说说个人经历的一场灾难了。

在长期各种——外部的和自我的压力下，我的身体发生了问题。最初出现了两个迹象。一是在1979年初冬一个夜里，我埋头在抽烟时吐出的一团团银白色浓雾里写作时，忽然脑袋有一种异样感。我感觉我对所有东西好像全都隔着“一层”，没有感觉了。这十分奇怪。我叫醒爱人，说我脑袋不大舒服，出去散散步，便下楼出门，走到大街上。那时城市很少汽车，也没有夜生活，路灯昏暗，但十分安静。我走了一会儿脑袋仍然感觉是空的，我试着背诵几首古诗，检查一下自己的脑袋好不好使，这些古诗倒还都记得；再想一想自己正在写的小说，却什么想法也没有，好像机器停摆了，我不知自己犯了什么病，走了一大圈也不见好，回来倒下便睡。早晨醒来竟然完全恢复，昨天夜里那种离奇并有点儿可怕的感觉一点儿都没有了，脑袋里一切如常，我就接着干活。以前除去感冒我没生过什么病，眼下又急着写东西，便没有把昨夜诡异的感觉当作一个危险的信号。

过几个月，《人民文学》通知我去北京参加一个短篇小说的“交流班”，与陈世旭、贾大山、艾克拜尔·米吉提等五六个人同住一屋。后来才知道我们都是1979年全国优秀小说奖的获奖者。我们天天在屋里聊天说笑，可是我又出现一个毛病，经常感到有一种身体突然往下一掉的感觉，同时还有种断了气的不舒服的感觉。这种感觉不时地出现，这又是什么毛病呢？反正我年轻，能扛得住，先不理它。那时获得全国的小说奖是一个很大的荣誉，心头的兴奋把潜在的疾患压住了。由北京返回天津那些天，这种身体的不适竟然也消失了，好像消失得无影无踪，我认为这就过去了呢。

一天，百花文艺出版社请我去讲一讲北京文坛的情况。那时，文坛的前沿和中心都在北京，我一半时间在北京，又刚刚获奖归来，各种情况知道得多。我到了出版社，和编辑们坐下来兴致勃勃地刚刚一聊，突然感觉胸部有很强的压抑感，呼吸吃力，甚至说不出话来。大家发现我脸色不对，前额竟流下冷汗来，叫我别讲了，说我肯定这段时间过累。我天性好强，不舒服也不肯说，逢到头疼肚子疼，向来都是忍一忍。我在编辑部休息一会儿感觉好一些，便起身告辞。当时我急于回家，很想马上躺下来。

百花文艺出版社离我家很近，平时一刻钟就可以到家了，可是现在我感到两条腿真像棉花做的了，身体很沉。我骑上车从胜利路拐向成都道时，忽然肩膀酸疼起来，胸闷，刚才那股劲儿又来了。我从来没有过心慌，我感觉心慌得难受，跟着心脏像敲鼓那样咚咚响，猛烈得好像要跳出来。这时我已经骑到黄家花园拐角处，远远看到我家所在的那条小街——长沙路的路口了。我想我要尽快骑回家，到妻子身边，可是忽然我好像没有气了，心脏难受得无以名状，我感到已经无力回到家了。第一次有要死了的感觉。

我得承认我命运里有个保护神——

就像“文革”抄家那天，我“疯”了一分钟却突然感觉被什么“抻”了一下，居然奇迹地返回正常。

就在这时候，我看见一个人迎面走来。他是我年少时的朋友，名叫王凤权。他是市二附属医院的医生，就住在成都道上。不知为什么，就在这几乎生死攸关的时刻，他出现在我面前。我双手撒开车把，连人带车扑在他怀里，我说：“凤权，我不行了。”此后，我不知道他怎样把我弄到他家中，叫我躺在他床上，给我吃一片药。后来我知道这片药是硝酸甘油。他用听诊器给我听了心脏。他说：“你心脏跳得太快了，现在还二百多下呢，要去医院做个心电图。”

我从来没进过医院，对各种疾病都一无所知，但我很怕得上心脏病。到了医院检查后，医生却说我的心脏没有病，只是室性的心动过速。我从医生的话和表情里得到了安慰。然而从这天起，我却掉进了一个百般折磨着我、无法挣脱的漆黑的深洞里。

在这个深洞里，我被一个无形和狰狞的病魔死死纠缠着。我不知它在哪里，它却随时可能出现。它一来，我立时心慌难耐，不停的心跳，全身神经莫名地高度紧张。我无法知道它什么时候来，它说来就来；我尝试过各种办法都无法叫它停止，吃任何药都没用，严重时我有一种恐惧乃至濒死感。当时“文革”刚刚结束，书店里只能买到一本绿色塑料皮的医书，是1970年出版的《赤脚医生手册》，书中的各种病名、病症和药名中间，到处是黑体字的语录。我几乎把这本书翻烂了，依据自己的症状从书里却找不到答案。我从医生那里听到两种过去不曾知道的疾病，一是心脏神经官能症，一是植物性神经功能紊乱，据说我得的就是这两种病，原因是用脑过度，长期精神高度紧张，加上抽烟过多，还说这两种病都很难缠，没有特效药。这样，我不得不停了笔，戒了烟，有病乱求医，四处寻访民间的良医良方，然而每一个希望最终都成为泡影。这种病更大的麻烦是在心理上。不能听任何响动，怕见来客，不敢单独一人在家，害怕病魔突然来袭，这便迫使妻子必须与我时刻相守，对坐相视，不时听她小心地问：“舒服些了吗？”那一阵子，我很灰心，我想这可能是一种宿命，一生都叫厄运压着。别人受苦时，我也受苦；别人好了，我却要换一种苦来受。当然我不甘心，只要心脏相对平静，我就拿天天收到的各种书信——特别是朋友的信件来读。

现在我还保留着文坛前辈和同辈的朋友们当时向我问候病情的来信。我文坛上的朋友——好朋友太多。我的病惊动了他们。作家、编辑、记者。王蒙、刘心武、李小林、屠岸、李陀、蒋子龙、高莽、阎纲、路遥、陈世旭、章仲锷、苏予、严文井、李景峰、李炳银、彭荆风等。这些信今天读来仍然叫我心动，感受那些留在岁月里昨日的情意。

我无法找到昨天文坛与时代那种纯粹，但那种纯粹却保持在我心中。陈建功听到的是我死了的误传，据说他当时还哭了一场。留在我心中的还有当时在《北京文学》做编辑的刘恒受他们编辑部委托扛着一个大西瓜来瞧我的“故事”。我把这个故事已经写在《凌汛》里了。还有谌容、张洁和郑万隆结伴来天津看我，那天我那个思治里阁楼上的小屋，只这几个人就挤不下了。我们还是热烘烘挤在一起。张洁是个率性又真实的人，还在她的一篇散文《我心灵的朋友》里写下我们那天见面时——友情的纯粹。是呵，再也没有比来自文坛的关切对我更重要了。因为我那时最深爱的、要为之献身的文学都在文坛。

那的确是一个奇特的时代，文学就是文坛，文坛就是文学。不像今天，文学和文坛已经毫无关系了。

我扛着这个不明不白的病忍了半年，依旧在漆黑的深洞里盘旋不已。一天一位老医生对我说，最好的办法不是药，是“异地疗法”。所有官能症都有心理因素，换一个全新环境会有助你打破疾病的惯性和心理暗示。

“文革”时医学界完全中断与外界的联系，相互间也很少交流，手法与观念全都陈旧过时，医院给我的药只是一种：西药的安定和中药的安神丸。这个“异地疗法”听起来有理，不妨一试，就“死马当活马治”吧。我便托我所在的单位天津文艺创评室帮我联系北戴河的管理所，找到一间小房，妻子陪我去了。天津虽说是海滨城市，却与海相距极远，海风都吹不到，与海无关。到了这里一片碧海蓝天，所见所闻和心境立时全变了，以致忘了心脏，自然感觉挺好。记得一位医生曾对我说过，如果你感觉不到内脏在你身体里存在，就说明你内脏没有毛病。如果你总感觉它在哪儿了，多半有毛病了。这话通俗有理。

有一天，还发生了一个叫人高兴的意外。那是个黄昏，我和妻子在海边散步，脚踩着软软的沙子，听着潮声；海边只有不多的人在游泳玩耍。忽然听人喊我——大冯！冯骥才！大冯！喊声有男有女，几个穿泳衣的人笑嘻嘻跑过来。我首先认出蒋子龙。跑过来的都是男的，女的都还远远站在海边。那时社会还不开放，女士穿泳衣有些害羞吧。在那几个女子中，我认出叶文玲，早在前年中越反击战时我在云南前线与她相识，她给我热情又朴实的印象。还有一个女子，挺苗条，穿一件带红点的花泳衣侧身站着，她是张抗抗。我的第一部中篇《铺花的歧路》和她第一部短篇《爱的呼唤》发表在同一期《收获》上，但我没见过她。之前文代会期间她给我打了一个电话，说话很冲，口齿特别清楚，每个字都像是刻意说出来的，我们聊了一会儿，她忽然说：“你和我们年轻人还挺说得来。”我在电话里开玩笑说：“怎么，你认为我是老前辈吗？”怎么今天她站在那里不过来？只朝我点点头，是因为她穿着泳衣吗？

我一问子龙，才知他们是当时中国作家协会文讲所第五期的学员。子龙是“班长”。成员全是崭露头角、有才气的青年作家，都是凭着颇具锐气的力作在文坛一炮打响。其中不少作家我都相识。刘亚洲、竹林、叶辛、陈国凯、贾大山、陈世旭、韩石山、高尔品等等。子龙知我来养病，晚饭后和讲习所几个成员来看我。其中一个很年轻的穿着长裙子的姑娘，文气，安静，目光明亮，一经介绍才知道是王安忆，并且是我很喜欢的作家茹志鹃的女儿。她凭着《雨，沙沙沙》一“露面”，那种先天的文学气质，就叫人心头一亮。记得那天她叫我给她“提提意见”。我笑了，说：“将来你的影响肯定愈来愈大，你可得叫媒体和评论界欠着你呵。”她想一想，明白了我的意思，也笑了。那时她二十多岁吧，到了今天，安忆已是一位当代公认却始终低调的大家。

随后，子龙约我和妻子到他们驻地去。晚间他们要在一起联欢。我们应邀去了，在一间挺大的房间里，亮着许多灯，大家相互“强迫”上台表演。记得张抗抗很投入地朗诵普希金的长诗《渔夫和金鱼的故事》，然后子龙上来唱了一段京剧，黑头，大嗓门唱得豪气满怀。大家又逼着叶文玲表演，叶文玲自己不敢唱，非拉着子龙合唱，大家叫他们唱《夫妻双双把家还》，两人都不擅唱，自然唱不到点儿，还接不上词儿，笑得大家前仰后合，然后是舞会。这个意外又欢快的“遭遇”，一下子把我拉回到久违的文学——文坛中。我真恨不得病快快好起来。

北戴河之行使我相信“精神转移”对我的病治疗有效。我的一位好友医师张大宁对我说，你何不试一试中医的腹部按摩？他把我介绍给中医院一位姓胡的按摩室主任。经胡主任一治，才知道腹部按摩的妙处，他的手并不接触我的腹部，而是放在距离腹部十公分左右的地方一动不动，叫我用意念感受他的手掌发出的气与力。我真的渐渐地感觉到很热，很舒服，有一种穿透力，并且明显地感到病魔在一点点儿离开我，人也渐渐地从那个痛苦的深洞里一点点探出头来，看到光亮。

我想重新拿起笔来，但是开始时不敢，我怕病魔重又回过身。我甚至有点怕撂在桌上的那支被我冷落了太久的钢笔。当年秋天里，吴泰昌带一个朋友从北京跑过来看我。泰昌人单纯，文学的情怀很深，眼光很好，和我投缘，他来了我自然高兴；他说话总是连喊带叫，说到激动时，还喜欢不断地跺脚。那天他把我家养了多年的心爱的大黄猫吓跑了，从此无影无踪，叫我儿子多次伤心落泪。然而他那次给我带来一个“转机”，他说李小林叫他看望我，并问我能不能给《收获》写一篇散文。小林是我敬重的朋友，她的约稿我不能拒绝。吴泰昌对我叫着说：“我看你肯定行，你已经完全好了，你不写东西活着还有什么价值？对不对？”

他这句话叫我拿起了笔，写了散文《书桌》。我从自己书桌的命运里写了自己人生的变迁，一动笔心中便溢满一种伤感美。没想到搁笔半年多了，竟还写得这样投入、这样顺畅、这样有感觉，可能这次大病一场，使我不觉增添了很多人生的感悟；这是一种从心里流出的散文，至今还是我“自我欣赏”的一篇散文。从此，我便自然而然回到了写作中。更重要的是从这篇散文我的文学观悄悄发生了变化，并从不自觉到自觉的变化——这也是后话了。

而且，我开始敢于一个人独自待在家里了，这便解放了妻子。半年多来，我把她和我的病的困扰长时间一刻不放松地捆在一起，真够残酷的。随后便是敢于自己走出家门参加一些活动，在公众场合说些话，当然，有时还会感觉不适，甚至会有要“发病”的心理威胁。

比如1981年我的中篇小说《啊！》获全国第一届中篇小说奖，发奖会在北京的京西宾馆。中国作协叫我代表获奖作家讲话，我便紧张起来，担心上台讲到一半时犯病，可是我又不好拒绝。会前，我早早到了会场，人还不多，我在会场外的门厅便开始感觉心跳起来，而且愈跳愈厉害，我束手无措。这时一个穿军装的很柔和的女子走过来，自我介绍她叫陶斯亮。我说我读过你的报告文学，写得很好。她告诉我她是军医，我便说我现在心跳得厉害，有没有办法制止。她问了我的病情便说：“你这种毛病怎么好上台呢。”她跑去给我弄来一片镇静药，一杯白水，叫我吃下。不多时心跳稳住了，上台讲话居然没犯病，从此让我记住了这位“救命”的陶斯亮。

就这样，我返回写作和文坛。当然，至少两三年间我口袋里总带一小瓶镇静药。烟却始终没有抽。

然而，当写作重新回到我身上时，文学已非昨日，这是我下边要说的。

二、下一步踏向何处？

自从1980年秋天写过《书桌》，我便开始回到书桌前动笔写作了。这“书桌”二字对于我，是一种职业的意味还是一种什么暗示？反正，它已是我一生安放灵魂的地方。它比绘画重要得多。尽管我天性里很多东西适于绘画，但命运迫使我操起写作。所以当时我写过一篇文章，题目叫作《命运的驱使》，刊载在1981年3月的《文艺报》上。

刚刚恢复写作时，不敢写大的东西，我怕把病魔招回来。我天天都很早起来到街上长跑。我需要身体的强大。当我一拿起笔就不能自已了。因为我被病魔囚禁了半年多，而且是在写作高潮时被病魔一脚踩在下边，心里压抑了太强烈的写作欲望。现在检查一下我80年代初的写作目录，可以看到从这年2月到10月是空的，没有任何写作记录，完全空白，我好像白活了。可是到了1981年我一连写了十多个短篇，还有许多散文、随笔和游记，包括《挑山工》都是在这一年写的，而且很快就开始写中篇了。

20世纪80年代前期——新时期文学初期，是中篇小说的天下。最有影响的作家都是凭着一两部中篇震动文坛的。比如从维熙《大墙下的红玉兰》、谌容《人到中年》、叶蔚林《在没有航标的河流上》、张一弓《犯人李铜钟的故事》、鲁彦周《天云山传奇》、张贤亮《绿化树》等等。我这时期主要的中篇是《铺花的歧路》和《啊！》。这因为我们这代作家心里的东西分量太重，短篇的篇幅有限放不下；而长篇的写作还需要沉淀、需要更长的时间。那时作家们都渴望将威力十足的手榴弹尽快地扔进文坛，中篇便走红一时，各地的大型期刊则应时蜂拥而起，如《十月》《当代》《钟山》《花城》《小说家》《百花洲》《雨花》《莽原》《芙蓉》等等，而且愈办愈多，福州还办起了《中篇小说选刊》。那时，各个期刊都来约稿，争着要有分量的中篇打头炮（头条），作家们的压力可就更大了。

到了1981年，文学悄悄发生了变化。

一是中国社会搭上了改革的快车，生活天天在变，到处闪闪发光，从来没有过的新事物接连不停地往外冒，比如引进外资、开发区、个体户、商品粮等等。这些蜂拥而来、闻所未闻却根本地改变生活的事物自然叫作家们关注与思考。中国的伤痕文学与德国二战废墟文学不同，作家还没有能够在原地站稳，新生活的车就发动起来，并且加速，急转弯。虽然当时已不再提“文艺为政治服务”，改称“文艺为人民服务”，但官方希望文学为改革助力，应时的改革文学便很快成为强势的主流。评论界也一拥而上为改革文学推波助澜，伤痕文学便自然而然地被边缘化了，来不及深化就走向了萎缩。严格地说，从《班主任》和《伤痕》算起，短命的伤痕文学只有三年左右的生命期。然而，伤痕文学无疑是中国当代文学绝无仅有的一次批判现实主义运动。本来由此不断深究社会与历史，可以产生具有深刻思想与文学价值的大作品，但是这条当代文学十分重要的脉络夭折了。作家们并不甘心，故而此后又有“反思文学”概念的出现。

还有一个变化是，作家们开始对前一段红极一时的“问题小说”进行反思。这是一种文学自身的反思。

在那个极特殊的时代，作家的社会位置十分独特。他们自觉地站立在生活的前沿，社会思想的前沿；自许为社会进步的排头兵，冲击着十年“文革”精神的森严壁垒。作家采用的方式是把这种政治化的社会问题——往往是尖锐的积重难返又十分敏感的问题提出来，同时勇敢地做出回答。伴随这一方式的，是一连串突破写作的“禁区”，比如突破写悲剧的禁区、写爱情的禁区、写知识分子的禁区、写领导是反面人物的禁区、写人性的禁区乃至写性的禁区等。写作禁区实际是思想禁区。不打破这些僵死的精神禁锢，改革开放的大门怎么打开？一时，每一篇切中时弊、突破禁区的问题小说的问世，都会引来一阵轰然的社会反响。然而，随着禁区一个个被爆破之后，这种概念化、问答化、图解式的问题小说的诟病也就显现出来。

对文学本身——文学的性质、功能、价值，审美的思考，已经在很多作家脑袋里转悠起来。

对于我本人来说，由于曾经所受欧洲文学与艺术中人文主义的影响很深，大病中对个体生命与人生又有了深切的感悟，很自然就进入了这种文学的反省。

1981年初与人民文学出版社社长、作家严文井先生通信时，我便把这些思考告诉他，希望听到他的意见。我说：“近来，我想要试着走另一条路子，即从人生入手。”“我们这代人写东西大多是从社会问题入手。这是大量堆积如山的社会问题逼着我们提出来的，我们渴望这些问题得到解决，我们是急渴渴、充满激情来写这些问题的，但这样子写下去，势必道路愈来愈窄，直到每写一篇作品都要强使自己提出一个具有普遍意义的、深刻的、敏感的社会问题来，此种写法的倡兴，致使文学出现了一种新的主题先行和概念化的倾向。最近我们这些青年作者对此都有所发觉，并开始探索各自的文学道路。”

这期间我已经写的一些小说，如《老夫老妻》《三十七度正常》《酒的魔力》《逛娘娘宫》等，以各式各样的方式试图离开问题小说。我对严文井先生所说的“我们这些青年作者”是指当时我们这些活跃的青年作家。每当我们聚在一起时，最热衷讨论的就是这个话题。我们渴望从一种昨天使我们狂热、今天却使我们感到束缚与困扰的文学方式里挣脱出来。

一次与刘心武商量，将就这个话题用书信方式进行公开讨论，以期更多作家参与进来。我写信告诉他，我的信题目叫作《下一步踏向何处》。他很高兴。我现在还保存着他给我的一封信，这封信他自称采用的是“意识流”写法，饶有情致地将他“近期”的一些思考用散文笔法一连写了十四节，还自画了插图。他在第十节写道：

我多么盼望能早些读到《下一步踏向何处》啊！下一步究竟踏向何处呢？我想到了朗费罗的诗——

我们命定的目标和道路，
不是享乐，也不是受苦，
而是行动，在每个明天，
都要比今天前进一步！
那么，让我们起来干吧，
对命运拿出英雄的气概，
不断进取，不断追求，
要学会劳动，学会等待。

那时的我们真是年轻、单纯又真诚呵。

很快。我就把《下一步踏向何处》写出来，寄给心武。我在这篇书信体的文章中说：

心武：

你好！年前你两次来津，我们都得机会长谈。回想起来，谈来谈去始终没离开一个中心，即往下怎么写？似乎这个问题正在纠缠我们。实际上也纠缠着我们同辈的作家们。你一定比我更了解咱们这辈作家的状况。这两天蒋子龙来信问我："你打算沿着《歧路》（《铺花的歧路》）走下去，还是依照高尔基《在人间》的路子走下去？"看来，同一个问题也在麻烦这位素来胸有成竹的老兄了。本来，文学的道路，有如穿过莽原奔赴遥远的目标，不会一条道儿一口气走到头。但我们这辈作家为什么几乎同时碰到这个难题呢？看来这是个共同性的问题。

这些天，我产生许多想法，虽然纷乱得很，也不成熟，但很想拿出来在你那里换得一些高明的见解。

我们这辈作家（即所谓"在粉碎'四人帮'后冒出来的"一批），大都是以写"社会问题"起家的。那时，并非我们硬要写"社会问题"，而是十年动乱里堆积如山的社会问题迫使任何一个有良心、有责任感、有激情的作家不能不写；不是哪儿来的什么风把我们吹起来的，而是社会迅猛的潮流、历史的伟大转折、新时代紧急的号角，把我们卷进来，推出来，呼唤着挺身而起。我们写，一边潸潸泪下，义愤昂昂，热血在全身奔流，勇气填满胸膛。由于我们敢于扭断“四人帮”法西斯精神统治的锁链，敢于喊出人民心底真实的声音，敢于正视现实；而与多年来某些被视为“正统”、实则荒谬的观念相悖。哪怕我们写得还肤浅、粗糙，存在各种各样明显的缺陷，每一篇作品刊出，即收到雪片一般飞来的、热情洋溢的读者来信。作者与读者互相用文字打动和感动着，这是多年文坛不曾有过的现象。

可是，我们必须看到这些作品存在的问题。尤其是短篇小说，常常把“社会问题”作为中心，难免就把人物作为分解和设置这些问题中各种抽象的互相矛盾因素的化身。作者的着眼点，经常是在各处矛盾冲突之后（即在小说的结尾部分），发表总结式或答案式的议论。即使这些议论颇有见地，但小说缺乏形象性，构思容易出现模式化和雷同化，并潜藏着一种新的概念化倾向。往往由于作者说了真话，对于多年听惯和厌烦了假话的读者来说，这些议论很有打动人心、引起人共鸣的力量。作品获得的强烈的社会反响会暂时把作品的缺陷掩盖起来，时间一久，缺陷就显露出来。这样下去，路子必然愈走愈窄。由于作者的目光只聚焦在“社会问题”上，势必会产生你上次谈话时所说的那种情况，“在每一篇新作品上，强迫自己提出一个新的、具有普遍性和重大社会意义的问题”，这样就会愈写愈吃力、愈勉强、愈强己之所难，甚至一直写到腹内空空，感到枯竭。

当然，多年来非正常的政治生活造成的、有待解决的社会问题，成堆摆在眼前，成为生活前进的障碍。作家的笔锋是不应回避的。而且，自从19世纪中叶以后，政治对社会生活的影响愈来愈直接，政局的变动，往往牵涉千万人的生活乃至生存。它迫使人们愈来愈关注它，这是地球上的事实。我一直不大相信“远离政治”或“避开政治论”卵翼下的作品才是有生命力的。中世纪田园诗和牧歌式的小说是那个历史时代的必然产物。我相信，20世纪后期的世界性的杰作，差不多都离不开政治，而且包含着不少作家对政治的独到认识和见解，纵横穿插着不少社会问题。关键是作家在观察、体验、剖析、表现生活时从哪里着眼？是先从“社会问题”着眼，还是先从这些问题的政治因素着眼？

我以为，一个作家观察生活和动笔写作时，都要站在一定的高度上。我把这个高度分解为六个部分——历史的，时代的，社会的，人生的，哲学的，艺术的。其中“人生的”和“艺术的”两方面，一直不被我们所重视。

随后，我便发表了我所强调的关于“写人生”个人的思考。

这篇文章发表在1981年第三期《人民文学》上。

心武很快写了“回信”，题目是《写在水仙花旁》。他同意我“写人生”的观点，也阐述了他自己的意见。一时，我们的讨论引起了文坛的热议。连路遥的长篇也直接以“人生”为题。

然而，真的一脚迈出去，却不知踏向何方。

我这一代人最深切的人生是在“文革”里。作为普通人，我们是不幸的受难者；对于作家来说，我们却是“幸运儿”。因为，历史很难出现这样一个时机，叫我看到了社会和生活的底色，还有人的多面与背面。人性和国民性也都在眼前赤裸裸暴露无遗。我说的人性和国民性也不只是负面，还有正面。但是它怎样进入文学，并创造出独特的形象与独特文本？我面对着一个巨大的挑战。我以前没有思考过这样的问题。我被自我的反省，自己的思考，把自己推到一个举步维艰的境地。我开始怀疑我写作前的“准备”不足，怀疑自己的创造力和发现力。

我有过一个奢望和野心，想像巴尔扎克的“人间喜剧”那样，用一系列的长篇、中篇和短篇组成一个宏大的“文学构成”，我自称为“非常时代”。我想以此囊括并表现我所亲历的时代与社会生活。我想以自己十年中大量的“秘密写作”为依靠，展开我自己的文学世界。为此我写过一篇《我写“非常时代”的设想》，阐述了上述这个宏大设想的思想宗旨。我一直认为文学对时代对生活有历史性的记录功能。当然作家是用独特的个性形象、人物命运和场景来记录生活和记录历史的。作家与史学家的工作不同，史学家依据客观的史实材料与文献记录历史事件的本身，作家们却要凭仗着他们创造的人物的命运与心灵来记录一个过往时代的真实。彼此不能替代，各自使命都不能回避。如果我们不记录，不写，后代根本无法真正认知这个“匪夷所思”的时代。其实，我这个想法在当年冒死的秘密写作时就有了。可是这个计划难以实现。因为，我们的生活是在完全封闭的状态里突然开放的。一旦放开，它变化得太快、太缤纷、太多的冲击与意外。我无法使自己安静地待在这个心中认定的文学原点上。

更何况还有一个个文学思潮席卷而来，这在下边另一章里要详细展开的。

从1981年到1983年，时代在变，我的文学在变，但我的生活没有变。仍住在长沙路思治里十二号那个小阁楼上。换句话说，我的文学灵感和我不时仍在对自己心脏隐隐的担忧以及小阁楼上烟熏火燎的生活混合在一起。我说烟熏火燎是指我家没有厨房，做饭要在楼梯拐角处。饭锅和炒勺里的气味和浓烟全要灌进我的小屋里。随着屋内的书稿愈来愈多，房间中央的空处只够儿子晚间支开那张小小的行军床。夜间屋里就再没有可以走动的地方。散文家谢大光写了一篇文章《阁楼里的作家》，还叫我配了一张漫画式自嘲的插图，发表在上海的《文汇月刊》。那时《文汇月刊》影响很大。我住房的拮据加上疾病的困扰便成了当时知识分子生存状况的一个标志性的写照。据说还给报社记者写成“内参”上报给中央的领导部门，目的是促进“落实知识分子政策”。那时市场经济还没有到来，住房没有买卖，全部由单位分配，“文革”期间住房标准是每人一点五平方米。当时单位也拿不出多余的房子给作家解决住房问题，尤其在唐山大地震之后，很多震后无房的人还住在街头的临建棚里。“文革”十年使国家和老百姓穷到底了。我最大的困难还不是房间小，而是我住的房子是地震后草草搭起来的简易房。屋顶只有一层薄薄的土板子，上边铺一层油毡，里边吊一层苇帘，抹上白灰。这样的屋顶冬不御寒，夏不隔热。伏天里，白天晒上一天，夜间如在蒸笼里。这便逼得我一边向上级部门作揖磕头申请分配住房，一边向出版社杂志社张口要“价”——如果想得到我的书稿，就给我在旅店里租一间房，我到那里去写。这样，我一家三口就可以搬到旅店住，我写稿，妻儿也舒服多了，还可以洗澡。当时这种“改善写作和居住条件”的妙招普遍被名作家们使用着，这便招来一个“宾馆作家”的批评词语。我的两三部中篇小说和一部电影剧本都是在旅店里写的。如果夏天在家中写作，便是我在散文《苦夏》里所写的感受：“夏天于我，不只是无尽头的暑热的折磨，更是我顶着毒日头默默又坚忍地苦斗的本身。年年夏日，我都会再一次体验夏的意义。一手撑着滚烫的酷暑，一手写下许多文字来。”

然而在生活上我不是弱者。长期的艰辛使我不惧怕困难，习惯于苦中作乐。

让生气盈盈的快乐的生命小草从生活粗硬的乱石阵中钻出绿芽。一个破皮球也能叫我和儿子兴致勃勃玩儿上好一阵子，一块颜色雅致的花布也能叫妻子缝制成一个小短衫美上几天。那时的稿费很低，一篇散文不过十几块钱。《雕花烟斗》获全国优秀小说奖，奖金只有二百元。但我写得多，吃喝不愁了，还敢在有肉片有鸡腿的餐桌上神气十足地加上一瓶海河啤酒或山海关汽水。那时生活变化很快，称得上日新月异，比如一个煤球炉高矮的小冰箱和一台日本三洋牌的盒式录音机弄到家中，生活就立即变得神奇美妙了。到了1981年底我和妻子狠下心花钱买下一台十三寸的彩电，那可真称得上"提前进入了共产主义"了。

由于在文学上比较冒尖，一些不曾想过的事会先找到我身上。

1981年初接到中国作协通知，去英国访问。一团三人，团长是吴伯箫先生，团员是我，还有一位年轻的女翻译何滨。这真是一个连想都不敢想过的事突然降临头上。我那时对英国的印象仅仅是从几部英国古典小说里得到的，脑袋最先反映出来是"雾都"，其他所知寥寥。作协从社科学外文所请来一位专家给吴老和我恶补几天英美文学，又讲了种种"不准"的"外事纪律"。然后去到出国人员服务部定制一套西装，向父亲求教怎样系领带，然后就在一个借来的帆布箱子里装了些应用的衣物上了飞机。在长达十多个小时的航程中根本没合上眼睡觉。那时飞行的感受一是没完没了地飞，好像要上月球，再有就是飞机一着陆，全体乘客一起鼓掌，庆幸安全到达——这种世界性的"习俗"现在已经没有了。到了英国，从议会大厦前泰晤士河上那座威斯敏斯特桥一入城区时，满眼古典的建筑，街上跑着红色的双层公交车，所有人都是金发碧眼，而且这时的伦敦早已不是雾都，景象清晰如画，我完全懵了，完全像到了另一个星球上。

当晚第一件事就叫我无地自容。英中文化协会举办的欢迎晚会是"黑礼服晚会"——过去不曾听说过——男士必需着装黑色西服，当时我国规定出国只能定制一套西装，而我定制的是灰色西装，我无法叫西装改变颜色，因而晚宴时满屋的黑西装，只我一人身穿灰衣，我因"不尊重人家的习俗"而频遭冷眼。

这次出访毕竟叫我大开眼界，一切都是意外。参加布克奖文学奖颁奖，看了英国皇家莎士比亚剧团的《罗密欧与朱丽叶》和伦敦芭蕾舞团的《睡美人》，还有英超足球，参观大英博物馆，在诺维赤亲历一次大学的文学课，还与后来获诺贝尔文学奖、《蝇王》的作者威廉·戈尔丁在一间怪房子里聊天。这些都叫我写进一本小书《雾里看伦敦》中。我庆幸自己第一次出国就到一个典型的西方国家中。使我最有兴趣的还是他们对自己传统的敬畏。这种兴趣中还有些惊讶，因为在十年中我们的传统和历史事物是被扫荡被践踏的对象，哪有这样尊贵的地位？记得国际笔会的秘书长艾伊斯托布问我对英国的印象如何。我笑道：“天上的变化很大，地上的变化很小。”回国后我写过一篇散文叫作《在旧梦中甜睡》，表达我这种好奇与欣赏。在伦敦一个艺术家俱乐部门前挂了一个牌子，上面写着“妇女不能入内”。我很诧异，问过方知，这原来是十九世纪的一块牌子，自从“妇女解放”运动后早已不成问题。现在还挂着这块牌子，是为了表述这里一个荒诞的历史——对妇女的轻视。这个牌子不正是为了彰显社会文明的进程吗？我想，如果我第一次去的是美国，最初的西方印象一定是另一样了。而现在这个印象成了我后来西行各国时一个特别关注的视角，并因此影响我的文化观与遗产观。

还有一个细节。出于长期的冷战思维，西方人特别关心中国作家的独立思考与独立立场，这是我们在很多地方交流和谈话时，他们都会忍不住要问的问题。有一次在剑桥大学与他们的东方学者交流。他们大约很久没见到来自中国的作家了，问题提得踊跃又直率，甚至问我怕不怕写错了被抓起来。这时，我忽然发现吴伯箫先生闭上眼，好像睡了。我想连日来的奔波，他年纪大，肯定是疲倦了。我便接过话题来与对方交谈。那天从剑桥回到伦敦的酒店后，吴老叫我到他的房间，他忽然问我：“刚刚在剑桥的座谈时，你是不是以为我睡觉了？”我一怔，心想他闭着眼，怎么会知道我注意他了？我说：“您岁数大了，路上辛苦，您太疲劳了。”吴老摇摇头，正色对我说：“我根本没有睡，他们提的问题是在挑衅，怎么答？只能不理。”他沉一下又说，“你还年轻，你要懂得外事不是小事，是大事，不出错就是胜利。”

老实说，那时我对吴老不大了解。我上学时念过他著名的散文《记一辆纺车》，仅此而已。后来我画画，所读的文学都是古典文学与西方名著，对中国文学看得很少。不了解他在革命文艺史上有较高的地位，更不知道他在“文革”遭到迫害，被开除党籍。但我很理解他的话出于老一代对我的爱护。他经历过许多政治运动，深受其苦，自有“安身立命”的经验之道。由此我知道为什么在新时期文学中，这一批老革命作家反而缺席了，他们获得平反后反倒停笔了。

他们背负的历史太重，或者他们被过去思想的惯性束缚着，尽管时代已经换一匹飞马，但他们跨不上去了。

2017年3月

手　艺

林那北

母亲十八岁之前的故事有两个版本，一种是她自述，另一种来自我奶奶口述。作为一个二十四岁就丧夫的年轻寡妇，我奶奶万万不会想到自己又帅又蓬勃又口才滔滔的唯一儿子，有一天会沦为宠妻狂魔。她以一米七五或者一米七三的巍峨身高，华丽俯视只有一米五八的城市娇小姐，横竖都想不明白为什么这个半路突然杀来的陌生女人，能不费吹灰之力就把她捧在手心呵护二十多年的儿子一把夺走，这事反复想，反复怒上心头。瞅住儿媳不在跟前的机会，她冷不防就把强压的戾气倒进孙辈耳朵，千言万语都无非力图表明一个事实：我儿子的老婆以前非常、极其好吃懒做，整天蜜蜂般殷勤地只忙一件事，就是花枝招展。

这确实离理想的林家媳妇太远了。丰臀肥乳厚肩大胯在哪里？低眉顺耳恭恭谦谦又在哪里？嗓子脆亮能唱闽剧会拉二胡没用，会下腰会跳舞更没用，这样的小身板能挑担吗？能下厨吗？能扑通扑通轻松生养一个又一个吗？

福州下杭路，叶记藤行。如果不是因为六七岁时母亲去世，父亲续弦生下三个子女后又暴病而亡，然后掌控叶家经济的祖母也骤然归西，家境因此一落千丈，全家大小的用度只能靠老本局促撑着……总之，如果不是这些变故接踵而至，叶记藤行家最得宠的二小姐不可能从城里孤身跑到县里找工作，然后又在一个叫“廷坪”的乡政府里，遇到大眼高鼻的英俊秘书。两个好色之徒四眼相对，很快电光石火。在还不盛行老夫少妻的年代，我父亲除了对身世的自卑外，还一直对自己比叶小姐年长六岁稍怀歉意。行行行，你说什么就是什么。好好好，你爱怎样就怎样。他拿这样的句式作为家庭鸦片，顿时疗效显著，成功营造出一派祥和与温馨。于是一二三，个子娇小的叶小姐一口气替他生下两女一男，而且子宫还开启了修饰模式，后面生下的，都是前面的升级版，总是个子更高，脸蛋更端正，性格更开朗，脑子更灵光。

也是虚岁二十四时，母亲第一次当母亲，她一下子懵了，完全适应不了被另一个人如此不可理喻地胡搅蛮缠的跌宕日子。婴儿昼夜的哭闹与屎尿，突如其来地齑粉了她，她只好以更放肆的痛哭来针锋相对。父亲夹在其中，很快把情感天平倒向妻子，他到几百公里外的村子里找到一个奶妈，出生才十六天的女儿就这样被不明不白地送走了。这当然是个昏招，而我奶奶虽然明知儿子是同谋，并且是事实上的执行者，却选择性地忽略不计，将矛头高度聚焦到她认为该聚焦的人身上。生活摇身一变就是两重天，我母亲十八岁前的做派被迅速有机地与当下衔接起来，我奶奶觉得一下子手握重器，之前的攻击还多少虚浮半空，接下去，她余生的每一发炮弹，都可以落到实处了。二十四岁无依无靠的小寡妇，脚小个子高，走路风吹弱柳状，却硬是凭一口绝不低头的硬气，靠给人缝衣制鞋，把出生刚刚九个月零八天的儿子独自养大，居然还送进了福州的学堂，而这个儿子如今却对另一个女人言听计从。

白眼兼唾沫横飞相继而至，我母亲却并不吃这一套，很久以后她的羞愧虽如期而至，但那并非被婆婆骂醒过来，而是自我成长后的顿悟。检讨自己，她多次数落年少时的轻率，但都搬出同一条理由：我十八岁以前在家里连水都没烧过，怎么懂得带孩子？

水都没烧过，是忙着花枝招展吗？

很侥幸，我和弟弟出生后不再被送走，父亲从有限的工资里省下一笔钱把保姆请进家里，这自然也令我奶奶怒不可遏。上有老下有小，钱哪里不好花，非得花到别人身上？

说的也不是一点道理都没有，但即使是真理，怎么说是一门学问，能不能做到是另一门学问。十八岁以前母亲在家被宠得连水都没烧过，其实并不等于什么事都不会干。有一天她递过几张发黄的黑白老照片，其中一张是与三个年纪相仿女孩的合影。指着照片，她说：我衣服是自己做的。又说：她们的衣服也是我做的。

接着她补充道：“我以前非常喜欢拍照。”

她出生于1934年，所谓的以前是指四五十年代，这可以从侧面印证了“花枝招展”的故事。那时候拍一张照片并不是件容易的事，不是极致爱美，爱臭美，谁舍得掏出白花花的银两，只为了把活生生的自己印到一张小小的纸片上？最奇怪的是，她拍了很多，却都没有留下，哪儿去了？弄丢了，我父亲的、她自己的、三个子女的，总之一张不剩。几十年过去，过去的老同学重逢团聚，聚会前她已经先弄清谁家相簿里还存放几张她当年赠送的老照片，逐一嘱其扒下带上，然后她又把它们带回家，进门时笑得很异样，咧大嘴露出空前多的牙齿。这确实是件特别值得高兴的事，所有的失而复得，其珍贵性都顿时翻了好几倍。

照片上，她的衣裳不是绫罗绸缎，无非普通的棉质碎花布，弧形公主领，前襟捏出一排细密的褶子，这种款式一直延续到上20世纪八九十年代都还算时髦。现在想起来有点后悔，母亲指着照片说那些衣服是她做的时候，估计正殷切等待一个惊诧的赞美，至少用上一些“太厉害了”“真的啊”之类带感叹号的表达，但我仅淡淡噢了一声就应付过去了。她会做衣服，这一点都不陌生啊，有记忆以来，一直到我也当上母亲前，身上所穿的差不多都是她亲手缝制出来的。

随着工作的调动，家不时随着她搬迁。回头望向曾经住过的屋子里，在穷得还买不起任何电器、机械类用具之前，一架破旧的缝纫机就已经赫然摆在最显著的位置，它总是过劳，每天卟卟卟响，母亲娇小的身子则虾一样趴在上面，脑袋恨不得钻到针眼里。一块块布进门，再出去时，已经是全家上下一件件衣服和裤子了。

缝纫机旁边的墙上挂着几个长条形硬纸筒，上面依次插满不同型号的竹针，它们是母亲的另一种如影随形的武器，缝纫机不响时，竹针的碰撞声就响了。“见缝插针”这个词语用在这件事上如此妥帖契合，坐着织，站着织，走着织，边聊天、看书边织，以至于现在想起来，那些吊在腹部的织品仿佛是她下移的舌头，总是晃晃悠悠地醒目垂在那里。没有哪种款式图案她征服不了，只要你穿出来，她看一眼，低头用手指搓一搓，针法的秘径就马上昭然了。如法炮制，一件毛衣，一条裙子，出手就是啧啧啧地引来赞叹。

凡事重复多了，自然就生出排斥。进入20世纪80年代后，商店里明明越来越多地出现各式不同花样的服装，可是那台破旧的缝纫机和那批竹林般的毛线针，仍然坚不可摧地把一切都挡在家门外。直至调县城工作，离家上百公里，一个月最多晃到她眼皮底下一次，而每次回去，她都会发现我所穿的已是她陌生的。她眼露失望沮丧过吗？我没注意过，所以也想不起了。估计受挫感丛生，但她靠尊严忍住了。

身体越长越大，必然就越来越无法控制。好在孙辈很快次第到来，峰回路转，她的新战场又浩荡呈现了。

我女儿在八岁以前一直由她带。一个自己第一个女儿出生就完败逃跑的人，在年近六十时，却将刚出生的外孙女二话不说一把揽过去了。这女婴很快就不属于我。饿了没关系？不行！哭一哭没关系？不行！冻一冻练筋骨？不行！病了抗一抗不必上医院？不行！幼儿园全托学自立？不行……十万个不行山一般横亘在日子里，她非常执拗地坚持，半寸不肯让步，反对的全部底气都建立在“反正我来”之上。为了精确掌控第二天女婴穿衣厚度，她成为每晚电视天气预报的忠实观众；为了把一碗米糊塞进小肚子，她一手拿勺子，一手抱着女婴并握牢一碗食物，能从街的这一头一直喂到那一头。她说：“快看，那是什么东西啊！”女婴无限好奇地问：“在哪里？”说话间嘴张大了，一勺米糊或面条就趁机捅进两唇间。其实没必要这样，女婴一出生就有奇大的好胃口，她不吃一定有不吃的理由。但母亲对这样的理由一概无视，按她理解，多吃一口总能多长一两肉，并且能快一天长高。幸亏该女婴天生不擅长堆积肥肉，她被这样不厌其烦地一口口撑了八年，看上去仍黑瘦得像希望工程的孩子。但非常结实，每天嘻嘻哈哈地制造没心没肺的笑声。人最本质的快乐都源自身体，笑需要体力，而体力则拜健康所赐。

然后这个女婴无一幸免地成为服装模特，小裙子、小棉袄、小衬衫、小毛衣、小旗袍……翻看老照片，女儿有过色彩非常缤纷的童年，即使过了二十多年，每一件款式仍然有模有样。

是啊时光又过了二十多年，已经八十多岁的叶家二小姐节节败退，如今完全丧失了亲手为家人制作服装的任何机会。我们买回衣服时，她悻悻凑上前，拿起标价牌看了看，啧啧啧地悲愤摇头。款式这么简单为什么这么贵？这么贵为什么非要在外面买？我猜测她肯定暗暗期盼过这些像外敌一样入侵的衣服，与我们的身体不要太契合，肩偏宽了，腰围偏大了，袖口偏长了，如此等等。这时候无论什么价格的衣服，我都会很放心地交到她手中。没有问题，重新拿回来时，一定已改得恰如其分了。她准确记得家里每一个人的身体尺寸，丈量时张大巴掌一下两下三下，总之根本无须动用尺子。如果是毛衣被虫子咬出小洞，她会以侦探破案般的眼力，在毛衣上找出多余的毛线，然后用其细密补上。洞呢？洞找不到了，它已经与周围重新有机地融为一体，了无痕迹。

缝纫机依旧在她屋里赫然摆着，穿针引线她仍无须戴花镜，趴在上面踩动脚踏板也依然叶叶作响，但连缝补修改的机会其实也越来越少了，她荒芜下来的用武之地只剩下孤独的自己。把我们不穿的衣服剪开重新缝制，她套到自己身上；到市场买回花布，她剪裁成连衣裙穿进穿出……衣柜塞得快爆炸了，真的可以三百六十五天不重样地更新。查了一下，她生日是9月24日，天秤座。星象专家说，这是一个最自恋、爱美、爱花钱、爱注重外表的星座。原来不是故意的，蜜蜂般花枝招展是天命所定，料她自己也根本无法招架得住——多么好啊。

我五六岁时，跟着她住在县一中校园里。那时一中有个教师文艺宣传队，晚上只要不开会，一群三四十岁的人就卸下白天讲台上的正儿八经，凑在一起热乎乎地吹拉弹唱蹦蹦跳跳。有一次母亲登台扮演一个比她年纪还小的同事的女儿，梳着两根大长辫，摇头晃脑地又唱又跳，仿佛真的化身为一个未成年少女了。之后她同事就时时以“外公”自居，见面就让我这么喊他。我当然不喊，我弟弟也不喊，他就心生一计，沉着脸说：“你敢叫我外公，我就对你不客气！”又指着雨后地上一汪水渍说：“这水你要是敢踩，我就对你不客气！”弟弟那时刚蹒跚学步，不谙世事又愣头愣脑。不客气吗？还这么凶，他就犟起来，偏要“外公”“外公”地叫，脚又猛一抬，重重踏进水渍里。母亲在旁笑得比谁都大声，然后把儿子带回家，洗衣刷鞋自是忙乱一通。

几十年来我似乎从没正面写过母亲，歌颂母爱的篇章已经多如繁星，实在不必再去赶这个趟。但那天听说小区成立了舞蹈小组，特地请专业老师来教，母亲竟也赫然报名了。从上传到微信群里的现场照片看，她是全场最老的一个，正一脸认真地盯着老师，煞有介事地跟着手舞足蹈。很欣喜和感慨，那一瞬心怦然一动，觉得应该写一写她。在这之前，她每周风里雨里倒两趟公交车，赶到十余公里外的老年大学上美术书法课。班上也没有比她年纪更大的学生，巧的是其中一位老师还曾是她以前的同事。无所谓啊，她一上就是五六年，直至被我们反复劝诫，才罢了。

有些人年少就已苍老，有些人垂暮了仍始终保持生命初始阶段的新鲜生动，天真是能滋养人的，骨子里的单纯渗到脸上，就成为有效减龄的上等化妆品。少女感，上苍给一个女人最好的礼物，就是这三个字啊。

除了做衣服打毛衣，十八岁以前连水都没烧过的人，早已荣升为家中厨房大权独揽的人物，烹饪花样百出，并且滋味万千。她还无师自通地用塑料珠子编出各种玩偶、花瓶、灯笼、纸巾盒，并骄傲地以此为礼物，赠送四面八方的亲友。去年春节忽然听到客厅里传来古怪音乐，出去一看，是一个塑料珠编成的娃娃在地上打转，肚子一闪一闪地亮着，音乐就是从那里发出的——她居然纯手工完成了电动玩具。而且，她能做木工活和土工活，以前家里拮据时，要扩建厨房，她一个人就挑砖拌泥砌起一面墙。那些凳子、桌子、柜子，有很多也出自她手。只要动手的活，她从来都夸张地自信，以至于前两年我家新购买的餐桌因为没安装牢而有些晃动，她二话不说拿起两个大钉子就从桌面往下砸。哎呀，如今现代化流水线生产出来的实木家具，隼头和螺丝都藏于隐秘处啊，她不管，反正钉子已经霍霍下去。桌子确实不晃了，但钉眼也结结实实留下了。

我父亲在世时曾感叹：没想到她变化这么大。

我奶奶也早已去世，如果活着，看到被她认定好吃懒做的叶家二小姐，竟一天天变成艺多压身的巧媳妇，不知她会不会悄然松口气，终于服输，确信自己的儿子当年并没有看走眼。

2018年3月